国家出版基金项目
"十二五"国家重点图书出版规划项目

中國京劇流派劇目集成

启功题签

《中国京剧流派剧目集成》编委会　编

第 拾叁 集

學苑出版社

图书在版编目（CIP）数据

中国京剧流派剧目集成．第13集 ／《中国京剧流派剧目集成》编委会编．—北京 ：学苑出版社，2014.1
ISBN 978-7-5077-4451-4

Ⅰ．①中… Ⅱ．①中… Ⅲ．①京剧－剧本－作品集－中国 Ⅳ．①I232

中国版本图书馆CIP数据核字(2013)第304593号

出 版 人：孟　白
责任编辑：潘占伟
装帧设计：徐道会
出版发行：学苑出版社
社　　址：北京市丰台区南方庄2号院1号楼
邮政编码：100079
网　　址：www.book001.com
电子信箱：xueyuan@public.bta.net.cn
销售电话：010-67675512　67678944　67601101（邮购）
经　　销：新华书店
印 刷 厂：北京信彩瑞禾印刷厂
开本尺寸：889×1194　1/16
印　　张：17.125
字　　数：416千字
版　　次：2014年5月第1版
印　　次：2014年5月第1次印刷
定　　价：240.00元（精装）

《中国京剧流派剧目集成》学术顾问

《中国京剧流派剧目集成》编委会

序言

◎黄克

京剧向称国粹艺术，内容博大精深，剧目十分丰富，人们常以“汉唐三千宋明八百”形容其浩瀚。其中流派剧目又以演员表演的鲜明个性使剧目显得更为多彩多姿，充满魅力，既被专业人员钻研承继，也为广大戏迷喜闻乐见，遂成为京剧舞台上一大亮点。

流派

举凡表演艺术，原本就无不带有表演者的个人色彩。京剧表演艺术因其唱念做打诸多方面功夫的综合性和繁难性，表演的个性化尤为突出；加以行当的粗分、剧目的雷同，于大致相同的条件下尽显各自的千姿百态、千变万化；一招一式、一腔一韵之中可以体现不同的特色，同样一出戏，甚至同样一个戏中人物也完全可以演出不同的风采，这种充满个性化的表演，遂成为京剧竞技场上最是为人乐道而又情趣无穷的审美内涵。倘若这种富于个性化的表演为受众所认可，且代有传人，形为规范，即可自成一家，成为迥异于他人的艺术流派。以“四大名旦”（梅兰芳、程砚秋、荀慧生、尚小云）为例，虽皆工旦行，却又各有千秋。京剧大师王瑶卿就曾这样分析这四位后起之秀的独到之处：“梅兰芳的样儿，程砚秋的唱儿，尚小云的棒儿，荀慧生的浪儿。”所谓“样儿”，指梅的艺术造诣全面，要什么有什么；所谓“唱儿”，指程以行腔之新颖动听为能；所谓“棒儿”，指尚的刀马功底深厚；所谓“浪儿”，指荀的柔媚多姿、风情万种。寸长尺短，一语道破各有专擅的各家流派特点。如此成就固然来自自己的勤学苦练、苦心孤诣，更少不了观众的知音捧场、鼓励有加。因此，一个艺术流派的形成，对于创始人来说，无疑是开拓了审美追求的新境界；对于受众戏迷来讲，则更是得到了多样化审美需求的新满足。梨园行有云：唱戏的是疯子——指其追求的执着，听戏的是傻子——指其享受的痴迷。二者相得益彰、相映成趣，或许正道出京剧流派形成之三昧。

流派剧目

在京剧传承的一二百年间，随着历史的变迁、社会的发展，以及新人辈出、师承转换，荡涤旧物、崇尚新声，传统剧目中的绝大部分早已绝迹于舞台，然而，其精华部分（包括剧目中表现出来的唱念做打等程式体系）还是被完好地保存了下来，并得到长足的发展。其间，流派创始人于剧目的推陈出新做出了不可磨灭的贡献。基于对剧目乃至剧中人物的理解和认识，以及更便于发挥自己技艺特长的需要，流派创始人对浩如烟海的传统剧目进行了严格的筛选，经过了整理加工再创作，使之又焕发出崭新的韵味和光彩;随着这样剧目的增多，最终形成了自己流派所特有的剧目系列。而另外的流派又在另外的剧目系列中发挥着自己的优势，即或剧目相同，不同流派依然可以于演出中表现出自己的独特风格。总之，在其演出的剧目中，无不打上自己表演风格的鲜明烙印。京剧舞台上一度出现的这种百花齐放、争芳斗艳的盛况，实由自丰富多彩的流派剧目，这在京剧发展史上已是不争的事实。

但也应看到，如今京剧流派剧目相对于京剧的鼎盛时期，已是光景不再。个中原因很复杂，就客观因素而言，新兴的艺术形式的多种多样，人们的欣赏习惯和娱乐方式已经有了更广泛的选择余地,因而完全可以去旁骛；此外，就京剧本身而言，演出剧目之贫乏不能不说是观众锐减的重要原因之一。本来演出场所和演出场次就不多，翻来覆去又只是那几出骨子老戏，怎么能吸引观众，特别是年轻观众呢？——连那些老戏迷们也都听腻歪了。

回过头来看，今日演出剧目的贫乏和流派创始人晚年艺术景况也不无关系。他们在艺术的巅峰期——集中在上个世纪二三十年代，创作或改编了一出出新戏，直令观众赏心悦目，目不暇接。当其时，除了富连成科班或游动的散班演出些大路戏外，北京的京剧舞台几乎就是流派剧目的天下。据1932年商务印书馆出版的《五十年来北平戏剧史材》的记载,自民国十二年（1923）至十八年（1929）这六七年间，以梅派剧目为例，只“初演”的剧目——也就是自家独创的新戏或整理改编的传统戏，就有前后本《西施》、《洛神》、《廉锦风》、头二三四本《太真外传》、《俊袭人》、全本《宇宙锋》、《凤还巢》、《春灯谜》等12出戏（其中前后四本《太真外传》这四出戏是在一年多时间里陆续完成的）；同一时间段，马派“初演”的剧目也有《化外奇缘》、全本《玉镯记》、《秋灯泪》、《战宛城》、全本《火牛阵》、《鸿门宴》、全部《临江馆（“馆”应作“关”）》、全部《浣纱溪》、《范仲禹》、全本《清风亭》、头二三四本《大红袍》、全本《天启传》、《许田射鹿》、全本《十道本》等15出戏（其中《大红袍》分头二和三四本两次演出），当然，其中还不包括“初演”以外的经常性的大量的传统戏演出。试问，这些曾经轰动一时的流派创始人编创的新剧目于今又有多少出传承下来了呢？个中主要原因就在于流派创始人到了晚年一些唱做吃重的剧目已难胜任，只有将其已臻于炉火纯青的技艺凝炼到少数剧目之中，或演出或教习也只拘囿于这少数几个剧目了。而其传人也就将这几出戏奉为圭臬，全不知其鼎盛时期的所谓“文武双全”、所谓“昆乱不挡”为何事，致使一些当年的热门戏几近失传，这不能不说是梨园一件憾事。记得梅兰芳先生曾撰文论述学艺过程中的“少、多、少”，大意是初学时会的戏（包括技艺）自然是少的。随着所学剧目的增多，技艺的增长，激发起拓宽其艺术驰骋领域的热情，兼收并蓄，从而极大地丰富了自己。进而又随着审美取向的定型，艺术见识的提高，势必要对自己所学所用下一番去芜存精的工夫，扬长避短，使自己的独特技艺集中在少数几个代表剧目之中。表面看来演出的剧目是少了，但炉火纯青，在艺术创新上却达到了新境界。从少到多，从多而少，贯穿着的是继承与发展的艺术成熟的过程，也闯出了一条攀升艺术高峰的必由之路。后学者以为，学会了几出流派代表剧目便可以薪尽火传，得到了真经，孰不料缺少广博的根基，既影响个人的发展，也造成了剧目越传越少的现实。这难道不是应该汲取的教训吗？

有道是“礼失求诸野”。由于流派剧目的独特韵味及其所富有的艺术魅力，由于京剧作为自娱自乐的审美取向已深入人心，更由于迷恋传统演唱艺术者的大有人在，京剧传统剧目——包括一些已经消失于舞台的流派剧目，至今仍在京剧爱好者中间传唱不息。我们不妨到公园里看一看那一圈圈围着的戏迷，他们来自四面八方，或许彼此并不相识，只凭一把胡琴就将大家凝聚在一起，有滋有味地互相欣赏着一段段流派唱腔。更不用说那遍布全国各地乃至国外华人聚居区的票房，他们还时不时地粉墨登场，过一把戏瘾呢！这种自拉自唱、自娱自乐的红火场面，充分显示了京剧流派剧目的深厚群众基础和顽强的生命力，对于相对落寞的京剧舞台不啻一种发人深省的挑战。然而，这又何尝不是对京剧振兴的潜在的呼唤和有力的支持呢！

流派剧目集成

正鉴于其强大的生命力和深厚的群众基础，“振兴京剧”作为文化建设的国策的提出可谓正得其时。而振兴之务，首要的是挖掘和继承优秀传统剧目，以之作为发展和创新的基础和借鉴。我们编纂《中国京剧流派剧目集成》的初衷正在于此：将流派剧目演出的精彩瞬间记录于永恒，将构成流派剧目的诸多元素一一记录在案。诸如每剧的剧情本事、创始人表演特点的提要，剧中人物行当归属、服装扮相，剧本曲文、唱腔谱、伴奏谱、锣鼓经，以及身段谱等得以再现流派表演风格的内容，都力图完整地记录整理出来，为流派艺术的教学和研究提供文字的基础资料。持此，内行自可作为表演的参考，京剧爱好者也可以作为演习的蓝本。

这一工作，对于京剧剧目的基本建设虽然可谓之善举，但具体做起来却困难多多。首当其冲的就是剧目的选定。京剧剧目虽称汗牛充栋，但保存下来的资料却十分有限。京剧形成初期，以“老生三杰”又称“前三鼎甲”的程长庚、余三胜、张二奎为代表的一代固然没有留下什么音像文字资料；即或以“老生新三杰”又称“后三鼎甲”的谭鑫培、孙菊仙、汪桂芬为代表的一代除了少量的唱片外也没有完整的剧目传下来，所以我们的剧目整理工作只能从民国初年以降的“四大须生”、“四大名旦”开始。他们受熏陶于前辈艺术家，可谓传统的集大成而又能创新的一代，整理剧目以他们为重点自然最合适不过。遗憾的是这些艺术大师大都已经作古，得到他们指点和首肯已不可能，为此，我们只能通过其亲传或再传弟子来进行流派剧目的整理工作。从中我们更深地体会到抢救要及时，当初未能抢救下来现在也不要嫌晚而不为，抢救一点是一点，否则能够保存下来的精华越来越少，越加难向历史向后人交代了。

更难的则是遴选整理者。剧目的全面整理需要全面的人才。我们在组织稿件的过程中却发现这样的人手颇不易得。如果流派创始人或其传人曾在戏校任教，且有较为完整的教案保存下来，今日稍加整理即可选用，自然不是难事。不过这样的情况并不多，大量的剧目尚需要对当年的演出本进行追忆记录，加工整理。曾经受业于流派创始人或其传人的京剧工作者虽然是整理演出本的合适人选，但是他们大都是单位的骨干，忙于演出，忙于剧务，或居于领导职位，很难分出身来。即或肯于应承下一两出戏，也常有如下的情况：能演不能说，能说不能写，能写又不能打谱。因此，完成一个剧目经常需由记录者、整理者和打谱人联袂而行，倘再加上剧目的传授者和提要的撰写人，则非四五人鼎力不可。《中国京剧流派剧目集成》收入二百多出戏，每出戏即使平均两三人参加，也要组织四五百人次。其繁难可以想见，其壮观亦可以想见。当然，这还仅就整理者的数量而言，更为难能可贵的还在于参与者的无私奉献。试想，跟演一出戏或教一出戏相比，以文字整理出一出戏，不仅费时而且费力，无疑是一桩一般人不肯为也不屑为的苦差事，而我们的整理者却能甘之如饴，乐此不疲，没有为京剧事业的传承而不计个人得失的宝贵情操，是难有这种积极性的。不仅如此，随着岁月流逝，整理流派剧日益困难，更需要求助一些老专家，他们或是资深艺员、教师，或是资深票友、戏迷，而今已是硕果仅存的京剧艺术的专家、流派历史的见证人。在他们身上洋溢着一种传承京剧流派的使命感，和对振兴京剧的期待。他们热情地参加到这项工作中来，或亲自动手，为我们整理剧目；或答惑解疑，给我们工作以指导。使我们在受教于他们的同时，油然而生一种深深的敬意。

克服了上述困难，《中国京剧流派剧目集成》终于呈现在读者面前。书中，除了囊括主要流派的主要代表剧目，试图反映京剧鼎盛时期的大致面貌而外，尚有可说道者。

首先是挖掘整理出一批流派剧目，其中不乏已近失传的流派艺术精品。其中共收流派五十余家、剧目二百多出，不仅是从装扮到曲谱俱全，而且半数以上不曾整理出版过，可算是京剧剧目建设的一个不小的工程。下列剧目可为佐证。如王（瑶卿）派名剧《南天门》（今能见到的只剩下王和老谭合拍的剧照）、余（叔岩）派名剧《太平桥》（据说是老谭给余说的开蒙戏）、马派名剧《白蟒台》（写王莽被俘后向旧臣一一乞命事，老生扮演反面人物堪称奇特）、麒派名剧《斩经堂》（其中吴汉的悲剧性格曾引起过热烈争论）、荀派名剧《鱼藻宫》（写吕后残害戚姬事，乃荀派悲剧剧目之一），以及汪（笑侬）派名剧《哭祖庙》、龚（云甫）派名剧《徐母骂曹》、徐（碧云）派名剧《绿珠坠楼》、裘（盛戎）派名剧《打銮驾》等，都是难得一见的流派剧目之珍品。而以“关外唐”名世的唐（韵笙）派名剧经其家人和传人的努力竟整理出其代表作《驱车战将》、《闹朝击犬》、《好鹤失政》、《绝龙岭》、《未央宫斩韩信》、《刀劈三关》等七出之多，堪称流派剧目建设的新收获。除此之外，《中国京剧流派剧目集成》还特别着力于武戏的挖掘整理。较之文戏，武戏更难整理，需要将演员在台上的动作招式一一准确地反映出来，没有深入的钻研领会、亲身体验，很难下笔。众所周知，杨小楼作为一代武生宗师，其“武戏文唱”乃武生的不二法门，也是令人神往的一种表演境界，在武戏剧目整理中理应得到体现。资深票友朱家溍先生得其真传，整理了杨派名剧《麒麟阁》，并详细记述了前后六次观剧的心得，惜乎不及将其用工尺谱记下的昆曲吹腔翻为简谱便溘然而逝了。另一出杨派名剧《镇潭州》则是根据京剧耆儒刘曾复先生的讲授整理出来的，其中杨再兴上场的“蝴蝶霸”、和岳飞对打的“枪架子”，皆独得杨派之秘，给人以再闻《广陵散》般的惊喜。此外，高盛麟的《长坂坡》、《走麦城》，王金璐的《落马湖》、《蚆蜡庙》也都走的杨派的路子，有的就是直接跟杨宗师学的。南派大武生盖叫天武功盖世，他的剧目身后却乏人整理，多亏移居上海的原中国戏校武功教师赵雅枫先生以耄耋之年勉力整出《一箭仇》，也算保存了盖派一脉。还值得一提的是收获了一批武丑戏。叶盛章当年是以武丑戏挂头牌演大轴的第一人，勇于创新，能戏甚伙，现将其创作的名剧《酒丐》、《祥梅寺》、《打瓜园》、《徐良出世》、《三盗九龙杯》、《铜网阵》等七出代表作一并推出，既再现了叶氏当年神勇，也为乏人承继的武丑行当提供一些演习之本。尤为可喜的是我们也挖掘整理出富连成科班总教习、文丑“萧派”创始人萧长华老先生的《选元戎》、《荡湖船》、《变羊记》等已近绝迹舞台的拿手剧目。凡此，整理者挖掘流派剧目的辛勤劳作成果，均为我们编纂“集成”增添了光彩。

为了方便读者翻检使用，本书采取四五出戏合编一册的形式，这样全书约有五十册之多，并拟分三批推出。第一批为老生行的余派，以及号称“南麒、北马、关外唐”的三派，和武丑行的叶（盛章）派，计五家八册。第二批则以旦行“梅、尚、程、荀”为代表，包括老旦、刀马旦等流派。第三批是老生、小生、武生、净、丑等其他流派。

预期一两年内出齐。倘若其中有重要疏漏，又得人整理，亦可考虑编辑出版“集外集”，以满足读者的需求，也使这部“集成”更为名副其实。

当然，《中国京剧流派剧目集成》的编纂，其目的只在提供流派剧目作为研究家和后学者的参考借鉴。而流派、流派，意重在“流”。所谓流，指流行和流变。流派艺术正是在流行、流变中最终形成的，即或在最终形成之后，也还是靠流行、流变而发展的，倘若泥古不化，抱残守缺，就会失掉其鲜活的生命力，艺苑奇葩也会枯萎，这已为京剧发展史所证明。不过，流派艺术发展也需要有个前提，那就是首先要掌握渗透在表演程式唱念做打、手眼身发步中的艺术个性，而流派剧目就是其艺术个性展现的载体。继承流派艺术，不能只满足于模拟外在的“体”，更要在剧目演练中去体味其艺术个性的“魂”，这样才能促使京剧流派艺术从剧目建设到表演个性都得到发扬光大。此乃传承流派剧目的题内之义，自毋庸赘言。

目录

梅兰芳

宋铁铮　整理

奇双会

梅兰芳　俞振飞演出本

京剧《奇双会》分“哭监”、“写状”、“三拉”三折。属于用笛子伴奏的板腔体，俗称吹腔，和正宗昆曲不同处是含有过门。据传，此剧原为汉剧或徽班的剧目，是京剧小生始祖徐小香的拿手戏，当时由胡喜禄演李桂枝、程长庚饰李奇。此剧的小生、旦角、老生都很重要，人才不齐的剧团不易演出。陈德霖得自昇平署抄本，和王楞仙把“写状”、“三拉”两折演红了。上世纪20年代，梅兰芳向乔蕙兰、陈德霖学得此剧，恢复了“哭监”一折，成了旦角热门戏，程砚秋、荀慧生等也纷纷贴演此剧。程继先饰演的赵宠独擅胜场，旦角演出此剧，都要邀他合作，于是小生都竞演此剧。俞振飞则传自程继先，并曾向天津名票吴颂平请益。

剧情是一个平反冤狱的故事：褒城县李奇贩马为业，丧偶，遗有桂枝和保童姐弟，续娶杨三春。三春行为不轨，乘李奇外出经营，将姐弟二人赶走。李奇归家追问子女，婢女春花被逼悬梁。三春与奸夫田旺便诬陷李奇，买通县官判李奇死刑。

桂枝、保童被逐后途中失散，各自被人收养。桂枝嫁与赵宠。赵宠乃至诚书生，新授褒城县令。赵宠下乡公务，囚牢间啼哭声传入后衙，桂枝有恻隐之心，便私自提问，不料竟是受屈的父亲。

赵宠回衙，桂枝向他诉说情由，恳求援救。赵因此案乃前任所定，无权更改。幸好新按院即将视察，遂体贴温存地百般安慰桂枝，并为她拟写辩状，安排桂枝亲自鸣冤。

事有巧合，新按院竟是苦读多年的李保童，发现告状人是姐姐，公堂不便问话，便拉入后堂详谈；赵宠见状大为恐惧，于是闯入巡按辕门搭救妻子，结果又被保童拉入后衙……在复审案情时，前任胡老爷受贿暴露，畏罪自尽。保童昭雪了冤案，又将李奇拉入后堂，一家骨肉团圆。

作为小生“三会”——《群英会》、《临江会》、《奇双会》，这是一出在京剧中比较难演的小生“对儿戏”。俞师曾据实告知：当初这个剧目是没有老师传授的，看梅兰芳和姜妙香等的演出，很是喜欢。当时没有录音、录像等工具，幸好戏单上印有片段唱词，便和旦角票友翁瑞午，一起约请了在剧团当班底的老师蒋砚香，每人带了拍子簿和铅笔，各自记录，经过多次观摩，才算是“偷”学来了。以前京剧班社都讲究要昆曲打底子，有昆曲身段基础的，学习京剧比较方便。因为他们的昆曲基础深，结果排练以后业余演出，在上海滩一炮打红，自此不可收。据俞师回忆，他在70年的舞台生涯中，在京、昆两个领域，和专业、业余旦角合作（包括堂会），演出此剧有1000多场。当时正值“五四”以后，取消了女子缠足，女性地位空前提高，沪上的新生代女性以学习昆曲、京剧为高尚娱乐，比较文雅的《奇双会》便成了热门剧目。以前和男旦合作有习惯的方式，和名媛淑女、坤伶合演，受历史局限，有些动作需要避嫌，为此在一些细节上俞师对不同性别的合作者有细微不同，总之是体贴而不轻佻。经过长期的舞台实践，运用昆曲的细腻表演和汲取同行的优点，还得到程继先的肯定，使俞振飞演出此剧能够数十年独步剧坛。1945年后与梅兰芳合作时期，凡演此剧，年长一轮的姜妙香，必定让俞振飞演赵宠，自愿配演保童。同行能够如此谦让，被认为是姜、俞二老互敬互爱的戏德。

俞振飞把此剧搬演到昆曲舞台，按昆曲习惯改名《贩马记》，并传授给“昆曲传习所”的顾传玠、朱传茗等人，使它成为一个通俗的昆曲剧目。昆曲吸收花部的剧目，是戏曲史上少见的现象。梅兰芳和俞振飞在合作过程中，删去了游离主线的枝蔓，使表演更为精练合理。俞振飞对服饰还作了一些改革。早先，生行的纱帽没有区别，随着小生行当的发展，有了私房行头，他把清代便帽上称为“帽正”的玉石饰品，移到了纱帽上，使小生纱帽更为精神、美观，更具有年龄、性格特色，如今在各剧种已经蔚然成风。

《奇双会》是一出充满温煦亲情的悲喜剧，所以赵宠对桂枝的调笑，前提是体贴和关怀，目的是为使她忘忧，生气也是瞬间和假嗔，不能忽而肆意调笑，不加尊重，忽而生气指责，这样就难免离题了。还有小生行当的发声的层次是非常丰富的，并不只是高低大小嗓两个音阶，犹如中国的水墨画，浓淡深浅之间，可以墨分五色，不但唱腔的嗓音转换要自然熨帖，技术念白也要有符合中国语音四声特点的韵律美。当然要运用自如，需要的是分辨美恶精粗的领悟和悉心的学习。此剧之难演，在于掌握分寸。

20世纪40年代初，剧作家姚克（电影《清宫秘史》的作者），曾把此剧译成英文发表在《天下月刊》一卷五号，称为《桂枝夫人》(Madam Cassia)，把它推向了世界。笔者幼年时，抗日光复后在上海看到梅、俞、姜和郑传鉴合演此剧，首次接触到吹腔，以后在沪有机会多次观摩他和许多旦角的演出。1960年，俞师特地让我观摩了他和梅兰芳、姜妙香等为全国戏曲演员进修班的示范演出。以前俞师曾传授我多出昆曲，但是直至“文革”后，我已经离开演出团体，此剧才得到俞师实授。1982年，俞师亲自主持，安排师母李蔷华带我参加了上海昆剧团的演出，事前，担心我有心理负担，鼓励我大胆演出，演毕俞师和师母特地又为我细致说戏，排练到午夜1点。1985年，由北京京剧名票南奇先生组织了一场晚会，南奇主演《霸王别姬》，杨洁女士主演《坐宫》，刘长瑜女士和我合作演出《写状》，俞师和师母很关心，又亲临观看并给予鼓励。

俞师已经作古10年了，今年是他老人家的百年诞辰，不才我只是尽我能力把前辈对我的传授和我对他的艺术创造过程的了解，如实地告诉昆曲爱好者。记述动作难免要运用一些戏曲术语，一般性动作只能从略，如有不妥之处，敬请方家指正。

宋铁铮

人物行当

李桂枝	旦（闺门旦）	禁　卒	丑
赵　宠	生（小冠生）	四青袍	杂
李保童	生（小冠生）	四文堂	杂
李　奇	生（老生）	家　院	杂
胡老爷	丑	丫　环	贴旦

服装扮相

李桂枝　俊扮。“哭监”梳大头、缀“点翠头面”、包头巾，绣花褶子、斗篷，彩裤，绣鞋；“写状”除去头巾，换穿红对帔；“三拉”乔装时戴素罗帽，身罩海青。

赵　宠　俊扮。“写状”小生乌纱，蓝官衣，彩裤，厚底靴；“二场”换穿红对帔；“三拉”黑官衣、蓝官衣。

李保童　俊扮。小生乌纱，粉蟒，彩裤，厚底靴。

李　奇　“哭监”髎发髻、蓝绸带、髎满，老斗衣、腰包，黑彩裤，白布袜、福字履；“三拉”帔、老人巾。

胡老爷　豆腐块脸。圆翅乌纱、带丑三绺，黑官衣，黑彩裤，朝方靴。

禁　卒　豆腐块脸。哨子帽，素箭衣，薄底靴。

四青袍　秦椒帽，青袍，快靴。

四文堂　龙套衣，快靴。

家　院　俊扮。黑罗帽，黑褶子、大带、黑彩裤，厚底。

丫　环　同一般丫环的服装扮相。

道具

牙床帐杆	一副	绳索	一份
竹板	一份	垫子	一个
茶盘、茶盅	一份	银子	一锭
桌子	一张	椅子	四把
多呈盘	一个	文房四宝	一份
状子	两份	手铐	一副
拐杖	一根	红桌围椅披	一份

哭 监

〔【撤锣】场上置“小座”，桌上有竹板。“大边”另放一椅，椅背上绑一支竹竿，作为枷床。

〔禁卒内白：“啊哈！”

〔【小锣五击】禁卒上，至“九龙口”。

禁 卒 〔数板〕我做

| 1/4 （多多罗多 | 乙个多 | 多0）| 我做 | 禁子 | 管牢 | 囚，0 | 十人 | 见了 |

（边念边走至台口）

九人 | 愁。 | 有 钱 | 的，0 | 是朋 | 友， | 没钱 | 的， | 打不 | 休来 | 骂不 |

休。 | 哪怕 | 犯人 | 做对 | 头，做 | 0对 | 头！‖ 【小锣住头】

（坐“小座”）

（白）我王二。在这褒城县中，当了一名禁卒。我这监里面，有个老犯人，名叫李奇。自从进得监来，一个钱也没有给我，今天我不免唤他出来，问他要几个钱用用。我说李奇！李奇！与我出来吓！

〔李奇内白：“来了！”

〔【小锣帽儿头】李奇戴手铐上。至“小边”台口，水袖拭泪。

〔吹腔〕正宫调（1＝G）

李 奇

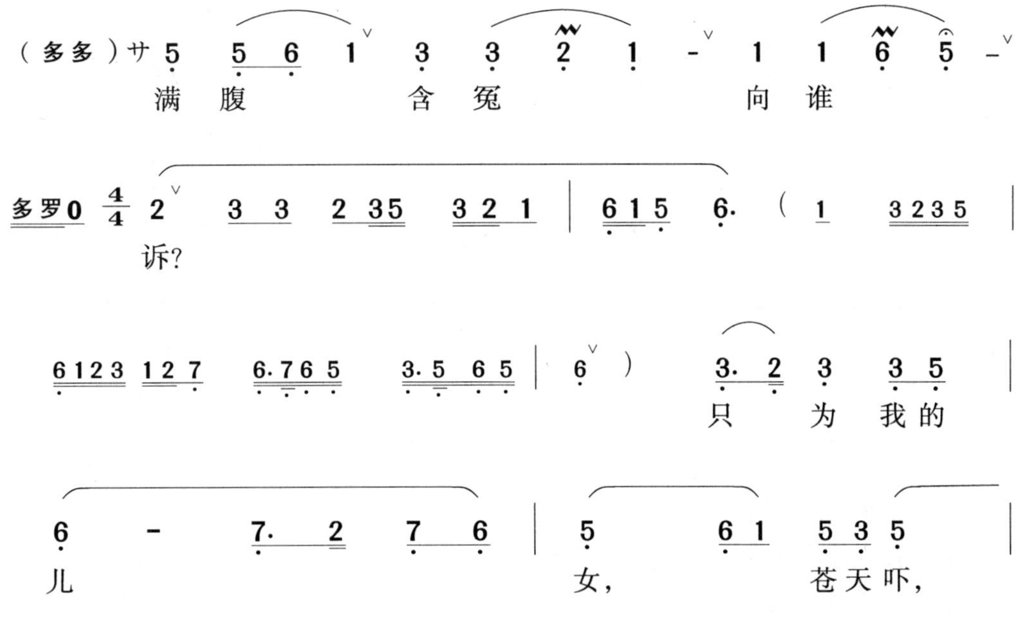

（双手抱拳向天拱手）

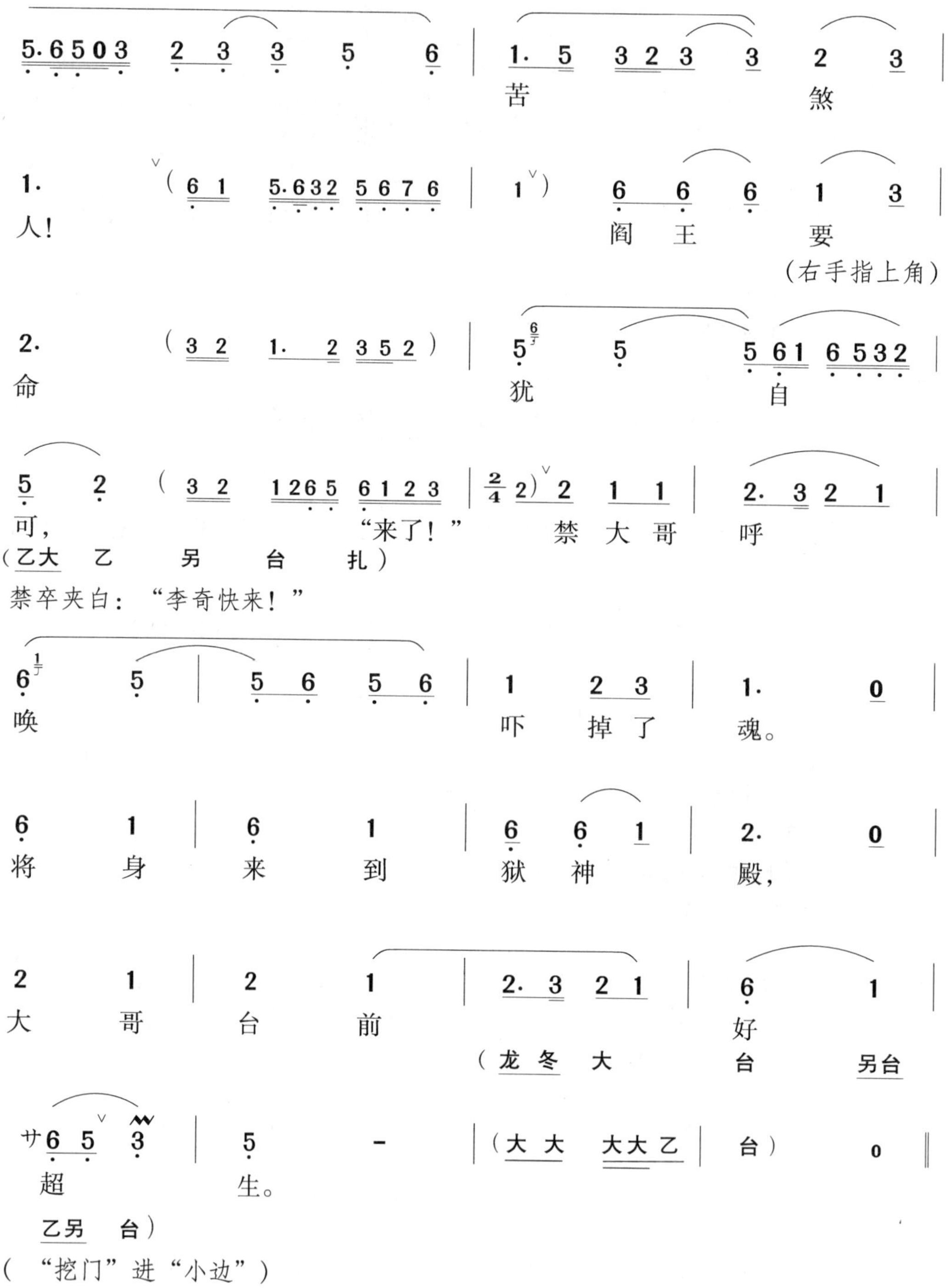

吓大哥，有礼了。

禁　卒　你有理，我没有理！

李　奇　大哥呼唤，有何吩咐？

禁　卒　我说你自从进得监来，一个大钱也没有给我，今天叫你出来，要你拿点儿出来，成不成？

李　奇　啊呀大哥！想我李奇，遭此不白冤枉，哪有银钱送与大哥使用？望大哥行个方便罢！

禁卒 一个行方便，两个行方便，难道让我喝西北风不成？你今天有钱便罢，要是没有，我就要给你点儿厉害尝尝！（右脚踩在椅上，右手高举竹片做欲打状）

李奇 啊呀大哥吓！（单腿跪下）

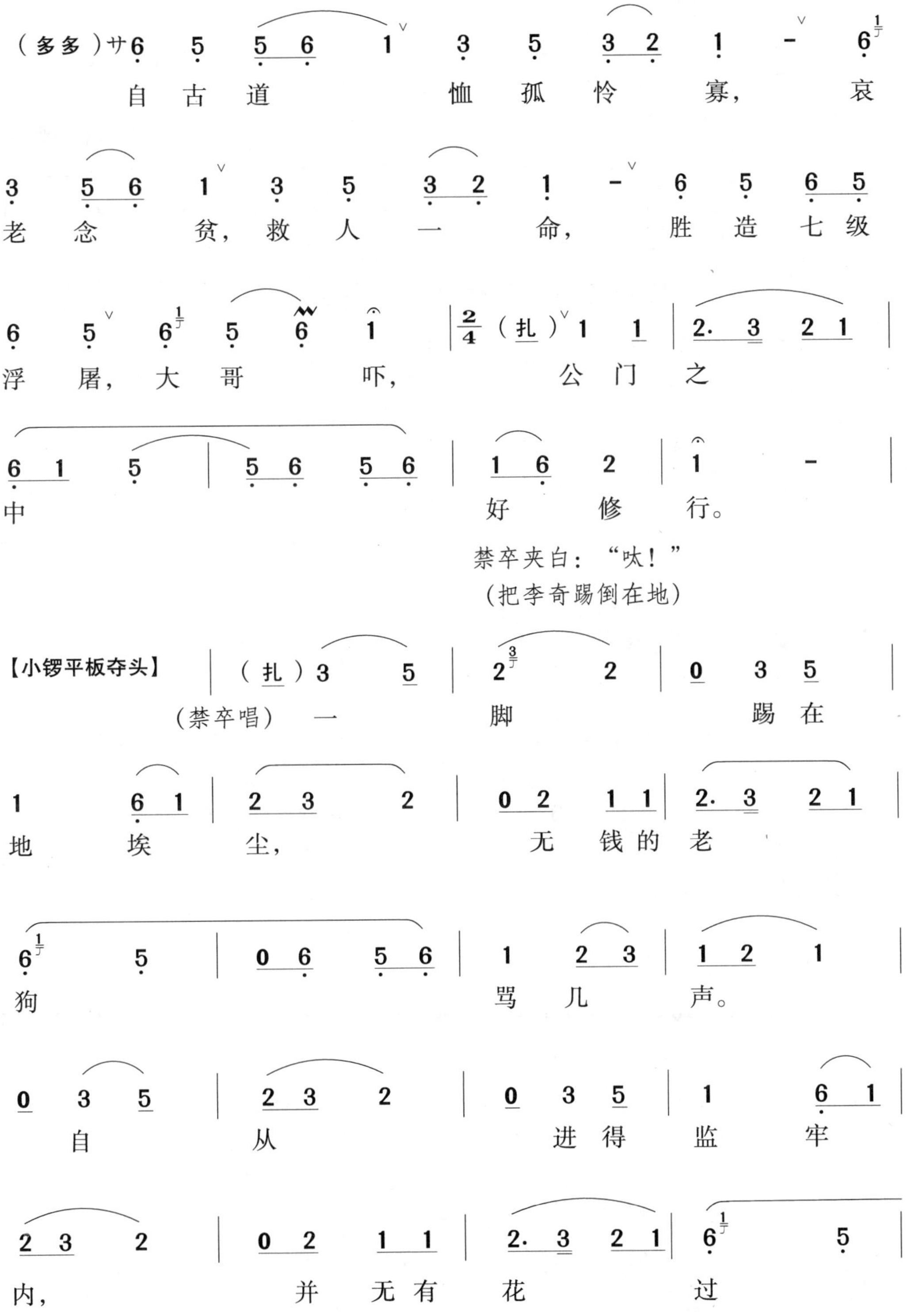

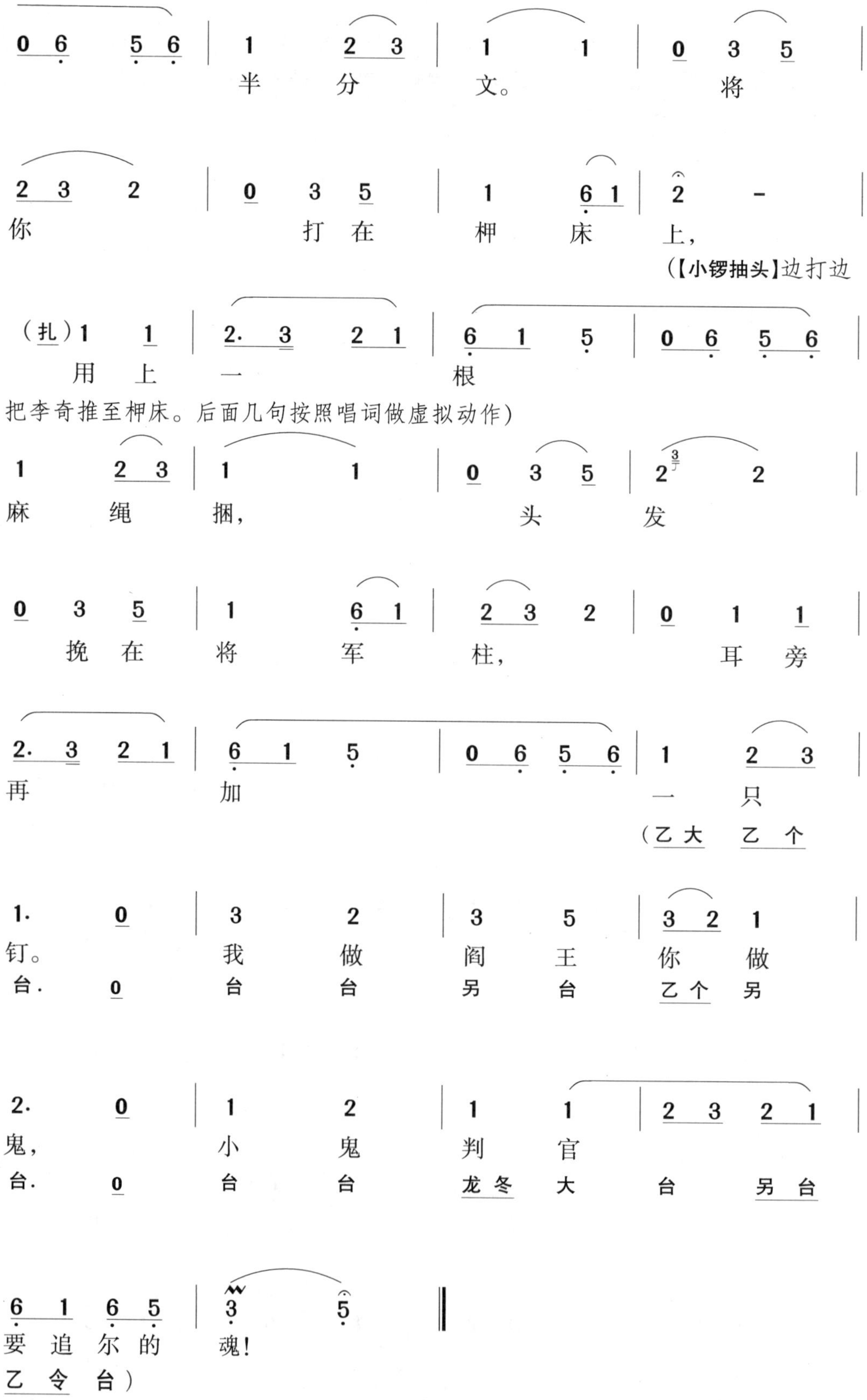
半 分 文。 将
你 打 在 枷 床 上，
（【小锣抽头】边打边
（扎）
用 上 一 根
把李奇推至枷床。后面几句按照唱词做虚拟动作）
麻 绳 捆， 头 发
挽 在 将 军 柱， 耳 旁
再 加 一 只
（乙大 乙 个
钉。 我 做 阎 王 你 做
台. 0 台 台 另 台 乙个 另
鬼， 小 鬼 判 官
台. 0 台 台 龙冬 大 台 另台
要 追 尔 的 魂！
乙令 台）

奇 双 会

〔内白：“王二哥喝酒了！”

禁　卒　来了，来了。李奇，我对你说，现在我要喝酒去了，回来你要是还没有钱给我，嘿嘿，我就要你的老命！

〔内白：“快来！”

禁　卒　来了，来了！（**【小锣打下】**“上场门”下）

〔起**【一更】**

李　奇　咳，想我李奇，好不命苦吓！

（多多）サ6 5 6 1 3 5 3 2 1 - 6 3 5 6 1 3 5 3 2

我李　奇幼年丧　父，中年克　妻，老来丧

1 - 6 5 5 5 5 6 1 1. 1 6 3 5 6 1 - ‖

子，这是我李奇　三、三不幸也，苦　吓！

〔起**【二更】**

李　奇　咳！

（多多）サ5 6 1 1 6 5 5 6 1 2 1 3 5 5 3 2 1 -

我　哭、哭一声李　保　童早死的亲　儿！

5 6 1 1 6 5 5 6 1 2 1 3 5 3 5 3 5 3 2 1 -

我　叫、叫一声李　桂　枝难见面的小　女　儿！

1 6 5 5 6 5 1 6 3 5 5 6 1 - 1 1 2 3

你如今在哪里享荣华受富　贵，　怎　知　道

1 6 3 5 6 6 6 5 6 1 - 3 5 3 2 1 - ‖

为父的在监中受苦？　我的儿　吓！

〔闭上二道幕，撤去柙床，李奇下。另换内室桌椅，再开二道幕。起**【三更】**

〔李桂枝内白：“丫环！”

丫环内白：“有。”

李桂枝内白：“掌灯！”

丫环内白：“是。”

〔**【小锣平板夺头】**丫环持灯随桂枝上。至“九龙口”。

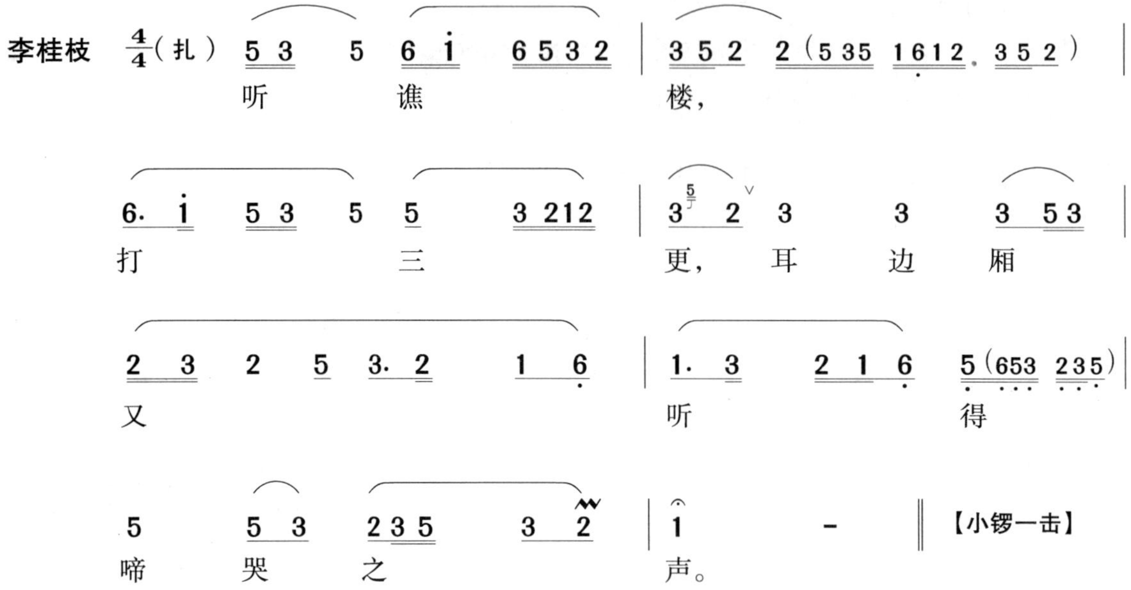

〔“挖门”进，丫环将灯置桌上，桂枝入座，丫环站在桂枝右侧。

李桂枝 丫环。

丫　环 有。

李桂枝 想这夜半三更，不知何人在外啼哭，你唤院公前去问来。

丫　环 是。吓，院公哪里？

〔**【小锣一击】**家院上。

家　院 丫环姐，何事？

丫　环 夫人说夜半三更，何人在外啼哭？夫人命你前去问来。

家　院 是。（转向“上场门”）三班六房们！

〔内白：“干什么？”

家　院 你们可有人啼哭？

〔内白：“我们办公的办公，造册的造册，无人啼哭。”

家　院 是。启夫人，他们言道，办公的办公，造册的造册，无人啼哭。

李桂枝 喔，无人啼哭。

家　院 正是

李桂枝 你到监中去问来！

家　院 是。（转向“下场门”）禁卒快来！

〔禁卒上。

禁　卒 什么事？

家　院 你监中可有人啼哭？

禁　卒 没有人啼哭。

家　院 哎，夫人听见了。

禁　卒 喔，有一个老犯人，被前任老爷打得棒伤疼痛，故而啼哭。

家　院 原来如此。你且候着，待我回禀。

禁　卒 是。（ “下场门”下）

家　院　启夫人，监中有一老犯人，被前任老爷打得棒伤疼痛，故而啼哭。

李桂枝　啊呀且住！**【小锣一击】**（桂枝站起上步）想那老犯人，哭得如此凄惨，这内中定有缘故。啊家院，你去到监中，将那老犯人提出监来，夫人要亲自问话。

家　院　老爷回衙，降下罪来，何人担待？

李桂枝　老爷回来，由夫人作主。

家　院　是。啊禁卒！

「禁卒内白：“来了！来了！”从“下场门”上。

禁　卒　又什么事？

家　院　快将那老犯人提出监来，夫人要亲自问话。

禁　卒　老爷回来，小人担待不起。

家　院　老爷回来由夫人作主。

禁　卒　那好！那好！李奇走动吓！**【小锣一击】**

「李奇由“下场门”上。

李　奇　大哥，我是打不起了！

禁　卒　谁打你？夫人要你出去问话，可别说我打你吓！

李　奇　喔，是、是、是。（禁卒带李奇出监门）

家　院　随我来。（家院引禁卒、李奇进门，李奇在中间，家院归“大边”，禁卒归“大边”台口）见了夫人。**【小锣一击】**

李　奇　是。（向桂枝下跪）夫人在上，老犯人叩头。

「桂枝微惊起立，转身站椅侧。

李桂枝　啊呀且住！**【小锣一击】**那老犯人偌大年纪，与我屈膝，于心何忍?啊院公，命那老犯人脸朝外跪，垫膝回话。（转身，面朝里站）

家　院　是。禁卒，夫人命那老犯人脸朝外跪，垫膝回话。

禁　卒　他哪儿来的垫呀？

家　院　如此，把你的被褥拿来！

禁　卒　我的被窝早就当了。

家　院　胡说！快去拿来！

禁　卒　得，算我倒霉。

「禁卒下，取垫子复上，将垫子放在台口。

禁　卒　来了，来了。老犯人，夫人叫你脸朝外跪，垫膝回话。

李　奇　是，是，是。（向外垫膝跪下）

家　院　夫人，犯人垫膝已毕。

李桂枝　尔等退下！（坐下）

「**【小锣一击】**家院、禁卒同下。

李桂枝　啊，这一老犯人，把你犯罪情由，一一讲来。

李　奇　唉！夫人容禀。

（多多）サ 5̣ 5̣6̣ 1 3̣ 5̣ 3̣ 2̣ | 1̣ -

一 言 诉 不 尽

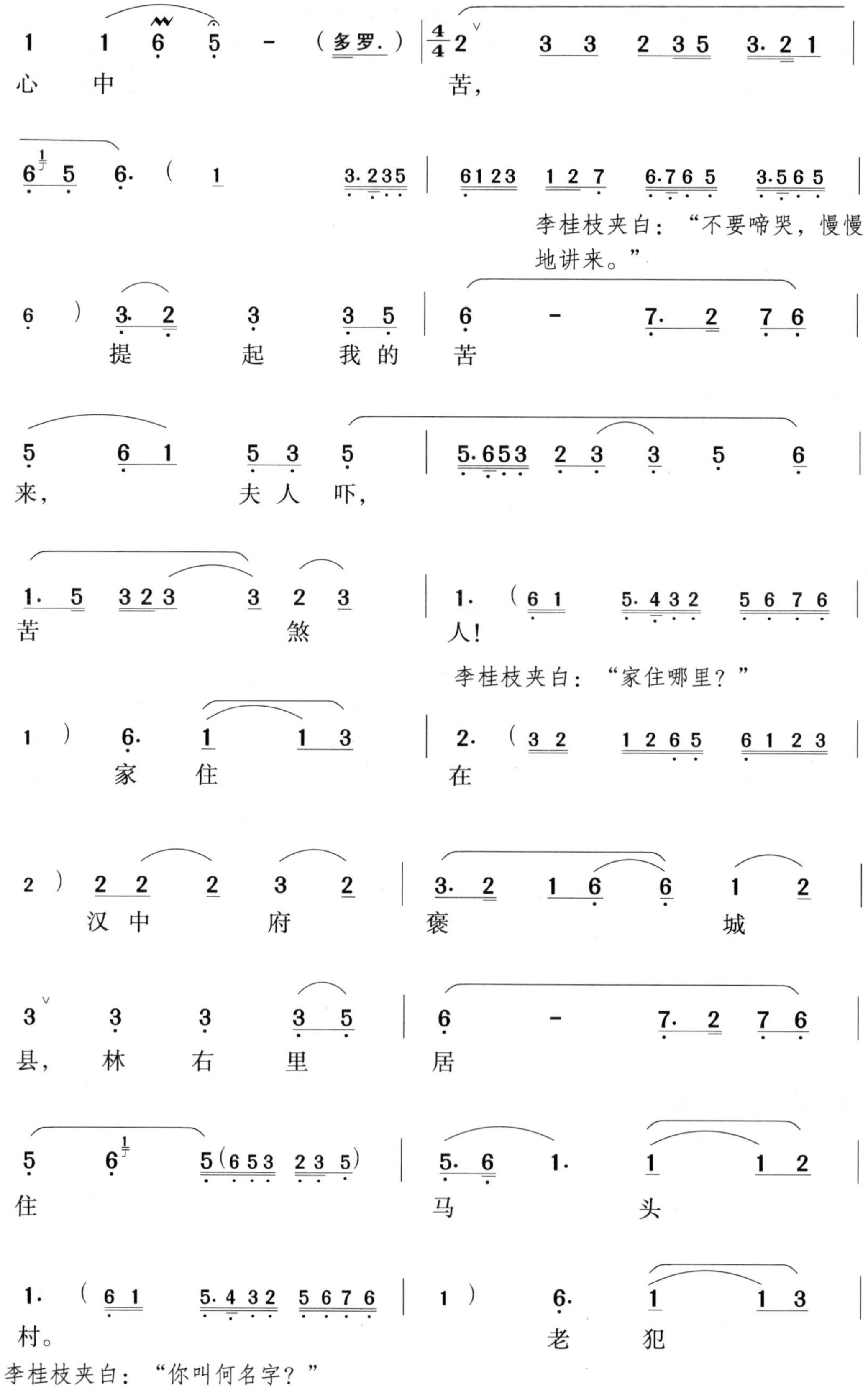
（多罗.）
心 中 苦，
李桂枝夹白：“不要啼哭，慢慢地讲来。”
提 起 我的 苦
来， 夫 人 吓，
苦 煞 人！
李桂枝夹白：“家住哪里？”
家 住 在
汉 中 府 褒 城
县， 林 右 里 居
住 马 头
村。 老 犯
李桂枝夹白：“你叫何名字？”

2· （3 2 1 2 6 5 6 1 2 3 | 2 ） 2 2 2 3 2 |
人 名 字

3· 2 1 6 6 1 2 | 3 - ‖
叫 李 奇……

李桂枝 且慢！（**大大 大大 乙大乙 台**）丫环，看茶侍候。

丫 环 是。

〔丫环由“下场门”下。桂枝起立，打背供。

李桂枝 啊呀且住！【**小锣一击**】想李奇乃我爹爹的名字，怎么他、他、他也叫李奇？（**大 大 大 大 大 台** ）嗳，想天下同名同姓，也是有的。待我仔细地问来。啊，这一老犯人，你可有妻子？（仍归座）

李 奇 夫人哪！

（扎） 3 3 3 5 | 6 - 7· 2 7 6 |
结 发 妻 王

5 6 5·（6 5 3 2 3 5 ） | 5· 6 1 1 1 2 |
氏 命 早 归

1· （6 1 5· 4 3 2 5 6 7 6 | 1 ） 6 6 6 1 3 |
阴。① 所 生 一

李桂枝夹白：“可有儿女？”

2· （3 2 1· 2 3 5 2 ） | 1· 2 1 1 5 6 |
男 并 一

李桂枝夹白：“叫何名字？”

5 3 3 3 5 | 6 - 7· 2 7 6 |
女，保 童、 桂

5 6 5·（6 5 3 2 3 5 ） | 5· 6 1 1 1 2 |
枝 姐 弟 二

（李桂枝双外折袖高举，欲扑上前）

（李桂枝夹白：“啊呀爹……”急忙以袖掩面，转身啜泣）

① 此段唱词通过指点比划叙述内容，动作出乎内心，不必刻板规定。

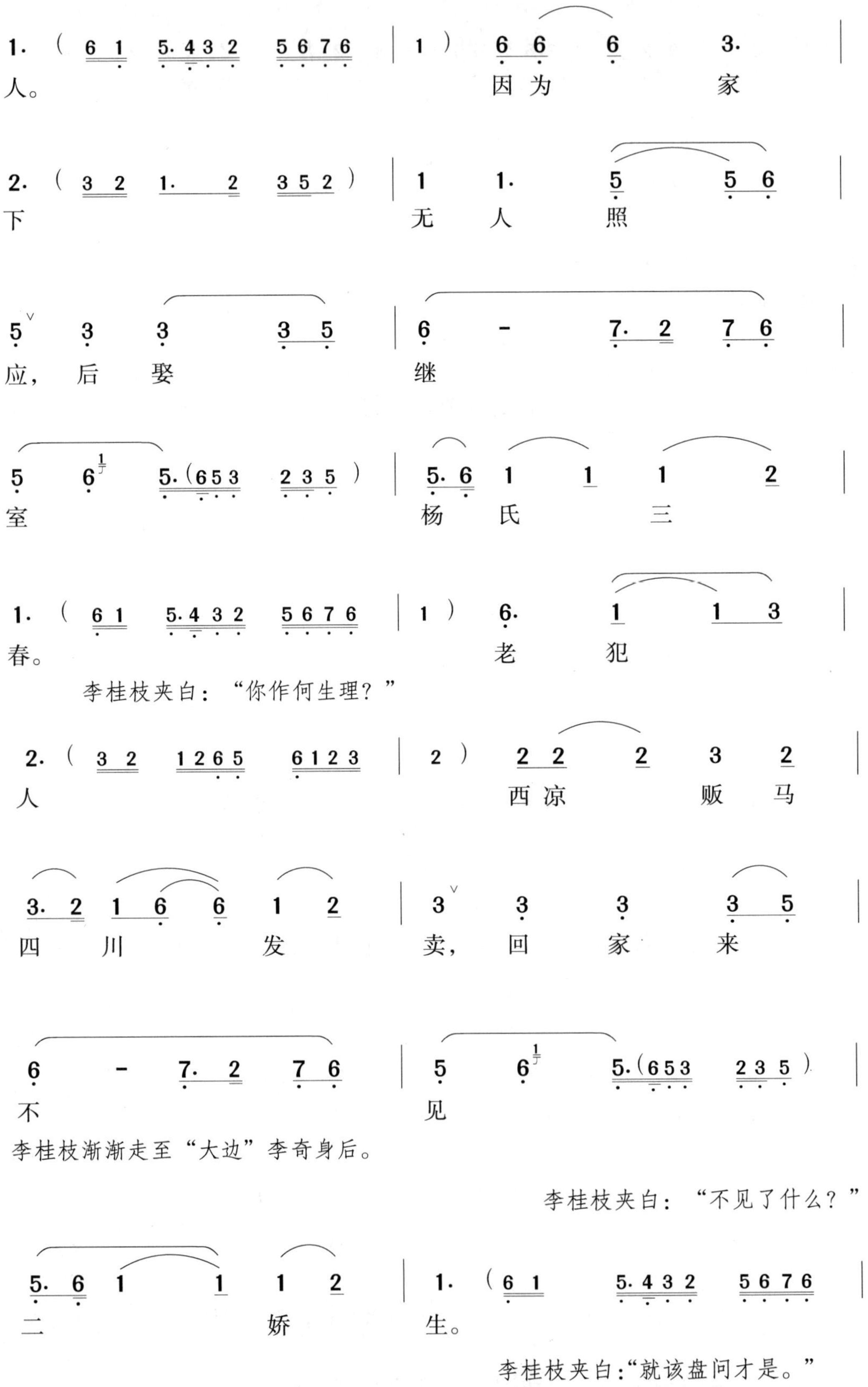
人。 因为家
下 无人照
应，后娶继
室 杨氏三
春。 老犯
李桂枝夹白：“你作何生理？”
人 西凉贩马
四川发 卖，回家来
不 见
李桂枝渐渐走至“大边”李奇身后。
李桂枝夹白：“不见了什么？”
二 娇 生。
李桂枝夹白:“就该盘问才是。”

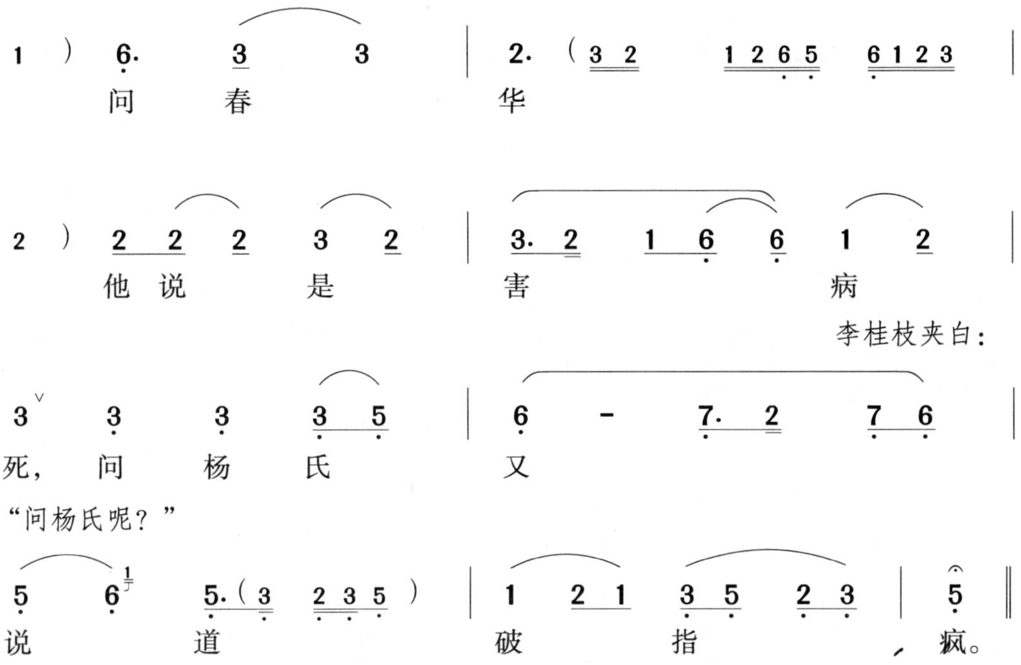

李桂枝 且慢！（大 台）我想一个人得了两样的病症，岂不是假的呀。
李　奇 本来是假的。
李桂枝 难道就罢了不成。
李　奇 啊呀！夫人吓！

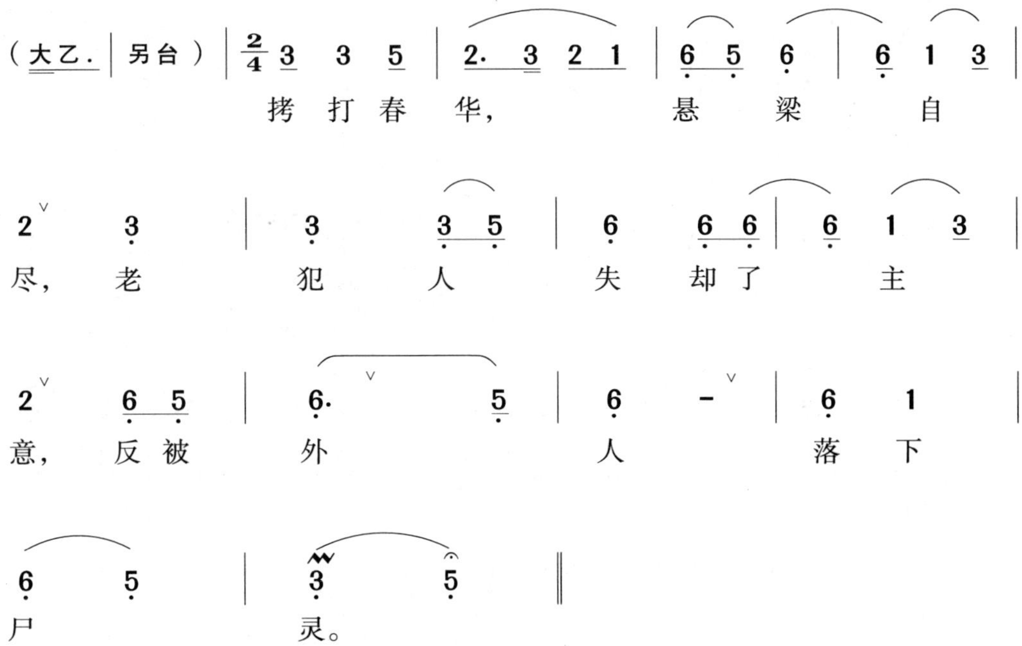

李桂枝 咳，千不是，万不是，不该将尸灵落在外人之手，这是你大大的失了主意了！
李　奇 本来是老犯人大大地失了主意。
李桂枝 后来呢？
李　奇 以后呵！

4/4 （扎）6 0 1 3 | 2.（3 2 1265 6123 |
那 田 旺

2）2 2 2 3 2 | 3. 2 1 6 6 1 2 | 3 ‖
向 犯 人 要 银 子……

（李桂枝关注地在李奇身后慢步移至“小边”）

李桂枝 且慢！你可有银子与他？

李　奇 慢说无有银钱，纵有银钱，

0 0 | 扎 3 3 3 5 | 6 - 7. 2 7 6 |
（喏、 喏、 喏！）我 岂 肯 将

5 6 5.（653 235）| 5. 6 1. 1 1 2 |
假 买 成 了

1.（6 1 5.432 5676 | 1）6 6 6 1 3 |
真？ 一 纸 谎
（李桂枝走向“小边”拭泪）

2.（3 2 1. 2 352）| 1 1. 5 5 6 |
状 当 堂

5 3 3 3 5 | 6 - 7. 2 7 6 |
呈，胡 老 爷 受

5 6 5.（653 235）| 5. 6 1. 1 1 2 |
贿 断 不

1.（6 1 5.432 5676 | 1）6 0 3 3 |
清。 上 公（啊）

李桂枝夹白：“上公堂便怎样？”

2.（3 2 1265 6123 | 2）2 2 2 3 2 |
堂 先 责 打 我

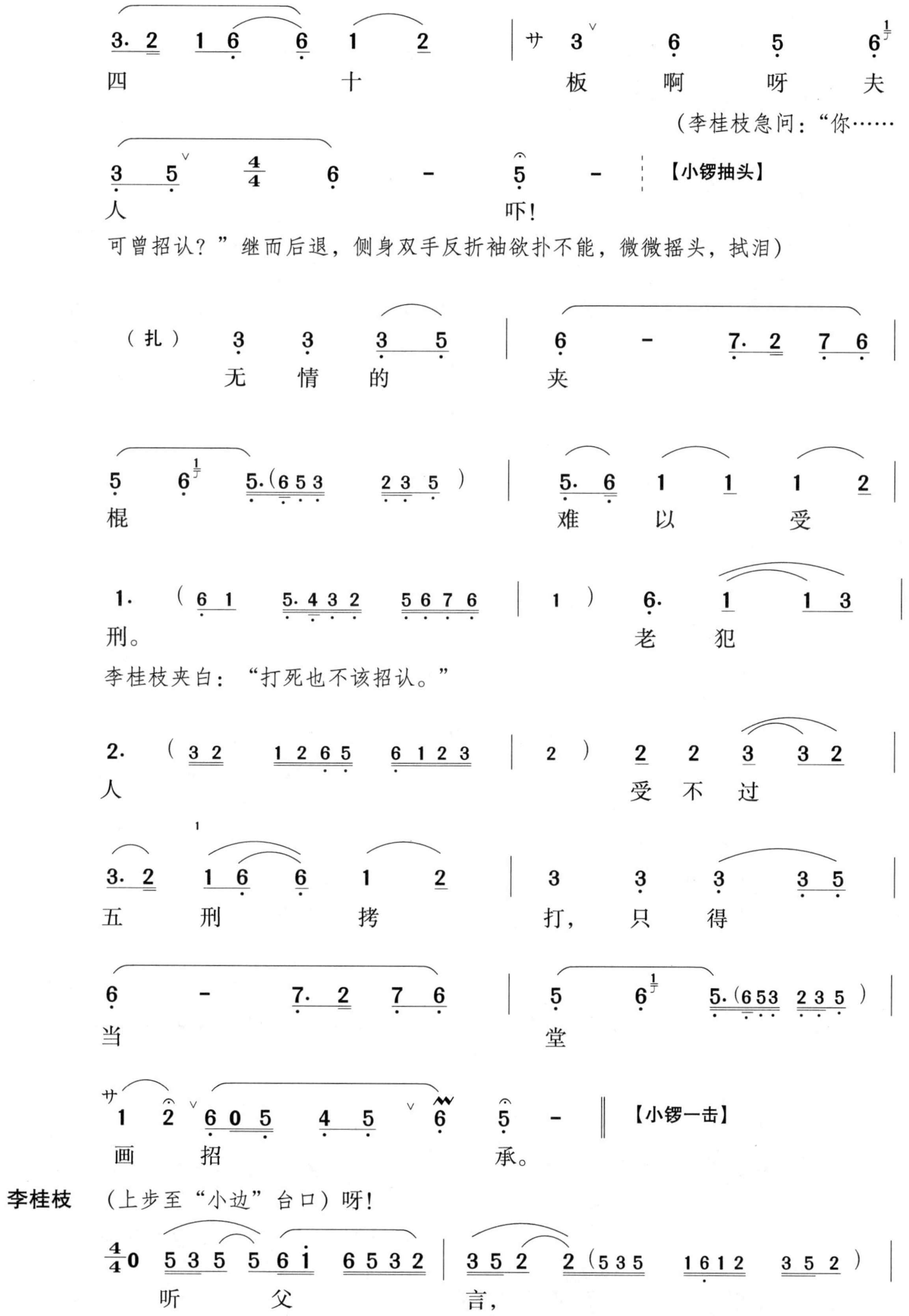
四 十 板 啊 呀 夫
(李桂枝急问:“你……
人 吓!
【小锣抽头】
可曾招认?”继而后退,侧身双手反折袖欲扑不能,微微摇头,拭泪)
(扎)
无 情 的 夹
棍 难 以 受
刑。 老 犯
李桂枝夹白:“打死也不该招认。”
人 受 不 过
五 刑 拷 打,只 得
当 堂
画 招 承。
【小锣一击】
李桂枝 (上步至“小边”台口)呀!
听 父 言,

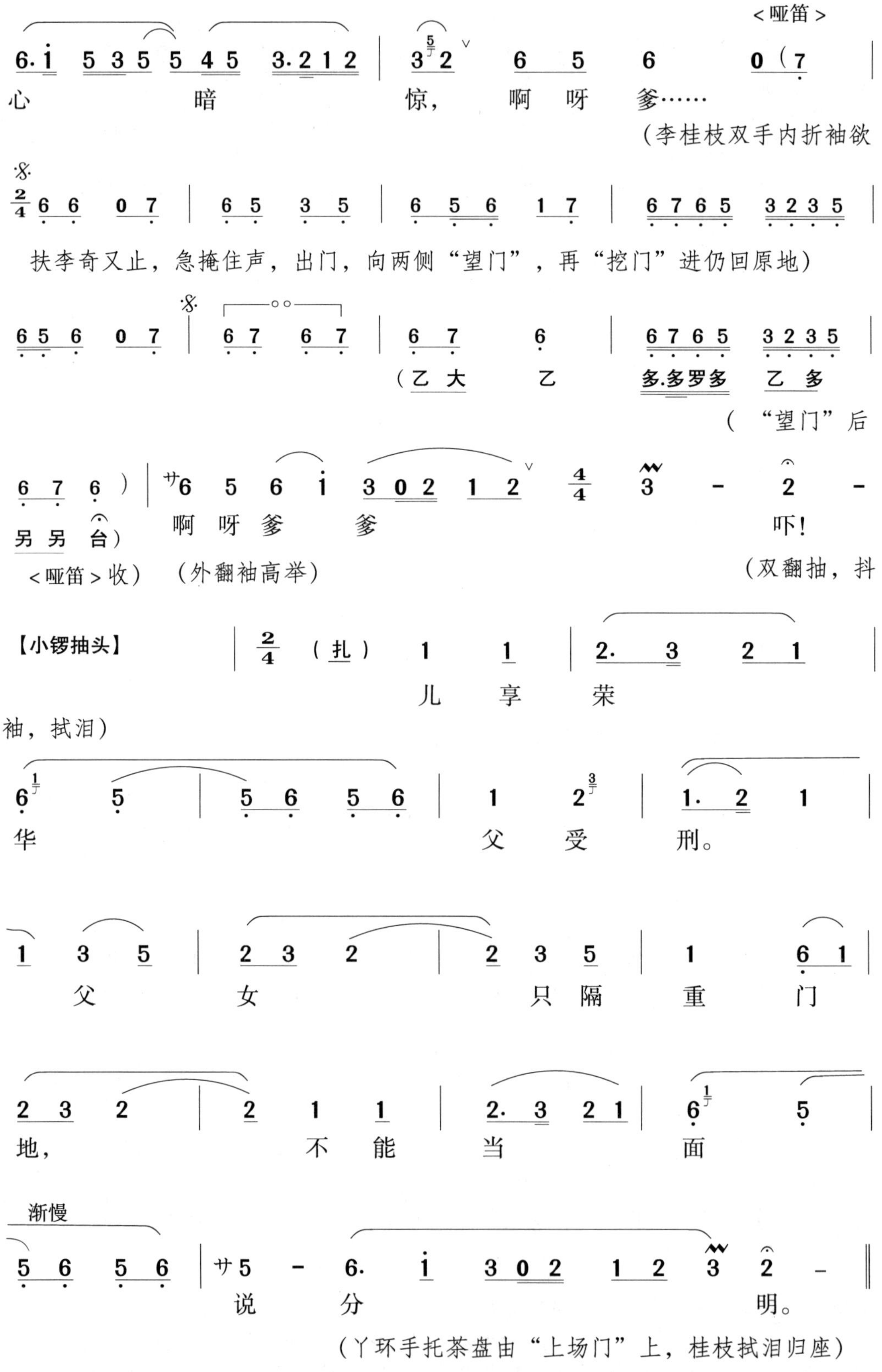

丫　环　夫人请用茶。（大大 大大 大大 大大乙 台）

〔李桂枝掩面不饮。

丫　环　夫人为何落下泪来？

李桂枝　听那老犯人说得可怜，故而落泪。

丫　环　原来如此。

李桂枝　丫环，取锭银子过来。

丫　环　是。（“上场门”取银子）银子在此。

〔家院暗上。

李桂枝　啊院公，将这锭银子，交与老犯人，与他在监中使用。再吩咐禁卒，不可私自动刑，再若私自动刑，老爷回来，重责不饶！

家　院　是。（从丫环手中接过银子）吓禁卒！（禁卒“下场门”上）夫人赏犯人一锭银子，叫他在监中使用。以后不准你私自动刑，再若私自动刑，定要打断你的狗腿！

禁　卒　我不敢。我说李奇呀，夫人赏你一锭银子，你收下了罢。

李　奇　哦，这是夫人赏的？

禁　卒　不错。

李　奇　就送与大哥了罢。

禁　卒　哈哈哈！（忙将银子收在怀里）我说你吓，真是个好人！

家　院　嘿！有了银子，就是好人，真是个势利小人！

禁　卒　别骂人！老犯人，谢过夫人。

李　奇　是。（李奇站起，向桂枝行礼）多谢夫人。

李桂枝　不要谢了，回监去吧。（禁卒拣起垫子）

李　奇　啊夫人，此番老爷回衙呵！

（大 乙. | 另 台 ）| 2/4 3 3 5 | 2 2 | 2 3 5 |
将 犯 人 冤 枉

1 6 1 | 2 3 2 | 2 2 1 1 | 2. 3 2 1 |
诉 一 遍， 一 重 恩 答

6 5 | 5 6 5 6 | 1 2 3 | 1 – ‖【小锣抽头】禁卒带
报 九 重 恩！

李奇“下场门”下。桂枝哭。紧随李奇走向台口，注视李奇的背影，伤心拭泪。

李桂枝　扎 3 5 | 2 2 | 2 3 5 | 1 6 1 |
待 等 相 公 回 衙

2 2 | 2 2 1 1 | 2. 3 2 1 | 6 5 |
转， 把 父 的 含 冤

5 6 5 6 | 1 2 | 1 ‖

说 分 明。

〔【小锣下场】桂枝拭泪，由“上场门”下，丫环持灯随下。

写 状

〔【撤锣】接【小锣上场】四青袍“站门”，赵宠右手提官衣襟，在【小锣帽儿头】中至“九龙口”亮相，不用抖袖整冠。【小锣原场】继续走到台口正中。右手轻抖袖后端带。【小锣归位】

赵 宠 （引子） サ1 3 2 1 3 -【小锣二击】0 0 2 1 1 2 1 6 6 5 6 7 6 ‖

保障一方，最 安 宁。 且喜新授，褒 城 县 令。

（右手平抚） （右手食指指纱帽）

（【小锣上场】双手端带，微晃。引子结束后转身入“小座”）【小锣归位】

（诗）一行作吏，两袖清风。

连日忙碌，只为劝农。

下官赵宠，（扎）二甲进士出身，蒙圣恩，除授褒城县令。奉上司之命，下乡劝农。且喜公事完毕，不免回衙理事。左右！

四青袍 有。

赵 宠 打道回衙！

四青袍 吓！

〔奏唢呐曲牌<六幺令>接<小傍妆台>赵宠起身至台前，低头抬腿，做入轿动作，两青袍放轿帘，领起圆场，至“小边”，青袍站“一条鞭”，一青袍掀帘，赵宠低头出轿，院子上迎赵宠。

家 院 迎接老爷。

赵 宠 看衣更换。

〔赵宠由“下场门”下，四青袍进门站成“横一字”，家院把椅子摆“八字座”。

〔赵宠更换红帔上，两手示意退下，四青袍向外转身分下，曲牌止。

赵 宠 来！

家 院 有。

赵 宠 有请夫人出堂！（返身坐“大边”座位、侧身坐，右肘可斜靠椅背）

家 院 有请夫人出堂。（由“下场门”下）

〔【小锣打上】桂枝“上场门”上，至“小边”台口。

李桂枝 （引子）

サ3 5 3 5 6 5 3 - 6 1 1 2 1 6 5 6 - ‖

父 受 含 冤 事， 何 日 得 报 明？

（赵宠听到桂枝来到，起身至台中，出门相迎）

赵 宠 啊，夫人。

李桂枝 相公回来了。

赵 宠 下官回来了。夫人请坐。

李桂枝 相公请坐。**【小锣归位】**

〔赵宠、桂枝双双坐下。赵宠正欲与桂枝说话，桂枝哭，（大 大 大 大 大大 乙 台）赵宠为之一愣。

赵 宠 啊！夫人，想下官下乡劝农回来，夫人就该欢喜才是，怎么掩面悲啼，却是为了何事啊？

李桂枝 相公不在衙内，妾身犯了你的大法了。

赵 宠 哟！夫人么，犯了下官的什么大法？

李桂枝 昨晚三更时分，私将那监禁门开了！

赵 宠 （惊）哦！（起立后一顿坐）（大大 大大 乙 台）夫人昨晚三更，私将那监禁门开、开、开了？

李桂枝 正是。

赵 宠 嘟！**【小锣一击】**（双手锥拳向桂枝表示气恼）

李桂枝 （哭）喂呀！（大 大 大大 乙 台）

赵 宠 想下官不在衙内，这监禁门，岂是胡乱开得的？倘若走漏一名犯人，被上司闻知，我这，喏，（右手轮指弹纱帽有声）我这小小前程，岂不断送你手？你干出此事，真正的大胆！岂有此理呀！（抖右袖，左侧身搁右腿坐，做生气状）

李桂枝 唉！相公吓！

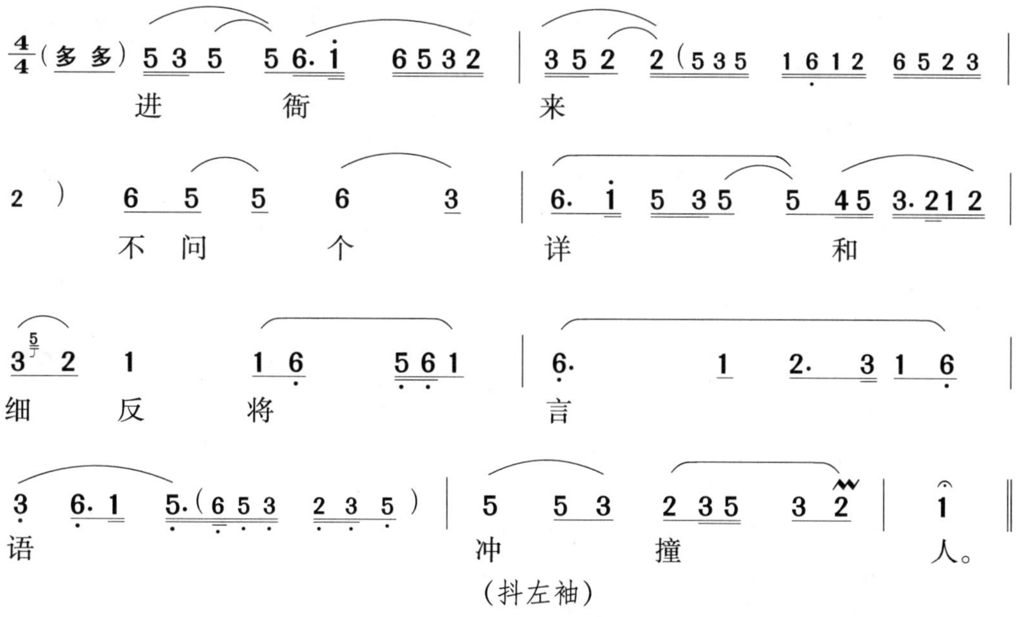

赵 宠 吓？怎么倒说我冲撞你！想你也是知书达礼之人，这监禁门，岂是胡乱开得的？下官的前程都不顾了，你讲出此话，只怕有些欠通吧，嘿，欠、欠、欠通之极矣吓！（左手捏住右袖，右手食指在鼻下一擦，同时吸气，做文人吸气状。右手向右下方一指，右腿翘起搁在左腿上）

李桂枝 相公吓！

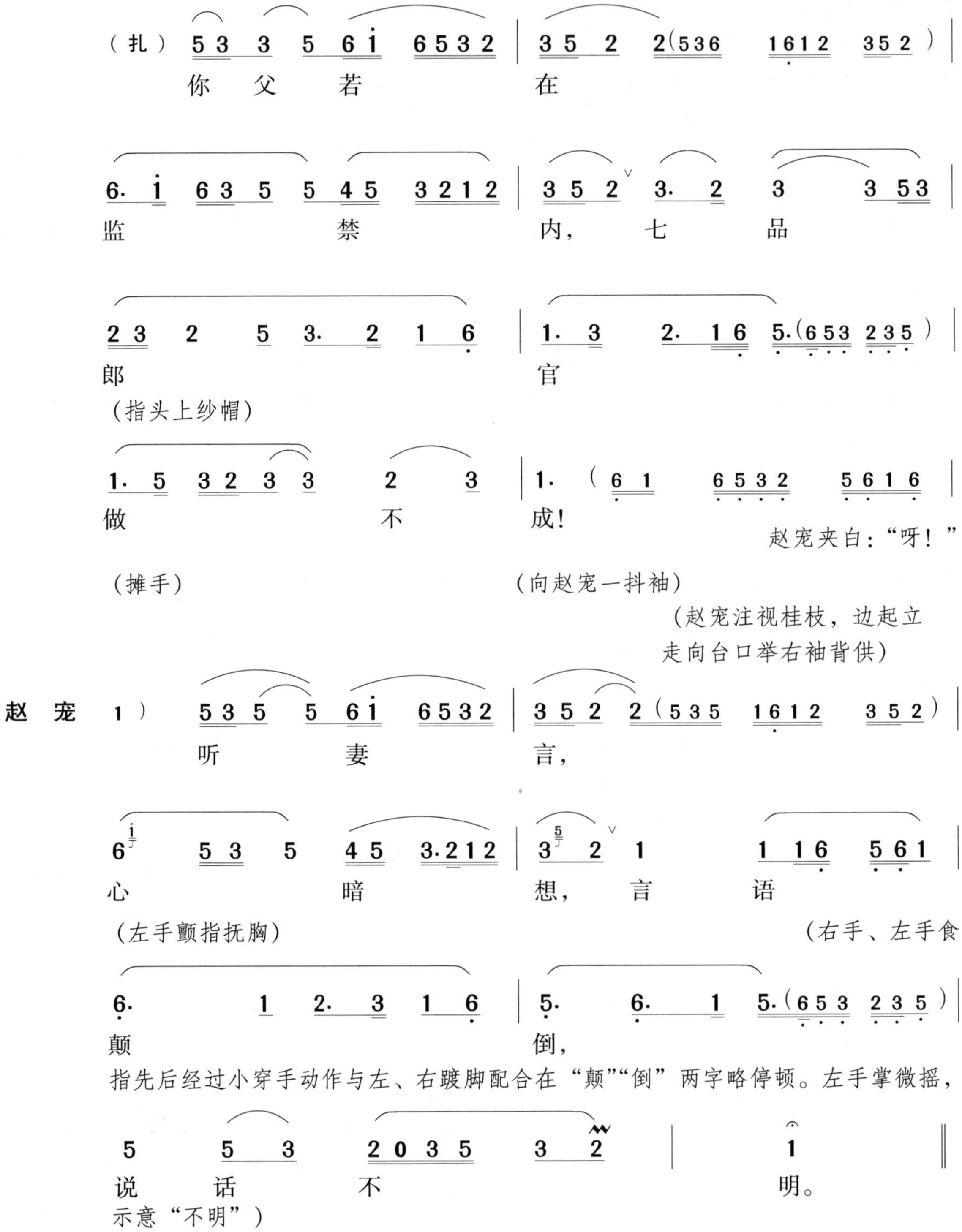

啊呀且住！（大 大 大大乙 台）方才听夫人言道，我父若在监禁内，这七品郎官做不成。啊呀！这是什么缘故呢？（大大乙 台）喔，不免上前，问个明白。（双手拎帔转身向桂枝走两步）

［桂枝哭。

［赵宠两膀往后一夹猛吸一口气，再转向观众。

赵 宠 啊呀呀，我话还未曾问她，她倒又在那里啼哭起来。啊呀，这、这、这…… 【小锣一击】哦，有了！想我与夫人，成婚未久，乃是少年夫妻，不免上前赔个笑脸，（右手掠眉）也就完了。啊夫人！（一笑）嗐！夫人吓！（紧上三步，腿要微蹲，使纱帽翅上下颤动）

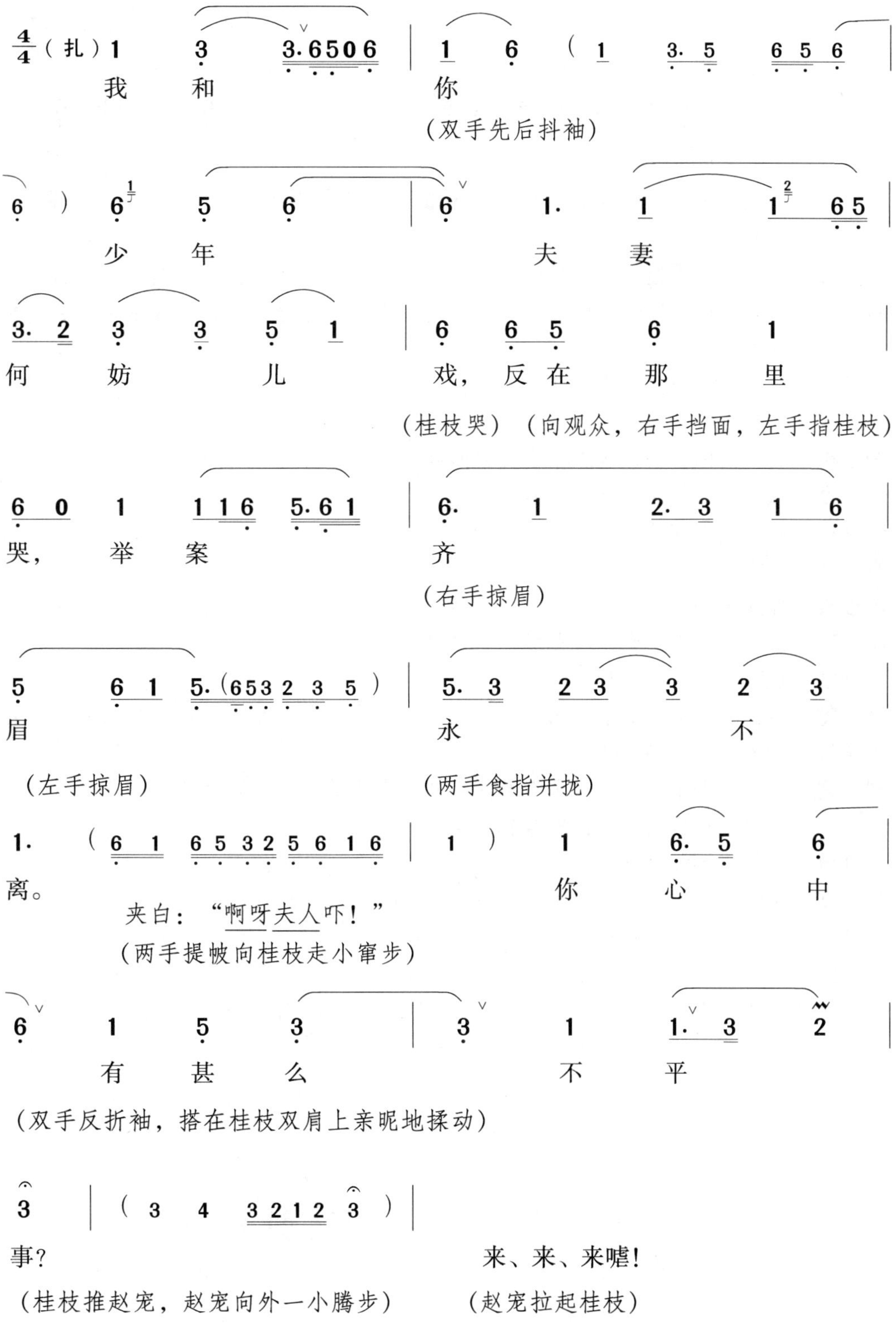

（扎）1　6 5 | 6.　1　2. 3　1 6 |
向　下　官　说

（赵宠拉住桂枝的右手，向外前方迈步，桂枝也同时向外迈步，动作与赵宠对称。每向前一步，停留一下，二人一对脸；然后再向前迈步，再停；

5　6 1　5.（6532 2 3 5） | 3　5　6 1　5 6 | 1 － ‖
一　个　详　和　细。

共迈三步。两人执手同时往里双推袖，再往外双推袖，还原，然后同时双抖袖分开）

李桂枝 妾身纵有满腹含冤，对相公说了，不能与我作主，也是枉然。

赵　宠 夫人有什么满腹含冤，对下官言讲，我能与你分忧解愁。（右穿手后，左手托右腕右食指划一小圈）

李桂枝 哦！相公与我分忧解愁么？（仿赵宠动作）

赵　宠 正是。

李桂枝 嗳！说出口来，犹恐相公要着恼吓。

赵　宠 咳！我何曾恼过呀？（摊手）

李桂枝 相公是不恼的？

赵　宠 下官是不恼的。

李桂枝 如此……

赵　宠 讲！（贴近半步，右食指轻指桂枝）

李桂枝 喂呀！（注视着赵宠，吸鼻，哭）

赵　宠 呃！呃！呃！恼了！恼了！（双手端正在胸前，身子微蹲假装恼怒）（**大台**）

李桂枝 相公说过不恼的吓。

赵　宠 只要夫人不哭，下官么就不恼；如今夫人要哭，下官么，喏，——诶，恼了哇！（重复前一动作装嗔怒，随即转为笑脸）

李桂枝 如此我不哭就是。

赵　宠 是吓，不要啼哭，慢慢讲来。

李桂枝 咳！相公（哭）吓！

赵　宠 忒！（背供，笑）她倒又哭了。

李桂枝 （多多）サ 3　2　3　2　3　2　1　1　1　6　5 －
一　言　诉　不　尽　心　中

（多罗.）4/4 1. 2　3253　2 35　3. 21 | 61 5　6.　（1　32305 |
苦，

赵宠夹白：

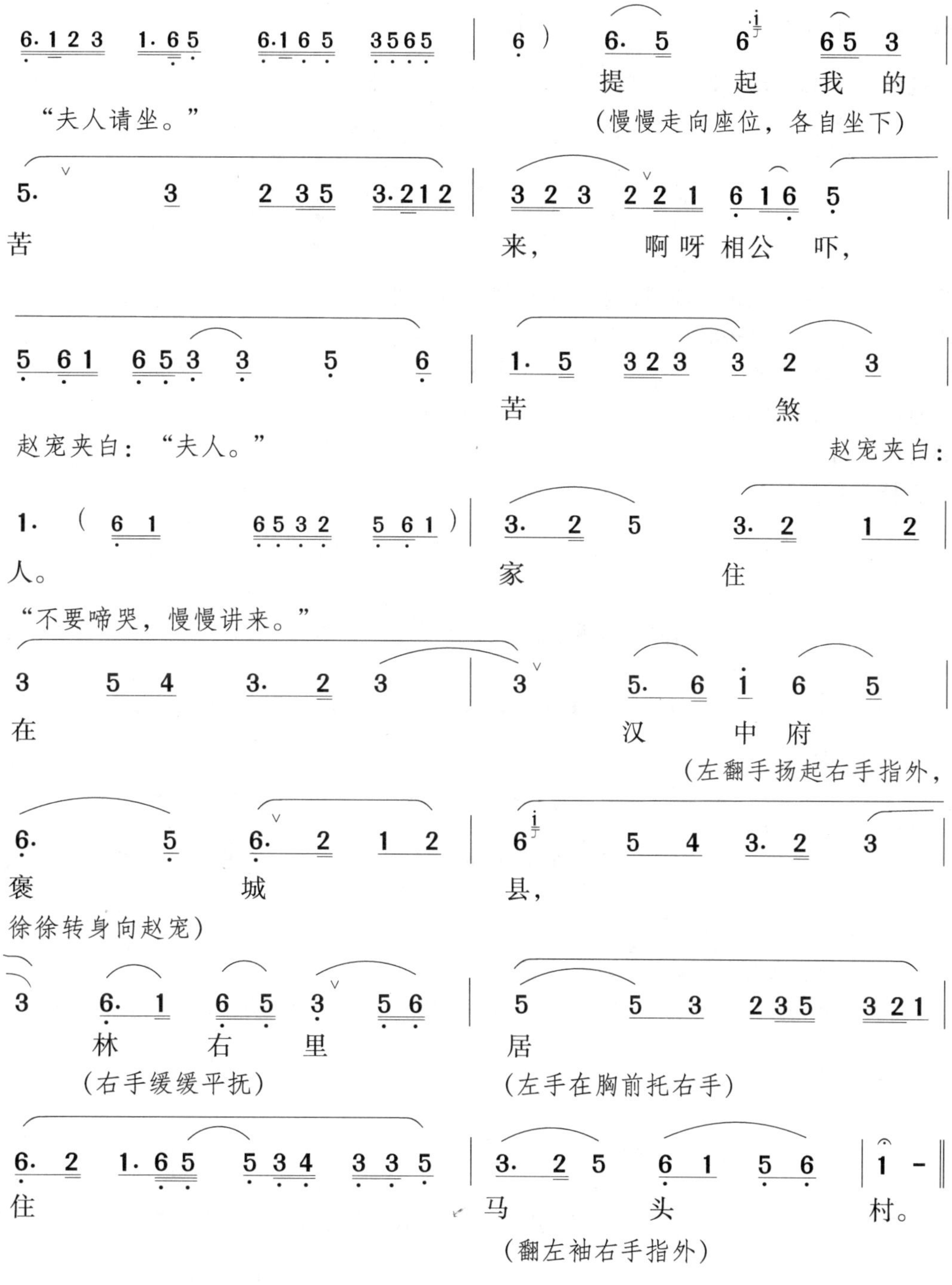

赵　宠　慢来，慢来！想下官下乡劝农时节，先过林右里，后过马头村，这就是夫人的旧家么？（左手指外）

李桂枝　正是妾身的本处。

赵　宠　如此说来，夫人也是下官的……

李桂枝　什么？

赵　宠　子民了！（左手托右手，指桂枝）

李桂枝　休得取笑！（拂左袖）

赵　宠　子民了哇！哈哈哈！令尊何名？

李桂枝

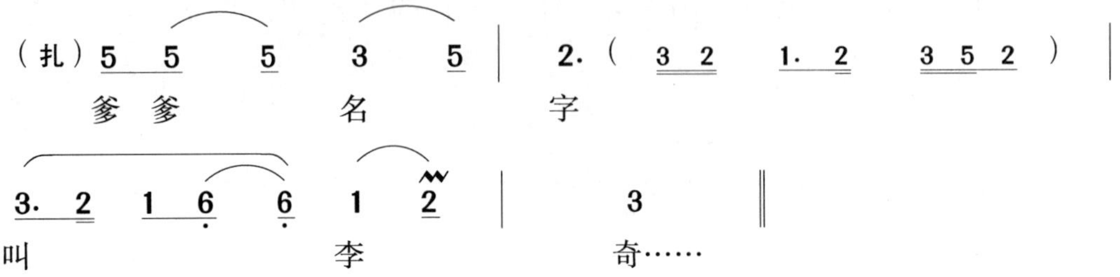

赵　宠　且慢！想夫人姓刘，怎么令尊倒姓起李来了？

李桂枝　我本姓李吓。

赵　宠　那姓刘的呢？

李桂枝　乃是我的义父。

赵　宠　原来如此。令堂呢？

李桂枝　相公吓！

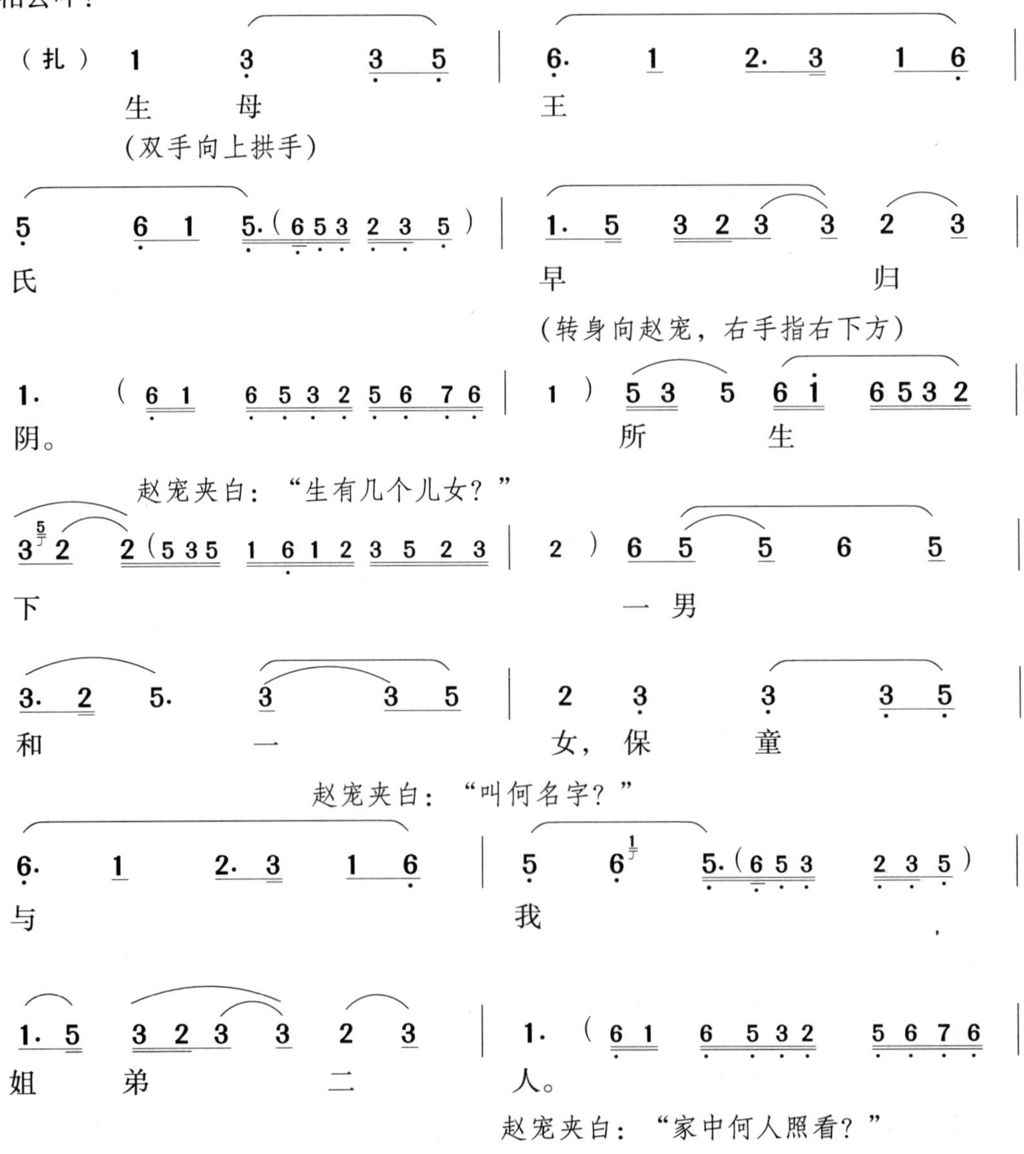

奇双会

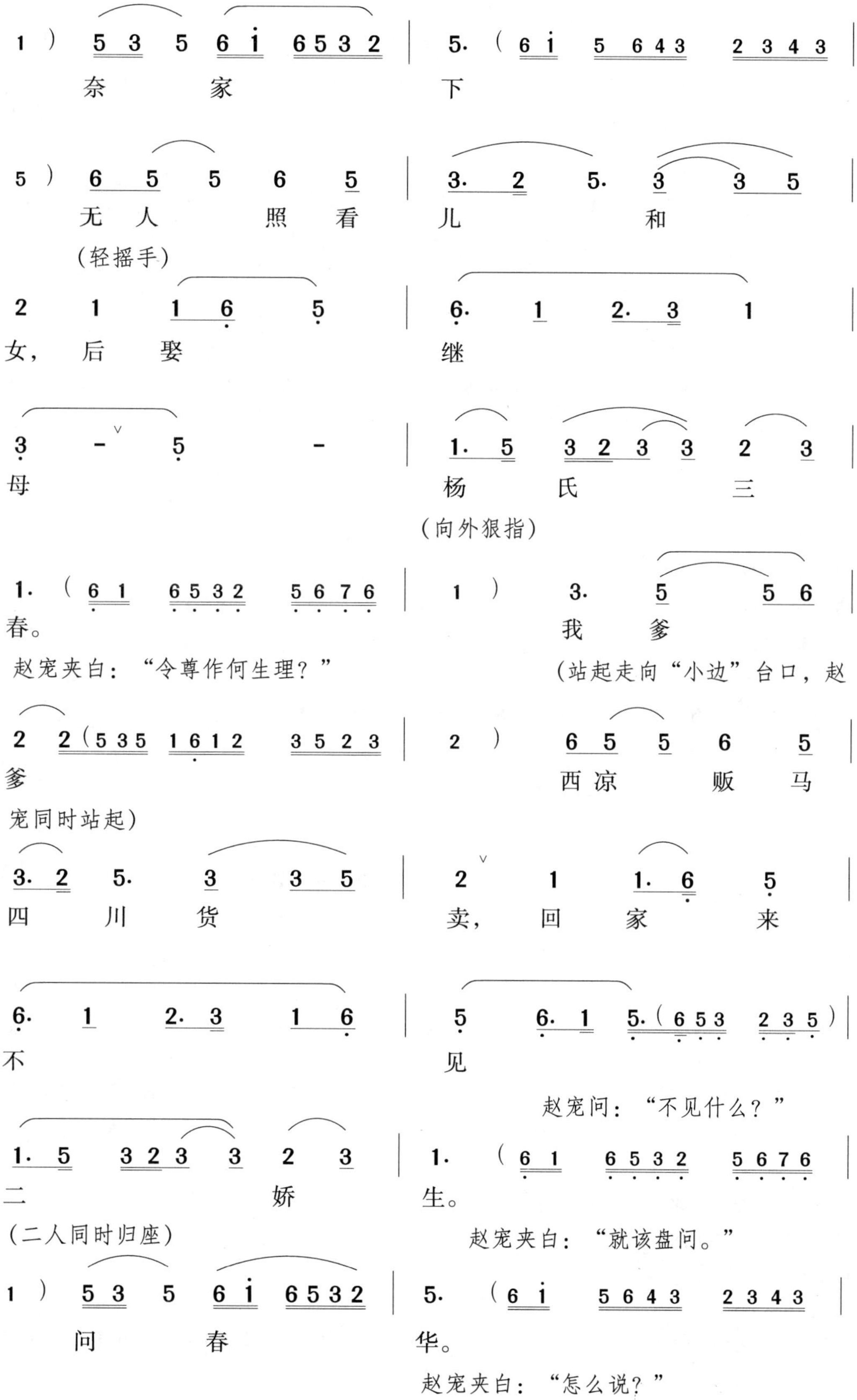
奈 家 下
无 人 照 看 儿 和
(轻摇手)
女，后 娶 继
母 杨 氏 三
(向外狠指)
春。
赵宠夹白：“令尊作何生理？”
我 爹
(站起走向“小边”台口，赵
爹
西 凉 贩 马
宠同时站起)
四 川 货 卖，回 家 来
不 见
赵宠问：“不见什么？”
二 娇 生。
(二人同时归座)
赵宠夹白：“就该盘问。”
问 春 华。
赵宠夹白：“怎么说？”

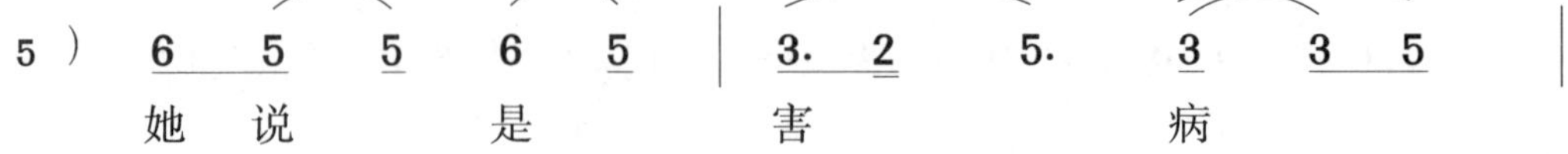

赵宠夹白：“问杨氏呢？”

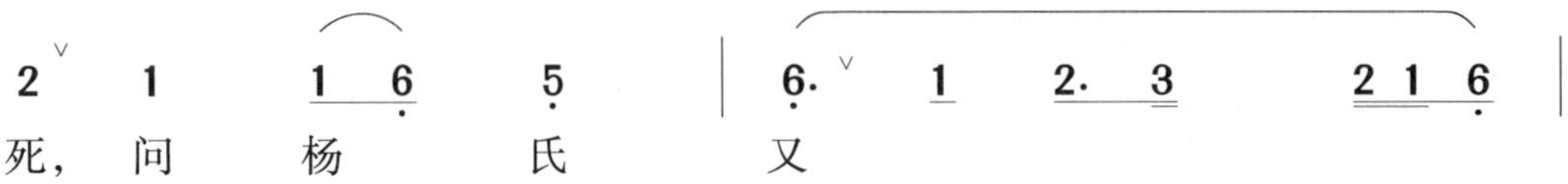

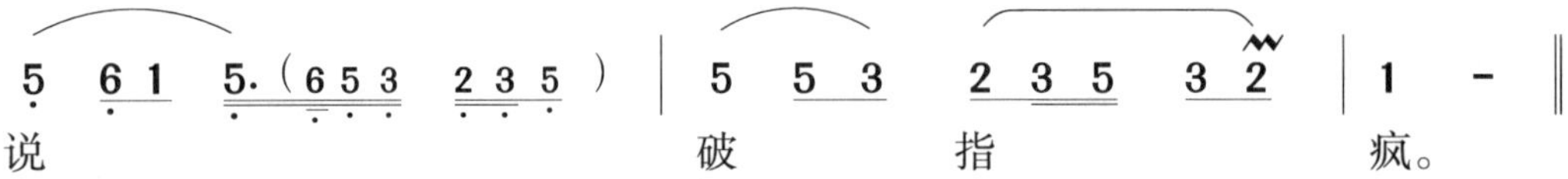

（兰花指式，右指点左指，左指又点右指，右指再点左指，手的动作线需是圆弧形）

赵　宠　且慢！（右手下按）想一个人说成两样病症，这分明是假的了哇！

李桂枝　原是假的。

赵　宠　难道就罢了不成？（向桂枝双摊手）

李桂枝　相公吓！（大幅度动作折袖，拱手、抖袖）

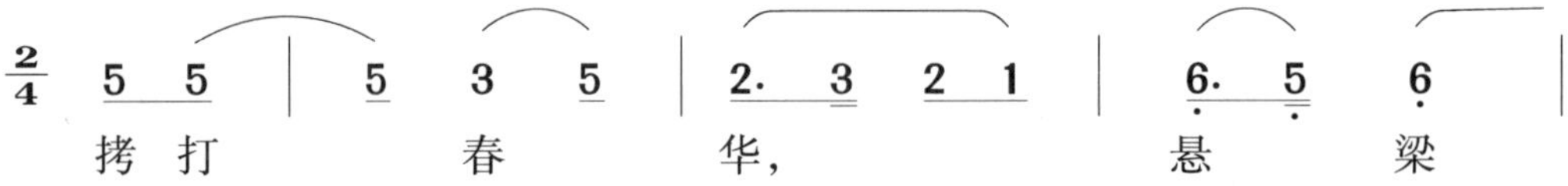

（两人同时离座渐至台口）　（桂枝双手示意悬梁）

（双内折袖，蹲身同时双手下摊）

赵　宠　哎呀呀！千不该，万不该，不该将尸灵落在外人之手。这是令尊大人，大大的失了主意了哇！

李桂枝　原是我爹爹失了主意了。

赵　宠　以后如何？

李桂枝　相公吓！

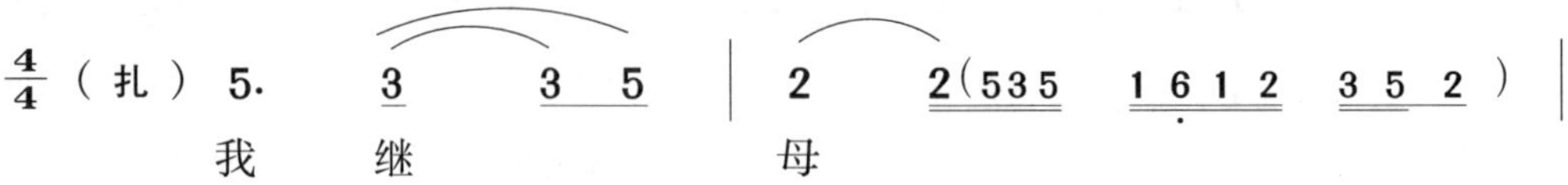

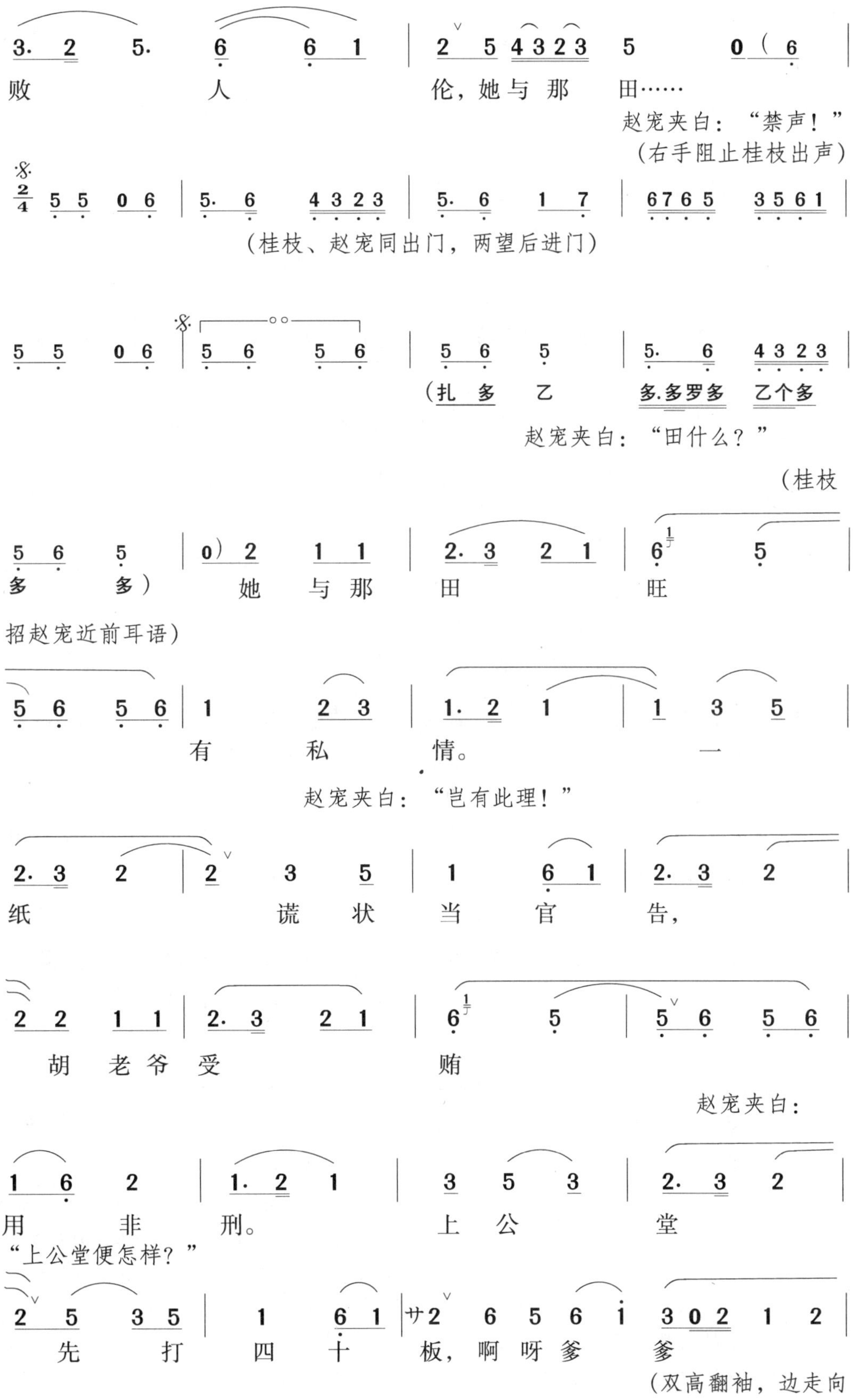
败 人 伦，她与 那 田……
赵宠夹白：“禁声！”
（右手阻止桂枝出声）
（桂枝、赵宠同出门，两望后进门）
（扎 多 乙 多.多罗多 乙个多
赵宠夹白：“田什么？”
（桂枝
多 多）她 与 那 田 旺
招赵宠近前耳语）
有 私 情。一
赵宠夹白：“岂有此理！”
纸 谎 状 当 官 告，
胡 老 爷 受 贿
赵宠夹白：
用 非 刑。上 公 堂
“上公堂便怎样？”
先 打 四 十 板，啊 呀 爹 爹
（双高翻袖，边走向

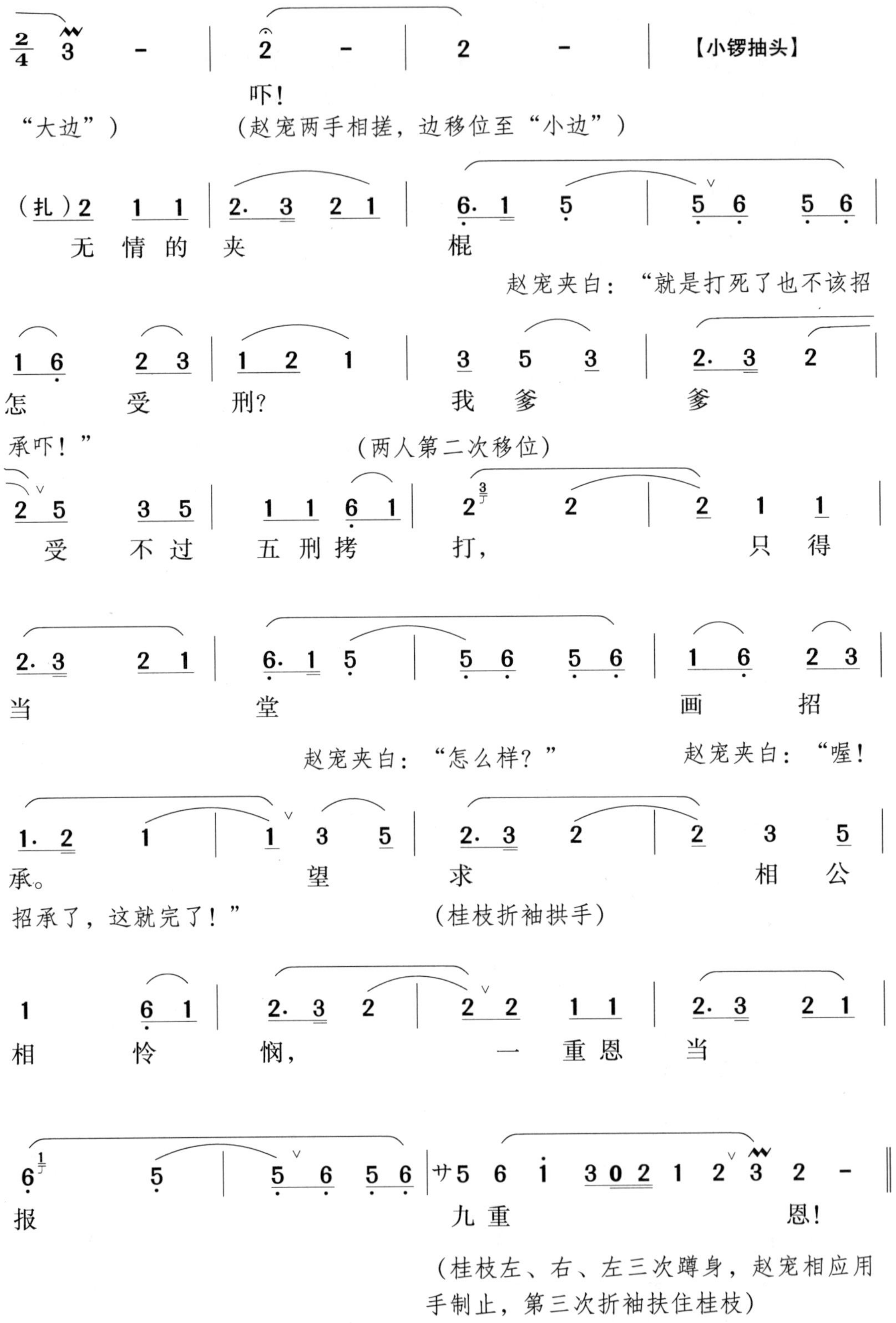

赵　宠　夫人请起。

〔桂枝哭。

赵　宠　呀！（看着桂枝，往后退一小步，举右袖背供）

奇双会

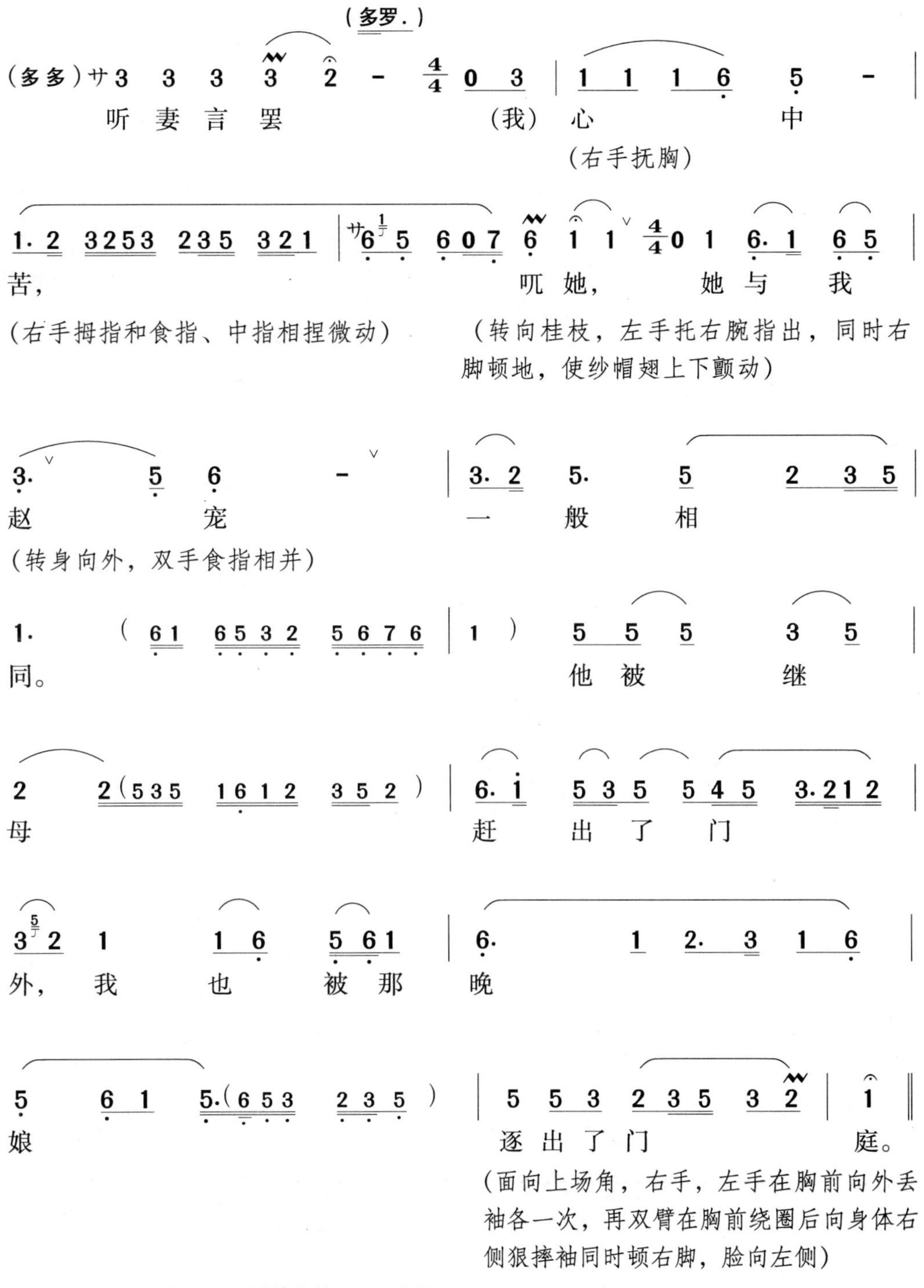

李桂枝 哦!听相公之言,也是被晚娘赶出来的?

赵　宠 正是。

李桂枝 如此说来,天生一对……

赵　宠 地成一双。

赵　宠
李桂枝 吓!啊呀 夫人/相公 吓!(先双外翻袖高举,再内折袖,彼此搭臂擦泪。向外双抖袖)

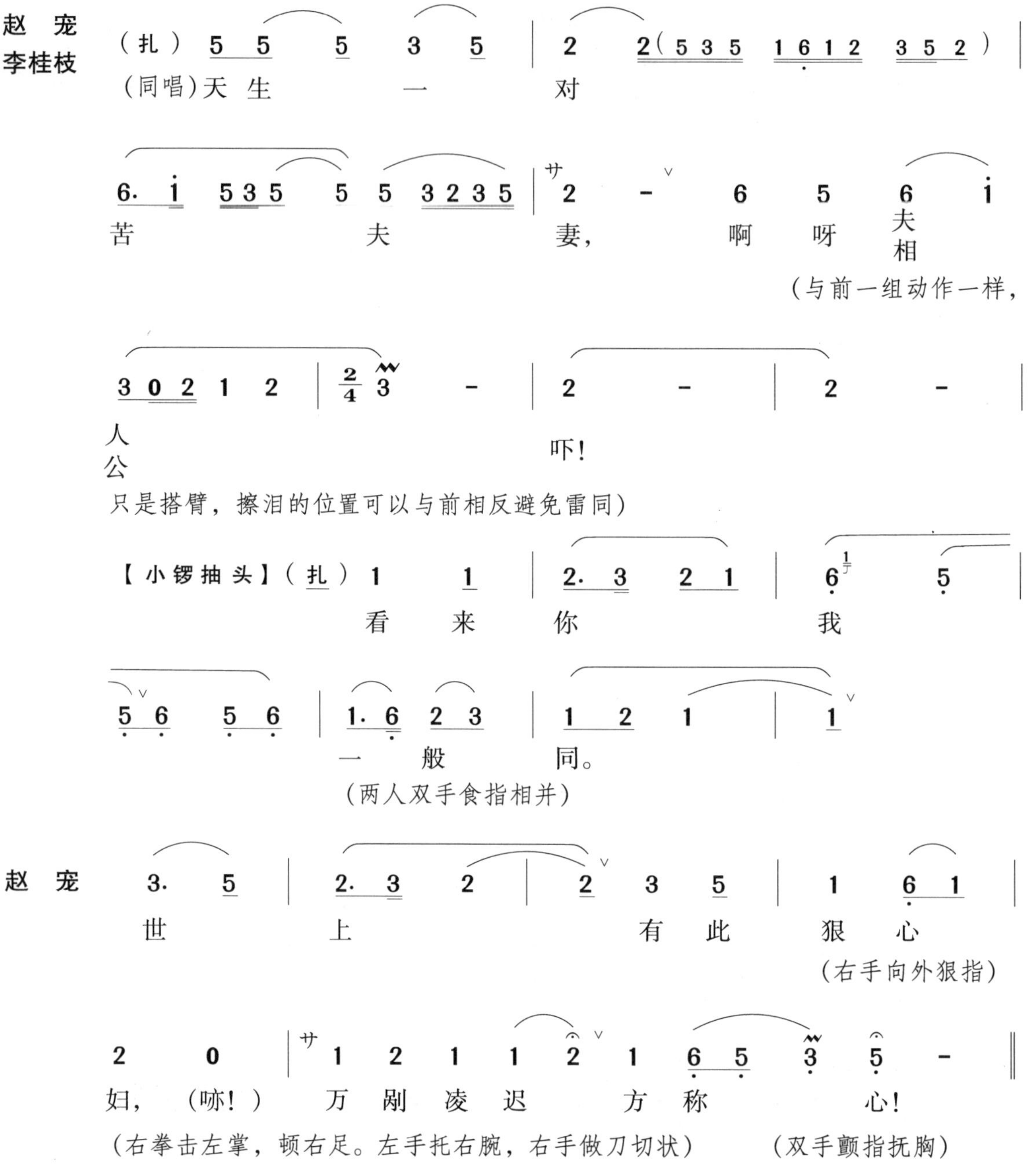

李桂枝 啊呀相公吓！快快搭救我爹爹才好啊！（桂枝又要下跪）

赵　宠 吓夫人请起！不免将令尊招详，取来一看，便知明白。

〔家院暗上。

李桂枝 是。

赵　宠 来！（转向家院）

家　院 有。

赵　宠 去至刑房，将李奇招详取来！

家　院 遵命。（下）

赵　宠 夫人请坐。

李桂枝 有坐。（二人归座，家院取“招详”从“下场门”上）
家　院 招详呈上。
赵　宠 退下。
家　院 是。（【小锣一击】“下场门”下）
赵　宠 吓夫人，令尊招详在此，夫人请看。
李桂枝 烦劳相公，念与我听。
赵　宠 待下官与你念来。具招详人李奇……
「桂枝哭。
赵　宠 嗳！（右手四指轻拍桌）不要啼哭，待下官来念吓。
李桂枝 是。
赵　宠 具招详人李奇，因奸不成，逼死仆女春华，问成死罪，秋后处……（【小锣一击】右手捂嘴，左腿抬起，身体稍起立后猛坐下，表示吃惊）
李桂枝 相公为何不往下念？
赵　宠 非是下官不往下念，只怕念出口来，夫人你，你要哭吓！
李桂枝 嗳！我不哭便是。你快快念来，快快念来！
赵　宠 啊呀夫人吓！（大台）令尊大人，秋后就要处决了！
李桂枝 噢！我爹爹秋后就要处决了！
赵　宠 是吓。（双手持状纸，低头专心地看状）要处决了！
李桂枝 啊呀爹……（晕倒坐在椅上）
「李桂枝右肘支在椅背上，赵宠发现，急将状纸放在桌上。
赵　宠 吓夫人醒来！夫人苏醒！（慌乱地为桂枝捶背）
「桂枝哭。
赵　宠 （走向台口，右食指擦额头汗珠）喔唷！险些又是一条人命哪！
李桂枝 【小锣叫头】哎呀相公吓！（起立，走向赵宠）快快搭救我爹爹吓！
赵　宠 吓夫人，此乃是前任问官断定，教下官么，也是无计奈何。
李桂枝 如此说来，我爹爹就无生路了么？
赵　宠 这个……（右手按额）
「桂枝哭。
赵　宠 夫人不必啼哭，想令尊大人，还有脱身之路吓。
李桂枝 怎么，我爹爹还有脱身之路？
赵　宠 想明日新按台大人，在褒城县下马，夫人何不写一辩状，前去伸诉，倘能救出令尊，是亦未可知。
李桂枝 好是好，只是无人写状吓。
赵　宠 噢！这写状么……(右手轻击左掌，右臂在身侧绕圆，再与左掌合成书写式。踱左脚)
李桂枝 嗯！
赵　宠 下官会写吓。
李桂枝 噢，相公还会写状么？
赵　宠 嗳！想下官身为七品县令，连张辩状都不会写，怎么判断民情哪！我升堂理事吓？（“判断民情”四字右手自右向左平按四下，在“哪！”字上向桂枝拂袖，连接左手理右袖端至胸前，左右微动。念毕，又向桂枝轻抖袖）

李桂枝 如此烦劳相公，与我写一辩状如何？

赵　宠 喔，夫人要下官与你写状么？

李桂枝 正是。

赵　宠 如此，要夫人依我一件。

李桂枝 哪一件？

赵　宠 要夫人与下官磨墨。

李桂枝 喔，磨墨？（做磨墨状）

赵　宠 磨墨啊！（下颌微绕圈做磨砚势）

李桂枝 使得。（点头，表示应允）

赵　宠 喔，使得？

李桂枝 使得。

赵　宠 好！如此夫人……

李桂枝 相公。

赵　宠 与下官……（双袖在胸前端起）

李桂枝 什么？

赵　宠 磨墨吓！哈哈哈！

李桂枝 使得唷！

〔两人同时单抖袖，轻松地使袖子相碰。

<哑笛>

2/4 （扎 多 乙 6）| 5 5 0 6 | 5· 6 4323 |

桂枝夹白："快快写吖！" 赵宠向"下场门"夹白："来，文房

5· 6 1· 7 | 6765 3561 | 5 5 0 6 | 5 6 5 6 |

（扎 多 扎 多

四宝伺候。"（家院端文房四宝及状纸上，置桌上，将赵宠的椅子搬成"大座"，

5 6 5 | 5· 6 4323 | 5 6 5 ）| 3 5 3 |

扎 多 乙 多． 多 乙 多 多 多） 听 妻

下场。桂枝坐侧椅。赵宠归"大座"后撢纸，咬笔尖，左手理笔毫，弹毫）

2· 3 2 1 | 6· 5 6 | 6 1 3 | 2 3 |

言， 怒 满 怀， 有

（双手向上做托天势） （对桂枝）

3 3 5 | 6· 1 | 2· 3 1 6 | 5 6 1 |

甚 么 含 冤

（5653 235）| 1. 5 323 | 3 2 3 | 1 – |

诉 上 来。

3 5 3 | 2 3 2 | 2 3 | 3 3 | 5 – |

上 写 着 告 状 人 李……

（下笔写状） （停笔）

李桂枝 写吓！

赵　宠 （思索后看着桂枝） サ 4 3 5 – |

吼 李……

李桂枝 快写吓！

赵　宠 サ 4 3 5 – |

唔 李……（故意心不在焉地，持笔画空圈）

李桂枝 哎！我说你不会写嗄！（右手抽掉赵宠的笔，置盘中，左手指赵宠）

赵　宠 （学桂枝的声音）嗳！我说我会写嗄！

李桂枝 啐！

赵　宠 哈哈哈！夫人，非是下官不会写状，但不知夫人的名字叫什么？下官么，倒未曾领教过吓。

李桂枝 我吓？我是没有名字的。

赵　宠 哎！想人生天地之间，哪有没有名字的道理吓！你叫什么？

李桂枝 敢是这状上要用么？

赵　宠 是吓！状上要用吓。

李桂枝 哎！你就糊里糊涂的写上一个，也就是了。

赵　宠 嗳！想按院大人那里，法律森严，我若糊里糊涂写上一个，还像一张状么？你叫什么名字？你要与我说！（侧身以肘支桌，右手食指指桂枝，侧耳听）

李桂枝 我姓李呀！

赵　宠 嗐！我晓得你姓李。你到底叫什么名字？你要与我讲！

李桂枝 我叫……

赵　宠 什么？

李桂枝 （轻声地）桂……

赵　宠 （凑近桂枝，故作听不清）吓？

李桂枝 （贴近赵宠耳朵）枝……

赵　宠 （更加贴近桂枝，略提高声音）吓？

李桂枝 哎！桂枝哟！

赵　宠 （学桂枝语气）哎！桂枝哟！哈哈哈！

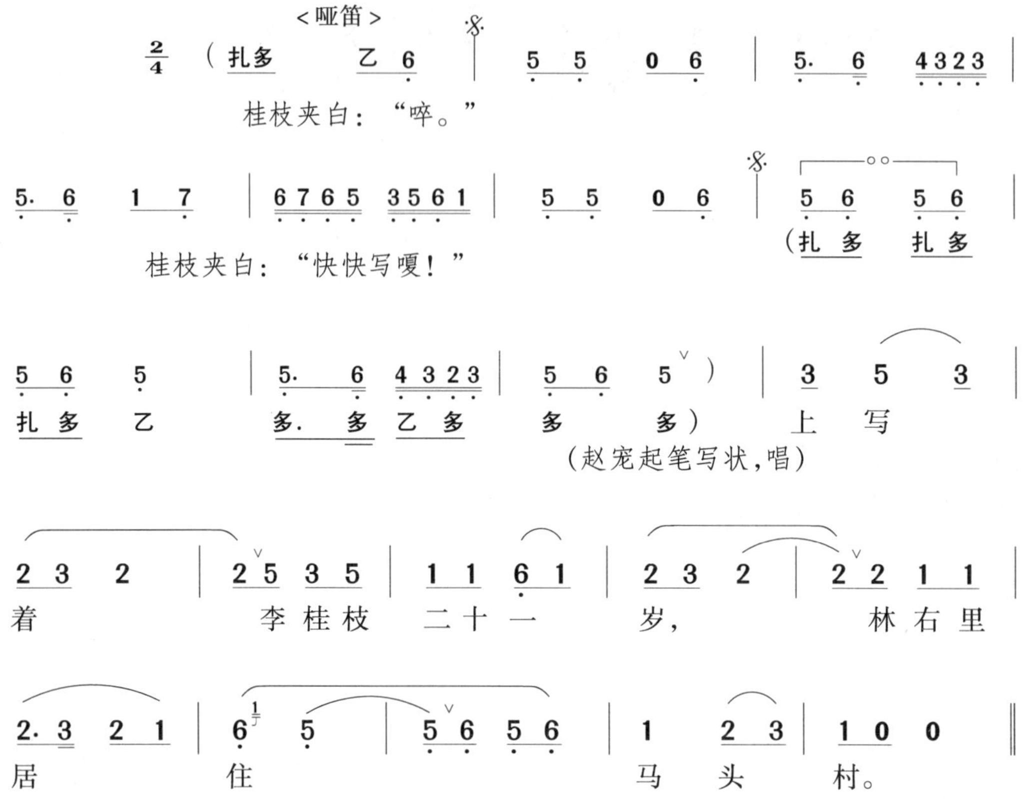

赵　宠　令弟何名？
李桂枝　名叫保童。
赵　宠　作何生理？
李桂枝　也是苦读诗书。
赵　宠　咳！只是苦煞——

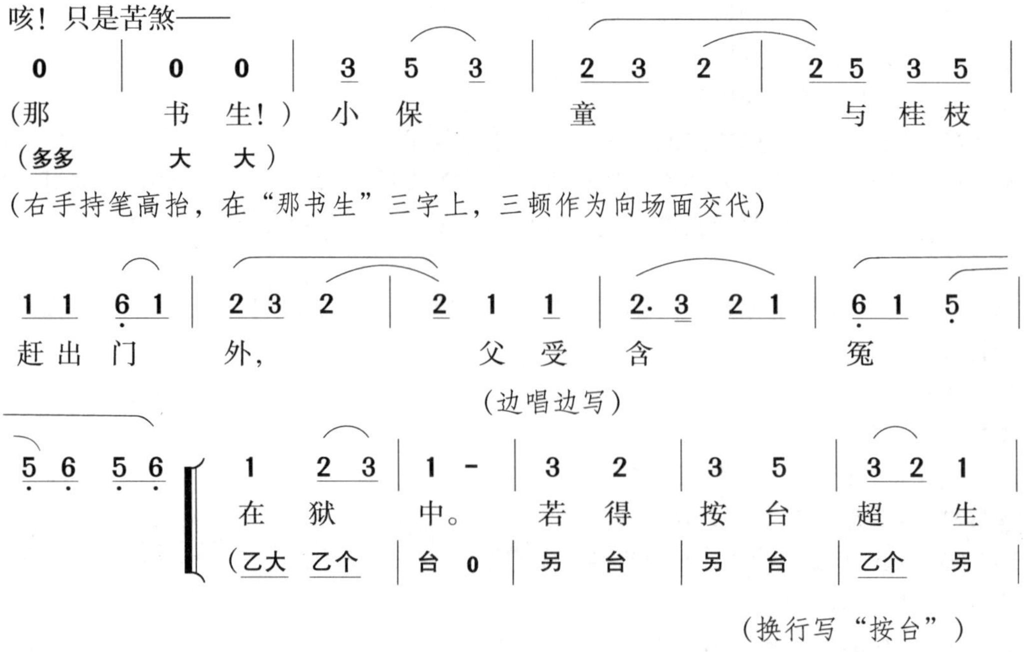

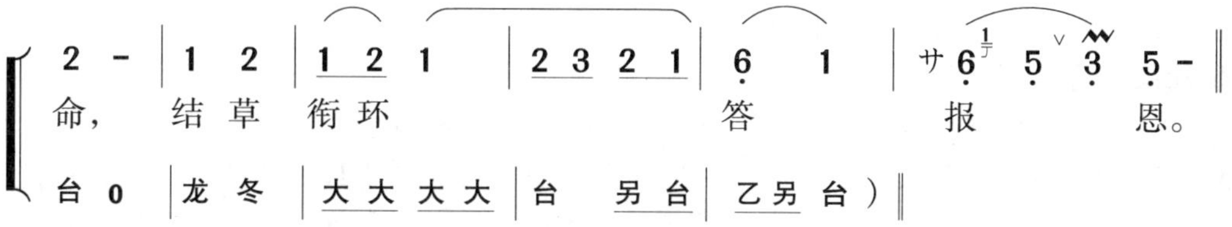

（写毕。双手取起状纸端详）

（唱毕，用口吹干墨迹。边起身走至台中）

状已写好，夫人请看。

李桂枝 有劳相公。

赵　宠 好说。

李桂枝 吓，相公，这状纸写得倒不错，只是无用的吓！

赵　宠 吓！怎说无用吓？

李桂枝 想按台大人那里，人役颇多，我是女流之辈，挨挤不上，也是枉然。

赵　宠 是吓！夫人倒虑得极是。（右手按纱帽做思考）吖，有了！明日新按院大人在此马，下官么也要前去禀见，夫人何不扮作下官的——随从模样，（桂枝做害羞状）混了进去，也就是了。

李桂枝 此计甚好。

赵　宠 如此夫人请！

李桂枝 相公请！

赵　宠 正是：一张状纸到按前。（边念、边走至“小边”台口）

李桂枝 拨开云雾见青天。

赵　宠 若得大人超生命。（双袖向上打拱）

李桂枝 吓，相公！

赵　宠 夫人！

李桂枝 那赵氏孤儿冤报冤！（右手狠指前方。转身缓缓从“下场门”下）

赵　宠 好吓！好个赵氏孤儿冤报冤！【小锣一击】（见桂枝离去后影）吓，夫人请转！夫人请转！

李桂枝 【小锣一击】相公何事？

赵　宠 我想这张状么……

李桂枝 敢莫是写错了？

赵　宠 是吓，一定写错了。

李桂枝 在哪里？相公请看。

赵　宠 （学桂枝声音。用手指着状纸上桂枝两字）哎，桂枝嗄！哈哈哈！【小锣一击】（边笑边慢步走向“下场门”。桂枝留在“小边”台口）

李桂枝 啐！（接过状纸）相公请转！相公请转！

赵　宠 夫人何事？（原地转身，上步摊手）

李桂枝 （故意的）我想这张状纸，到底是无用的吓！

赵　宠 怎说又是无用了？（急步至台口）

李桂枝 （故意地）想我不会告状，岂不是无用？

赵　宠 喔，夫人连告状都不会？

李桂枝 不会吓？

赵　宠　来、来、来，待下官教导与你。

李桂枝　有劳相公教导与我。

〔桂枝把状纸交给赵宠。赵宠与桂枝易位，桂枝在“大边”。

赵　宠　啊呀呀！我家夫人，连告状都不会。吓，夫人，明日见了按台大人，将这状纸，高高举起，你就抢前几步，要高声的喊叫。你说，啊呀爷爷冤枉吓！（将状纸高举过头，跪下，做告状的示范动作。**【小锣一击】**）

李桂枝　来！带去收监，明日早堂听审！（右手取状纸交与左手后，右食指、中指在赵宠纱帽上轻弹，一笑，转身欲下）

赵　宠　岂有此理！（双手持锥拳向桂枝。继而对观众）吓呀呀，我倒被她作弄了。

李桂枝　（走向“下场门”几步看着状纸，哭）喂呀！**【小锣一击】**

赵　宠　（走向桂枝）吓夫人，不要啼哭，明日么就要与令尊大人伸冤了吓！哈哈哈！**【小锣下场】**（折袖扶桂枝转身同下场）

三拉团圆

〔场上设“小座”。**【小锣上场】**

〔李保童上。“九龙口”整冠，掇带。缓步至台中。

李保童　（引子）

サ 3 1 3 2 1 3 - 2 2 1 6 1 6 - ‖

奉命出朝，威名天下晓。父母劬劳，亲恩须答报。

〔**【小锣归位】**保童坐“外场椅”，门子暗上。

忆昔当年受凌逼，今朝才得挂紫衣。

父母亲恩未答报，此情空望白云飞。

本院姓李，名泰，字保童。蒙圣恩，放我八府巡按。昨日在褒城县下马，为此今日开堂理事。来，升堂。

门　子　是。升堂！

〔奏唢呐曲牌<小傍妆台>四龙套由两边分上，在座后站成一排。门子将椅子搬到桌后变成“大座”。赵宠换黑官衣，由“上场门”上，胡老爷“下场门”上。曲牌止。

赵　宠　吓，寅翁①请了。

胡老爷　堂翁②请了。

赵　宠　相烦与我报门。

胡老爷　待我与你报门。报，褒城县告进。（进门站“小边”）

赵　宠　（“挖门”进站“大边”）卑职参见老大人。

---

① 寅翁：亦作“夤翁”，旧时官吏之间彼此尊敬的称呼。“夤”带有恭敬的含意。古书中，多借“寅”为“夤”。

② 堂翁：一种尊敬的称呼。堂，旧时称官府审案的地方为“堂”。此时赵宠是褒城县令，胡老爷在县衙见到赵宠，故尊称“堂翁”。

门　子　请，免，打恭。

「赵宠在门子司仪时左手理右水袖，弓左腿参见，再立正作揖。龙套在礼仪每一动作间需喝堂威“嗬！”

李保童　吓，贵县。

赵　宠　大人。

李保童　为官长者必须上答君恩，下爱黎民，如若不然，可知本院执法森严！

赵　宠　是。大人面谕，卑职敢不遵命。

李保童　请回衙理事。

赵　宠　是。卑职告退。

门　子　请，免，仪门打恭。

「赵宠如前礼毕，转身出门，抬头看天着急地自语。

赵　宠　吓，怎么这般时候，还不见我家夫人前来告状？

「桂枝戴素罗帽，穿海青，手持状纸上，战兢地回身望“上场门”，与赵宠相撞。

赵　宠　吓夫人，上面坐的，就是按台大人，你去告吓。

李桂枝　我心中有些害怕，我……我要回去了。

赵　宠　这有什么害怕？

李桂枝　我不去了。

赵　宠　嗳！你去告吓！

「赵宠推桂枝进门后，自己惊慌地左串袖掩头由“上场门”下。

李桂枝　哎呀！爷爷冤枉吓！（**大大大……仓**）（手顶状纸跪下）

胡老爷　启禀大人，有一汉子告状。

李保童　可有状词？

胡老爷　有状词。

李保童　取状词。

胡老爷　状纸呈上。

李保童　具告状人李桂枝……吓？（**大大大……仓**）桂枝乃女子之名，怎么男子前来告状？讲了实话便罢，如若不然，与我打！

「保童念白时，桂枝解衣褪出海青双袖。

李桂枝　啊呀！**【大锣一击】**（转身坐地，罗帽掉落，褶子褪下。右袖护头颤抖）

胡老爷　启大人，是个女子。

李保童　掩门！

「奏唢呐曲牌<小傍妆台>胡老爷由“上场门”下，龙套由两边退下，保童离座扶起颤抖的桂枝，门子捡起褶子、罗帽，保童拉桂枝，门子推扶桂枝由“下场门”同下，闭二道幕取走桌椅，曲牌止。

「赵宠内白：“啊呀！”

「**【小锣长尖】**赵宠歪戴纱帽，将官衣挽起折在玉带里，惊慌失措地上。

赵　宠　(左望)啊呀夫!……(捂嘴）啊呀!……（一手挠颈，一手揉臀，走向“下场门”，“望门”）哎呀……（动作如前，走向“上场门”“望门”）**【小锣叫头】**啊呀且住！方、方、方才我家夫人，前来告状，怎么只、只、只见其人，不、不、不见其出，被大人一把，扯入后衙去了！这是什么缘故吓？（摊手，疑惑）啊呀呀呀呀！

(挠颈,揉臂)哎!【小锣一击】拼我这小小前程不要，我要前去闯吓！我要前去闯吓！[①]

〔胡老爷由“下场门”暗上，迎面拦阻。

胡老爷 去不得!

〔【小锣长尖】赵宠左手水袖往里撣，同时向里转身，右手水袖随着往里盖。胡老爷右手水袖往里撣，同时向里转身，左手袖往里盖。

赵　宠 我要闯！（右手水袖往外撣，同时向外转身，左手水袖往外盖）

胡老爷 去不得！【小锣长尖】（左手水袖往外撣，同时外转身，右手水袖往外盖）（二人至中台口相撞，碰头）【堂鼓一击】吓堂翁，看你这样慌张，不知为了何事?

赵　宠 啊呀寅翁吓！【小锣五击】方、方、方才有个……

胡老爷 什么?

赵　宠 喔，汉、汉、汉子前来告状。

胡老爷 不错，有的。

赵　宠 怎么只、只、只见其人，（两手食指指向“下场门”，同时向前走几步）不、不、不见其出，（反方向与前面动作相同）被大人一把，【小锣一击】（双手抓住胡老爷，踮起脚尖）扯入后衙去了！请问寅翁这是什么缘故吓?

胡老爷 这个……总有一个缘故罢。

赵　宠 哎唷！哎唷！哎唷！啊呀寅翁吓！【小锣五击】（双手向胡老爷打拱）你可晓得大人出京的时节，可曾带得家眷哪?

胡老爷 按院按院，不带家眷。

赵　宠 喔！【小锣一击】（向外大摊手）完了，完了！

胡老爷 吓堂翁，那告状的汉子，是你什么人哪?

赵　宠 哎唷！哎唷！（左手摸颈，右手抚臂，低头羞于出口）

胡老爷 告状的是你什么人?

赵　宠 啊唷！啊唷！啊唷！（同前一样表演）

胡老爷 到底是什么人?

赵　宠 啊呀寅翁吓！你不要管我的闲事，我要前去闯他的辕门！

---

① 此段是相当精彩的夸张表演，舞台气氛强烈，表现了赵宠因妻子被按院大人拉入后衙，而焦急得手足无措的心情。除了运用特殊的语音处理以外，形体动作的舞蹈性较强，为此专门做注：赵宠内白：“啊呀！”（赵宠低歪地带着纱帽，提起一角官衣挂在玉带上。双手频摊，步趋踉跄地出场走向台口到下场门）“啊呀夫”（左手执右袖，右手食指伸直，随着向内窥视，右手指向身后，表示小心翼翼。转身向外，念出“夫”字立即掩口。然后绕至上场门，以同样心情，做相反的动作。再走至台口念）“啊呀且住！方、方、方才我家夫人前来告状，怎么只、只、只见其人，不、不、不见其出。”（双手食指随着“只、只、只”做波浪形移动，然后两食指绕圈向里指，小锣配合一指的动作。“不、不、不”时，双掌做波浪形向外移动，接着两掌反绕圈向外一摊，动作亦与小锣相配）“被大人一把”（双手内折袖一抓）“扯入后衙去了”。（“后”字的发音要甩动两腮，使“后”字又夸张，又含糊不清。）“这是什么缘故吓？啊呀呀呀！哎！”（用力抖袖，以示决心）“拼着我这小小前程不要，我要前去闯吓！”（左手伸臂，食指高举，抬起左腿，好像要以身相拼的样子。被从下场门上场的胡老爷拦住，再里翻）“我要闯！”（又被拦住，再外翻，两人匆忙间，以头相碰，配上堂鼓一击）

胡老爷 去不得！

赵　宠 （内翻）我要前去闯！

胡老爷 去不得！

赵　宠 我要前去闯！闯！闯！（赵宠与胡老爷相对配合，在每个“闯”字上两手轮流扬一次水袖，赵退胡进，至“上场门”口，赵宠转身水袖护头下，胡老爷跟下）

〔奏唢呐曲牌 <小傍妆台> 闭二道幕。二道幕前，曲牌中保童拉桂枝上，至台中，曲牌止。保童向桂枝跪下。

李保童 吓姐姐！

李桂枝 哎呀大人！（桂枝急忙跪下）

李保童 姐姐不要害怕，我是你兄弟保童在此。

李桂枝 吖！你是我兄弟保童？

李保童 保童。

李桂枝 李泰？

李保童 李泰。

李桂枝 啊呀兄弟吓！

李保童 啊呀姐姐吓！（彼此折袖、搭袖、拭泪）

唱唢呐曲牌 <哭相思> 凡字调（1＝E）

サ 3	5	3	5	3	5	6 5	3	–	
一	家	骨	肉	来	分	散，			
2	1	6̣	1	2	1 6̣	5̣	6̣	–	‖
今	日	察	院	又	相	逢。			

〔内呐喊：“哦！”

李保童 吓，外面何人喧哗？

〔内：“褒城县。”

李保童 吓大胆褒城县，他有多大前程，敢闯我的辕门！待我前去会他。（右手撩蟒欲出门）

李桂枝 且慢！（拉住保童）（**大大大……仓**）吓兄弟，你可知褒城县他是何人？

李保童 小弟不知。

李桂枝 他是你的……姐丈啊！

李保童 既是姐丈，我越发要去会他。**【小锣一击】**

李桂枝 兄弟，他是胆小之人，千万不要惊吓与他。

李保童 是，小弟知道了。姐姐请至后面。**【小锣一击】**

〔桂枝“下场门”下。

李保童 来，升堂！

门　子 升堂！

〔奏唢呐曲牌 <小傍妆台> 二幕开，保童入“大座”，龙套两边上。

〔胡老爷拉扯随赵宠上，曲牌止。

赵　宠 你不要管我的闲事。

胡老爷 去不得！

赵　宠 报！褒城县告进。（**扎、扎、扎……**）（不按礼仪，大踏步“挖门”进，对保童执袖挺立）卑职参见老大人。

李保童 唔！（**大大……仓**）（赵宠缓缓跪下）大胆褒城县，你有多大前程，敢闯我的辕门，为了何事，你要与我讲！（拍惊堂木）

赵　宠 啊呀大人吓！**【小锣五击】**方、方、方才有一汉子，前来告状，怎么只、只、只见其人，不、不、不见其出，被大人一把，喔，卑职斗胆！卑职该死！（以拳击纱帽，伏地磕头）

李保童 我且问你，那告状的是你什么人？

赵　宠 这…… **【小锣一击】**（翻身坐地向外）

胡老爷 （凑近赵宠）大人问你，告状的是你什么人？

赵　宠 吓？

胡老爷 告状的是你什么人？

赵　宠 （傻笑）哈哈！

胡老爷 什么哈哈？

赵　宠 嘻嘻！

胡老爷 又是什么嘻嘻？

赵　宠 哈哈……

胡老爷 到底是你什么人？

赵　宠 是我的妻子吓。

胡老爷 启禀大人，是他的妻子。

李保童 掩门。

〔奏唢呐曲牌<小傍妆台>胡老爷、四龙套分下，保童下位拉赵宠，赵宠害怕，坐地后退，门子在后将赵扶起。闭二道幕，小圆场后开二道幕，“大边、小边”各置一单座。赵宠被推至“大边”坐下，保童自坐“小边”。赵宠双袖下垂，全身抖动，曲牌止。

〔桂枝上。见赵宠形状，窃笑。向赵宠抖水袖，赵惊叫，桂枝把赵宠招至身旁。

李桂枝 不要害怕，按院大人是你的……大舅。

赵　宠 啊？

李桂枝 大舅。

赵　宠 啊，原来就是大……（整冠后，得意轻松地走到保童面前）

李保童 唔！（摆起官派）

赵　宠 ……人。（急忙收敛，惶恐地跪下）

李保童 姐丈请起，请坐。

赵　宠 告坐。

李保童 请问姐丈，我父身犯何罪，为何押在监中？

赵　宠 此乃前任问官断定，与卑职无干。

李保童 还望姐丈想一良策，搭救我父才是。

赵　宠 大人说哪里话来。大人执掌生杀之大权，要救令尊，有何难哉？

〔赵宠忘形，边说边以右食指擦鼻，画圈，又显文人习气，忽感不妥，急用左手掩盖右指。

李保童 如此，姐丈请便。

赵　宠 是，卑职告退。（至台口、右食指拭额上汗）哎唷险吓！

「赵宠“下场门”下。

李保童 来！

门　子 遵命。

李保童 取我令箭，到褒城县提李奇前来复审。

「保童下。闭二道幕。

门　子 胡老爷！（胡老爷上）

胡老爷 有。

门　子 大人命你去至褒城县，提李奇前来复审。

胡老爷 是。（门子下）

胡老爷 啊呀且住！大人要提李奇复审，想此案都是我一人受贿，这、这、这……有了！待我惊吓李奇便了。来此已是。吓、禁卒！

「禁卒“下场门”上。

禁　卒 来了，来了。

胡老爷 胡老爷在此。

禁　卒 胡老爷。什么事儿啊？

胡老爷 大人有令，要提李奇复审。

禁　卒 是、是、是、是。李奇走动啊！

「李奇内白：“来了！”由“下场门”上。

李　奇 吓，大哥，怎么说？

禁　卒 胡老爷来啦。

李　奇 是、是、是。（向胡老爷）吓、胡老爷，我是打不起了！（欲下跪）

胡老爷 谁来打你？大人有令，提你前去复审，你要照我的口供往上回，不要胡言乱语。你要胡说，嘿，我要你的老命！

李　奇 是、是、是。吓，胡老爷，老犯人此去还是好吓，还是歹啊？

胡老爷 连我还不知道是死吓，还是活吓！随我来吧！

李　奇 是。

「胡老爷带李奇走反圆场。禁卒跟随。

胡老爷 李奇带到。

「保童内白：“升堂！”

「奏唢呐曲牌<小傍妆台>开二道幕。保童归“大座”，龙套由两侧上，吹打止。

胡老爷 犯人李奇告进。（胡老爷带李奇挖至正中）李奇当面。（保童注视李奇）

李保童 叫他脸朝外跪。

胡老爷 脸朝外跪。（李奇脸朝外跪下）启大人，当堂有刑。

李保童 松刑。

胡老爷 是，松刑。

「禁卒松刑后，持手铐“下场门”下。

李保童 啊，老犯人，你不要害怕，有何冤枉，慢慢讲来，本院开脱与你。

李　奇　是。大人容禀。

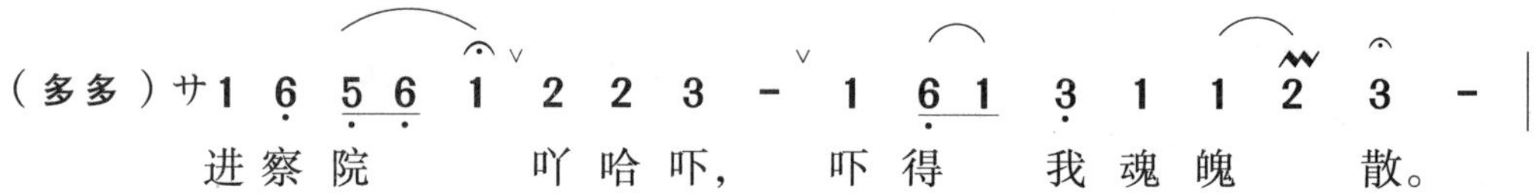

〔众“哦！”【大锣一击】李奇被吓坐地，双手向外甩手发抖。

李保童　免去呼威，容他慢慢讲来。

胡老爷　是。（向李奇耳语）李奇，照我的口供往上回，啊！

李　奇　是。（复跪地）

李保童　慢慢讲来。

李　奇

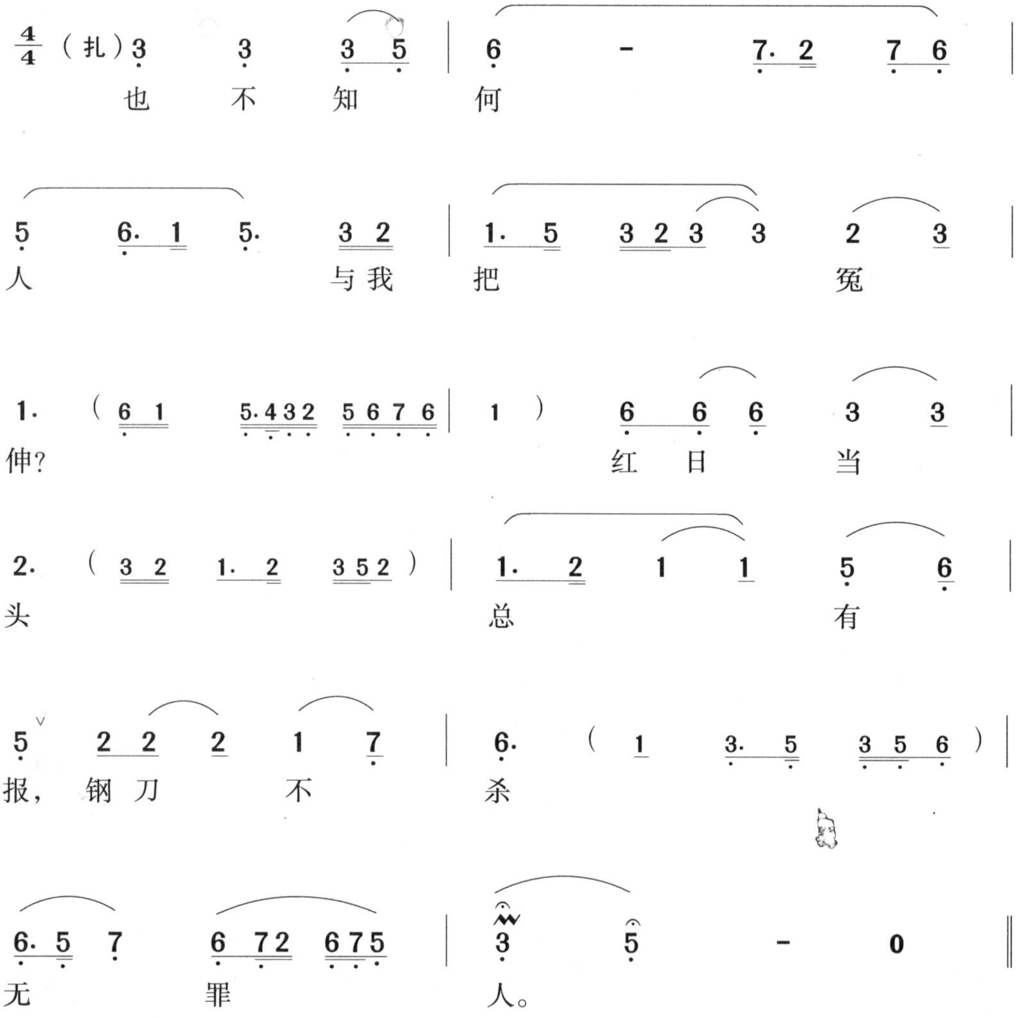

老犯人李奇，西凉贩马，四川发卖，回得家来，不见一双儿女，拷问仆女春华。春华惧怕杨氏，不敢实说，只得在后庭院悬梁自尽。不想那杨氏私通地方田旺，将我的家产，买通上下衙门，（向两边寻找，看到胡老爷）喏、喏、喏，（手指胡老爷）就是这位胡老爷受贿，将老犯人屈打成招。啊呀大人吓！老犯人岂是主逼仆命吓？

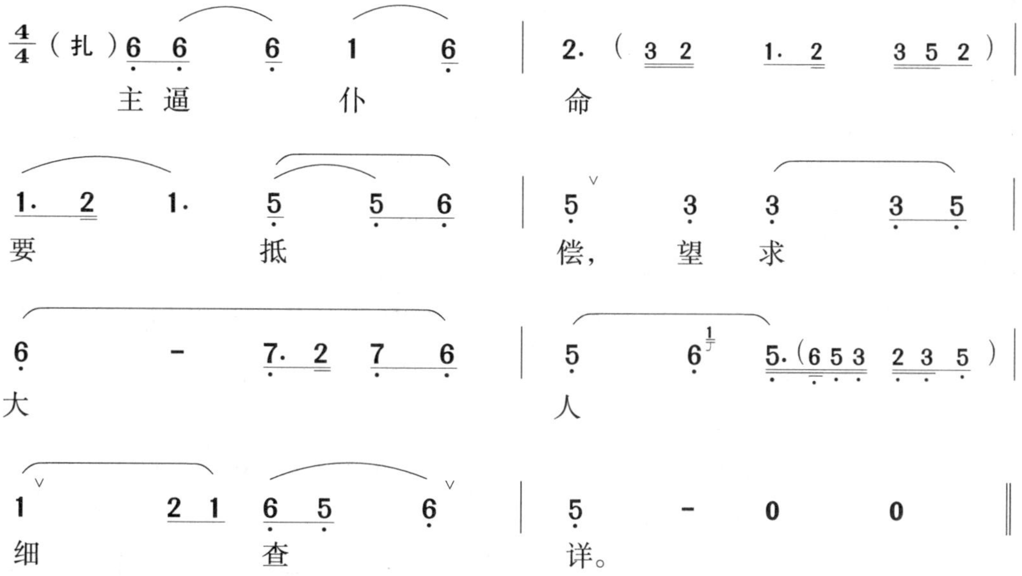

李保童 哼，这都是前任问官断定，日后查明此案，一齐问罪！（拍惊堂木）

胡老爷 啊呀且住！【小锣一击】大人言道，日后查明此案，一齐问罪。想我偌大年纪，还受这一刀之苦？这、这、这…… （水声）有了！堂口有口井，不免投井一死，落个全尸。列位，就说胡老爷投井了！（右手由上翻遮做跳井状，【水声】由“下场门”下）

门　子 启大人，胡老爷投井。

李　奇 啊呀大人吓！胡老爷投井而死，可见老犯人实是冤枉的了！

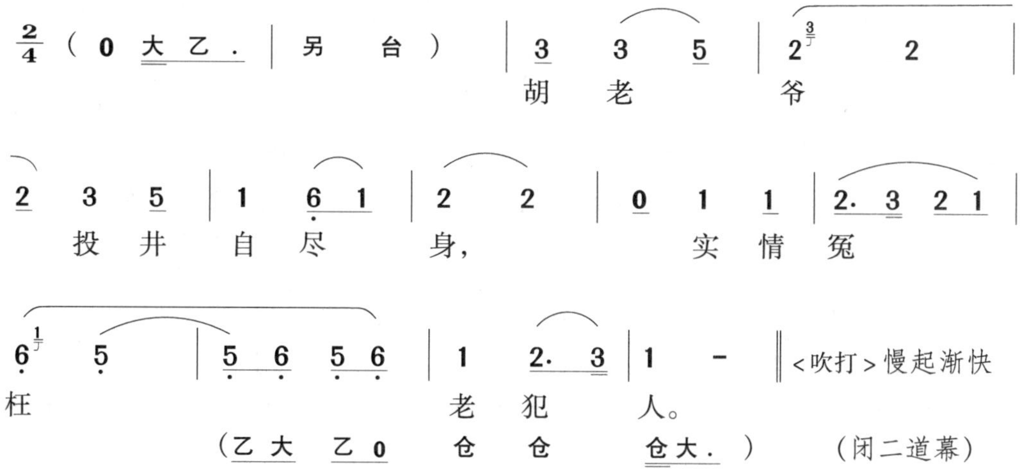

李保童夹白：“掩门。”

〔紧接唢呐曲牌＜小傍妆台＞。

〔保童拉李奇一小圆场至“后堂”，曲牌止。保童在“大边”，向“小边”的李奇跪下。

李保童 啊，爹爹！

李　奇 吓大人，这是什么缘故吓？（李奇也跪下，被保童扶住）

李保童 爹爹不要害怕，孩儿保童在此。

李　奇　哦！你就是保童？

李保童　保童。

李　奇　李泰？

李保童　李泰。

李　奇　儿吓！儿吓！

李保童　爹爹吓！

〔【小锣长尖】保童扶李奇一同站起。

李　奇

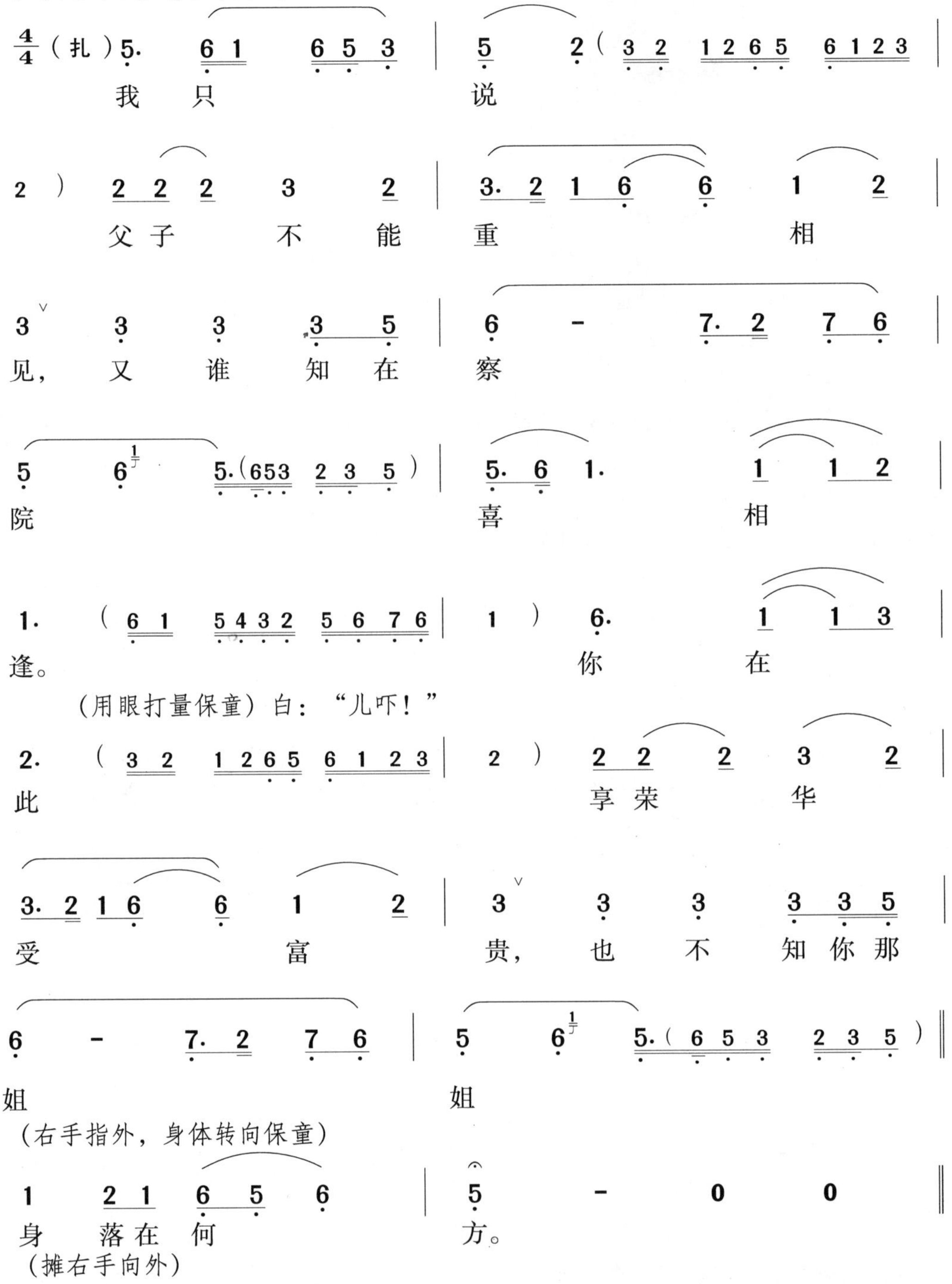

奇双会

李保童 吓，爹爹，桂枝姐已先在此了。
李　奇 吖，桂枝儿也在此了?快快唤她出来!
李保童 是。姐姐有请!
〔桂枝仍换红帔由“下场门”上。
李桂枝 兄弟何事?
李保童 爹爹来了。
李桂枝 爹爹在哪里？爹爹在哪里？（哭）哎呀爹爹吓！（内折袖与李奇搭臂，保童转至“小边”）
李　奇 哎呀儿吓!

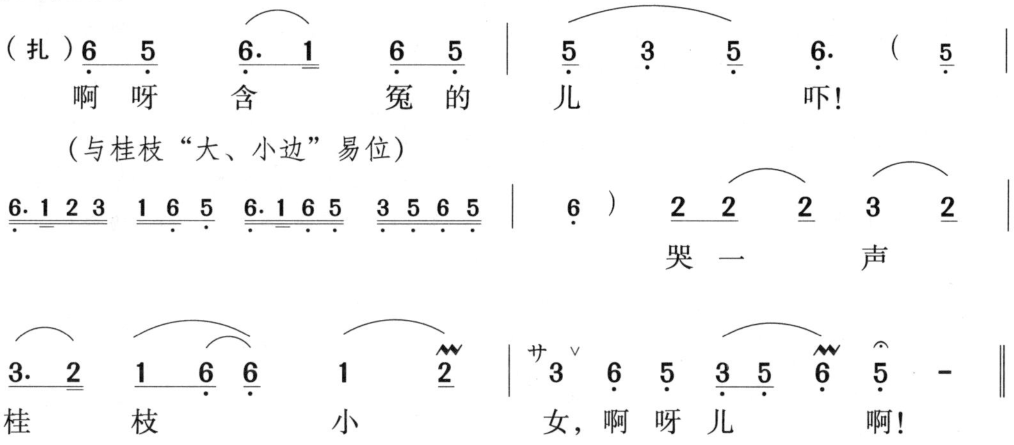

〔赵宠换蓝官衣“下场门”上,李奇倒退几步与赵宠相碰。彼此打背供,李奇转向保童。
李　奇 吓?

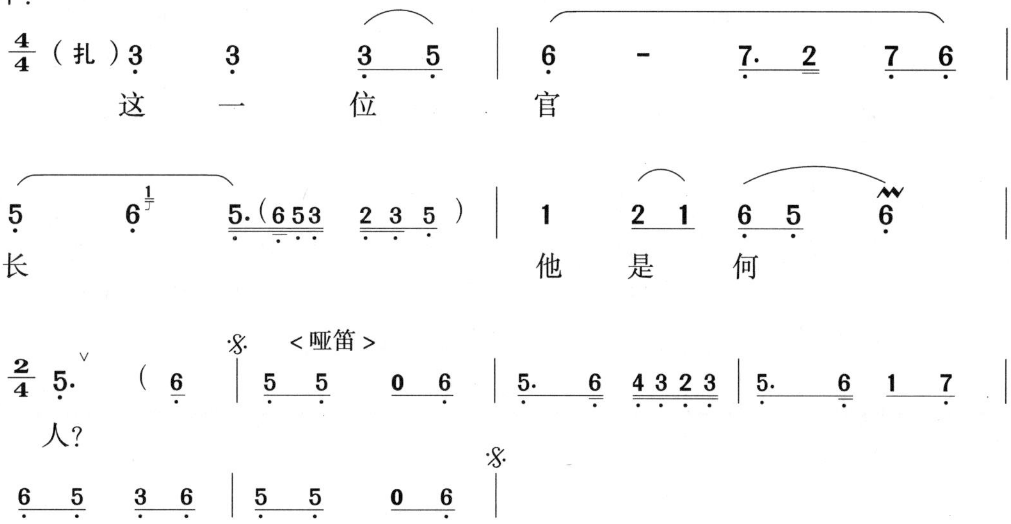

李保童 啊爹爹。这是褒城县令，是孩儿的姐丈。
李　奇 为父的与他什么相称?
李保童 叫他一声赵姑老爷。
李　奇 叫得的?
李保童 叫得的。

李　奇　吓，赵……

赵　宠　啊，岳……

李保童
李桂枝　爹爹为何不叫？

李　奇　（迟疑）只怕叫不得。

李保童
李桂枝　叫得的。

李　奇　哦！叫得的？如此待我来叫。喂！那旁来的敢是赵姑老爷？

赵　宠　不敢，岳父老大人！（以上对白都在＜哑笛＞中念）

李　奇　啊呀不敢吓，不不不不不敢！

〔紧接无限反复的＜哑笛＞

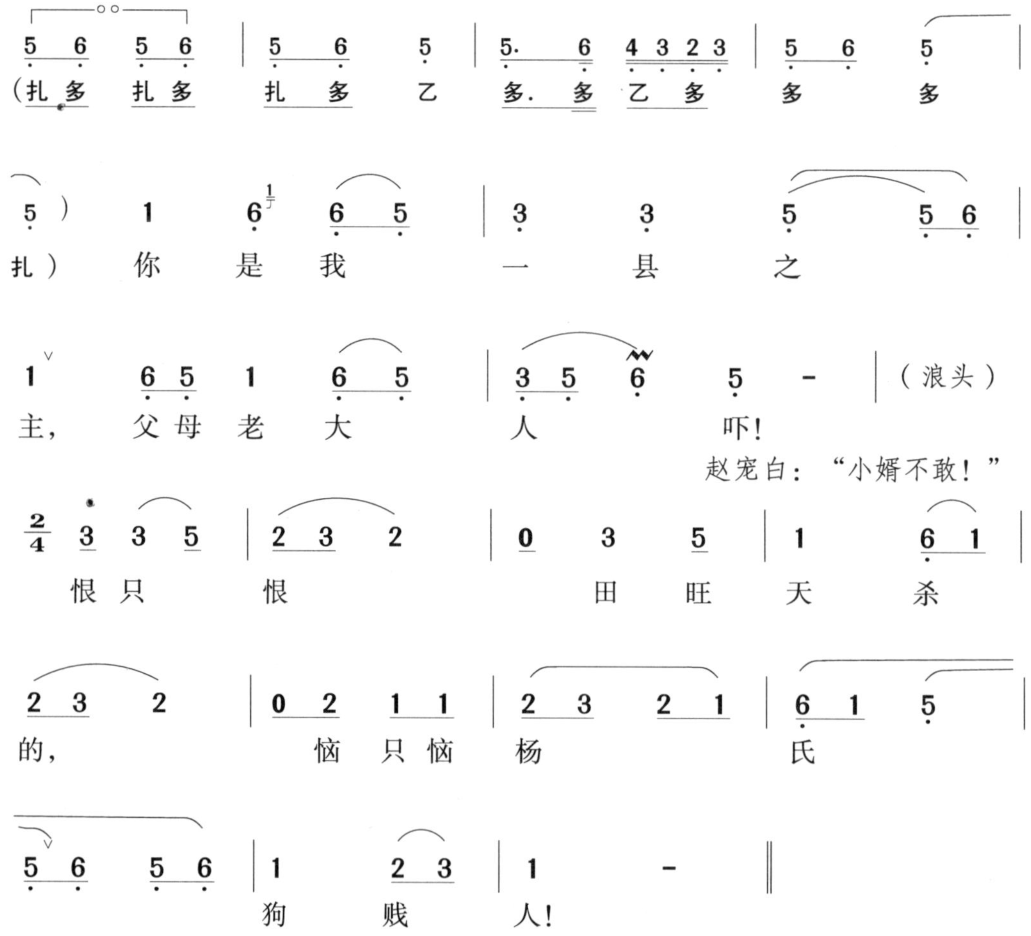

李　奇　吓贤婿，我家的事都瞒不过你吓。

赵　宠　小婿一一尽知。

李　奇

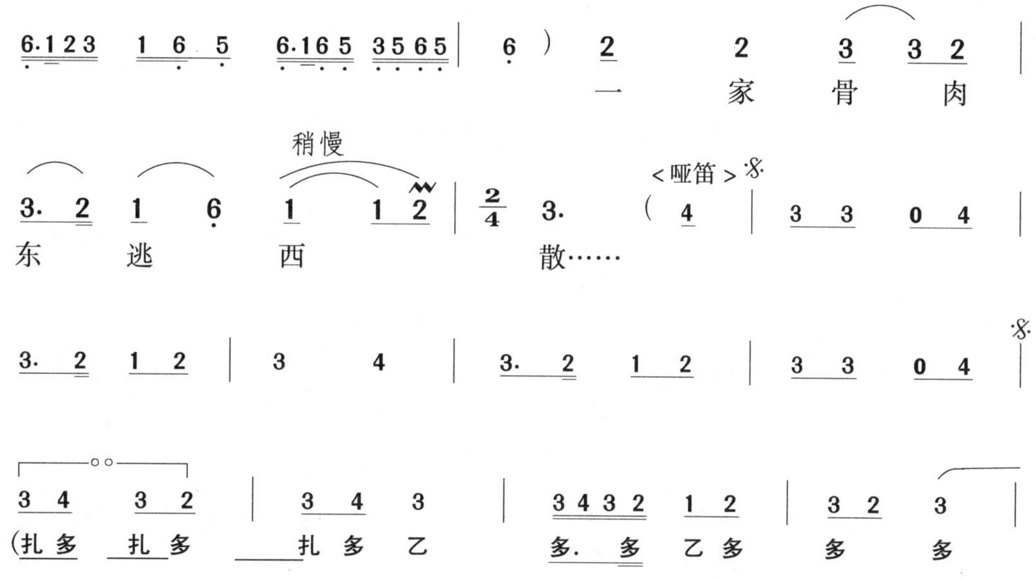

李保童
赵　宠　啊，爹爹如今是团圆的了。
李桂枝
李　奇　(将信将疑地) 嗳!
(以上对白在<哑笛>中念)

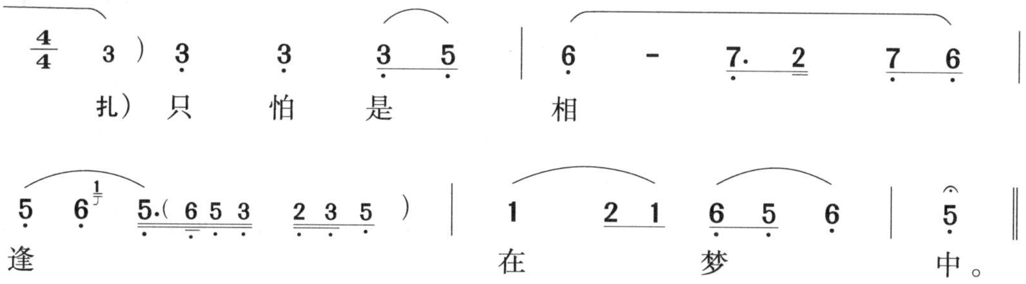

李保童
李桂枝　红日当头。不是做梦。
赵　宠
李　奇　不是做梦?
李保童
李桂枝　不是做梦。
赵　宠
李　奇　啊?
李保童
李桂枝　啊!
赵　宠
李　奇　啊?

李保童
李桂枝　啊。
赵　宠

李　奇　哈哈哈……（笑得后仰，闪了腰）喔唷！

李保童
李桂枝　看仔细！
赵　宠

李　奇　不妨，不妨。

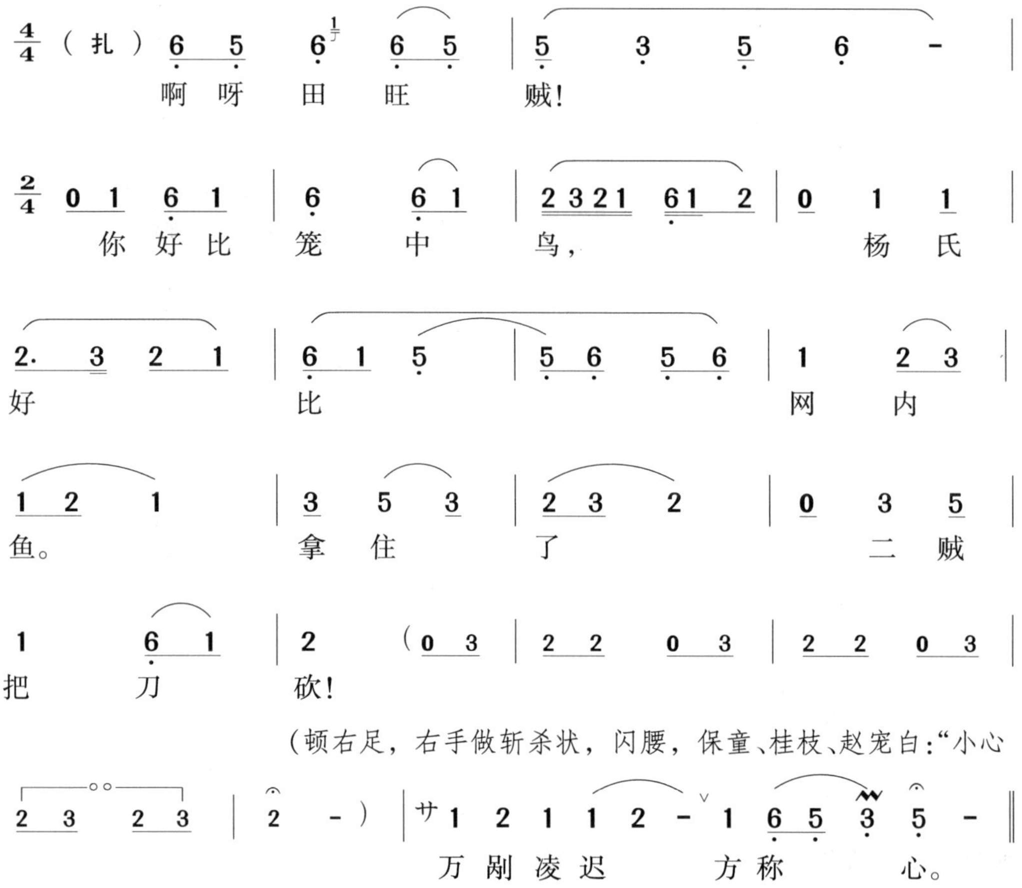

（顿右足，右手做斩杀状，闪腰，保童、桂枝、赵宠白："小心了。"李奇白："不妨！"）

李保童
李桂枝　爹爹请上，受孩儿大礼参拜！

赵　宠　（与保童、桂枝同时）岳父请上，受小婿大礼参拜！

李　奇　慢来，慢来，只要拿住二贼，报仇雪恨，比拜为父胜强十倍。

李保童　孩儿已差人前去捉拿二贼，谅他飞之不远。

李　奇　哦！飞之不远。

赵　宠　是啊，逃之不脱。

李　奇　哦！逃之不脱。如此你们一定要拜？

李保童
李桂枝　一定要拜。
赵　宠

李　奇　如此，你们就拜、拜、拜哟！（一笑，抖左袖，右手捏住，左水袖端起架子。保童、桂枝、赵宠向李奇跪拜）

李保童
李桂枝　爹爹请至后堂更衣。
赵　宠

〔李奇由人扶至“下场门”自下。三人折返，赵宠至“小边”。

李保童　4/4（扎）5 3 5 6 i 6 5 3 2 | 3 5 2 2（5 3 5 1 6 1 2 3 5 2）|
喜 只 喜
（居中向观众喜形于色）

6 5 3 5 4 5 3 2 1 2 | 3 5 2 2（5 3 5 1 6 1 2 3 5 2）|
乌 纱 锦 衣，

李桂枝　2 3 2. 3 2 1 6 5 | 1. 3 2 1 6 5.（6 5 3 2 3 5）|
喜 只 喜

1. 5 3 2 3 2 3 2 1 6 1 | 2 3 1（6 1 6 5 3 2 5 6 1 6 |
骨 肉 相 依。
（双手内折袖胸前相抱）

赵　宠　1）5 3 5 6 i 6 5 3 2 | 5 2 2（5 3 5 1 6 1 2 3 5 2）|
慢 说 世 间

6. i 5 3 5 5 3. 2 1 2 | 3 5 2
无 公 道，

李保童
李桂枝　（同唱）3. 2 3 3 5 3 | 2 3 2 5 3. 2 1 6 |
赵　宠　只 争 来

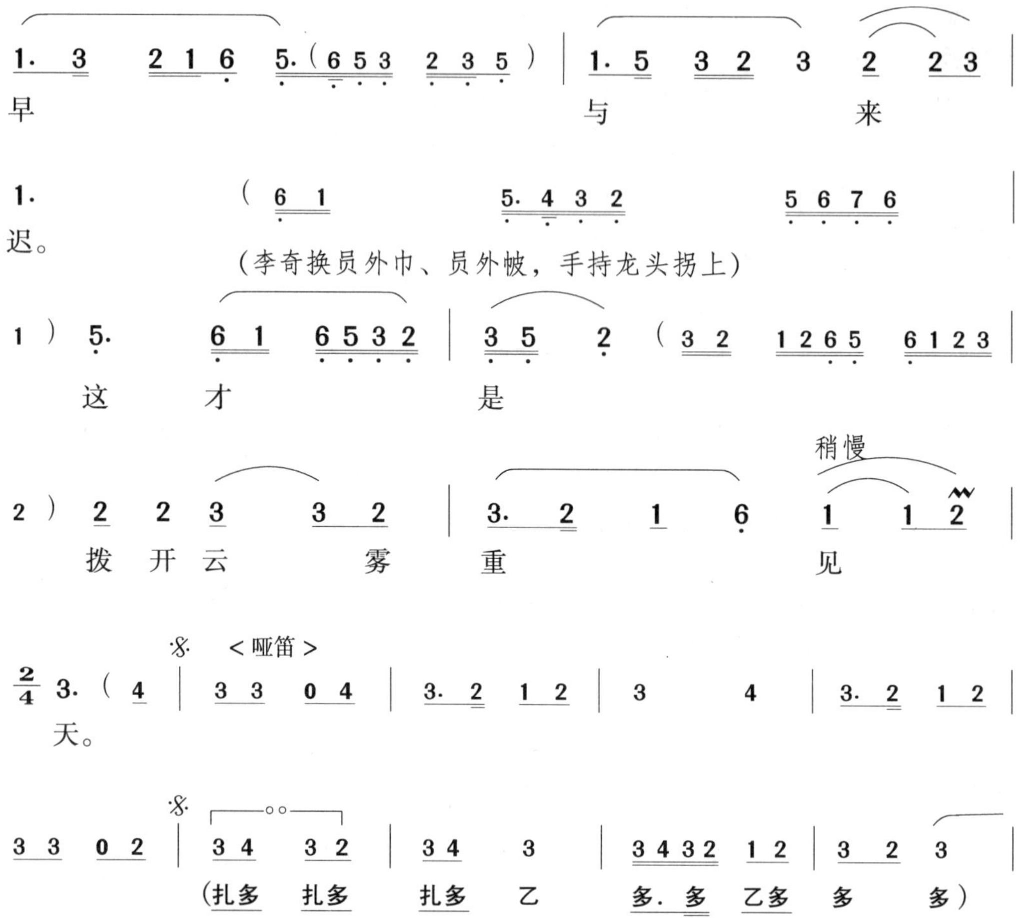

李 奇

吓儿吓，有公道？

李保童
李桂枝 有公道。

李 奇 贤婿，有是非？

赵 宠 有是非。

李 奇 有公道，有是非，吓，哈哈哈……（高兴大笑，险些闪腰，众人扶住）

李保童
李桂枝 小心了。
赵 宠

李 奇 不妨哟！

（以上对白在<哑笛>中念）

李保童
李桂枝
李 奇
赵 宠 （同唱）

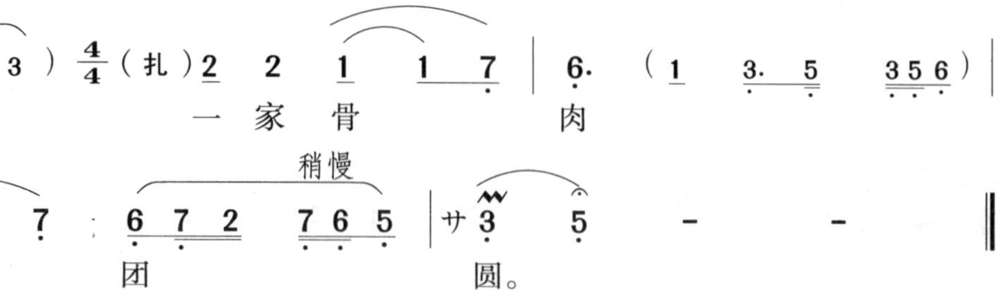

李　奇　正是：（扎）人亏理不亏。

李保童　今朝辨是非。

赵　宠　不信抬头看。

李桂枝　吓爹爹，红日正光辉。

李　奇　好个红日正光辉。哈哈哈……　（又险些闪了腰）

李保童

李桂枝　看仔细了！

赵　宠

李　奇　不妨，不妨。你们大家随我来呀！哈哈哈……

「唢呐奏前半段<尾声>。

「桂枝扶李奇“下场门”下场。赵宠欲随下，桂枝回身向赵宠暗示让他招呼保童。

赵　宠　（会意，走向保童）大人！先请。

李保童　姐丈，我和你如今乃是骨肉至亲，不要如此称呼。

赵　宠　如此卑职斗胆了。吓，大舅！

李保童　姐丈！（赵宠挽保童手）

赵　宠　随我来！

「唢呐奏<尾声·合头>保童、赵宠同笑下。

——剧　终

姜凤山 **校阅** 魏贵德 **整理 记谱**

凤还巢

梅兰芳演出本

《凤还巢》是梅派戏中一出具有喜剧风格的代表剧目，该剧成功地通过“误会法”，编织出许多错综复杂有趣的情节。该剧原为清宫所藏四本《阴阳树》，又简称《丑配》，编剧为丹桂班管事毓五。毓五死后二十余年，齐如山参照清李渔所著传奇《风筝误》，将《丑配》改写成《凤还巢》。梅兰芳早期喜演《风筝误》，自1928年4月6日在中和戏院首演《凤还巢》后，便不再演《风筝误》了。

《凤还巢》的剧情如下：明朝兵部侍郎程浦之长女雪雁性憨貌丑，生于正房；次女雪娥聪慧秀丽，为侧室所生。一日，程浦与皇室宗亲朱焕然一同郊游，遇故友之子穆居易，欲以雪娥许之，嘱其在己寿诞之期前来相会。是日当面议婚，并将其收留书房。雪雁得知，遂冒雪娥之名夜会穆居易。穆见其貌丑而逃，遇朱焕然。朱垂涎雪娥已久，见有机可乘，便佯装赠马，促穆远行，并冒穆之名迎娶。程夫人恼怒老爷为次女订婚而置长女于不顾，遂趁机以雪雁代嫁。洞房之夜真相大白，朱悔之晚矣。战乱中为躲敌兵，程夫人投靠女婿朱焕然。雪娥不愿同去，便去寻父。穆居易逃离程家后投军洪元帅。雪娥最终来到其父身边。程浦为女儿婚事来帅府，求洪元帅、周监军为其女与穆居易完婚。穆居易拒婚却被强行送入洞房，始知新娘子非先前书房所见之女，方释误会。朱焕然遭劫家败，携程夫人、雪雁来到军营，一家人团聚。

该剧生、旦、净、丑行当齐全，每个人物都具特有的性格，可谓个个讨俏。结尾大团圆也符合传统的欣赏习惯。“丑配”一场于风趣滑稽中亦含讽刺，令人忍俊不禁。特别是梅氏塑造的程雪娥的形象，举止端庄、雍容大度，处处表现出大家规范，真是光彩夺目。如在第五场中程雪娥上场唱的〔西皮慢板〕“命奴家在帘内偷觑郎君，只见他美容颜神清骨俊，实可叹衣褴褛家道清贫，倘若是苦用功力图上进，也能够功成名就平步青云。”中的“内”、“君”、“俊”、“贫”都要腔，难度很大，既充分显示出演员的深厚功力，也体现了程雪娥端庄贤淑、腼腆娇羞等闺阁少女特有的心态。

第十场中的〔南梆子〕“她明知老爹爹为奴行聘，反将她亲生女嫁与穆门……”是女主人公雪娥亲眼看到姐姐雪雁冒她名嫁给自己的如意郎君后唱的。唱腔比较激昂，集中显现了她心中幽怨，怨亲生母亲早逝，怨父亲外出，怨大娘自私，怨自己命薄。这段唱腔实质上是雪娥怨愤心理的外化和反抗情绪的宣泄。第十四场〔西皮流水〕“母亲不可心太偏，女儿言来听根源……落一个清白的身儿我也含笑九泉”的行腔唱得稳而不紧，尺寸掌握恰到好处，很好地表现了雪娥在与大娘对话时的心态。

该戏首演时演员阵容强大，梅兰芳饰程雪娥，张春彦饰程浦，萧长华饰朱焕然，姜妙香饰穆居易，李春林饰洪功，侯喜瑞饰周监军，诸如香饰程雪雁，姚玉芙饰丫环，孙甫亭饰程夫人，可谓强强联手，珠联璧合，所以一炮而红是可想而知的。但是这出深受欢迎的戏却“得罪”了当时的封建军阀。奉系军阀张作霖因《凤还巢》的剧名与“奉还巢”谐音，认为不吉祥，竟让奉系教育总长刘哲出面以所谓“有伤风化”而禁演。但是真、善、美的艺术，总会得到人民的欢迎和认定。时至今日，《凤还巢》已成为久演不衰的经典剧目。

刘淑兰

人物行当

刘鲁七	武净	家　院	末
程　浦	老生	中　军	杂
朱焕然	丑	傧　相	丑
穆居易	小生	轿　夫	杂
丫　环	贴旦	车　夫	杂
程夫人	老旦	四家丁	杂
程雪娥	旦	二丑家丁	丑
程雪雁	丑旦	四喽兵	杂
周监军	净	四红龙套	杂
洪　功	老生	四白龙套	杂

服装扮相

刘鲁七　勾碎脸。罗帽、黑满，花箭衣、黄大带、黑开氅，彩裤，厚底靴。挎刀。（第二场换高方巾、蓝褶子，拿相尺）

程　浦　俊扮。紫员外巾、黪三，紫帔，内衬素褶子，香色彩裤，厚底。（后换忠纱、绿蟒、玉带）

朱焕然　勾豆腐块。软玉巾，黄帔、内衬红褶子、绦子，红彩裤，朝方。（后换绣花褶子、红帔；再换青高巾，青褶子、小腰包，青彩裤，白大袜、皂鞋）

穆居易　俊扮。青高方巾或桥梁巾，青素褶子、 绦子，浅素彩裤，厚底。（后换武生巾，绣花褶子；再换忠纱，粉色蟒、苫肩、玉带，红帔、内衬素褶子）

丫　环　俊扮。梳大头、水钻头面、抓髻、线尾子、草花，紫坎肩、绣花袄、绣花裙子，浅素彩裤，彩鞋。

程夫人　俊扮。黪网子、黪鬓发、老旦冠、勒子、紫色绸条，紫帔，绿素裙子，浅素彩裤，福子履。（后换浅素褶子，白腰巾）。

程雪娥　俊扮。梳大头、水钻头面（加点翠）、线尾子，绣花帔、内衬绣花褶子，白素绣花裙子，彩裤，彩鞋。（后线尾子加红绒花、桃子，红盖头，红帔，浅素彩裤）

程雪雁　俊扮。梳大头、水钻石头面、线尾子，绣花帔、内衬绣花褶子，白素绣花裙，彩裤，彩鞋。（后换银泡头面、盖头，绣花褶子、红帔，青素褶子，白素裙）

周监军　勾红太监脸。银荷叶盔（挂穗）、牵巾，紫蟒、玉带，红彩裤，厚底。

洪　功　俊扮。帅盔、黑三，红蟒、苫肩、玉带，红彩裤，厚底。（后换忠纱）

家　院　俊扮。青罗帽、花绸条、白鬓发、白二涛，青褶子、大带，青彩裤，厚底。

中　军　俊扮。中军盔、黑三，红开氅，红彩裤，厚底。

傧　相	勾丑老脸。绿荷叶巾、白五擸，绿花褶子、绦子，红彩裤，白大袜、皂鞋。
轿　夫	俊扮。梢子帽，蓝布箭衣、大带，青彩裤，薄底。
车　夫	俊扮。梢子帽，蓝布箭衣、大带，青彩裤，薄底。
四家丁	俊扮。素罗帽，青褶子、大带，青彩裤，白大袜、皂鞋。
二丑家丁	丑扮。青素罗帽，青褶子、大带，青彩裤，白大袜、皂鞋。
四喽兵	俊扮。头布，青布快衣、小大带，青彩裤，薄底。
四红龙套	俊扮。红大板巾，红龙套服，红彩裤，薄底。
四白龙套	俊扮。白大板巾，白龙套服，青彩裤，薄底。

道具

马鞭	三根	**小帘轿**	一顶
寿帽	一顶	**红大帐**	一份
寿衣	一件	**圣旨**	一份
扁担	一根	**折扇**	四把
食盒	一份	**文房四宝**	一份
公文袋	一个	**令箭架子**	一份
酒具	一份	**印盒**	一个
卦板	一副	**车旗**	一副
礼单	一份	**桌子**	三张
礼品盒	一份	**椅子**	四把
纱灯	一盏	**红桌围椅披**	一份
线装书	一本	**小方凳**	四个
中　帐	一份		

第一场

〔场上中间设高台椅。【大锣原场】收住。

〔【急急风】四喽兵上。【四击头】刘鲁七穿黑花开氅，带罗帽，内衬红素褶子。上，亮相。【急急风】刘鲁七至台中亮相。【回头】【冲头】刘鲁七转身上高台。【归位】

刘鲁七 （诗）自幼生来性情刚，
练就拳棒与刀枪。【小锣二击】
结交绿林英雄广，
桃花山上自为王。【夺头】

某！【撕边一锣】刘鲁七。【住头】闻得山下有朱千岁，依仗权势，欺压良民，不免扮作相士模样下山打探。喽罗的！

四喽兵 有。【一击】

刘鲁七 听我吩咐。

〔西皮摇板〕

【闪锤】（ ^{7}6̣ 6̣ ^{4}5 5 5 3 6 5 5 3 2 1 1 6̣ 5 5 5 ）

3 2 3 ^{1}2 2 （ 3 5 2 1 6̣ 1 2 1 ） 2 1 3 ^{3}2 - -
山 寨 之 事 多 谨 慎，

〔【快长锤】刘鲁七下高台，四喽兵由“下场门”下，刘鲁七至“大边”台口。

（ ^{7}6̣ 6̣ ^{4}5 5 5 3 6 5 5 3 2 1 1 6̣ 5 5 5 ）

6̣^{1} 1 3 ^{3}2 （ 3 5 2 1 6̣ 1 2 ） 3^{5} 2 1 1 - ‖
赏 玩 风 景 走 一 程。

〔【大锣原场】刘鲁七下。【撤锣】

第二场

〔【小锣帽子头】程浦穿蓝员外帔，戴员外巾，挂“黪三”髯上，【原场】走至中台口。

程 浦 （引子）告老还乡，（多多）每日里，（多罗.）

サ 1 2 3 2 6 7 7 6 - ‖

快 乐 安 （呐）康！

〔【小锣归位】左转身，坐“外场椅”。

（诗）昔日领兵在战场，

十年转战保家邦。

幸喜狼烟俱扫尽，

恩准辞官返故乡。【小锣住头】

〔家院由“下场门”暗上。

（白）老夫程浦，官居兵部侍郎。是我告归林下，倒也安然。昨日镐京朱千岁，约我到郊外闲游。家院。

家　院　有。

程　浦　食盒可曾齐备？

家　院　俱已齐备。

〔四家丁抬食盒上，站“一字”。

程　浦　吩咐担了食盒郊外去者。（程浦起立）

〔西皮摇板〕

【小锣凤点头】（ 6 6 5 5 5 3 6 5 5 3 2 1 1 ）

1 3 2 1 3 2 2 3 2 1 6 1 2

昨 日 里 朱 千 岁 将 我 约 定，

（ 3 5 2 1 6 1 2 1 6 5 5 5 ） 3 2 1 1 2 2

他 约 我 到 郊

2 （ 3 5 2 1 6 1 2 1 ） 3 1 3 2 1 （ 3 5 2 1

外 同 去 散 心。

6 2 1 2 6 5 5 5 ） 2 1 2 3 3 1 2 2 （ 3 5

一 路 上 观 不 尽

2 1 6 1 2 1 ） 2 2 1 3 2 1 1 2 -

春 光 美 景。

〔【小锣抽头】众走圆场，至“大边”站“一字”。【抽头】切住。

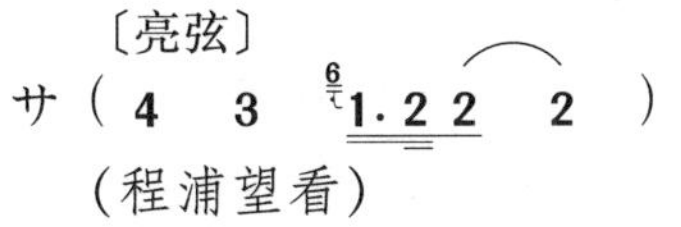

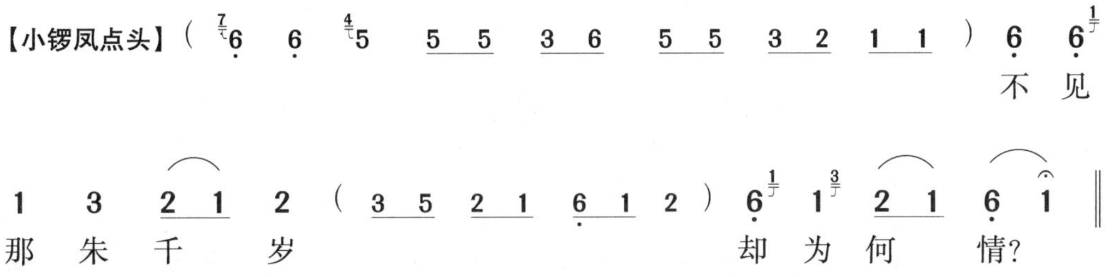

〔朱焕然内白:“带路!”【小锣抽头】二家丁“上场门”上站“一字”。朱焕然穿黄帔、带棒锤巾、持马鞭上,至“小边”台口。

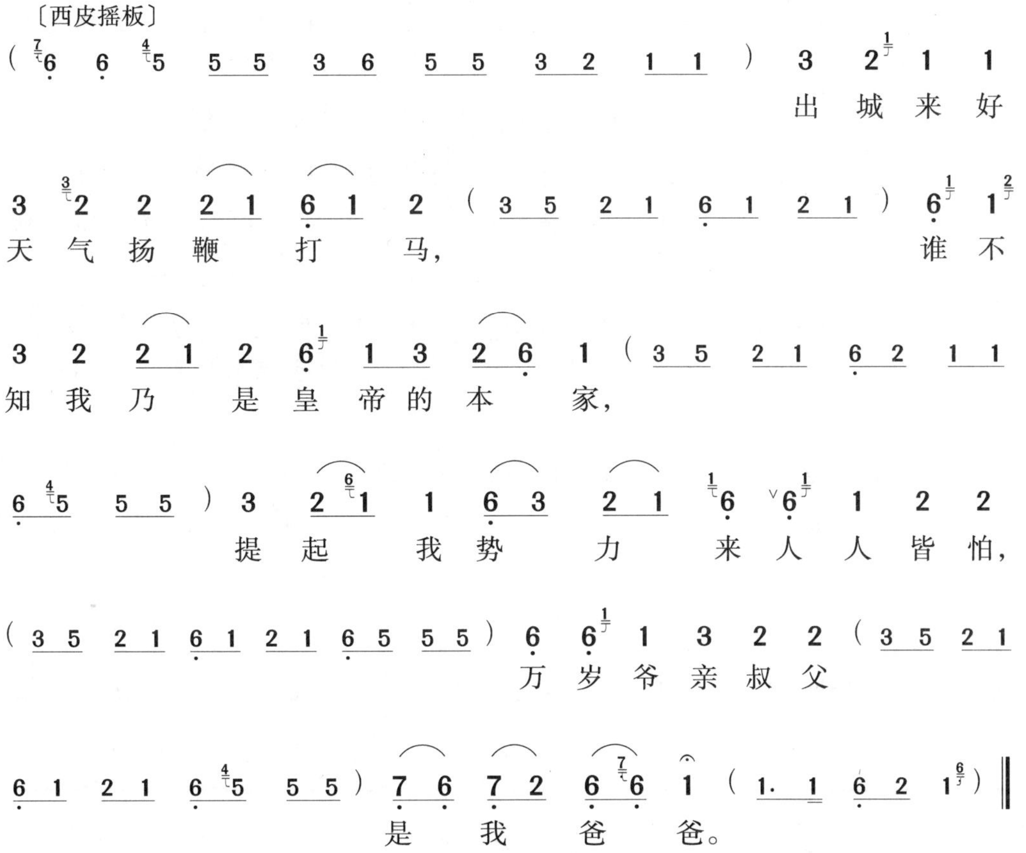

程　浦　千岁来了。

朱焕然　老先生您倒早来啦,恕我一步来迟,叫您候等啦!

程　浦　岂敢。请坐。

朱焕然　老先生请坐,请坐。【小锣住头】

〔众家丁搬石座,程浦归“大边”坐,朱焕然归“小边”坐,众家丁摆酒具。

程　浦　啊,千岁,你看青山绿水,好一派风景也!

朱焕然 真乃好风景。老先生请。

〔西皮摇板〕

程　浦　【小锣凤点头】（ 6 6 5 55 36 55 32 11 ）2 1
（二人对饮）　举 酒

2 25 31 2（35 21 61 21）3 2 13 2
杯 远 望 见　青 山 一 片，

（35 21 61 21 65 55）1 3 2 3 21 2
（朱焕然接唱）这 青 山 真 稳 重

（35 21 61 21）6 1 1 3 2 1（35 21 62
永 不 动 弹。

〔穆居易内白："走哇！"穆居易"上场门"上至"小边"台口。

12 65 55）3 21 1 3 21 1 1 3 1 1
（程浦唱）溪 中 水 碧 油 油 绕 村 流

2（35 21 61 21 65 55）63 21 1 1
转，（朱焕然接唱）流 得 紧 好

2 2（35 21 61 2）6 1 2 2 1 – ‖
一 似　快 马 加 鞭。

〔西皮摇板〕

穆居易　【小锣抽头】（ 6 6 5 55 36 55 32 11 65 55 ）

3 3 5 5 57 7 6（65 35 65 32）7
闷 无 聊 来 至 在　郊

（1 7 6）
6 6 3 5 5 6 6（65 35 65 32 11
外 游　玩，

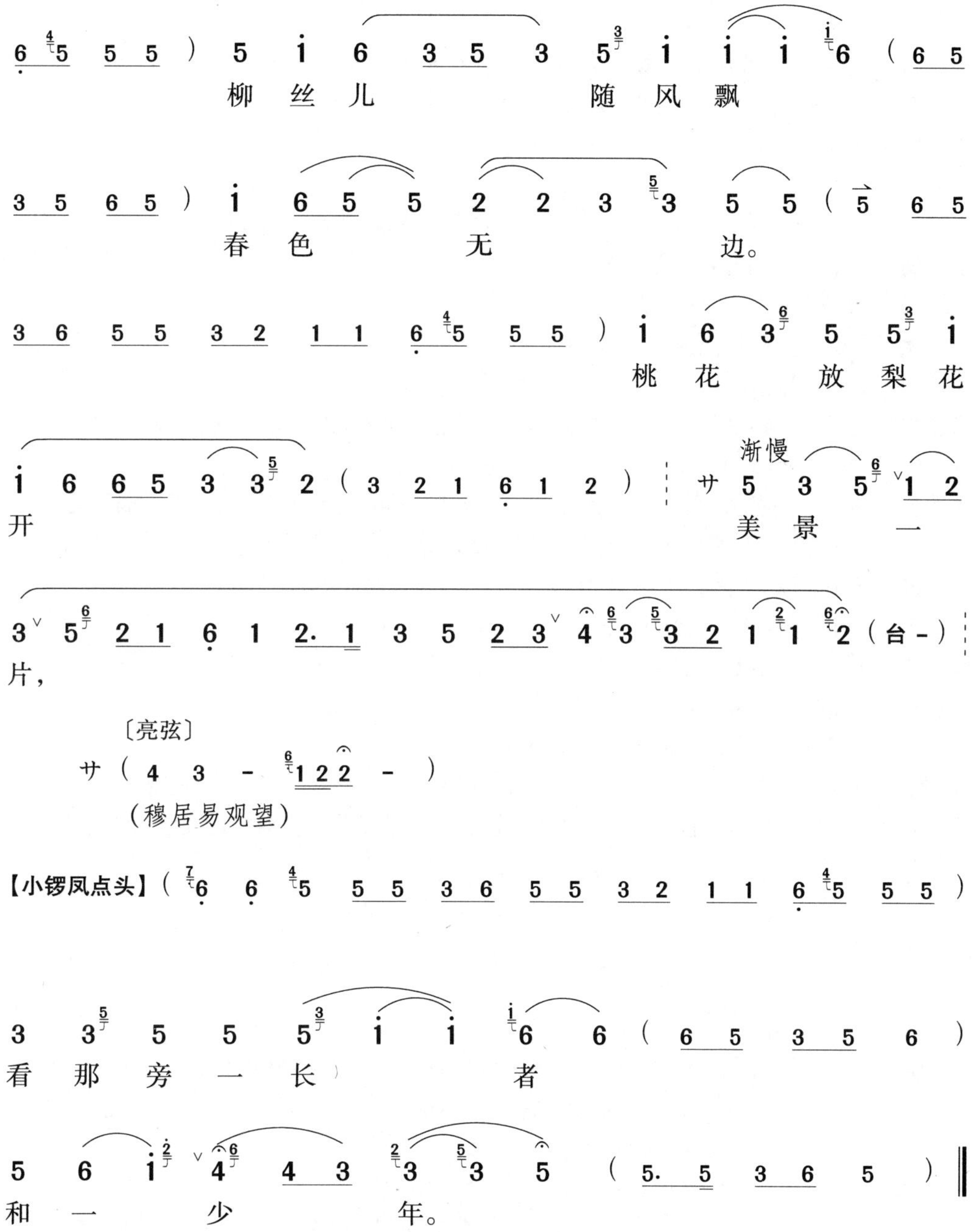

看那旁有一老者和一锦衣公子同桌饮酒，想我穆居易，衣衫褴褛，倘被他们看见，岂不嘲笑于我，不免远离他们几步。（由“上场门”走至“下场门”，程浦目送）（台）

朱焕然 老先生请。（程浦未理会）老先生您看什么呀？

程　浦 我看那位少年好生面熟，招他前来，同饮几杯，不知千岁意下如何？

朱焕然 这算不了什么。——来呀，把那少年给我叫回来。

家　丁 那一少年请转！

穆居易 （由“下场门”走回至“大边”台口）想是唤我。

家　丁 我家千岁叫你哪。

〔穆居易随家丁至台中。

程　浦　啊相公。

穆居易　老先生长者在上，晚生有礼了。（向朱焕然）这位尊客见礼。

朱焕然　（自语）是个书呆子！见人就作揖。

程　浦　请坐。

穆居易　谢坐。

〔程浦归中间坐。穆居易坐“大边”，朱焕然坐“小边”。

程　浦　来，来，来，待我奉敬一杯。

穆居易　有道是：长者赐，少者不敢辞。

朱焕然　（自语）你瞧他倒是念念有词。

程　浦　请问相公尊姓大名，哪里人氏？

穆居易　学生姓穆名居易，乃京兆人氏，先父两榜进士出身，也曾在朝为官。

程　浦　尊大人荣任哪里？

穆居易　这个……先父穆建业，曾居吏部之职，只因得罪刘瑾，一家俱被所害，是我一向在外读书，未遭此难。如今刘瑾已死，方敢出头露面。

程　浦　有位侍郎程浦，你可晓得？

穆居易　程侍郎乃是先父同年好友。

程　浦　你可认识他？

穆居易　只因学生向不在京，故而先父的朋友，多不识面。

朱焕然　你不认识吗？这位就是程老先生。

穆居易　原来是程年伯，小侄不知，多有得罪，小侄重见一礼。（起身施礼）

程　浦　贤侄少礼，请坐。自从你全家遭祸，我日夜悬心，今见贤侄如此英才，真不愧是忠良之后哇。

〔**【小锣五击头】**刘鲁七上。穿蓝褶子，手持打相尺，边走边说。

刘鲁七　看相！看相！

朱焕然　小子，谁在那儿嚷嚷？

家　丁　是个看相的。

朱焕然　看相的！闲着怪闷得慌的，你把他叫过来，我拿他开开心。

家　丁　是啦。——看相的，我家千岁爷叫你哪。

刘鲁七　是是。——三位不施礼了。

朱焕然　难道说谁还给你见礼呀！我说你会看相吗？

刘鲁七　略知一二。

朱焕然　会就说会，干吗这么一呀二啊的！来来来，给这位老先生看看功名富贵如何？看得好，不白看，我赏一杯酒喝。

刘鲁七　（相程浦）这位老先生曾经做过高官，何必再看。

朱焕然　真有两下子。——小子，赏他一杯酒喝。

刘鲁七　（接酒）请。

朱焕然　喝吧。

刘鲁七　干。

朱焕然　你瞧这贫劲儿！来来来，再给老先生看看有几位令郎公子。

刘鲁七　这位老先生膝下无子，只有两位千金，到后来养老送终，女婿也有半子之劳。

朱焕然 真敢下断语呀！——老先生，您可有二位千金小姐吗？
程　浦 有两个小女。
朱焕然 有嘚！叫你蒙着啦！小子再赏他一杯酒喝。
刘鲁七 （接酒）请。
朱焕然 喝吧。
刘鲁七 干。
朱焕然 又来啦！
程　浦 啊相士，与这位少年相上一相。
刘鲁七 （相穆居易）这位书生，眼前虽则贫困，将来必是国家栋梁。
穆居易 薄命书生，焉能发迹？
刘鲁七 前途不可限量。
朱焕然 这么一说，他们俩人全不错呀！来来来，你给我看看，比他们两个人如何呢？
刘鲁七 （相朱焕然，笑）哈哈哈……
朱焕然 有话说话，打什么哈哈？
刘鲁七 尊驾之相，并无出奇之处，想是你的富贵在肌骨里面，必须将你全身揣摸一遍，方能知晓。
朱焕然 你瞧，你这麻烦劲儿，到人那儿，一看就能相出来，怎么到我这儿，还得揣摸一遍？好，让我站起来，给你揣摸。
〔家丁收拾酒具，刘鲁七摸朱焕然的全身，摸到腋下。
朱焕然 你往那儿摸呀？
刘鲁七 混身上下，都要摸到。
朱焕然 没法子，谁让我要相富贵呢，您就请摸。
刘鲁七 站好了。（又摸，笑）哈哈哈……
朱焕然 倒真喜兴，不知我今后日子怎样？
刘鲁七 尊驾如今不过是眼前的富贵，日后必要讨饭！
朱焕然 你这混小子！在我朱千岁面前胡说八道。——小子们，给我打！
〔众家丁欲打刘鲁七，程浦阻拦，暗示刘鲁七快走。
程　浦 此乃朱千岁，快些去吧。
刘鲁七 （自语）日后教他晓得我的厉害！（“上场门”下）
穆居易 程年伯，小侄告辞了。
程　浦 啊贤侄，本月十五日，乃老夫的贱辰，那时请来一叙。
穆居易 定当前来拜寿。
程　浦 我还有事，要与你商议呀。
穆居易 小侄记下了。**【小锣五击头】**（下）
朱焕然 怎么着，本月十五是您的千秋好日子吗？那我一定也要给您拜寿去。
程　浦 不敢劳动千岁。
朱焕然 我这会儿还没有要饭哪，您就瞧不起我啦？
程　浦 如此奉请千岁。
朱焕然 这不结啦吗。——小子们，走着，走着。（二家丁、朱焕然同下）
程　浦 家院，回府。

〔西皮摇板〕

【小锣凤点头】(6 6 5 5 5 3 6 5 5 3 2 1 1) 4
郊

3 2 1. 2 1 2 2 (3 5 2 1 6 1 2) 2 1 3 2 -
外 闲 游 遇 故 旧,

〔【小锣抽头】四家丁、家院、程浦走圆场进府，四家丁下。程浦坐“大边”椅，家院侍立。

程 浦 (6 6 5 5 5 3 6 5 5 3 2 1 1) 6 1
愿 为

2 2 3 2 1 6 1 (1 1 6 2 1 1 1) ‖
娇 女 结 鸾 俦。

请夫人，小姐出堂。

家 院 （立台口）请夫人小姐出堂。

〔【小锣帽子头接打上】丫环引程夫人、程雪娥上，同站“小边”台口。雪娥站中间，丫环站外边，夫人站里边。夫人穿蓝女帔，雪娥穿湖色褶子，丫环穿淡青裙袄，紫色坎肩。

程夫人 （念）井臼操持兼教女。

程雪娥 （接念）攻书习礼又拈针。【小锣住头】（二人同进门）

程夫人 老爷。

程 浦 夫人请坐。

〔程夫人坐“小边”椅。

程雪娥 爹爹万福。

〔丫环搬椅子放“小边”外首。

程 浦 罢了。一旁坐下。【小锣住头】

〔雪娥坐“小边”外首椅。【小锣一击】程浦看。

程夫人 老爷看什么？

程 浦 雪雁往哪里去了？

丫 环 后花园打秋千去了。

程 浦
程夫人 唤她前来。

丫 环 （站台口）有请大小姐。

〔程雪雁内白：“啊哈！”【小锣五击头】雪雁上，站“小边”台口。穿粉花褶子，梳大头珠子头。

程雪雁 （引）不读诗书，不刺绣，

サ 1 2 3 2 - 6 7 6 - 5 6 ‖
每日花园（多罗）打 悠 秋。 （进门）
爹娘万福。（施礼）

程 浦
程夫人 坐下。（生气地）

程雪娥 姐姐，有礼。

程雪雁 妹妹，有礼。

程雪娥 姐姐，请坐。

程雪雁 坐着坐着。（台）（坐“大边”外首椅）
我说你们是怎么回事儿，我在花园里玩得好好儿的，把我叫出来有什么事啊？

程 浦 哼！我把你这个蠢丫头！一天到晚，尽自贪玩，不读诗书，将来看你怎生得了！

程夫人 是啊，你看你妹妹是怎样的举止，再看你，每日贪玩，不习针黹，我看将来谁家要你！

程雪雁 得了罢！一来就说我妹妹长得好，当然啦，我妹妹是我二娘生的，我二娘长得像天仙似的，生下她来，当然是好看的了，我呐，是你养的，你瞧瞧你那个长相儿，我这模样儿还对不起你吗？

程夫人 这是怎样的讲话？

程 浦 哼！

程雪娥 （起立）爹娘不必生气啊，姐姐不要这样胡言乱语使父母生气呀！

程雪雁 妹妹，我这是老实话呀，他们老说我长得难看，我就不爱听这句，这不是叫我生气吗？

程雪娥 姐姐的相貌，本来不丑啊！

程雪雁 可不是，咱们姐儿俩站在一块儿，可称得起是一对姐妹花！

程雪娥 啊姐姐，以后要好好读书、刺绣，不要贪玩了，回房去吧。

程夫人 还不与我出去！

程雪娥 回房去吧。

程雪雁 干吗轰我呀！在这儿碍你们眼哪？我还是到后花园打悠秋去喽！**【小锣五击头】**（由“下场门”下。家院暗上）

程 浦 唉！冤家呀！（站起）

〔西皮摇板〕
【小锣凤点头】（ 6 6 5 5 5 3 6 5 5 3 2 1 1 ） 6 6
却 为

1 3 2 1 1 （ 3 5 2 1 6 2 1 1 ） 6 3 2 1 1
何 生 下 了 这 样 的 孽

2 （ 3 5 2 1 6 1 2 1 6 5 5 5 ） 6 3 2 6 1 6 2
障， 全 不 晓 女

1 2 （ 3 5 2 1 6 1 2 ） 6 1 3 2 1 6 1 ‖
儿 家 谨 守 闺 房。

〔程雪娥站起。

程雪娥 爹娘啊！

〔西皮摇板〕

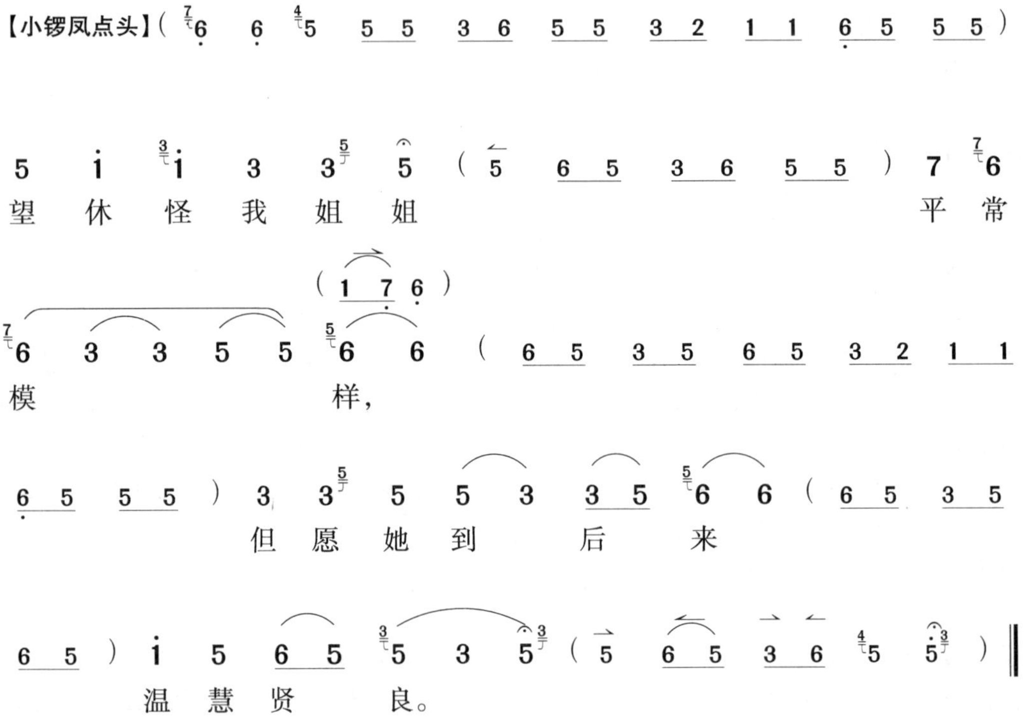

爹娘不要生气了。

程　浦 我不生气就是，我儿坐下。

程雪娥 是。（台）（二人同坐）

程　浦 夫人，我有一事要与你商议商议。

程夫人 老爷有话请讲。

程　浦 适才在郊外闲游，遇见一桩可喜之事。

程夫人 什么可喜之事？

程雪娥 是啊，爹爹遇见什么可喜之事了？

程　浦 遇见同年好友穆建业之子穆居易。

程夫人 那穆公子便怎么样呢？

程　浦 那穆公子才貌双全，我有意将雪娥许配穆公子。【小锣一击】（雪娥含羞）将来也好靠他夫妻，送我二老的晚局。

程夫人 老爷此言差矣！

程　浦 何差呢？

程夫人 大女尚未出嫁，二女反要许人。难道连个长幼之序，都不分了么？

程　浦 唉！雪雁生得丑陋，怎配得那穆公子，不如先打发雪娥出嫁，然后再与雪雁找个人家，也就是了。

程夫人 女儿婚姻之事由得我，不能由你。

程　浦 我乃一家之主，此事由得了我，由不了你！

程夫人 （站起）由不了你！由不了你！

程　浦　（站起）由不了你！

程雪娥　（急站起向前劝解）啊，爹爹不要生气，母亲我们到后面歇息去吧。

程夫人　事到临头看是由你，还是由我！哼！

〔雪娥扶夫人由“上场门”下，丫环随下。

程　浦　这是哪里说起！

〔西皮摇板〕

【小锣凤点头】（ 7 6 6 4 5 55 36 55 32 11 ）1 3 2
不 思 量

3 2 6 1 1 13 21 6 1 1 1 2（ 35 21 61 21 6 4 5 55 ）
她 女 儿 何 等 的 模 样，

3 2 6 1 1 1 2 3 2（ 35 21 61 2 ）3 1 2 3 2 6 1 ‖
她 还 要 一 心 心 挑 选 才 郎。

这是哪里说起。

〔**【小锣抽头】**程浦“下场门”下。

第　三　场

〔**【小锣抽头】**二家丁捧寿衣帽、寿礼引朱焕然上，站中台口。穿红帔带红小生软翅巾。

〔西皮摇板〕

朱焕然　（过门同前）2 1 3 3 2 3 1 2 3 2（ 35 21 61
三 月 天 气 精 神 爽，

21 6 4 5 55 ）3 3 1 2 3 5 21 6 1 1（ 1 62 1 6 ）‖
家 家 户 户 喜 洋 洋。

我朱焕然。今乃程老先生寿诞之期，备得寿礼，前去拜寿。——小子们！程府去者。

【小锣凤点头】（ 7 6 6 4 5 55 36 55 32 11 ）1 5 3
小 厮

3 1 2 2（ 35 21 61 2 ）2 1 13 3 2 －
带 路 朝 前 闯，

【小锣抽头】（二家丁下。朱焕然至“大边”台口）

1 3 1 2 （3 5 2 1 6 1 2 ）3 2 6 1 – ‖
程 府 拜 寿 走 一 场。

〔【小锣原场】朱焕然“下场门”下。

第四场

〔【小锣原场】程浦穿紫帔，带员外巾上，至中台口。

程　浦　（念）三千座上客，不见意中人。【小锣归位】（坐“外场椅”。家院由“下场门”暗上侍立）

今日乃老夫的诞辰，来了许多亲友，那穆公子还不见到来，不知是何缘故？——家院。

家　院　有。

程　浦　请二小姐出堂。

家　院　有请二小姐出堂。

〔程雪娥内白：“来了！”【小锣原场】程雪娥上，至“小边”台口。

程雪娥　亲友称觞开寿宴，轻移莲步到堂前。【小锣住头】参见爹爹。（面向程浦）

程　浦　罢了，一旁坐下。

程雪娥　谢座。（台）（坐“小边外场椅”）唤儿出来，有何吩咐？

程　浦　为父有意将你许配那穆公子，（台）（雪娥含羞）少时就要前来，我儿可在暗中偷觑偷觑，意下如何，告知为父，也好做一定夺。

程雪娥　爹爹说哪里话来，女儿婚姻之事，应由爹爹做主。

程　浦　话虽如此，此乃我儿百年大事，岂可草草哇！

程雪娥　这个……儿遵命就是。

程　浦　这便才是。【小锣住头】

〔二家丁捧衣帽、寿礼引朱焕然上，至“小边”台口，边走边念。

朱焕然　走着，走着！到啦！

二家丁　给您通报一声吧？

朱焕然　程老先生不是外人，随我进来。（进门站“大边”，二家丁随进）程老先生在哪儿呐？老先生在——【小锣一击】

〔程浦起立。朱目光转视雪娥。雪娥含羞，以袖遮面由“上场门”急下。

程　浦　啊千岁。

朱焕然　啊老先生，今当您的千秋好日子，我给您拜寿来啦。

程　浦　不敢当。

朱焕然　来呀！脱了我的路衣，换上我的寿衣，好为老先生拜寿。（二家丁给朱换红褶子）老先生请上，我给您拜寿。

程　浦　不敢当。

朱焕然　（跪叩头）祝您寿比南山，福如东海，您做一个长生不老的老寿星。（起立）礼单哪？（家丁呈上）老先生，我这儿有点小意思，请您收下。

程　浦　越发的不敢。

朱焕然 您要不收，那就是嫌轻啦！

程　浦 如此受之有愧呀。（接礼单）家院，看酒来。

朱焕然 别忙，寿酒我一定要喝的。——来呀，脱了我的寿衣，换上我的便服，好与老先生饮酒。

〔二家丁给朱换绿褶子，家院斟酒。

程　浦 千岁请坐。

朱焕然 坐着，坐着。（朱坐“大边”，程坐“小边”同饮）天太热啦。来呀！打着点扇子。

〔二家丁给朱打扇。程夫人由“下场门”暗上，至“大边”台口。

程夫人 闻得穆公子前来拜寿，我不免偷觑偷觑。**【小锣一击】**（偷看）

虽然看不清他的面目，只看许多从人围绕，定是个富贵人家。我不免将大女儿嫁过门去，日后定享荣华富贵，我就是这个主意。（偷看后由“下场门”暗下）

朱焕然 老先生请。（二人对饮。家丁给朱扇风）得啦得啦！别扇啦！再扇就打起来啦！老先生，天不早啦。我跟您告辞啦。

程　浦 再饮几杯。

朱焕然 改日再来打扰。来呀！换上我的路衣也好趱路。

家　丁 是啦。（取出衣服）

朱焕然 怎么还是我来的时候那件儿呀？

家　丁 就是那一件。

朱焕然 别的衣服你没带来？

家　丁 没带来。

朱焕然 我的衣服有的是。怎么不多带两件出来？没用的东西，下回可记住啦！我穿过的衣服就不能再穿啦！（家丁给朱换衣）老先生，我跟您告辞啦，请回吧。

程　浦 不远送了。

朱焕然 （对家丁说）走哇，可当是住姥姥家来啦！

〔**【小锣五击头】**程浦相送。朱焕然、二家丁下。穆居易暗上。

穆居易 啊，年伯！

程　浦 贤侄，你怎么此时才来呀？

穆居易 小侄早已来了，只因门首无人，不能得见。

程　浦 有慢了。贤侄请！

〔进门。程浦站“小边”，穆居易站“大边”。

穆居易 年伯请上，待小侄拜寿。（叩头）

程　浦 贤侄少礼，请坐。**【小锣住头】**（程坐“小边”，穆坐“大边”）家院看酒。

〔家院斟酒，二人对饮。

〔**【小锣原场】**程雪娥穿翠蓝褶子上，至“小边”台口。

程雪娥 （念）堂前遵父命，屏后看才郎。

适才奉了爹爹之命，偷觑穆郎，待我向前偷觑偷觑。**【小锣一击】**（走向中台口，偷看，后退回原位）看这位公子，神清骨俊，气概非凡。**【小锣一击】**（二次看）

哎呀呀，我爹爹眼力果然不差。**【小锣一击】**（三次欲去偷看，转念觉得不好，走一步又退回）不要在此流连，倘被大娘和姐姐看见，岂不说我轻薄，我且回房去吧。（回身向“上场门”走去，心里留恋不舍，止步）**【小锣一击】**（按捺不住自

己的心情，最后还是又看了一眼，退回原处）

哎呀呀！好一个美貌的书生！**【小锣打下】**（含笑掩面由“上场门”急下）

程　浦　啊贤侄，我有一事与你商议商议。

穆居易　年伯有话请讲。

程　浦　老夫次女雪娥，虽为侧室所生，倒也聪明秀丽，意欲将她许配贤侄，不知贤侄意下如何？

穆居易　年伯不弃寒微，又赐婚配，只是一贫如洗，聘礼毫无，惭愧得紧哪！

程　浦　些许小事，何足挂齿。这四月初二日，乃是良辰，即打发小女过门。一切动用之物，都有老夫与你们送去就是。（笑）哈哈哈……

穆居易　（叩头）多谢岳父大人，小婿告辞。

程　浦　慢来慢来，就在舍间，我们盘桓几日如何？

穆居易　遵命。

程　浦　家院，打扫书房，与你姑老爷下榻。

家　院　是。（下）

程　浦　正是：（扎）一朝逢快婿。

穆居易　（接念）何日报深恩。

程　浦　随我来。

穆居易　来了。

〔**【小锣原场】**程浦、穆居易“下场门”下。

第　五　场

〔程雪娥幕内唱。

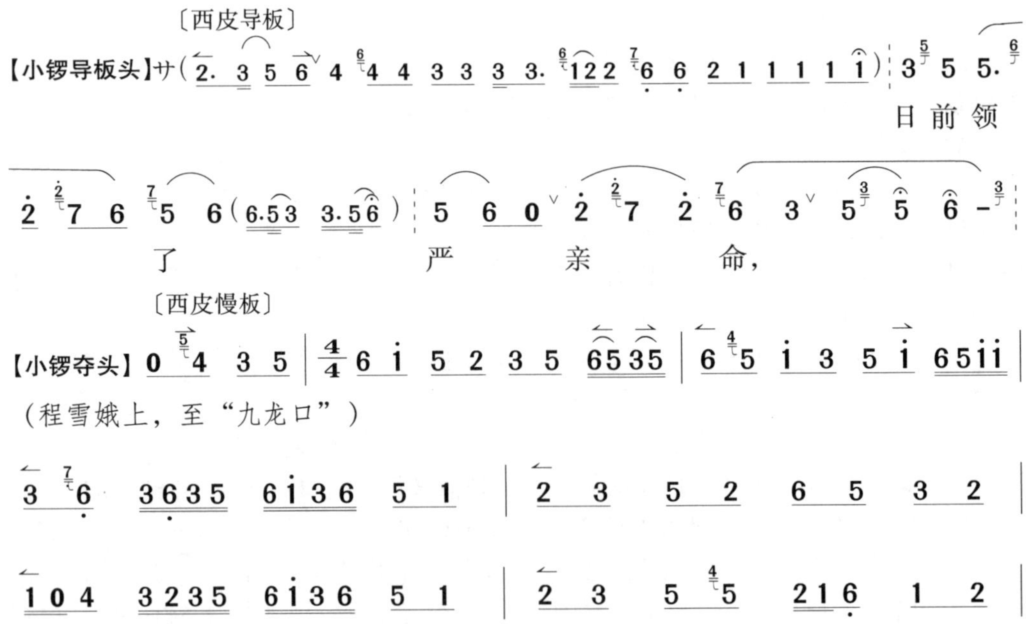

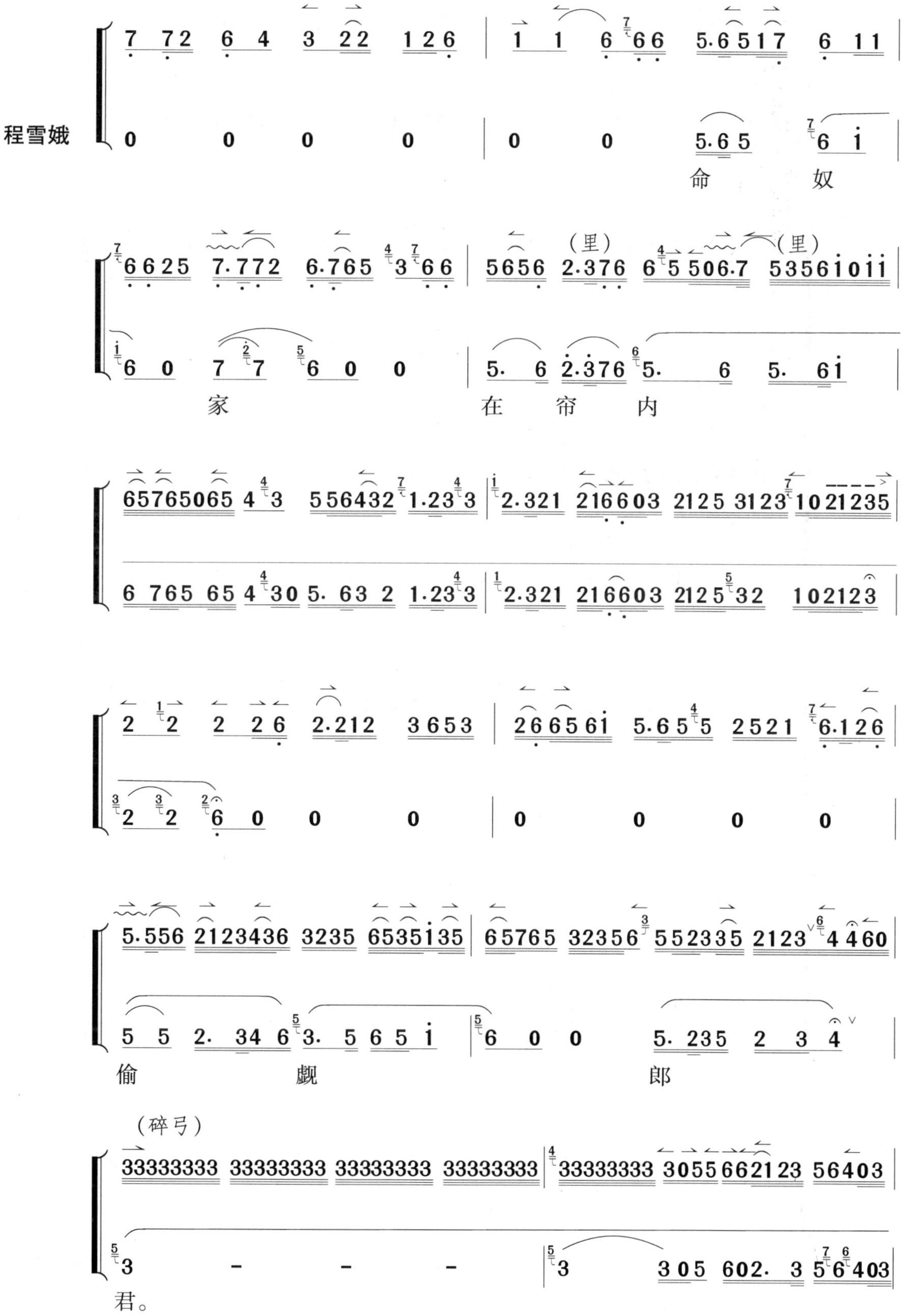
程雪娥
命
奴
家
在
帘
内
（里）
（里）
偷
觑
郎
（碎弓）
君。

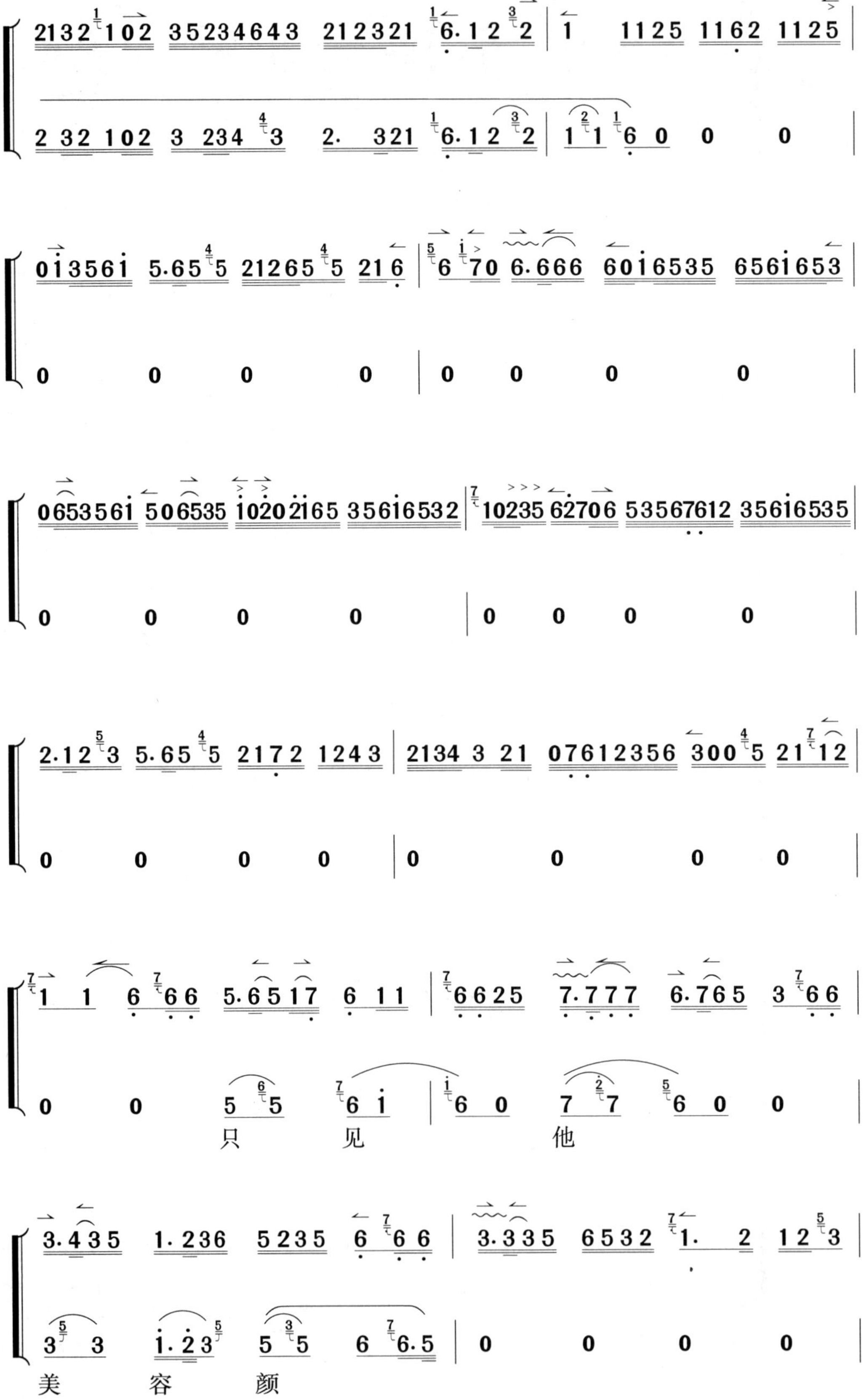
只 见 他
美 容 颜

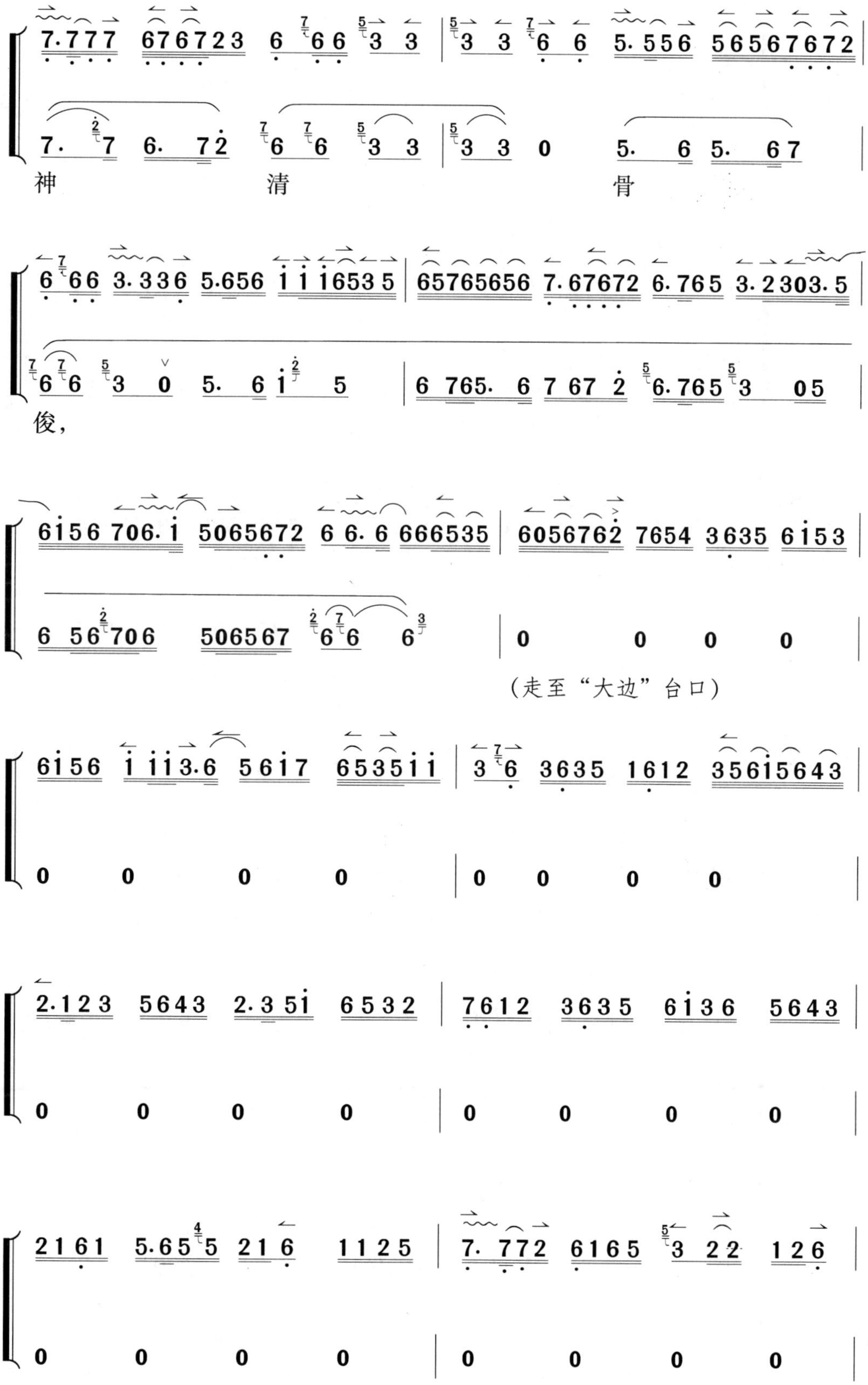
神
清
骨
俊，
（走至“大边”台口）

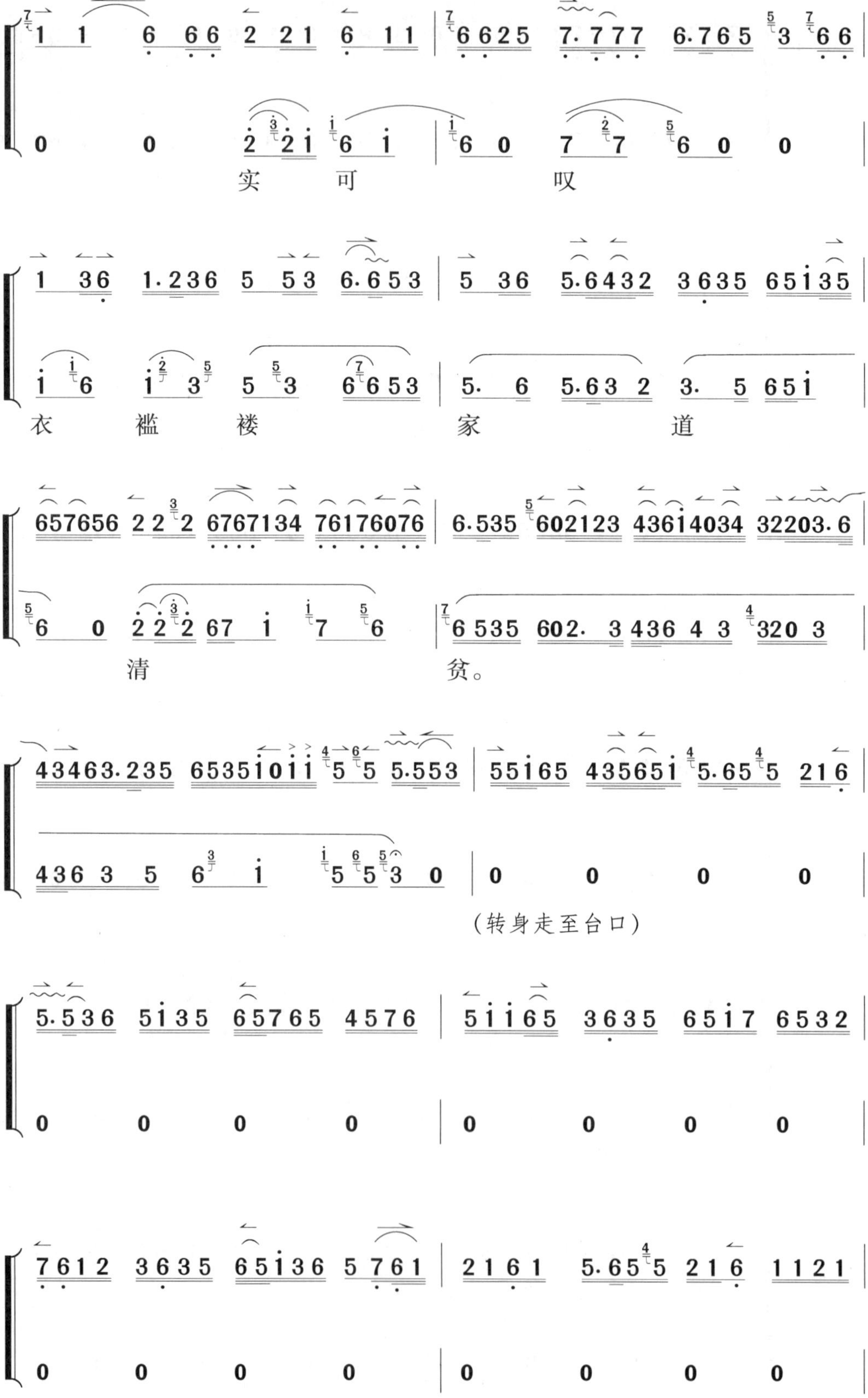
实 可 叹
衣 褴 褛 家 道
清 贫。
（转身走至台口）

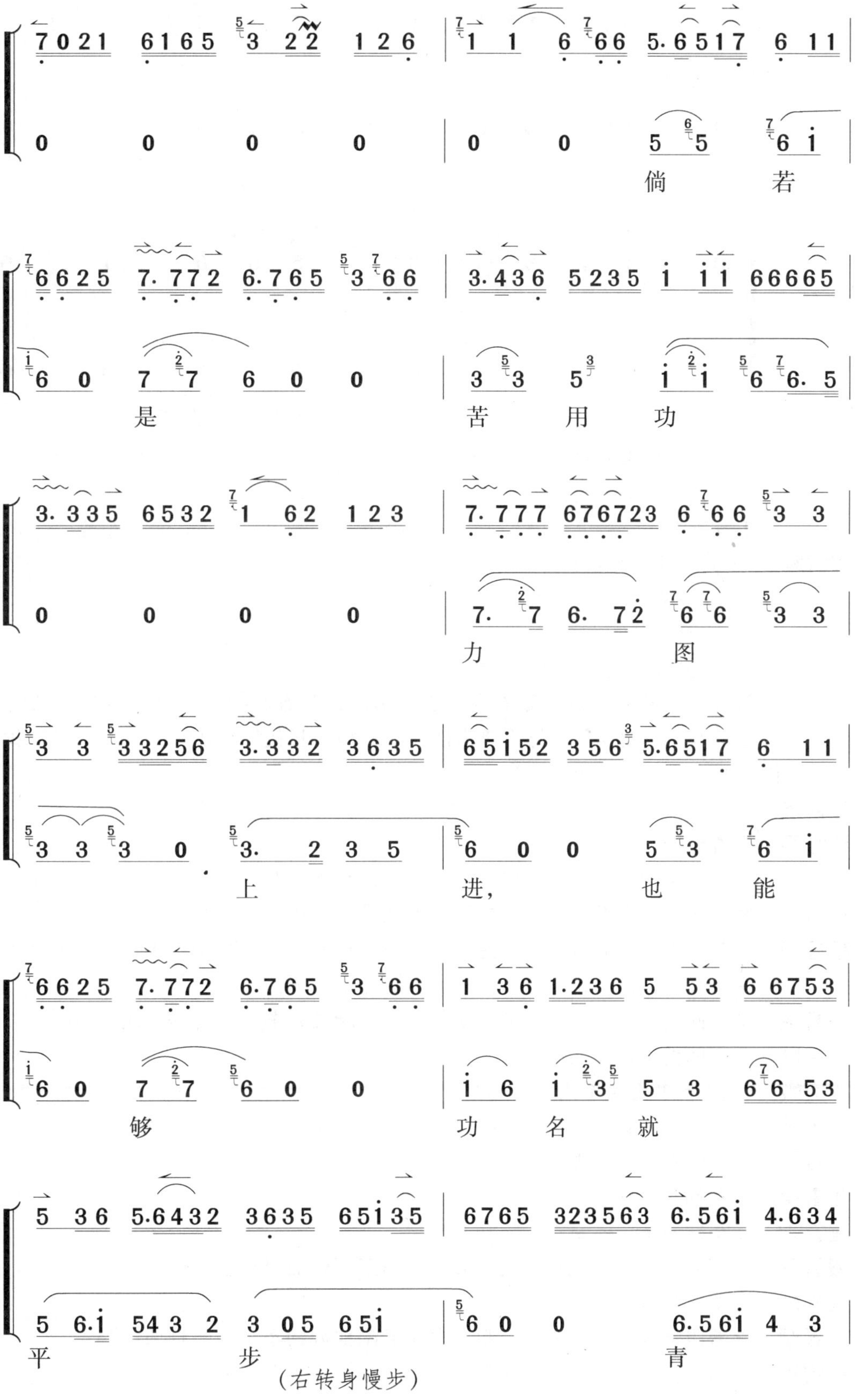
倘 若
是
苦 用 功
力 图
上
进， 也 能
够
功 名 就
平 步 青
（右转身慢步）

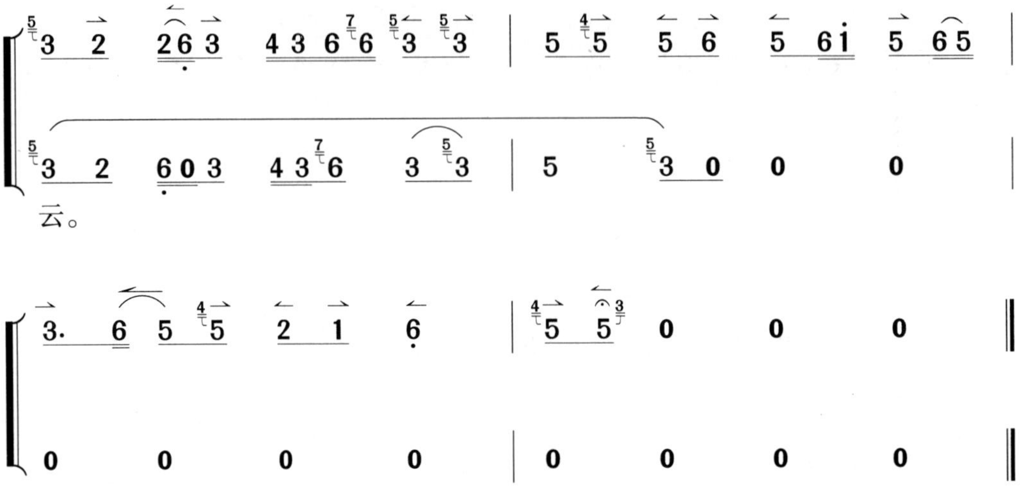

（坐“大边”椅）

那日穆郎前来拜寿，爹爹与他定下亲事，并将他留住书房。丫环言道，穆郎每日苦读诗书，将来定有出头之日，我程雪娥可算终身有托矣。

〔程雪雁内白：“啊哈！”**【小锣五击头】**“上场门”上，至“小边”台口。

程雪雁 （念）人说妹妹长得好，
我说奴家长得妙；
喜欢我的人儿多，
见我美貌都要笑。（扎）

穆郎前来我们家里，爹爹将他留住书房，我有心找他说会子话儿，又怕我妹妹也去，我们俩要遇见，够多难为情哪！有啦，我找她一块儿去。（进门）我说妹妹，我来啦。（站“大边”）

程雪娥 （起身，站“小边”）哦，姐姐来了，请坐。

程雪雁 坐着坐着。**【小锣一击】**

〔雪雁坐“大边”，雪娥坐“小边”，目视雪雁。

程雪娥 啊姐姐，打扮得这样花枝招展，不知是要往哪里去呀？

程雪雁 哟！谁又打扮得花枝招展啦。你不知道吗？穆郎来到咱们家里，爹爹将他留住书房，我找你跟他说会子话儿去，你瞧好不好啊？

程雪娥 姐姐此言差矣。你我乃是女孩儿家，怎能去到书房，与一外人讲话呀？

程雪雁 那穆郎他不是外人哪！

程雪娥 （羞急地）怎说不是外人呢？

程雪雁 他不是你的丈夫吗？**【小锣一击】**（雪娥含羞）哟！害什么臊哇？

程雪娥 他是你的什么人呢？

程雪雁 是我的妹丈啊。

程雪娥 依小妹看来，还是不去的好。

程雪雁 咱们要是不去，他一个人在书房，够多闷得慌啊！

程雪娥 有爹爹陪他谈话。

程雪雁 爹爹跟他说的是一种话，咱们姐儿俩跟他说的不是另一种话了吗？

程雪娥 姐姐，你若愿去，就请一个人去吧，小妹是不能去的。

程雪雁　好，你不去，我去。

程雪娥　（装作不介意的样子）你去呀！哪个阻拦于你。（雪雁起步，雪娥出神）

程雪雁　（欲出门，又转回来）我回过味儿来啦，我不去啦。

程雪娥　（起立，坦然地笑问）怎么不去了？

程雪雁　让我替你给他解闷啊？我才犯不上哪！

程雪娥　姐姐与他解闷，与小妹何干哪？

程雪雁　得啦！好妹妹，咱们一块儿去吧。

程雪娥　我是不能前去的。

程雪雁　别装着玩儿，一块儿去吧，走！（拉雪娥袖子）

程雪娥　唉！（**大台**）不要这样拉拉扯扯的呀！（摔袖）

程雪雁　你瞧，又拉拉扯扯的啦！还不错哪，你不去，我去。

程雪娥　去呀！

程雪雁　我去。

程雪娥　去呀！

程雪雁　我说去就去喽！

〔**【小锣五击头】**雪雁出门下。**【小锣一击】**雪娥出门向“下场门”看，又进门。

程雪娥　怎么一个女儿家，这样不知羞耻哟！

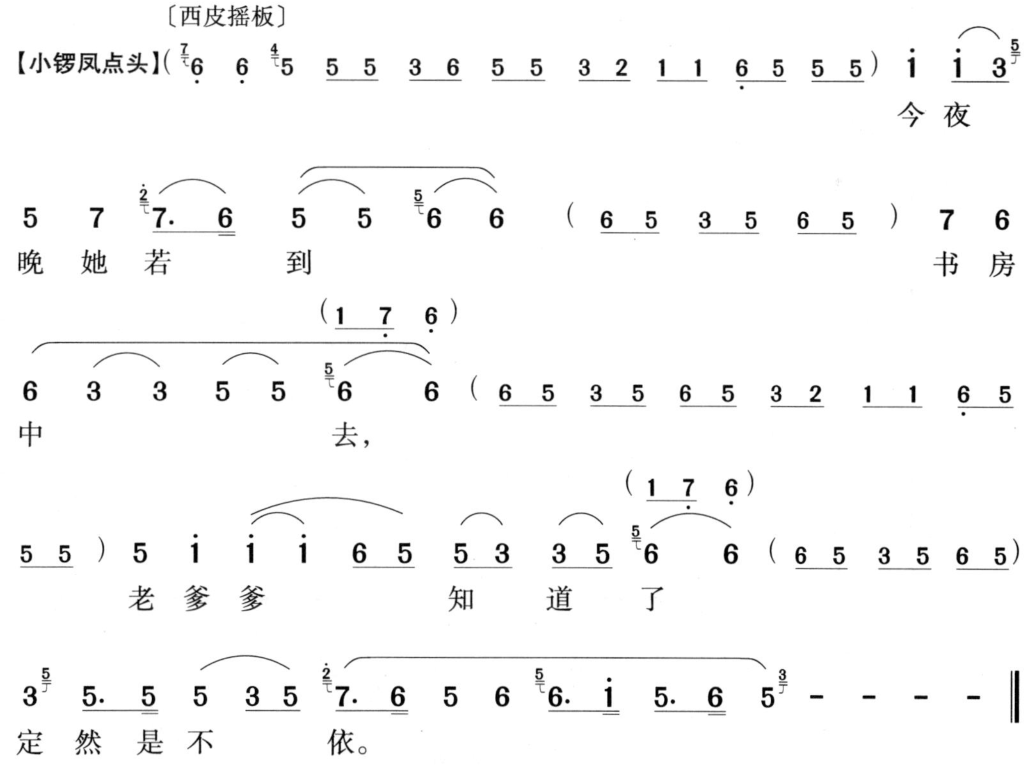

〔**【抽头】**程雪娥下。

（锣鼓不停转下一场的**【夺头】**）

第六场

〔【夺头】穆居易上。

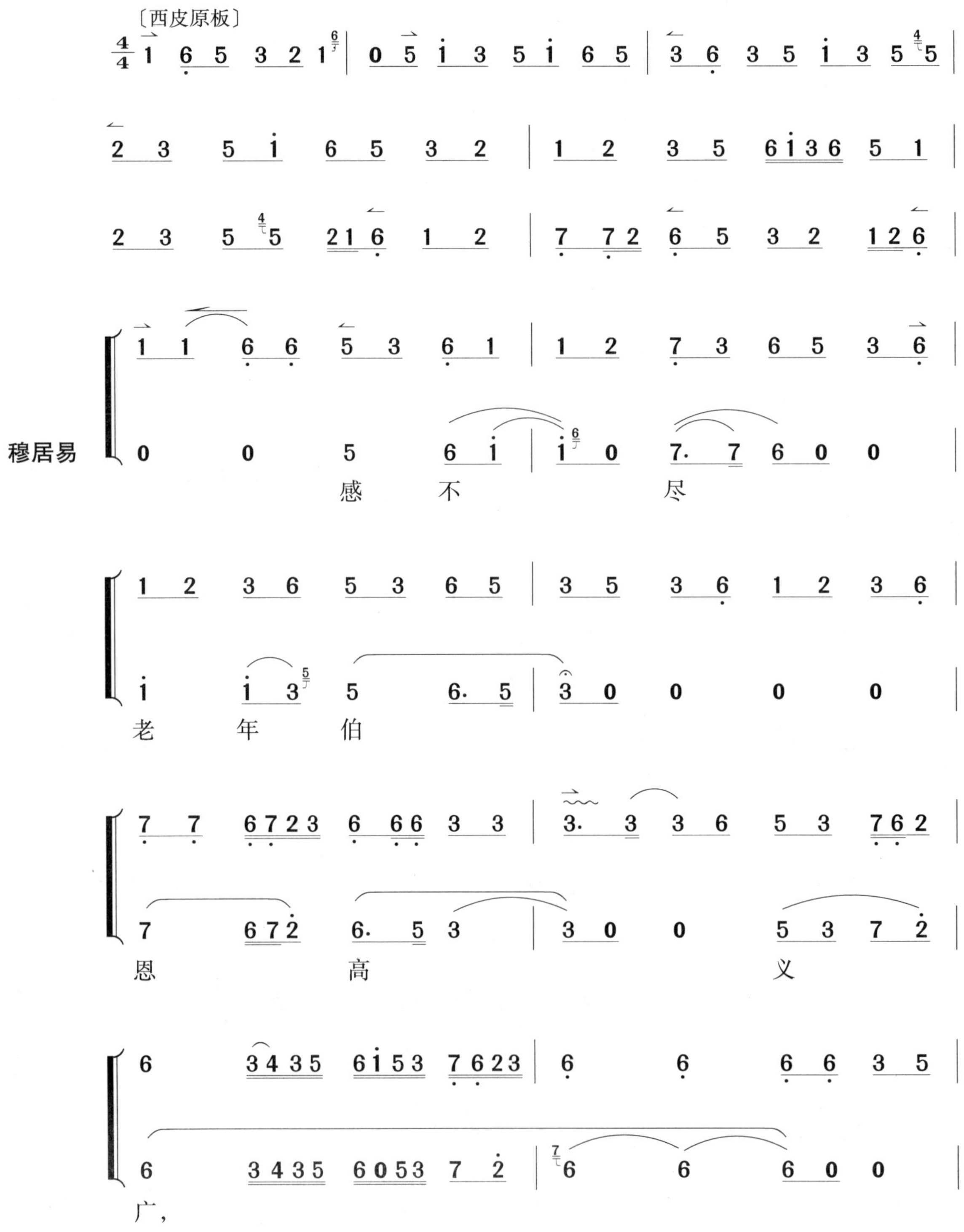

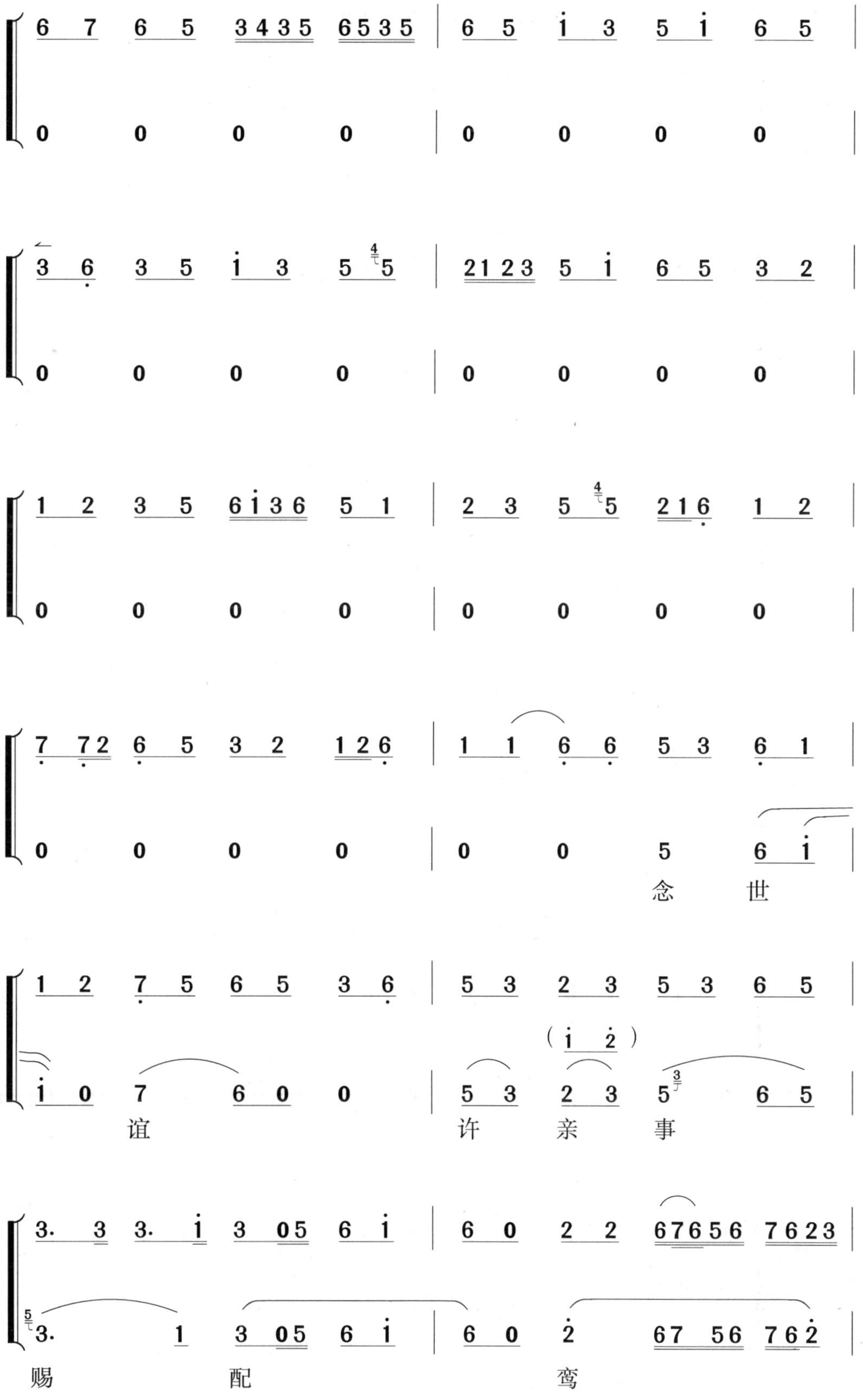
念
世
谊
许
亲
事
赐
配
鸾

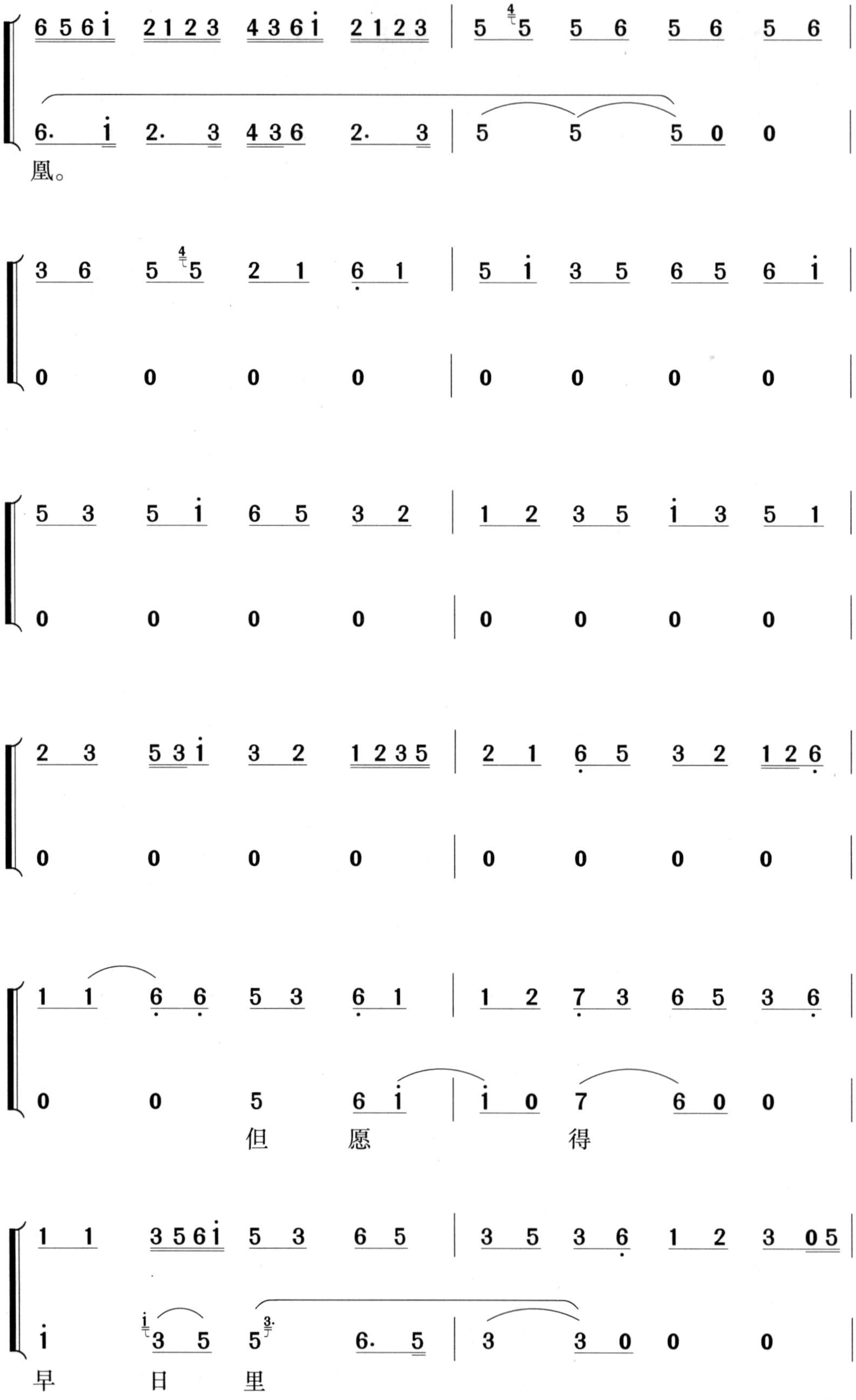
凰。
但 愿 得
早 日 里

サ 7 6 6 2 3 5 7 6 6

青 云 直 上，

（右转身归里座。桌上摆一盏灯，一本书）

〔西皮摇板〕

【小锣抽头】（6 6 5 5 5 3 6 5 5 3 2 1 1 6 5 5 5）

3 3 5 i i 5 3 i 6 5 3 3 2 2（3 5

也 不 枉 他 待 我

2 1 6 1 2）i i 6 5 5 3 i 6 3 3 5 - ‖

恩 高 义 长。

（看书）

〔程雪雁内白：“走哇。”程雪雁上，站“小边”台口。

〔西皮摇板〕

程雪雁 【小锣抽头】（过门同前）5 i i 3 3 3 5（5 6 5 3 6

对 菱 花 打 扮 得

（1 7 6）

5 5）7 6 6 3 3 5 5 6 6（6 5 3 5

花 枝 模 样，

6 5 3 2 1 1 6 5 5 5）i i 3 5 5 6 6 6

今 夜 晚 到 书 房

（6 5 3 5 6）5 3 5 i 6 5 3 5（5 3 6 5 5）‖

我 会 会 穆 郎。

到啦，待我叫门。哎呀慢着！他要知道是我，不开门，可怎么办呐？有啦，我不免冒我妹妹的名字，就说有事前来领教。（装小嗓）啊！穆郎开门来呀！

穆居易 门外何人叩门？

程雪雁 （装小嗓）奴家雪娥，有一事不明，特来领教。

穆居易 领教二字，实不敢当，（边说，边离座）待我与你开门。（开门）

程雪雁 （以袖掩面进门，站“小边”）穆郎在哪儿呐？

穆居易 小姐在哪里？（二人同白）（看雪雁貌丑，吃惊）【撕边一锣】

哎呀！

〔西皮散板〕

【快纽丝】サ（6 6 6 5 5 5 i 3 1 2 2 6 6 2 1 1 1）

3 3 5 i 5 7 6 （6 5 3 5 6）┆ 7 6 6 3 5 6 （6 5 3 3 5 6）┆
见 此 女 生 得 来 稀 奇 模 样，（仓）

3 3 5 5 i 6 （6 5 3 5 6）┆ 3 5 3 i 6 5 3 3 5 - - - - ‖
吓 得 我 战 兢 兢 无 处 躲 藏。

【叫头】住了！

你是何方的妖怪！（仓）好好走去，还则罢了，如若不然，我这里有伏魔宝剑，定斩不饶！（八大仓）

程雪雁 得啦吧！（大仓）奴家雪娥，我爹爹将我终身许配于你，特前来与你做伴，你怎么胡说起来啦！哦，我明白啦，你是看奴家长得十分标致，把我当做迷人的狐狸精了吧！【撕边一锣】

穆居易 哦！既是小姐到了，请到门外月光之下，一拜天地方好答话。

程雪雁 拜天地呀！那敢情好哇！

穆居易 小姐请。

程雪雁 相公请。

穆居易 还是小姐请。你出去吧！（八大仓）（推雪雁出门后，关门）

程雪雁 哟！怎么把我给推出来啦！开门哪！你快开门哪！

程　浦 （暗上，至台口，看见雪雁）啊！（惊讶）【撕边一锣】你这奴才，做什么来了？

程雪雁 这时候你干什么来啦？

〔【冲头】雪雁跑下。

程　浦 【叫头】且住！这奴才她做什么来了哇？【撕边一击】哎呀，想是做出什么丢丑之事，我不免去至上房，问过这个老乞婆，再作道理。真真气死我也！【冲头】（由“上场门”下）

穆居易 哎呀呀，吓死我也！【撕边一击】有生以来，并不曾见过这样的怪状，怪不得程年伯将他女儿终身许我，并不要我半点聘金，原来因为他的女儿，长得如此丑陋，难以婚配，故此假装好意，许配于我。想我穆居易虽则贫穷，岂肯要这不节之女！【撕边一击】怎奈他家又选定四月初二日与我完婚，哎呀，这便怎么处？【撕边一击】（想）【叫头】哦呵有了！闻听人言，洪元帅连日整理军务，我不免去到那里，投效于他，倘得一官半职，另订婚姻，也还不迟。嗯！【撕边一击】这般时候，我也不必睡了，趁此门外无人，速速地逃走了吧！

〔西皮散板〕

【快纽丝】サ（6 6 6 5 5 5 i 3 1 2 2 6 6 2 1 1 1）┆ i 3 5 5
遭 不 幸

3 6 5 7 6 （3. 5 6）3 i 6 i 6 3 5 6 （6 5 3 3 5 6）┆ 3 3
遇 见 了 这 样 的 魔 障，（仓） 错 当

〔【快纽丝】穆居易出门，至“大边”台口。

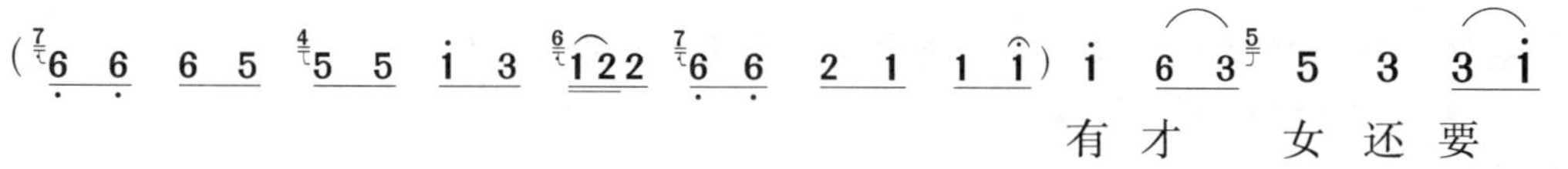

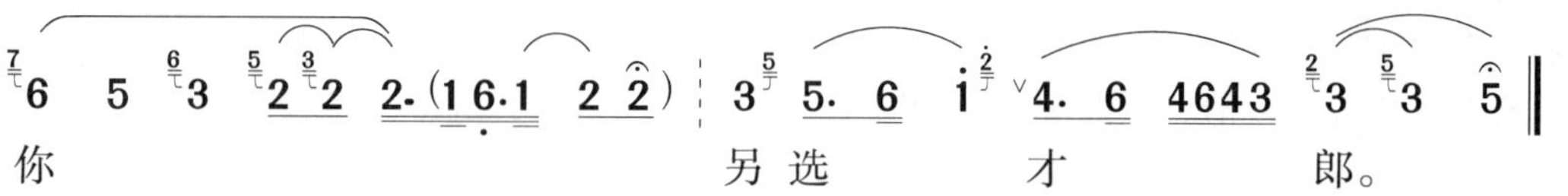

〔【原场】穆居易下。

第七场

〔【快纽丝】程浦上，至中台口。

程　浦

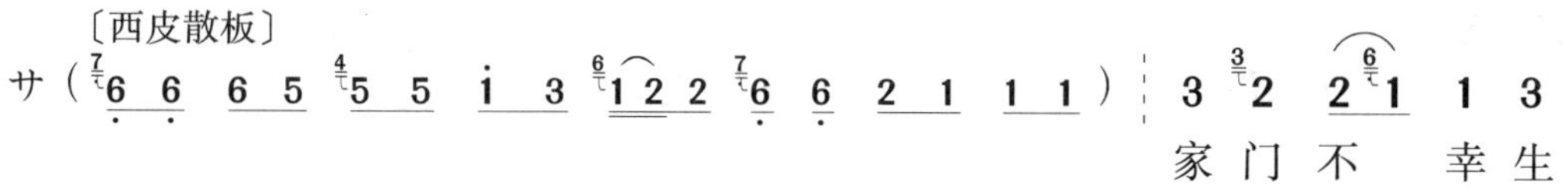

〔【冲头】程浦进门，坐“外场椅”。家院上，进门。

家　院　圣旨下。

程　浦　香案接旨。（起立）

家　院　香案接旨。

〔唢呐 <吹打>，四龙套引周监军，穿红蟒，带大太监盔上。至台口下轿，四龙套下，周监军进门，至台中站立。

周监军　圣旨下。【撕边一击】

程　浦　万岁！（跪）

周监军　跪听宣读。诏曰：“南方贼寇作乱，甚是猖獗。据五省经略使洪功奏请，派前兵部侍郎程浦帮同办理军务。程浦着即驰赴军前，不必来京陛见。”旨意读罢，望诏谢恩哪！

程　浦　万万岁！

〔唢呐 <吹打> 程浦起立接诏，周坐“大边”，程坐“小边”。

程　浦　公公捧旨前来，一路多受辛苦。

周监军 岂敢，为国勤劳，何言辛苦。你我在京师一别，至今数载，老先生你还是这样康健啊！
程　浦 夸奖了。只是部臣之中，能员甚多，怎么圣上偏偏要起用老朽呢？
周监军 这是洪功的举荐，老先生就不必太谦了。
程　浦 我有一事奉求公公。
周监军 有话请讲。
程　浦 四月初二日乃是小女出嫁之期，等婚事完毕，再赴大营如何？
周监军 侍郎此言差矣。
程　浦 何差呢？
周监军 你就知女儿出嫁，难道说国家大事就不要紧了吗？
程　浦 如此我即刻前往就是。
周监军 这便才是。
程　浦 请至书房待茶。（起立）
周监军 （起立）请。**【五击头】**（下）
程　浦 家院，请穆公子前来。
家　院 是。（向内）有请穆公子。

〔幕内白：“穆公子不辞而别。”

家　院 启员外，穆公子不辞而别。
程　浦 啊！**【小锣一击】**穆公子，这就是你的不是了！我已择定四月初二，与你完婚，你为何不辞而去呀，莫非他不愿就这门亲事不成？唉！事已至此，只好听之而已。家院，此事千万不可告知夫人知道，你要记下了。
家　院 是。

〔**【小锣打下】**程浦下，家院随下。（紧接下一场的**【抽头】**）

第八场

〔**【抽头】**二家丁引朱焕然上，站中台口。

〔西皮摇板〕

朱焕然 （过门同前）6̣ 1 6̣ 1 3 1̂ 2 （35 21 6̣1 21
无 事 带 领 鹰 和 犬，

6̣5 55） 6̣ 1 3 2 （35 21 6̣1 2） 6̣ 6̣ 1̂ ‖
来 在 郊 外 猎 一 番。

〔**【水底鱼】**朱焕然站“小边”。穆居易上，站“大边”。

朱焕然 这不是穆相公吗？
穆居易 原来是朱千岁，小生有礼了。
朱焕然 慌里慌张的，要上哪儿去呀！
穆居易 如今朝廷用兵于南方，小生意欲前去献策。

朱焕然 这就不对啦！闻听人言，那程侍郎将他女儿许配与你，择定是四月初二就要迎娶，你怎么倒要避婚远去呐？

穆居易 小生也曾发过誓愿，功名不就誓不娶妻，因而远去。

朱焕然 哦！原来如此。（寻思）好！真乃是有志气的男子，我也不拦阻于你，你有盘费吗？

穆居易 这个……惭愧呀！

朱焕然 这算不了什么。——小子，把我带来的官宝送给穆相公以做盘费。

家　丁 是。（送银与穆）

穆居易 （接银）多谢千岁！

朱焕然 小意思。

穆居易 告辞。

朱焕然 别忙，你可有脚程吗？

穆居易 也无有哇。

朱焕然 小子，把我骑的那匹青鬃马，送给穆相公乘骑。

家　丁 是。（牵马过去）

穆居易 （接马）千岁如此大恩，何以答报哇！

朱焕然 咱们过得着，说什么报不报的。

穆居易 告辞了。

朱焕然 送行来不及，我净等着接风啦！

穆居易 感恩不尽，后会有期，请。

〔**【冲头】**穆居易上马，下，朱焕然至台中。

朱焕然 真是个书呆子！那位程小姐，我是亲眼瞧见过的，长的是如花似玉，他怎么避婚逃走呐？想是他无福承受，也是有之。我想程侍郎奉旨帮办军务，离家远去，我不免趁此机会，等到四月初二，假冒穆居易的名字，前去迎娶，将程小姐娶到我家，我们两人成为夫妇，就是程侍郎回来，木已成舟，他也说不出什么来。再一说，他还敢把我朱千岁怎么样么？嗯！主意已定。——小子们回府！

〔**【扫头】**接**【原场】**朱焕然、二家丁下。

第九场

〔**【纽丝】**穆居易上，至中台口。

〔西皮散板〕

穆居易

〔【冲头】接奏唢呐曲牌<急三枪>穆居易虚下。四龙套上站“斜门”。周监军、程浦上，站“小边”。

程　浦　人马为何不行？

龙　套　有一书生。

程　浦　唉！唤他前来。

龙　套　那一少年请转。

〔【冲头】穆回上，下马站“大边”；四龙套列开站门；程“小边”下马未动，周“小边”下马站中台口。

穆居易　原来是年伯，小侄有礼了。

程　浦　你往哪里去呀？

穆居易　欲到大营献策。

程　浦　我已择定四月初二日与你完婚，你为何不辞而去呀？

穆居易　年伯不必动怒，小侄前者也曾发过誓愿，功名不就，誓不娶妻，又不便与年伯说明，故而不辞而行。

程　浦　（自语）唉！他又发过什么誓愿哪！

周监军　大人，此位是——

程　浦　这就是前京兆尹穆建业之子穆居易，文武全才，出嫁小女就是此人。

周监军　哦！咱家有一言，不知当讲不当讲。

程　浦　公公有话请讲。

周监军　我平日最恨世上那些少年人儿，就知道谈情说爱，从不晓得立业建功，报效国家。方才令婿言道，功名不就，誓不娶妻，真乃是有志之士，可喜可敬。咱家有意将他带到大营，荐与洪功，定然重用，扫平贼寇，再行洞房花烛之夜，程大人你看好是不好呐？（仓）

程　浦　如此谢过公公。

穆居易　多谢公公提拔。

周监军　罢啦，罢啦。来，打道帅府。

〔【大锣原场】各自上马下，众随下。【撤锣】

第　十　场

〔【小锣原场】程夫人上，至中台口。

程夫人　（念）老爷从军去，嫁女任我行。【归位】（坐“外场椅”，丫环由“下场门”暗上，侍立）可恨老爷偏心太过，竟将二女儿许配穆公子。今当四月初二日穆公子迎娶之期，我不免将大女儿嫁过门去，老爷日后回来，木已成舟，又将我怎样。我就是这个主意。——丫环。

丫　环　有。

程夫人　花轿就要到门，与你大小姐穿戴起来。

丫　环　遵命。【小锣五击头】

〔丫环“上场门”窝下。家院“上场门”上。

家　院　启禀夫人，花轿到门。

程夫人　搭上堂来。

家　院　搭上堂来。

「奏唢呐曲牌＜小傍妆台＞二家丁、轿夫上，至“小边”台口立。丫环、程雪娥穿粉褶子，扶程雪雁上，至程夫人面前跪拜，程雪雁假哭：“喂呀……”程雪娥面向“上场门”暗泣。丫环扶程雪雁出门上轿，程夫人送出门，丫环家院暗下，程雪雁转身。

程雪雁　（掀开盖头向程夫人）妈呀！我那女婿是那个小白脸儿吗？

程夫人　是那个白面书生哪！

程雪雁　回头见。

「二家丁、程雪雁、轿夫下，曲牌止。程夫人向“下场门”看。程雪娥亦出门向“下场门”探望。

程夫人　（回身向台前笑）哈哈哈……这一下才称了我心愿了。（右转身见程雪娥）啊？你做什么来了。

程雪娥　（委屈地）送我姐姐来了。

程夫人　你送出闺门，也就是了，如今送至院外，倘被外人看见，成个什么样儿！回房去吧！

程雪娥　（勉强地）是。**【小锣一击】**（抖袖，进门背向外立）

程夫人　（进门）老爷呀老爷！嫁女之事，看是由你，还是由我！可称了我的心愿了，哈哈哈…… **【小锣五击头】**（进门下）

程雪娥　（回身向外，至中台口）**【小锣一击】**这是哪里说起！爹爹将我许配穆郎，今日大娘又将我姐姐嫁了过去。爹爹不在家中，无人替我做主，思想起来，唉！（台）好不焦闷人也！

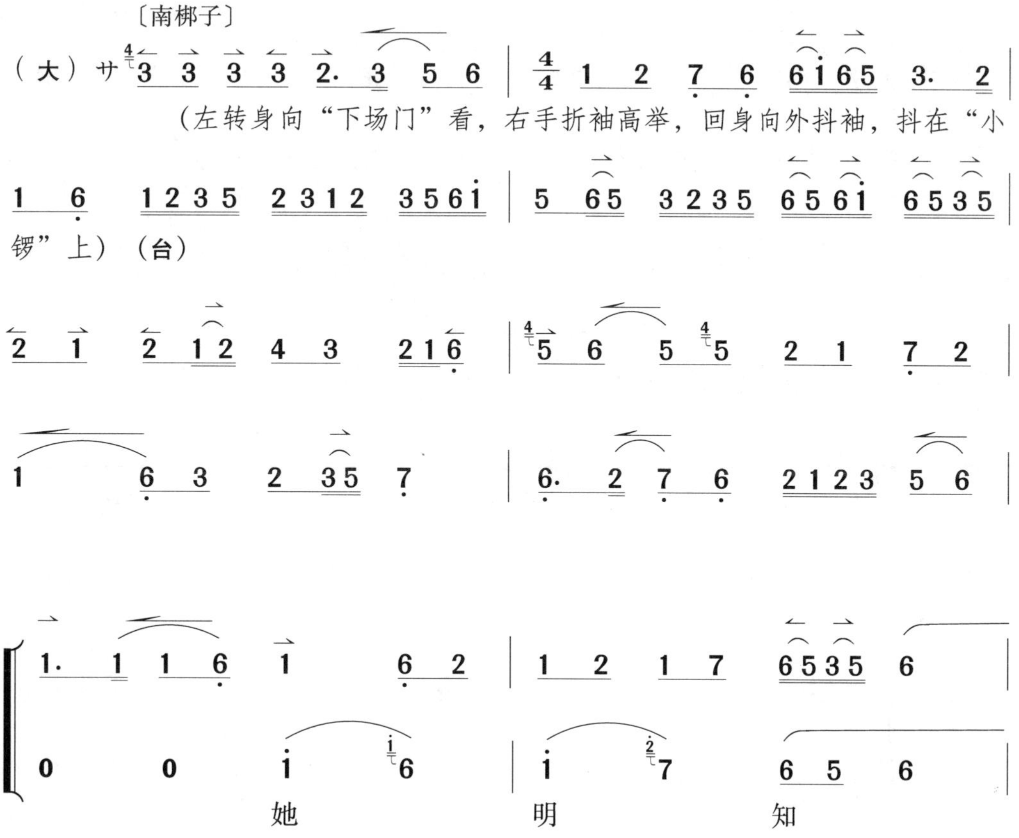

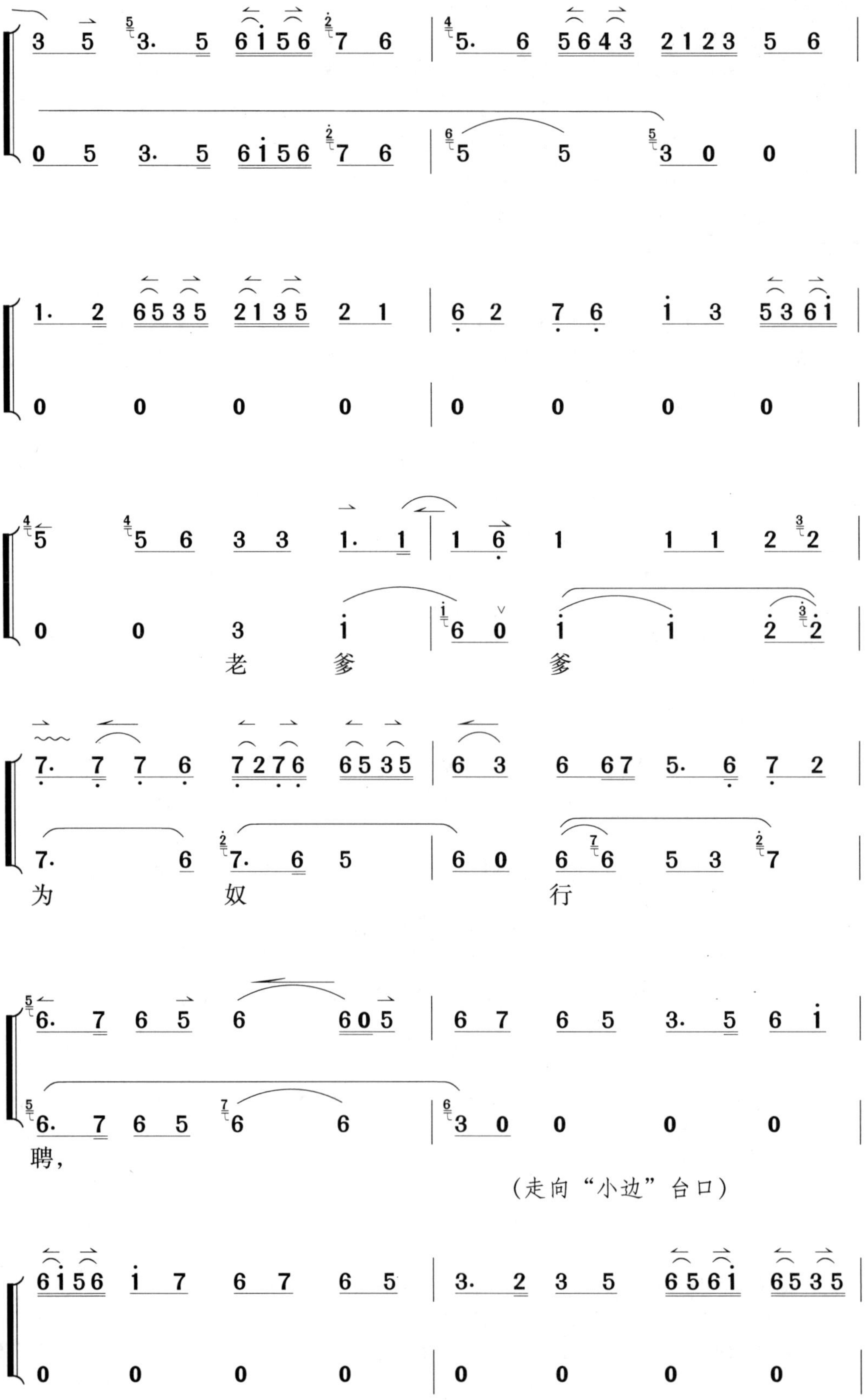
老 爹 爹
为 奴 行
聘，
（走向“小边”台口）

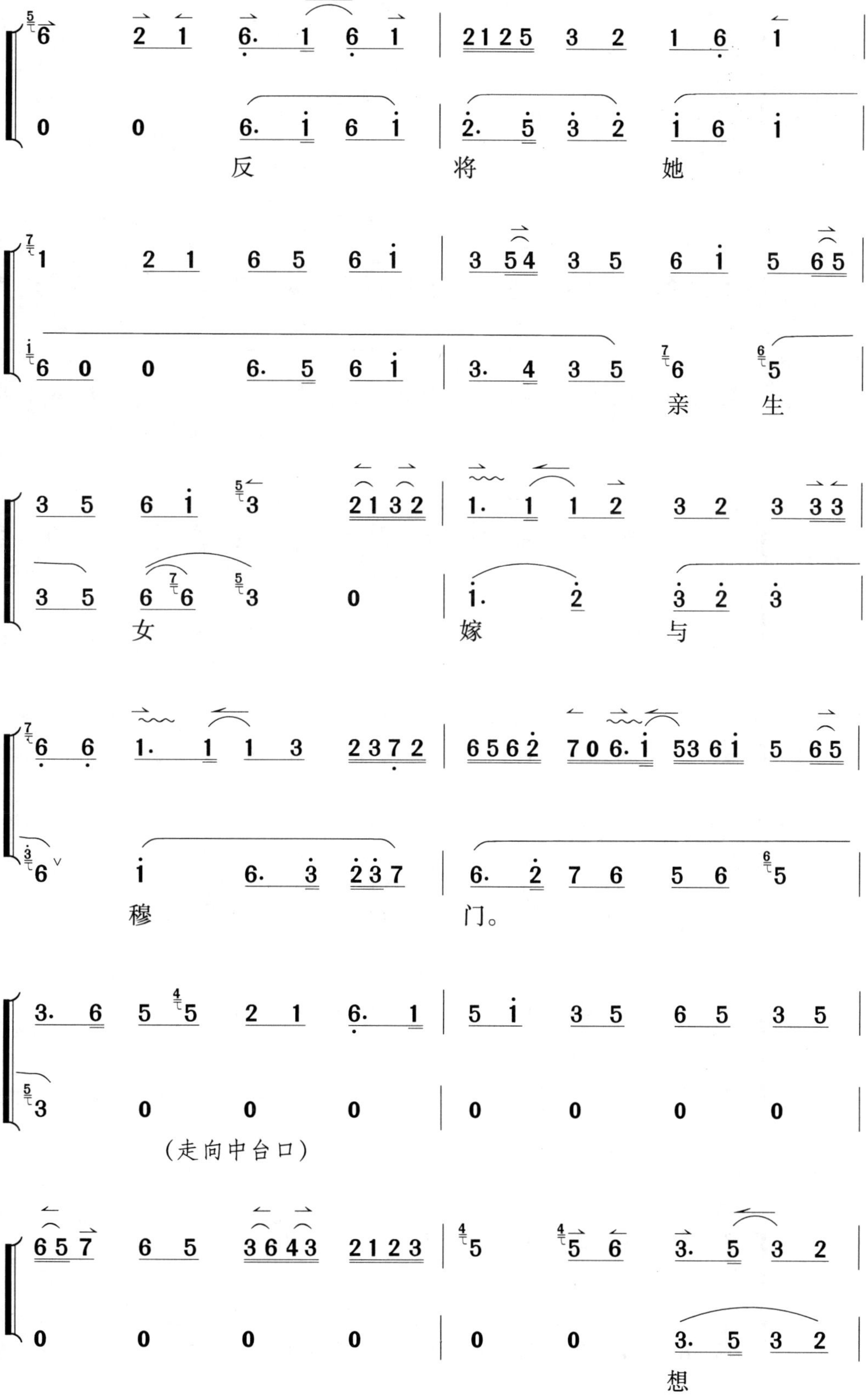
反 将 她
亲 生
女 嫁 与
穆 门。
(走向中台口)
想

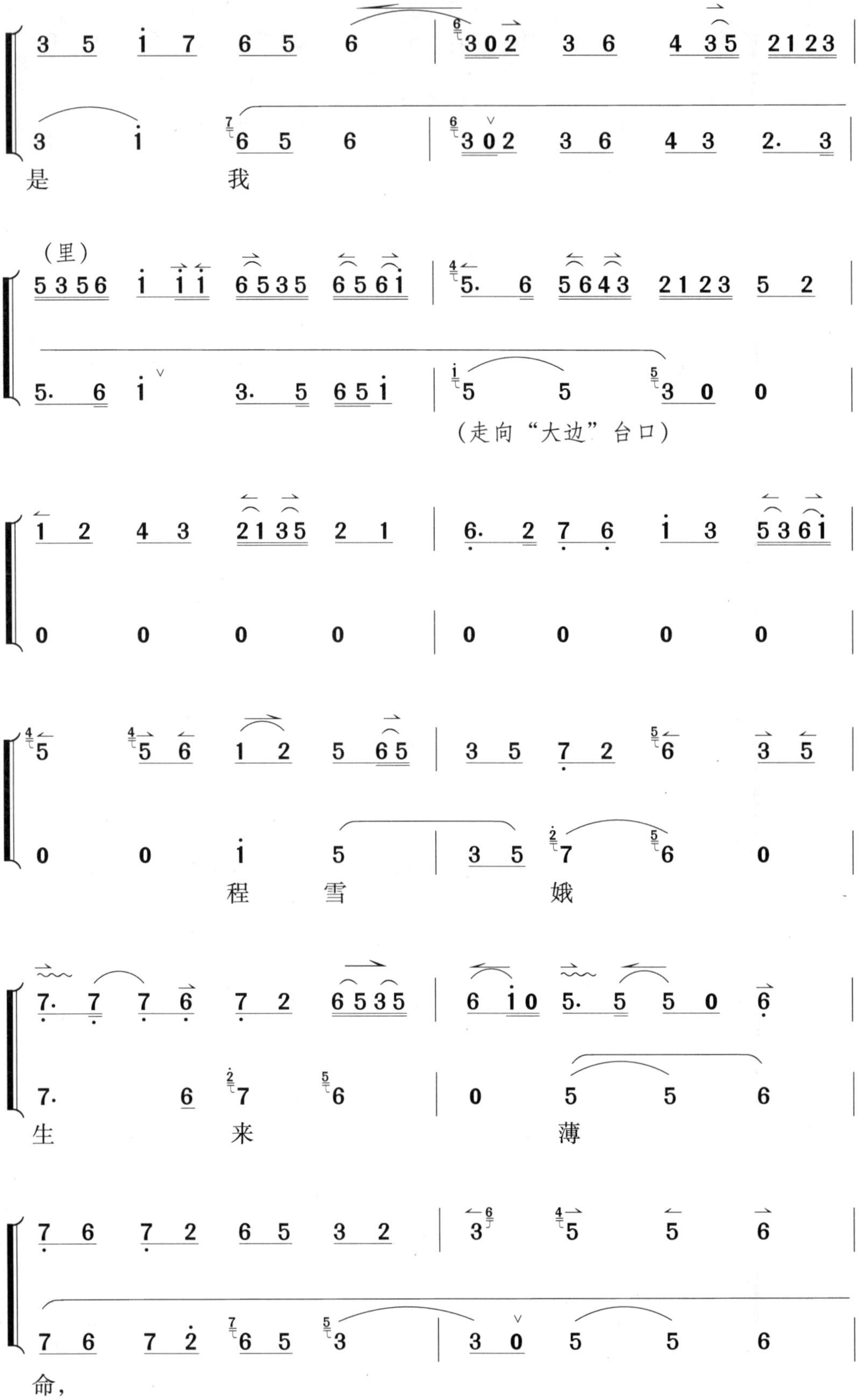
是 我
（里）
（走向“大边”台口）
程 雪 娥
生 来 薄
命，

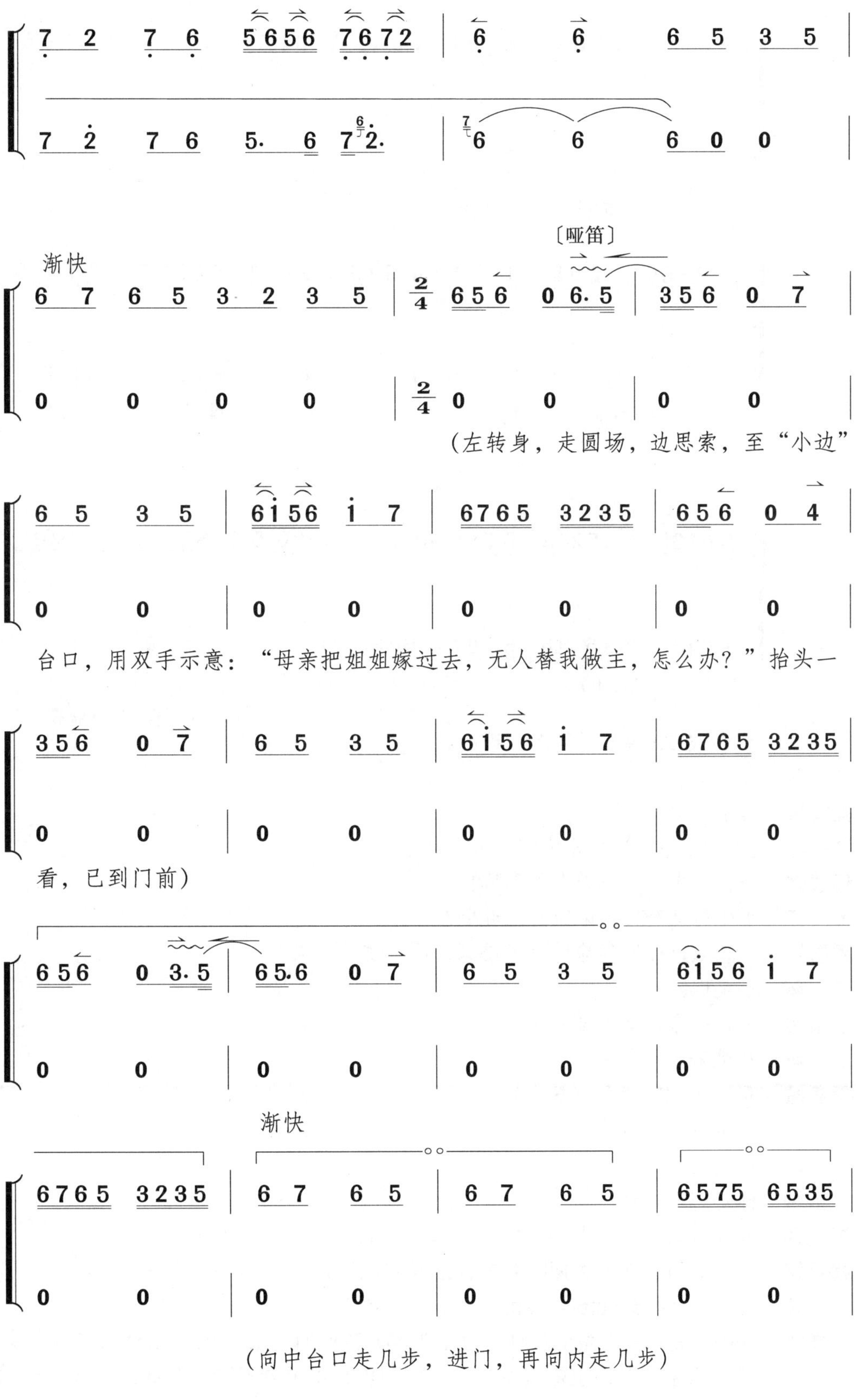
渐快
〔哑笛〕
（左转身，走圆场，边思索，至“小边”
台口，用双手示意：“母亲把姐姐嫁过去，无人替我做主，怎么办？”抬头一
看，已到门前）
渐快
（向中台口走几步，进门，再向内走几步）

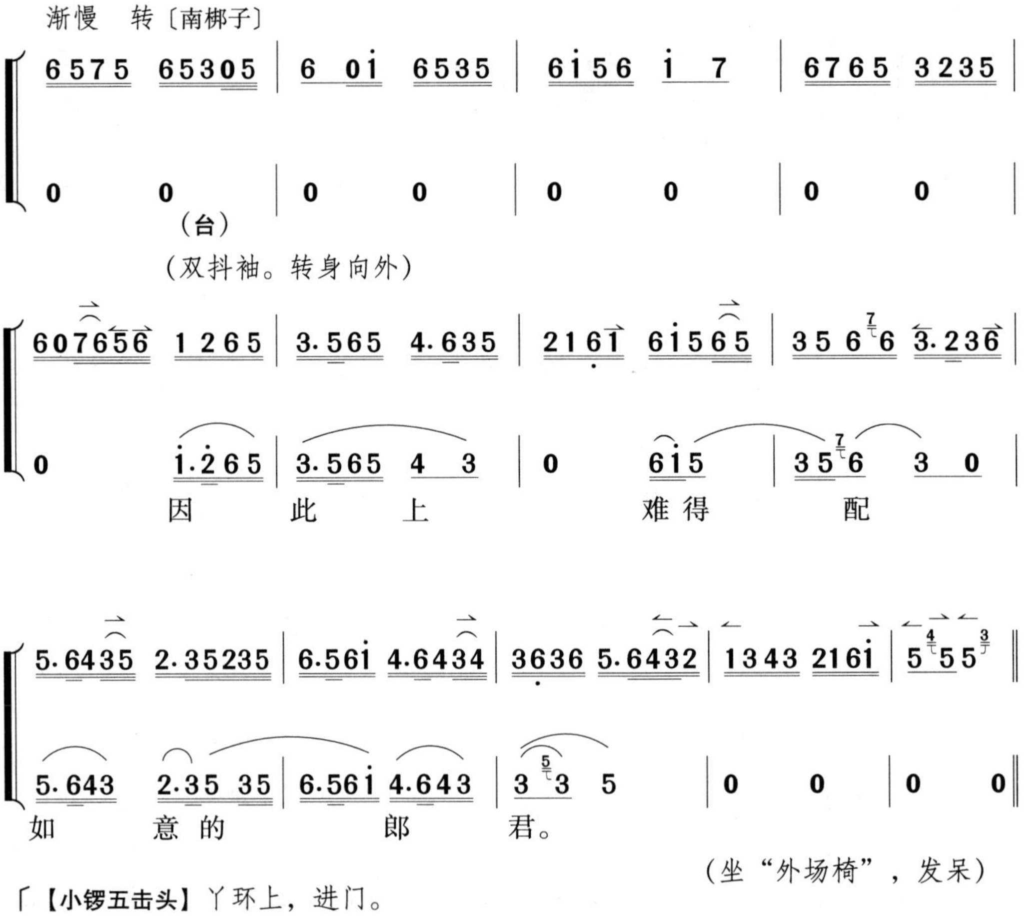

〔【小锣五击头】丫环上，进门。

丫　环　参见小姐。

程雪娥　罢了。

丫　环　（立“小边”）小姐为何一人在此愁闷？

程雪娥　今日之事，焉得教人不闷哪！

丫　环　小姐可知今日是谁家前来迎娶？

程雪娥　你怎么这样的糊涂！除了穆家，还有哪一家呢？

丫　环　不是穆家。

程雪娥　不是穆家，又是谁家呢？

丫　环　乃是朱千岁家中。

程雪娥　啊！【小锣一击】（惊讶）
　　　　朱千岁家中？

丫　环　正是。

程雪娥　你是怎样知晓？

丫　环　方才有人看见，大小姐是抬往朱家去了。

程雪娥　有这等事，你再去探听明白，报我知道。快去。

丫　环　遵命。【小锣五击头】（由“上场门”跑下）

程雪娥　【小锣一击】（走向中台口，面带笑容）哎呀呀，怎么世上竟有这样的奇事！那日朱千岁前来拜寿，也曾遇见一次，那相貌长得十分丑陋，与我姐姐么——哦哟哟【小锣一击】（拍手）真可以称得是一对女貌郎才【小锣一击】（掩口一笑）有那边冒名前来迎娶，就有这边顶替前去出嫁，怎么这样的凑巧哇？【小锣一击】（忍不住又要笑，面向“下场门”）大娘啊大娘！你如今是枉费心机了！（归坐）

〔【小锣五击头】丫环上，进门，立“小边”。

丫　环　参见小姐。

程雪娥　（起立，焦急地问）探听之事，怎么样了？

丫　环　大小姐实是抬往朱家去了。

程雪娥　哦，实是抬往朱家去了。

丫　环　正是。

程雪娥　哎呀呀！怎么这样的凑巧呢？【小锣一击】（兴奋得站不稳，扶椅背）

丫　环　啊小姐，还有一事，未曾禀明。

程雪娥　还有何事呢？

丫　环　那穆公子早已不辞而去，至今未归他家。

程雪娥　（大为扫兴）哦，【小锣一击】那穆公子早已不辞而去，果真未归他家？【小锣一击】（惊疑）

丫　环　正是。

程雪娥　他……他往哪里去了？

丫　环　不知去向。

程雪娥　何不早讲？

丫　环　先前不知。

程雪娥　（无奈）如此你再去探听探听，穆郎独自一个，到底往哪里去了？

丫　环　遵命。【小锣五击头】（出门。由“上场门”下）

程雪娥　（失望地站在台口）这又是哪里说起！穆郎好好住在我家，为何不告而去了。【小锣一击】（思索）莫非他不愿就这门亲事不成？既然不愿就这门亲事，只管明言，何必离家远走。【小锣一击】（思索）事有蹊跷。【小锣一击】穆郎啊穆郎，你独自一人，往哪里去了？

〔西皮摇板〕

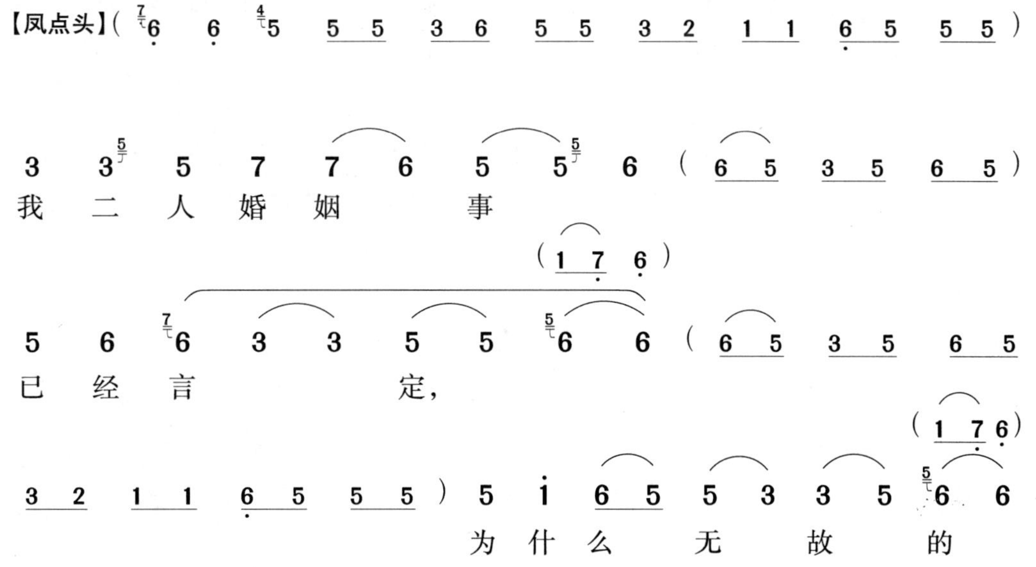

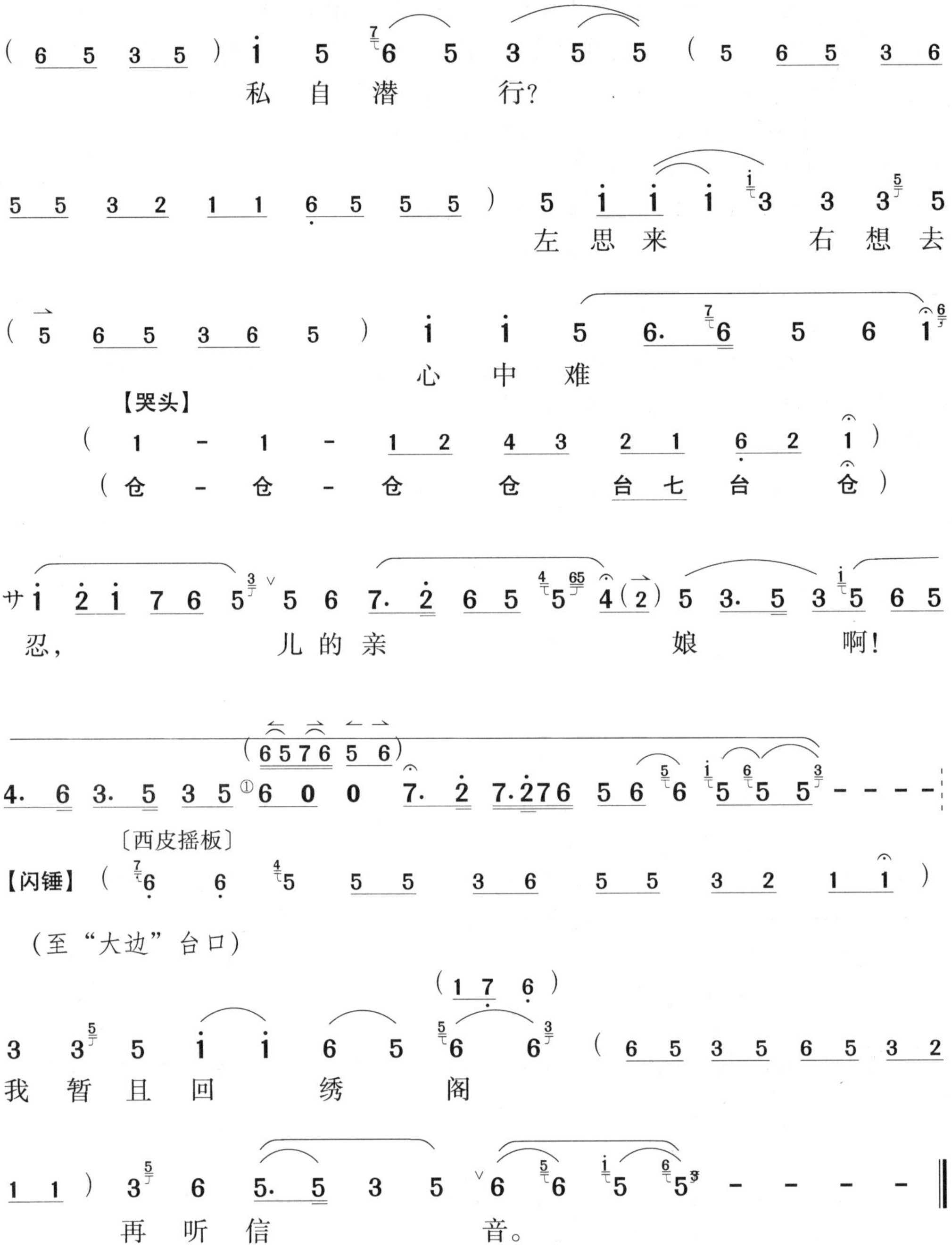

〔【抽头】程雪娥背手缓步下。

第十一场

〔【抽头】朱焕然上，至中台口。

---

① 早年曾唱作：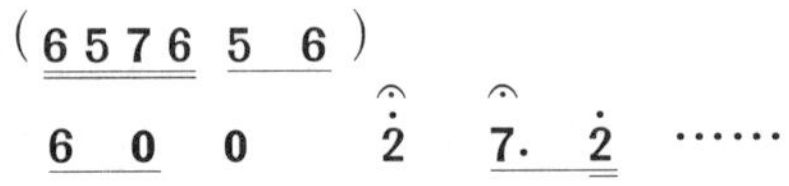

〔西皮摇板〕

朱焕然 （过门同前）1 3 2 6 1 3 1 1 2 （3 5 2 1
我 今 已 派 花 轿 去，

6 1 2 1 6 5 5 5） 3 2 1 3 2 1 1 1 ‖
少 时 定 娶 美 人 回。

〔**【小锣五击头】**朱焕然坐“外场椅”。家丁上，进门，站“小边”。

家　丁 花轿到门。

朱焕然 搭上堂来。

家　丁 搭上堂来。傧相进府。

〔奏唢呐曲牌<小傍妆台>。傧相“下场门”暗上站“大边”台口。一家丁引程雪雁乘轿上，至“小边”台口下轿，轿夫下。家丁扶程雪雁进门，站“小边”，朱焕然站“大边”，曲牌止。

朱焕然 赞礼上来。

傧　相 伏以：两家成婚配，各有各是非。
洞房花烛夜，才知谁是谁。
——奏乐。

〔奏唢呐曲牌<小傍妆台>。傧相：“搀新人拜堂。一拜天地。”（新人同向外拜）“二拜高堂。”（同向内拜）“夫妻交拜。”（对拜）“送入洞房。”（家丁扶雪雁坐“小边”外首椅，朱站“大边”）礼成，曲牌止。

傧　相
二家丁 小人讨赏。

朱焕然 每人一份，下面去领。（傧相、二家丁分左右下）想不到我把程小姐娶过门来啦。待我掀开盖头，观看美人便了。（朱焕然掀起盖头，将盖头放在桌上。程雪雁用手掩面羞羞答答）程小姐，你我既为夫妇，又何须害臊呐？来来来，你放下手来，让我看看。**【撕边一击】**（二人对看吃惊）哎哟！我的妈呀！

〔西皮散板〕

朱焕然 **【快纽丝】**サ（6 6 6 5 1 3 1 2. 6 2 1） 3 2 6 1 3 2 1
观 此 女 生 得

1 6 1 2 2 （0 7 6. 1 2） 6 3 2 1 1 2 2
是 容 颜 难 看， （大 仓） 血 盆 口 黄 板 牙

6 3 2 1 6 1 （0 7 6 2 1） 1 3 2 3 2 1 1 6
鼻 孔 上 翻。 （大 仓） 两 只 手 伸 出 来 亚

1 3 2 （0 7 6. 1 2） 3 2 1 1 6 3 2 1 6
似 钢 钻， （大 仓） 裙 边 下 露 出 了 那 尺

1 2 3 2 1 （0 7 6 2 1） 1 3 2 3 2 6 2 1 6
二 的 金 莲 呐。 （大 仓） 莫 不 是 母 夜 叉 洞

1 3 ³2 （0 7 6· 1 2）┆ 1 3 2 5 3 21 1 2 3 5
房 出 现， （仓） 何 方 的 妖 魔 怪

2 ³2 （2·1 6 12 2）┆ 6 1 2 5 3 2 1 ²1 ‖【住头】
把 我 来 缠 哪？

哎哟，我的妈呀！这个碴儿不对呀！程小姐我是亲眼瞧见过的，长得是如花似玉的大美人，今天怎么变成一个大老妖啦！

程雪雁 哟！我从前在书房里看见的是一个年轻的小白脸儿，怎么今儿个变成一个小花脸啦？我说你怎么长得这么不够人样儿啊？

朱焕然 你还说我长得不够人样儿，你也不照照镜子，你那副尊容，谁受得了哇！

程雪雁 我向来就是这个长相。

朱焕然 唉！千不该，万不该，不该假冒穆居易的名字，前去娶亲。实指望娶个如意佳人，没想到弄这么一个秃尾巴鹌鹑来，这可怎么好哇？有啦，让我跟她商量商量，把这门亲事打退，不就结了吗！娘子请过来。

程雪雁 （立起假羞往前走）干什么？

朱焕然 我跟你说实话，我呀，不是穆公子。

程雪雁 你不是穆郎啊？

朱焕然 我都成了狼狈啦。实不相瞒，我乃是镐京朱焕然朱千岁。是我假冒穆公子的名字前来娶亲，没想到把您娶过来啦。我如今有点儿后悔，恐怕将来对不起程老先生，如今原封不动送回去，您看怎么样啊？

程雪雁 你得嘞呗！想我乃是兵部侍郎的千金小姐，就这样的随便轻贱我吗？

朱焕然 就凭您这副尊容，谁敢轻贱呐？

程雪雁 你听我告诉你，你也别嫌我丑。

朱焕然 不敢，不敢。

程雪雁 我也别嫌你长得难看。

朱焕然 您多包涵吧。

程雪雁 咱们俩已经拜过天地，这生米已然做成熟饭啦。

朱焕然 这碗饭你叫我怎么吃啊？

程雪雁 如其不然哪，我拉你去见皇帝老官，问你一个冒名顶替之罪！

朱焕然 别介，别介。您嘴下留德吧。

程雪雁 怎么样，答应不答应？

朱焕然 我答应啦。

程雪雁 你愿意啦？

朱焕然 我愿意啦。

程雪雁 郎啊！

〔西皮摇板〕
【小锣凤点头】（过门同前）i i ⁶3 5 7 7 6 5 6 6
今 夜 晚 花 烛 下

7 6 6 3 5 6 （6 5 3 5 6）5 i 5

有 福 同 享， 从 今 后

5 3 5 6 i 5 6 5 3 5（5 6 5 3 6 5）‖

你 须 要 叠 被 铺 床。

朱焕然 得啦，够受的啦！

程雪雁 随我来呀！

朱焕然 唉！我的罪孽深重！

〖**【小锣五击头】**程雪雁拉朱焕然同下。

第十二场

〖**【原场】**四龙套、中军上，“站门”。**【四击头】**洪功穿红蟒，带帅盔上。**【原场】**洪功至中台口。**【大锣归位】**

唱唢呐曲牌<点绛唇>

洪 功 サ 6 i 5 4 3 5 2（台 台）2 2 1 2 6 1 5

将 士 英 豪， 儿 郎 虎 豹，

（台 令 台）5 5 4 3 5 2（台 台）3 2 1 2 3 5 6

军 威 耀， 地 动 山

5（台 令 台）0（多 多）2 2 1 2 6 1 5 ‖

摇， 要把 狼 烟 扫。

〖**【原场】**坐“大座”。

（诗）妙策行千里，

雄心定太平。**（台台）**

贼兵何日扫，

才报圣明恩。**【归位】**

本帅，**【撕边一击】**洪功。**【住头】**大明为臣，官拜五省经略使。只因南方贼寇作乱，圣上挂我为帅。是我保荐侍郎程浦帮办军务，这几日还未见到来——中军！

中 军 在。

洪 功 伺候了。

〖众内白：“程大人到。”

中 军 启元帅，程浦大人到。

洪 功 有请。

〖奏唢呐曲牌<小傍妆台>。四龙套上，在“小边”站“一字”。程浦、周监军上，至“小边”台口下马，四龙套由“上场门”下。程浦、周监军进门，洪功起身迎接。周监军坐“大边”椅，洪功坐“小边”椅，程浦坐“大边”外首椅，曲牌止。

洪　功　不知公公、大人驾到，有失远迎，当面恕罪。

周监军　岂敢。元帅用兵，多受辛苦。

洪　功　为国勤劳，何言辛苦。

程　浦　不知近日军情如何？

洪　功　叛徒甚是猖獗，专候大人划策。

周监军　咱家要在元帅台前举荐一个，不知可肯容纳否？

洪　功　但不知是哪一位？

周监军　就是前京兆穆建业之子穆居易，此人可算文武全才。

洪　功　此人今在何处？

周监军　现在账外。

洪　功　中军。

中　军　在。

洪　功　唤穆居易进帐。

中　军　元帅有令，穆居易进帐。

〔穆居易内白：“来也！”**【五击头】**穆居易上，至“小边”台口。

穆居易　（念）奇谋追陆逊，投笔学班超。**【住头】**（进门）元帅在上，晚生有礼。

洪　功　少礼。请坐。

穆居易　告坐。**【住头】**（坐“小边”外首椅）

洪　功　公公言道，足下智勇双全，明日教场，就请足下提调军马，与贼对敌如何？

穆居易　多谢元帅提拔。

洪　功　后帐摆宴，与公公、大人接风。正是：**【住头】**（四人同至台口）

（念）才子兵甲藏胸中，

周监军　（接念）书生马上也英雄。

程　浦　（接念）临阵须要心仔细，

穆居易　（接念）不赴青云怎建功。

洪　功　公公、大人！

周监军
程　浦　（同白）元帅！

众　（同白）请！

〔**【原场】**周监军、程浦、洪功、穆居易同下。中军、四龙套随下。**【撤锣】**

第十三场

〔**【小锣五击头】**朱焕然上，至中台口。

朱焕然　（念）冒名娶得程家女，

谁知也是冒名人。**（台大台）**（坐“小座”）

是我不该冒名娶妻，实指望娶个美貌的佳人儿，没想到把程家大小姐娶过来啦。这位小姐性情粗暴，稍有不如意是非打即骂呀！这日子长了教我可怎么受得了哇！

〔【急急风】四喽兵、刘鲁七上，进门绑住朱焕然。

刘鲁七 可认得某家？

朱焕然 你不是那个看相的先生吗？

刘鲁七 着哇！前来讨卦礼来了。

朱焕然 我给你还不成吗？

刘鲁七 哼！喽罗的！

四喽兵 啊！【一锣】

刘鲁七 两厢搜来！

〔【冲头】四喽兵分下。【搜场】搜查。【冲头】持包袱上。

四喽兵 金银无数。

刘鲁七 起过了。【叫头】呔！山寨缺少粮饷，再来借取。【五击头】喽罗的！

四喽兵 啊！【一锣】

刘鲁七 回山！

四喽兵 啊！

〔【急急风】四喽兵、刘鲁七出门亮相。在【冲头】中下场。

〔【乱锤】程雪雁上。

程雪雁 哎哟！可了不得啦！都抢光啦！差一点儿把我也抢了去啦。（与朱焕然松绑）

朱焕然 把你抢去了我就省心啦。

程雪雁 这都是你平日仗着皇亲国戚，横行霸道，才遇着这样的事情哪！

朱焕然 得啦，你别埋怨我啦，我认倒霉啦还不行吗？

程雪雁 你认啦？我可是跟你受了罪喽！

〔【小锣五击头】朱焕然、程雪雁同下。

第十四场

〔【小锣旦上场】程夫人上，至中台口。

程夫人 （念）为人莫欺心，欺心害自身。【小锣归位】

（坐“小座”。丫环由“下场门”暗上侍立）

唉！也是老身偏心太过，指望将大女儿嫁与穆公子，谁知又被那丑陋的朱焕然骗得去了。这且不言。闻得草寇作乱，眼看杀到庄前，不免将二女儿唤出，去到她姐丈家中，躲避一时，再做计较。丫环！

丫 环 有。

程夫人 唤二小姐前来。

丫 环 （立中台口）有请二小姐。

〔【小锣旦上场】程雪娥穿淡绿褶子上，至“小边”台口。

程雪娥 （念）拈针闲刺绣，听唤下妆楼。（扎 多 台） （进门）

参见母亲。

程夫人 罢了。你且坐下。

程雪娥 告坐。（扎 多 台）（坐“小边”外首椅）

唤儿出来有何吩咐？

程夫人 闻得草寇作乱，眼看杀到庄前，我意欲带你去到你姐丈家中，躲避一时，你看如何？

程雪娥 这个……母亲请稍待。【小锣一击】（起立向前走二三步）且住！想那朱千岁，前者设计谋我，未得成功，今日倘若去到他家，岂能容我清白，还是不去的好。（扎多 台）（归原座）啊母亲，大姐家中，女儿不愿前去。

程夫人 唉！冤家呀！

〔西皮原板〕

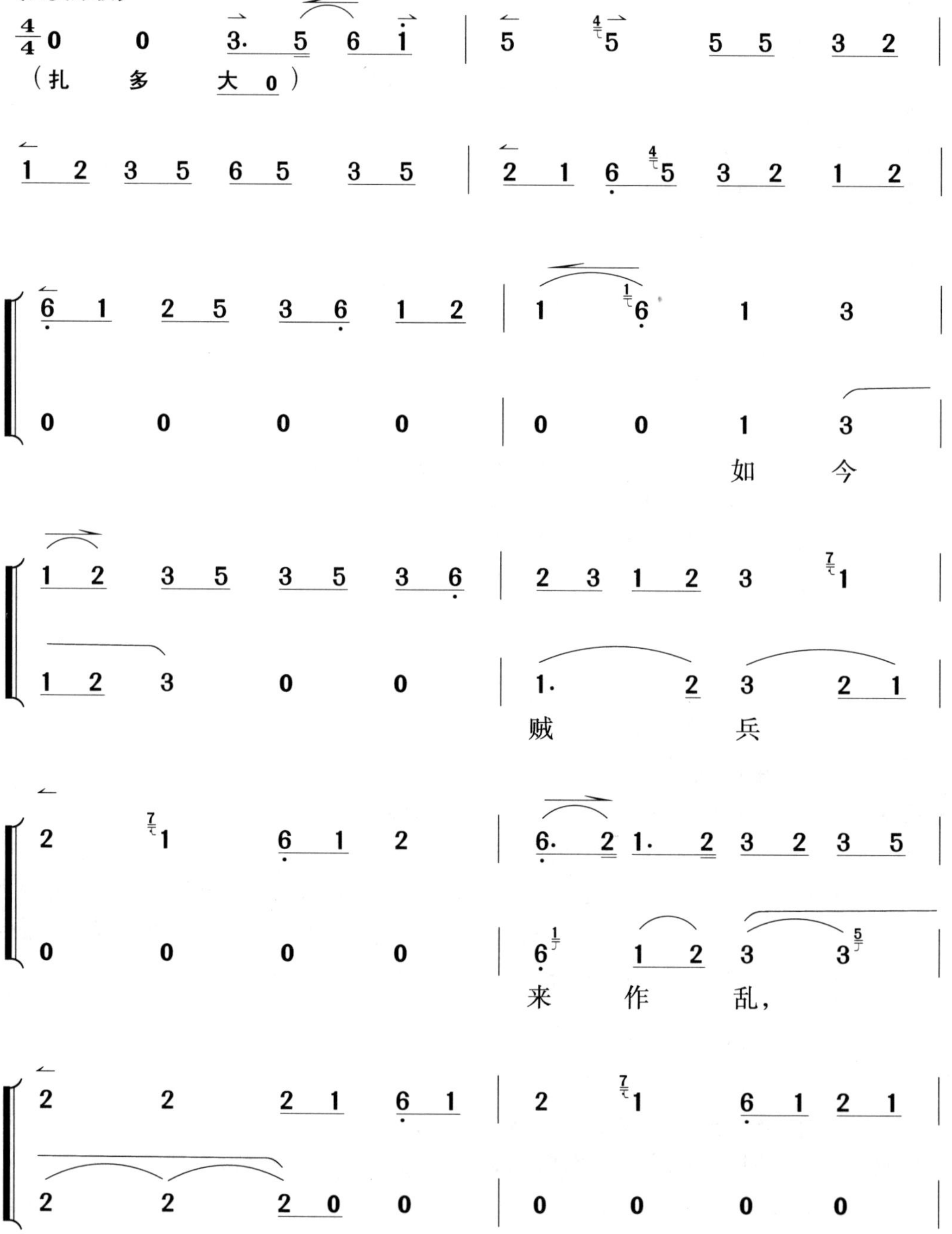

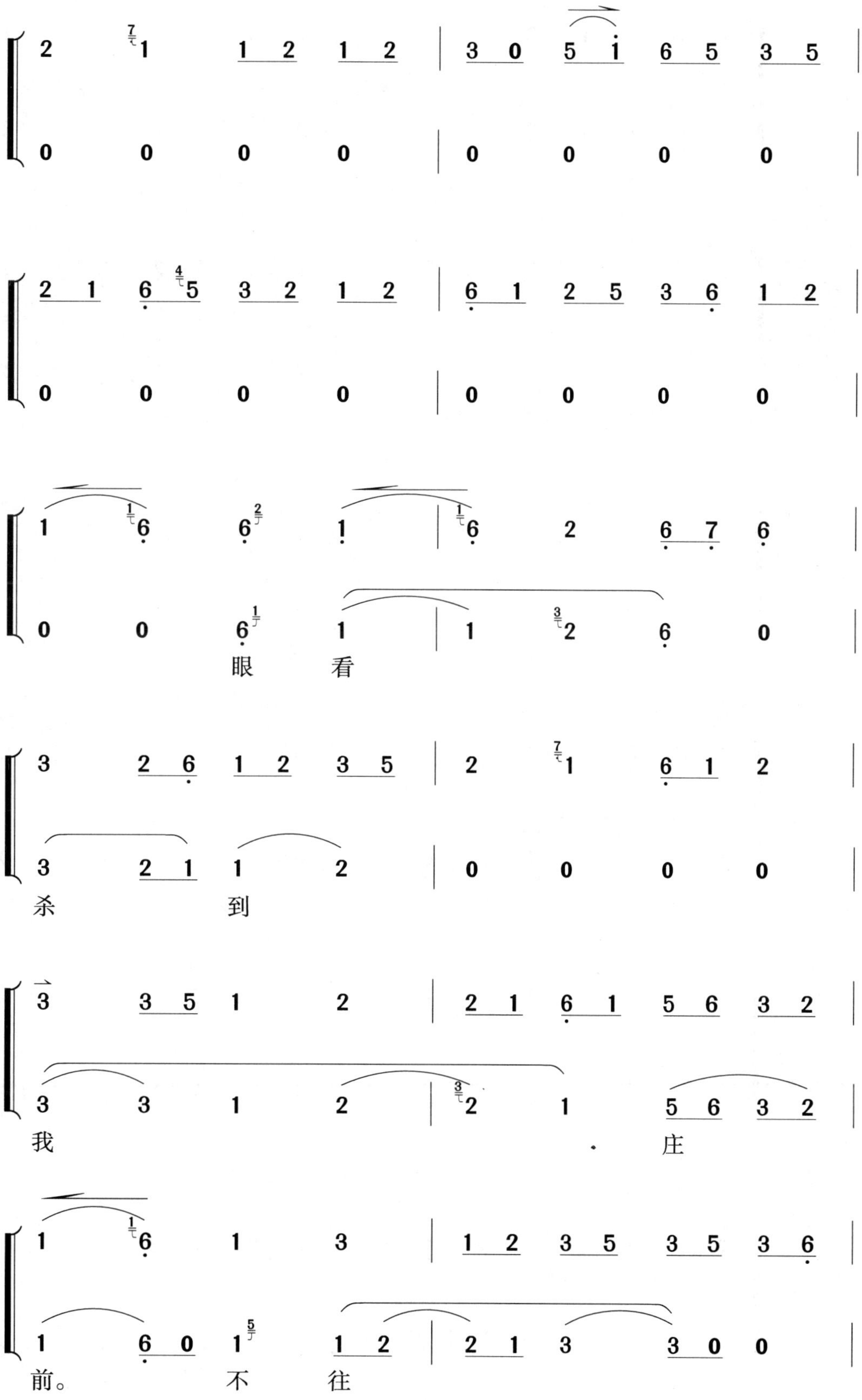
眼 看
杀 到
我 庄
前。 不 往

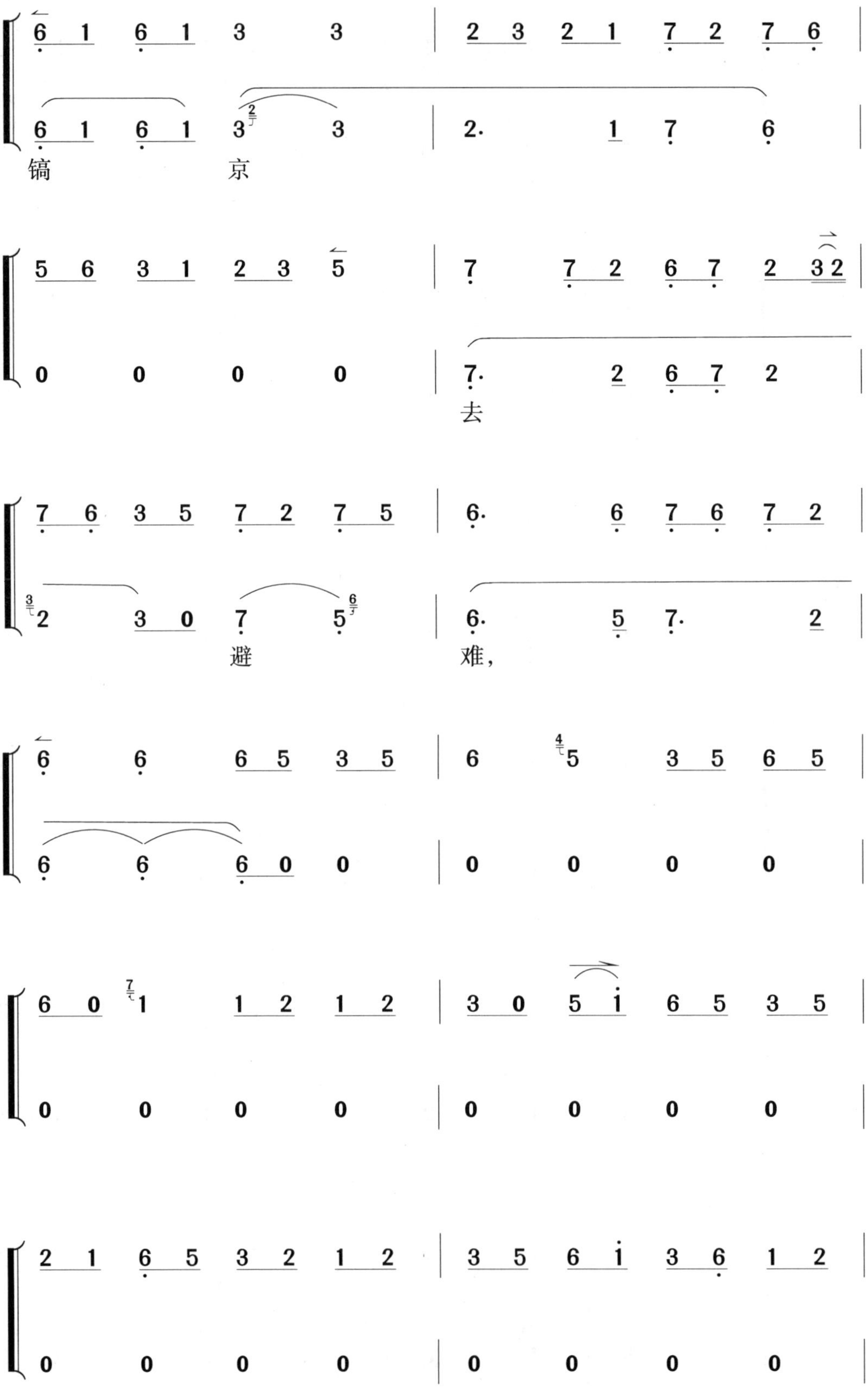
镐
京
去
避
难，

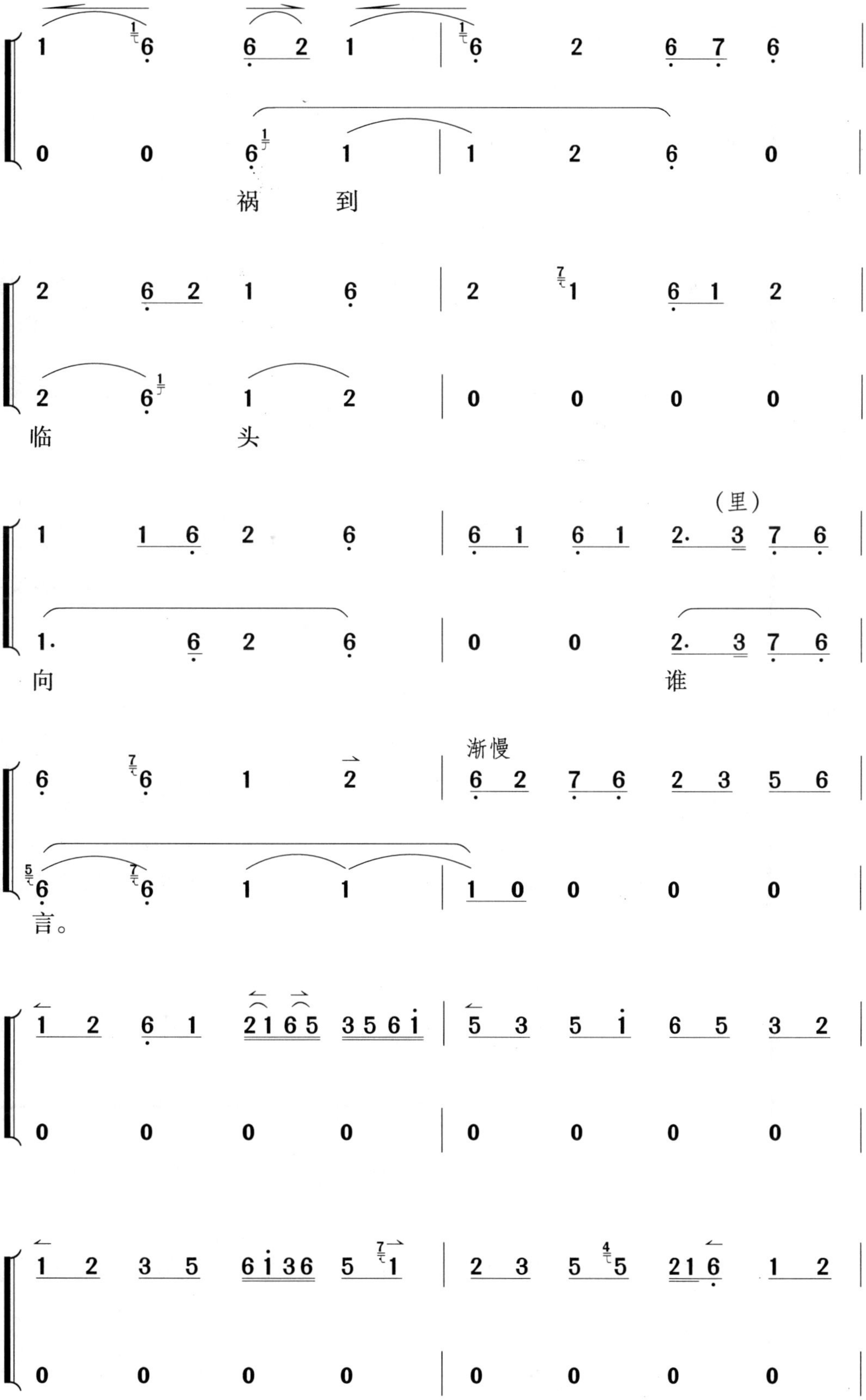
祸
到
临
头
（里）
向
谁
言。
渐慢

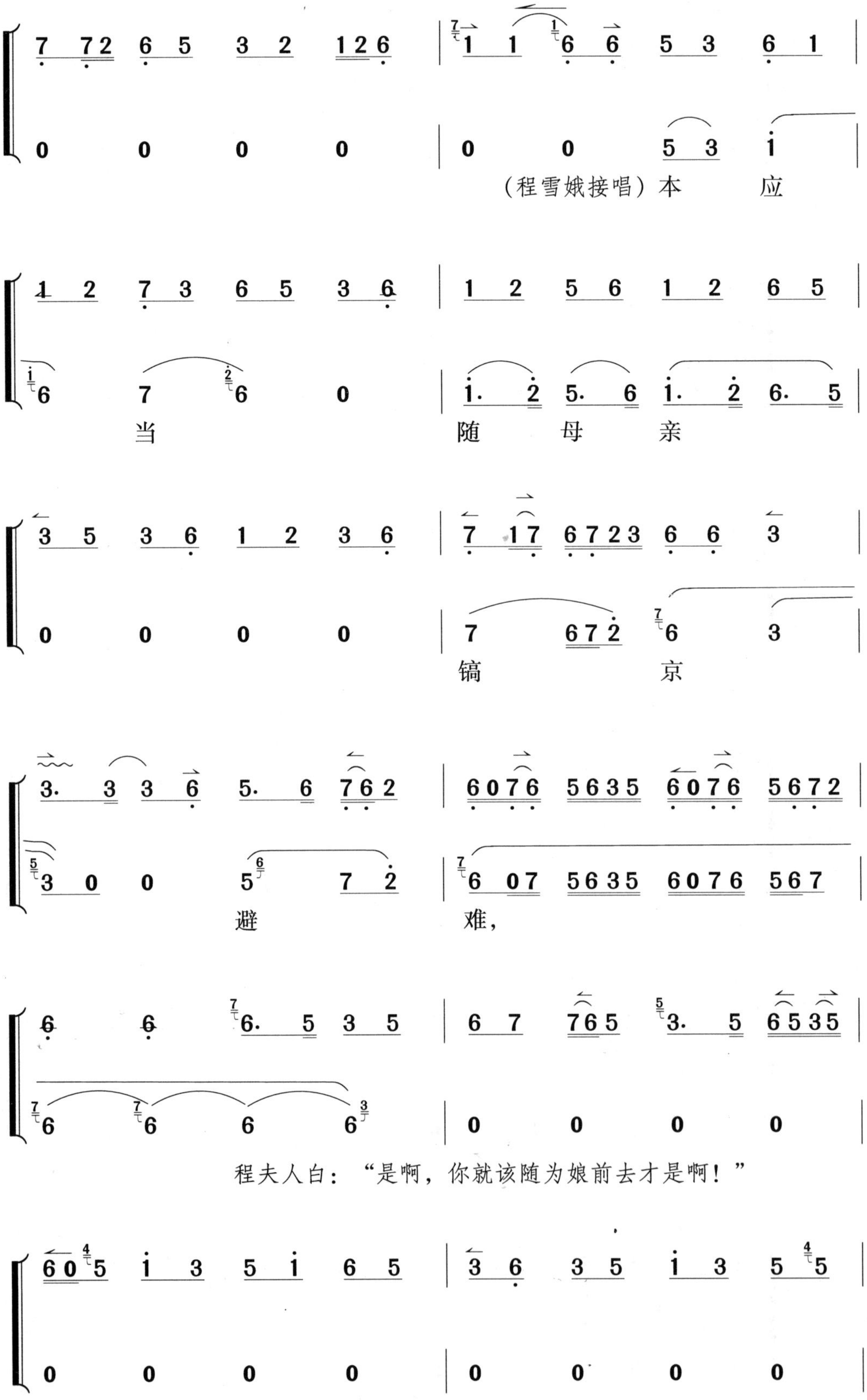
（程雪娥接唱）本
应
当
随
母
亲
镐
京
避
难，
程夫人白："是啊，你就该随为娘前去才是啊！"

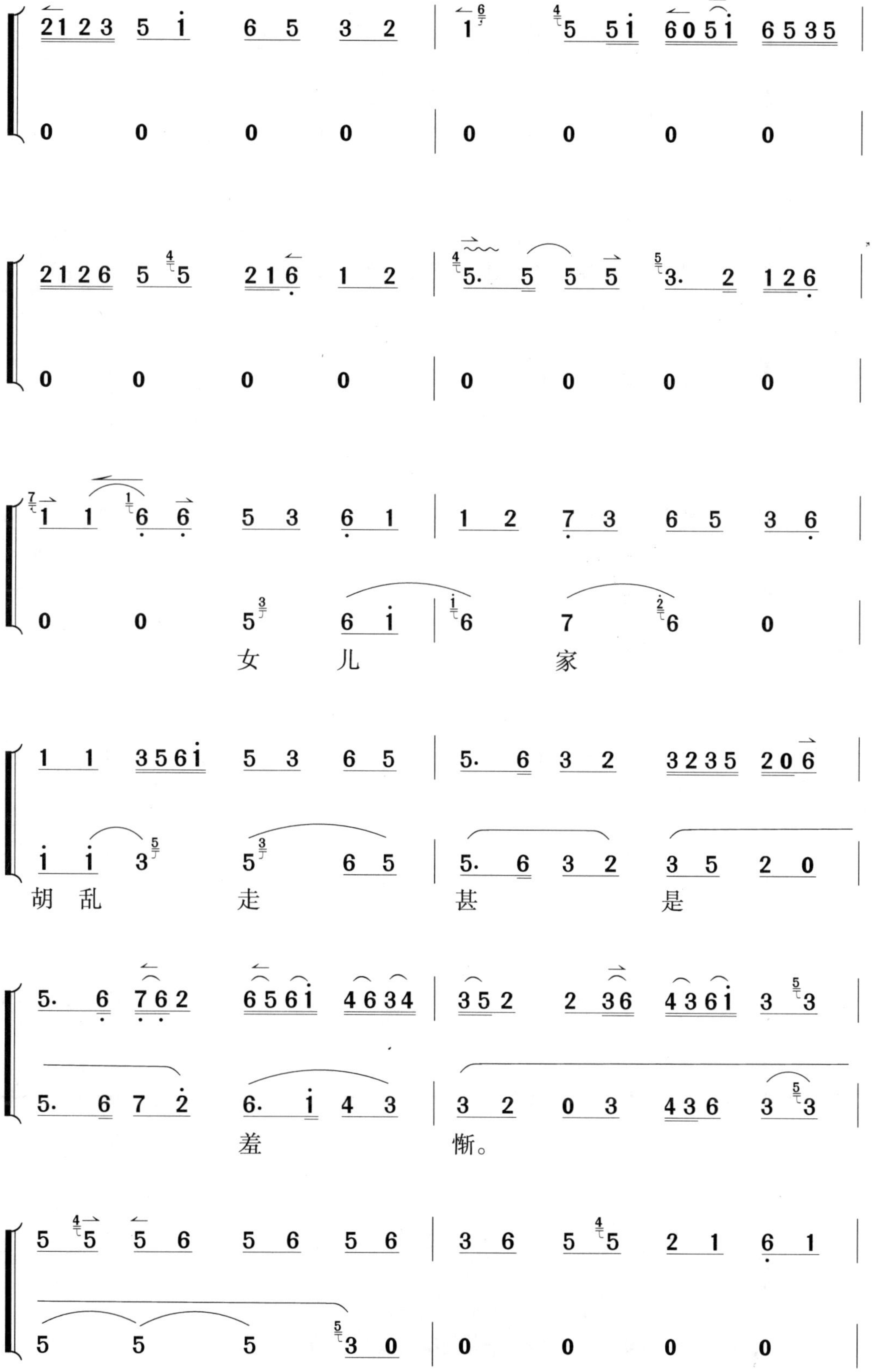

程夫人白："前去避难，又讲什么羞惭二字。"

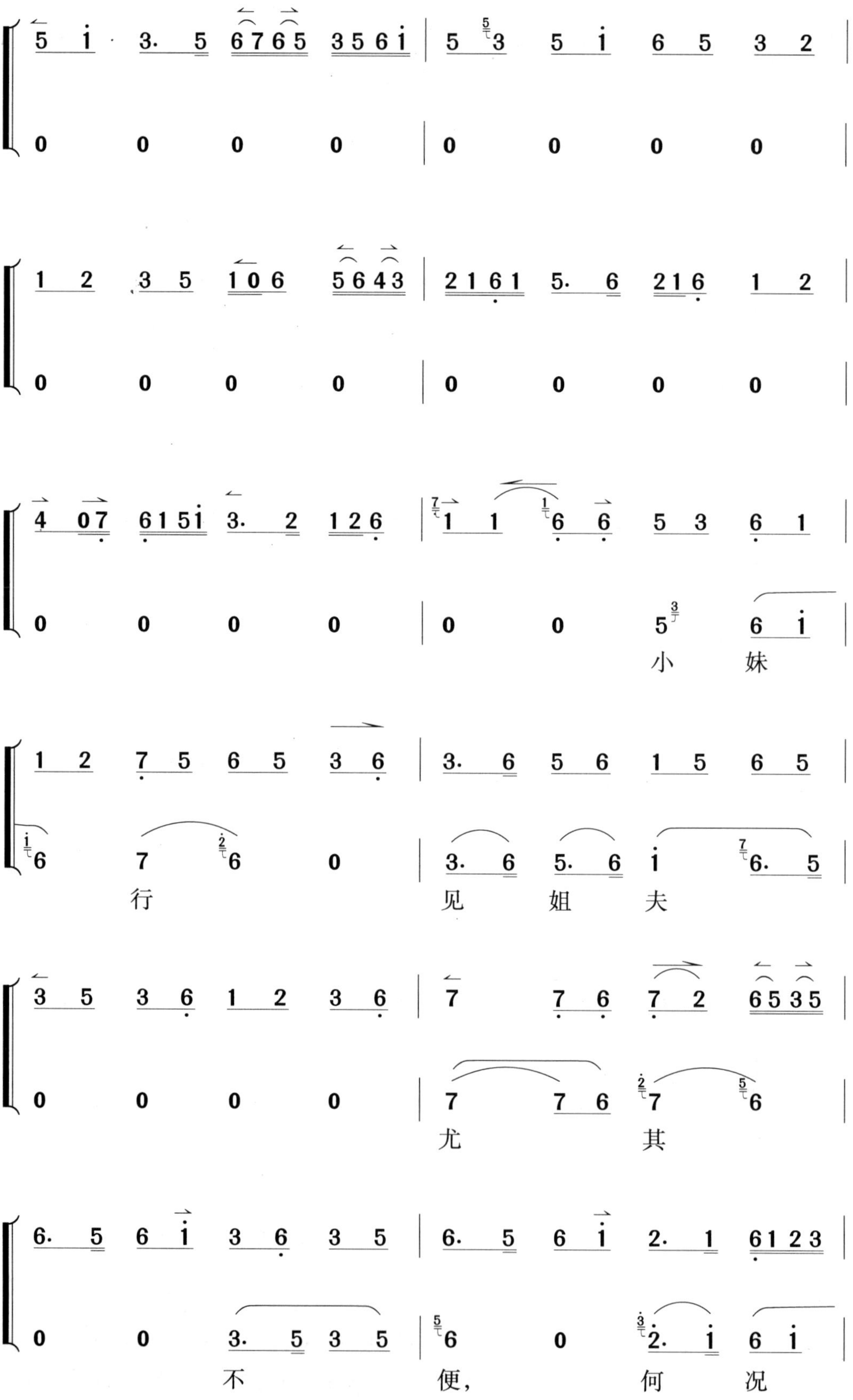
小 妹
行
见 姐 夫
尤 其
不 便， 何 况

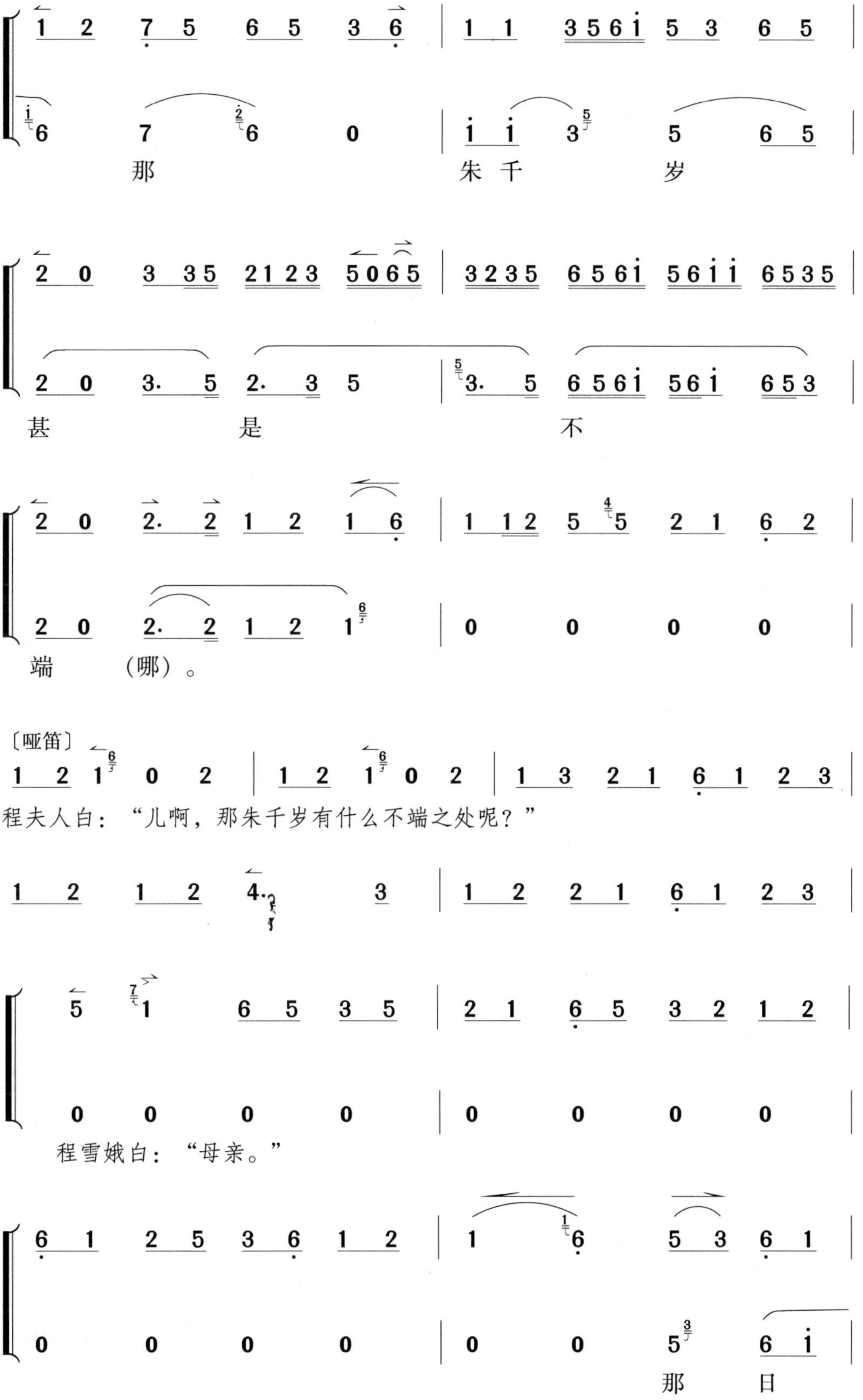
那
朱千 岁
甚 是 不
端 （哪）。
〔哑笛〕
程夫人白："儿啊，那朱千岁有什么不端之处呢？"
程雪娥白："母亲。"
那 日

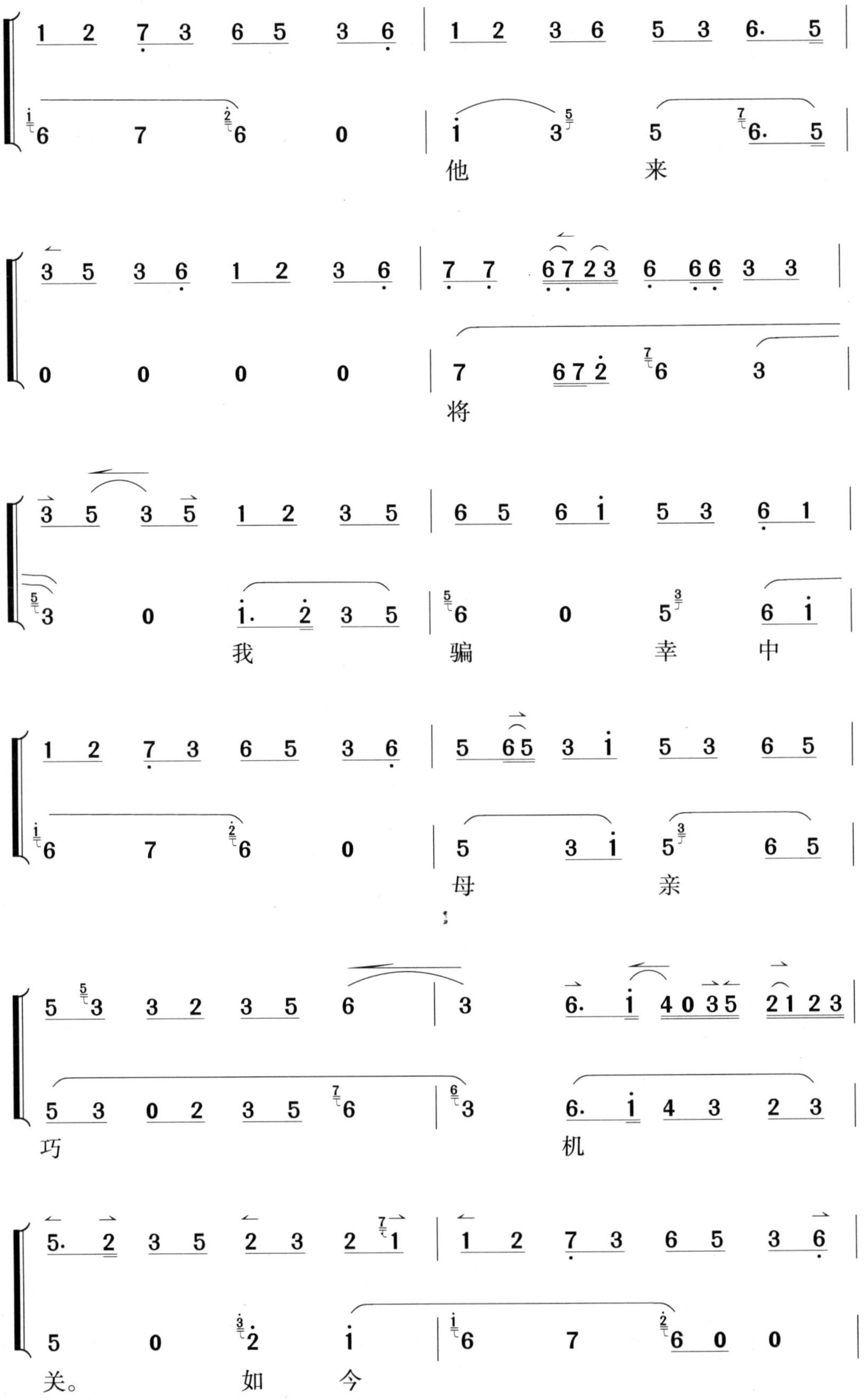
他 来
将
我 骗 幸 中
母 亲
巧 机
关。 如 今

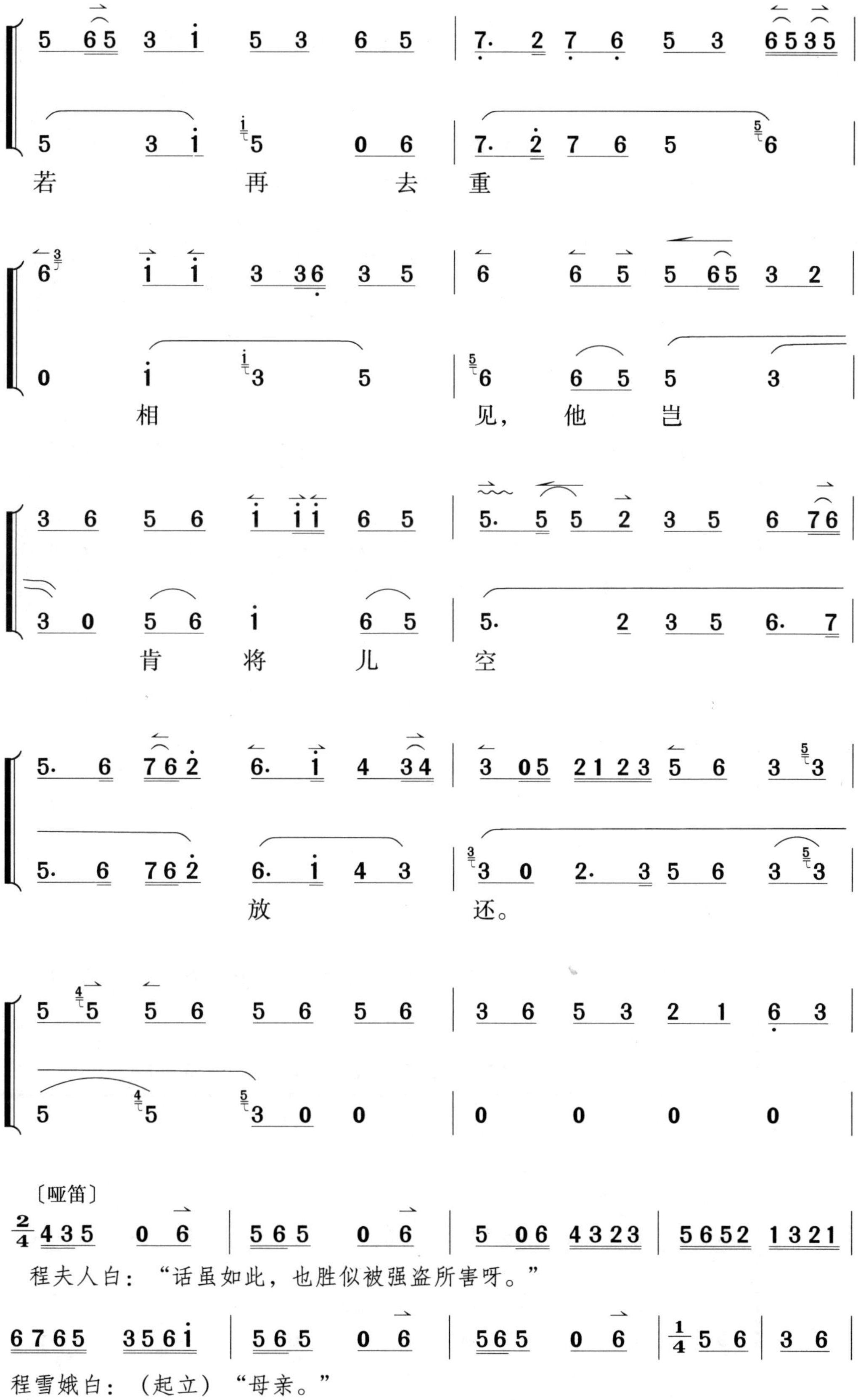
若 再 去 重
相 见，他 岂
肯 将 儿 空
放 还。
〔哑笛〕
程夫人白：“话虽如此，也胜似被强盗所害呀。”
程雪娥白：（起立）“母亲。”

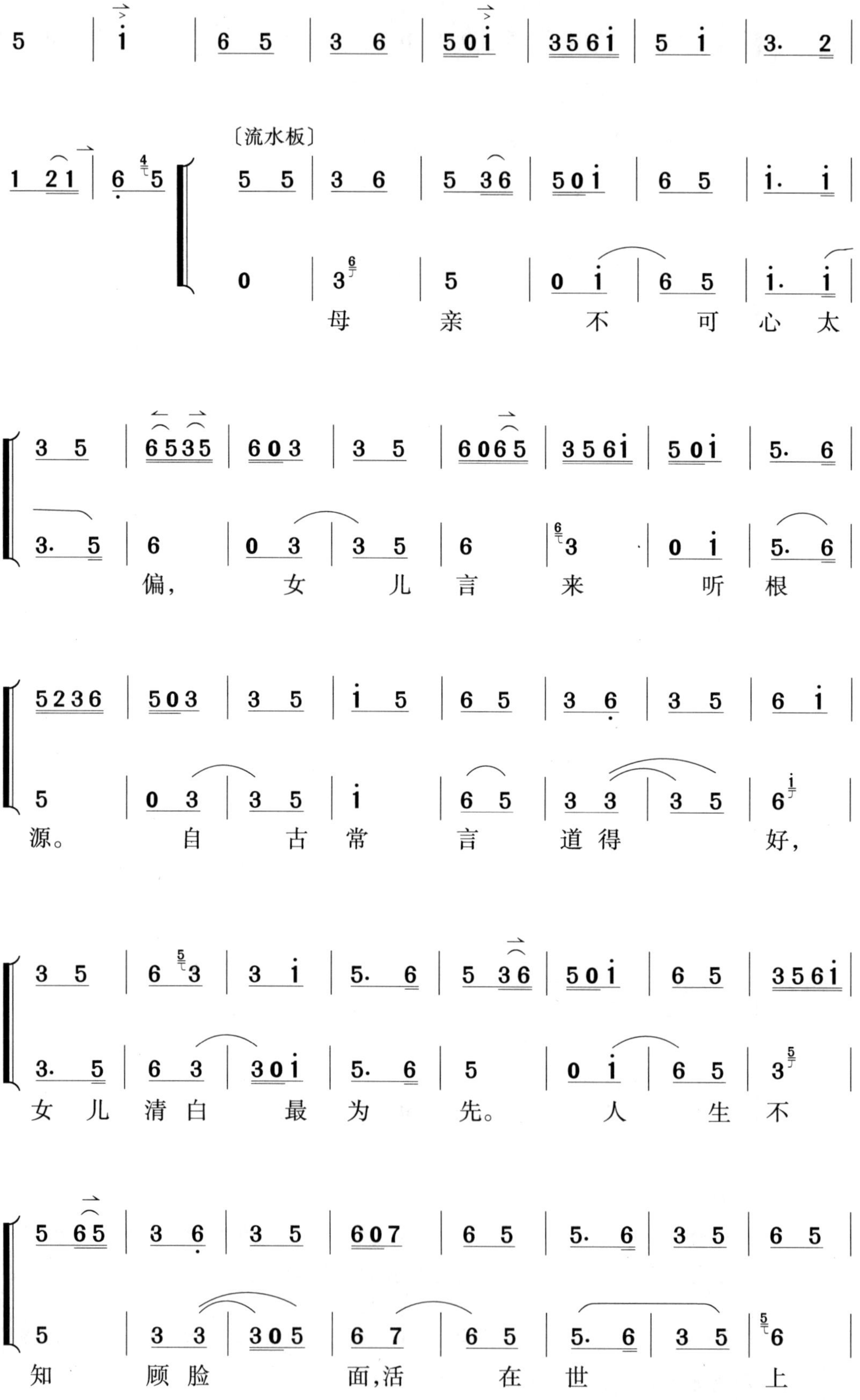
〔流水板〕
母 亲 不 可 心 太
偏， 女 儿 言 来 听 根
源。 自 古 常 言 道 得 好，
女 儿 清 白 最 为 先。 人 生 不
知 顾 脸 面，活 在 世 上

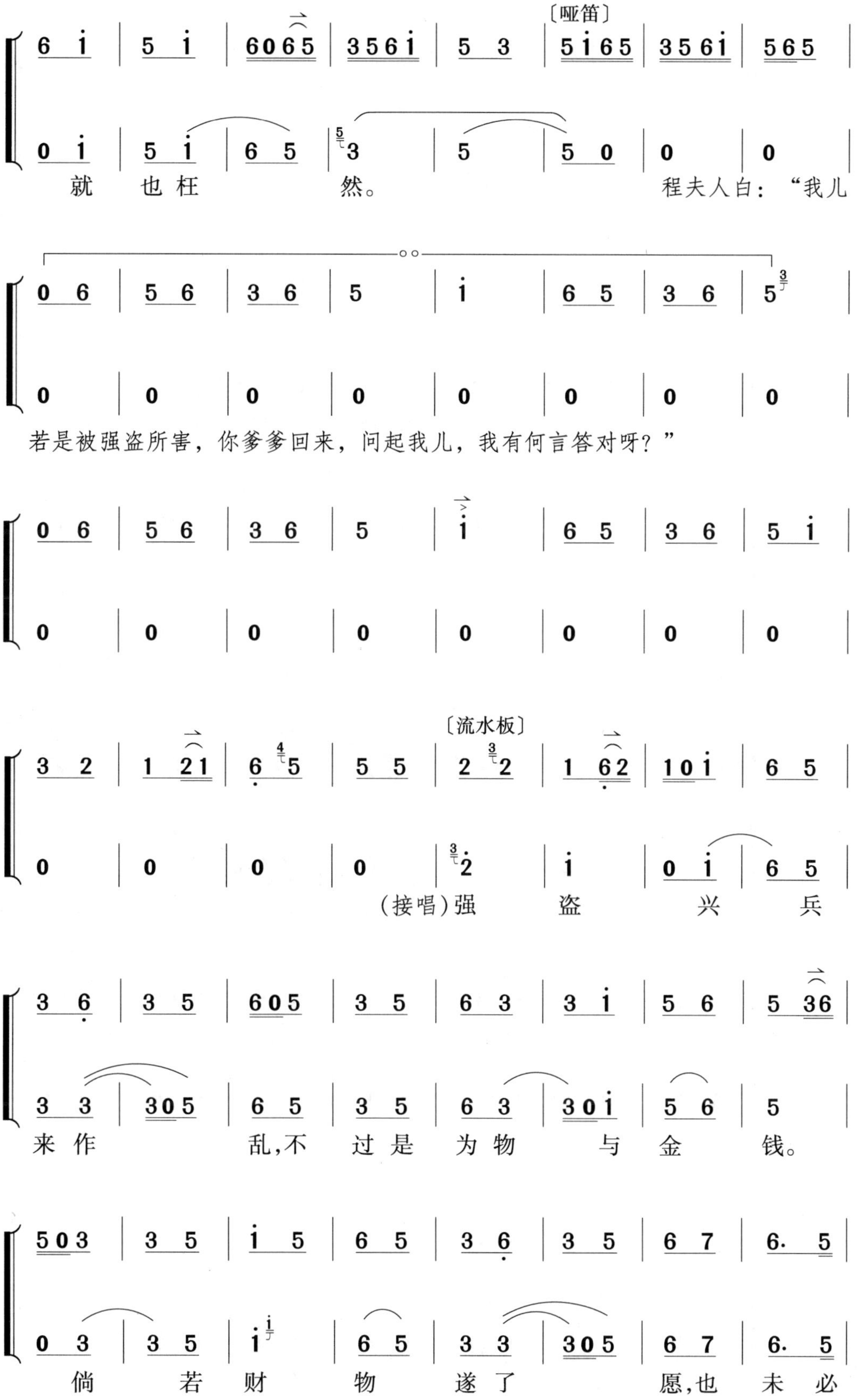
〔哑笛〕
就也枉然。
程夫人白：“我儿若是被强盗所害，你爹爹回来，问起我儿，我有何言答对呀？”
〔流水板〕
(接唱)强盗兴兵
来作乱,不过是为物与金钱。
倘若财物遂了愿,也未必

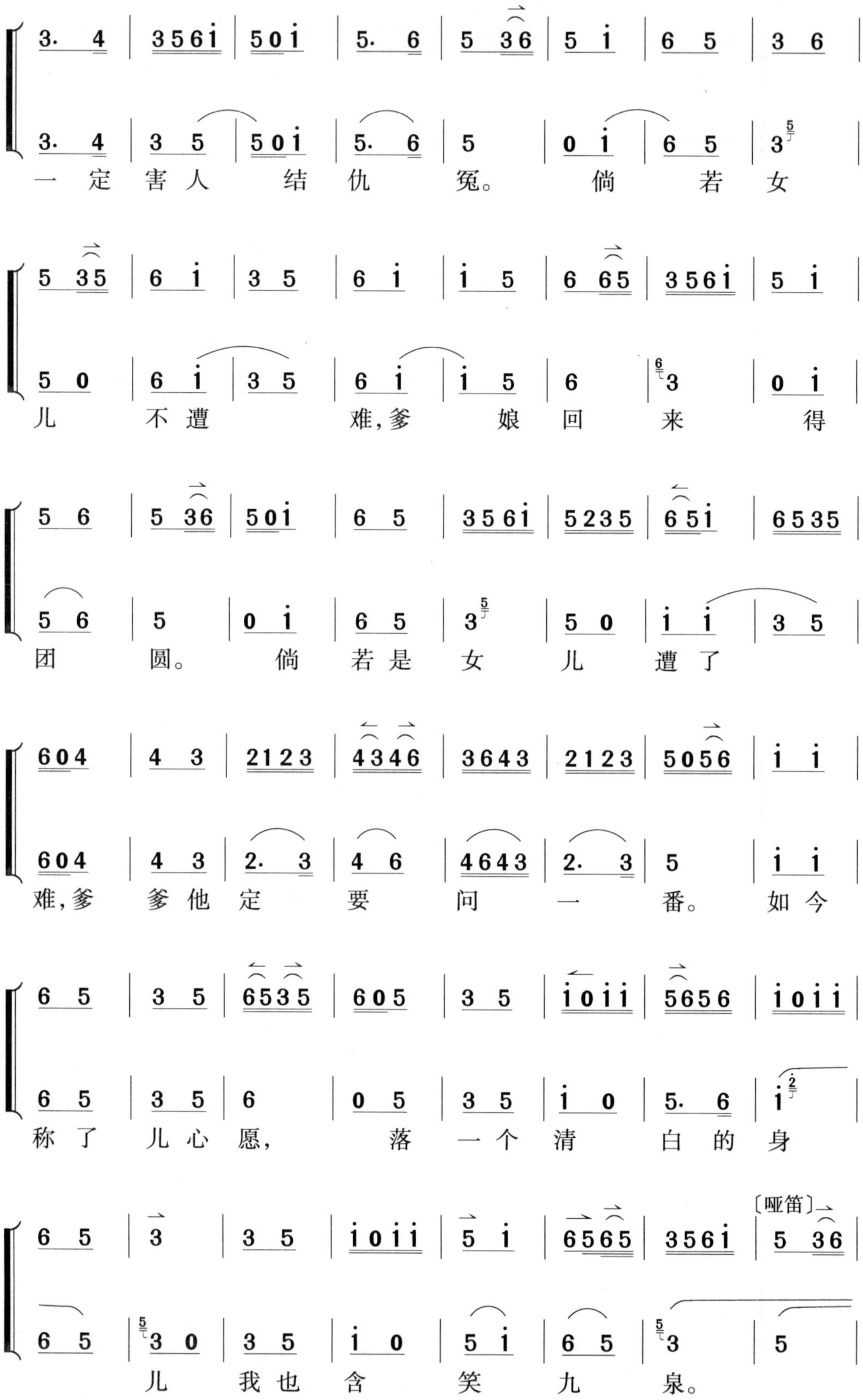
一 定 害 人 结 仇 冤。倘 若 女
儿 不 遭 难，爹 娘 回 来 得
团 圆。倘 若 是 女 儿 遭 了
难，爹 爹 他 定 要 问 一 番。如 今
称 了 儿 心 愿，落 一 个 清 白 的 身
〔哑笛〕
儿 我 也 含 笑 九 泉。

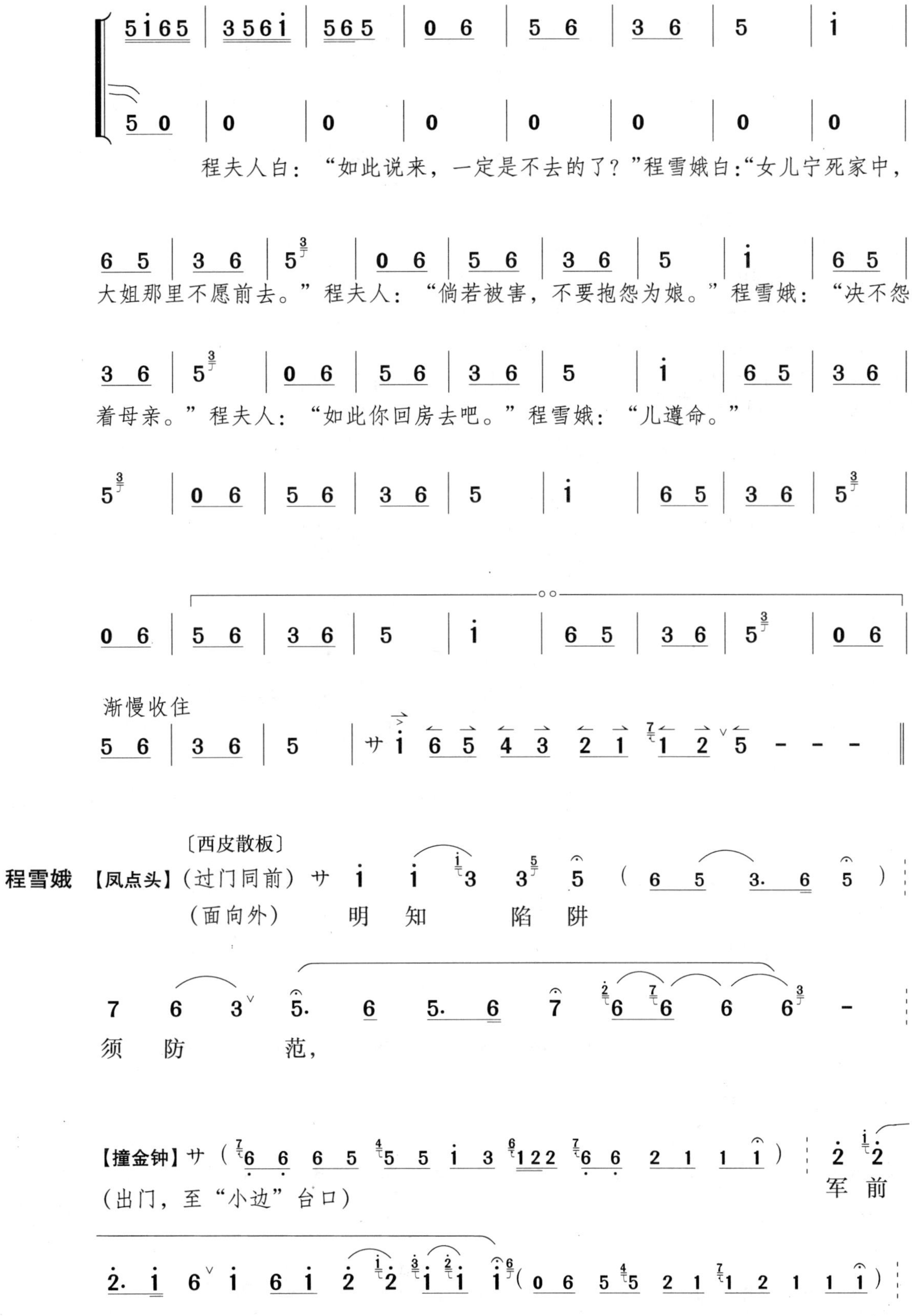
程夫人白："如此说来，一定是不去的了？"程雪娥白:"女儿宁死家中，
大姐那里不愿前去。"程夫人："倘若被害，不要抱怨为娘。"程雪娥："决不怨
着母亲。"程夫人："如此你回房去吧。"程雪娥："儿遵命。"
渐慢收住
〔西皮散板〕
程雪娥
【凤点头】(过门同前)
(面向外)
明 知 陷 阱
须 防 范，
【撞金钟】
(出门，至"小边"台口)
军 前

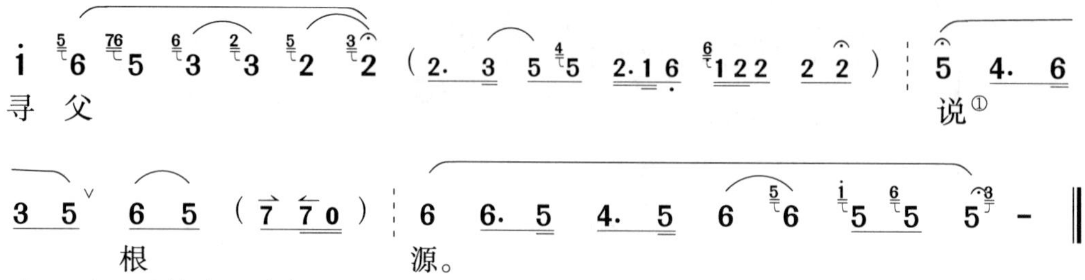

〔【原场】雪娥由“上场门”下。

程夫人 唤院公前来。

丫　环 院公哪里？

〔【小锣五击头】家院上，进门。丫环暗下。

家　院 参见老夫人，有何吩咐。

程夫人 老身此去避难，多则半月，少则十日。吩咐外厢车辆伺候。

家　院 是。车辆走上。

〔【闪锤】车夫由“下场门”上，站“大边”台口，家院暗下。

〔西皮摇板〕

程夫人

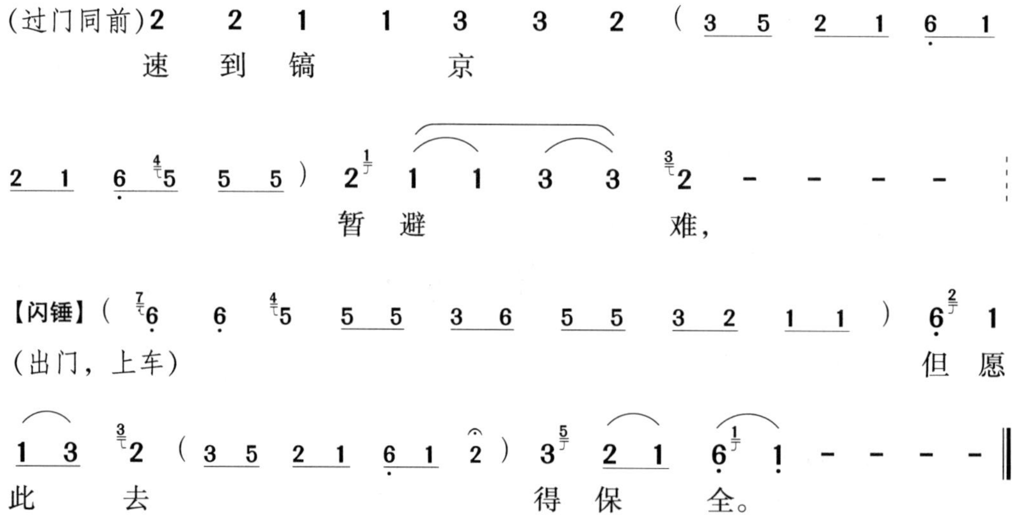

〔【抽头】程夫人，车夫同下。

第十五场

〔【快长锤】程浦上，至“小边”台口。

〔西皮摇板〕

程　浦

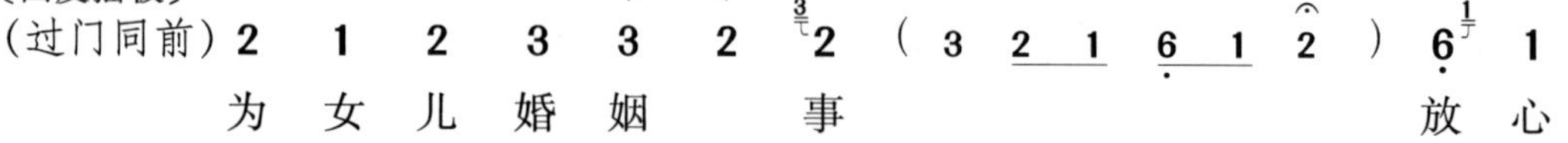

---

① 梅先生晚期改唱为：

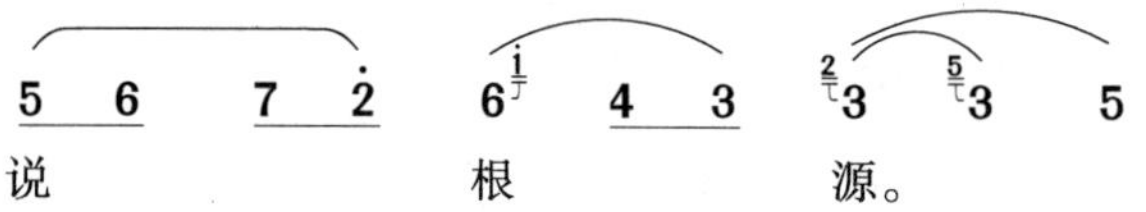

3 3 2 （3 2 1 6 1 2 1 6 5 5 5）3 2 1 1 6 1
不 下， 我只得到帅

2（3 2 1 6 1 2）6 3 2 1 6 6 1 - - - - ‖【住头】（走向中台口）
府 前 去 求 他。

来此已是帅府，门上哪位在？【五击头】

「中军上，出门。

中 军 程大人到此何事？

程 浦 求见元帅。

中 军 （进门，面向“下场门”）有请元帅。

「【五击头】洪功由“下场门”上。

洪 功 何事？

中 军 程大人求见。

洪 功 说我出迎。

中 军 （向外）元帅出迎。

「【原场】洪功出门，见程浦。

程 浦 元帅！

洪 功 大人！（程浦进门站“大边”，洪功进门站“小边”）大人请坐。

程 浦 元帅请坐。（程浦坐“大边椅”，洪功坐“小边椅”）

洪 功 大人到此，必有见教。

程 浦 下官次女与穆居易早已订婚，原定前年四月完婚，只因军情紧急，奉旨前来，婚事故而搁起。如今军事已定，次女又避难至此，欲求元帅做主，与他二人完成花烛，不知元帅可肯应允否？

洪 功 此乃大喜之事，又是军中一段佳话，有何不可！请周公公到此，一同主持如何？

程 浦 多谢元帅。

洪 功 中军！

中 军 在。

洪 功 请周公公到此一叙。快去！

中 军 遵命。【五击头】（出门下）

程 浦 周公公前来，此事定能成功啊！（笑）哈哈哈……

「【冲头】中军上，进门，向洪功。

中 军 周公公到。

洪 功 有请。

「奏唢呐曲牌<小傍妆台>。四龙套引周监军上。四龙套下。周监军进门，洪功、程浦起立迎接。

洪 功
程 浦 （同白）公公。

周监军 元帅、大人。

洪　功
程　浦　（同）公公请坐。

周监军　元帅、大人请坐。

〔周监军坐“大边椅”，洪功坐“小边椅”，程浦坐“大边”外首椅，曲牌止。

周监军　元帅相召咱家，为了何事？

洪　功　只因程大人的小姐，与穆居易早年订婚，想此事公公尽知？

周监军　我早就知道。

洪　功　如今营中无事，本帅做主，与他二人完成花烛，岂不是军中一段佳话？

周监军　好极啦。何不将穆大人请来，当面说明，也好办成此事。

洪　功　好。——中军，有请穆大人。

中　军　（至台口）有请穆大人。

〔**【五击头】**穆居易上，至“小边”台口。

穆居易　（念）一身经百战，立志扫烽烟。**（台）**（进门，站台中）

参见公公，元帅、年伯。

洪　功　世兄少礼，请坐。

穆居易　晚生谢坐。（坐“小边”外首椅）

元帅相传，有何见谕？

洪　功　恭喜世兄，贺喜世兄。

穆居易　晚生喜从何来呀？

洪　功　程大人言道，他的小姐，原与世兄早年订婚，如今程小姐避难至此，又值营中无事，本帅做主，与你二人完成花烛，岂不美哉？

穆居易　启禀元帅，晚生前者也曾发过誓愿，功名不就，誓不娶妻。

洪　功　前日圣上有旨到来，钦封世兄以为镇威将军，这还不算功名成就么？

穆居易　这个……

周监军　什么这个那个的，你从前所说的话，咱家也都知道，如今封官受爵，再说功名无有成就，那可就说不下去啦。再者，程家小姐又避难至此，正好趁此机会，完成花烛。你再要这个那个的，元帅的面子可也要紧哪！这么办吧，今儿个就是黄道良辰，程大人赶紧请回，吩咐令嫒上妆，我与元帅陪伴新郎，今晚成亲，不就得了吗！赶紧请回，请回请回！

程　浦　（起立）是是是。（出门，至“大边”台口笑）哈哈哈……**【小锣五击头】**（下）

周监军　我说这个新郎官儿，你也赶紧的打扮去吧，别假装不愿意啦。

穆居易　（无奈起立，出门至“小边”台口）二公真乃是多管闲事啊！**【五击头】**（由“上场门”下）

周监军　啊元帅。

洪　功　公公。

周监军　看穆大人的样子，总是有点不受用，这是怎么一回事？

洪　功　莫非他嫌程家小姐长得丑陋不成！

周监军　品貌兼优，我是知道的。

洪　功　哎呀，这倒难了。

周监军　说什么难与不难，你我二人既然担待起来，总要与他们办成了才好哇。

洪　功　既然如此，你我一同前去，催他妆扮便了。

周监军　请。正是：**【住头】**（同起立）

（念）说媒如同保帐。

洪　功　（接念）两方都要为难。

〔**【原场】**周监军、洪功同下。**【撤锣】**（紧接下场）

第十六场

〔**【小锣单上场】**朱焕然穿青褶子带高方巾上，至中台口。

朱焕然　（念）家业俱被贼抢光。

如今成了叫化郎。

想不到我的家业被强盗抢得一干二净，只落得沿街乞讨。这时候，我岳母又来啦，天天跟我要吃要喝，这可怎么好哇？有啦，把她请出来，跟她要个吃饭的主意。——有请岳母。娘子哪里？

〔**【小锣五击头】**程夫人、程雪雁上，至“小边”台口。雪雁穿青素褶子，包蓝头巾。

程夫人　（念）不想弄巧反成拙，

程雪雁　（接念）如今做个讨饭婆。

朱焕然　岳母。

程夫人　贤婿。

朱焕然　别咸了，再咸就吃不得啦。

程夫人　事到如今，有什么长策无有？

朱焕然　这会儿，别说长策，连个短策也没有哇。

程夫人　闻得你岳父现在南方立功受爵，我们何不前去投奔于他？

朱焕然　投奔我岳父去？

程夫人　是啊！

朱焕然　那我可不去。

程雪雁　妈呀，他不去，咱们去。

朱焕然　别忙，去，我不是舍不得你吗。

程雪雁　你舍不得我，我还舍不得你呐！

程夫人　走哇！

〔西皮摇板〕

【小锣凤点头】（过门同前） 6 1 6 1 3 3 2 - - |

悔 恨 错 嫁 亲 生 女。

〔**【小锣抽头】**程夫人、程雪雁同下。朱焕然至“大边”台口。

朱焕然　（6 6 5 5 5 3 6 5 5 3 2 1 1 6 5 5 5）

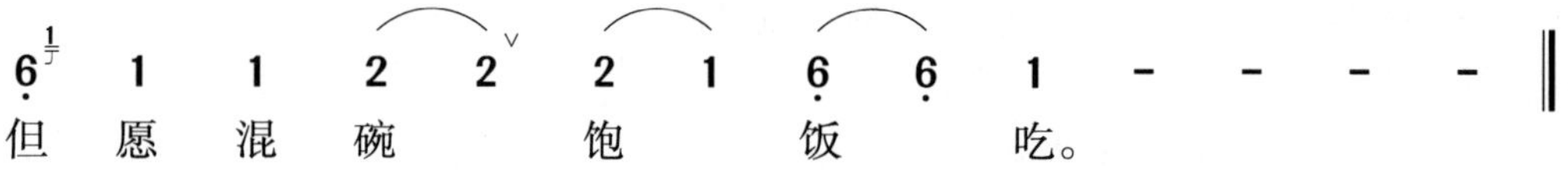

〔【小锣原场】朱焕然“下场门”下。

第十七场

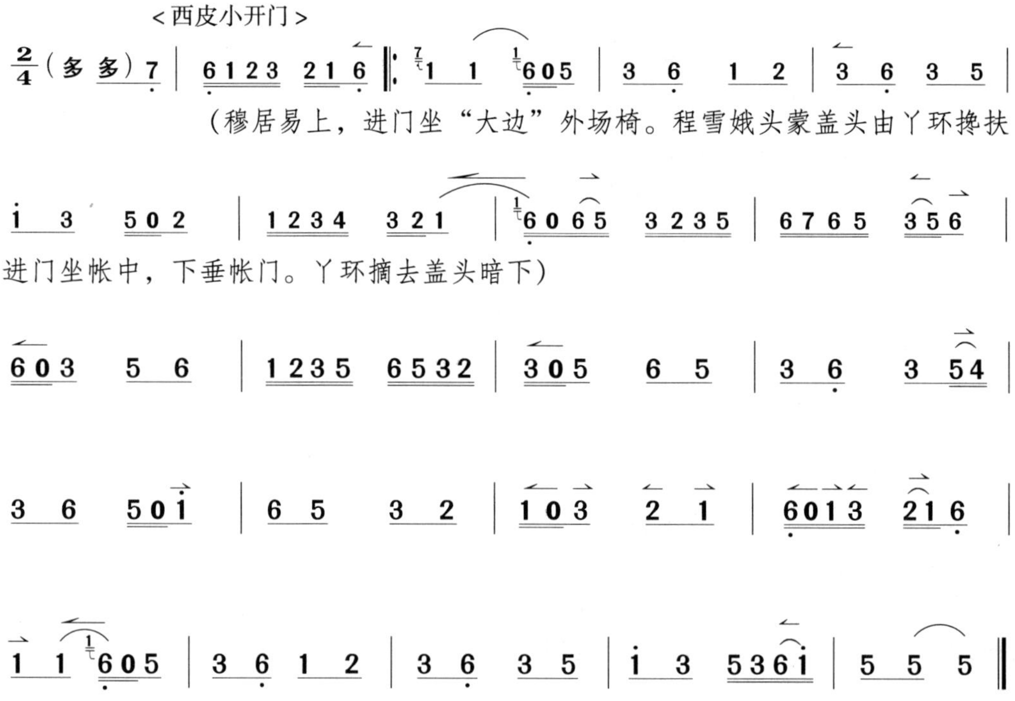

〔洪功内白：“走哇！”【快长锤】洪功、周监军同上。

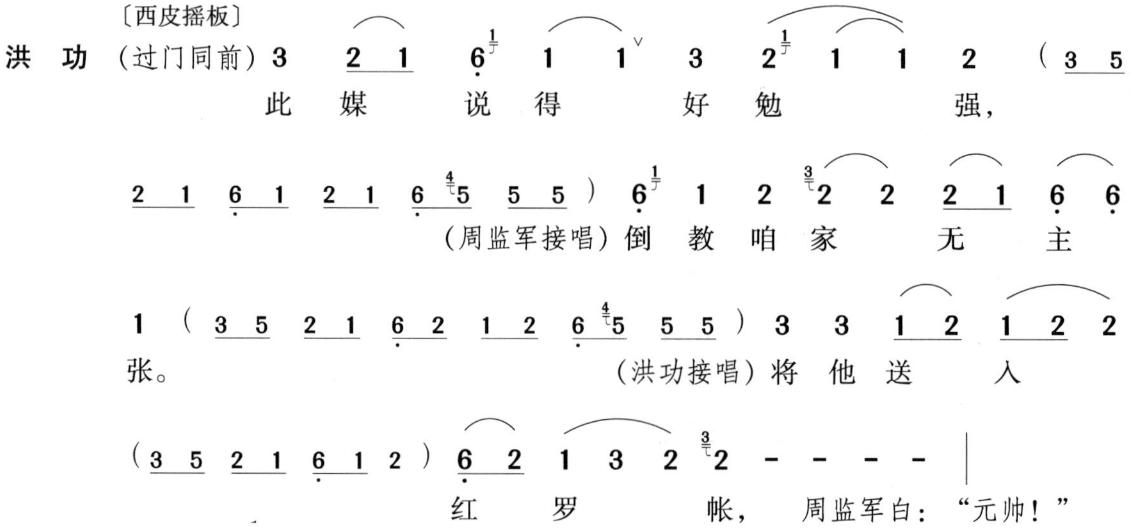

周监军

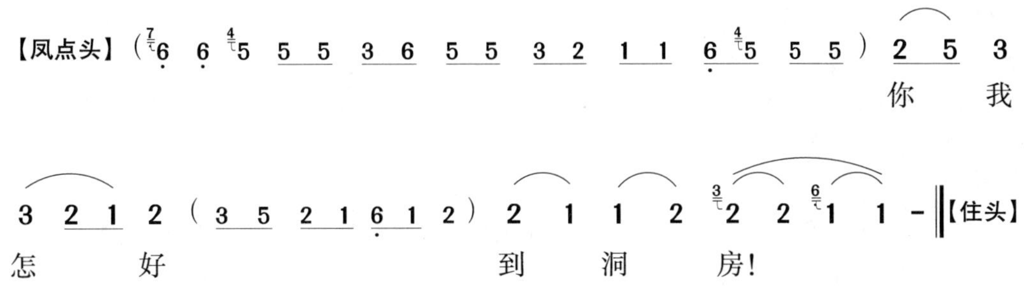

洪　功　公公，走哇！

周监军　元帅，上哪儿去啊？

洪　功　去到洞房。

周监军　洞房？那个地方咱们去得吗？

洪　功　常言道：“三天无大小”，可以去得的。

周监军　可以去得。好，待咱家也来经验经验这档子事情。

洪　功　公公请！

周监军　元帅请！（同进门）

洪　功　啊，穆世兄。

穆居易　（不高兴地）哦，二位又来了！（转身）

周监军　啊，元帅，你瞧这个碴儿多干哪！

洪　功　咱们自己进来的，只好自己坐下。

周监军　没办法，找个地方坐下吧。

〔周坐“大边”里首椅，洪坐“小边”里首椅。静默片刻，周示意洪向穆说话。

洪　功　（起立向穆走去）啊，穆世兄，这就是你的不是了。

穆居易　怎么是晚生的不是呢？

洪　功　今日乃大喜之日，我们做媒人的，应当高坐堂皇，深斟快饮，大家喜喜欢欢，才是正理。如今我二人进得门来，你看也不看，理也不理，教我等好难过哇！

周监军　常言说得好：“夫妻上了床，媒人扔出墙”，此之谓也。

洪　功　话虽如此，如今夫妻尚未上床，这媒人怎么就出了墙了呢？

穆居易　（无奈地）公公、元帅，你二公前来做甚哪？

洪　功　这话奇了，我们是做媒人的呀。

穆居易　媒已说成，也就是了，何必又来逼迫！

洪　功　这话越发的奇了！我们恨不得把你们夫妻欢欢喜喜，送入洞房，才算了却我们一桩心事，怎么说起逼迫二字来了？

穆居易　（讽刺地）如此多谢二公的美意！

周监军　（向洪功）他这样子，我可受不了。元帅，您请坐吧，我走啦！（起立）

洪　功　（急拦）慢来慢来，想此事同他提起，他就是大大的不悦，我想其中定有缘故，倒要问他一问。

周监军　得啦，别问啦，问也碰钉子。

洪　功　一定要问。

周监军　不怕碰钉子？

洪　功　嗯，一定要问。

周监军　元帅，那你就问问去，我可有点儿不耐烦啦！
洪　功　公公请坐。
周监军　（坐原位）那你就问去吧！
洪　功　啊，穆世兄。
穆居易　元帅。
洪　功　想这门亲事，自从提起，你就大大的不悦，如今你又这样满面的怒容，其中必有缘故，你我既属至交，何妨直言呢？
穆居易　此非军旅大事，何劳元帅过问哪？
周监军　元帅，怎么样！是个钉子可就得碰！
洪　功　话虽如此，既然本帅一力承当，少不得要问个水落而石出。
穆居易　元帅一定要问？
洪　功　一定要问。
穆居易　就请去问问程家年伯，他那心中自然明白。
洪　功　哦，程大人明白？
穆居易　是的。
周监军　元帅，他说什么来着？
洪　功　他说程大人明白。
周监军　哈哈！这个老头儿莫非有什么把戏不成吗？叫他来，问问他。
洪　功　有请程大人。
　　　　〔程浦上，至“小边”台口。
程　浦　（念）只为女儿求婚配，
　　　　　　尽教朋友费周旋。（进门）
　　　　元帅！
洪　功　大人。
程　浦　啊，公公。
周监军　程大人，请坐请坐。
程　浦　（坐“小边”外首椅）将下官唤出有何见教？
洪　功　今乃大喜之日，穆世兄总是满面怒容。我等问起情由，他说程大人明白，你既然知晓，何妨对我们一讲啊！
周监军　对啦，你说说，我们也明白明白。
程　浦　哎呀！下官我也是一些儿不晓哇！
周监军　有嘚！他也不知道哇！
程　浦　前者提起亲事，他就大大的不悦，今日又是如此的光景，有劳元帅向前问他一问，到底为了何事，心中不快，何妨请他明言哪！
周监军　对啦，有什么心事，只管明说，不要这么糊里糊涂的，叫人家弄不明白。——元帅！
洪　功　公公。
周监军　问问去。
洪　功　是是是。（走近穆居易）啊穆世兄。
穆居易　元帅。
洪　功　程大人言道，内中情由，他是一些儿也不晓，还请世兄说个明白。

穆居易　此事晚生实实不愿明言，既是元帅执意要问，我也不得不说了。

洪　功　说了的好。

穆居易　当年定亲之后，程年伯留我住在他家，有一日晚生忽然不辞而去，请问程年伯他可知晓？

洪　功　哦！还有此事吗？

穆居易　正有。

洪　功　待我去问来。——啊，程大人，那穆世兄言道，当初定亲之后，在你家中居住，有一日他忽然不辞而去，你可知晓？

程　浦　不错，有的。

洪　功　这就是你的不是了。

程　浦　怎么是下官的不是呢？

洪　功　他既然不辞而去，这门亲事就该罢了，何必又来勉强！

周监军　是啊！何必这么死乞白赖的呢？

程　浦　请再去问他一问，到底为了何事不辞而去呢？

周监军　对呀！——元帅！

洪　功　公公。

周监军　问问去。

洪　功　是是是。——啊，穆世兄。

穆居易　元帅。

洪　功　你到底为了何事，要不辞而去呢？

穆居易　唉！此事关系人家闺阁，本来不应明言，事到如今，也就顾不得了。那夜晚生正在他家书馆温书，他的女儿竟自前来私奔，是我用计将她推出门外。本想对程年伯将此事明说，又恐伤了他的脸面，因此才不辞而去。二公请想，我乃朝廷命官，焉能要他这样私奔之女子啊！

周监军　元帅。

洪　功　公公。

周监军　还有这么档子事情，不怪人家不愿意啦。问问他知道不知道，元帅问问去！

洪　功　是是是。（向程浦）嘿！过来。（程起立）这就是你的（用扇子扇程纱帽）不是了。

程　浦　怎么是我的不是呢？

洪　功　哎呀！此话不说也罢。

程　浦　说说何妨啊？

洪　功　说出来只恐有伤你的脸面。

程　浦　这倒无妨，元帅只管明言。

洪　功　那穆世兄言道，有一夜他在你家书馆温书，你的女儿，竟自前去私奔，是他用计将她推出，才得脱身逃走。想一个女孩儿家，不知谨守闺门，岂不是你治家不严之罪吗？

程　浦　（轻松地）哦！他就为此事吗？

洪　功　（认真地）啊！此事还小么？

程　浦　（笑）哈哈哈……

周监军　有嘚！他还乐得出来！

程　浦　请元帅再去问上一问，那夜私奔的女子，可是他亲眼得见？那女子的面貌，他可还能记得？

洪　功　不问也罢。

程　浦　一定要问的。

洪　功　不问也罢。

周监军　元帅，他说得有理，可以去问问。

洪　功　是是是。——啊，穆世兄，那夜私奔的女子，可是你亲眼得见？

穆居易　嗯！我是亲眼得见，见之再见。

洪　功　她的相貌，你可还记得？

穆居易　哎呀！那副尊容，教人如何忘得了，我是记得清清楚楚的。哎呀呀！吓煞人也！

洪　功　哦！是你亲眼得见？

穆居易　正是我亲眼得见。

洪　功　（向程浦）他是亲眼得见，见之再见。

程　浦　你再去问他一问，今日的新娘子，他可曾看见否？

周监军　对呀，元帅，问问去。

洪　功　是是是。（向穆居易）今日来的新娘子，你可看见？

穆居易　这倒不曾。

洪　功　（向程浦）他不曾看见。

程　浦　这就好了。请他上前看上一看，若是那夜所见之人，不但任凭他退婚，喏！我还情愿受罚。

洪　功　这倒要讲的。（向穆居易）今日来的新娘子，请你看上一看，若是那夜所见之人，他不但任凭退婚，他还要受罚。

穆居易　哎呀，不看也罢。

洪　功　你是一定要看。

穆居易　一定要看！

洪　功
周监军　（同白）一定要看。

穆居易　罢！就再看上一看。只怕看了，今晚就越发的睡不着了。

周监军　傻孩子！你要是看喽，恐怕你就不睡啦。

穆居易　就再看上一看。

「周、洪分将帐门打开，穆向里看。**【撕边一击】**惊疑，**【撕边一击】**拭目再看。

穆居易　咦！怎么变成一个绝色的女子啊！**【小锣一击】**

洪　功　可是那夜所见之人？

穆居易　非也。

周监军　飞也，我拿鸟枪打你！

洪　功　不是的？（**八大仓**）

穆居易　一些儿也不是啊！

周监军
洪　功
程　浦　（同）嘿！**【五击头】**（各归原座）**【撕边一击】**真真岂有此理！

程雪娥　（哭）喂呀……**【小锣一击】**

穆居易 啊，娘子，千不是，万不是，都是下官的不是。娘子不要着恼，下官这里赔礼了。（作揖）【小锣一击】

〔程雪娥摔袖。掉脸不理。

程　浦 （顿足）唉！（大仓）

穆居易 （急忙到程浦面前）岳父不必动怒，小婿知罪了。（作揖）

程　浦 你太与人难堪哪！

穆居易 小婿罪该万死。明日再来领责就是，小婿这里跪下了。（跪下）

程　浦 贤婿请起，（穆起立）老夫不怪罪于你，也就是了。

穆居易 多谢岳父大人。

程雪娥 （哭）喂呀……【小锣一击】

穆居易 （急到程雪娥面前）娘子不必啼哭，我这厢赔礼了。（作揖）

〔【小锣一击】程雪娥率袖，转脸不理。

洪　功 唉！（大仓）做媒人的好难喏！

穆居易 （急到洪功面前）元帅不必动怒，改日负荆请罪。（作揖）

洪　功 哼！（佯怒）

穆居易 卑职这里跪下了。（跪下）

洪　功 世兄请起。

穆居易 多谢元帅。

程雪娥 （哭）喂呀……【小锣一击】

穆居易 （急忙到程雪娥面前）啊，娘子，千万不要悲伤，改日下官还要重重的赔礼，重重的赔礼。（作揖）

〔【小锣一击】程雪娥摔袖，转脸不理。

周监军 嘿！（大仓）这是哪儿说不起来的事呐？

穆居易 （急向周监军）啊公公。

周监军 公公，还得儿媳妇呐！

穆居易 我这里跪下了。（跪下）

周监军 起来起来。（扶穆居易起来）闹啦半天，连口茶都没喝着。

程　浦 （向洪功）你我陪公公前去饮酒，随我来，随我来。（出门，下）

〔洪功、周监军同出门，站台口。

洪　功 走哇！

周监军 元帅，上哪儿去呀？

洪　功 后面饮酒。

周监军 喝酒去？人家的事情呐？

洪　功 他们的事情，他们自己会办哪。

周监军 闹得这么乱七八糟的，自己怎么办呐？

洪　功 公公，此事你是外行啊。

周监军 我可不是外行吗！

〔【五击头】周监军、洪功同下。

程雪娥 （出帐，坐“大边”外首椅，哭）喂呀……【小锣一击】

穆居易 （走向雪娥右边）娘子啊！

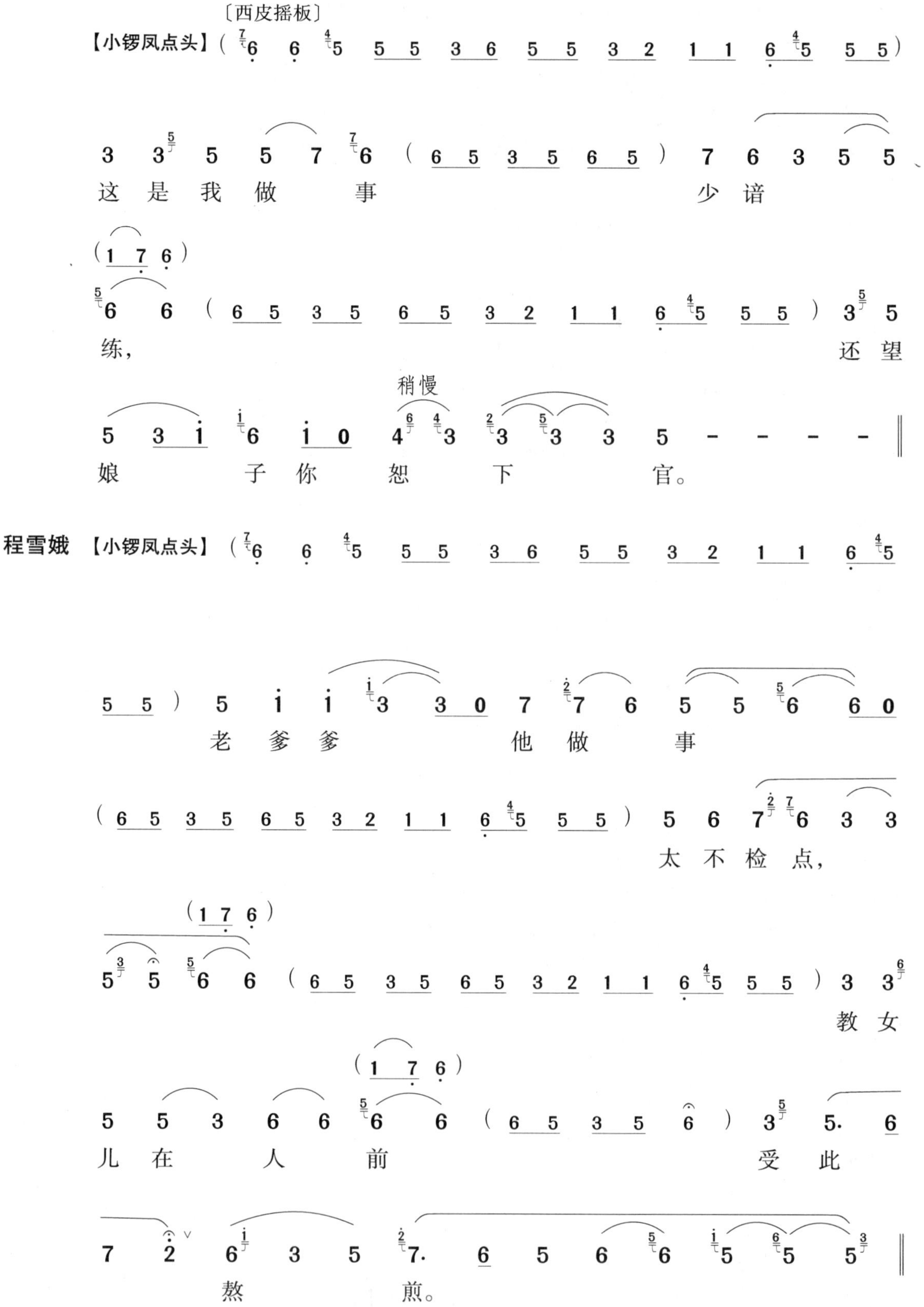
〔西皮摇板〕
【小锣凤点头】
这是我做事少谙
练，还望
稍慢
娘子你恕下官。
程雪娥
【小锣凤点头】
老爹爹他做事
太不检点，
教女
儿在人前受此
熬煎。

穆居易 娘子啊！

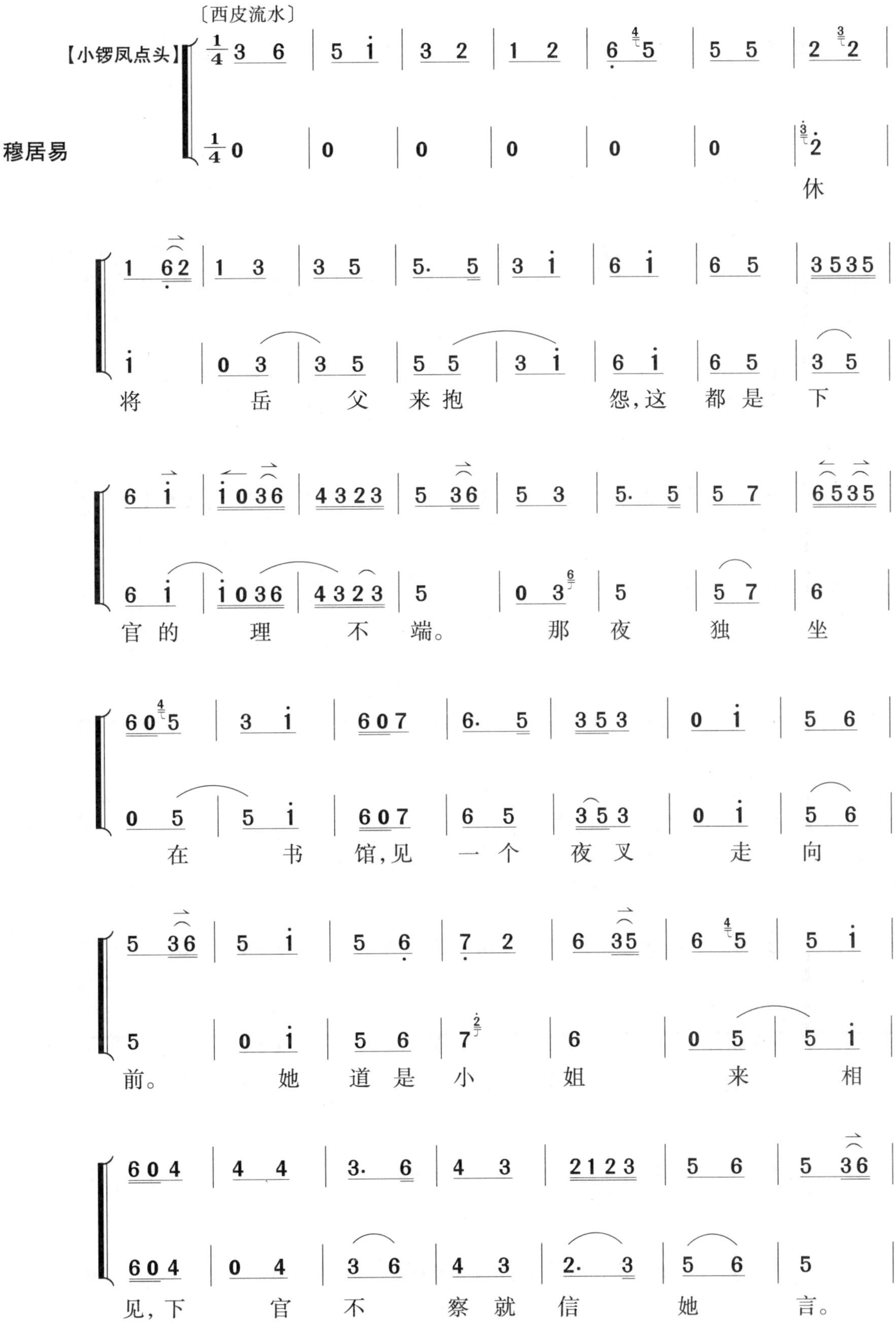
〔西皮流水〕
【小锣凤点头】
穆居易
休将岳父来抱怨,这都是下官的理不端。
那夜独坐在书馆,见一个夜叉走向前。
她道是小姐来相见,下官不察就信她言。

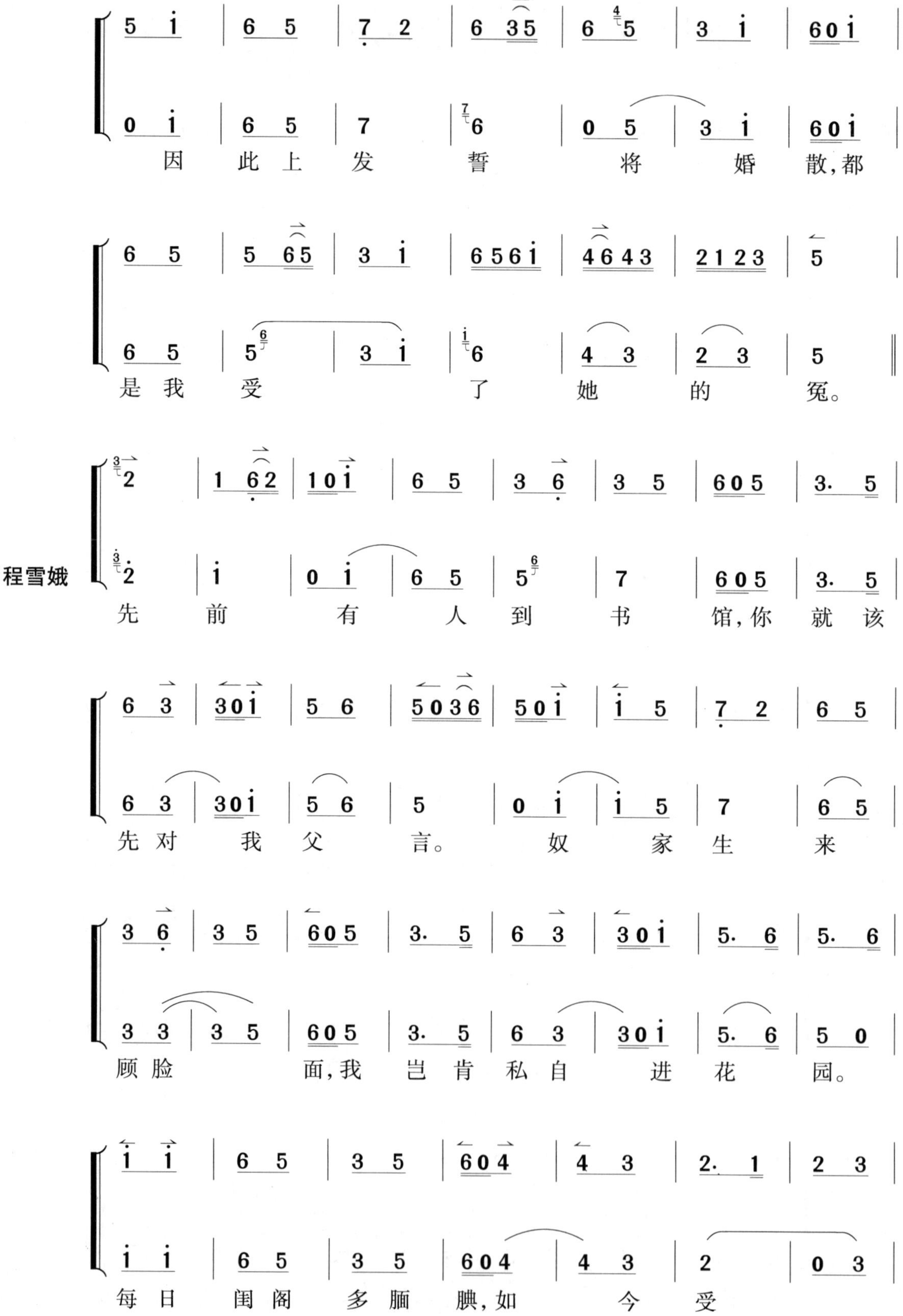
因此上发誓将婚散,都
是我受了她的冤。
程雪娥
先前有人到书馆,你就该
先对我父言。奴家生来
顾脸面,我岂肯私自进花园。
每日闺阁多腼腆,如今受

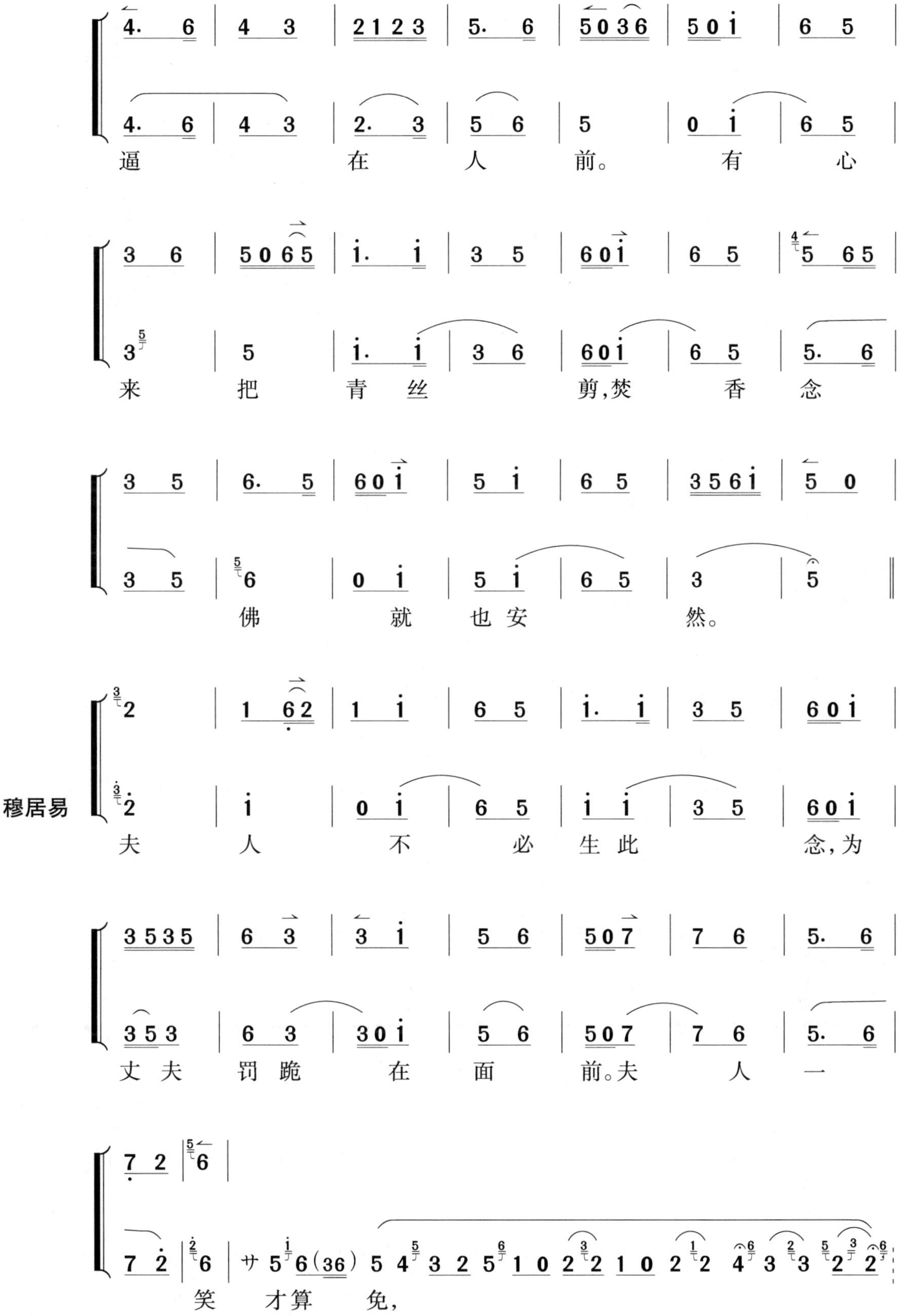
逼 在 人 前。有 心
来 把 青 丝 剪,焚 香 念
佛 就 也 安 然。
穆居易
夫 人 不 必 生 此 念,为
丈 夫 罚 跪 在 面 前。夫 人 一
笑 才 算 免,

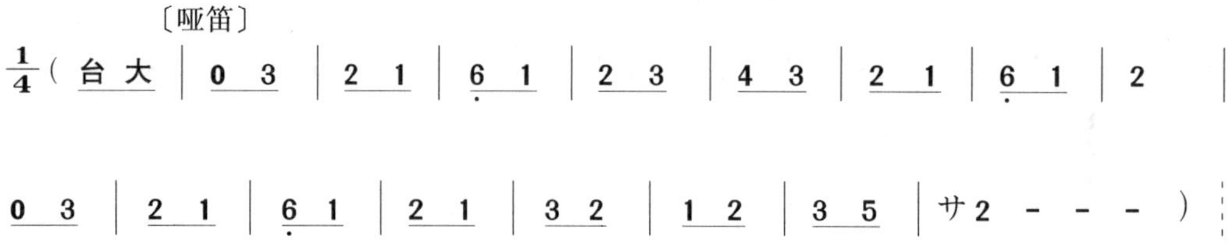

（跪下）白：“夫人哪！”

〔周监军、洪功暗上，至“小边”台口向内看。

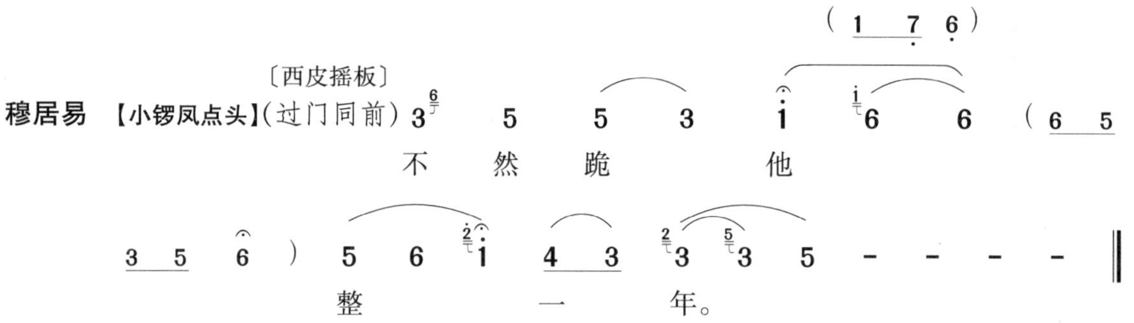

周监军 跪下了一个。

程雪娥 呀！

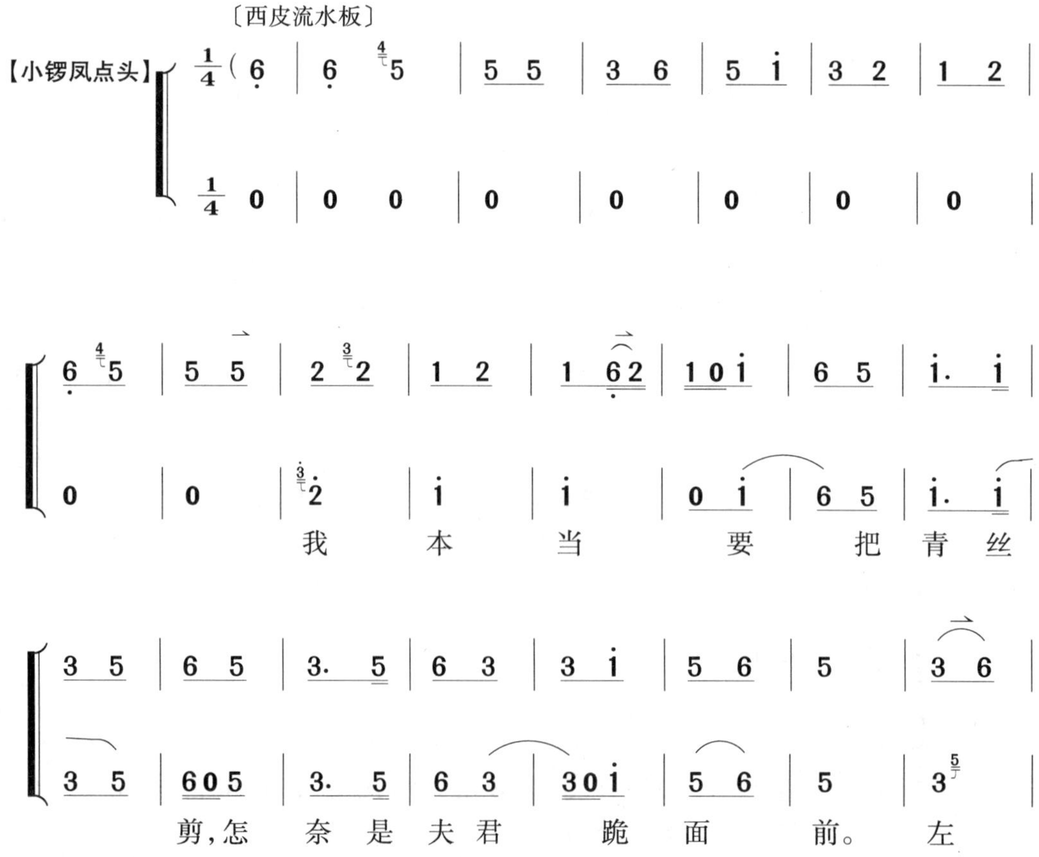

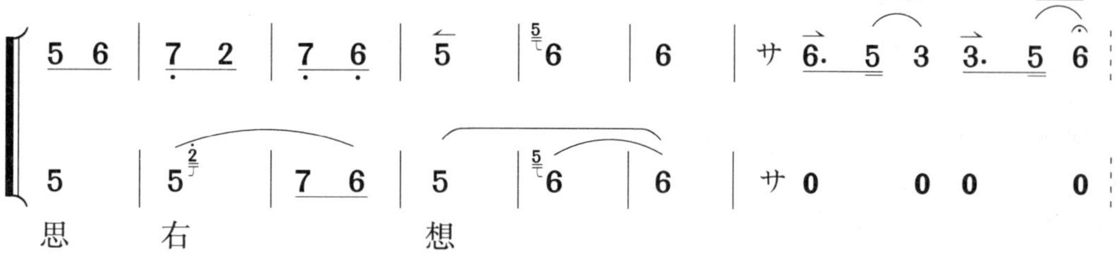

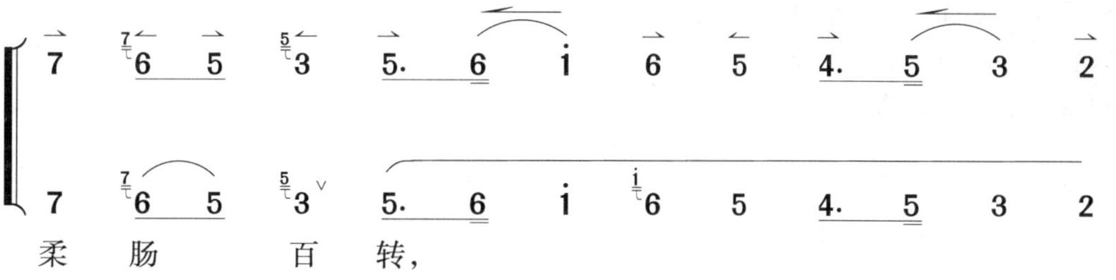

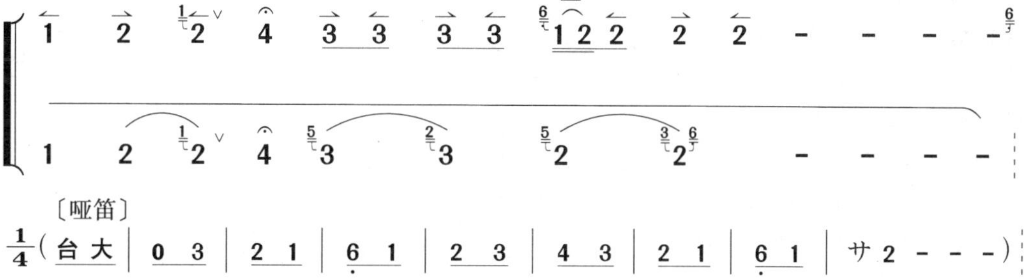

（程雪娥面向穆居易跪下）

周监军 又跪下了一个。

穆居易 多谢夫人。

〔西皮摇板〕

程雪娥 **【小锣凤点头】**（过门同前）

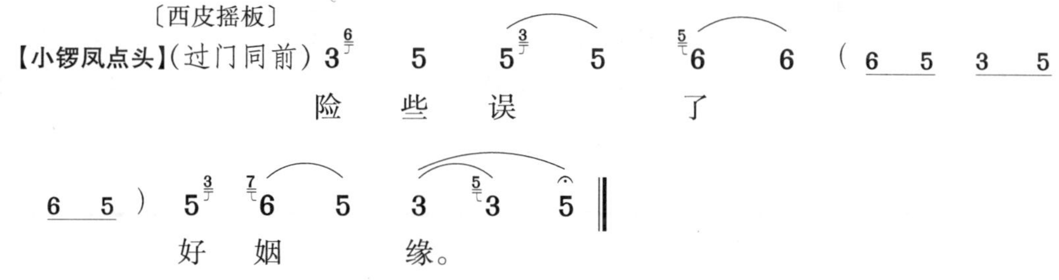

〔**【长尖】**周监军、洪功闯进门扶起穆居易，替他掸膝上的土。程雪娥惊羞起立，急下。

穆居易 二公又来做甚?

洪　功 前来道喜。

穆居易 少时奉陪。

〔周监军、洪功下。

〔内白：“老夫人到。”

穆居易 有请。

〔【小锣打上】程夫人上，进门，站“小边”台中。朱焕然上，进门，站“大边”台口，程浦由“下场门”暗上，站“大边”台中，程雪雁上，进门，站程浦、朱焕然中间。

穆居易 岳母大人来了。参见岳母。

程夫人 贤婿少礼。

穆居易 啊，大姨姐！

程雪雁 妹丈。

穆居易 多谢千岁慨赠银马之恩。

朱焕然 小意思，不必谢啦。

穆居易 有请夫人。

〔（台 令 台 -）程雪娥上。

程雪娥 何事？

穆居易 老夫人，大姨姐都来了，上前见过。

程雪娥 是。——母亲万福？

程夫人 罢了。

程雪娥 姐姐，有礼。

程雪雁 妹妹，我还礼啦。

穆居易 见过姐丈。（站“小边”台口）

程雪娥 姐丈万福？（站程夫人、穆居易中间）

朱焕然 还礼，还礼。（向程雪雁）那天我看见的是她。（指程雪娥）

程雪雁 那天晚上我看见的是他。（指穆居易）

穆居易 如今幸喜散而复聚，人口平安，后堂摆宴与老夫人压惊。

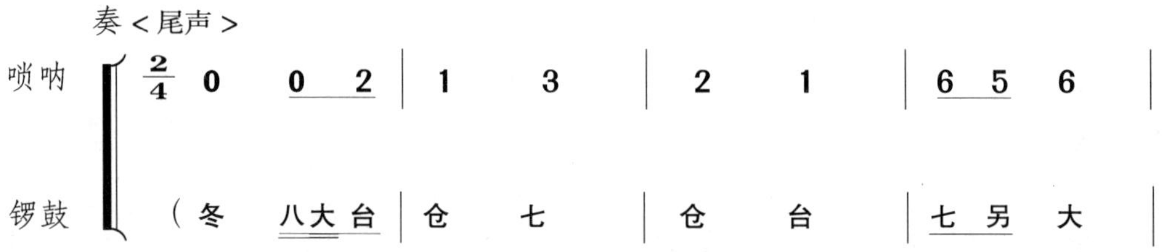

（程浦与程夫人挽手，穆居易与程雪娥挽手，朱焕然与程雪雁

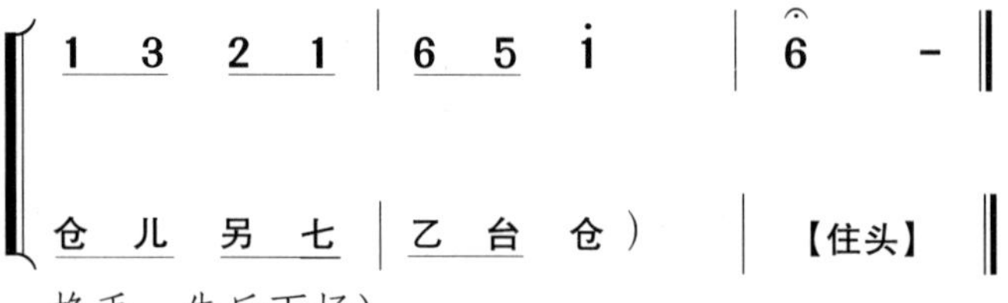

挽手，先后下场）

—— 剧 终

姜凤山 **口述**　　　　魏贵德 **整理 记谱**

三娘教子

梅兰芳　马连良演出本

《三娘教子》全剧叫做《双官诰》，取材于明代《断机记》传奇和杨善之撰《双官诰》传奇。故事原型出于《后汉书·冯衍传》。该剧剧情复杂，枝蔓繁多。在京剧舞台上流行的只是《三娘教子》这一折。

该剧剧情大致如下：薛广科举不第，外出求官，托人带银百两，被侵吞，并被假传身死。张氏、刘氏本来就是“嫁汉嫁汉，穿衣吃饭”，靠山已“死”，二人遂即出门改嫁，把儿子倚哥也扔在那里不要了。这一切，被三娘看在眼中。她不嫌倚哥并非亲生，不惧家中贫寒、生活艰苦，不惜独守空房，勤劳织布，与老仆薛保、孩子倚哥三人相依为命。在十分困难的条件下，三娘教育孩子认真读书。后来，薛广立军功，薛依哥状元及第，三娘双封诰命。《三娘教子》着重讲述的是机房训子的情节。

《三娘教子》的演出，以青衣扮三娘，老生扮薛保，历来是生旦并重的“对儿戏”。 老生孙菊仙、谭鑫培、汪桂芬都演，下传直至言、马、谭（富英）、杨、奚，各具特色。尤其是马连良对薛保的刻画：老迈龙钟、忠心耿耿的出色表演，流利、婉转，声情并茂的唱腔，对三娘苦口婆心劝解，对倚哥钟爱呵护，非常生动感人。因此，当前演此剧，生角多属“马派”。旦角可追溯至时小福、陈德霖、王瑶卿，以下是梅、尚、程、张，舞台上百花齐放，观众各有所钟。梅兰芳留有《双官诰》唱片，其中，当三娘得知丈夫没有死去，而是做官回来时，“王春娥听一言喜从天降”的一段〔南梆子〕，高起高落，如鹤鸣九皋，穿云裂雾，把三娘喜极而泣的样子兀立在观众面前。这种唱法，在梅派的中晚期是不多见的。

赵晓东

人物行当

王春娥　　青衣
薛　保　　老生
薛　倚　　娃娃生

服装扮相

王春娥　俊扮。梳大头、绒尾子、银头面，素青褶子，素边白裙、白腰巾子，彩裤，彩鞋。
薛　保　俊扮。白毡帽、白二涛，老斗衣、藏蓝素裙，素彩裤，大袜、改良福字履。
薛　倚　俊扮。孩儿发，蓝茶衣、白腰巾，淡蓝彩裤，圆口鞋。

道具

桌子	一张	**裁刀**	一把
椅子	二把	**家法**	一份
织布机	一架	**书本**	一本
素桌围椅披	一扮		

独 场 戏

〔场上设正场桌、“小座”，“大边”近“下场门”处放“织布机”，另放一个坐椅。

〔**【撤锣】【小锣旦上场】**王春娥上。走至中台口。

王春娥 （引）守冰霜贞节为本，忍饥寒（**多多**）

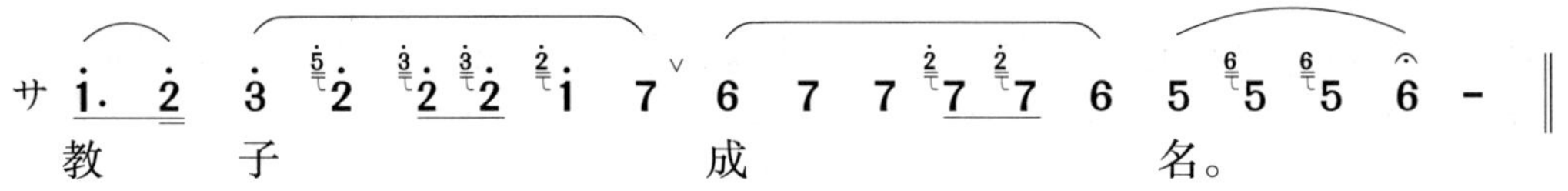

〔**【小锣归位】**左转身向里走，右转身坐“小座”。

（诗）儿夫丧他乡，

苦节守冰霜。

抚孤为己任，

纺织度日光。**【小锣住头】**

奴家王春娥，配夫薛衍。是他出外贸易，不幸命丧他乡，多亏义仆薛保，千辛万苦搬尸回来。可恨张、刘二氏，见夫一死，席卷家财另行改嫁。是我对天发下誓愿，立志守节，抚养前房一子名唤倚哥，今早往南学攻书去了。我不免到机房织绢。正是：（**扎**）

云雾不知天早晚，

雪深那晓——

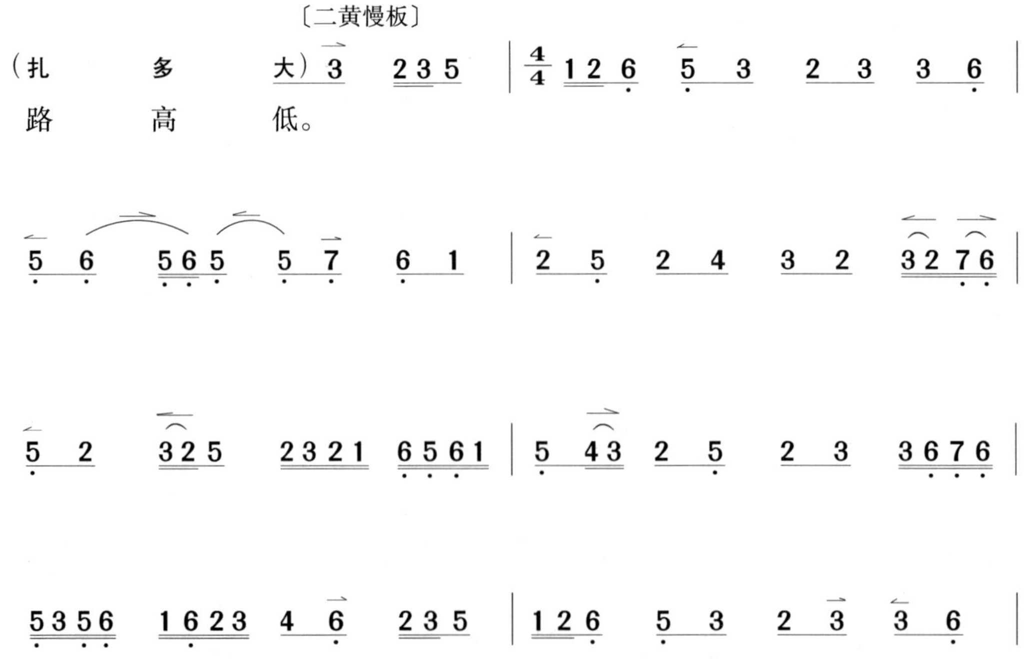

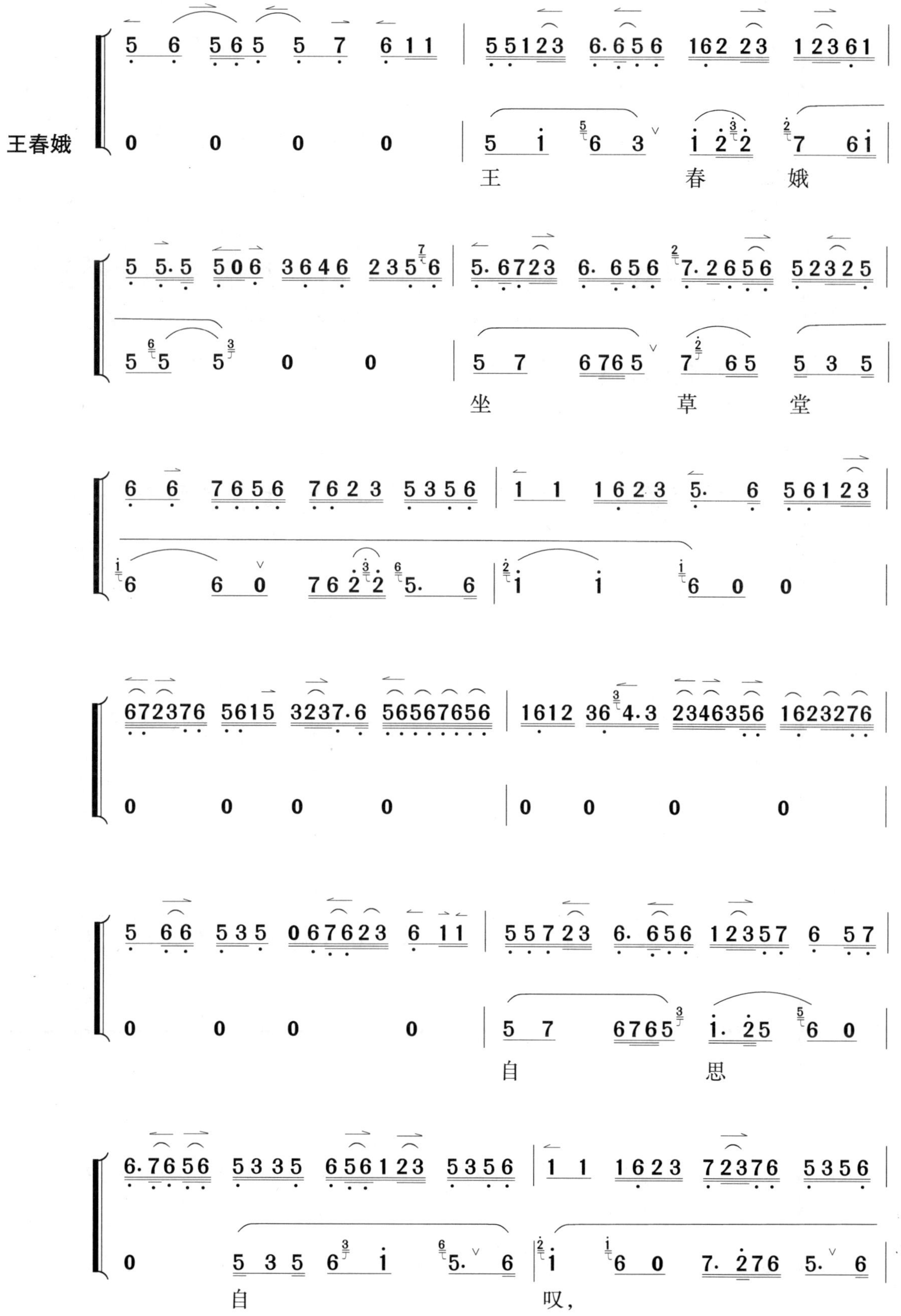
王春娥
王 春 娥
坐 草 堂
自 思
自 叹，

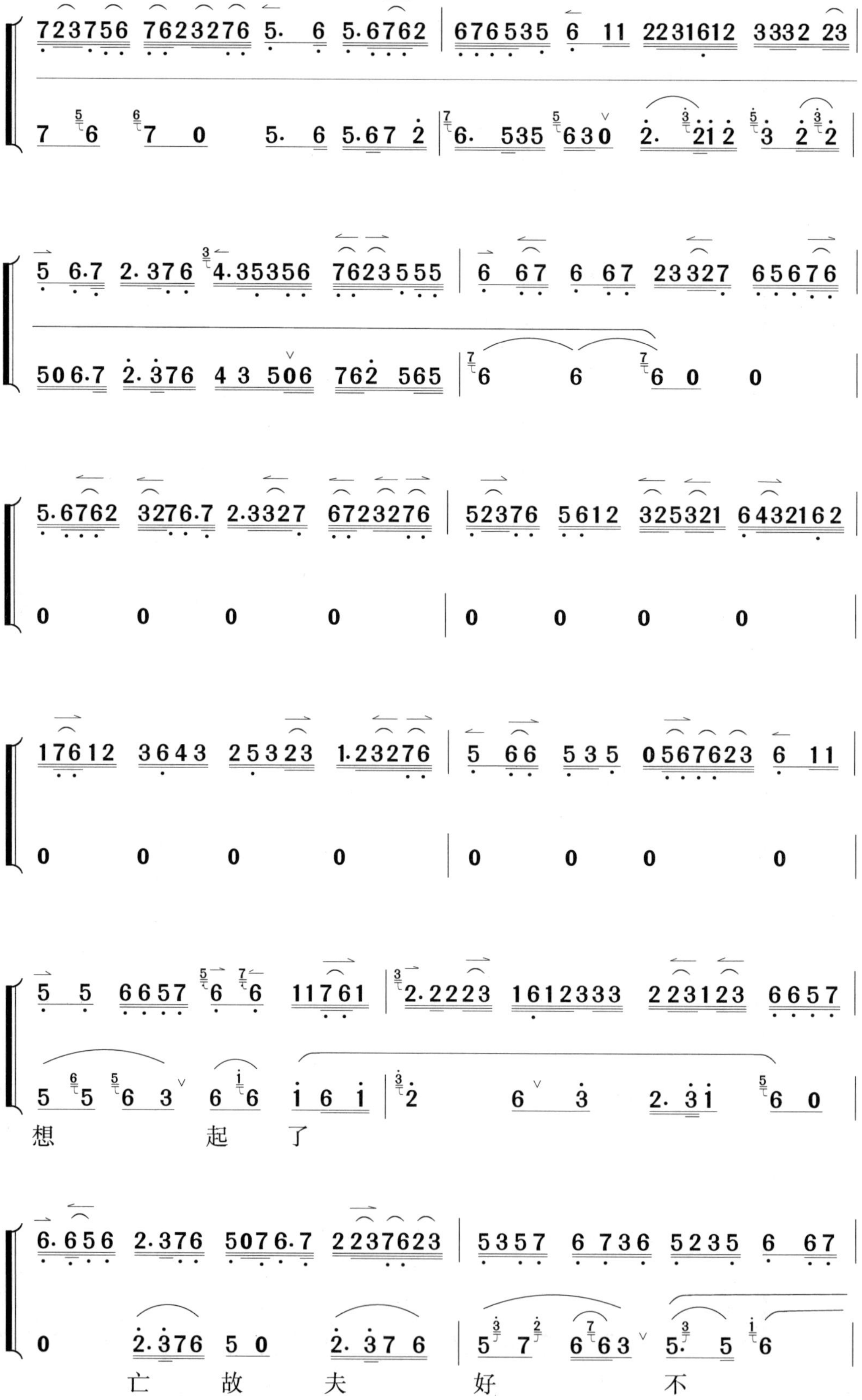
想 起 了
亡 故 夫 好 不

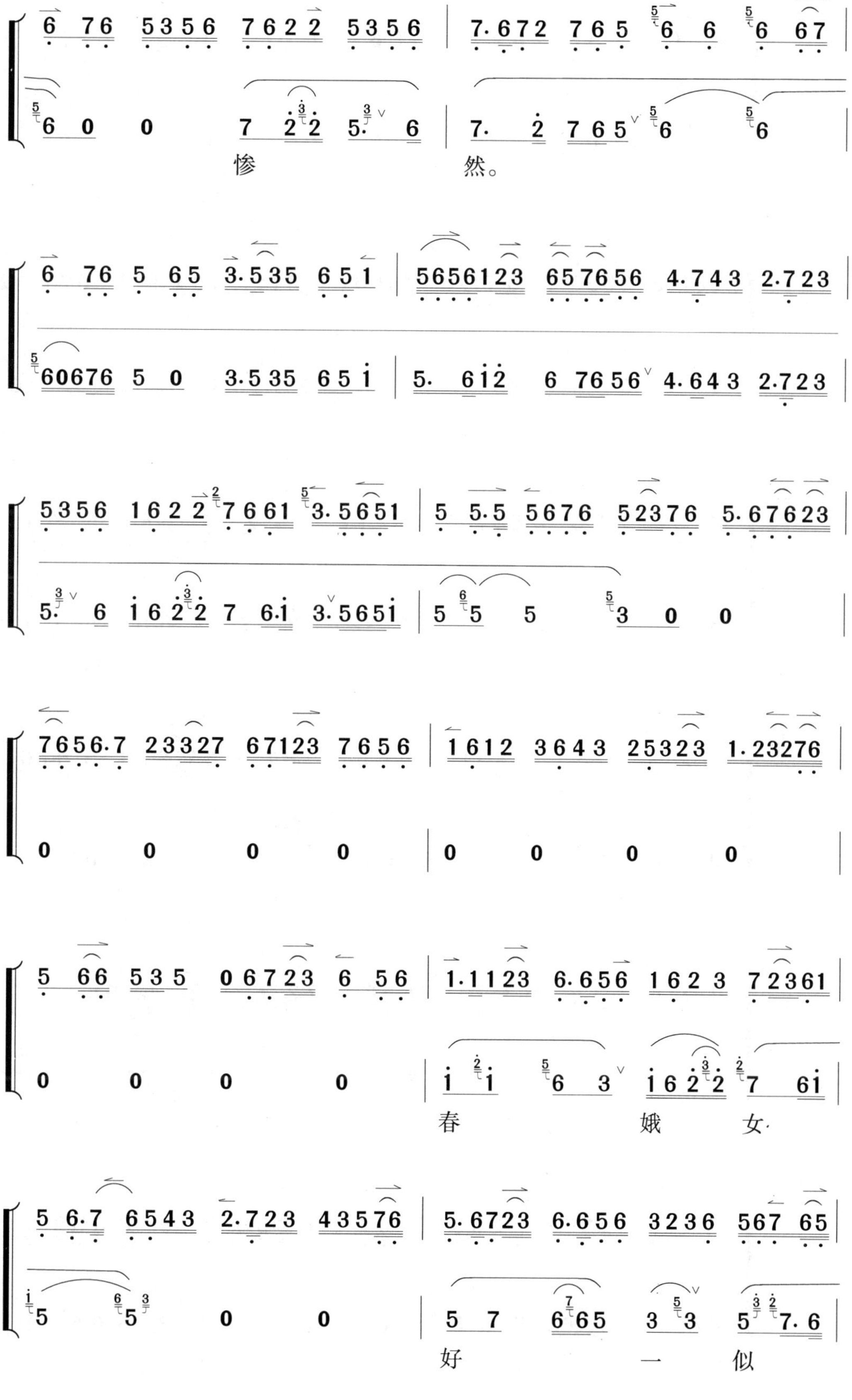
惨
然。
春
娥
女
好
一
似

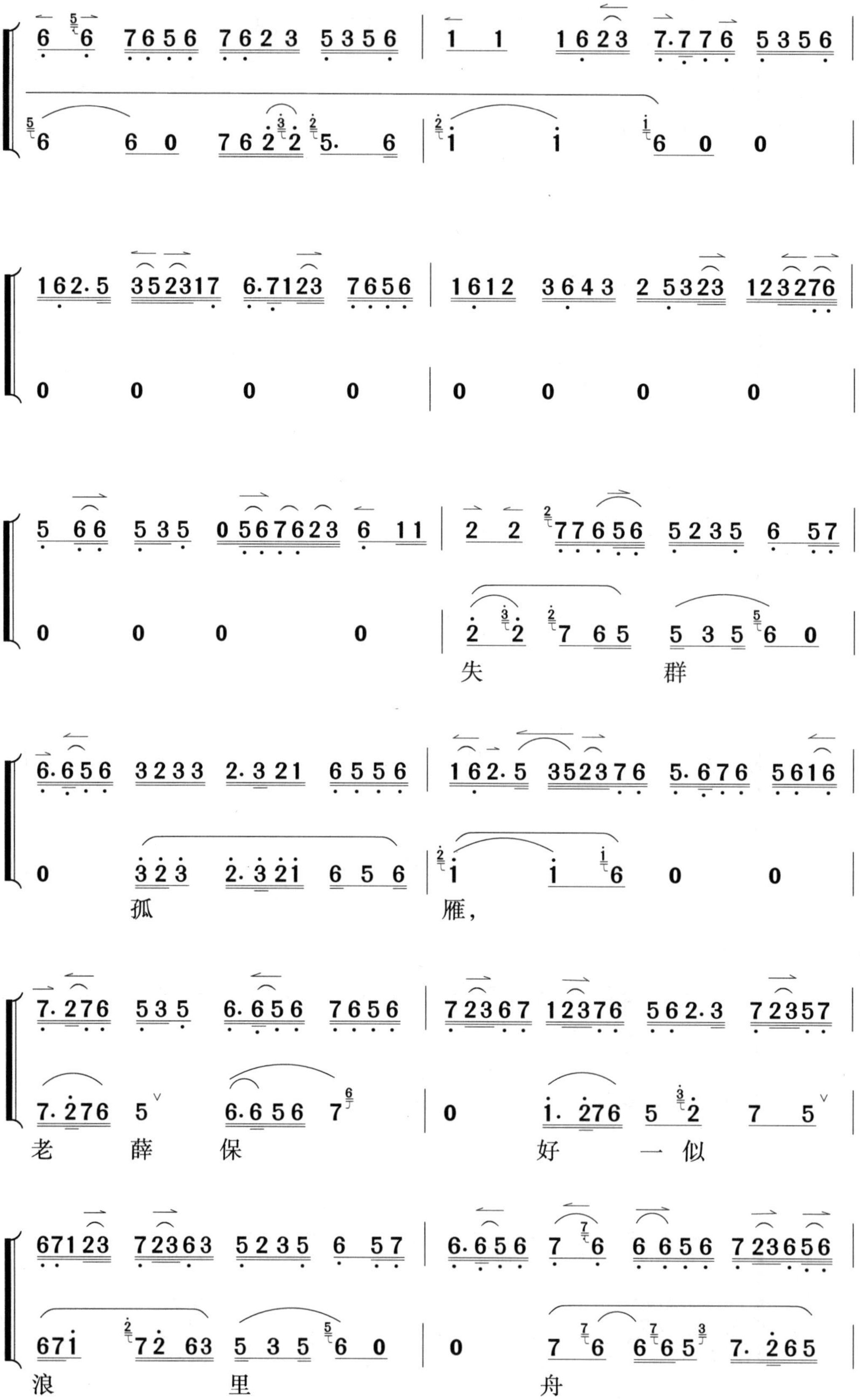
失 群
孤 雁，
老 薛 保 好 一 似
浪 里 舟

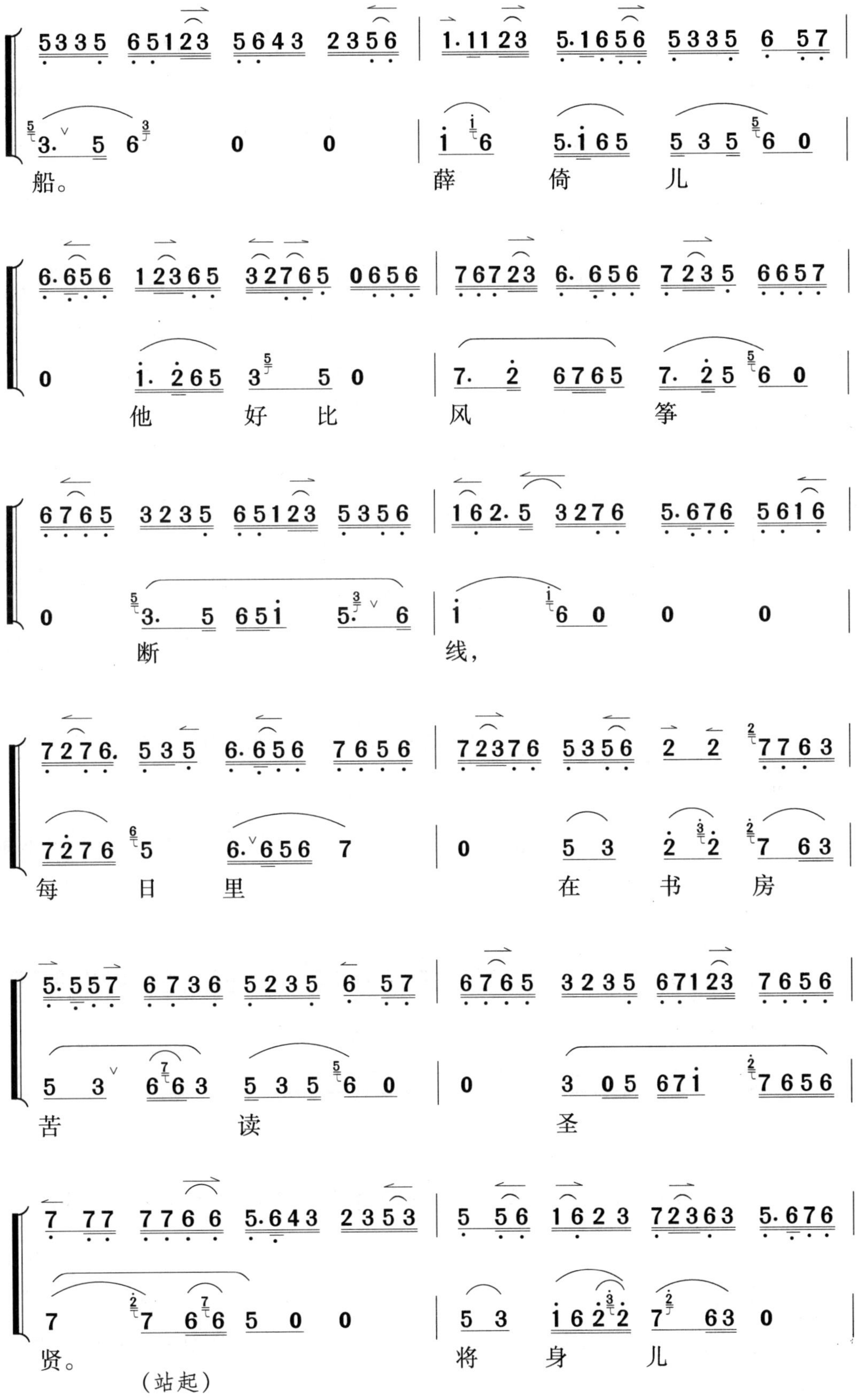
船。 薛 倚 儿
他 好 比 风 筝
断 线，
每 日 里 在 书 房
苦 读 圣
贤。
（站起）
将 身 儿

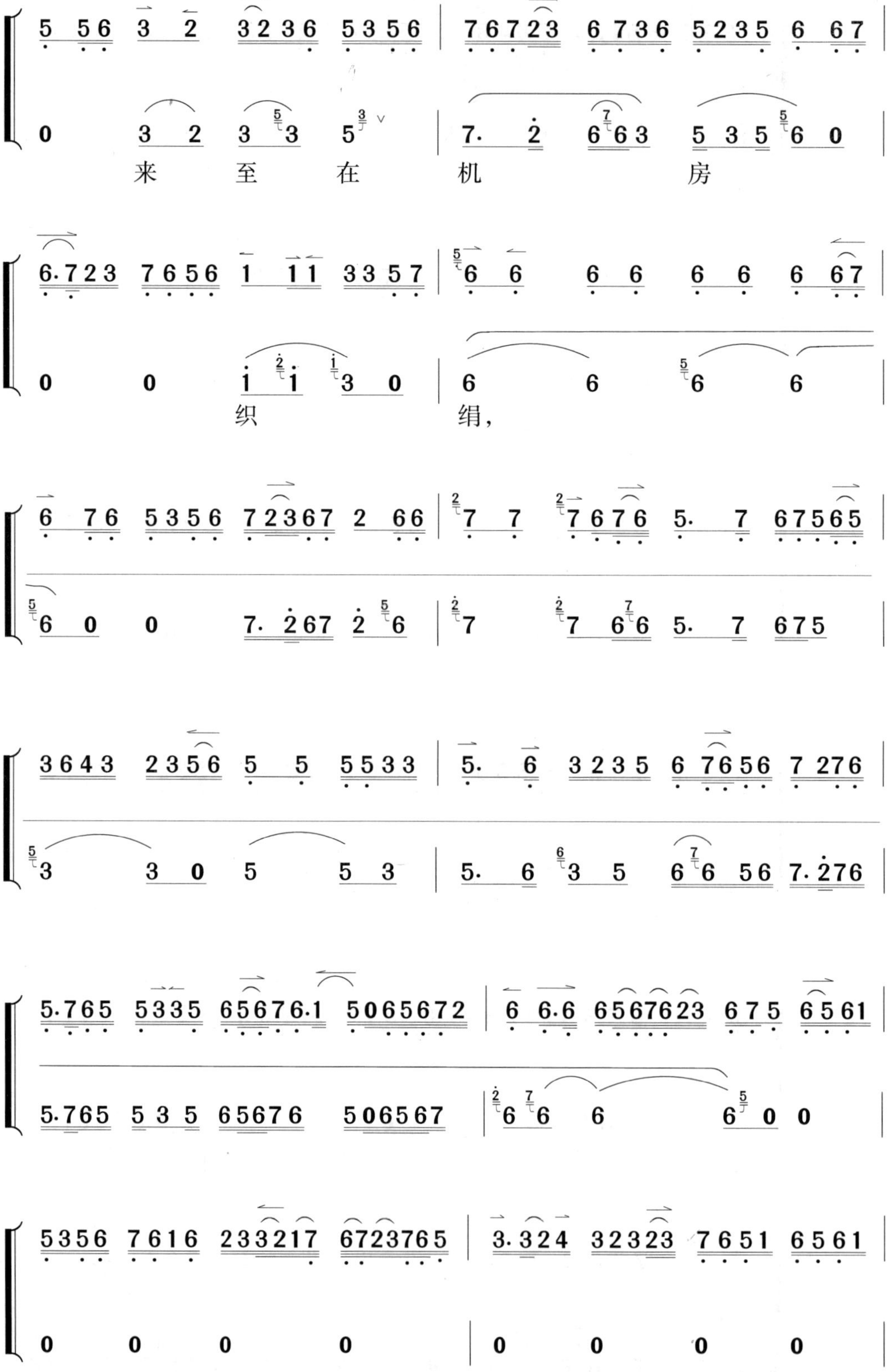

（向左走半圆场表示进机房。至“下场门”机床后的椅子坐下，抚摸一下架上的白绢幅面）

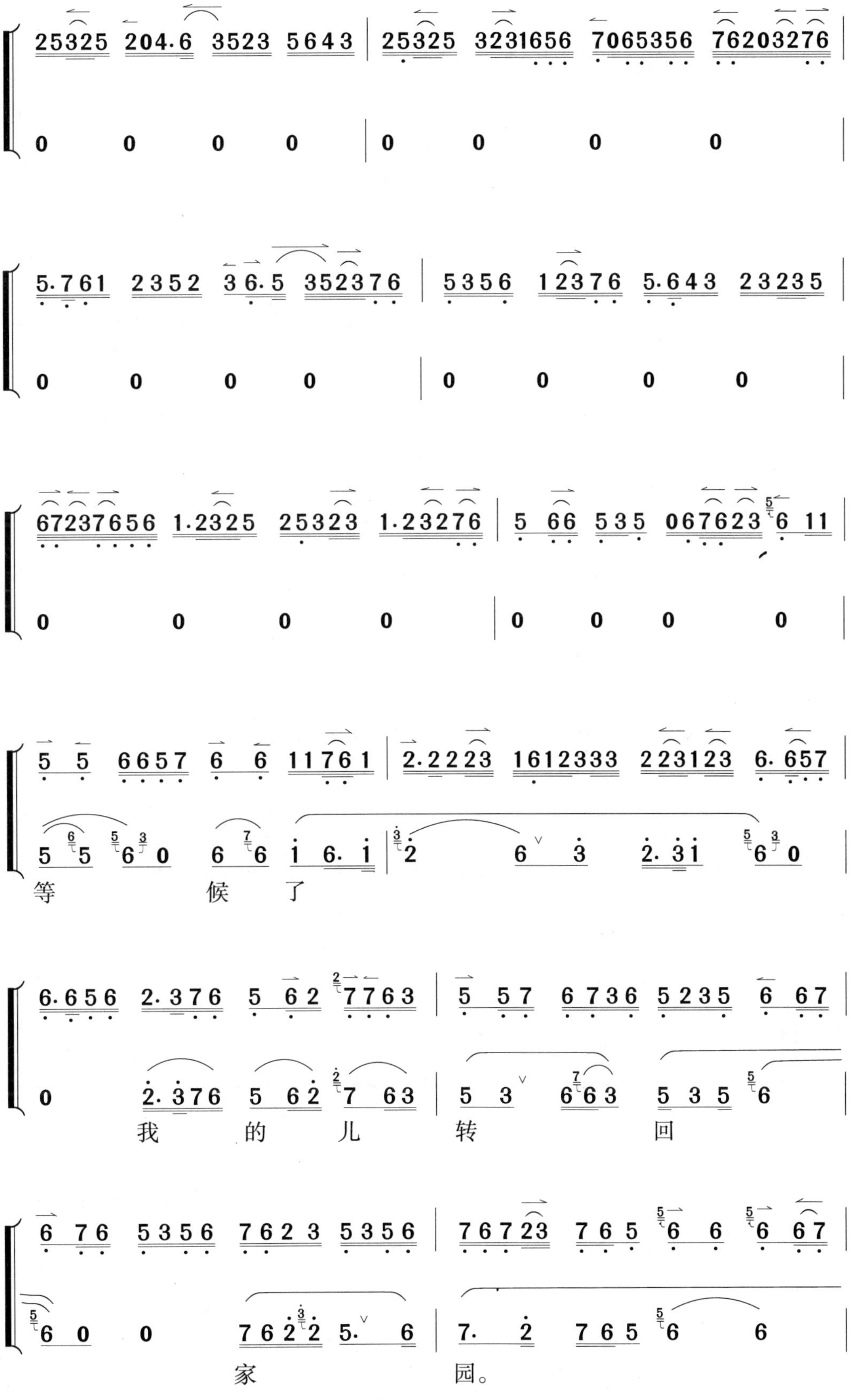
等 候 了
我 的 儿 转 回
家 园。

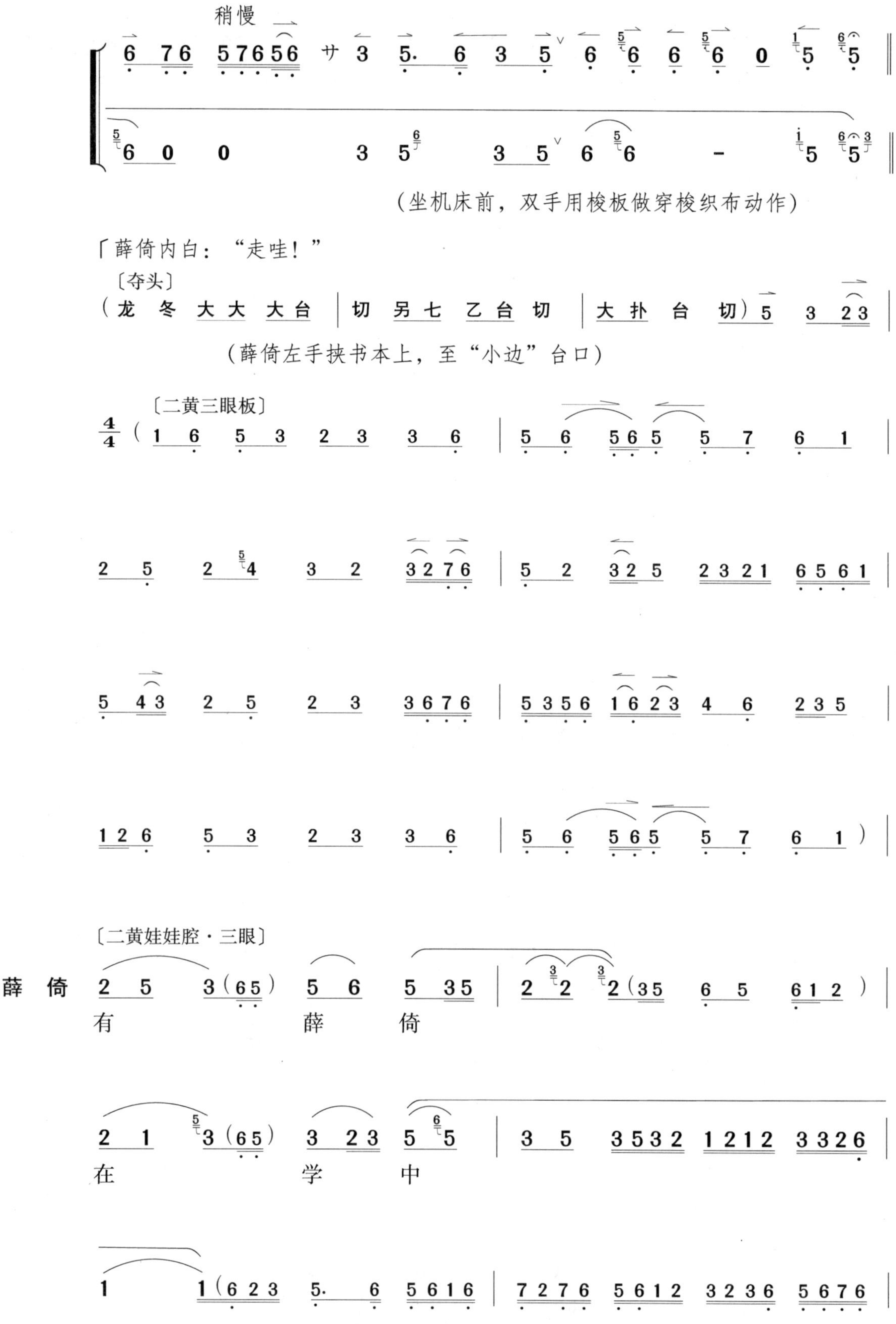
稍慢
（坐机床前，双手用梭板做穿梭织布动作）
〔薛倚内白："走哇！"
〔夺头〕
（龙 冬 大大 大台 切 另七 乙台 切 大扑 台 切）
（薛倚左手挟书本上，至"小边"台口）
〔二黄三眼板〕
〔二黄娃娃腔·三眼〕
薛倚
有 薛 倚
在 学 中

三娘教子

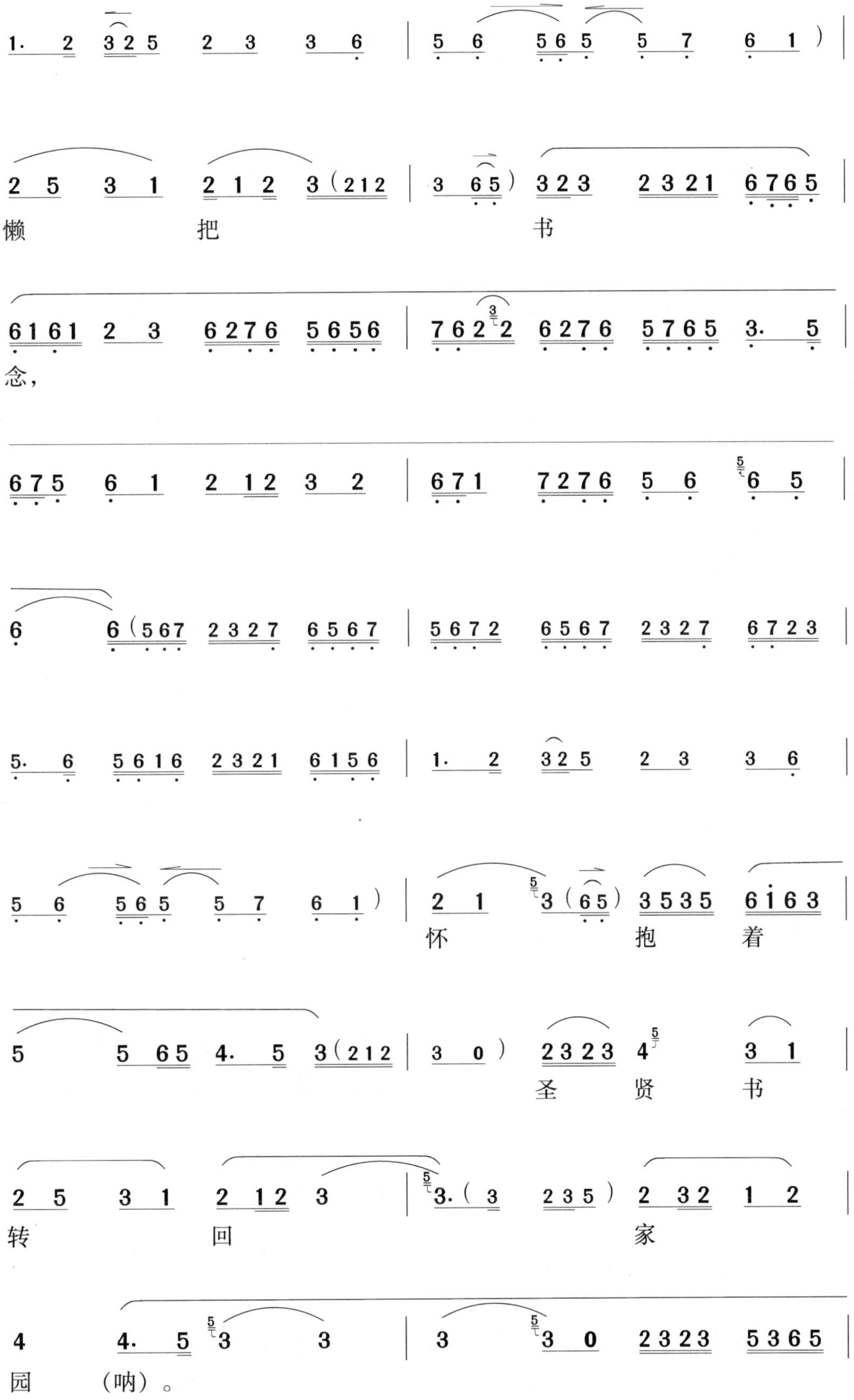

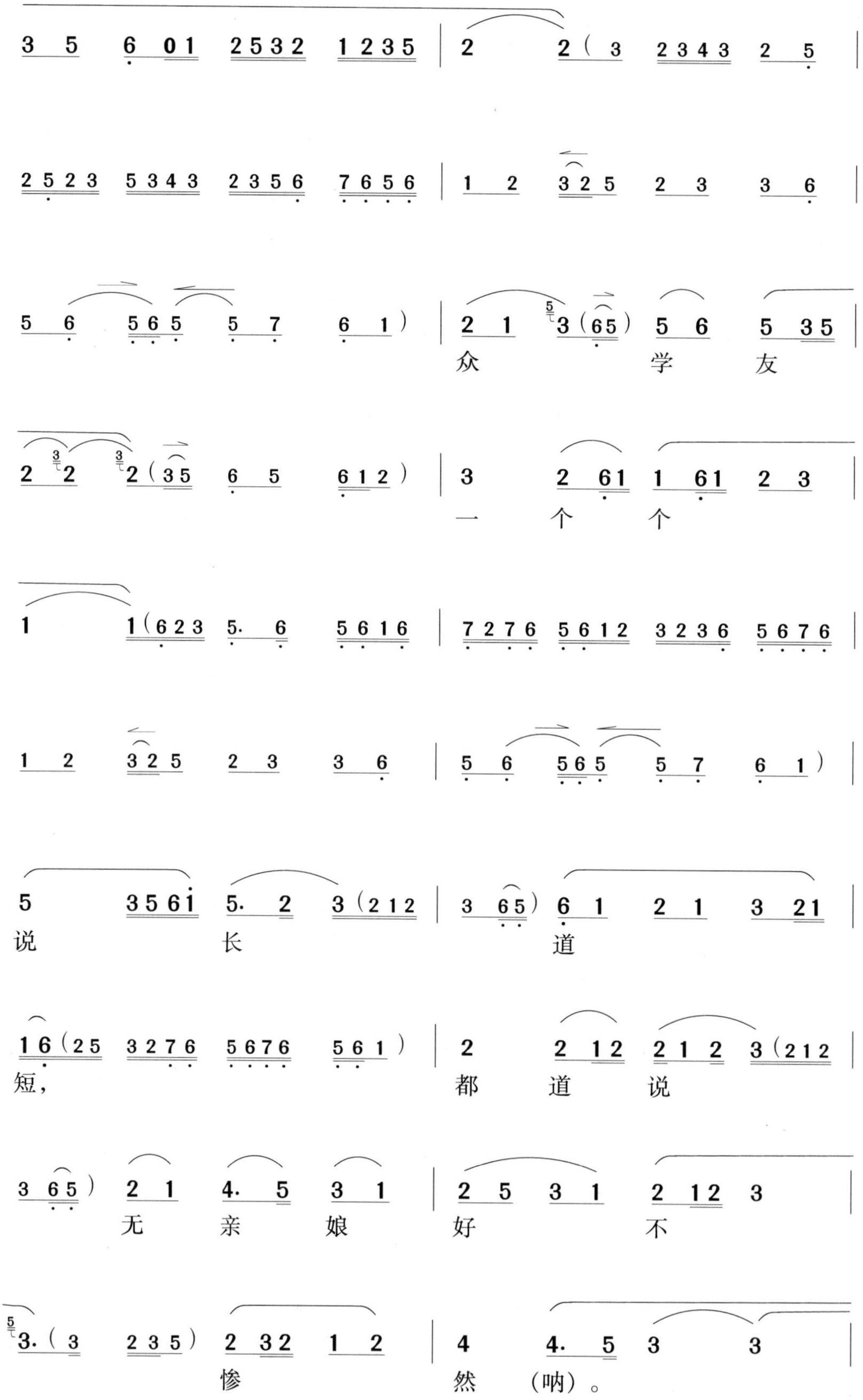

众 学 友
一 个 个
说 长 道
短，
都 道 说
无 亲 娘 好 不
惨 然（呐）。

三娘教子

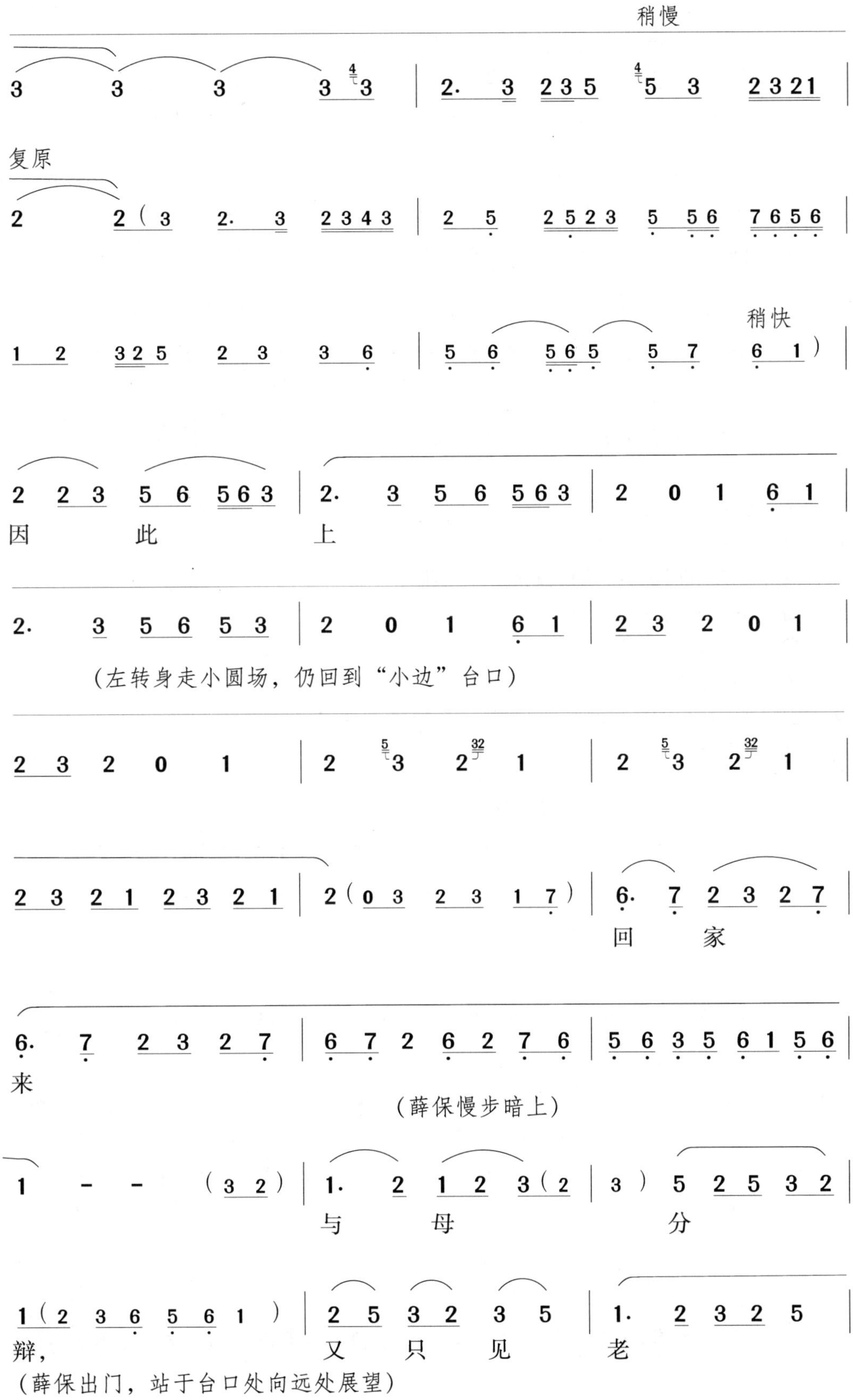
稍慢
复原
稍快
因 此 上
（左转身走小圆场，仍回到“小边”台口）
回 家
来
（薛保慢步暗上）
与 母 分
辩，
又 只 见 老
（薛保出门，站于台口处向远处展望）

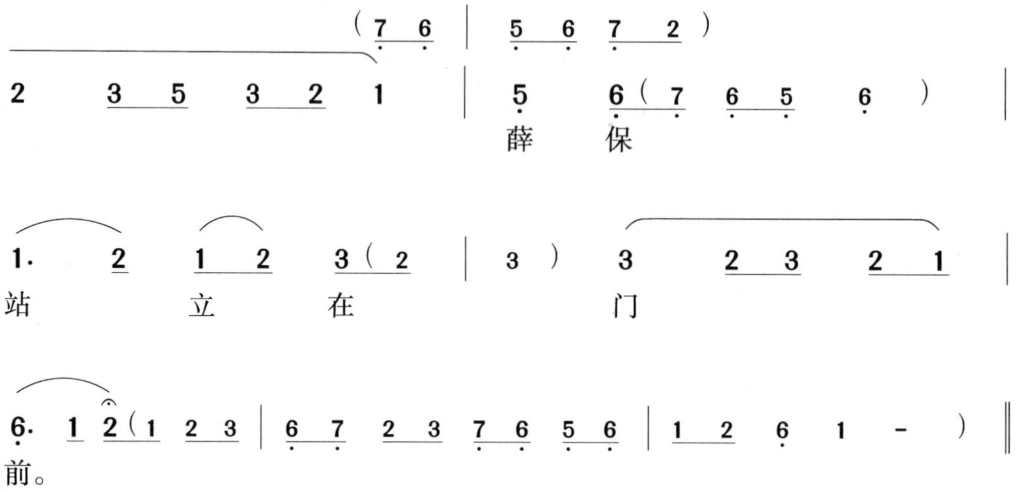

薛　保　这般时候还不见我家少东人回来?
薛　倚　薛保。
薛　保　(转面)东人回来了?
薛　倚　回来了。我妈哪?
薛　保　现在机房织绢。随老奴前去用饭哪。
薛　倚　不,先见我妈再去吃饭。
薛　保　好,就要来呀!
薛　倚　我就来。
薛　保　(招手)就要来呀!哈……(回身进门由“上场门”下)
薛　倚　是啦!

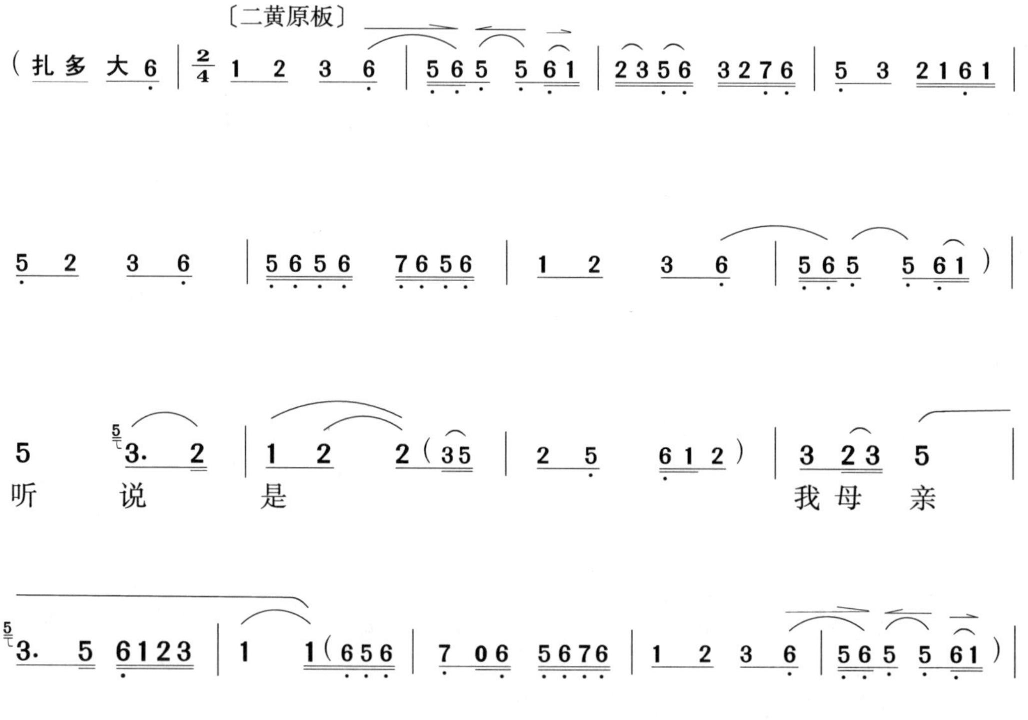

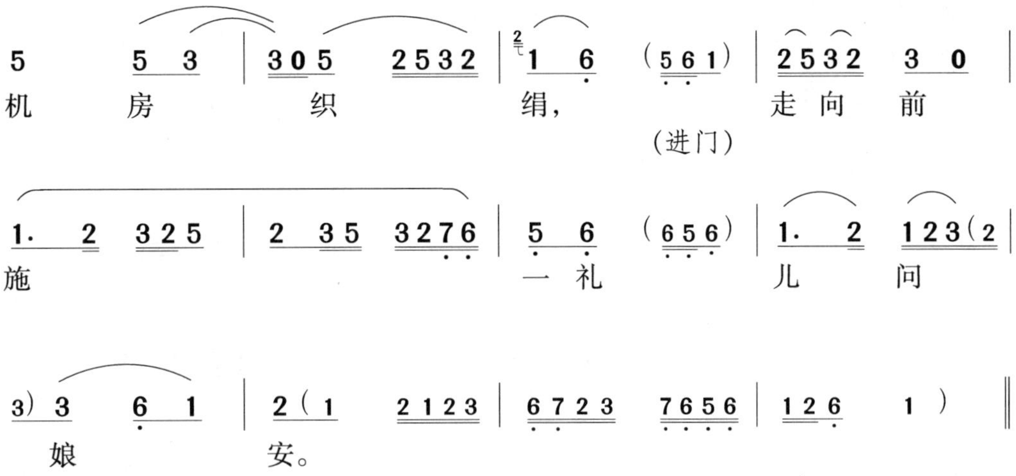

（白）参见母亲！（大大 | 大大 | 大大乙 | 台 －）
（躬身施礼）

王春娥 儿呀，回来了？

薛　倚 回来啦。（大大 大大乙 | 台 －）

王春娥 为何今日下学甚早？

薛　倚 老师不在学堂，故而下学甚早。

王春娥 嗯，如此拿书来背。

薛　倚 妈呀！吃了饭再背吧。（随手拿出书本）

王春娥 背罢书再去用饭。（将欲接过书本）

薛　倚 背就嘚儿背（大台）（扔书交王春娥）

王春娥 脸朝外站。（翻开书页）

薛　倚 脸朝外站就脸朝外站。（转身面向外）

王春娥 背呀！

薛　倚 我忘了书尾啦。

王春娥 敢是提头？（看一下书页上字句）

薛　倚 对啦，妈呀！您提问我一句吧。

王春娥 曾子曰："吾日三省吾身。"

薛　倚 曾子曰："吾日三省吾身"，吾日三省吾身……

王春娥 "为"……

薛　倚 妈呀！是喂猫呀?还是喂狗啊?

王春娥 "为人谋而不忠乎。"

薛　倚 不忠乎来，不忠乎，妈妈娘你好糊涂！

王春娥 嗯！（大大 大大乙 | 台 －）往下背！

薛　倚 往下背！

王春娥 叫你往下背！

薛　倚 叫你往下背！

王春娥 哇！（大台）（站起）实指望在南学攻书，不想儿在外面贪玩；贪玩不甚紧要，岂不误了儿的终身。还不与我跪下！

薛　倚　跪就嘚儿跪。（大大 大大乙 | 台 －）（跪下）
王春娥　唉！畜生哪！（用手一指薛倚）

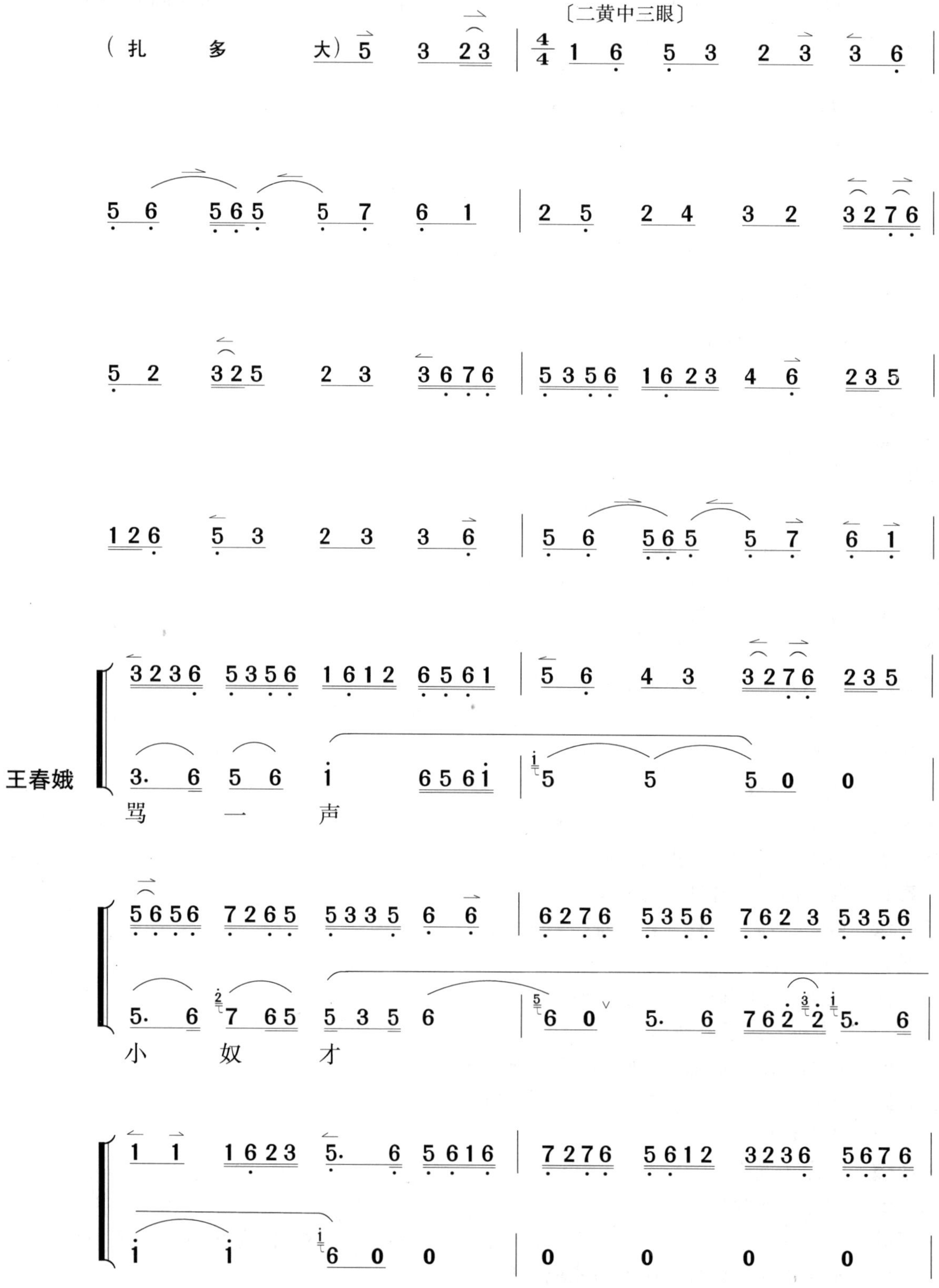

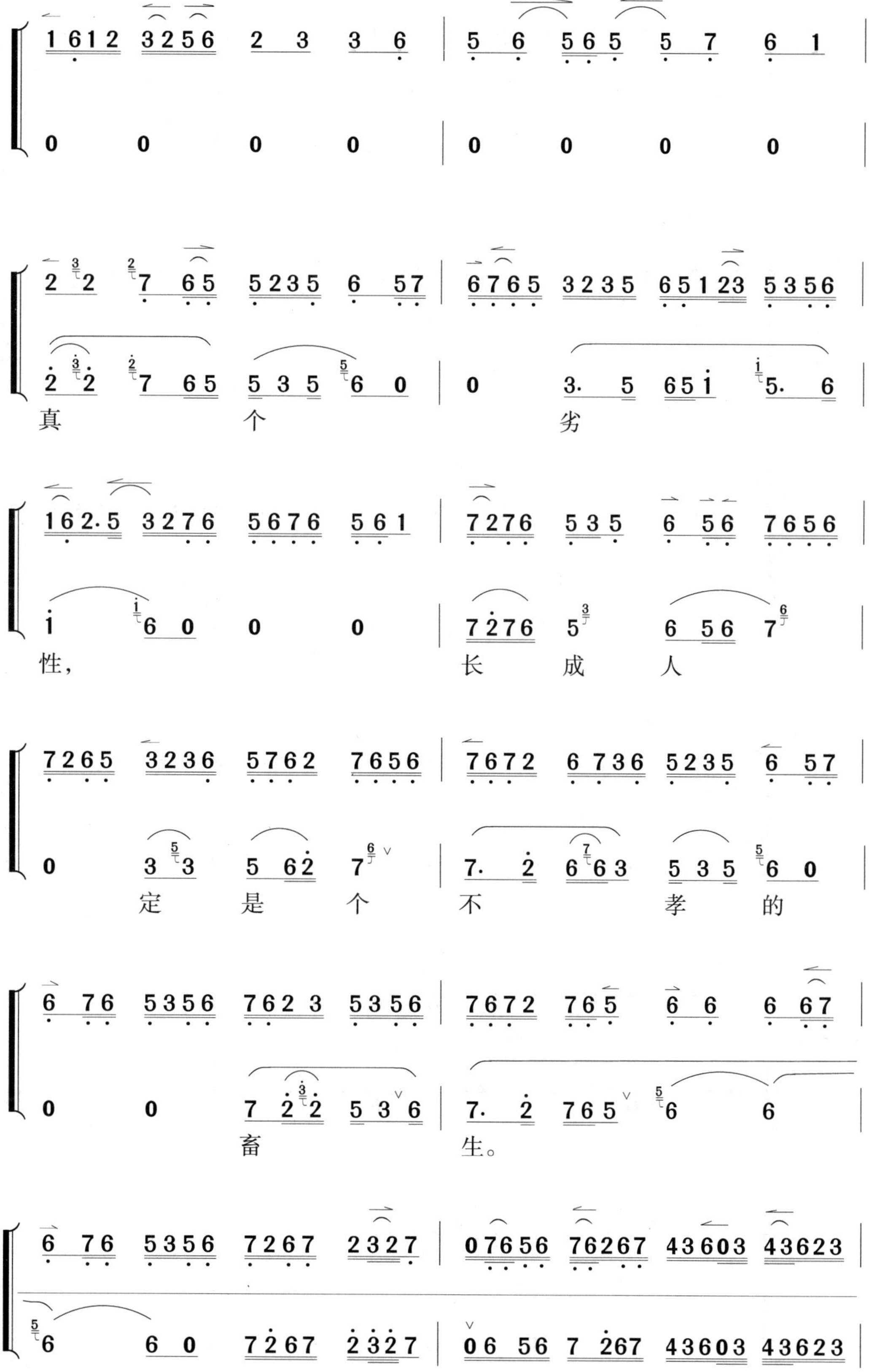
真 个 劣
性，
长 成 人
定 是 个 不 孝 的
畜 生。

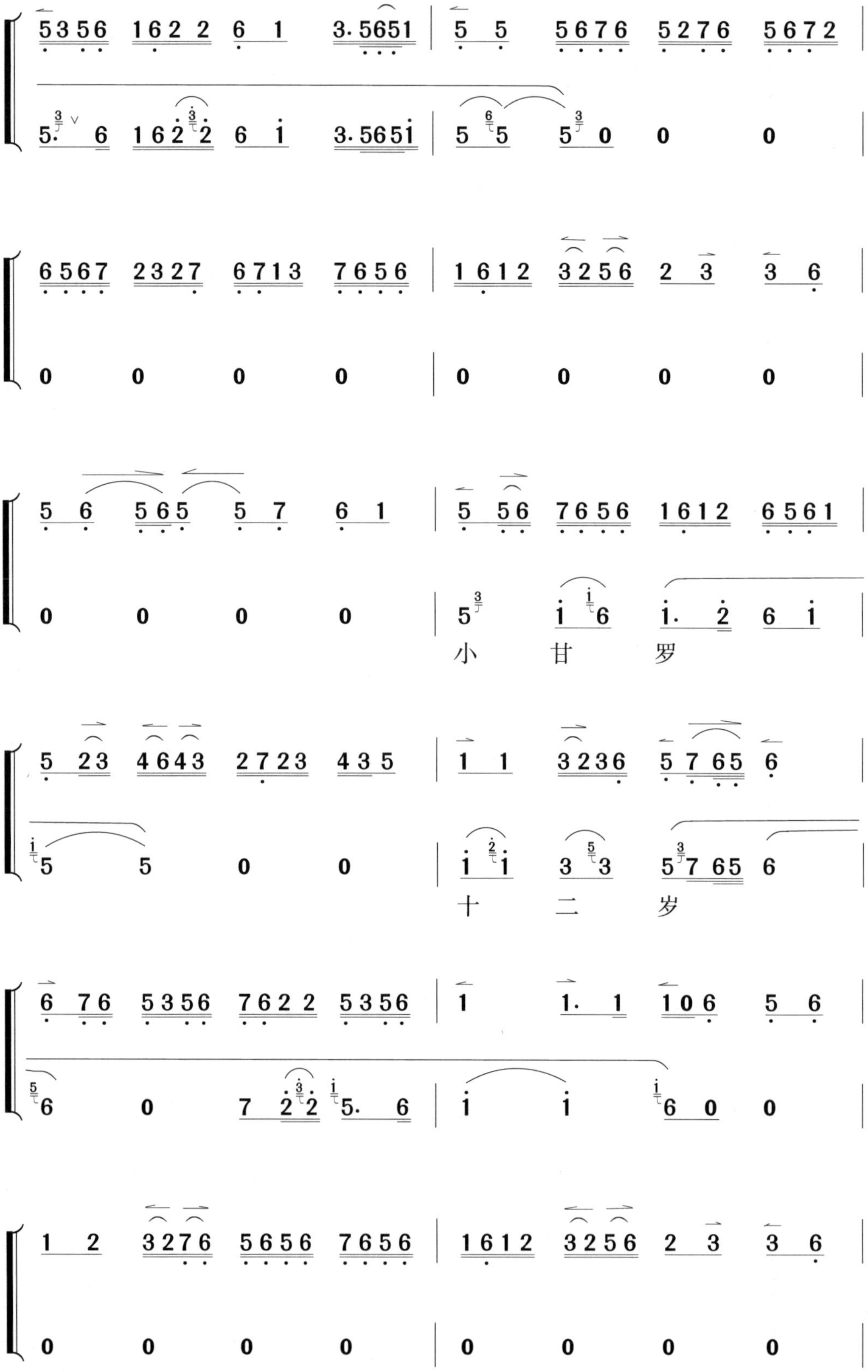
小 甘 罗
十 二 岁

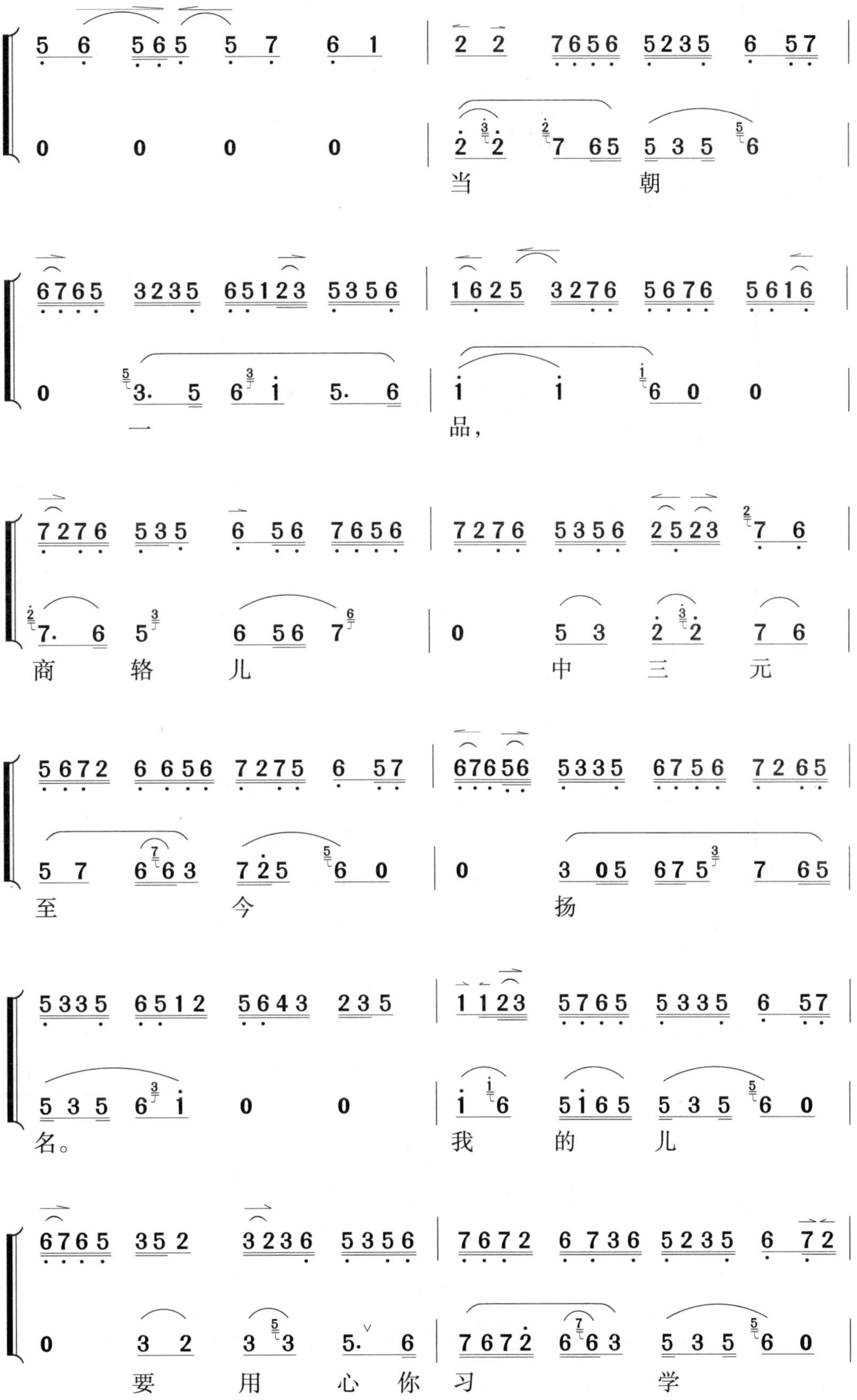
当 朝
一 品，
商 辂 儿 中 三 元
至 今 扬
名。我 的 儿
要 用 心 你 习 学

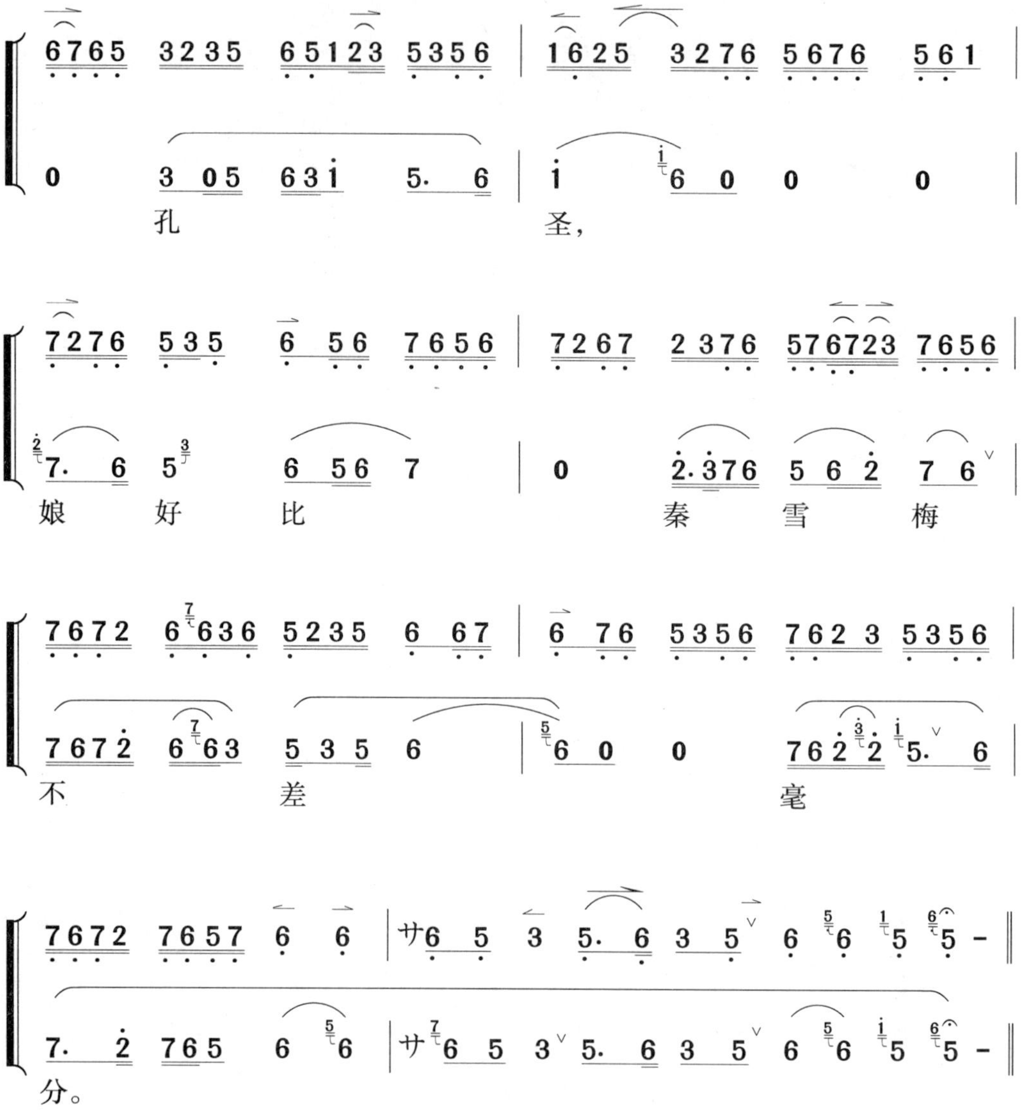

（白）罢！

【小锣凤点头】

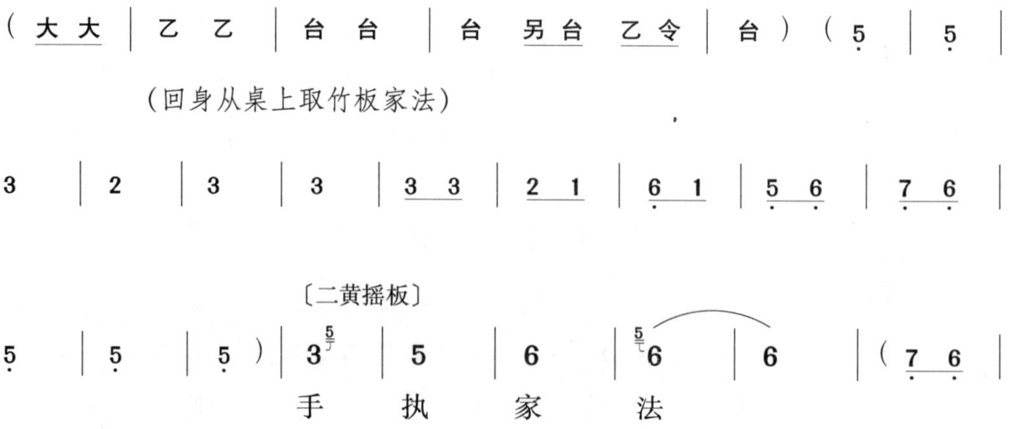

5 7 | 6) | 6 | 6 | 5 | 6 | 6 | i - - - |

将 儿 来 打，

（举起家法欲打下，薛倚一挥手）

〔二黄摇板〕

薛　倚　【小锣凤点头】（过门同前）2 | 2 | 1 | 2 | 1 | 2 | 3 |

你 打 人 家 孩 儿

2 | 3 | 2 1 | 6 | 1 | 2 | (5 | 6 1 | 2) ‖

好 不 害 羞。

薛　倚　妈呀！你要打，生一个打，养一个打，打人家的孩儿好不害臊哟！

（ 大 大 | 大 大 | 大大 乙 多 罗. | 台 － ）

（王春娥一惊）

王春娥　儿呀！这两句话，是哪个教导与你的？

薛　倚　我饭也会吃，书也会念，难道这两句话我就不会说了吗？（ 大 大 大大 乙 | 台 － ）

王春娥　嗳！话倒是两句好话，可惜儿讲迟了！

薛　倚　今天你要是不打我，我还不说哪！（ 大 大 大大 乙 | 台 － ）

王春娥　天哪！——（抽泣）

〔二黄快三眼〕

（ 扎 多 大）5 3 2 | 4/4 1 6 5 3 2 3 3 6 |

薛倚白：“天哪，玩去了！”

5 6 5 5 0 5 6 1 | 2 5 2 5 3 2 3 6 |

（薛倚跑下。王春娥把家法放回桌上）

5 6 3 5 2 1 6 1 | 5 6 2 5 3 2 7 6 |

5 6 1 6 5 5 3 2 | 1 2 3 5 2 3 3 6 |

5 6 5 5 0 5 6 1 | 5 1 1 5 6 1 |

0 0 0 0 | 5 i i 6 i |

小 奴 才

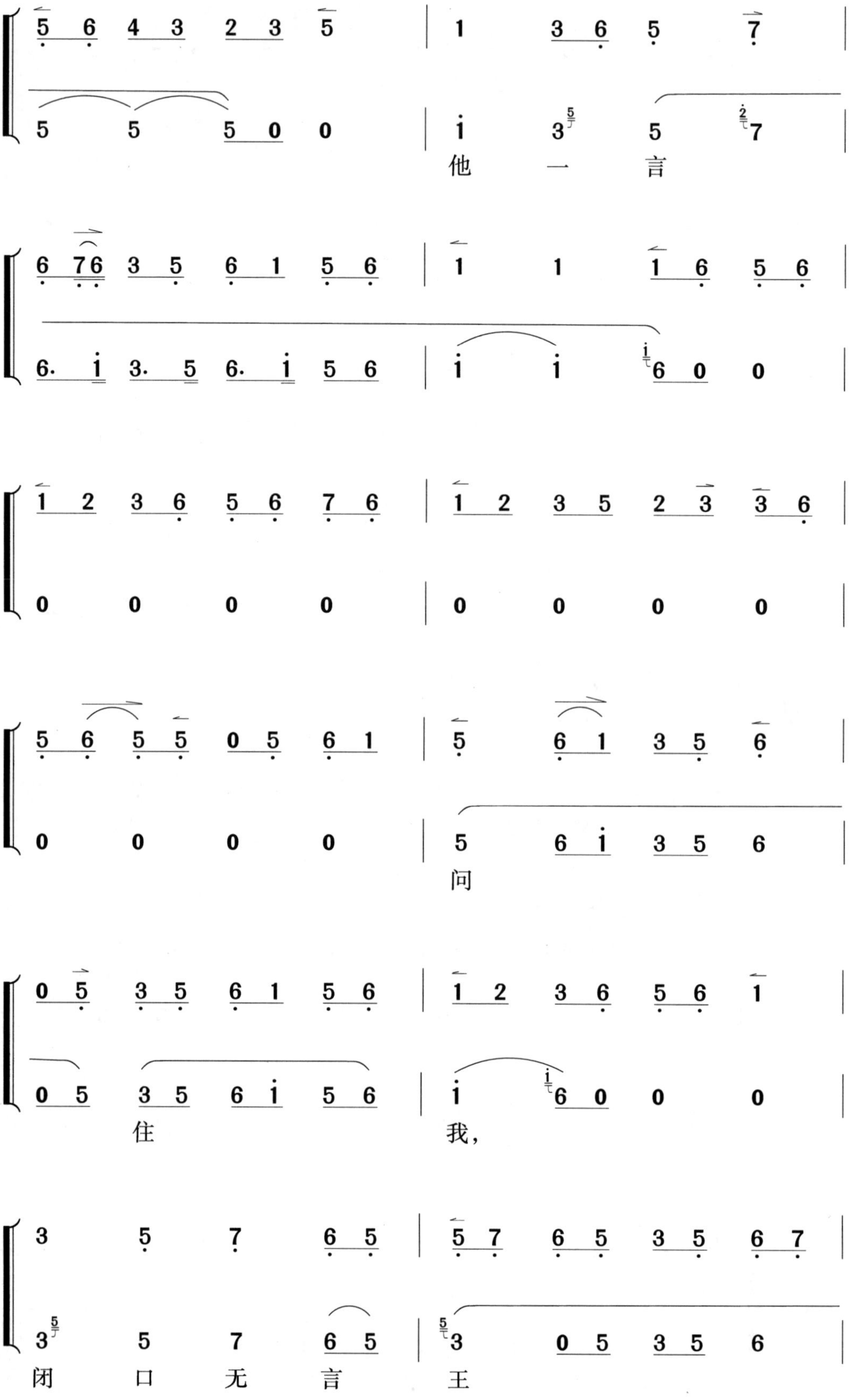
他 一 言
问
住 我，
闭 口 无 言 王

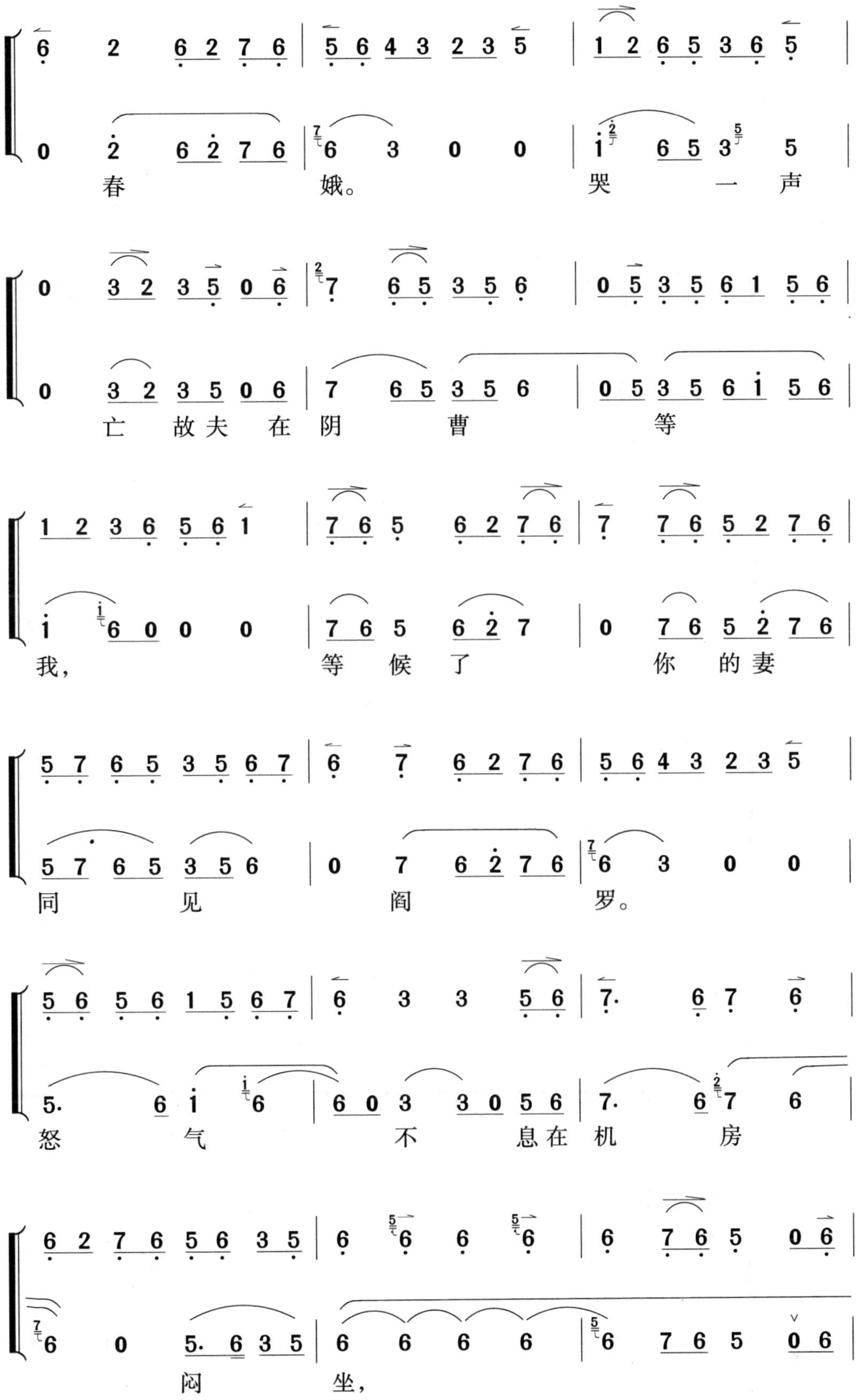
春 娥。哭 一 声
亡 故夫 在 阴 曹 等
我，等 候 了 你 的妻
同 见 阎 罗。
怒 气 不 息在 机 房
闷 坐，

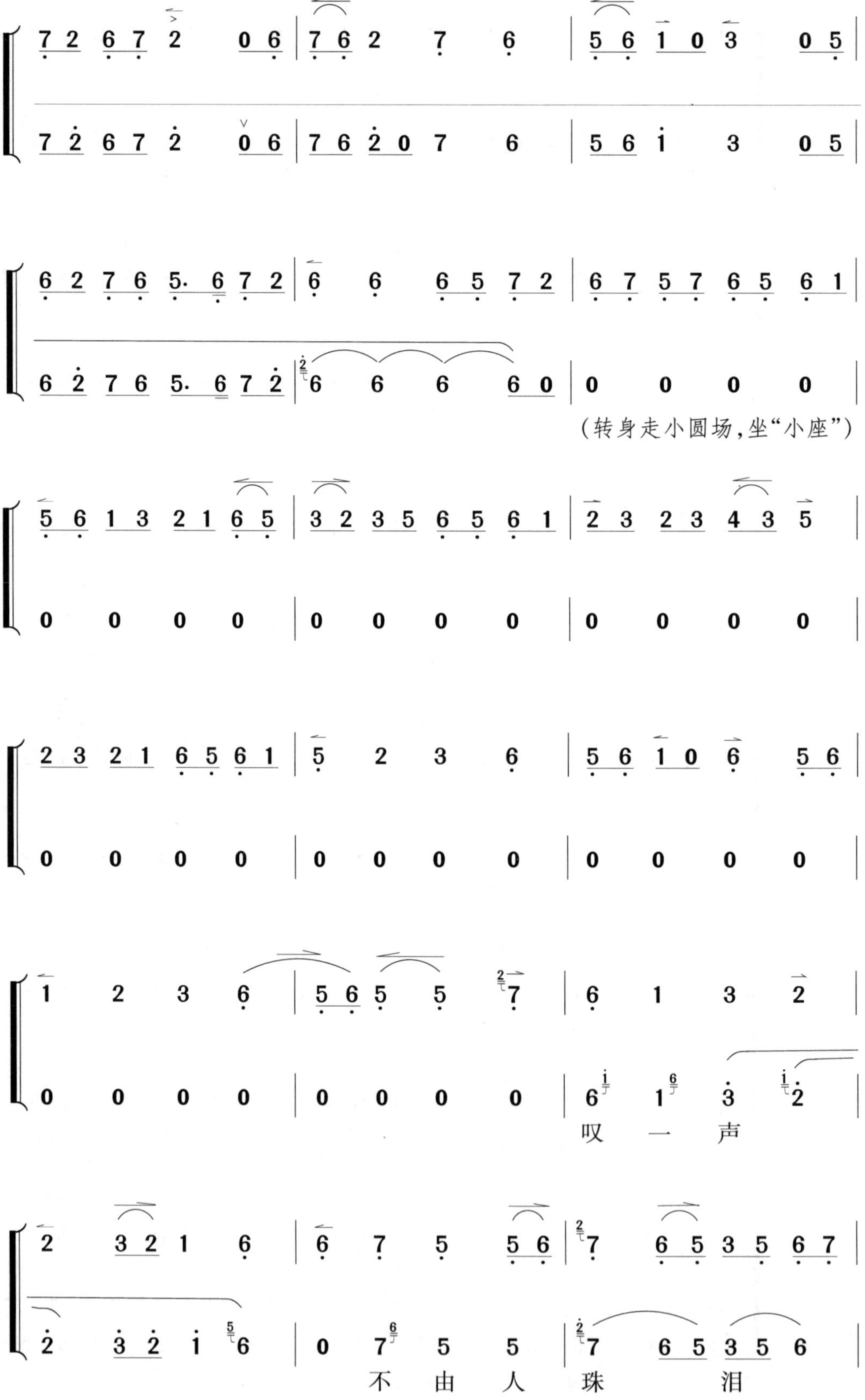
（转身走小圆场，坐“小座”）
叹一声
不由人珠泪

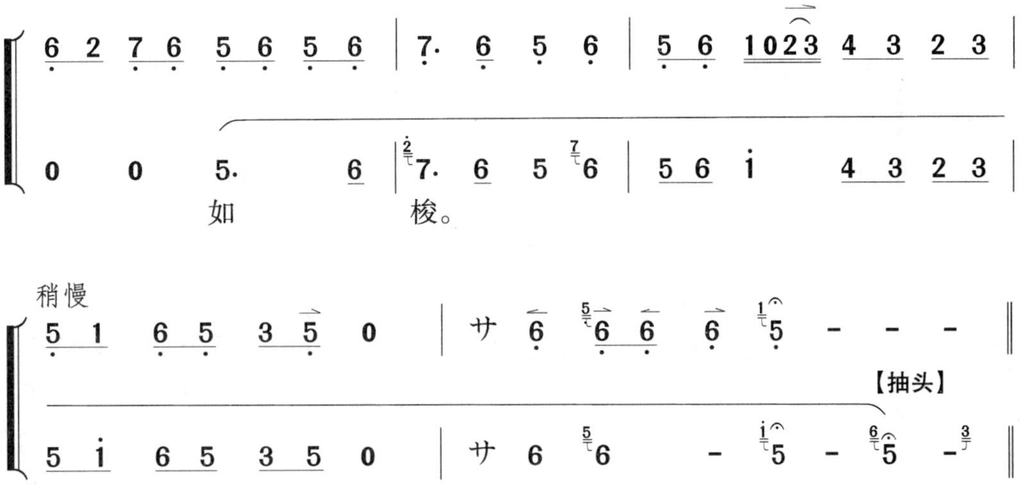

（哭）喂呀……

「【抽头转饶钹夺头】薛保“上场门”上，至“小边”前。

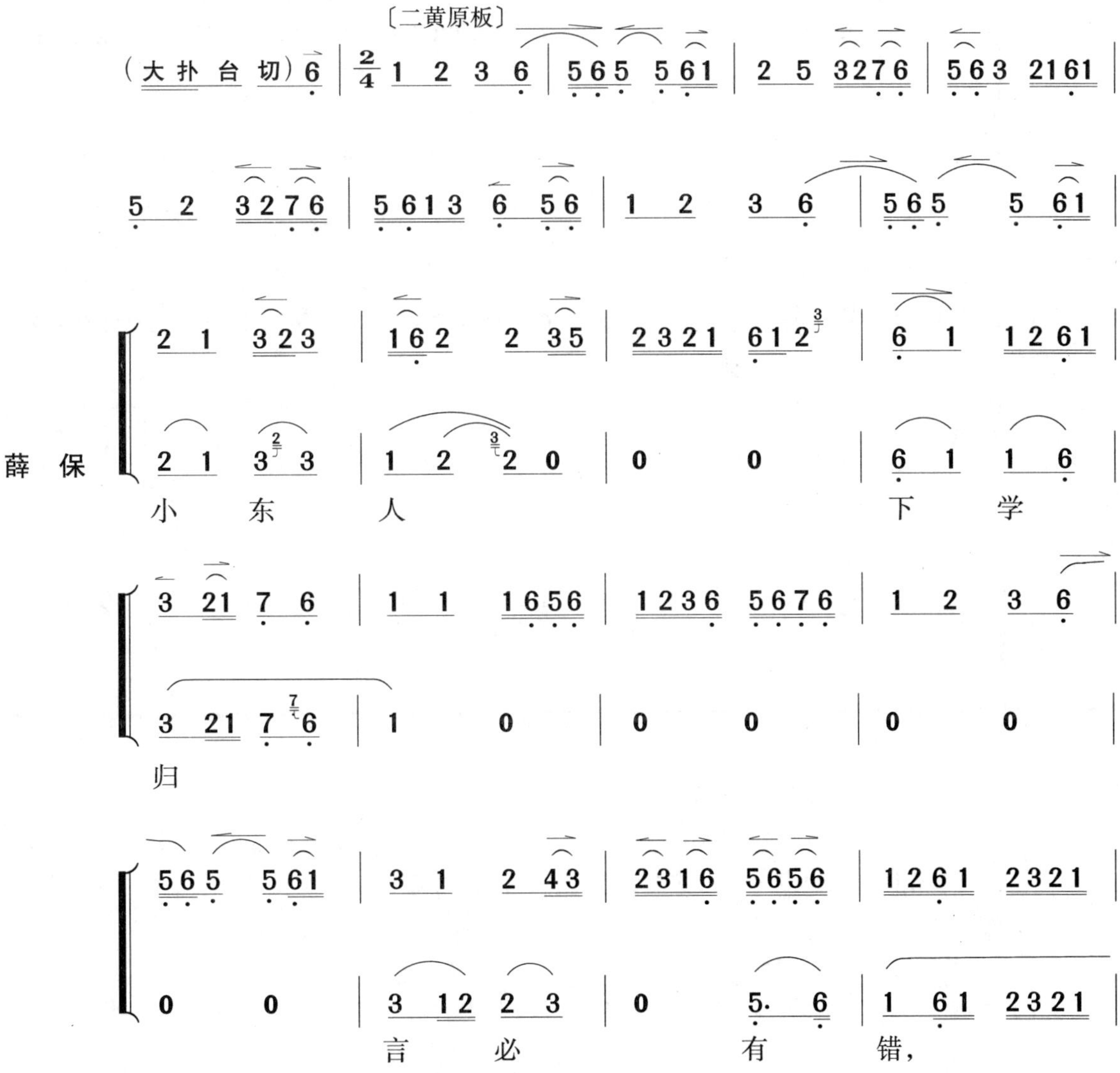

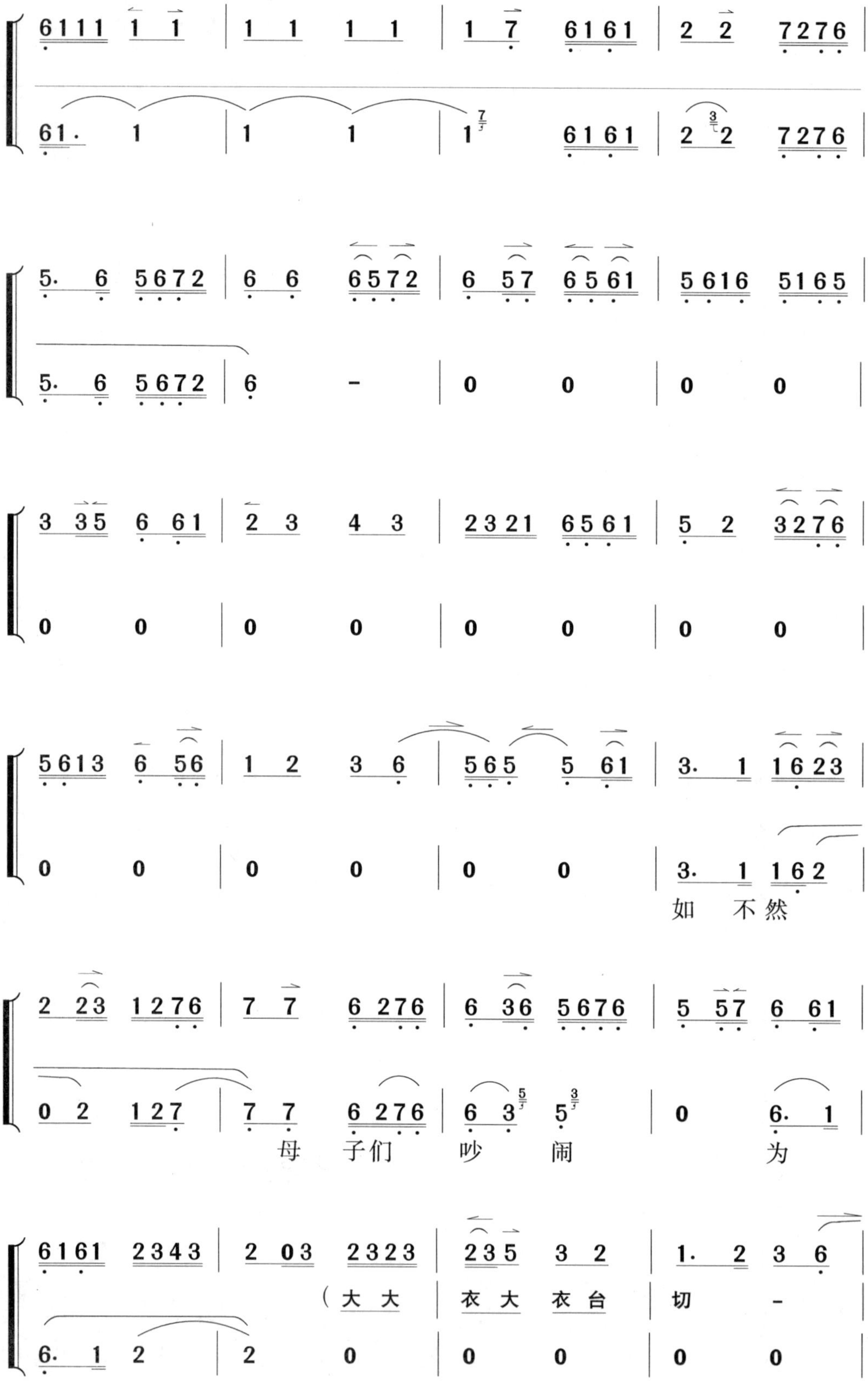

何？ 王春娥哭：“喂呀！” （薛保忽听到王春

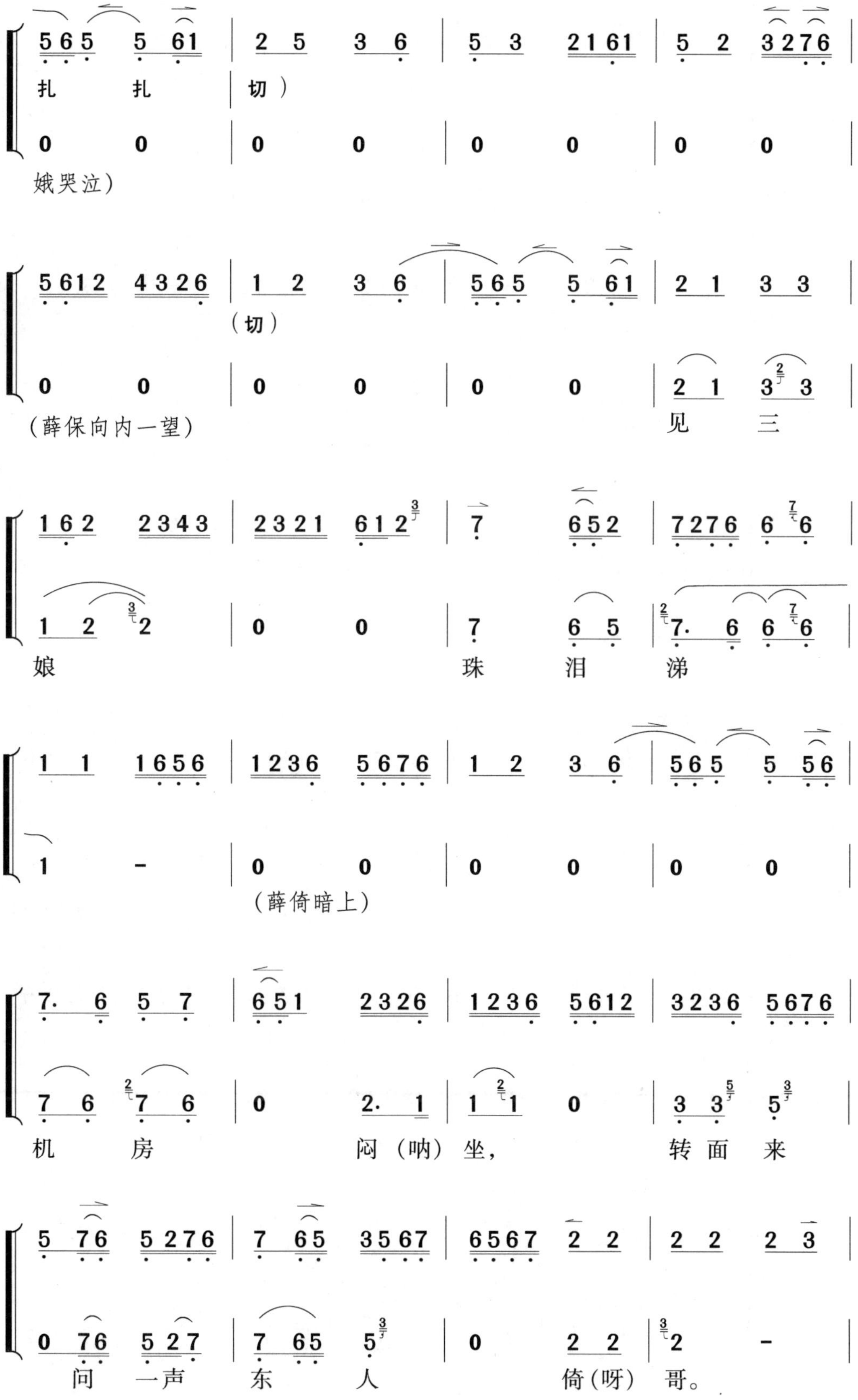
扎 扎 切）
娥哭泣）
（切）
（薛保向内一望）
见 三
娘
珠 泪 涕
（薛倚暗上）
机 房 闷（呐）坐，
转 面 来
问 一声 东 人 倚（呀） 哥。

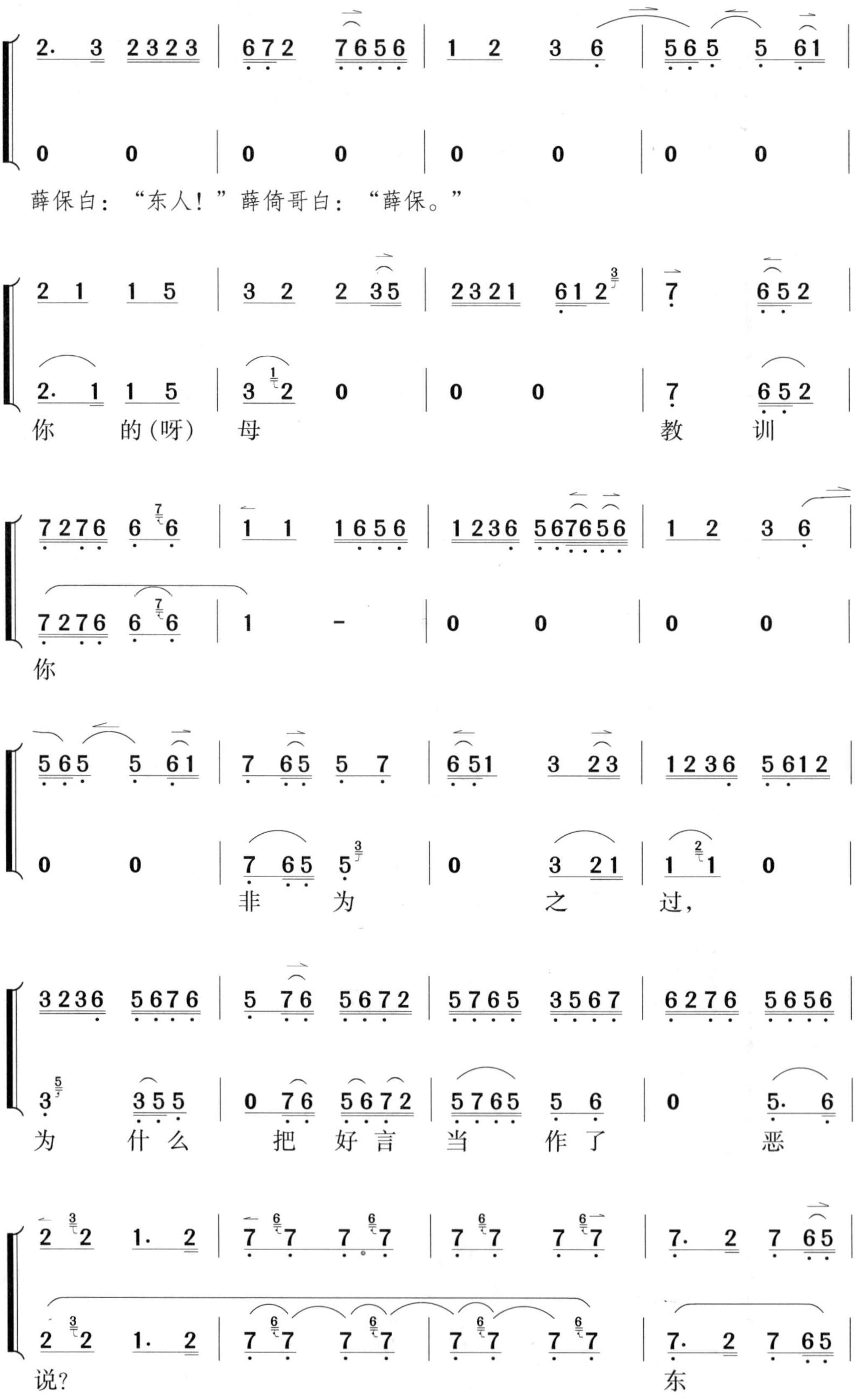
薛保白："东人！"薛倚哥白："薛保。"
你 的(呀) 母 教 训
你
非 为 之 过，
为 什么 把 好 言 当 作 了 恶
说？ 东

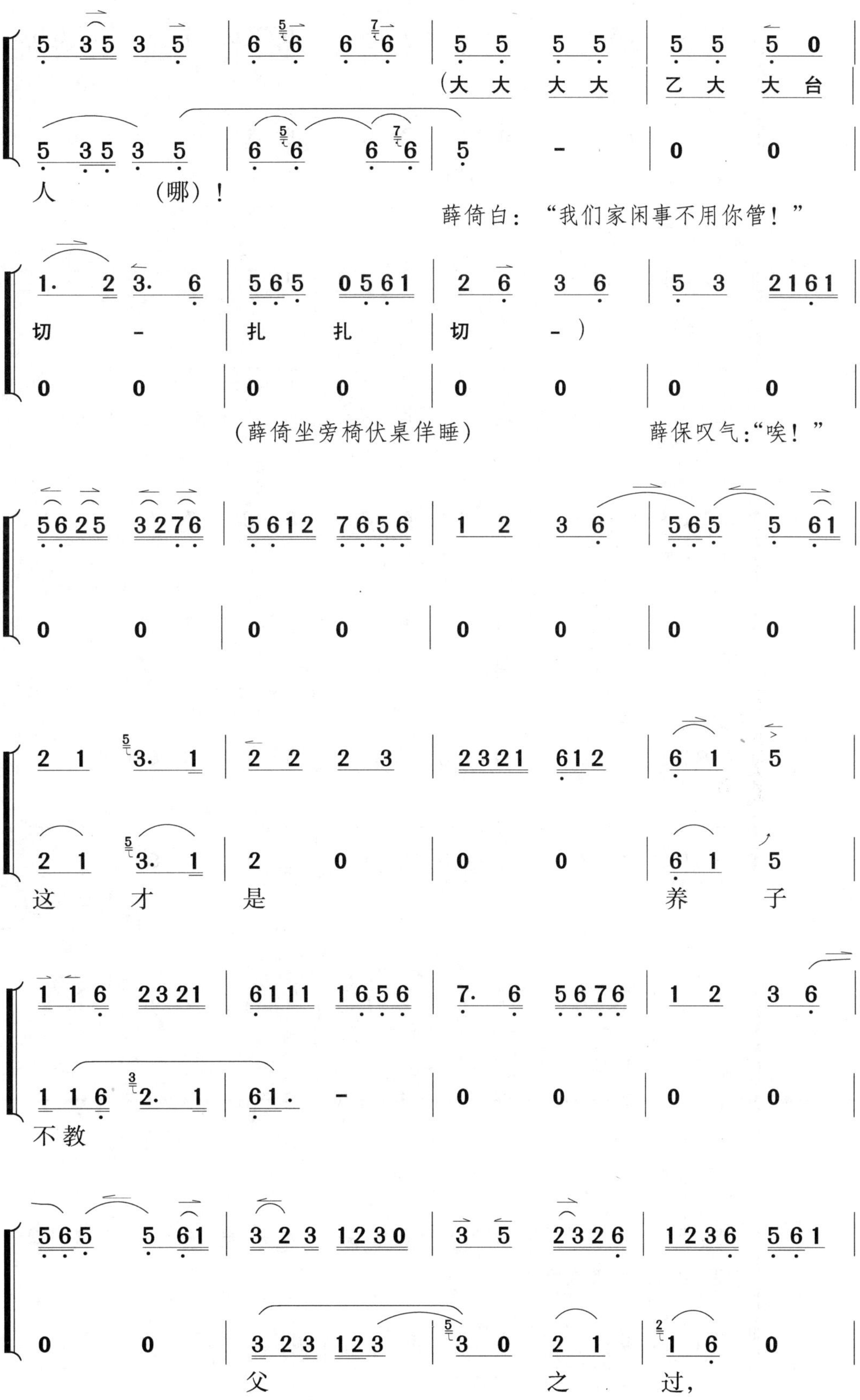
（大 大 大 大 | 乙 大 大 台
人 （哪）！
薛倚白：“我们家闲事不用你管！”
切 － | 扎 扎 | 切 － ）
（薛倚坐旁椅伏桌佯睡）
薛保叹气：“唉！”
这 才 是 养 子
不教
父 之 过，

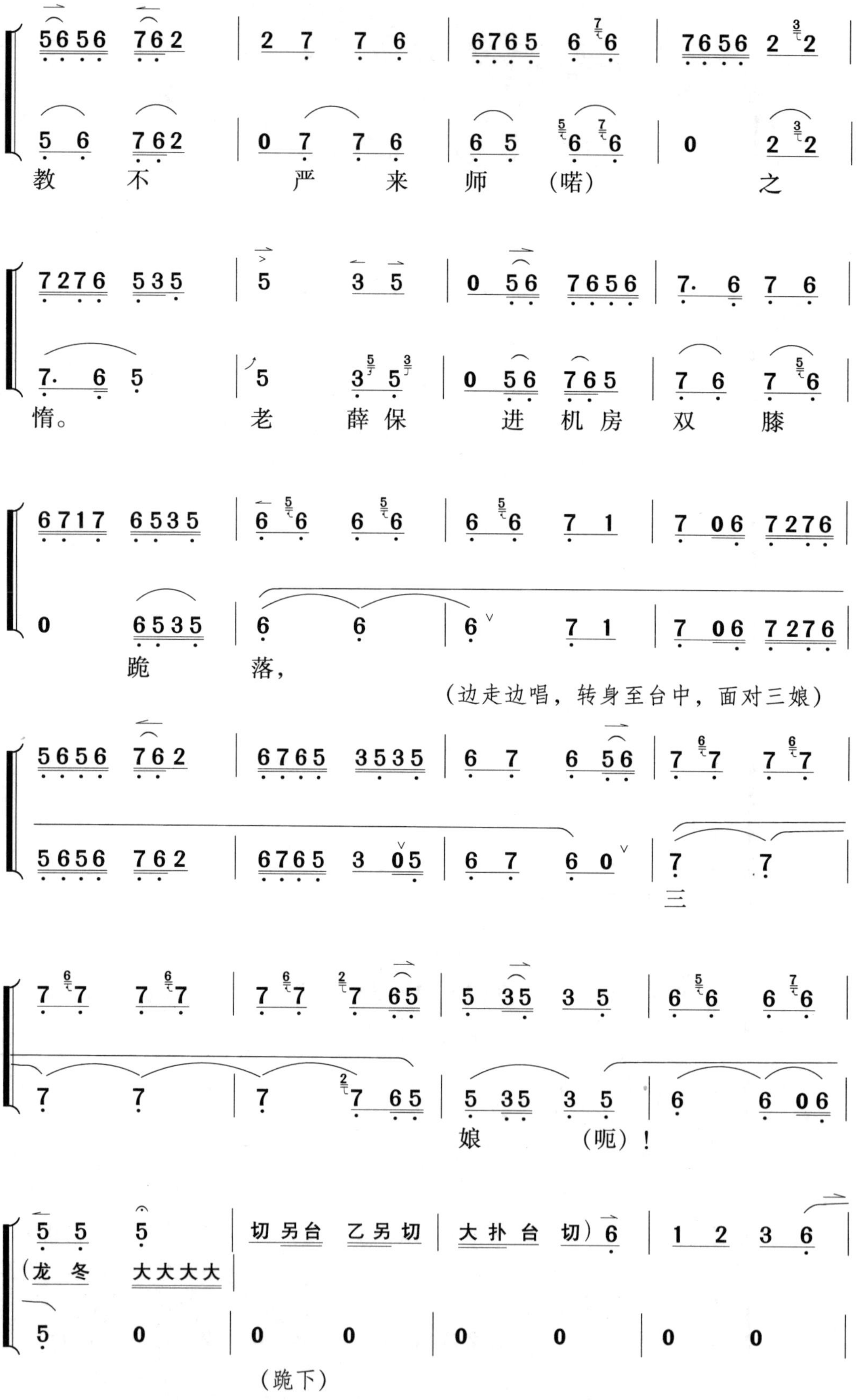
教 不 严 来 师 （喏） 之
惰。 老 薛保 进 机房 双 膝
跪 落，
（边走边唱，转身至台中，面对三娘）
三
娘 （呃）！
（龙 冬 大大大大
切另台 乙另切 大扑台 切）
（跪下）

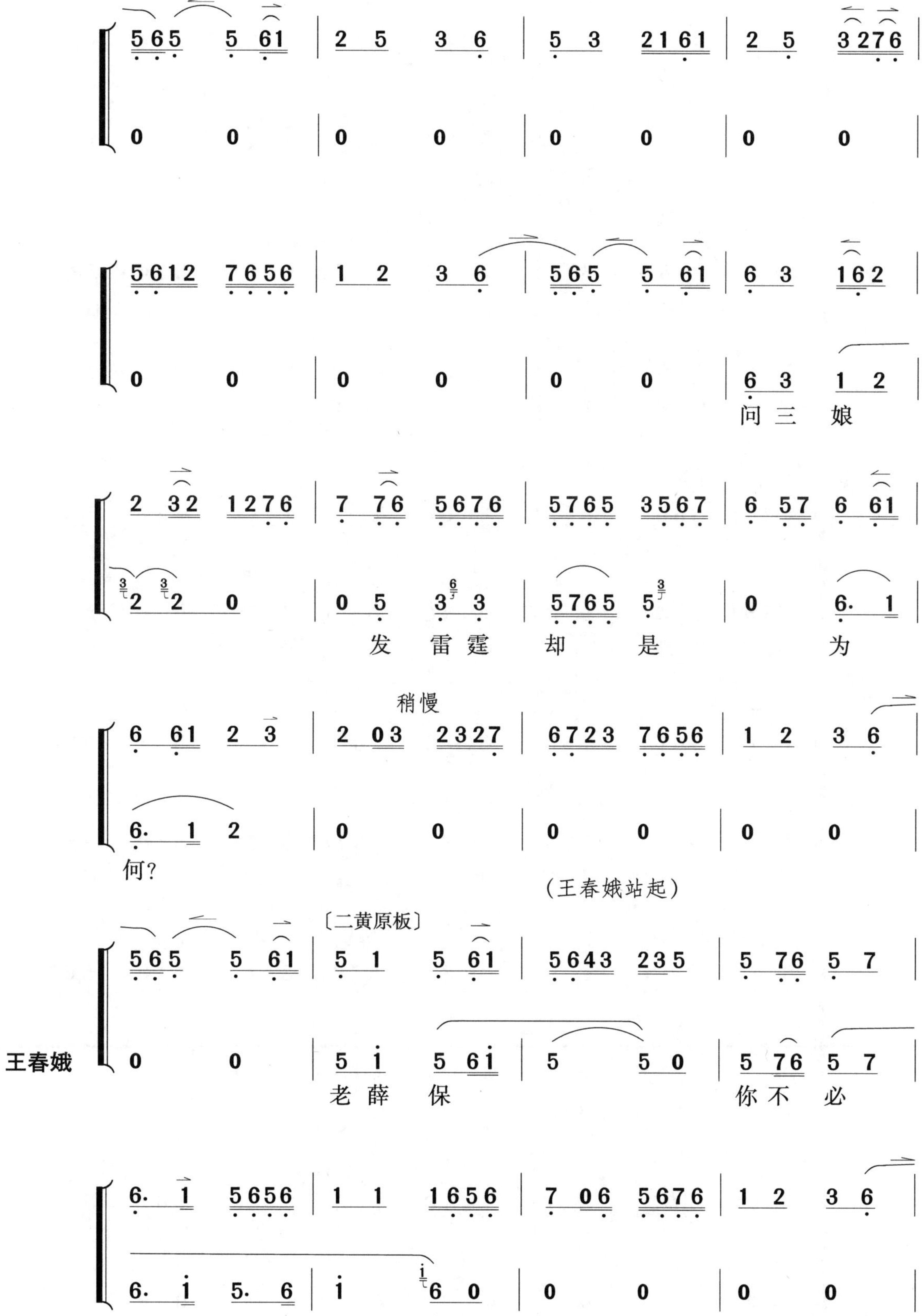
问三 娘
发 雷霆 却 是 为
稍慢
何?
(王春娥站起)
〔二黄原板〕
王春娥
老薛 保
你不 必

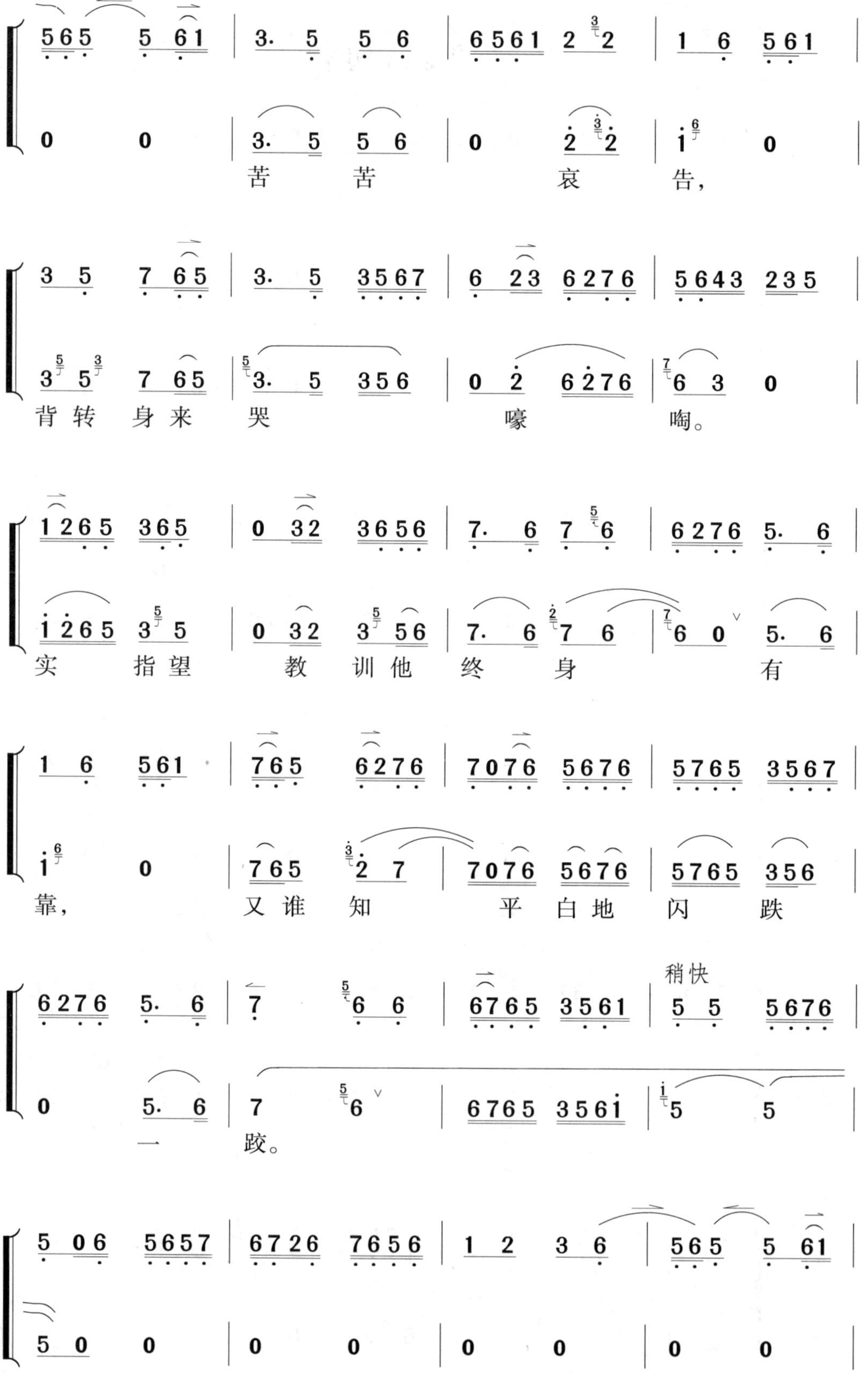
苦 苦 哀 告，
背 转 身 来 哭 嚎 啕。
实 指 望 教 训 他 终 身 有
靠，又 谁 知 平 白 地 闪 跌
稍快
一 跤。

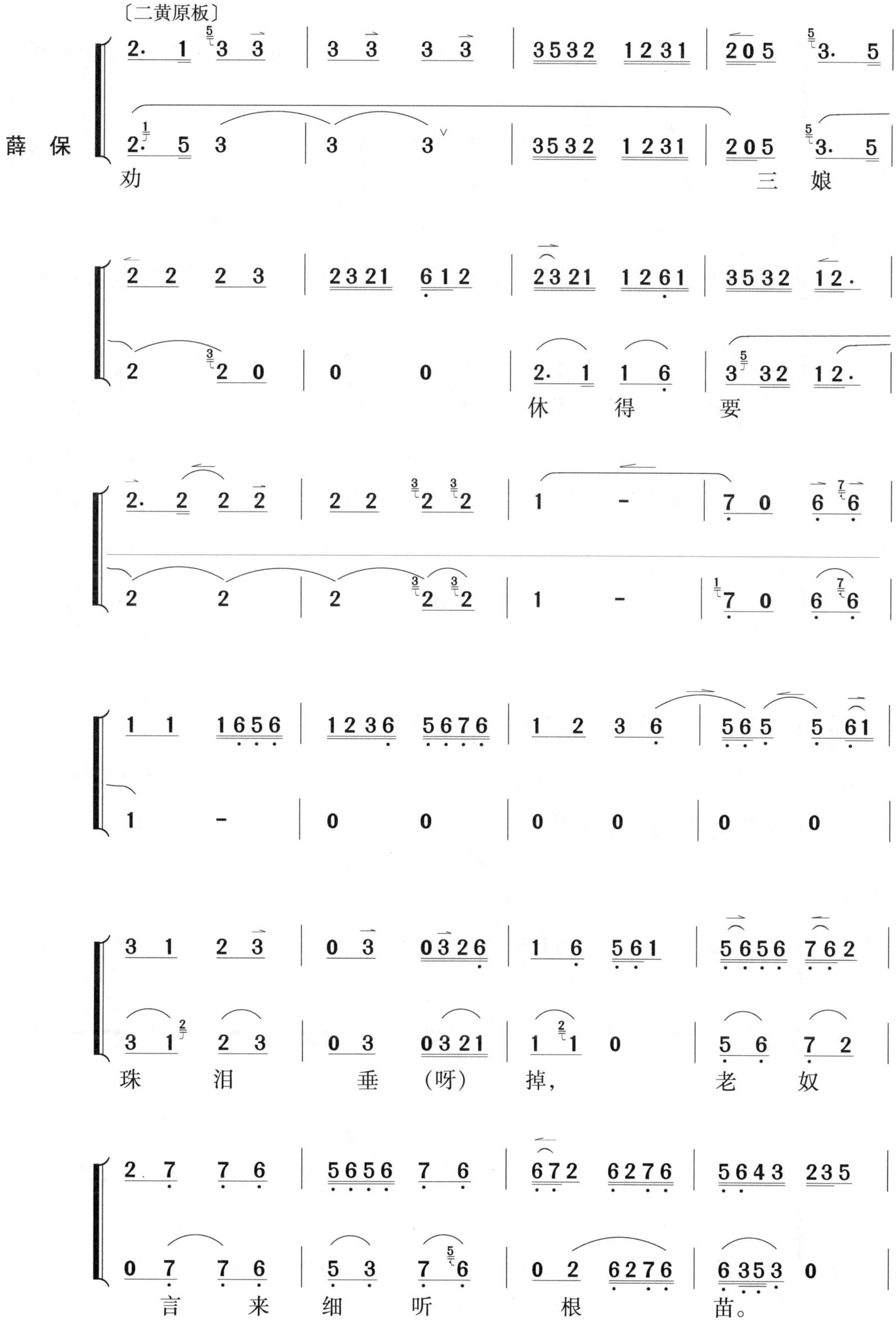
〔二黄原板〕
薛保
劝 三 娘
休 得 要
珠 泪 垂 （呀） 掉， 老 奴
言 来 细 听 根 苗。

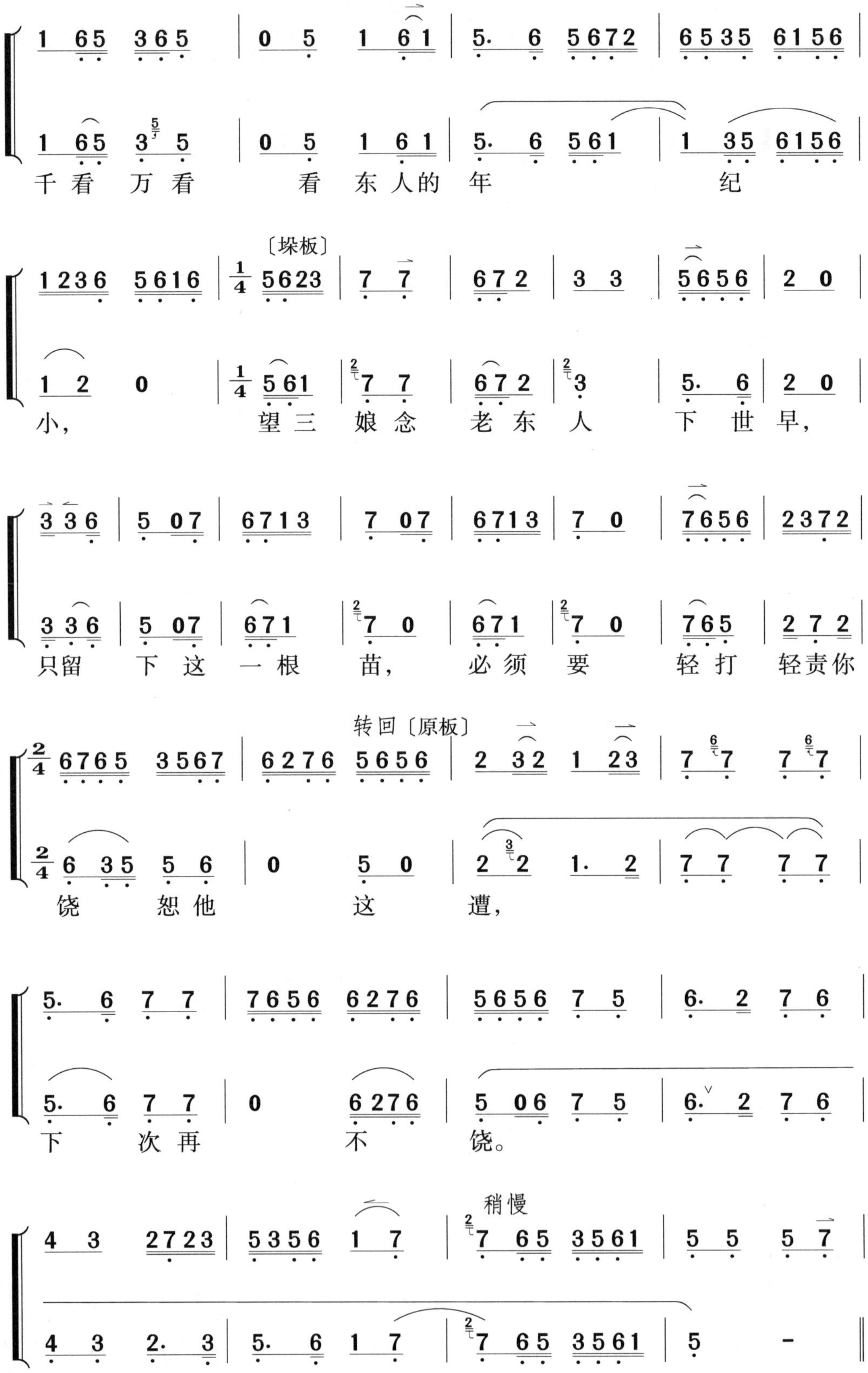
千看万看看东人的年纪
〔垛板〕
小，望三娘念老东人下世早，
只留下这一根苗，必须要轻打轻责你
转回〔原板〕
饶恕他这遭，
下次再不饶。
稍慢

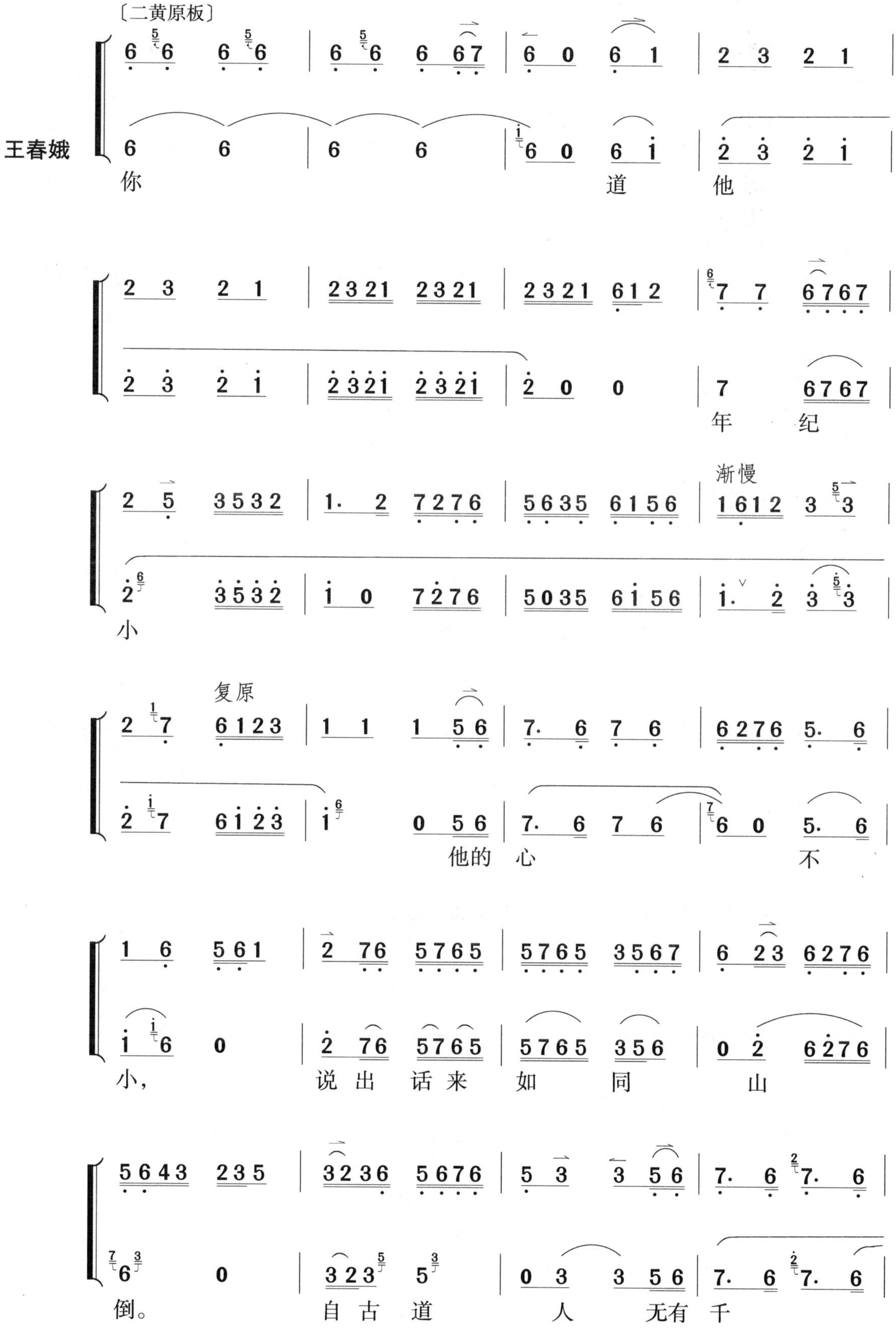
〔二黄原板〕
王春娥
你 道 他
年 纪
渐慢
小
复原
他的 心 不
小， 说 出 话 来 如 同 山
倒。 自 古 道 人 无有 千

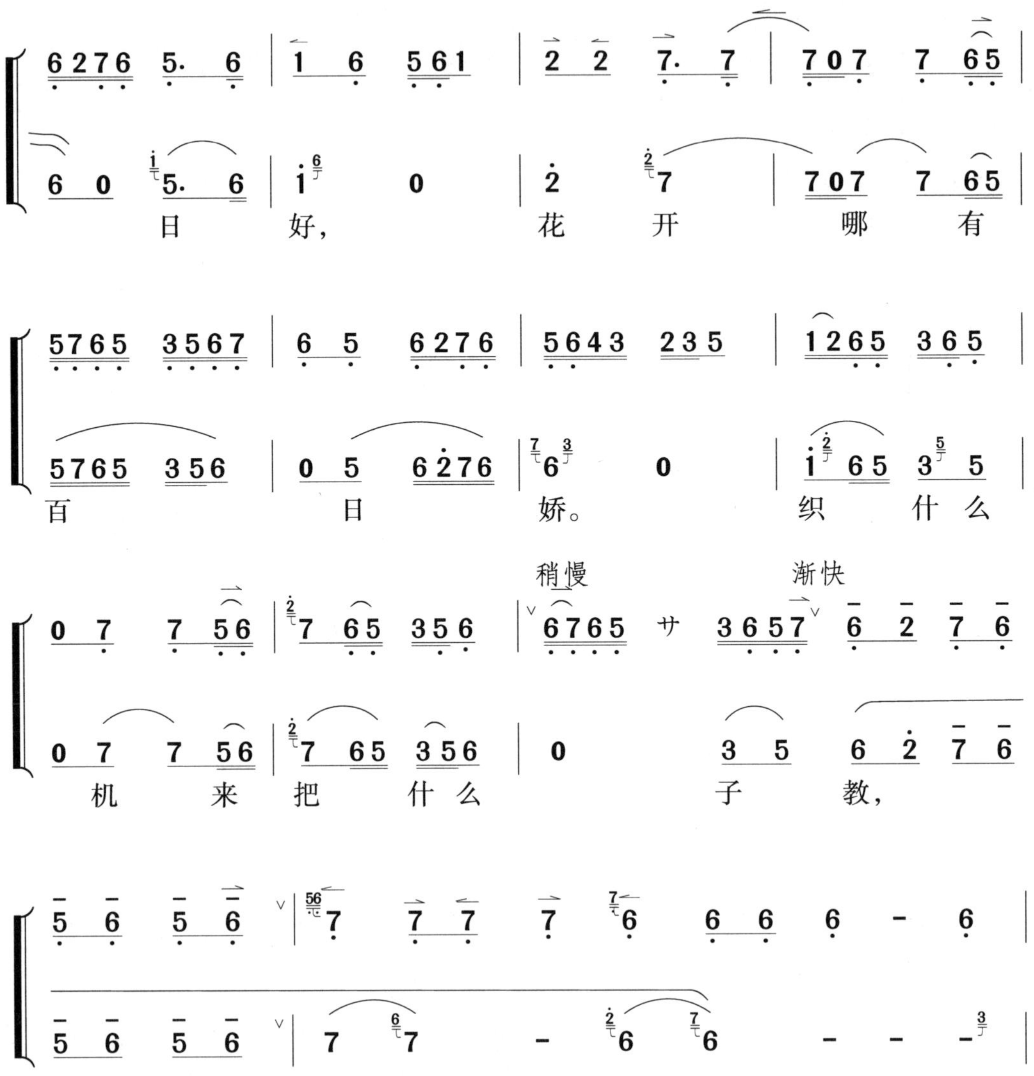

薛　保　三娘饶恕了吧！饶恕了吧！三娘你就饶恕了吧！
王春娥　罢！

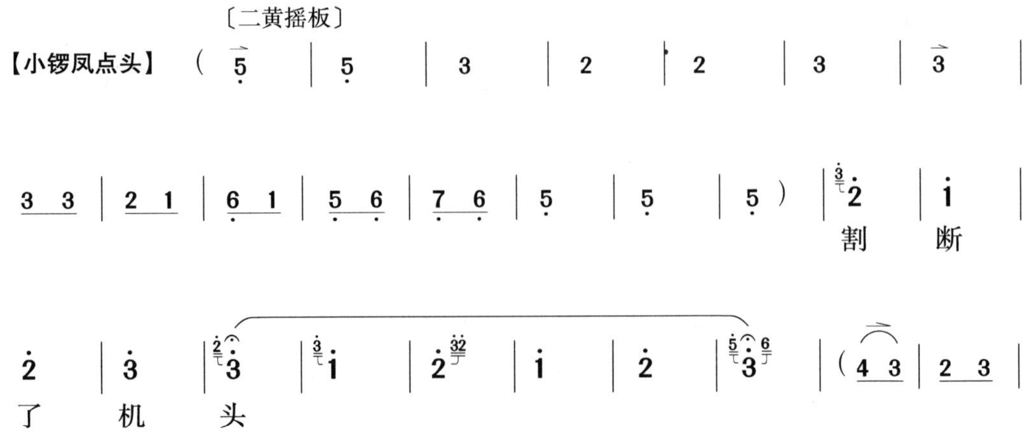

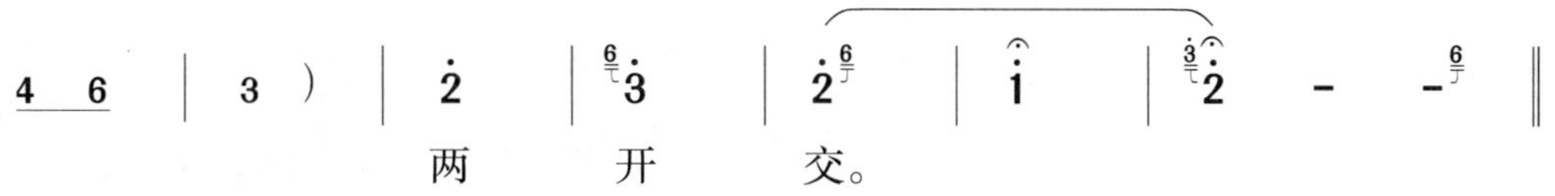

〔【铙钹脆头接纽丝】王春娥用织布梭子挑断机上白绢[①]。薛保站起惊恐不知所措。

〔二黄散板〕

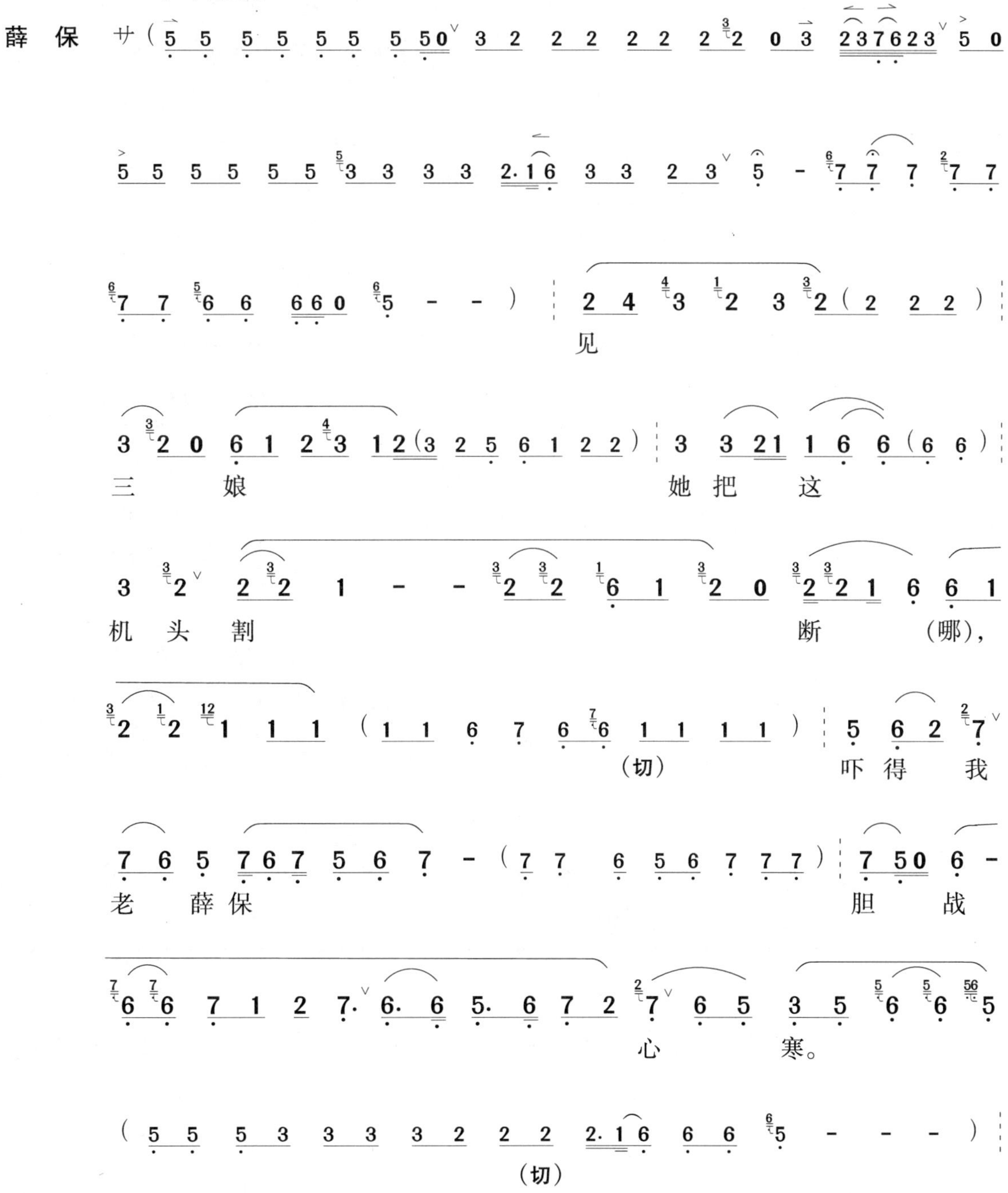

① 应用裁刀割断机头。

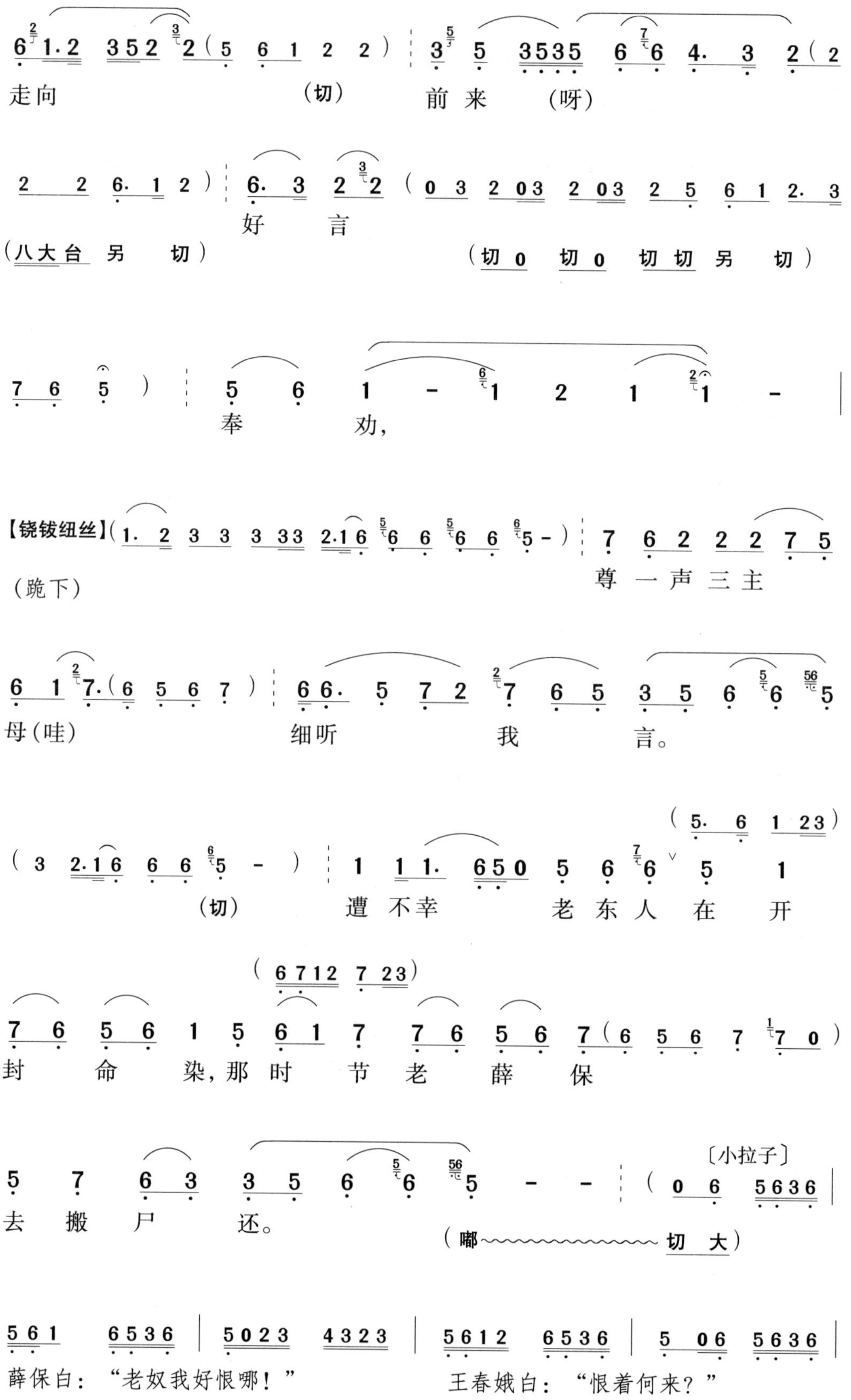
走向
（切）
前 来 （呀）
好 言
（八大台 另 切）
（切 0 切 0 切 切 另 切）
奉 劝，
【铙钹纽丝】
（跪下）
尊 一 声 三 主
母（哇）
细听 我 言。
（切）
遭 不幸 老 东 人 在 开
封 命 染，那 时 节 老 薛 保
去 搬 尸 还。
〔小拉子〕
（嘟～～～～～～～～～～～～切 大）
薛保白：“老奴我好恨哪！”
王春娥白：“恨着何来？”

三娘教子

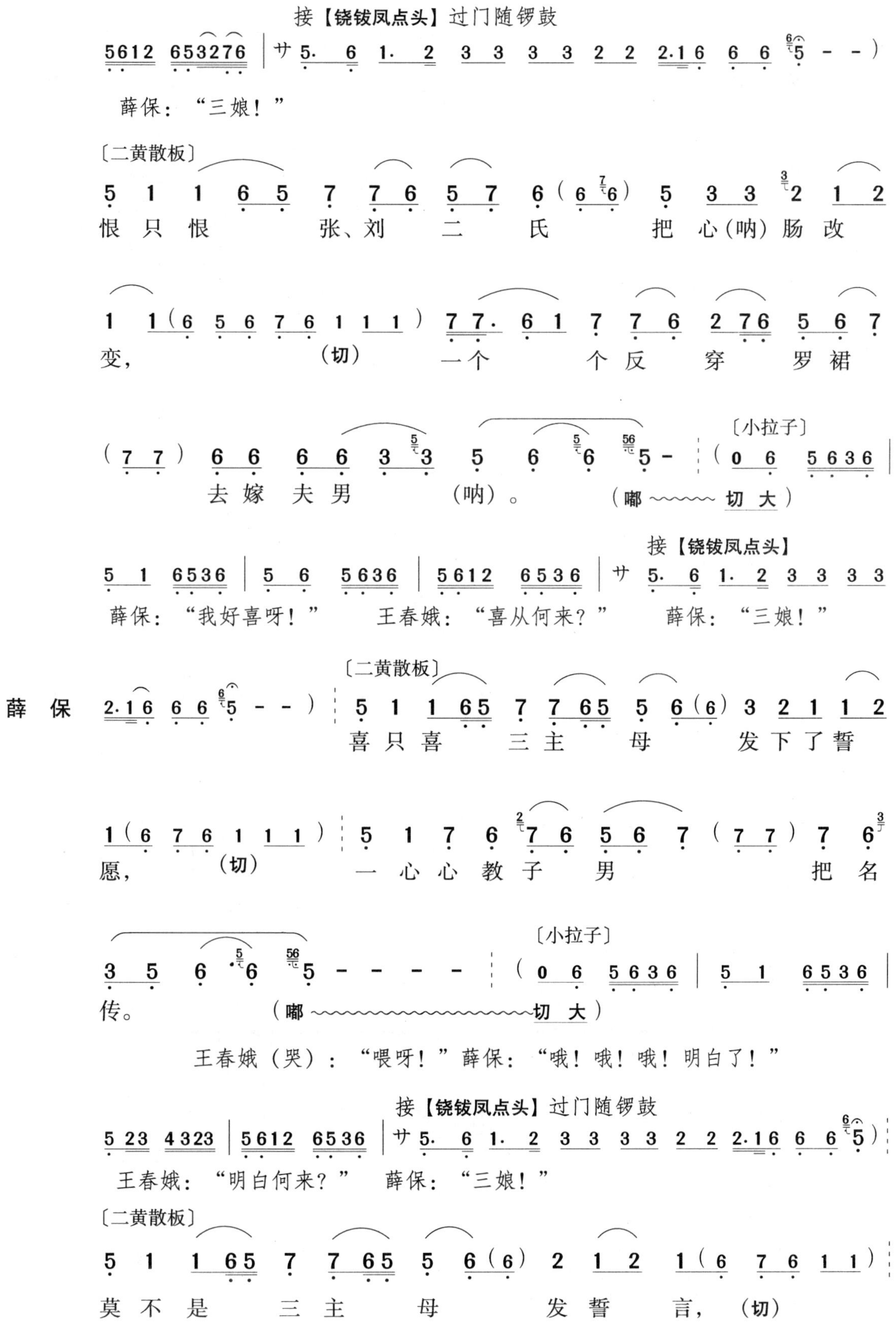
接【铙钹凤点头】过门随锣鼓
薛保："三娘！"
〔二黄散板〕
恨只恨张、刘二氏把心(呐)肠改变，
(切)
一个个反穿罗裙去嫁夫男(呐)。
〔小拉子〕
(嘟～～～切大)
薛保："我好喜呀！"王春娥："喜从何来？"薛保："三娘！"
接【铙钹凤点头】
薛保
〔二黄散板〕
喜只喜三主母发下了誓愿，
(切)
一心心教子男把名传。
〔小拉子〕
(嘟～～～切大)
王春娥（哭）："喂呀！"薛保："哦！哦！哦！明白了！"
接【铙钹凤点头】过门随锣鼓
王春娥："明白何来？"薛保："三娘！"
〔二黄散板〕
莫不是三主母发誓言，
(切)

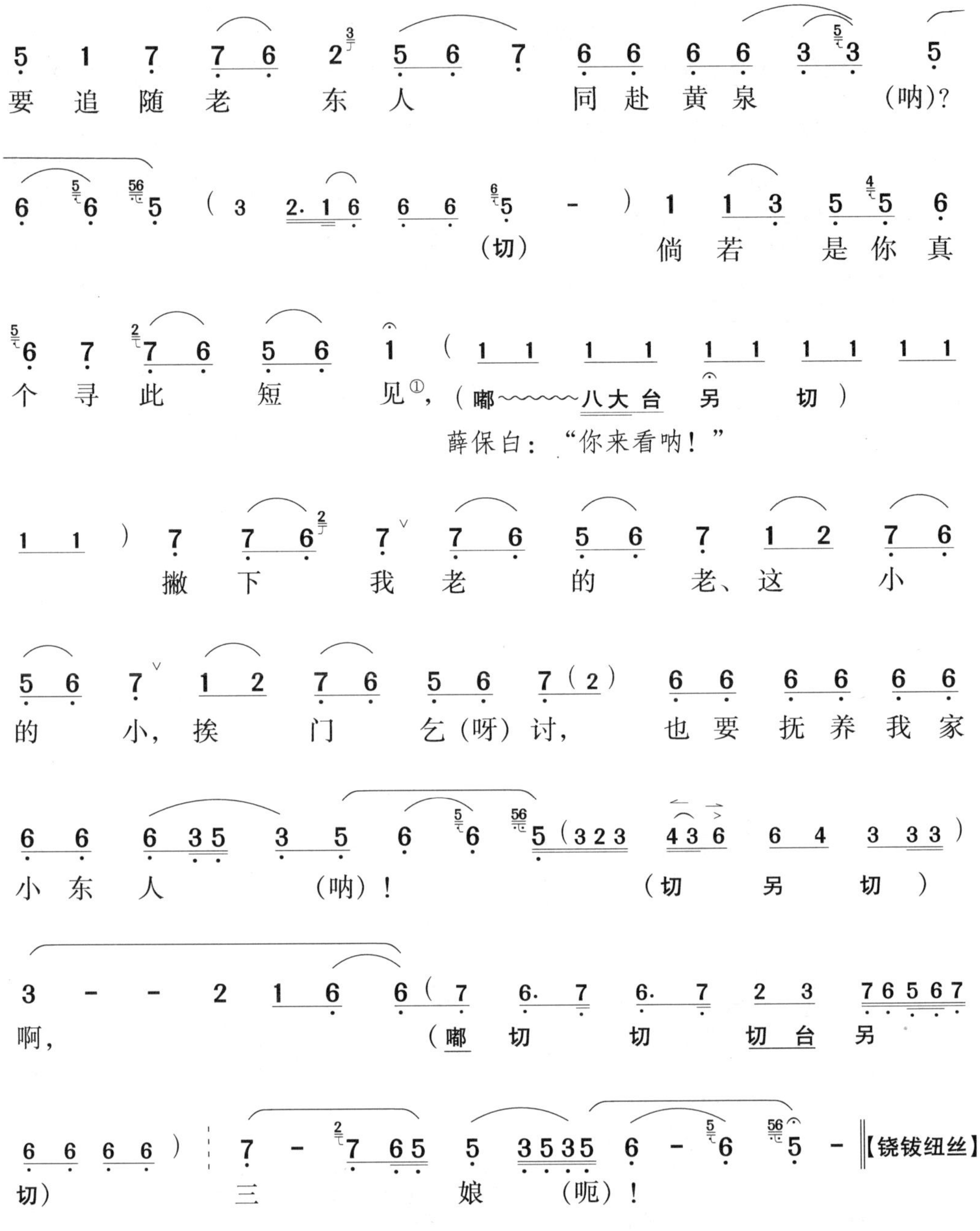

〔在锣鼓声中王春娥(哭)"喂呀!……"起身将薛保搀起站在"小边",王站"大边"。

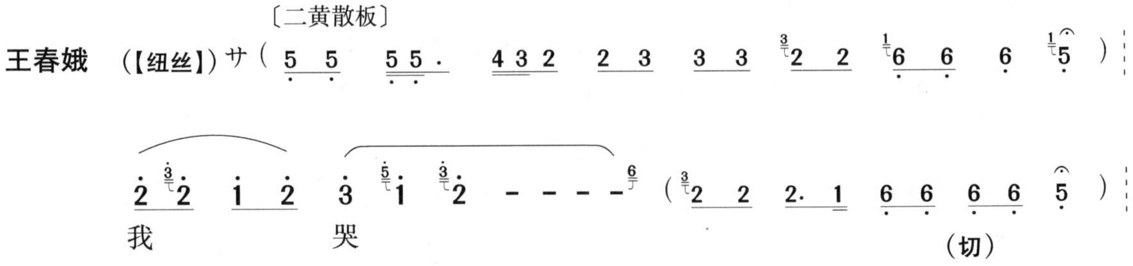

① 以上这两句是改进后的词。

三娘教子

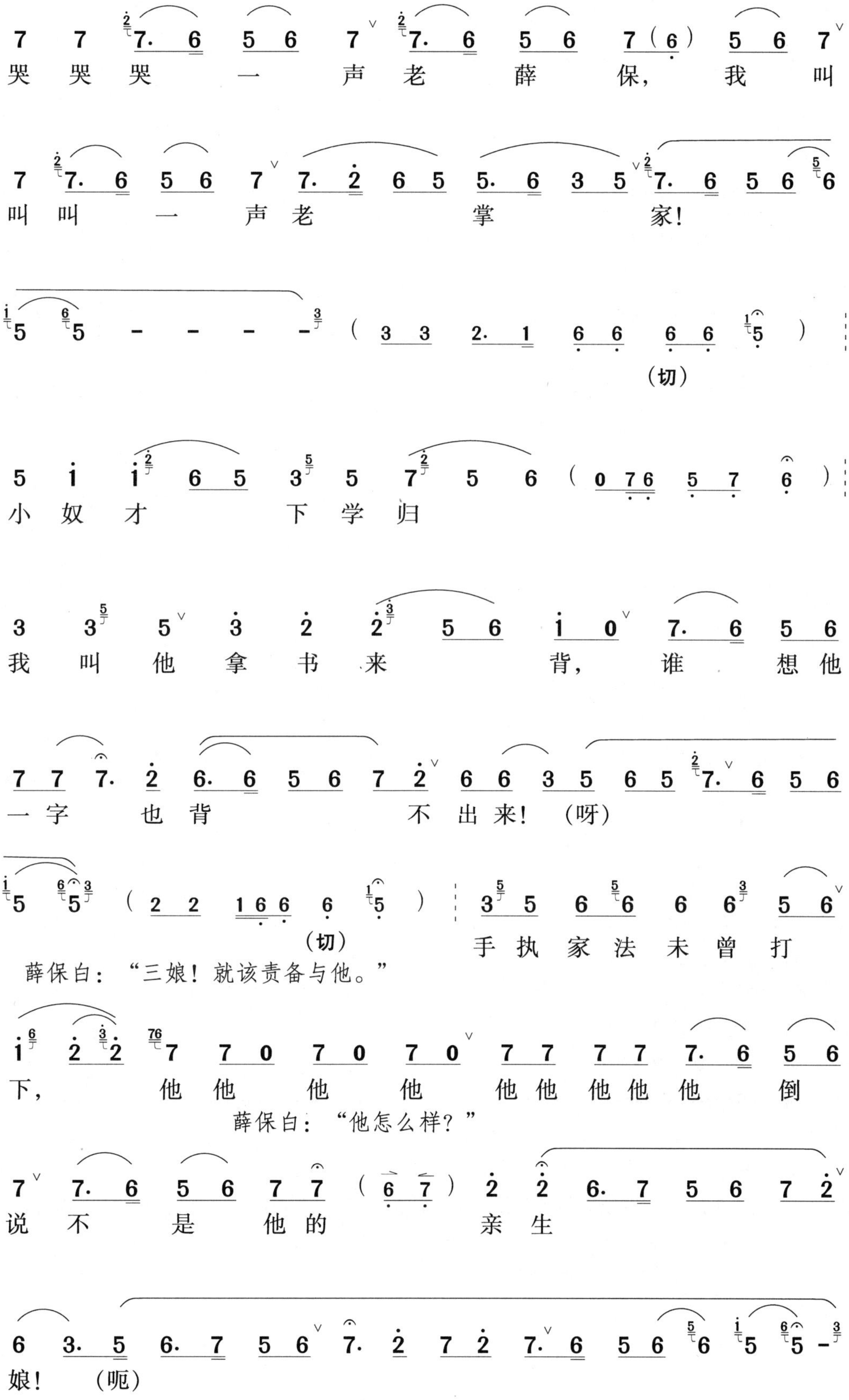
哭 哭 哭 一 声 老 薛 保，我 叫
叫 叫 一 声 老 掌 家！
（切）
小 奴 才 下 学 归
我 叫 他 拿 书 来 背，谁 想 他
一 字 也 背 不 出 来！（呀）
（切）
手 执 家 法 未 曾 打
薛保白："三娘！就该责备与他。"
下，他 他 他 他 他 他 他 他 他 倒
薛保白："他怎么样？"
说 不 是 他 的 亲 生
娘！（呃）

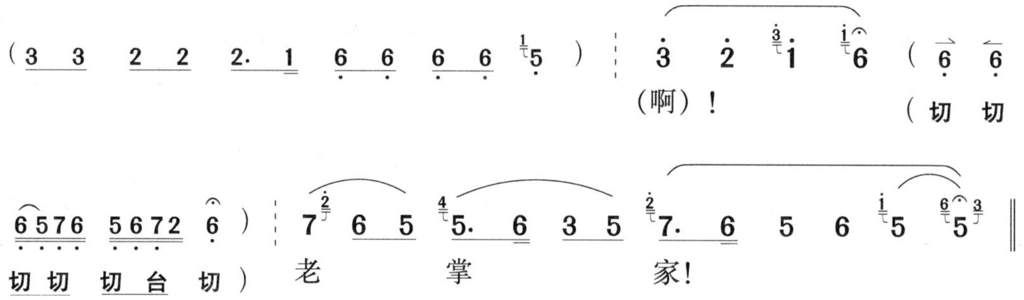

薛　保　噢！

【小锣凤点头】

〔二黄摇板〕

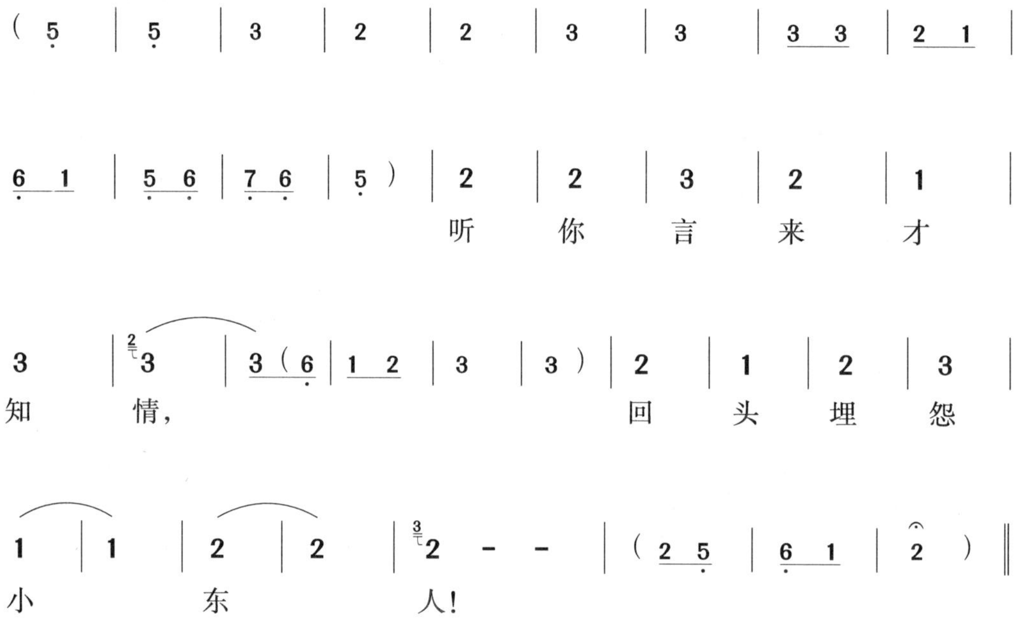

（把薛倚招呼过来）

薛　保　东人！这就是你的不是了哇！

薛　倚　怎么，你们俩唱了半天，我倒不是了哪？

薛　保　唉！你下得学来，言语冒犯你母亲，就该前去领责的才是。

薛　倚　什么叫领责呀？

薛　保　领责就是挨打呀！

薛　倚　挨打疼不疼呀？

薛　保　唉！傻东人哪，挨打焉有不疼之理呀！

薛　倚　疼呀？你去挨去呗！（推薛保）

薛　保　【叫头】哎呀，东人哪！去与不去但凭于你，你将我险些推倒尘埃，倘有不测，看你母子怎生得了哇！……（大大 | 大大 大大乙 | 切）

薛　倚　得啦，得啦，别哭啦，我去就是啦。

薛　保　怎么，去了？

薛　倚　去啦。

〖薛保回身取家法。

薛　保　好好，待我教导与你呀！这有家法在此，顶在头上跪在你母亲的面前，说道：孩儿下得学来，言语冒犯母亲，这有家法在此，望母亲高高举起，轻轻落下，打儿一下，如同十下，打儿十下，如同百下，打在儿身，痛在娘心。你母亲有爱子之意，一下也就不打你了。

薛　倚　这么些个？我记不住，你给我抄个本子得了。

薛　保　作什么？

薛　倚　我念它冬三月！

薛　保　哎！来不及了哇！

薛　倚　又来不及啦，你当我真不会呐？

薛　保　怎么，会了？

薛　倚　会啦。（向三娘那边走去）

薛　保　（思索）好好好好！东人回来，回来。

薛　倚　干什么呀？（复转身回来）

薛　保　你母亲若是问道，不要说是老奴教导与你的呀！

薛　倚　我知道啦！（走至王春娥面前）妈呀！孩儿今日下学回来，言语冒犯母亲，这有家法在此，望母亲高高举起，轻轻落下，打儿一下，如同十下，打儿十下，如同百下，打在儿身，痛在娘心，妈呀！您有爱子之意，一下也别打啦！（头顶家法跪下）

王春娥　早有这两句话，也免得为娘生气！

薛　倚　妈呀！这都是薛保他教给我的。

薛　保　三娘！老奴这里也跪下了！（向前跪下）

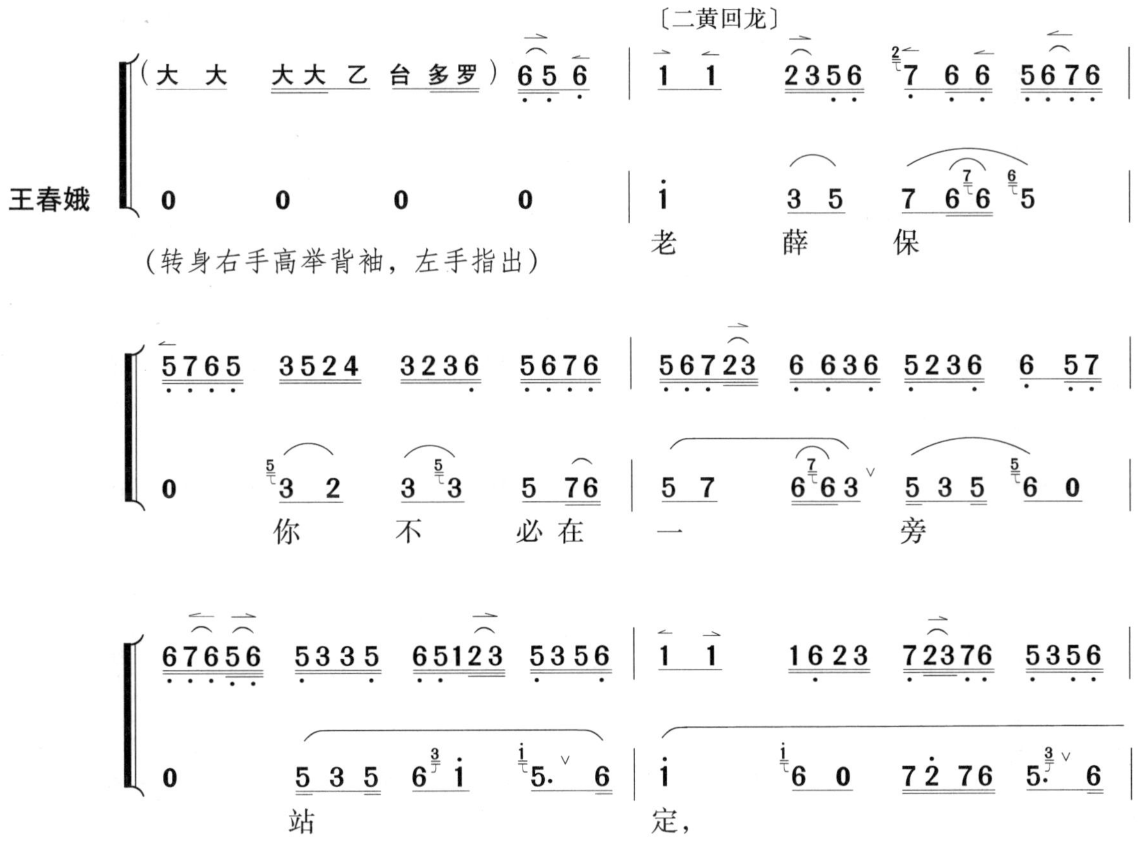

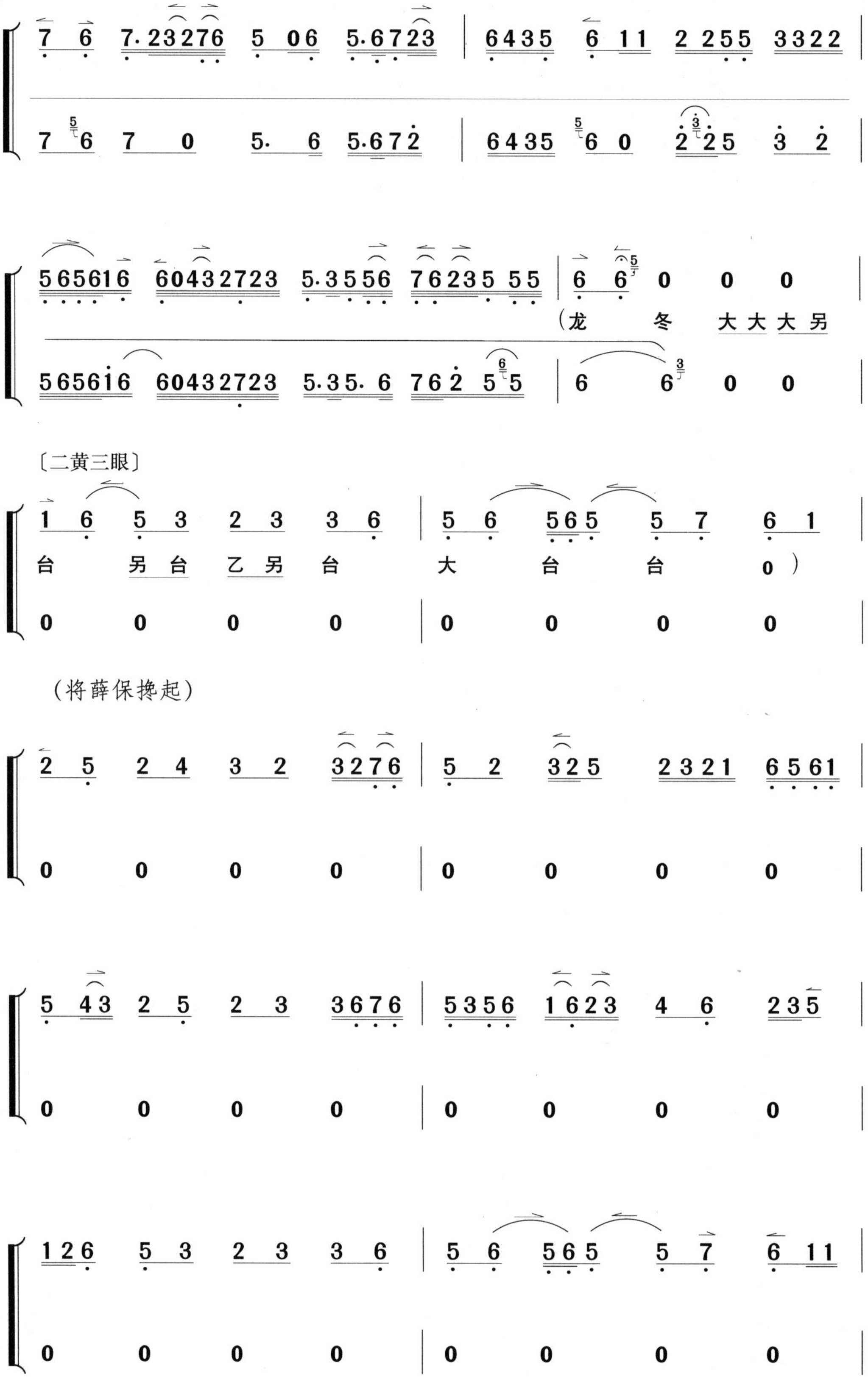
（龙 冬 大大大另
〔二黄三眼〕
台 另台 乙另 台 大 台 台 0）
（将薛保搀起）

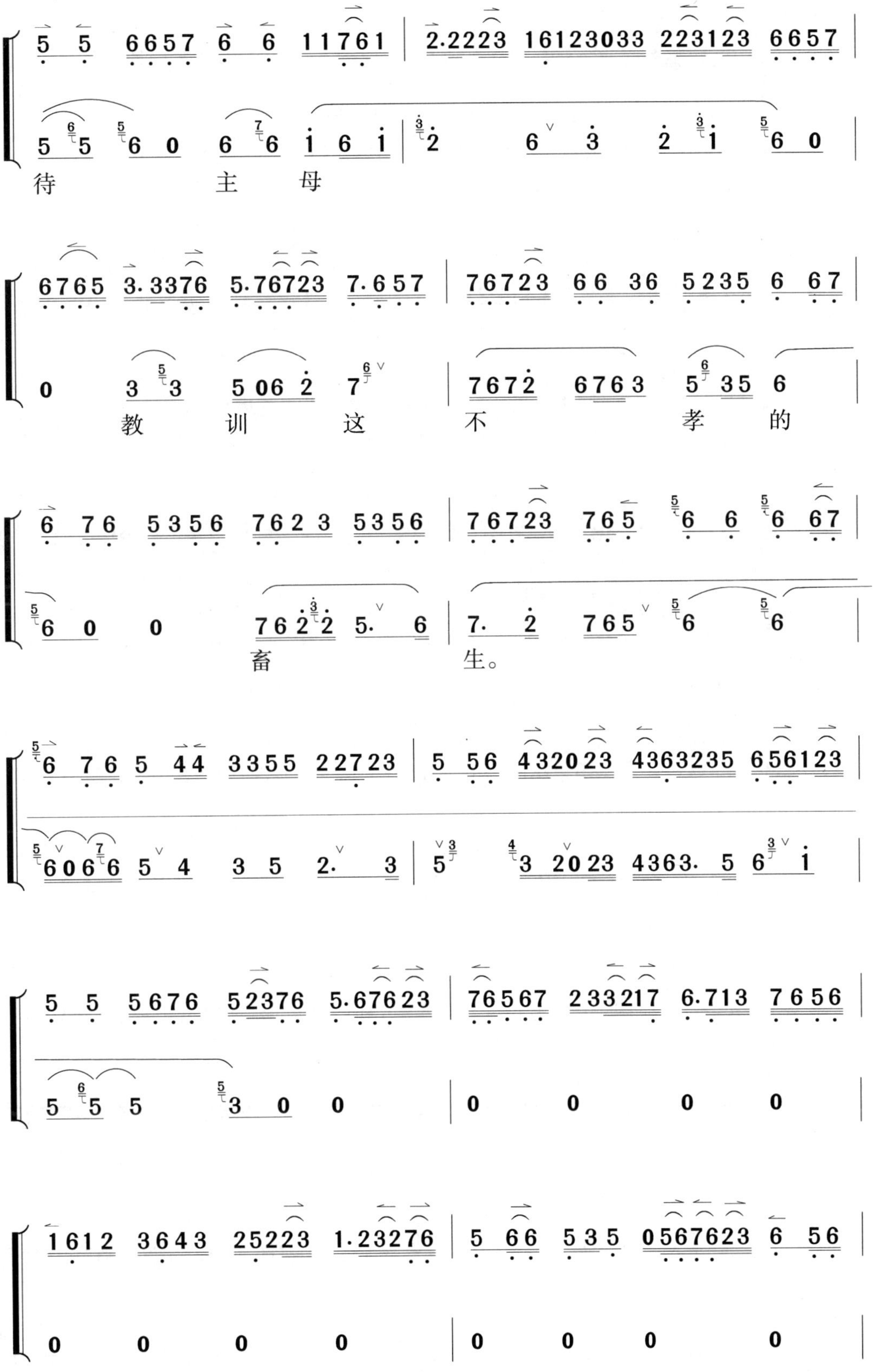
待 主 母
教 训 这 不 孝 的
畜 生。

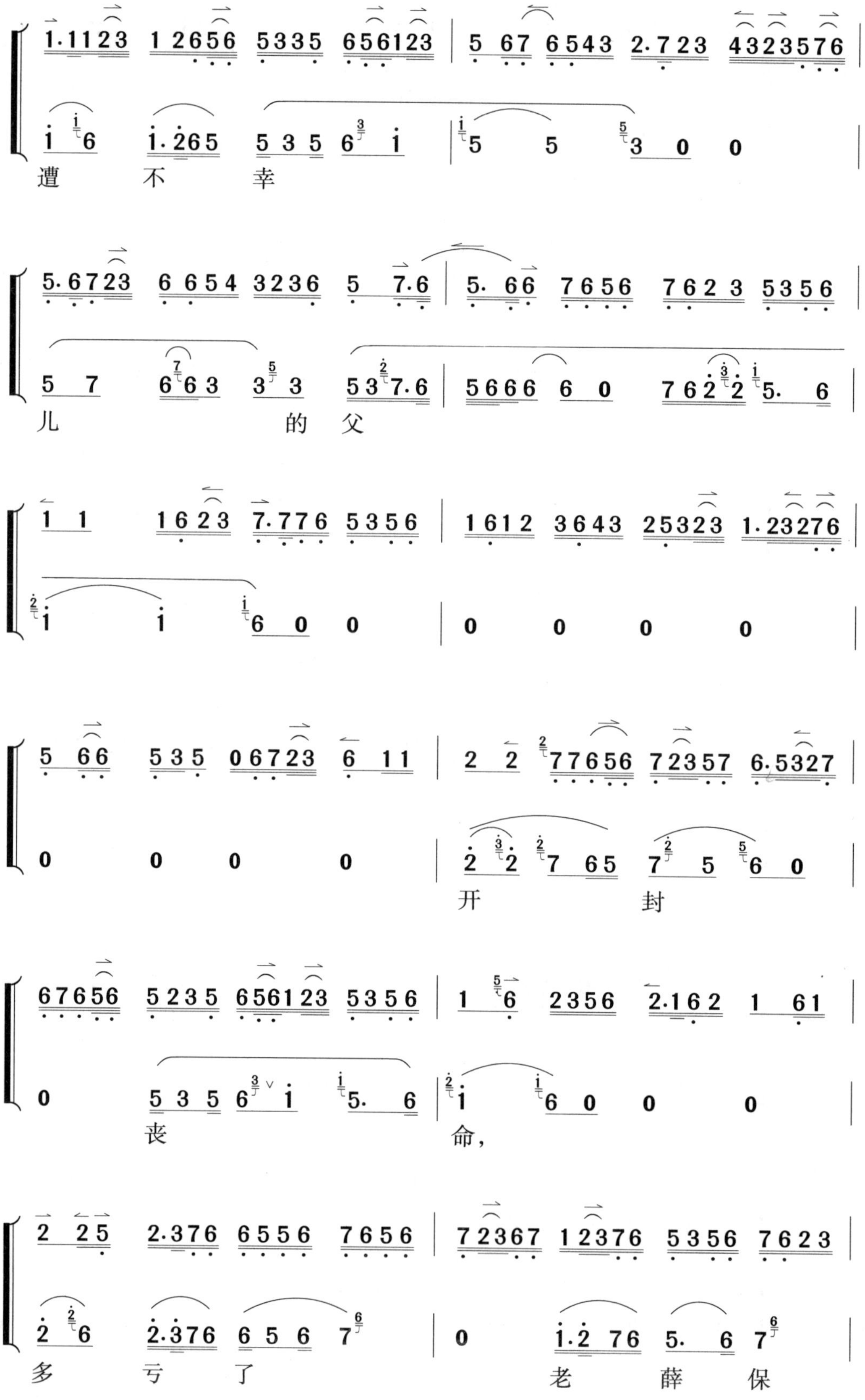
遭 不 幸
儿 的 父
开 封
丧 命，
多 亏 了 老 薛 保

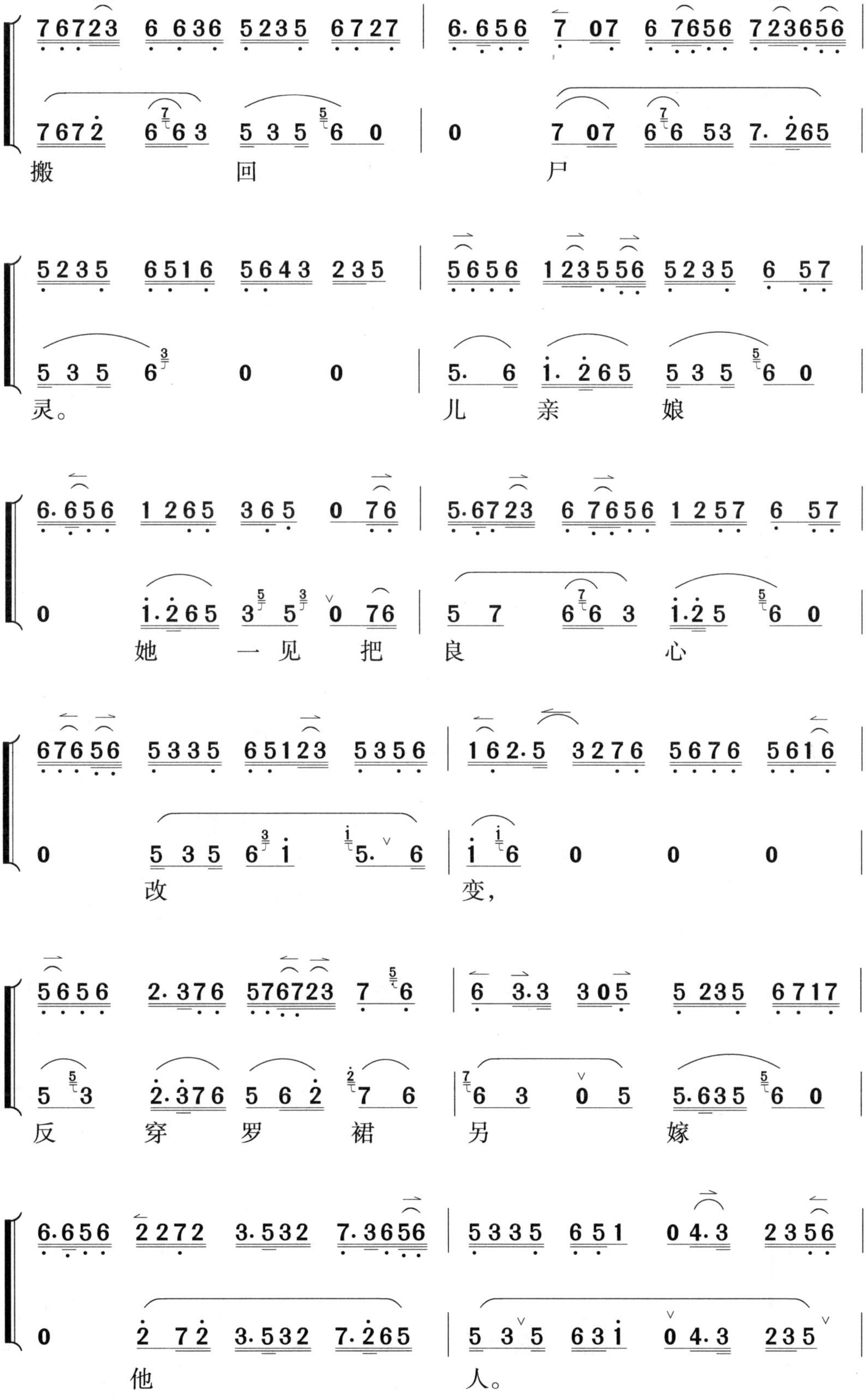
搬 回 尸
灵。
儿 亲 娘
她 一 见 把 良 心
改 变，
反 穿 罗 裙 另 嫁
他 人。

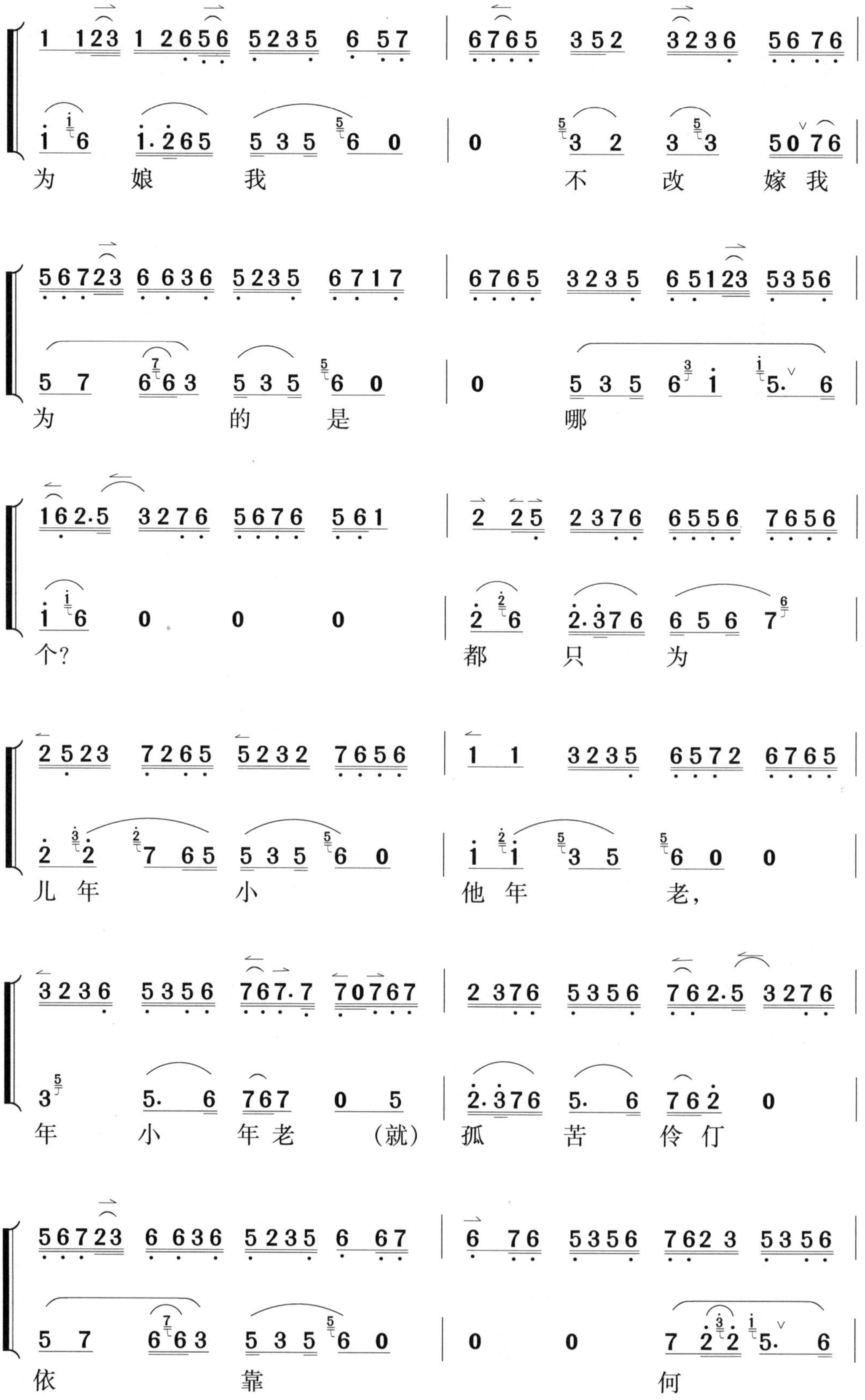
为 娘 我 不 改 嫁 我
为 的 是 哪
个？ 都 只 为
儿 年 小 他 年 老，
年 小 年 老 （就） 孤 苦 伶 仃
依 靠 何

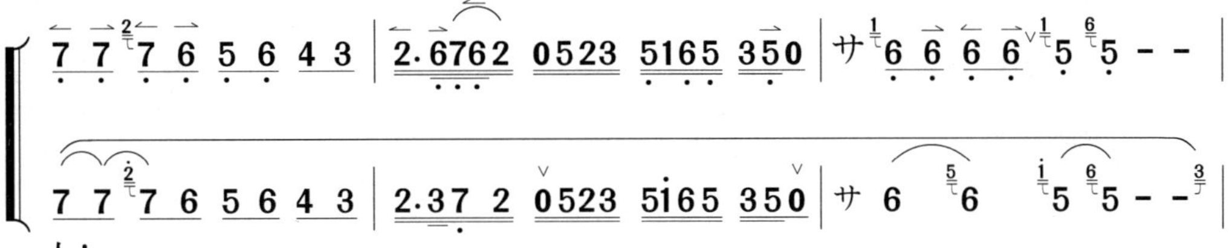

（白）罢！

【凤点头】

（大大 | 乙乙 | 切 台 | 切 另切 | 乙台 | 切）

（从薛倚头上取下家法）

〔二黄摇板〕

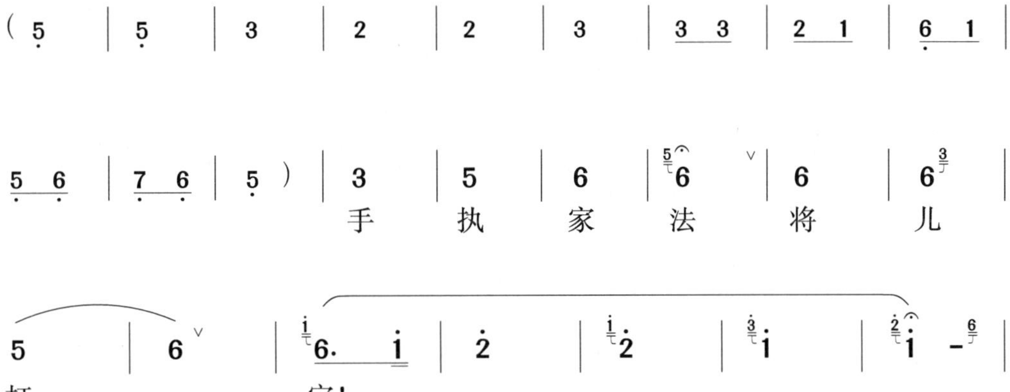

薛 倚 薛保！

「【乱锤接散凤点头】王春娥打薛倚，薛保急忙跪拦。

〔二黄散板〕

薛 保

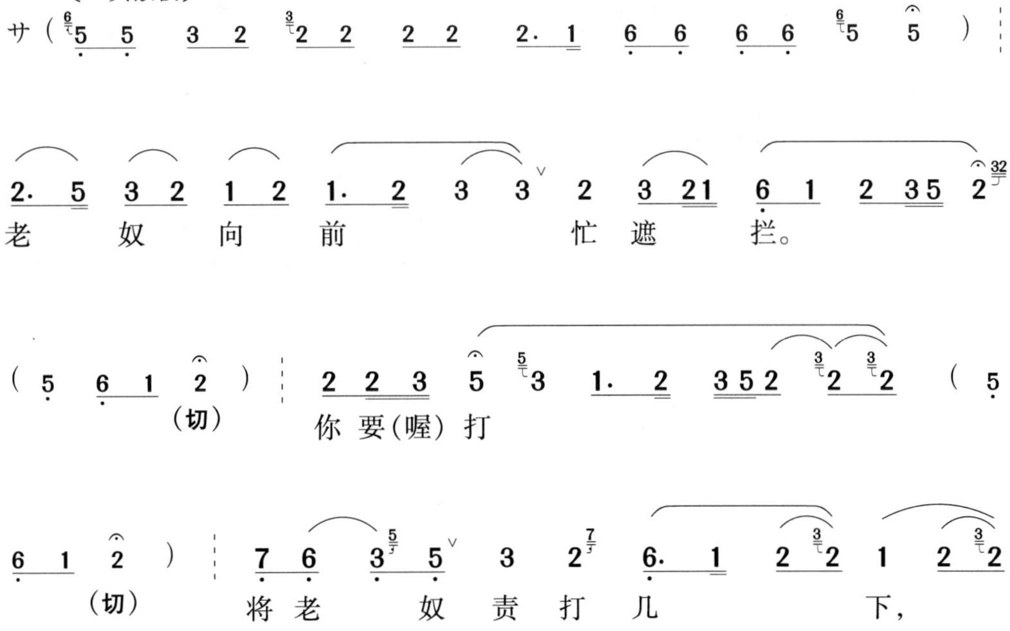

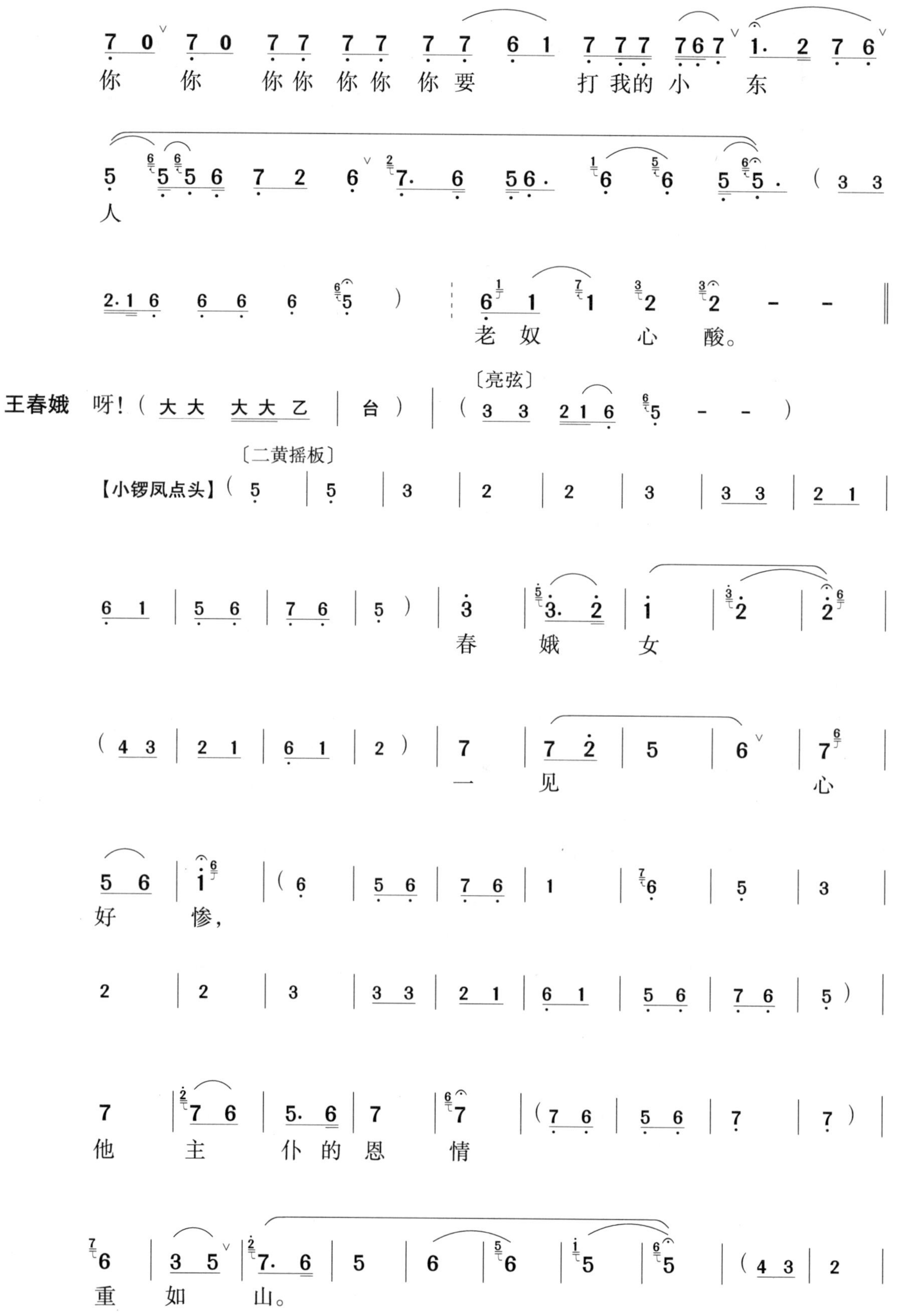
你 你 你你 你你 你要 打我的小 东
人
老奴 心 酸。
〔亮弦〕
王春娥 呀！（大大 大大乙 台）
〔二黄摇板〕
【小锣凤点头】
春 娥 女
一 见 心
好 惨，
他 主 仆的恩 情
重 如 山。

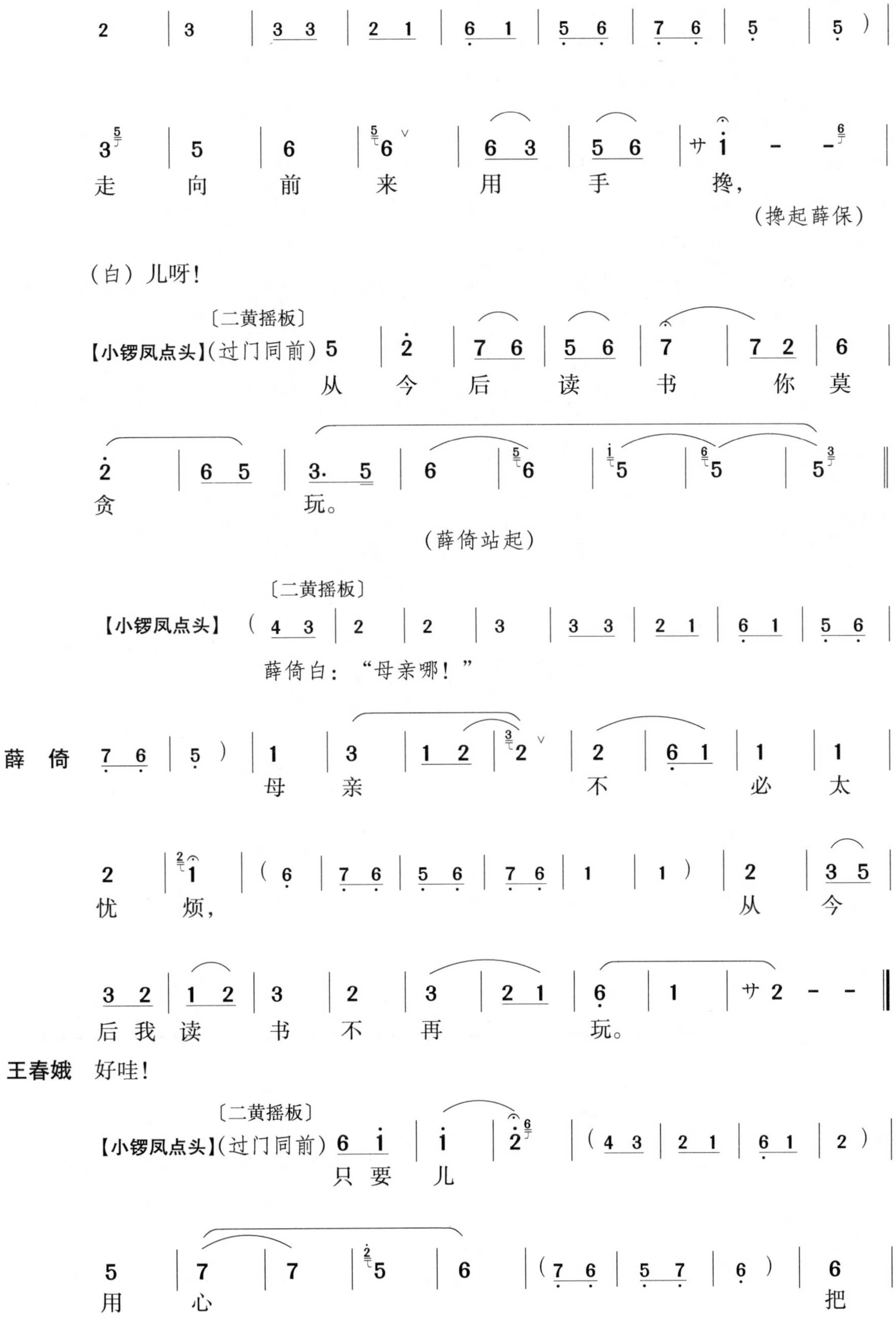
走向前来用手搀，
（搀起薛保）
（白）儿呀！
〔二黄摇板〕
【小锣凤点头】（过门同前）
从今后读书你莫
贪玩。
（薛倚站起）
〔二黄摇板〕
【小锣凤点头】
薛倚白：“母亲哪！”
薛倚
母亲不必太
忧烦，从今
后我读书不再玩。
王春娥 好哇！
〔二黄摇板〕
【小锣凤点头】（过门同前）
只要儿
用心把

书 来 念，
〔二黄摇板〕
薛 保
知 过 改 过 有 何
难。
〔二黄摇板〕
王春娥
但 愿 得
儿 早 成 名
把 门 庭 改 换，
薛保：“三娘！”

〔二黄摇板〕

薛　保　3 3 | 2 1 | 6 1 | 5 6 | 7 6 | 5 | 5 | 5) | 2 | 1 |
也 不

2 | 4 | 3 2 | 2 | 3 | (4 3 | 2 3 | 4 6 | 3) | 2 |
枉 三 主 母 教

3 | 5 | 3 | 2 1 | 1 | 2 - - (2 5 | 6 1 | 2) ‖
(哇) 子 一 番。

王春娥　如此，薛保。
薛　保　三娘。
王春娥　儿啊。
薛　倚　　母亲。
王春娥　我们一同用饭来呀！
薛　保　哈哈哈哈！
　　〔唢呐奏<尾声>后半段三人同下。（或用【小锣打下】）

——剧　终

姜凤山 **校阅** 魏贵德 **整理 记谱**

苏三起解

梅兰芳 萧长华演出本

《玉堂春》的故事源自明末短篇小说集《警世通言·玉堂春落难逢夫》。剧情如下：苏三从小被父母卖到妓院，十六岁时遇到贵公子王金龙，二人一见钟情订了终身。王在妓院一住三年，耗尽银钱，被鸨儿撵出。苏三忠于王而不再接客，被鸨儿设计卖与山西洪洞县富商沈燕林为妾。沈妻皮氏与赵监生私通，毒死沈反诬告是苏三所为。县官受贿枉法，把苏三问成死罪。这时王金龙已做了山西巡按，发现了这桩案件，调苏三来省城复审。王金龙辨明苏三冤狱，不忘旧情，与苏三得以团圆。《苏三起解》乃《玉堂春》中的一折，写解差崇公道提解苏三自洪洞县赴太原，一路上苏三向崇诉说冤屈，崇加以劝慰并收其为义女的情节。

《苏三起解》一名《女起解》，早年并不是单独演出的折子戏，而是《三堂会审》前的过场戏。20世纪20年代，王瑶卿先生在红豆馆主溥侗和袁寒云、梅雨田等人的帮助下，对《女起解》进行增益，特别是创编了一段〔反二黄慢板〕，从此该剧成为青衣行当的重头戏、深受观众喜爱的折子戏。而由梅兰芳和萧长华联袂演出的这台戏更成经典之作，历演不衰。

梅本《苏三起解》随着时代的发展有所变动。早时的演法是戏开演后，正场摆堂桌，堂桌后面设神帐作为神龛。苏三起〔叫头〕“苦哇”后，有八句〔反二黄慢板〕，唱词是“崇老伯他说是冤枉能辨，想起了王金龙负义儿男。想当初在院中何等眷恋，到如今恩爱情又在哪边？我这里进庙殿忙把礼见，尊一声狱神爷细听奴言。保佑我与三郎重见一面，得生时修庙宇再塑金颜”。20世纪50年代初，因强调“反对迷信”，将头场的神龛去掉，也就删去苏三拜狱神的情节，这八句唱词保留了前四句，后四句压缩为三句，改为“我这里将状纸暗藏里面，到按院见大人也好申冤”。实则从戏文戏理来看，老词倒更符合人物心态。

《苏三起解》是出以唱功为主要表现手段的青衣戏，戏虽不大，但唱词有42句之多，板式变换丰富，计有〔二黄散板〕、〔反二黄慢板〕、〔西皮流水〕、〔西皮摇板〕、〔西皮导板〕、〔西皮原板〕、〔西皮慢板〕和〔回龙〕等。用唱来展示人物的内心和延伸剧情，是梅兰芳所牢牢把握的舞台表演手段。他的唱腔给人的感觉是腔随情走，而情由心生。比如苏三第一次出场唱的〔二黄散板〕“忽听得唤苏三……”唱腔表达的是苏三内心的恐惧，因她在牢狱中饱受了酷刑，今日喊她出来，是否又要惨遭折磨？这是她难以逆料的。接下去的〔反二黄慢板〕，是崇老伯给予她的一点点平反的希望。〔西皮流水板〕“苏三离了洪洞县”，是她求生有望的唱腔，虽然说苏三仍旧戴着行枷，但她已经离开了监牢，来到大街之上，求人给南京的王金龙送信，把她自己的境况传递给他，这无论如何也是件好事。因此心中滑过了一丝儿喜意。这段唱腔，轻盈俏丽，有如小河流水般流畅欢快，生动表现了一个死囚面对一线生机的喜悦之情。难怪当年脍炙人口，今天仍深受广大观众喜爱。

该戏虽说是以“唱功”为主，但在“做功”方面，也很吃重。有几处细节很能表现女主人公苏三的性格和身份。其一，当崇公道押解苏三出县城，因天气炎热而给她去掉行枷之后，苏三立即夸赞崇公道“你倒是个好人！”听崇公道说：“好人怎么着，连个儿子都没有，就连孙子也给耽误了”时，她立即上前认其为义父。其二，苏三唱完“洪洞县内无好人”，惹怒了崇公道，他立即要公事公办，给她重新戴上行枷。此时聪明的苏三，马上把长脸变成圆脸唱道“唯有你老爹爹是个大大的好人”。这些细节并非是戏曲的噱头，而是体现苏三自幼进入妓院，学会察言观色，见什么人说什么话，接人待物圆滑的一面。

刘淑兰

人物行当

苏　三	旦	**禁　卒**	丑
崇公道	丑	**狱　官**	丑

服装扮相

苏　三　俊扮。梳大头、皎月绸条（右侧系扣）、左侧一绺甩发、中间插一蝴蝶顶花，红罪衣、罪裤，打腰包、系腰巾子，彩袜、彩鞋。（项戴长锁链）

崇公道　勾老丑脸。缨帽（或梢子帽）、白五嘴髯口，蓝箭衣、系鹅黄色鸾带，青彩裤，大袜子、皂鞋。

禁　卒　勾小花脸。蓝毡帽、黑八字胡，大袖、腰包，青彩裤，大袜子、皂鞋。

狱　官　勾小花脸。圆纱帽、丑三，海青褶子，青彩裤，朝方靴。

道具

鱼枷	一副	**链子**	一条
藤棍	一根	**黄包袱**	一个
公文	一份	**文房四宝**	一份
桌子	一张	**椅子**	一把

苏三起解

第一场

〔【撤锣】崇公道内白："啊哈！"

【小锣五锤】崇公道上场，至"小边"台口。

崇公道 你说你公道，我说我公道；公道不公道，咳！自有天知道。【小锣五锤】(左转身，向里走再右转身，坐外场椅)在下崇公道，洪洞县当解差。因我呢，上了几岁年纪，为人又老诚，所以太爷命我代管女监。这且不言。今有按院大人在省中下马，太爷命我将苏三解往太原复审。天也不早啦，监中走走。【小锣水底鱼】（向左走圆场）官事官办，嗳！

——到啦。（向"下场门"喊）挑开，挑开！

〔禁卒由"下场门"暗上。

禁　卒 坐监的吗？

崇公道 什么呀，我来啦！

禁　卒 哎呀！上差到啦，来来来，进来，进来。

崇公道 这不结啦。

〔禁卒开监狱门，崇入内。

禁　卒 上差您好哇？

崇公道 好哇。

禁　卒 老没见啦。

崇公道 可不是嘛！

禁　卒 来来来，您坐下坐下。

崇公道 唉，坐着。（归座）

禁　卒 上差，您干什么来啦？

崇公道 提股差事。

禁　卒 提谁呀？

崇公道 你把苏三给我提出来。

禁　卒 噢，苏三哪？好好，您这儿等一等啊。（向内白）苏三走动啊！

〔苏三内白："苦哇！"【撕边】

〔【纽丝】苏三上。走至"小边"台口，锣鼓打住。

〔亮弦〕

サ（ 3 3 3 3 3 3 2·1 6 6 6 6 6 5 ）

（匝 匝 匝） 苏三哭："喂 呀……"

〔二黄散板〕

苏　三 【凤点头】サ（ 5 5 5 5 5 5· 2 2 2 3 3 3 2·1 6 6 3

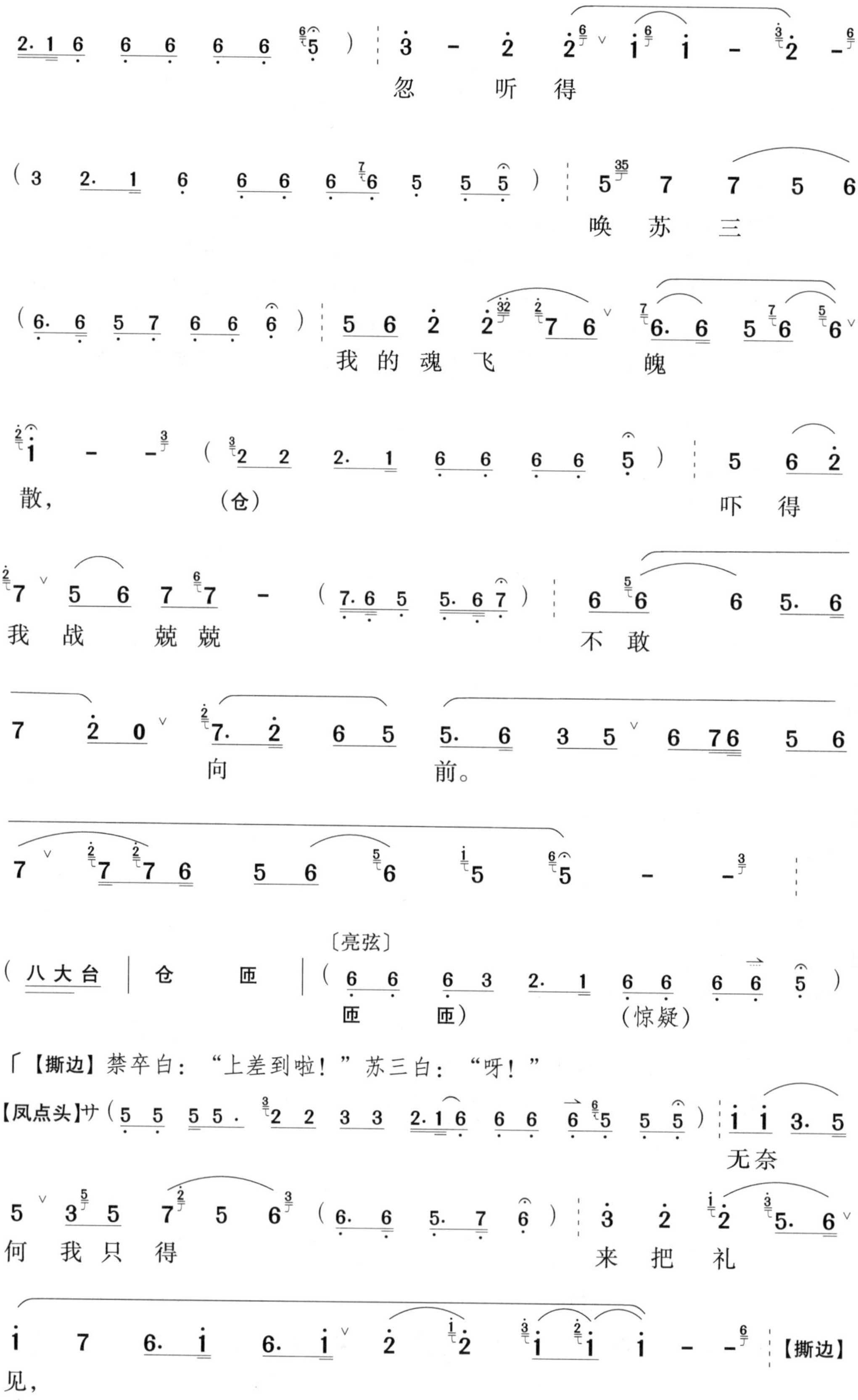
忽 听 得
唤 苏 三
我 的 魂 飞 魄
散，
（仓）
吓 得
我 战 兢 兢
不 敢
向 前。
（八大台 仓 匝
匝 匝）
〔亮弦〕
（惊疑）
〖【撕边】禁卒白：“上差到啦！”苏三白：“呀！”
【凤点头】サ
无奈
何 我 只 得
来 把 礼
见，
【撕边】

〔【纽丝】左转身，走小圆场，进门，站“小边”。

〔亮弦〕

锣鼓切住。

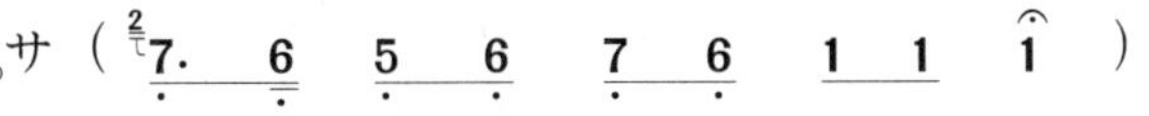

（看崇公道）

【凤点头】

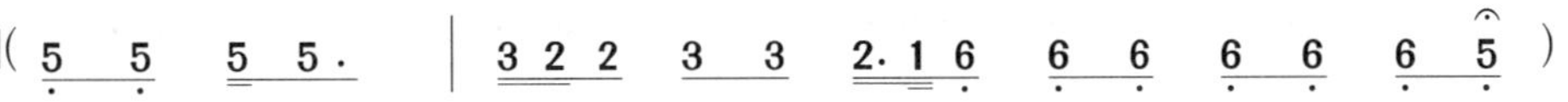

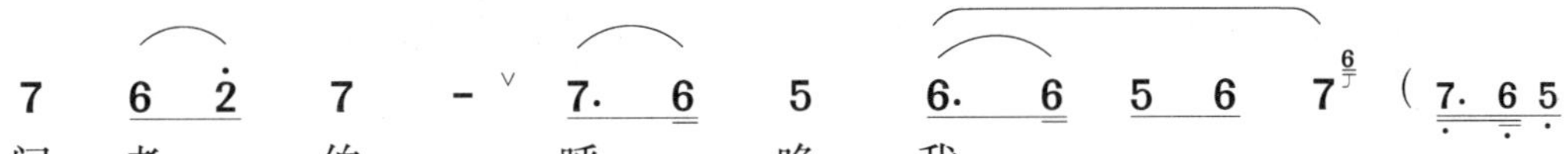

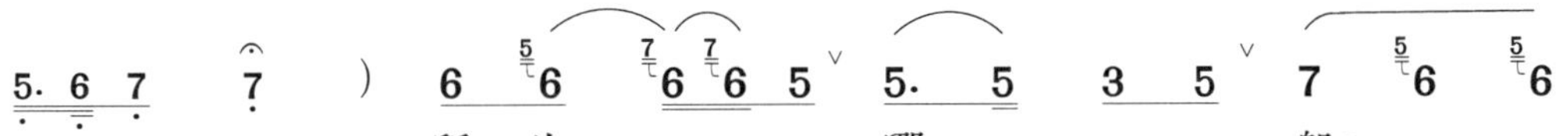

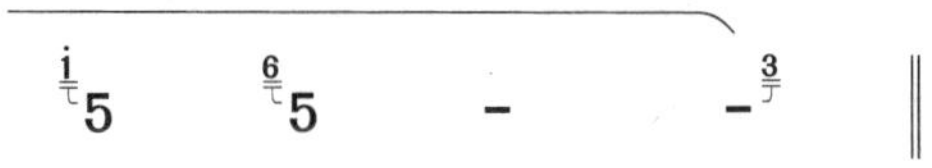

【住头】禁卒暗下。

苏　三　老伯在上，苏三有礼。（施礼）

崇公道　罢啦，罢啦。——苏三哪，你大喜啦！

苏　三　啊……？【小锣一锣】我苏三喜从何来？

崇公道　今有按院大人在省中下马，太爷命我将你解往太原复审，你这冤枉官司有了头绪啦，岂不是一喜呢？

苏　三　但不知是何人的长解？

崇公道　自然是我的长解了。

苏　三　哦，就是老伯的长解？

崇公道　不错，不错。

苏　三　啊老伯，几时起程呢？

崇公道　马上飞——这就走。

苏　三　如此老伯打点行囊，待我在此收拾收拾也好趱路。

崇公道　得，就那么办——回头见。

〔【长尖】崇公道开禁门，出门下。苏三至台中。

苏　三　【叫头】苍天哪！天！

想我苏三，遭此不白冤枉，到今日——（仓）乎！

〔反二黄慢板〕（1 5 弦）

【帽子头】

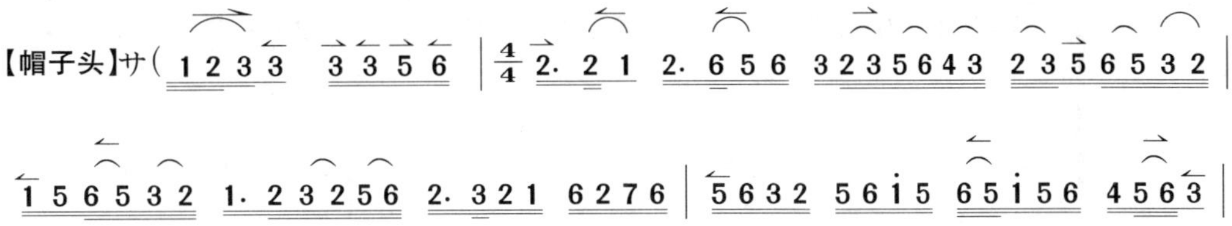

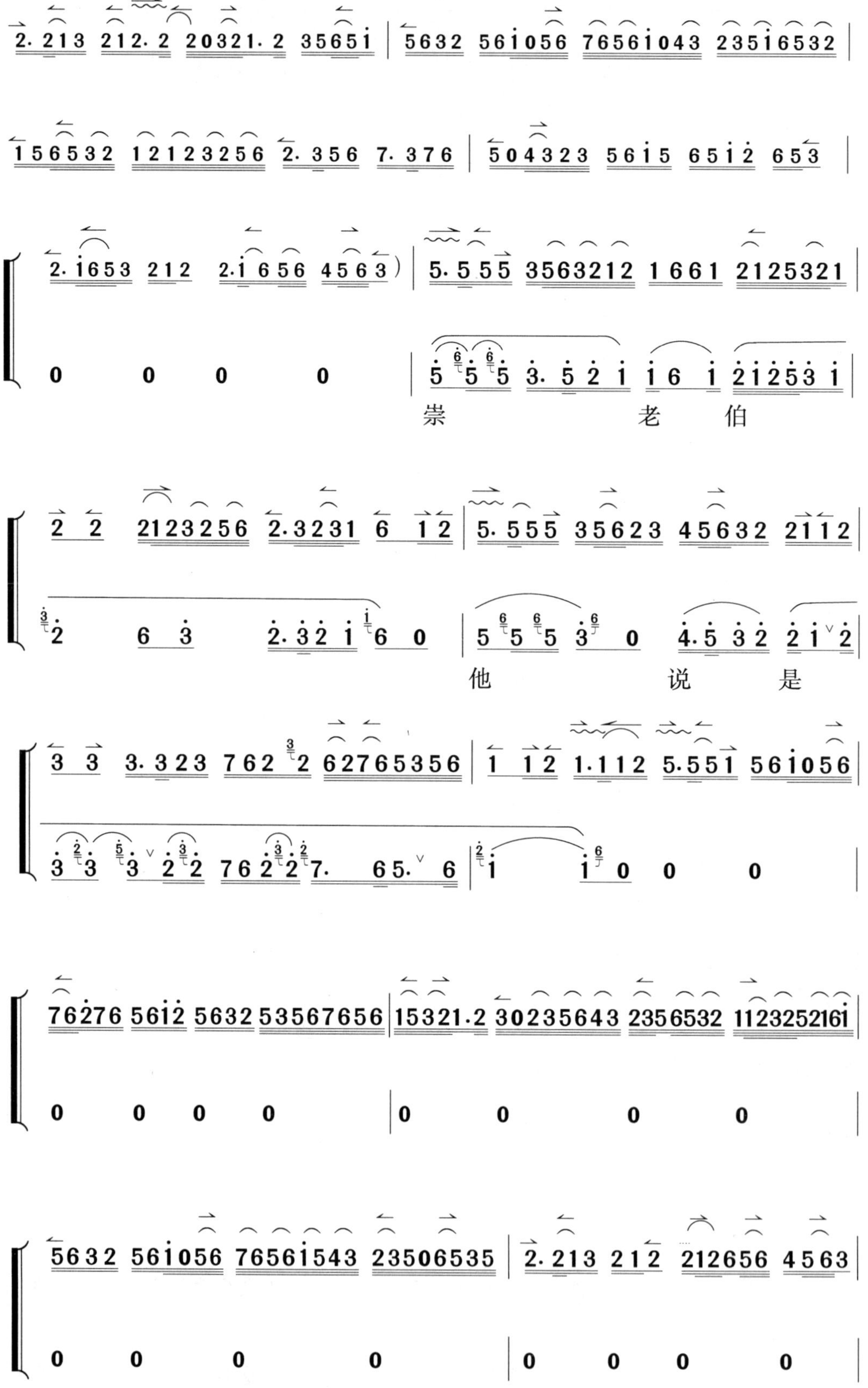
崇 老 伯
他 说 是

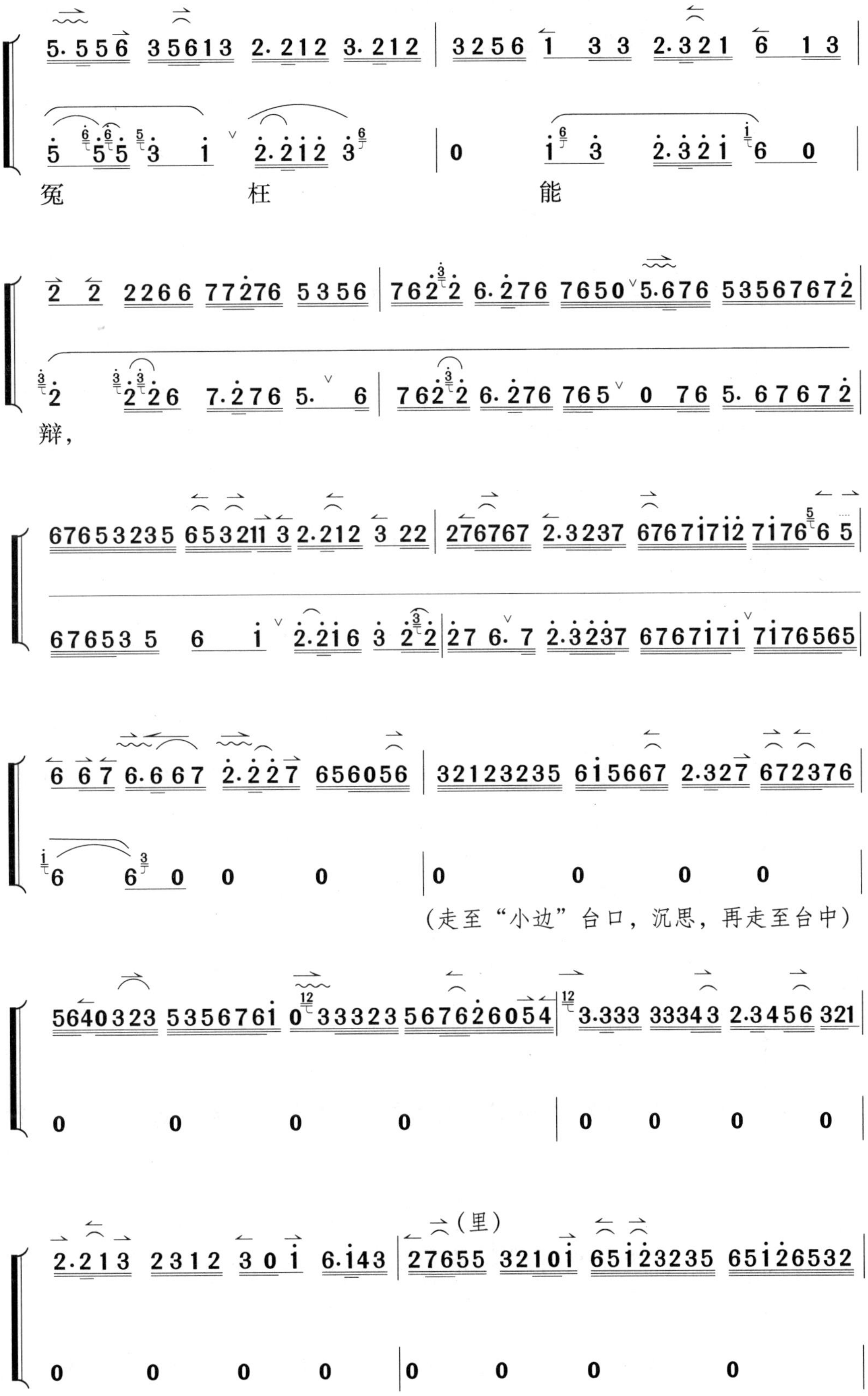
冤
枉
能
辩，
（走至“小边”台口，沉思，再走至台中）
（里）

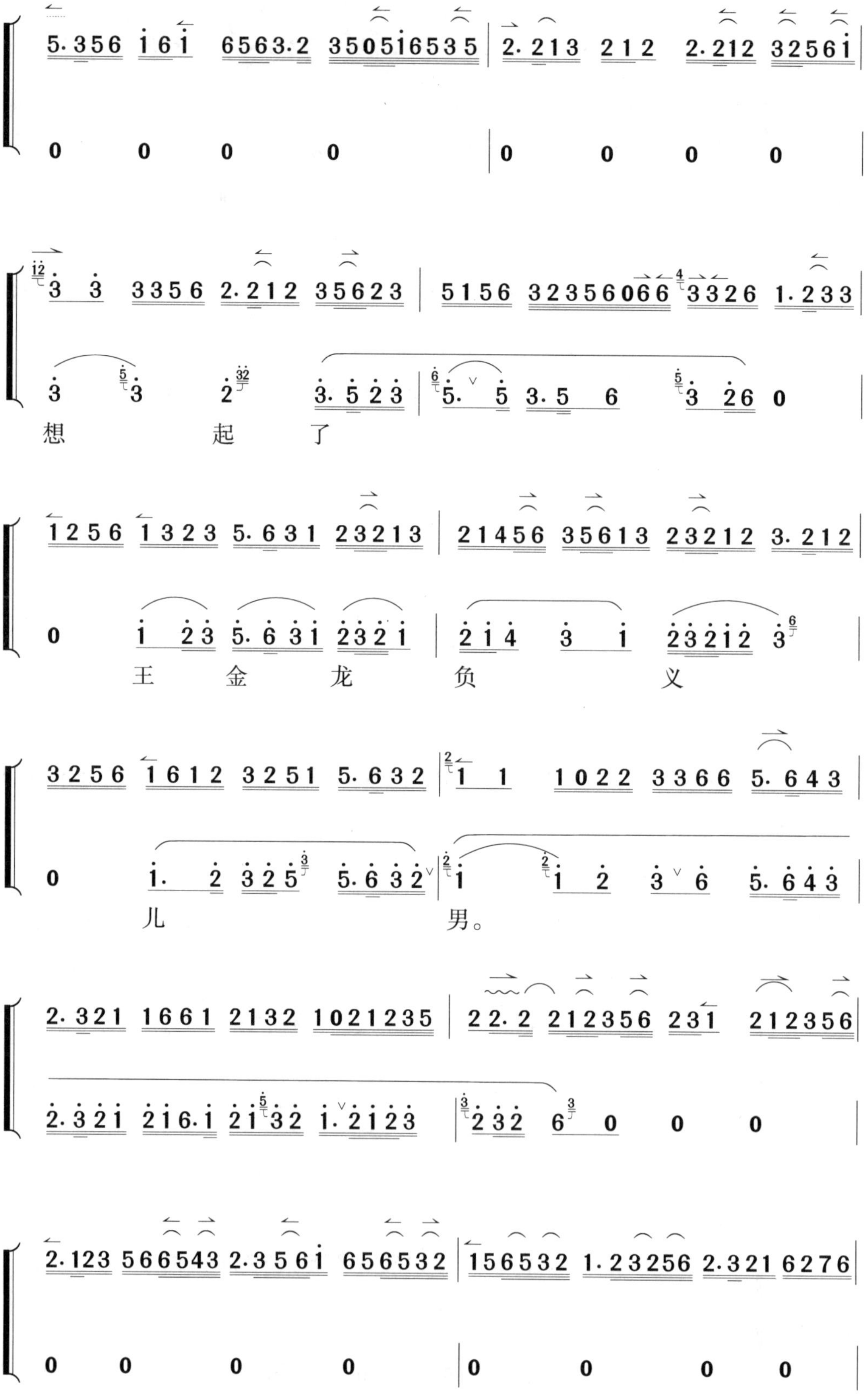
想 起 了
王 金 龙 负 义
儿 男。

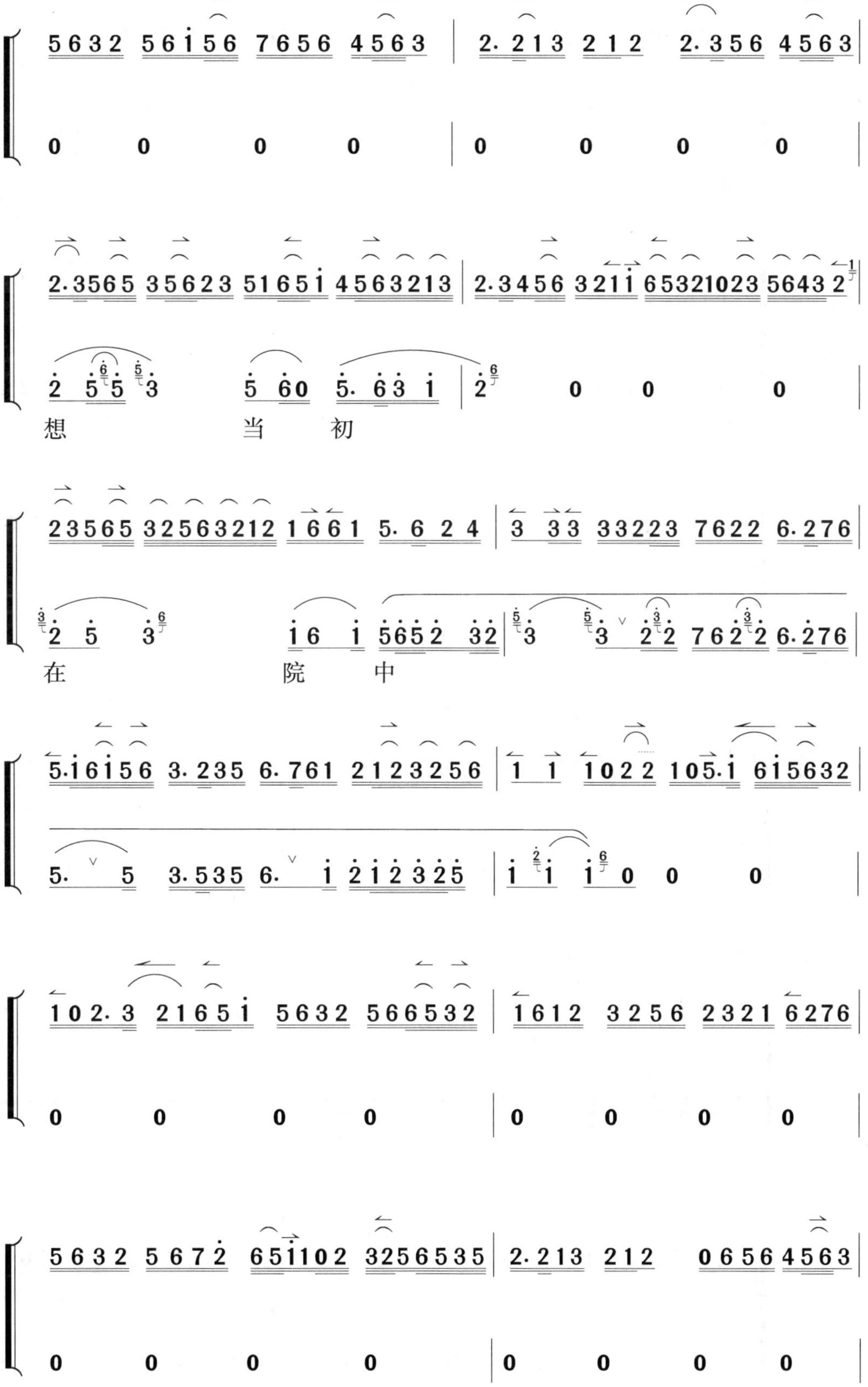
想 当 初
在 院 中

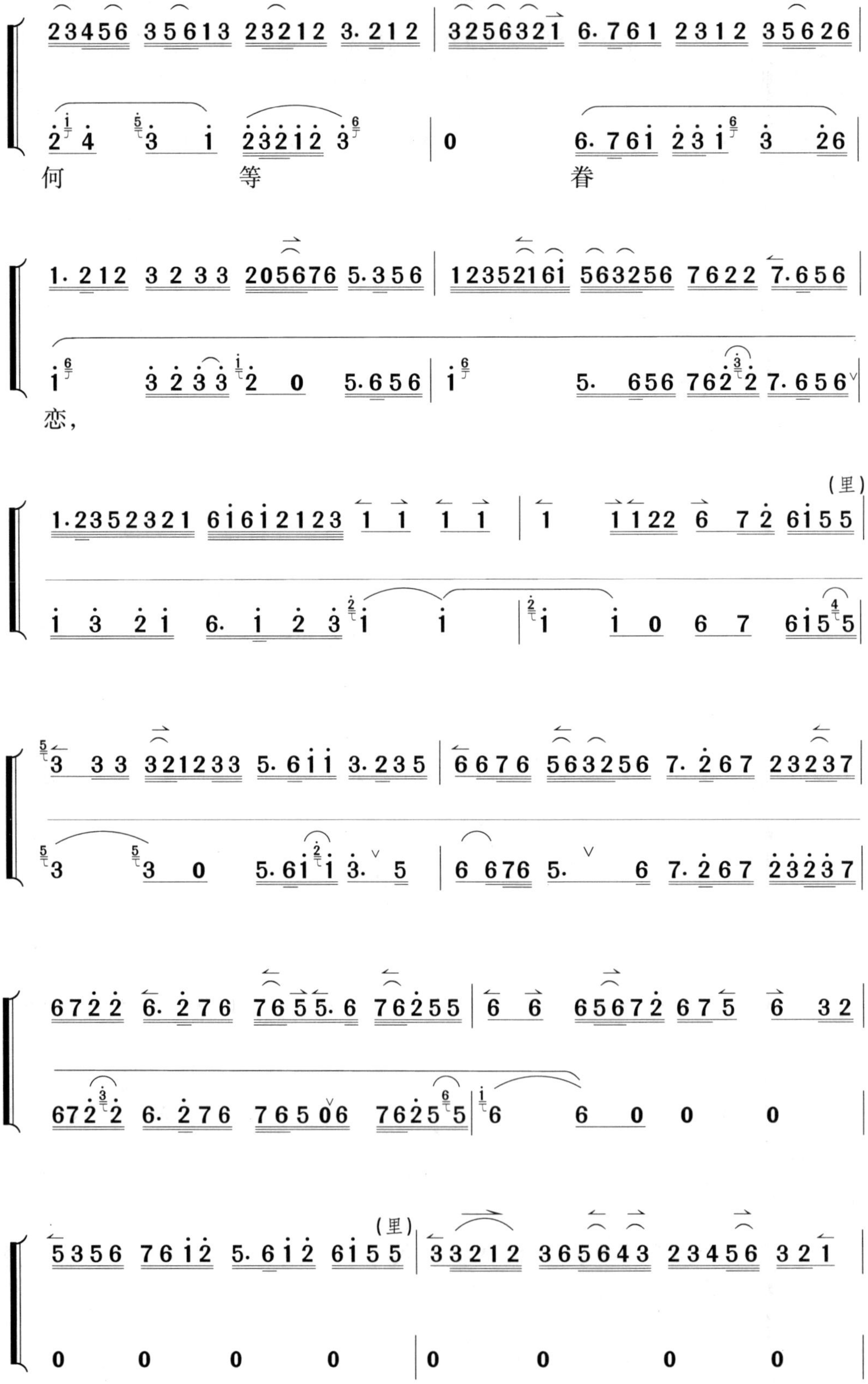
何
等
眷
恋，
(里)
(里)

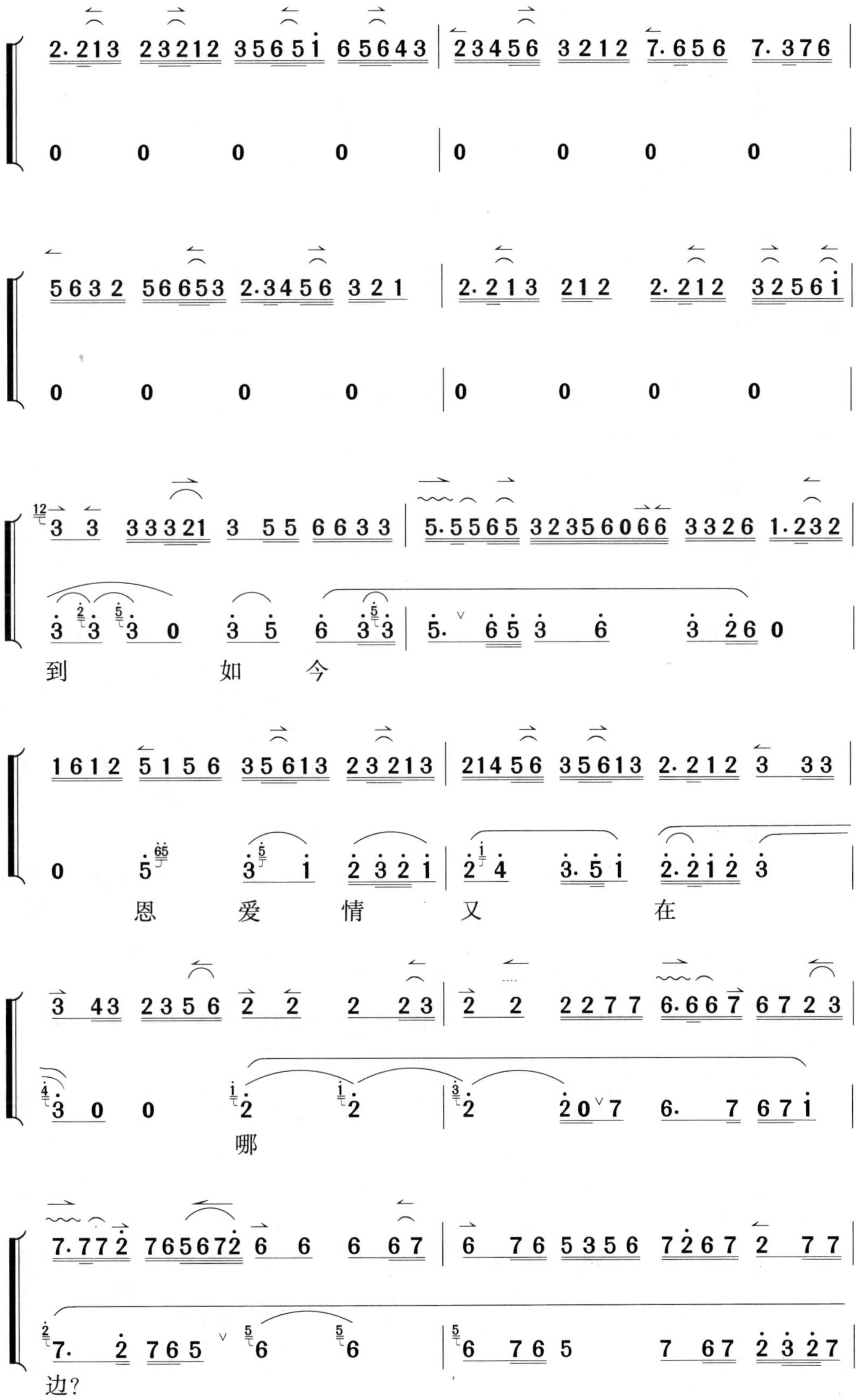
到 如 今
恩 爱 情 又 在
哪
边?

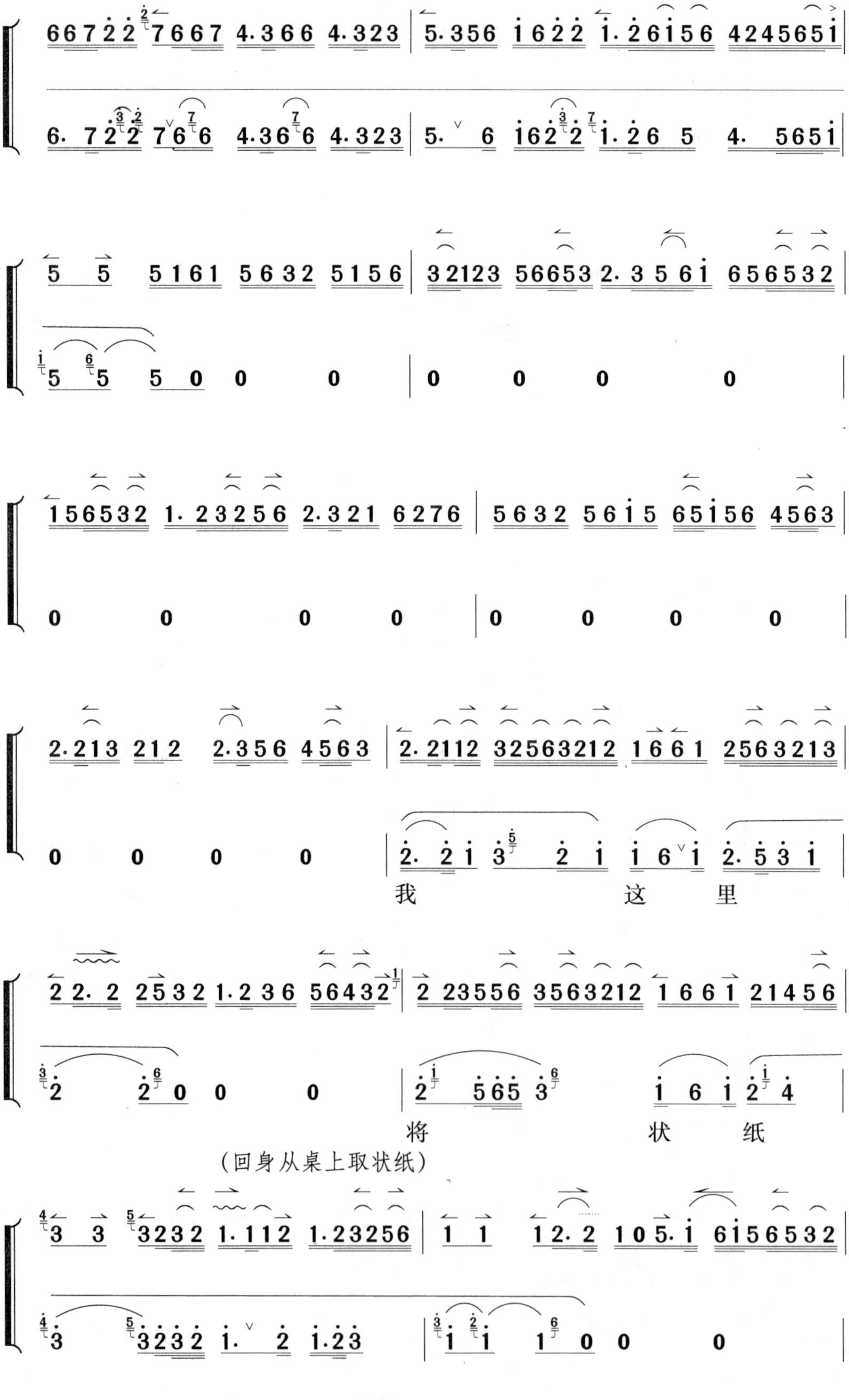
我
这
里
将
状
纸
(回身从桌上取状纸)

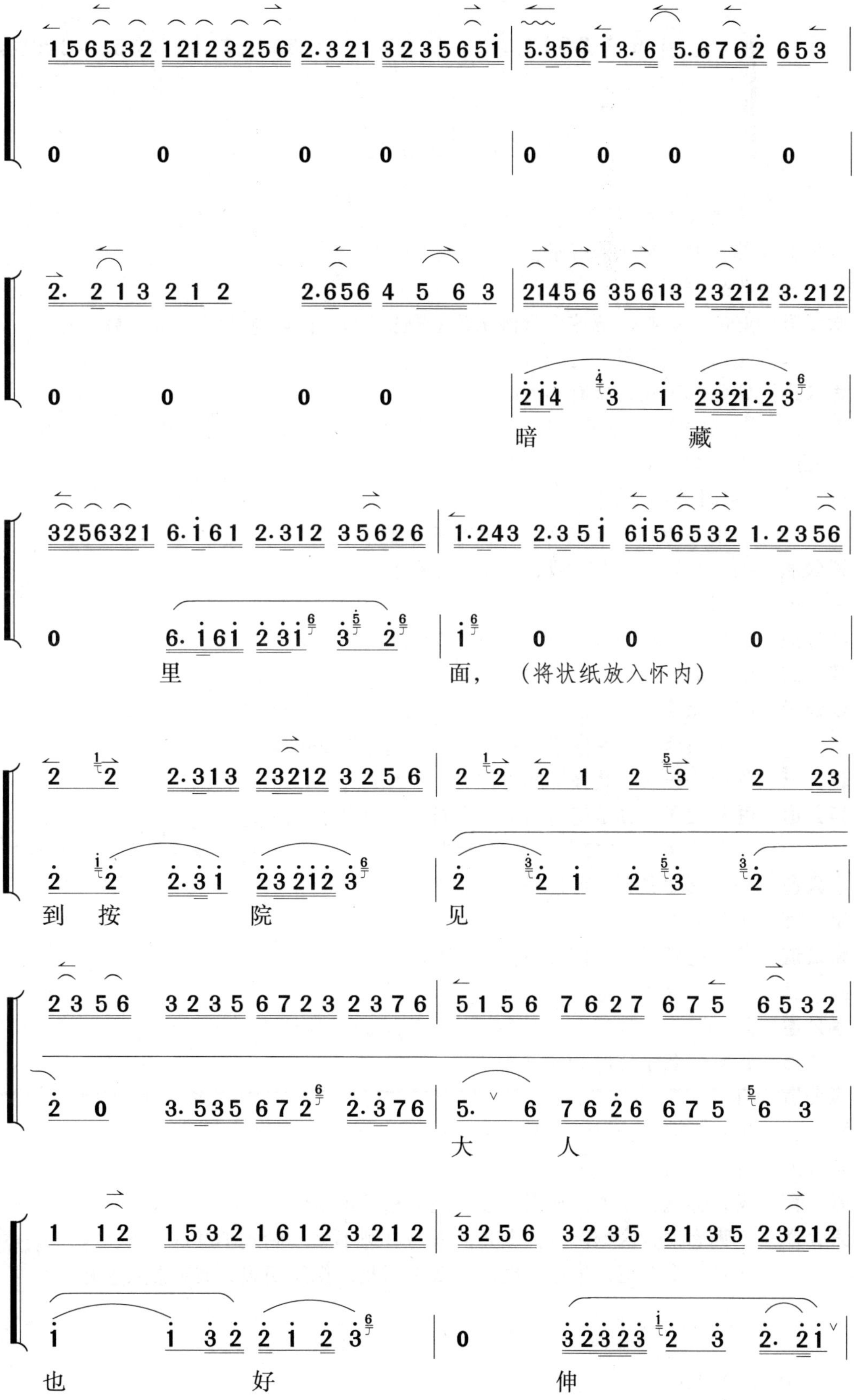
暗藏
里
面，（将状纸放入怀内）
到按院
见
大人
也好
伸

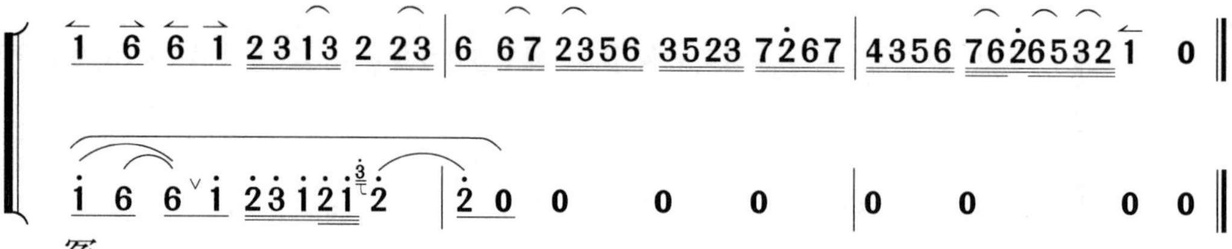

冤。

〔崇公道拄藤棍、背着行李卷、手持行枷上。禁卒暗上，开门，崇进入。

崇公道 苏三哪，你收拾好啦？

苏　三 收拾好了。

崇公道 好啦，好啦，把这个行枷来戴上啊！（苏三惊惧地注视行枷）（**嘟　大 0　仓　－**）

苏　三 怎么？还要戴上行枷么？

崇公道 朝廷的王法，哪有不戴的？

苏　三 （哭）喂呀……（暗地用手摸一下怀里暗藏的状纸。背转身看见崇公道时把手放下）

崇公道 耐点烦儿吧！

【阴锣】接**【原场】**

〔崇公道为苏三戴枷后，领苏三出监。

崇公道 啊，小差，小差，哎，回来再见啊！

禁　卒 回来见。（下场）

崇公道 （自语）我不放心，得“洗洗”[①]她。

苏　三 啊，老伯！

崇公道 哎，怎么着？

〔崇公道做出要搜查的样子，苏三边念边退步。

苏　三 你前去投文，我在那厢等你呀。

崇公道 嘿！罢了，真是打官司的老在行。那儿等我吧。（**大　多罗0　台**）

〔苏三由“上场门”下。狱官由“下场门”上。“大边”摆一斜桌，上放着公文封套。

崇公道 领文书要紧啊。哪位先生听差呀？

狱　官 干什么的？

崇公道 苏三起解了，您把文书赏下来吧。

狱　官 听点。（拿起笔）

崇公道 是。

狱　官 长解一名崇公道。（用笔一点）

崇公道 有。

狱　官 护解一名崇公道。（用笔一点）

崇公道 有。

狱　官 哎，你怎么一个人充当二役，是怎档子事情？

崇公道 不瞒您说，这趟差事苦点儿，领的盘缠不多，俩人不够，一个人又富余点儿。况且又是一个女犯，半道上也没什么失闪儿，您闭闭眼，我们就过去啦。

---

① 搜查的意思。

狱　官　有的，你真能说啊！
崇公道　实话。
狱　官　解往什么地方啊？
崇公道　太原省城。
狱　官　噢！太原省城啊！那儿出好罗儿！
崇公道　敢情。
狱　官　给你俩钱，给我带个罗儿来。
崇公道　哟！就这俩钱儿还买骡儿呢？尾巴也买不回来呀。
狱　官　什么罗儿呀？
崇公道　你说什么骡儿呀？
狱　官　我说的是马尾罗儿。
崇公道　要马尾罗儿干什么用呀？
狱　官　筛松香。
崇公道　有什么使项？
狱　官　蘸取灯。
崇公道　唉！蘸取灯不用松香。
狱　官　用什么？
崇公道　黄蜡。
狱　官　蜡黄。
崇公道　冰糖。
狱　官　绵羊。
崇公道　哎！这是官事吗？打什么哈哈？拿来吧。（接过公文）

〔狱官下场。**【原场】**崇公道下场。（锣鼓紧接下场**【快长锤】**）

第　二　场

〔**【快长锤】**苏三上，崇公道随上。（公文插在背后）

〔亮弦〕

サ（4　3. 2　3 6　5）**【闪锤】**

苏三走至台口望堂桌，哭："喂呀！"苏三走圆场，边走边唱。

〔西皮流水〕

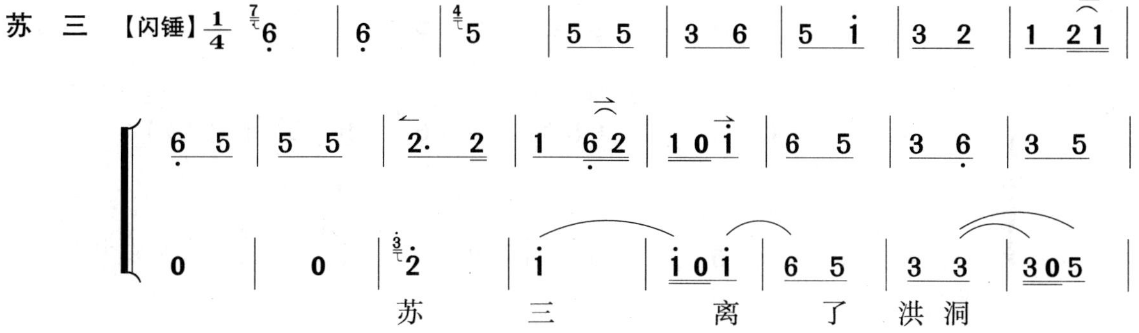

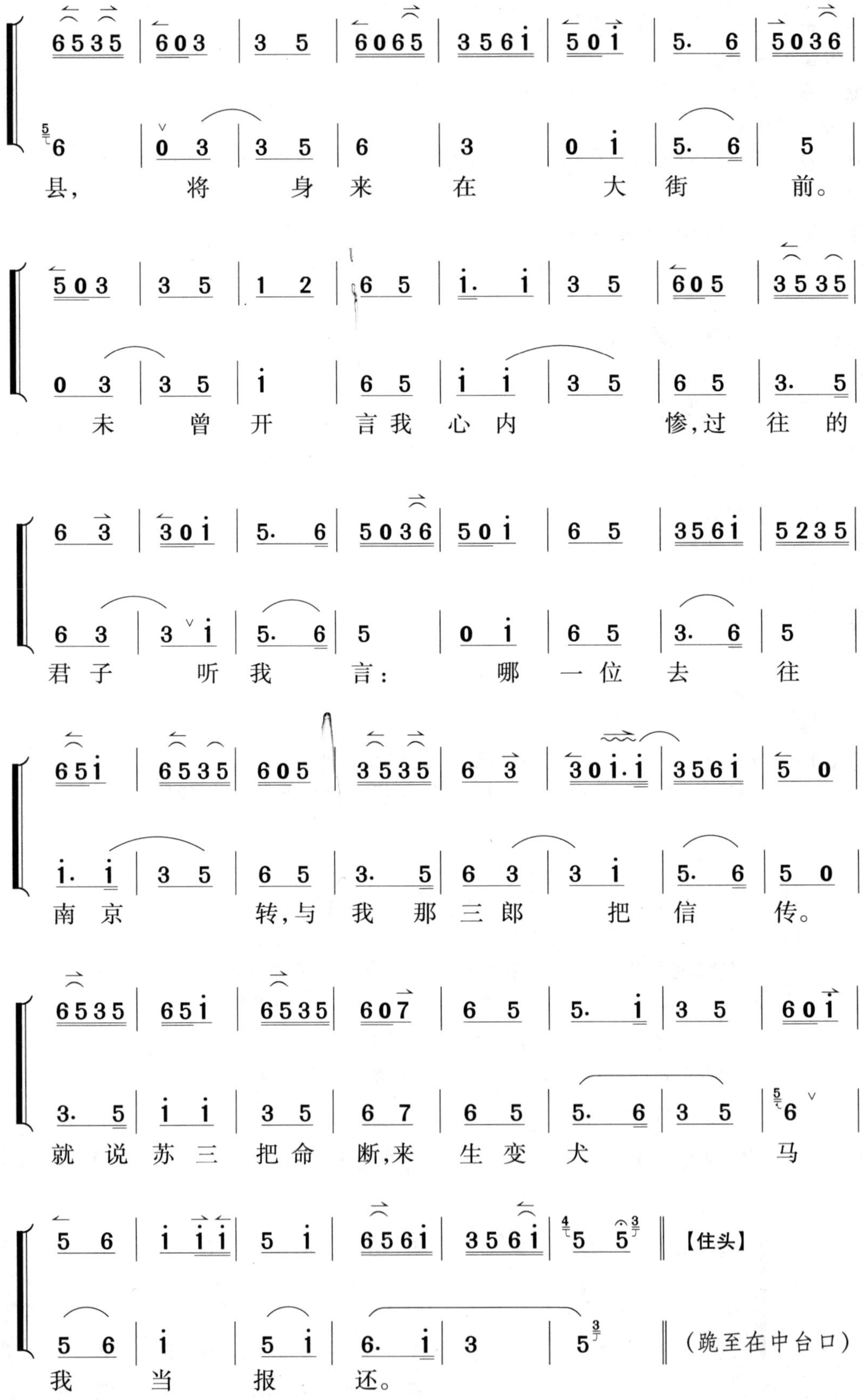
县，将身来在大街前。
未曾开言我心内惨，过往的
君子听我言：哪一位去往
南京转，与我那三郎把信传。
就说苏三把命断，来生变犬马
【住头】
我当报还。
（跪至在中台口）

崇公道 哎？我说苏三哪！走着走着你不走啦，跪在这一个地方你是祝告天地呀？还是哀求盘缠哪？

苏　三 一非祝告天地，二非哀求盘缠。

崇公道 那么跪在这儿干什么呀？

苏　三 求老伯问问过路的客商，可有往南京去的无有？

崇公道 有往南京去的怎么样呢？

苏　三 若有往南京去的，好与我三郎带个信儿呀……（哭）**【小锣一锣】**

崇公道 咦……哈哈……你瞧哏，她到了这一步田地啦，还不忘心上那个人儿哪。唉！做妓女的都像她似的，总算是个有良心的啦。好了，我给问去啊。（向内）我说店里的掌柜的请啦。

〔内白：（说山西口音）“做什么？”

崇公道 您这儿的客人有往南京去的没有哇？

〔内白：“往南京去的前三天都走啦。”

崇公道 那么这会儿都上哪儿去的？

〔内白：“净剩上热河、巴沟、喇嘛庙拉骆驼的啦。”

崇公道 你看倒好，出了口啦。哎！苏三哪！我给你问来啦，往南京去的客人，前三天就走啦。净剩上热河、巴沟、喇嘛庙拉骆驼的啦。

苏　三 唉！我苏三好命苦哇……（站起）

崇公道 半道人多着哪，前边再打听。

〔西皮流水板〕

苏　三 **【闪锤】**

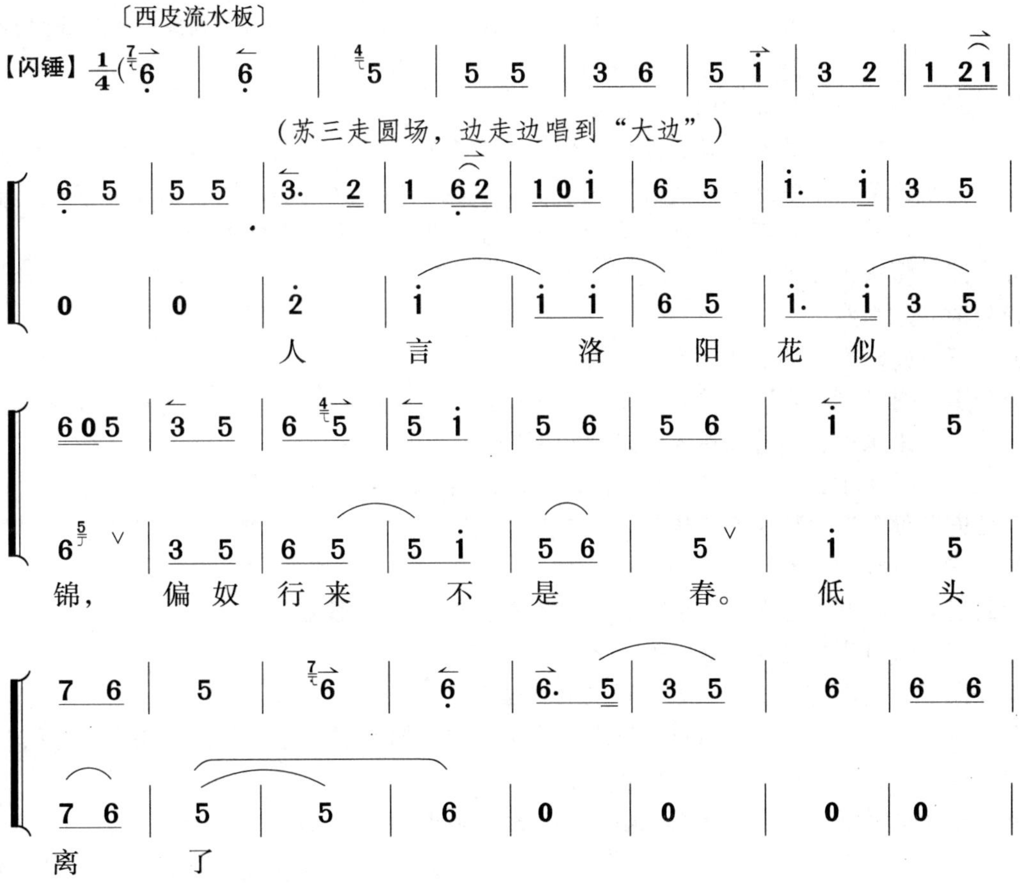

サ 7 6 5 3 - 5 - 6 76 5 6 7
洪 洞 县 境,

2 - 6 3 5 3 5 6 - -

〔【快长锤】住"下场门"走，转身出城，站"小边"台口。

〔亮弦〕
サ（4 3. 2 5 7 6 6 6 6 -）

崇公道 哎哟，好热的天呀！（停步挥汗）

〔西皮摇板〕
苏　三 【凤点头】（6 | 6 | 5 | 5 5 | 3 6 | 5 5 | 3 2 | 1 1 |

（苏三走到"大边"台口）

6 5 | 5 5）| 3 | 5 | 5 65 | 3 5 | サ 6 -
老 伯 不 走

（6 565 3 5 6 i 5）
5 6 5 3 3 5 ‖ 【住头】（崇公道停步）
为 何 情？

苏　三 啊，老伯！你为何不走哇？

崇公道 唉！不是我不走哇，你瞧这个天儿够多热哪！空行人儿走道还出汗哪，何况你女流之辈，扛着这么重的枷！这不是出了城了吗？这么办，把这枷卸下来，慢慢儿的溜达着走。离着省城不远儿咱们再戴上进城，你说好不好呢？

苏　三 慢来，慢来！

崇公道 怎么？

苏　三 此乃朝廷的王法，如何能去得的？

崇公道 有的嘿！在这儿等着我哪！什么王法呀！这叫瞒上不瞒下，出城由着我，没关系，来来来，趁着没有人儿赶紧卸下来。

〔【阴锣】接【住头】苏三面朝里跪，崇公道放下藤棍用斧头卸下行枷，苏三站起。

崇公道 你瞧这可松快不松快？

苏　三 看将起来你倒是个好人哪！

崇公道 咳！好人怎么着，你瞧我这个岁数呀连个儿子都没有！

苏　三 哎呀呀！这样的好人怎会无有儿子啊！

崇公道 非但没有儿子，把个孙子也给耽误啦。

苏　三 取笑了。——老伯若不弃嫌，情愿拜在老伯名下认为义女，不知意下如何？

崇公道 哎，那可使不得，没那规矩。

苏　三 爹爹请上，待女儿大礼参拜。（跪拜施礼）

崇公道 哎哟！别介，别拜啦，别拜，别拜。起来，起来，起来。嘻哈哈……哎呀，你瞧哇！这都是想不到的事情。我这个岁数啦，又收了这么个干女儿，你瞧她那五官相貌多体面哪！真是呀！眉清目秀，粉面桃腮，比花花解语，比玉玉生香。这样的品貌，将来一定是个有造化的啦，哈哈哈……得，这个干女儿收着啦。可惜！穷干爹没落子，要什么没什么。拿什么做见面儿礼儿呢？真是，（看地下放的藤棍）哎，得！就拿这根棍儿遮遮羞脸儿吧。苏三哪！我这有根棍儿，权当见面礼儿，你拄着它走，咱们三条腿可比两条腿省劲儿多。

苏　三　如此你我父女，一同走——哇！

〔【撕边】接【原场】

崇公道　哎，咱们走咧！

〔西皮导板〕

苏　三　【导板头】サ

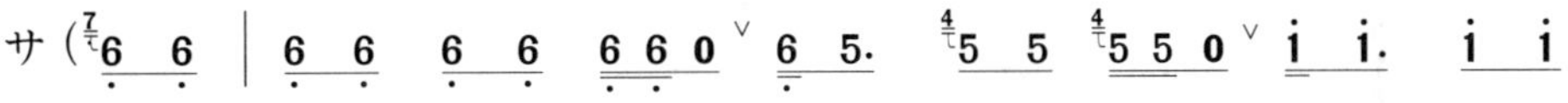

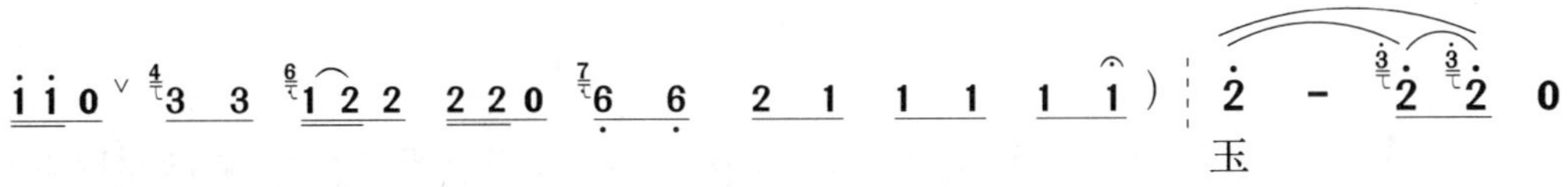

（拄棍面向里唱）

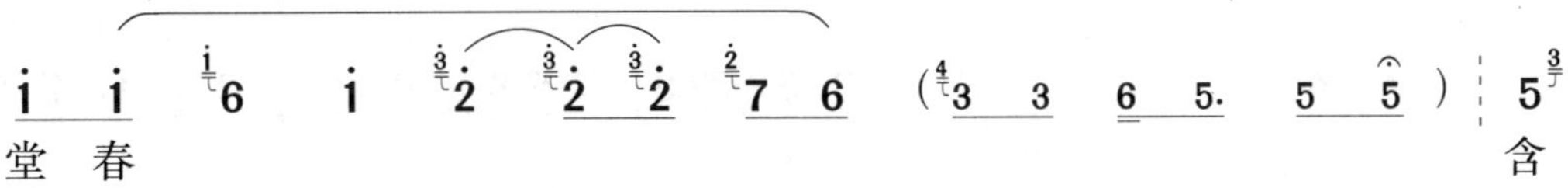

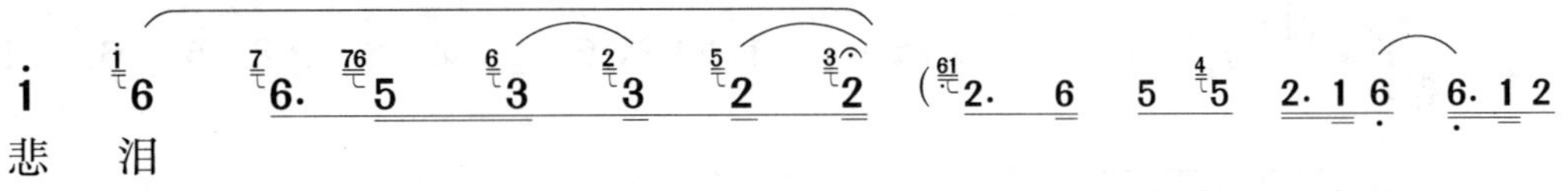

（转身面向外唱）

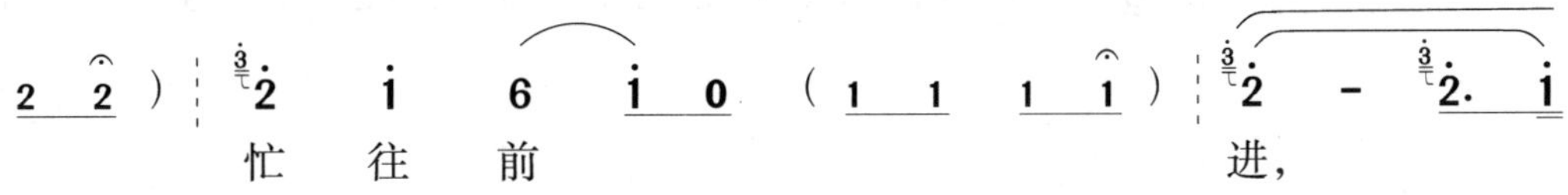

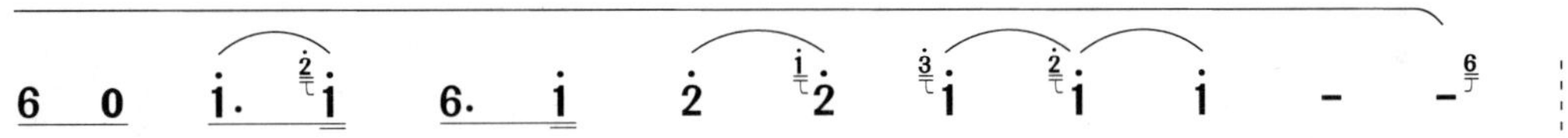

〔【慢长锤】二人分左右穿插慢走小圆场崇公道白：“甭忙，慢慢的溜达着走。”

〔西皮慢板〕

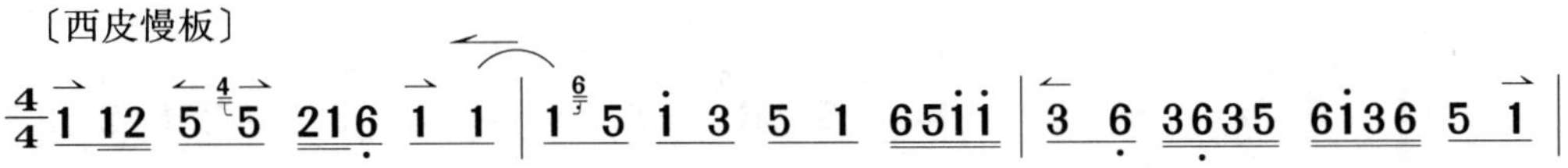

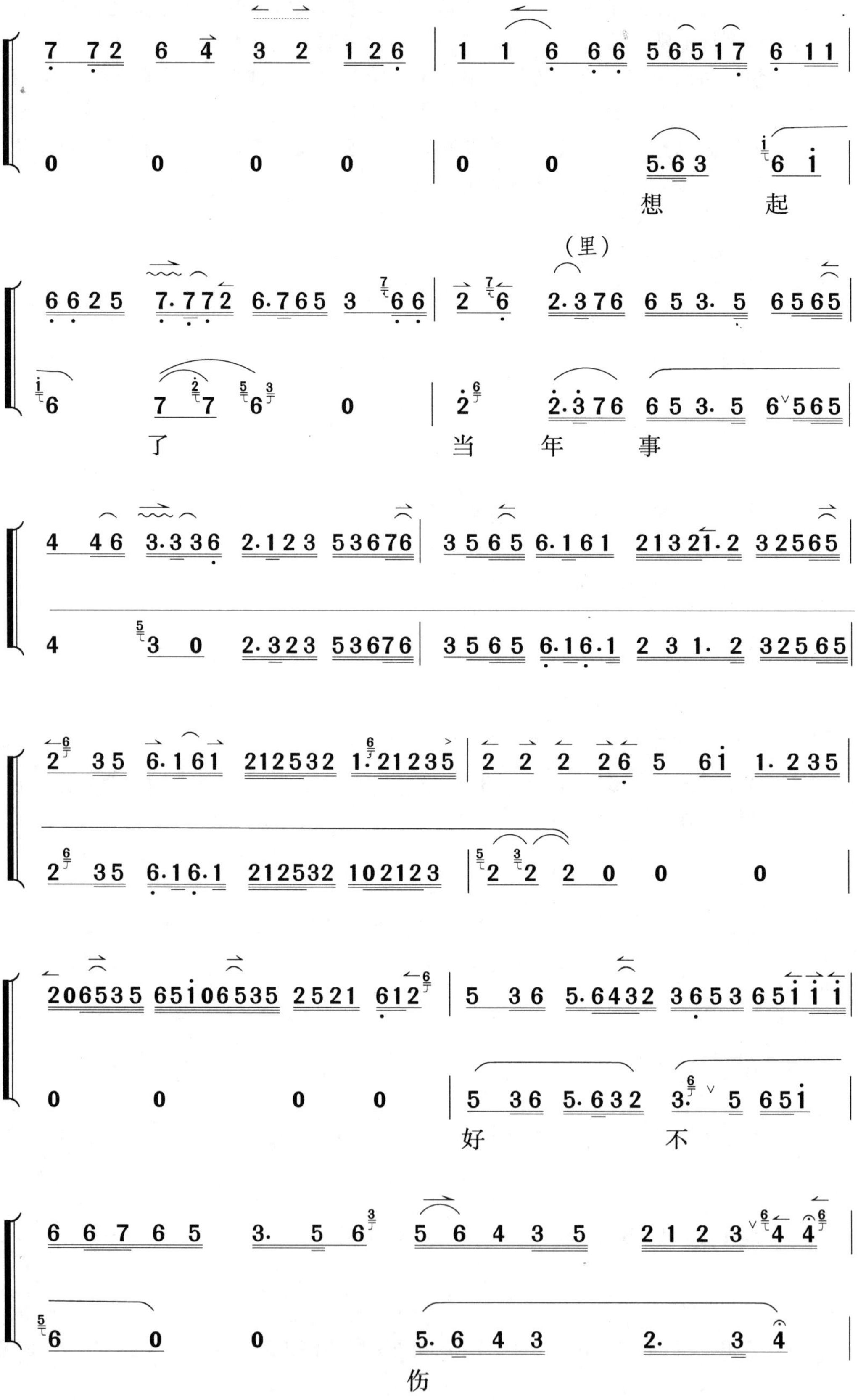
想　起
了
（里）
当　年　事
好　不
伤

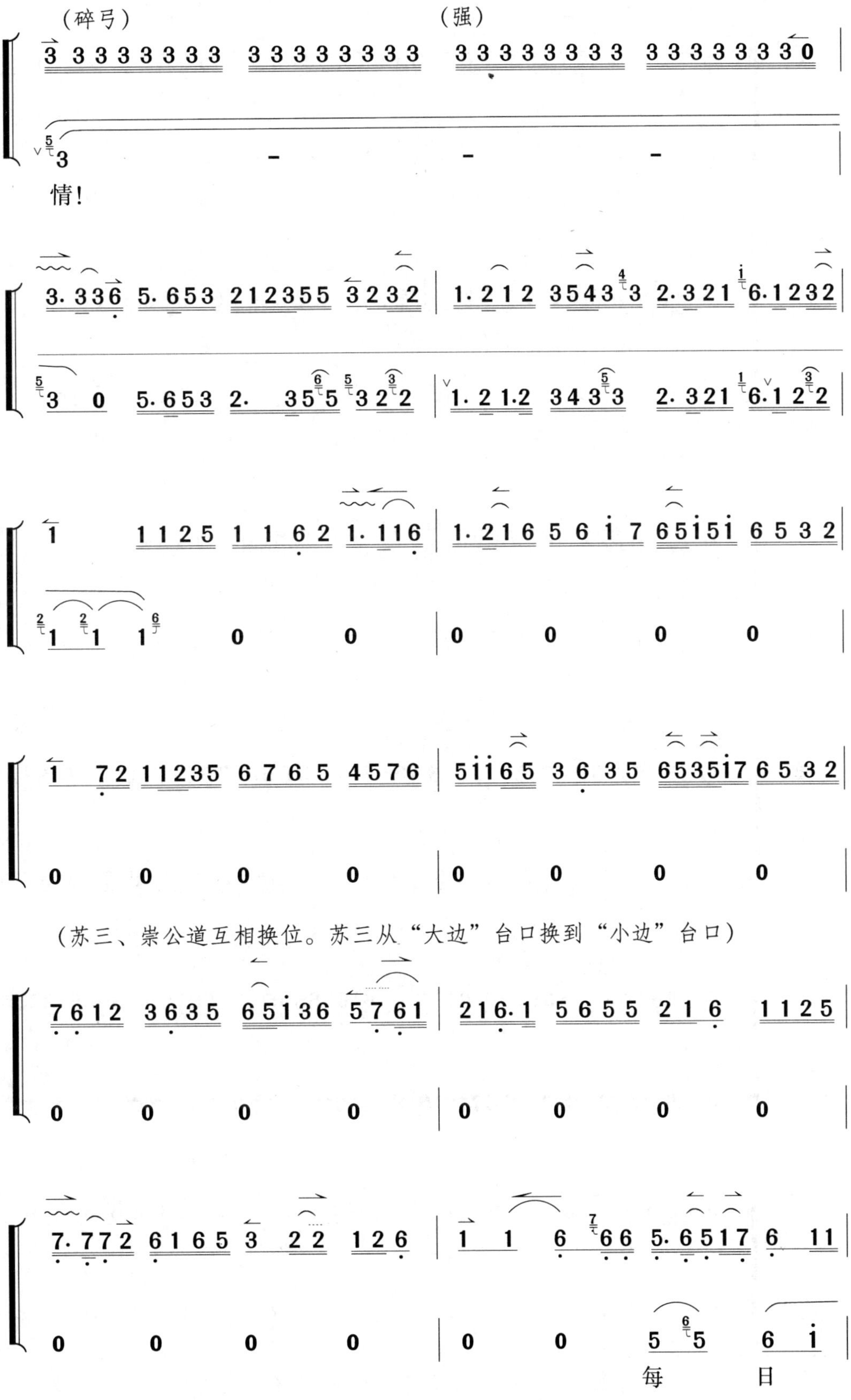
（碎弓）
（强）
情！
（苏三、崇公道互相换位。苏三从“大边”台口换到“小边”台口）
每
日

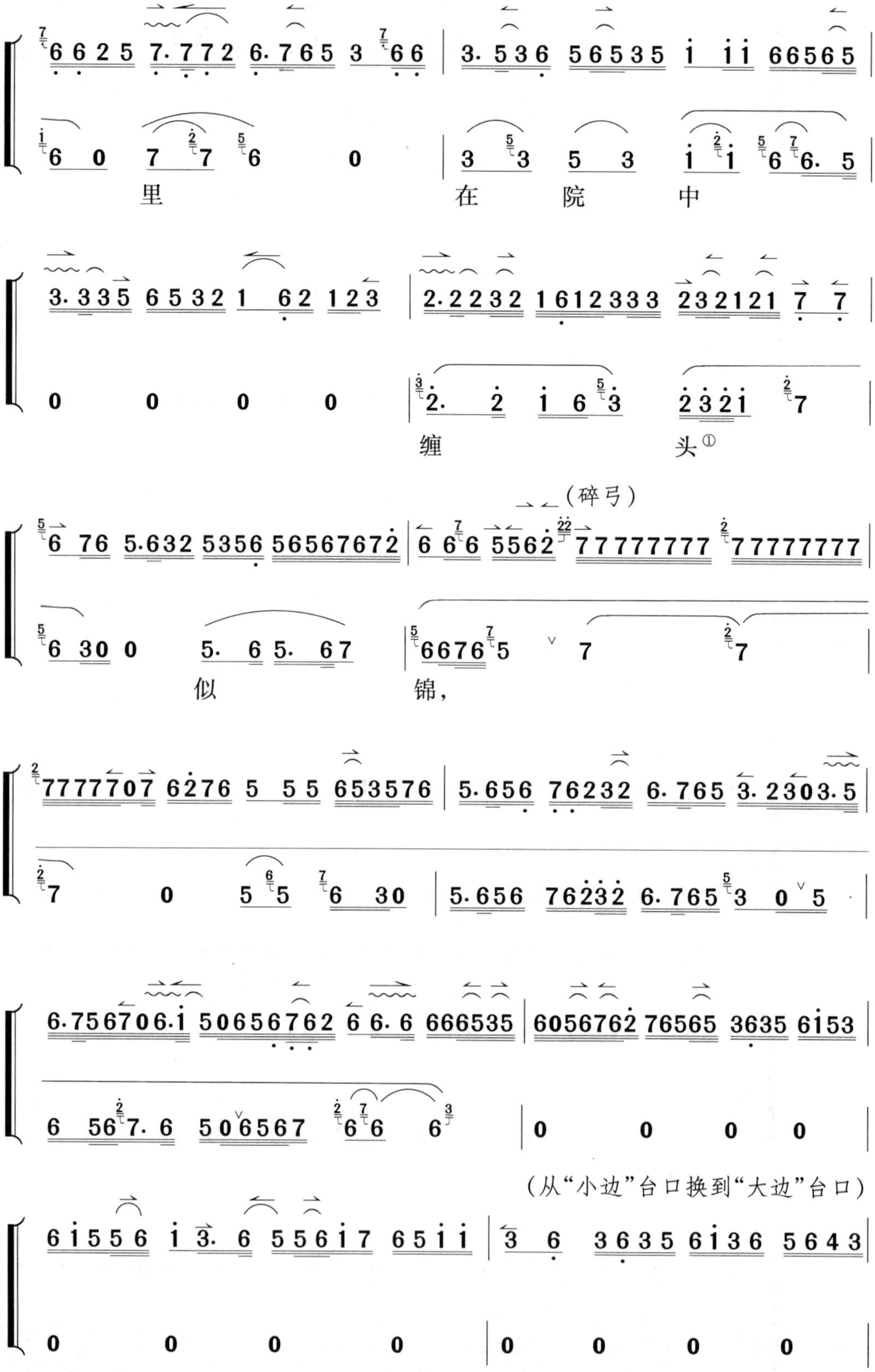

① 缠头：古代歌舞艺人表演完毕，观者以罗锦为赠，称“缠头”。后来又作为赠送妓女财物的通称。

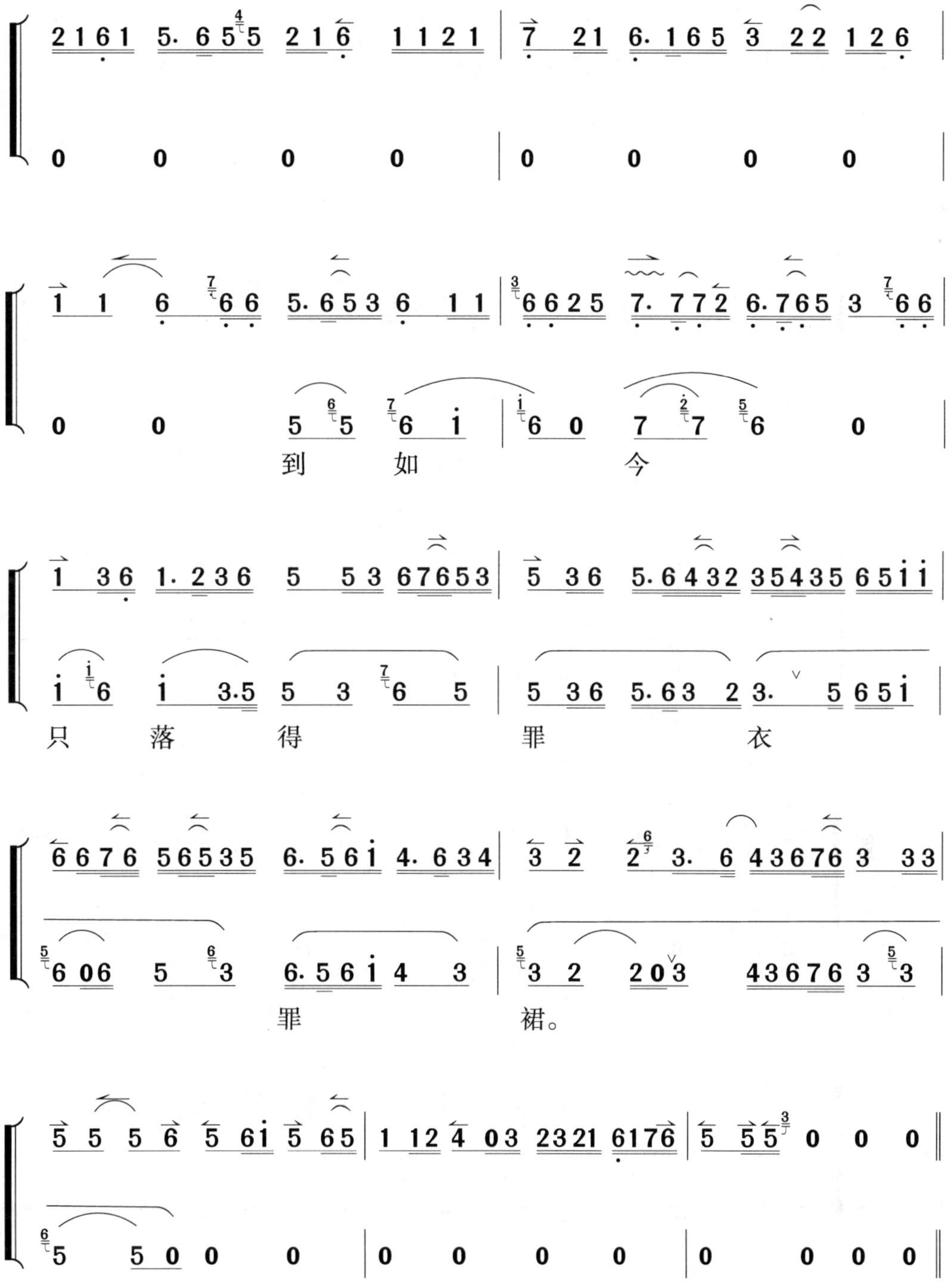

崇公道 你说什么，想当初在院中缠头似锦，到如今只落得罪衣罪裙。今非昔比，你知道吗？这打上官司呀，比不得你在宜春院，穿绸裹缎，每日花天酒地是快乐非常。那是鸨儿拿你当了摇钱树，好长年的给她赚钱。那何日是了哇！你看这一会儿，身穿罪衣，蓬头垢面。心里哪有不难过的哪！你呀，就盼着吧！到了省城，见了都天大人，判明冤枉，没有你的罪啦，必然有你一条生路。那个称心的日子就在后头哪！不用发愁有希望，耐点儿烦儿，咱们走吧！

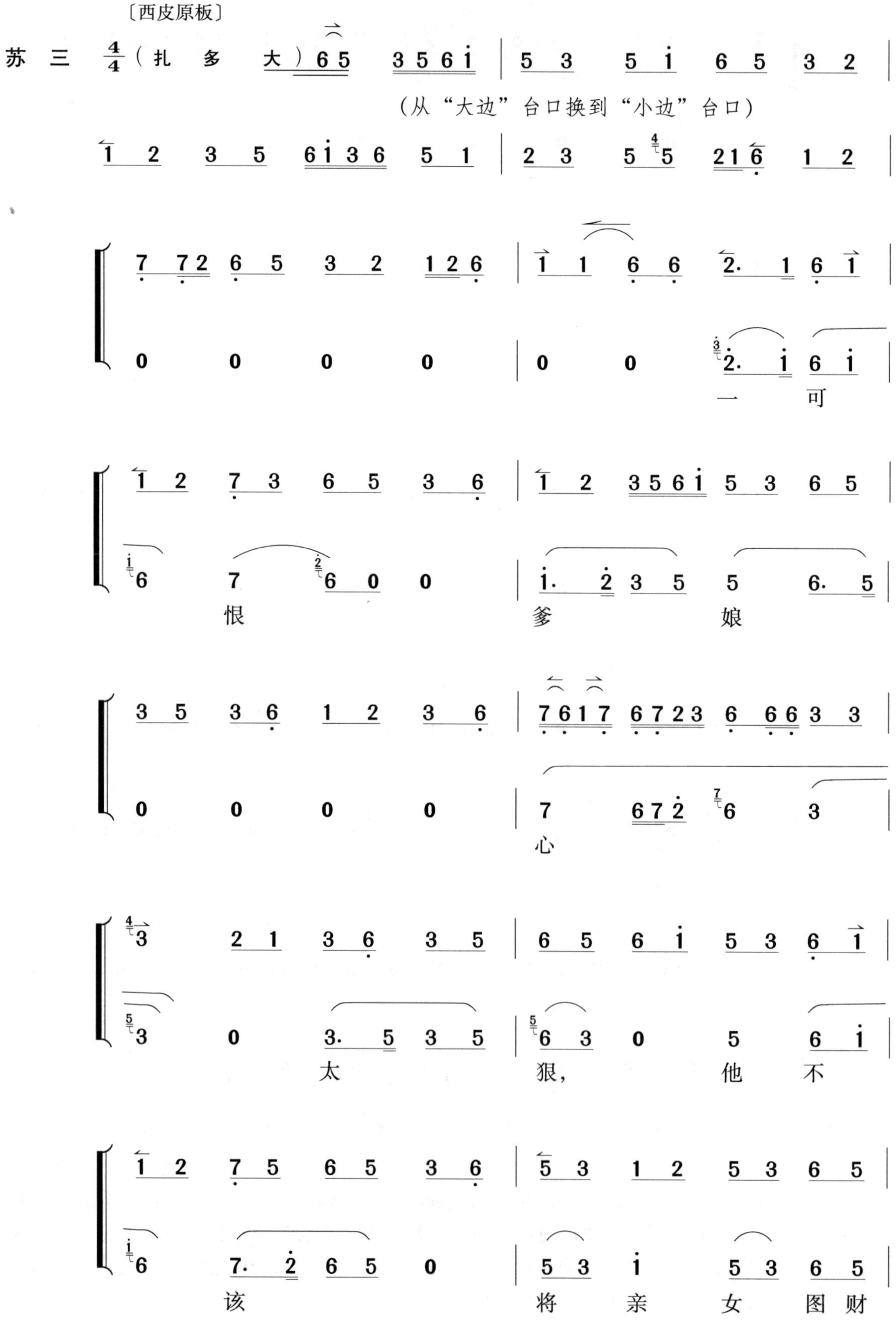
〔西皮原板〕
苏三
（扎 多 大）
（从“大边”台口换到“小边”台口）
一 可
恨
爹 娘
心
太
狠，他 不
该
将 亲 女 图 财

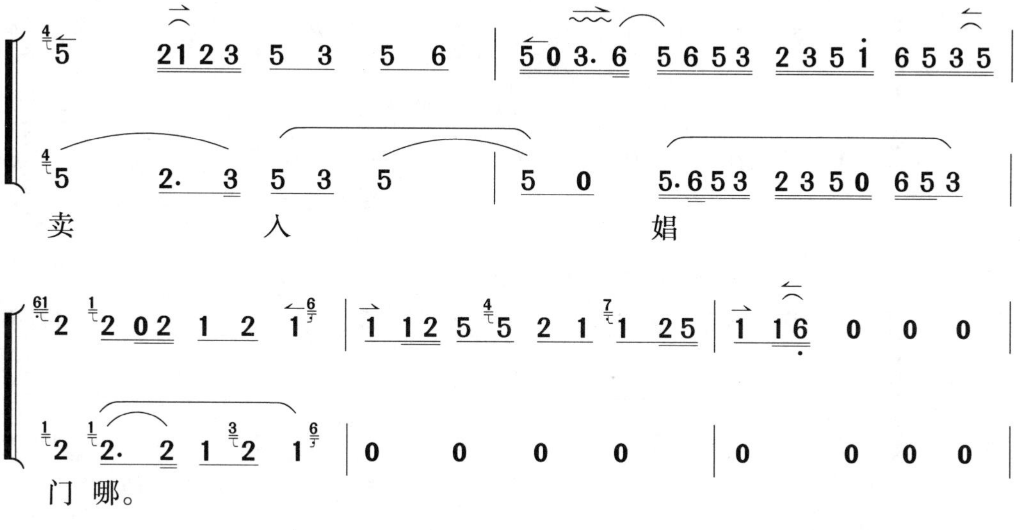

崇公道 哎哟孩子！你说这两句话儿我听着心里头好难过啦。什么，爹娘做事心肠狠，不该将女卖入娼门。这话呢！倒是有这么一说呀。本来么，做父母的应当教养儿女成人，绝不该卖女儿为娼。话虽如此呀，可别埋怨你父母。但是这个娼妓不知道从什么时候有的。可是我听人家说过呀，这是列国齐桓公霸诸侯一匡天下，用管仲为相，他兴的这个客妻路妓。设立了三百处乐户，专拘你们这些美貌青年妇女，日施脂胭花粉，接待各国的商贾。得钱满归齐桓公所有。就为他富国，不管妇女们的痛苦！你想，从那时到而今，这几千年来，也不知伤害了多少良家妇女呀！你说他们缺德不缺德呀！要恨哪，你就恨他。实在是有伤人道哇！这个臭根儿呀，是他留下的，埋怨你父母干什么呀。走吧！

苏　三

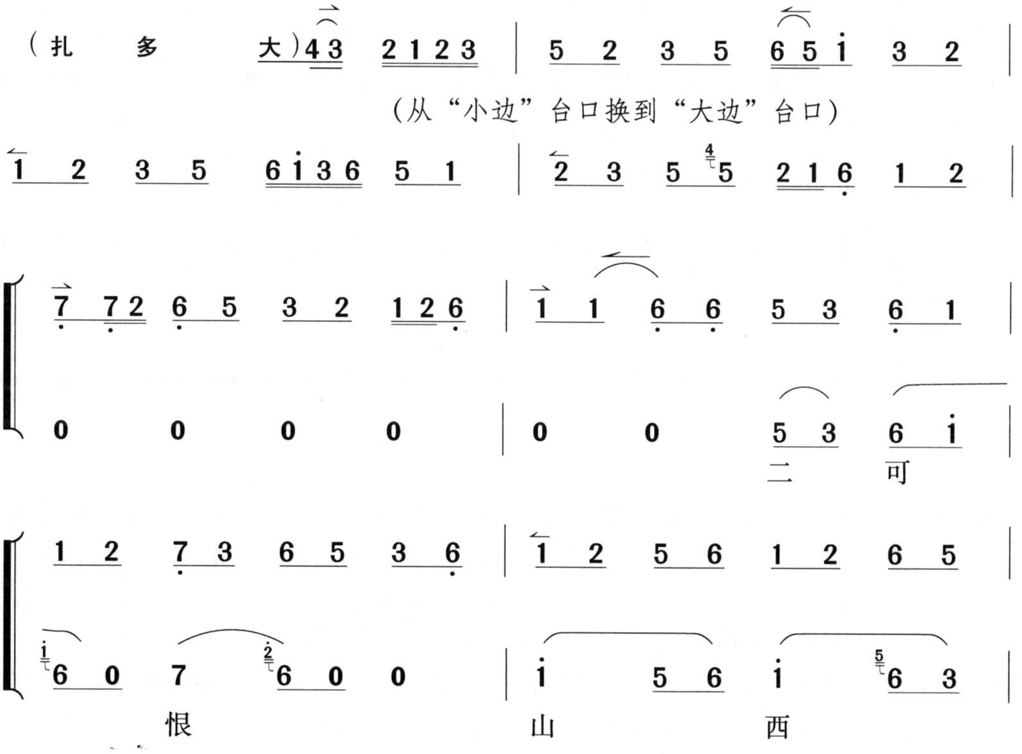

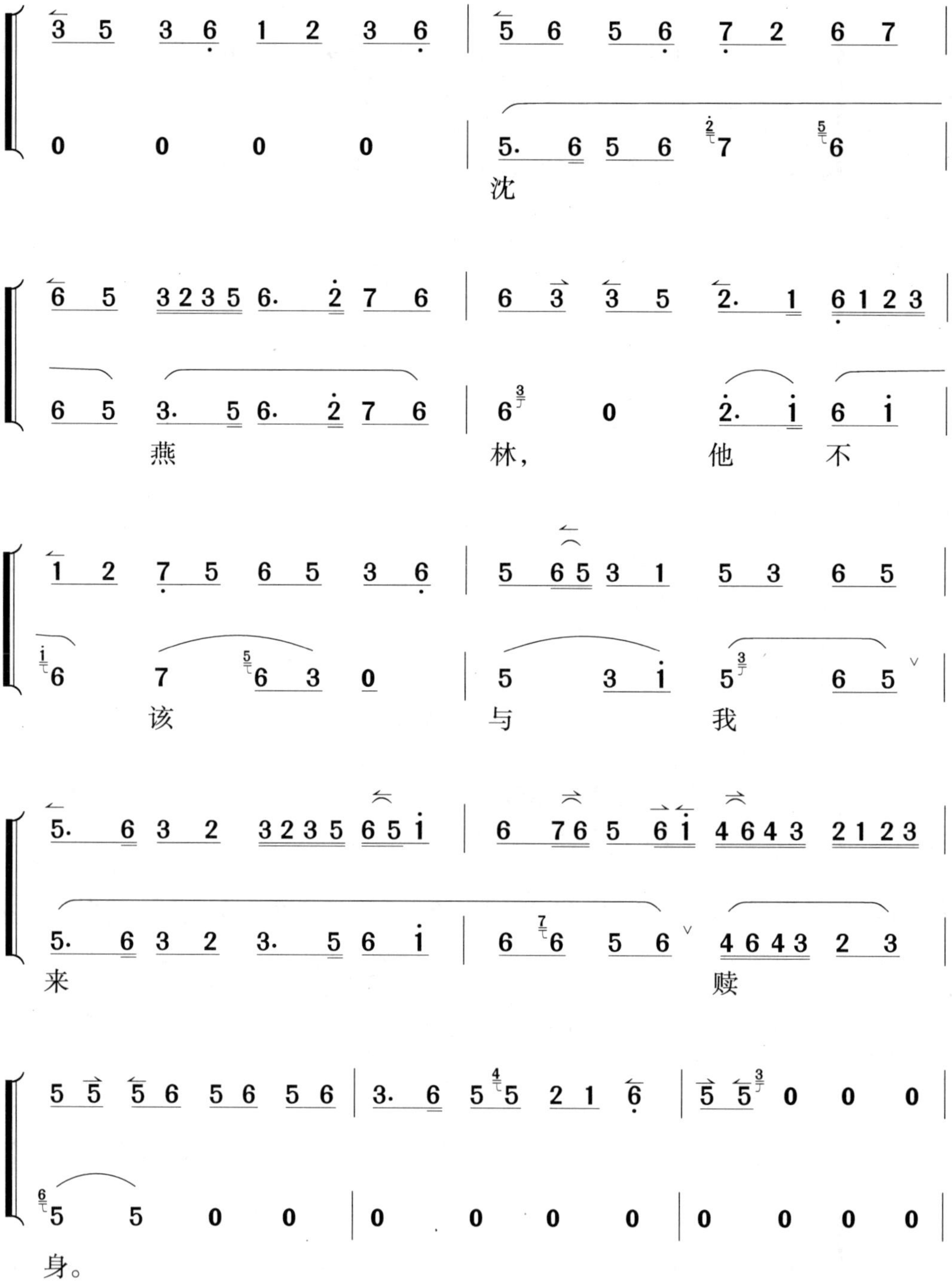

崇公道 唉，孩子！你要说这个话，可就算没良心啦。那沈大官人，花那么些个银子钱替你赎身，出妓为良乃是一件好事。你怎么倒埋怨人家呢？唉！那个沈燕林他可也不对呀，既有媳妇儿么，干什么又把你给弄到家里去，一夫二妻，都是这个岁数。那沈大官人他再厌故喜新，在你这屋里日子多，她那屋里日子少，这日子长了哪能够不吵。哎呀，这个沈燕林虽然把你救出了火坑啊，这下反倒把你给害啦。咳！他虽然有俩糟钱儿呀，买来个家宅不安，他这是自找其祸。走吧！

苏三起解

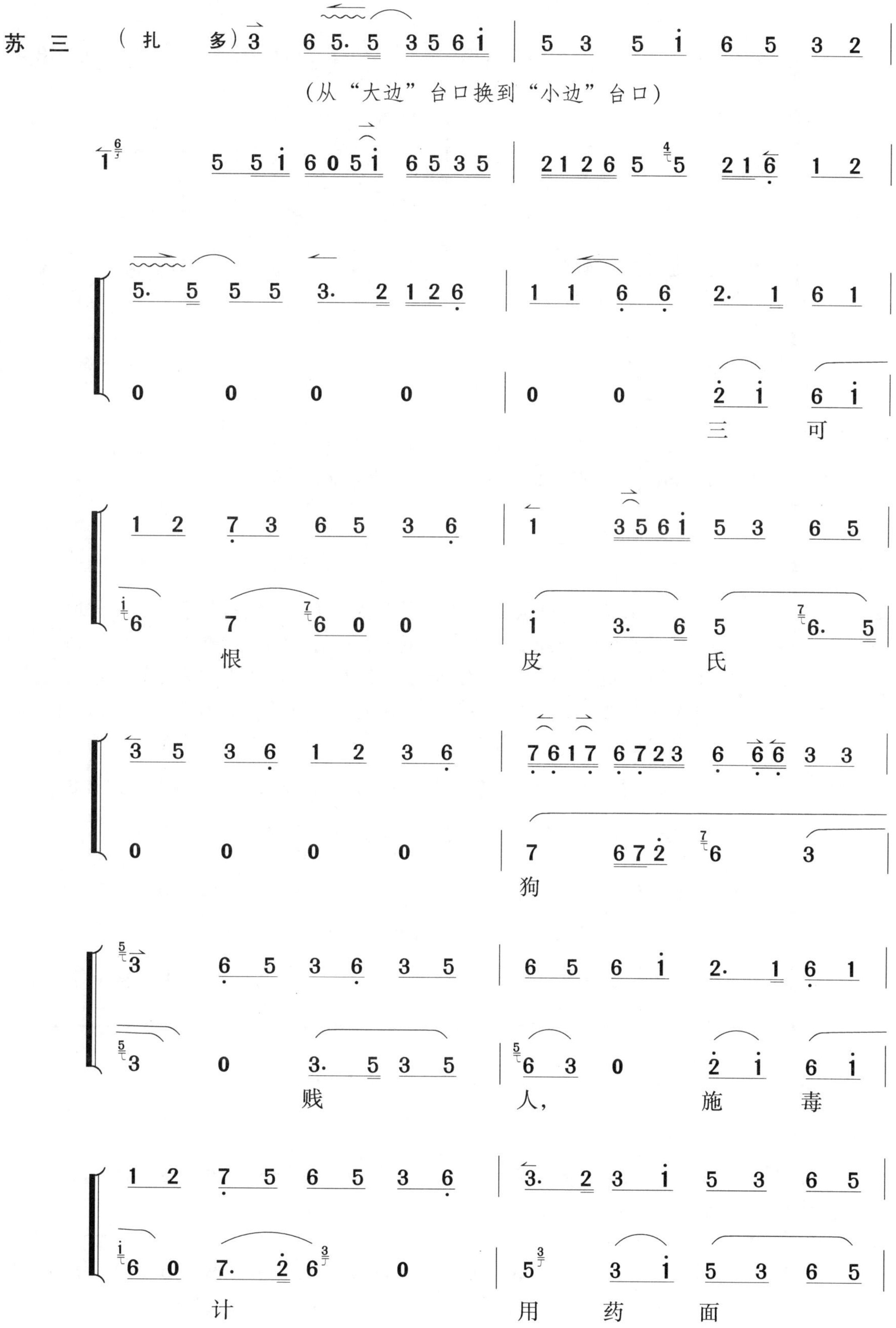

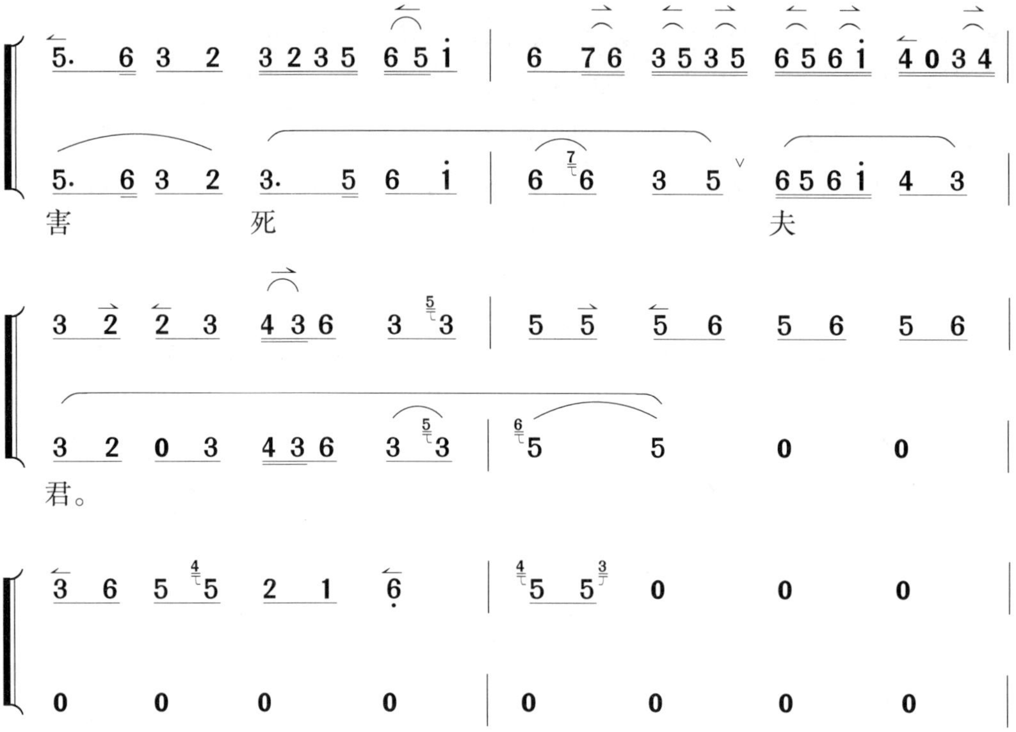

崇公道　什么？皮氏不该用药面害死夫君。你也不想想，那个皮氏素常素往一个人惯惯儿的啦，你要是得了宠没她的地步啦，哪有不生歹心的？那天弄碗毒药面哪，指望是把你给毒死呀，没想到那个倒霉的沈燕林他替你吃了。这才呜呼哀哉闹出这么大的事来。唉！这倒是个警世文儿呀。我想人生在世，不可任意胡为呀！哎！这个闺房的事情呢，夫妻总要商量好了。如其不然，真有性命之忧哇！这个事危险啦。走吧！

苏　三

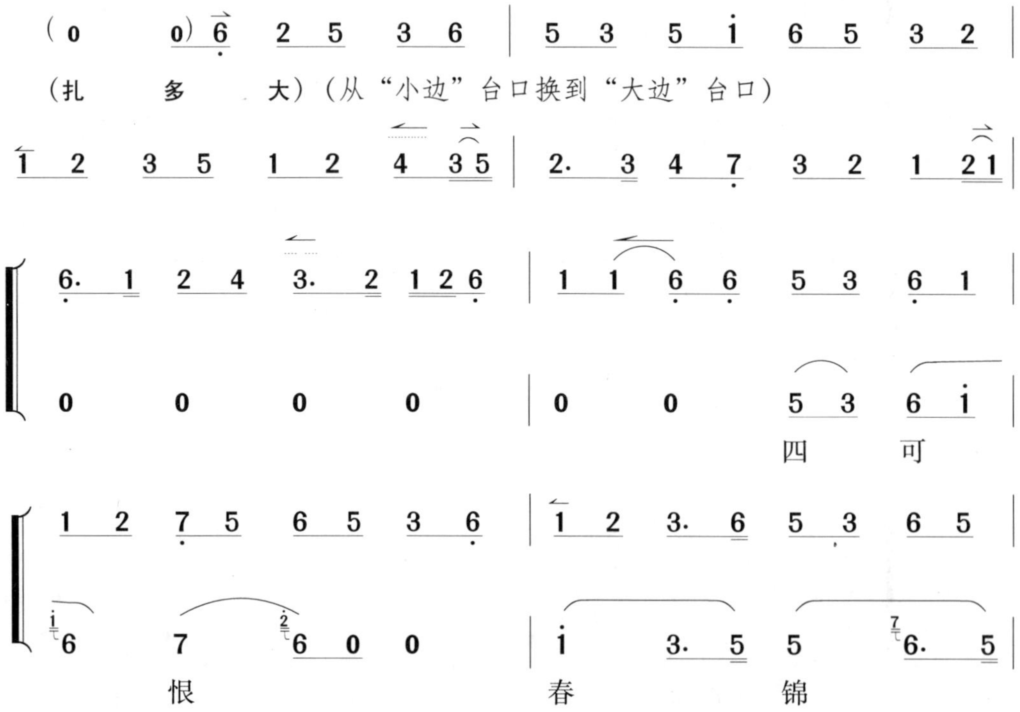

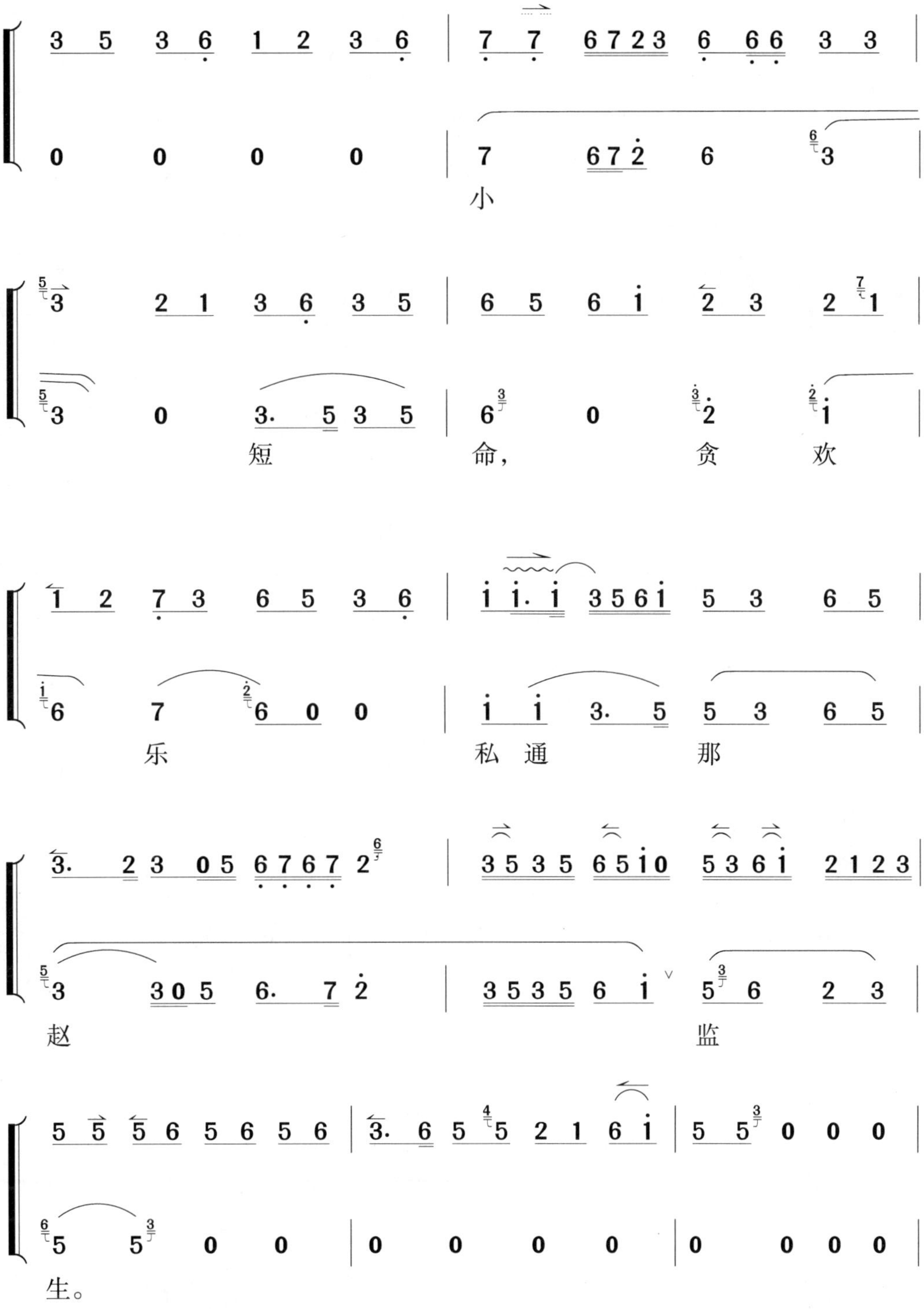

崇公道 唉，春锦一个使唤丫头，你恨她干什么。再一说，那也是个苦命的孩儿。皮氏拿银钱把她买来的，不向着皮氏她敢向着你吗？你要说那个丫头也老大不小的啦，也不张罗着给她找个人家儿。那个皮氏既跟这个赵监生有了关系啦，日久天长那个春锦还用说么？再一说，她们的事情你管的了吗？他是好鞋不踏臭狗屎，没事儿犯这个牢骚干什么呀。得啦，得啦，得啦。走吧，走吧，走吧！甭说啦。

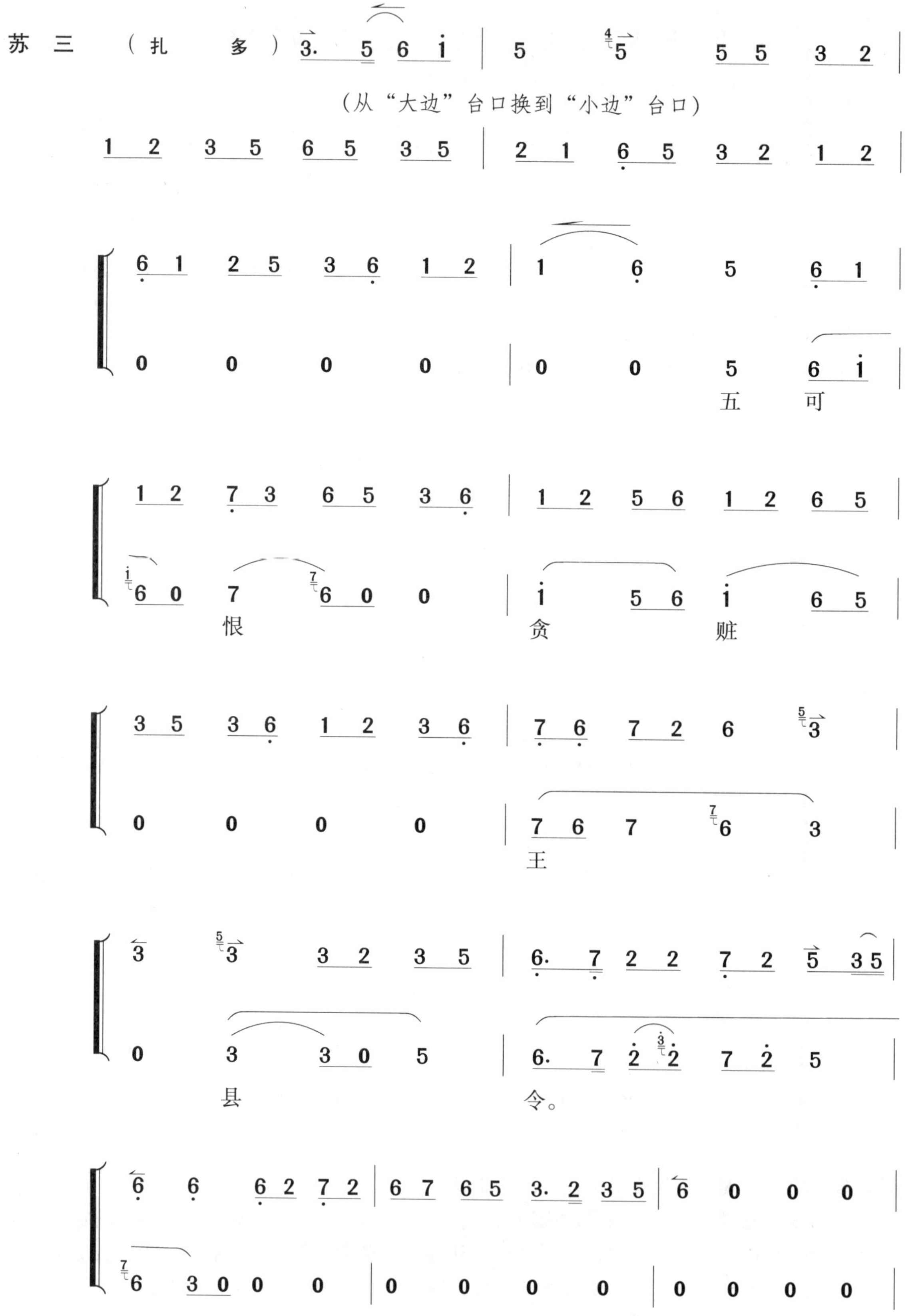
苏三
（扎 多）
（从“大边”台口换到“小边”台口）
五 可
恨
贪 赃
王
县
令。

崇公道 有嘚，说来说去说到我们“座儿上”啦。什么知县贪赃，你也不打听打听，他那一个官儿是怎么来的。也是贩本儿贩利儿拿银钱运动来的。所以到任以来，刮铲地皮，吃的、喝的、使的、用的，那一样又不是民脂民膏啦呢？衙门口冲南开，有理无情拿钱来。你就不用说啦，那个黑幕大啦。走吧！

苏　三

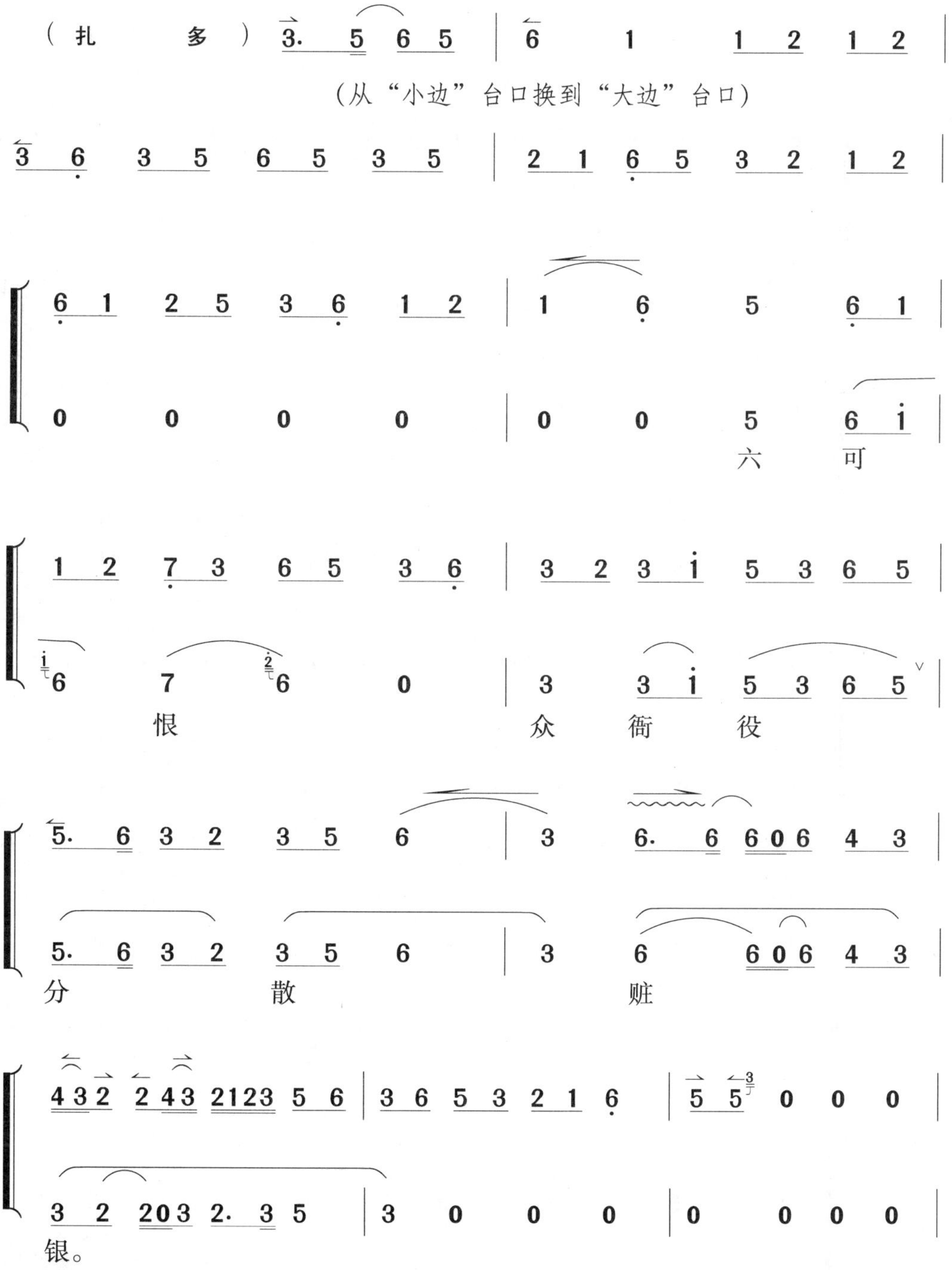

崇公道 又说到我们“六扇门儿”里来啦。什么？众衙役不该分散赃银？你也不打听打听，大堂不种高粱，二堂不种黑豆，吃什么呀？左不是吃你们打官司的，就说那笔钱，连我还穿了一双鞋呐。说这一个干什么，我就不爱听，真是的，嗯……

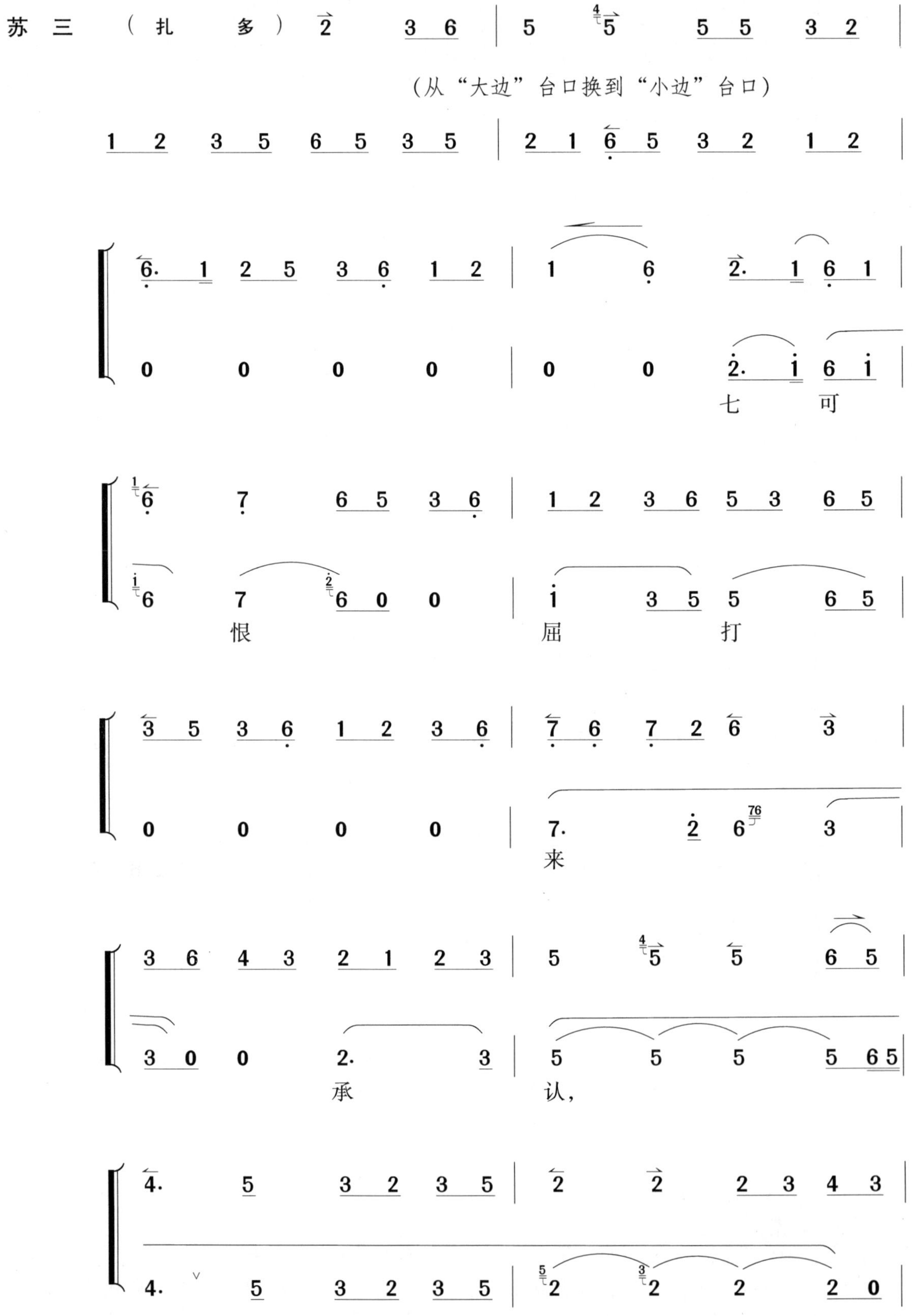
苏三
（扎 多）
（从“大边”台口换到“小边”台口）
七 可
恨
屈 打
来
承
认，

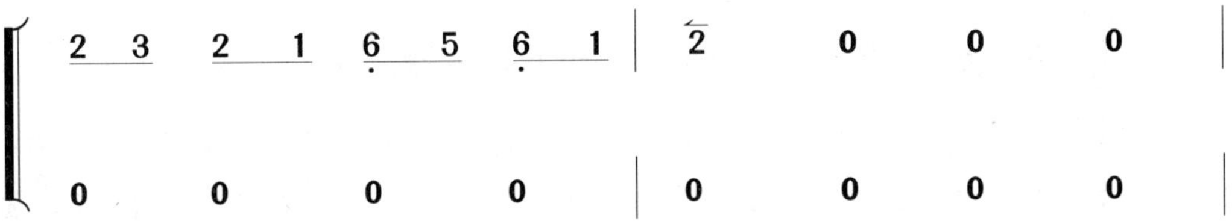

崇公道　哎哟我的傻孩子，屈打招认！不打你那皮氏就花钱啦吗？甭说这个傻话啦。走吧！

苏　三

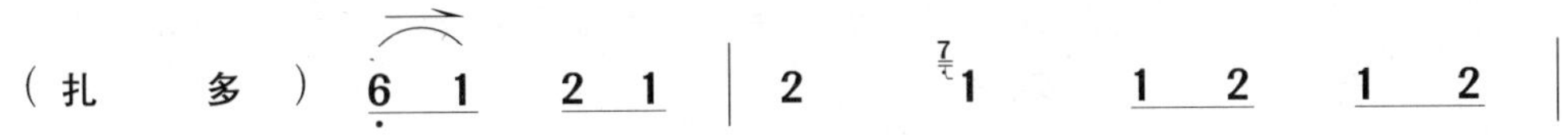

（从“小边”台口换到“大边”台口）

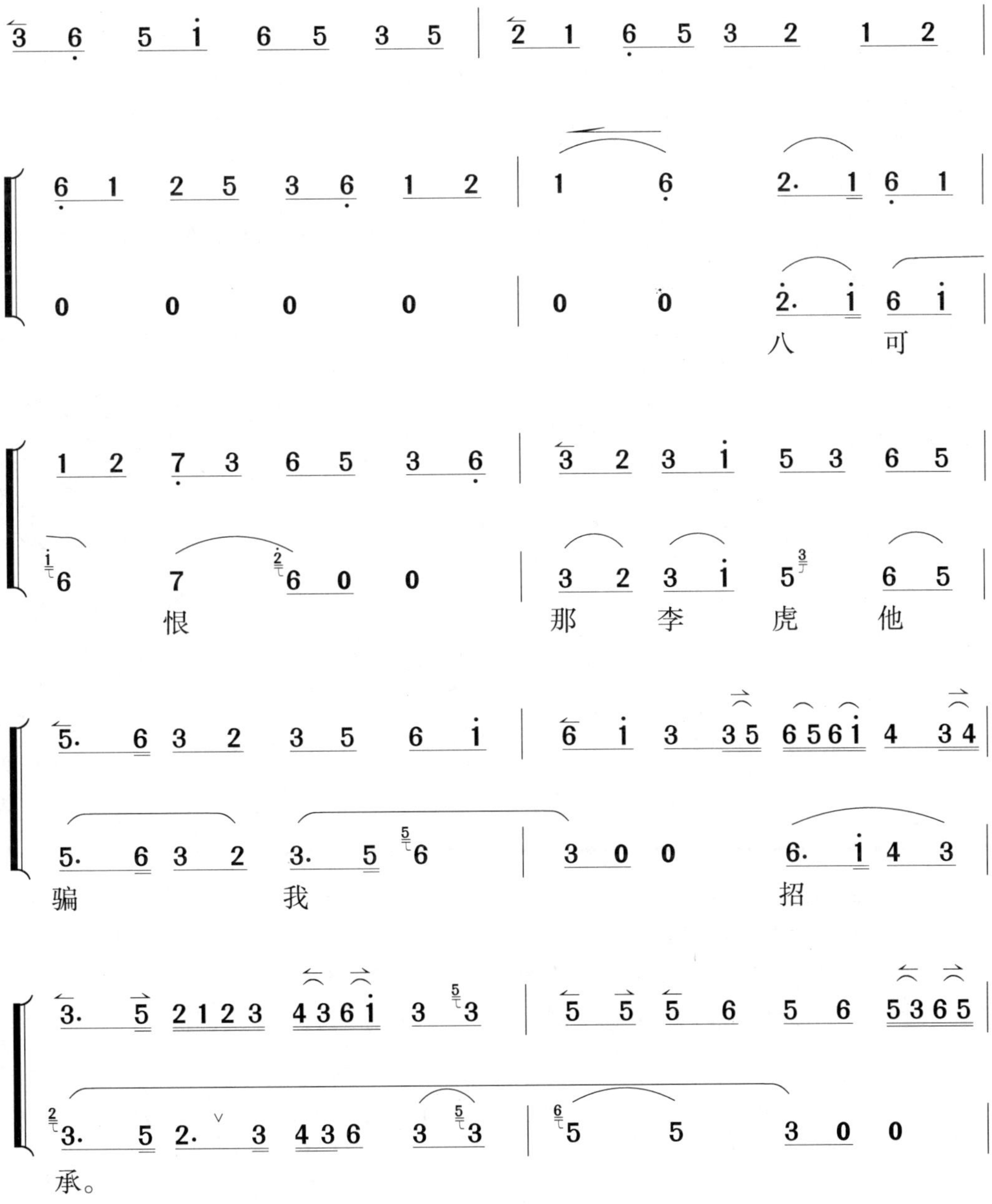

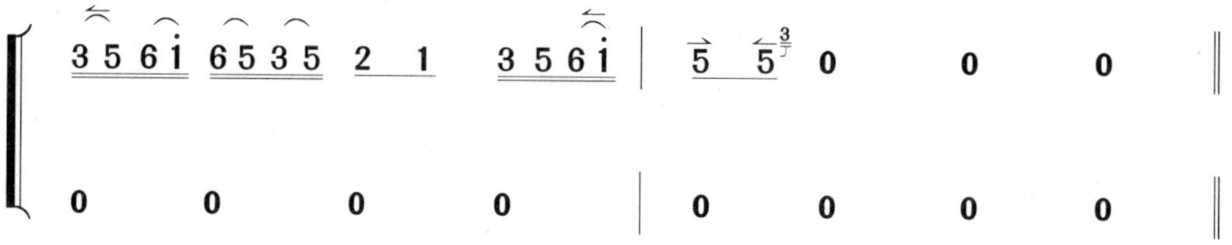

崇公道　什么，李虎骗你招承。哎哟，那种人哪，也是受了皮氏拿银钱运动好了的啦。他是就管自个儿合适，不管别人家生死聊活，称得起损人利己，伤天害理呀！

苏　三　哎！**【凤点头】**

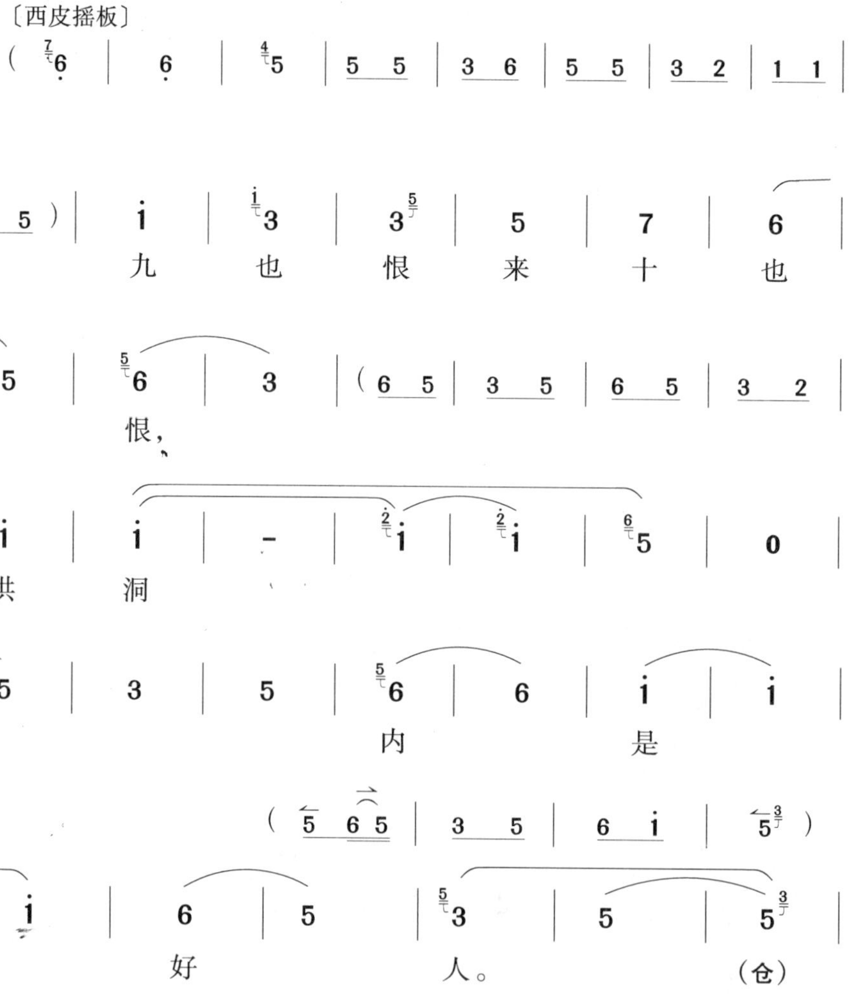

「苏三负气把藤棍扔在地上。

崇公道　什么？洪洞县没好人？甭说我也在其内呀！真没良心哪！挺热的天，这么重的枷我拿着，连我都不是好人哪？官事官办吧，把枷戴上，戴上！你真要气死我，这是哪儿的事呀！唉！这是哪儿的事呀！唉…… **【大锣一锣】**

「苏三自悔失言，望着崇公道。

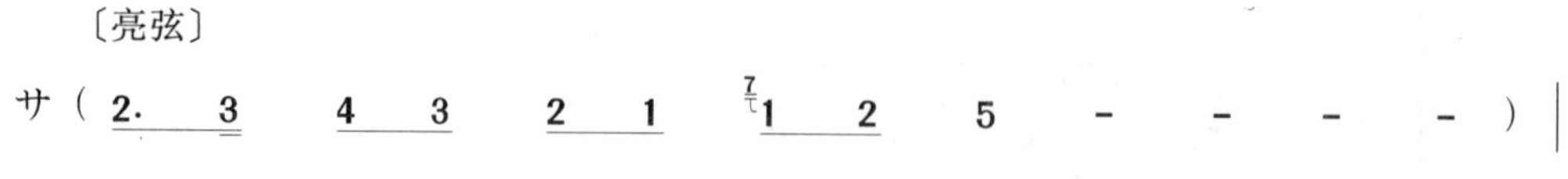

苏三白：“呀！”

苏三起解

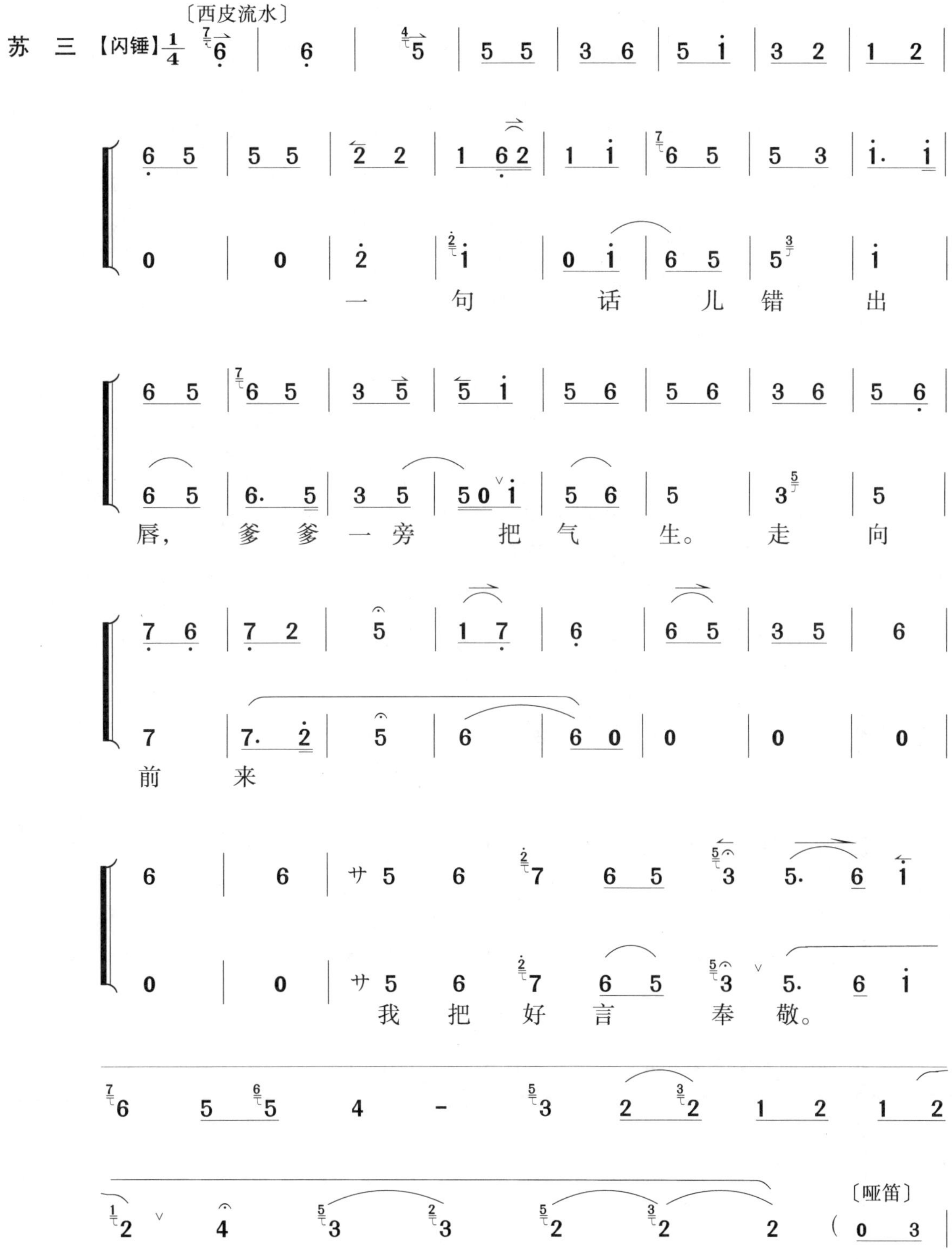

【大锣一锣】崇公道白：“嗯！”（生气）

苏三白：“爹爹！”崇公道白：“甭理我，唉呀气死我啦！”苏三白：“爹爹呀！”

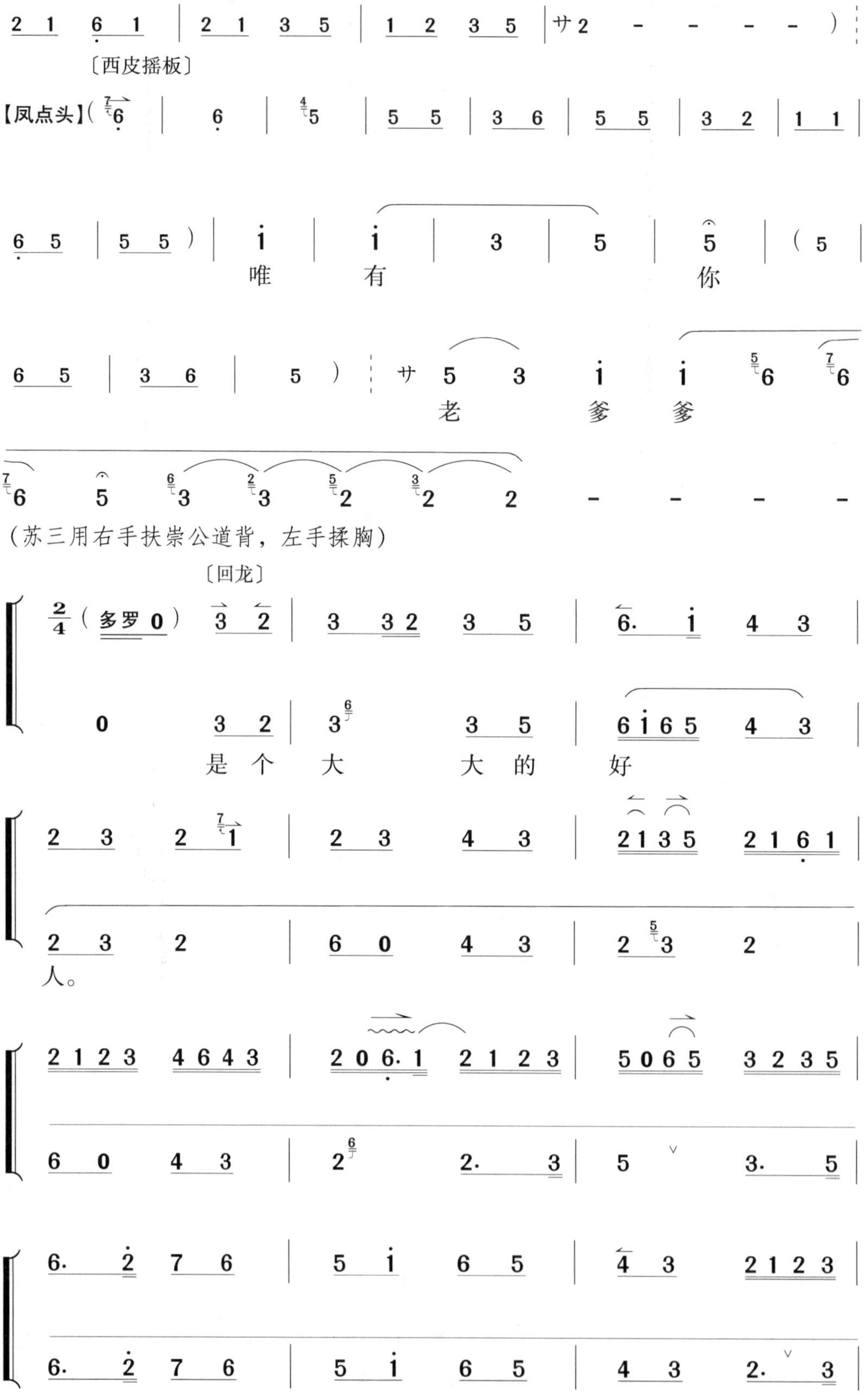
〔西皮摇板〕
【凤点头】
唯 有 你
老 爹 爹
（苏三用右手扶崇公道背，左手揉胸）
〔回龙〕
多罗
是个 大 大 的 好
人。

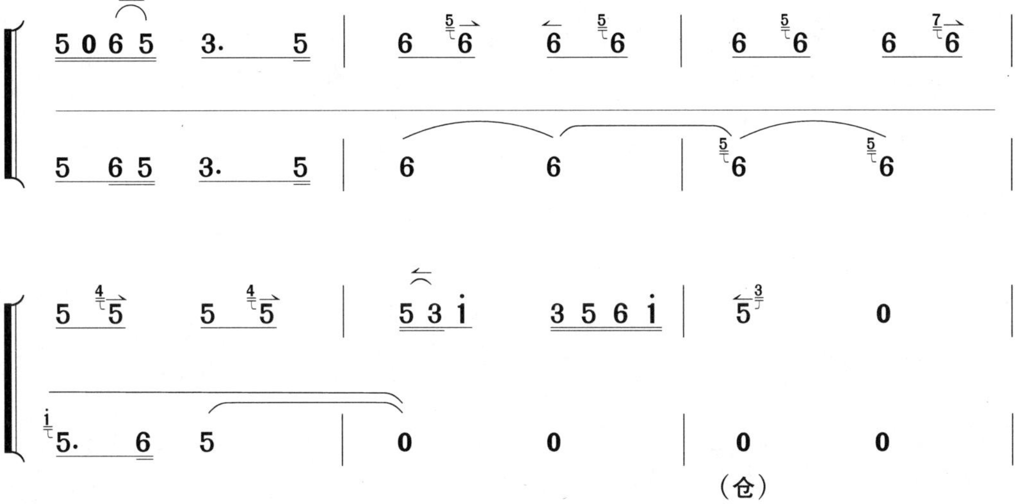

崇公道　咦，哈哈哈哈……　哎呀，您瞧瞧这个小嗓子够多柔润哪。（学苏三唱）“唯有你老爹爹是个大大的好人……”哦，哈哈哈哈……　哎呀！她呀，能把我给气死，这一乐呀，我又乐活了。得啦，跟你没气生。瞧见没有？离着省城不远啦，戴上行枷，该进城啦！

苏　三　且慢。

崇公道　怎么着？

苏　三　女儿有话要与爹爹商议商议。

崇公道　趁早说。

苏　三　**【叫头】**爹爹呀！女儿遭此不白冤枉，监中有人不服，替我作下伸冤大状，又恐被人搜去。望爹爹你想个法儿带了进去，少时见了都天大人也好伸冤……哪。**【撕边一锣】**（边哭泣边跪下）

崇公道　噢，这个事呀，好办。你把它交给我，掖在枷里头，见了都天大人当堂劈桎开枷，自然就递上去了。没错儿，拿来，拿来，拿来。

〔**【阴锣】**苏三将状纸交与崇公道，朝里跪，崇公道给苏三戴上枷，拾起藤棍。转**【闪锤】**苏三站起至台中，走圆场。

〔西皮摇板〕

苏　三

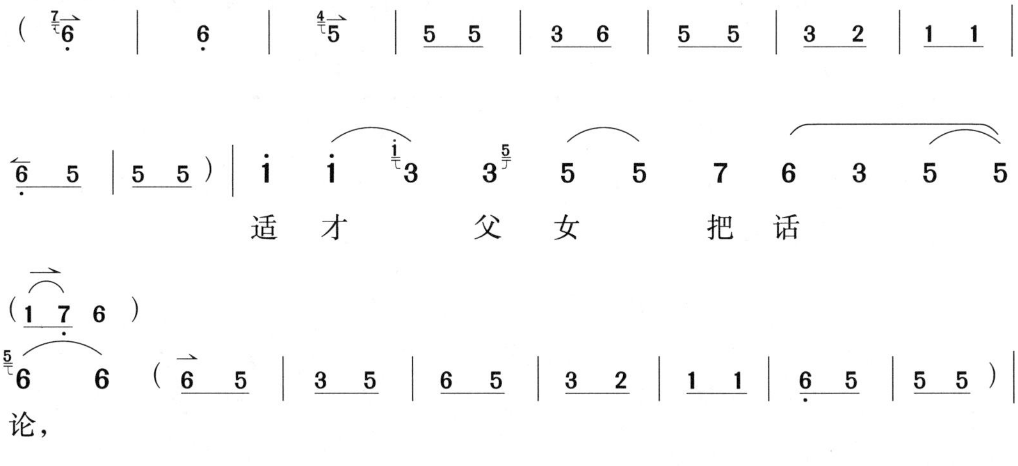

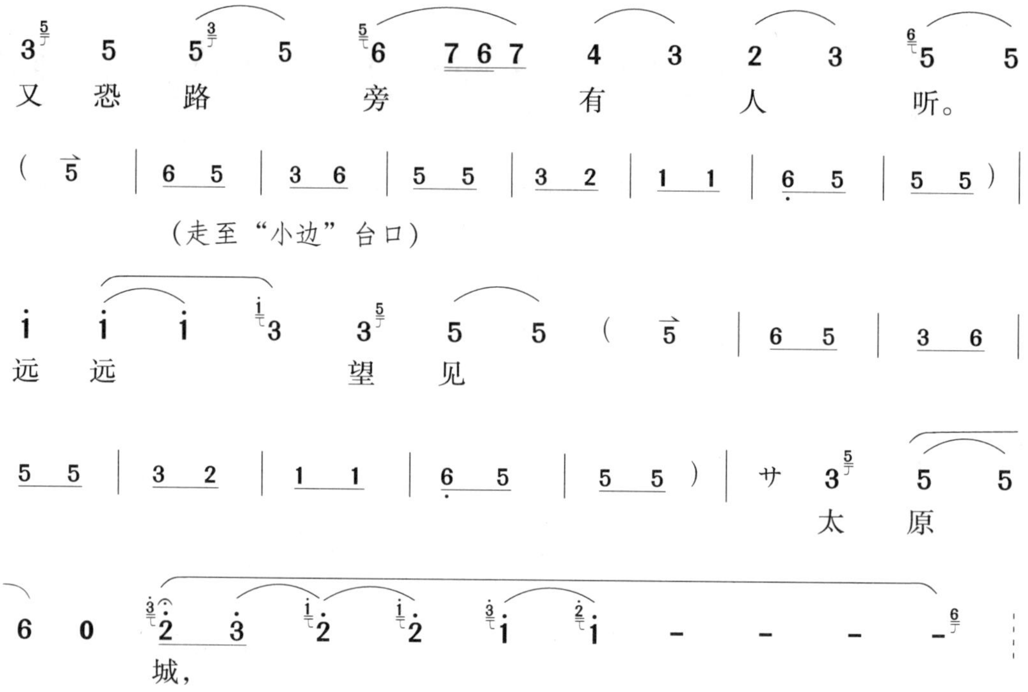

崇公道 哎，快走吧！

〔【纽丝】苏三、崇公道走圆场。

〔西皮散板〕

苏　三

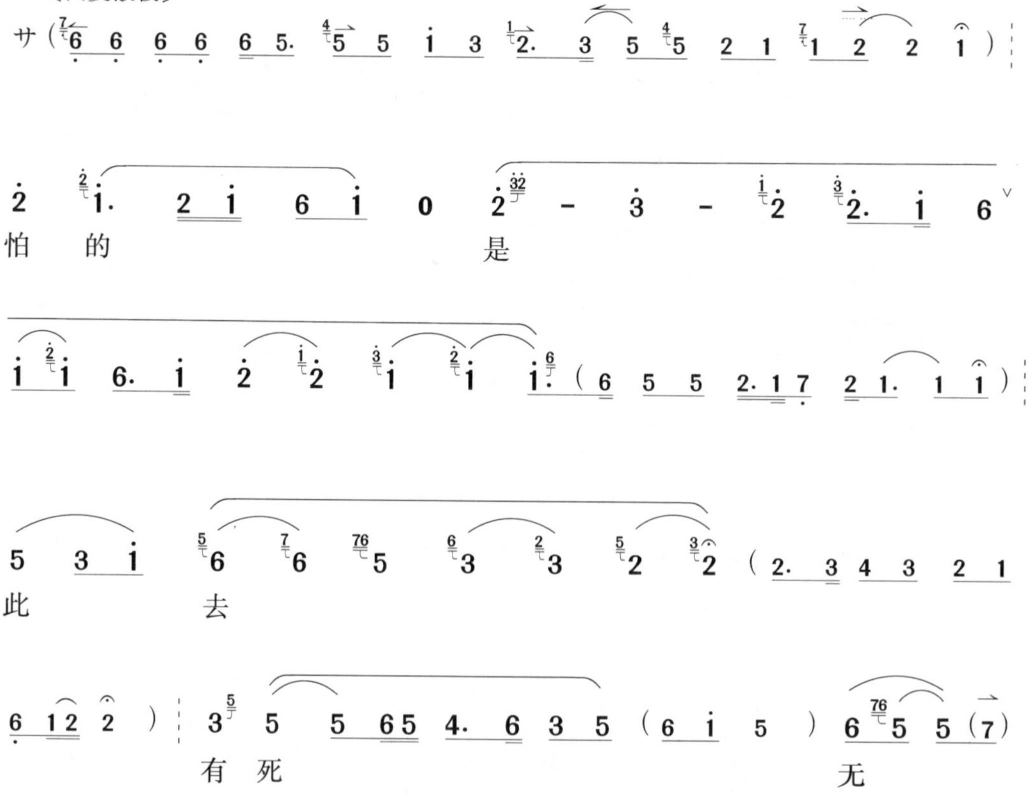

6 ⁷6 5 65 4 ˅ 5 65 4 5 ˅ ⁷6 ⁵6 i5 ⁶5 - - - - ³ ‖

生。

【撕边】（转身）

崇公道 唉！没那个事，放着胆子走吧！

「**【收头】**接**【原场】**苏三转身“下场门”下。

崇公道 （长声喊）噢！洪洞县的差事来啰——！

「崇公道“下场门”下。

「唢呐吹奏<尾声>

——剧 终

毕谷云 整理　　许锦文 记谱

天女散花

梅兰芳演出本

《天女散花》这出戏取材于佛教《维摩诘经》。剧情如下：释迦牟尼因知维摩居士在毗耶离大城中现身有病，就命文殊师利率领诸菩萨大弟子前去问疾，又命天女前往散花，以验诸菩萨弟子心性净澈的程度。天女携带花篮前去维摩室中，把花片纷纷散在诸人身上，宣毕佛旨后转回西方。

父亲为什么会创造出这样一出以宗教故事为基础的歌舞剧呢？他本人其实并不信奉宗教，但他认为祖国所存的历史悠久的佛教塑像、绘画等艺术珍品当中具有许多美学元素，诸如姿态、手势等，可以汲取到戏曲舞蹈中去，以丰富他的表演艺术。1917年，他23岁，偶尔在一位朋友家里见到一幅《散花图》，上面所绘的天女体态轻盈、衣带飘逸，十分美妙，一下子就把他吸引住了。他心中便萌生一种愿望：若把天女飘舞的衣带编成一套舞蹈节目搬上舞台，岂不甚好！于是他注意观赏了许多佛像、壁画和仙女图，细心研究人物的姿态动作，开始构思创作。起初他试用多条绸带起舞，结果效果不美，且显紊乱，后来精简到用两条八尺长淡雅的彩虹色绸带。有人建议他在丝绸上扎两根小木棒握在手里，这样舞动起来比较方便。他试用之后，觉得虽然得心应手，却缺少了仙姿，两手也显得笨重，无法展现端庄多姿的手势，便放弃了。最后他决定采用一条一丈六尺的彩绸，将中段围过脖颈，别到胸前分成两条，全凭两只臂腕之力舞出一套变化多端而优美的绸舞，同时配上二黄、西皮和昆曲合用的唱腔。前后经过8个月坚持不懈的编排，终于完成了这出载歌载舞的剧目创作。1917年12月1日白天，父亲与姚玉芙、高庆奎、李寿山、李寿峰、李敬山首次于北京吉祥园演出《天女散花》。由于有史以来京剧舞台上第一次出现如此绚丽多彩的绸舞，演出很轰动。据父亲生前的琴师倪秋萍先生说，连著名武生盖叫天先生当年看过这出戏后，都对我父亲深厚的武功功底佩服得不得了。

1919年，父亲首次访问日本时曾在东京帝国剧场连演五场《天女散花》，同样受到日本文艺界和观众的惊叹赞赏，并把其中的舞蹈誉为“梅舞”。日本著名的歌舞伎演员中村歌右卫门后来在浅草的“吾妻座”成功地上演了译成日语的《天女散花》；当时日本的文具商还制成天女散花图案的信笺出售，也很受欢迎，可见其影响之大。1924年他第二次访日，也带去了这个剧目。1956年他率领京剧代表团第三次访日时，因年事已高而由葆玖弟代替父亲演出了这出深受日本人喜爱的剧目。

父亲生前曾嘱咐他的弟子在演出此剧时，切忌扭捏作态，而要突出天女的庄严妙相。这句话不禁使我忆起徐悲鸿先生当年为父亲所绘制的一幅《天女散花图》以及上面的题诗。

事情是这样的。父亲自青年时代起为了提高自己的艺术修养学习绘画，结交了不少著名画家。1918年春，徐悲鸿先生看了《天女散花》演出后，觉得它宛如一幅美丽的画卷，便提出要为我父亲画一幅他所扮演的天女像。他事先索取几幅剧照作为参考，然后花了一周工夫精心绘制成一张大型油画《天女散花图》赠给我父亲。那幅画，天女脸部是用西洋写真的画法，而身躯线条和花纹则用国画笔法勾勒，真可说是他早期的一幅中西合璧的杰作，今天看来也可说是当代两位艺术大师深厚友谊的见证。

徐悲鸿先生所题的诗句及落款如下：

花落纷纷下，人凡宁不迷。庄严菩萨相，妙丽藐神姿。甘心坠神障，莫复问神机。

戊午暮春为畹华写其风流曼妙、天女散花之影。

——江南徐悲鸿

诗人罗瘿公后来又在上面添了一首绝句：

后人欲识梅郎面，无术灵方更驻颜。

不有徐生传妙笔，安知天女在人间。

这幅画如今已成为一件珍贵文物，收藏在北京梅兰芳纪念馆内，不时展出以供观众观赏。

父亲一生除编排《天女散花》中的绸舞，还编排过镰舞（《嫦娥奔月》）、袖舞（《上元夫人》）、剑舞（《霸王别姬》和《红线盗盒》）、杯盘舞（《麻姑献寿》）、羽舞（《西施》）等舞蹈，不仅使中国优秀的民族舞蹈在京剧舞台上大放光彩，而且也丰富了京剧艺术的魅力，功不可没。

自改革开放以来，《天女散花》已由梅派弟子频繁再现于各地舞台上，受到观众的欢迎，真是一件可喜的事。

最近，师兄毕谷云先生又与许锦文先生合作，根据先父《天女散花》演出本记录整理了这出戏的剧本，为弘扬祖国优秀文化和艺术付出了辛勤劳动，我谨代表梅氏后裔向他们二位致以深切的谢意！

梅绍武

人物行当

天　女	旦	四云童	杂
花　奴	旦	十八罗汉	杂
如来佛	净	七菩萨	杂
维摩诘	丑或生	大鹏鸟	杂
文殊师利	生	韦　驮	杂
伽　蓝	小生	二小沙弥	丑
四金刚	杂	八仙女	旦
四揭谛	杂		

服装扮相

天　女　俊扮。古装头套、“海棠髻”“品字髻”钻、珠头面点翠，黄绣帔、绣花腰包，淡青古装袄子、淡青腰裙、绣孔雀翎云肩、孔雀翎小腰裙、腰箍、黄丝绦挂玉佩、白色古装袄裙（绣边）、珠子穿成带领子小云肩、彩珠穿成网形小腰裙、珠宝穿成“五色缨络”胸挂，彩裤、彩鞋，草花、绸带（四条，二长，二短）。

花　奴　俊扮。古装头套、偏髻、钻饰，粉古装袄、白古装裙、短小腰裙、腰箍、小丝绦，彩裤，彩鞋，草花。

如来佛　眉毛（白色）、勾金脸。佛帽、后发，黄褶子、斜佛披，彩裤，僧袜、僧鞋。

维摩诘　老人巾，黄褶子、腰裙，彩裤，黄僧鞋。

文殊师利　蓬头、金箍，灰褶子、斜僧披，彩裤，僧鞋。

伽　蓝　蓬头、金箍，褶子、水田衣，彩裤，僧鞋。

四金刚　面具、蓬头、额子，软靠，彩裤，鞁靴。

四揭谛　揉红脸。额子，软靠，彩裤，靴。

四云童　孩儿发，茶衣裤、坎肩，鞁鞋。

十八罗汉　罗汉面具，僧衣、僧披，彩裤，僧鞋。

七菩萨　半截面具，僧衣、僧披，彩裤，僧鞋（同塑像）。

大鹏鸟　蓬头、金箍、鸟形面具，羽毛形披肩、小腰裙，二肩羽毛状翅膀形，黑打衣裤，黑薄底。

韦　驮　帅字盔，软靠，彩裤，靴。

二小沙弥　僧衣、僧帽（或不戴），彩裤，僧鞋。

八仙女　俊扮。古装头套，古装或披、云肩、腰包，小过桥彩裤，彩鞋，草花。

道具

五彩纸片	若干（剪成大小不等，放篮中，散花时用）
六角形绣花高提手花篮	一个（满盛五彩纸片、小纸花片）
天女镶珠云帚、云帚	各一把
宫灯、提炉、符节、孔雀翎掌扇	各二（八仙女用）
佛珠、琵琶、伞、蛇形、宝剑、降魔杵、锏、刀、鞭、锤	各一（十八罗汉用）
拂尘	五把（维摩诘、文殊、伽蓝白色各一，二小沙弥用棕色）

第一场

〔【撤锣】【四击头】幕启。【走马锣鼓】四金刚上，各拿道具走“四门斗”、“高矮相”舞蹈下。四揭谛上（动作与前相似）舞蹈下。（二道幕闭）

〔台中后放一桌，桌上放一椅，桌左右各放一椅。幕启。

〔【急急风】上伽蓝、七菩萨、文殊师利、大鹏鸟、韦驮引如来佛上至台中。【大锣归位】（先上四云童、十八罗汉、四金刚、四揭谛列后二边）

唱唢呐曲牌<点绛唇>

如来佛 サ 5 3 5 2【小锣二击】2 2 1 2 6 1 5【小锣三击】
慧 日 高 悬， 慈 云 洪 展，

5 5 4 3 5 2 -【小锣二击】3 2 1 2 3 5 6 5【小锣三击】
金 刚 眼， 光 铄 三 千，

6 6 i 5 2 2 1 6 1 5 - ‖
满 月 如 来 面。

〔【冲头】唢呐牌子<水龙吟·合头>如来佛唱毕右转身，走至“大边”椅，上桌，大鹏站后面，韦驮站前面，双手合十，臂弯上平放降魔杵。众站门。

如来佛 （念诗）说有言无道两偏，非无非有彻中边；【小锣二击】
分明有相名无相，有有无无总是禅。【大锣归位】
我乃【撕边一锣】西天如来是也。【住头】今因维摩居士在毗耶离大城中现身有病。意欲命诸大弟子们前去问疾，借谈妙法。——文殊师利上站！

文殊师利 世尊。【大锣一击】（自“小边”走至中，面里）

如来佛 命你率领诸天菩萨、众大弟子、诸天人等，前往维摩诘处问疾，不得有误。

文殊师利 领法旨。

〔【冲头】文殊师利率七菩萨同下。

如来佛 看他们此去，必闻妙法。我不免再命天女前去散花，以验结习。——伽蓝上站！【大锣一击】

伽 蓝 我佛有何法旨？（自“大边”走至中，面里）

如来佛 命你传旨天女，速到维摩诘室中散花，不得有误。

伽 蓝 领法旨。

〔【冲头】下。

如来佛 正是：【大锣住头】要醒大千梦，须看顷刻花。——收了威严者。

〔【大锣打下】众扯“斜门”，如来自桌上下，至“小边”台口领下。众同下。落幕。

第二场

〔幕启。场中置“小座”。乐队奏“清牌子”[①]音乐，八仙女上。第一对提红宫灯，燃蜡烛；第二对提金色提炉，燃檀香；第三对举符节；各站门之后分列两旁。

小工调 1＝D （笛子、二胡、弹拨乐、云锣等演奏）

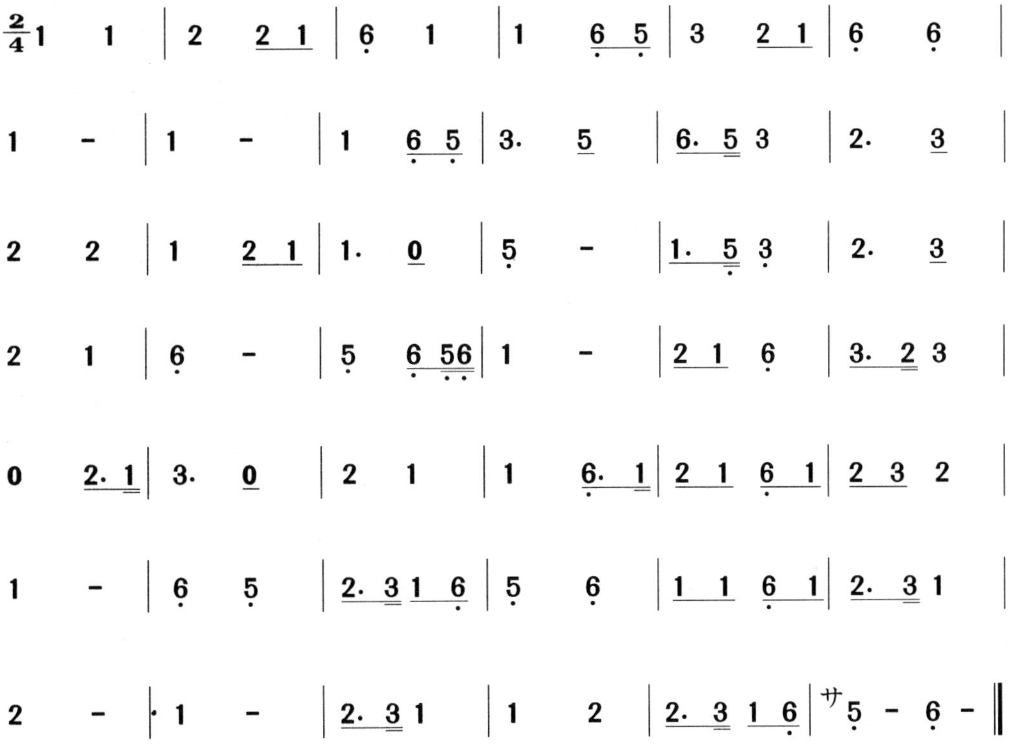

〔起【大锣夺头】天女持云帚在〔二黄慢板〕过门中从“上场门”上，第四对仙女举掌扇随天女身后上。

〔二黄慢板〕

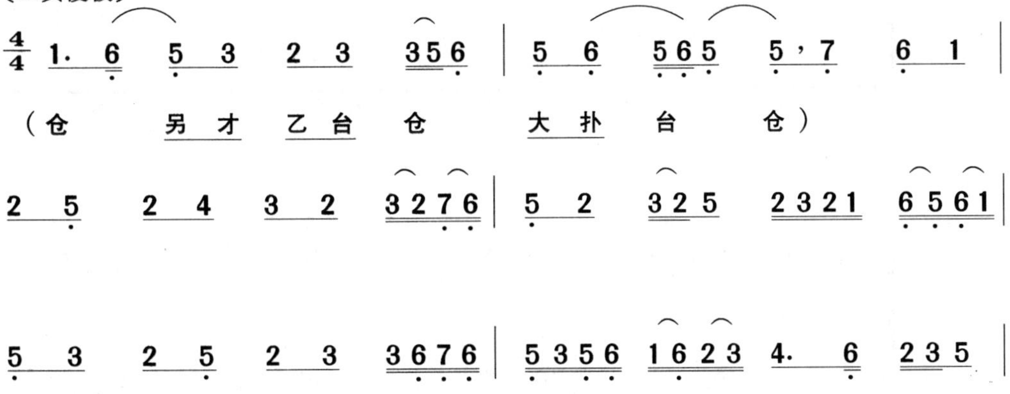

① 此处是参考梅葆玖先生演出时用的“清牌子”录音记谱，代替了原先用的【慢长锤】。

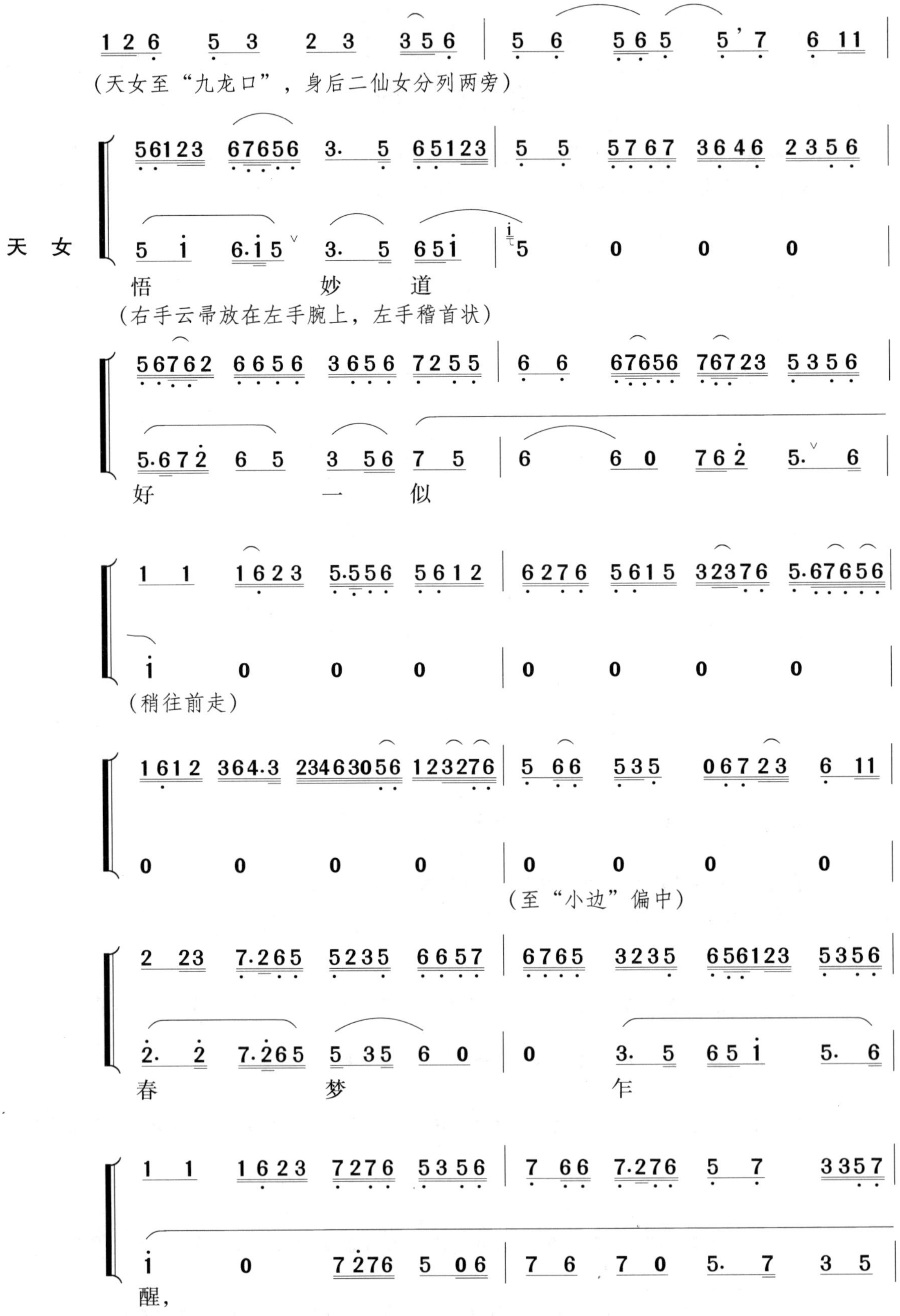
（天女至"九龙口"，身后二仙女分列两旁）
天 女
悟 妙 道
（右手云帚放在左手腕上，左手稽首状）
好 一 似
（稍往前走）
（至"小边"偏中）
春 梦 乍
醒，

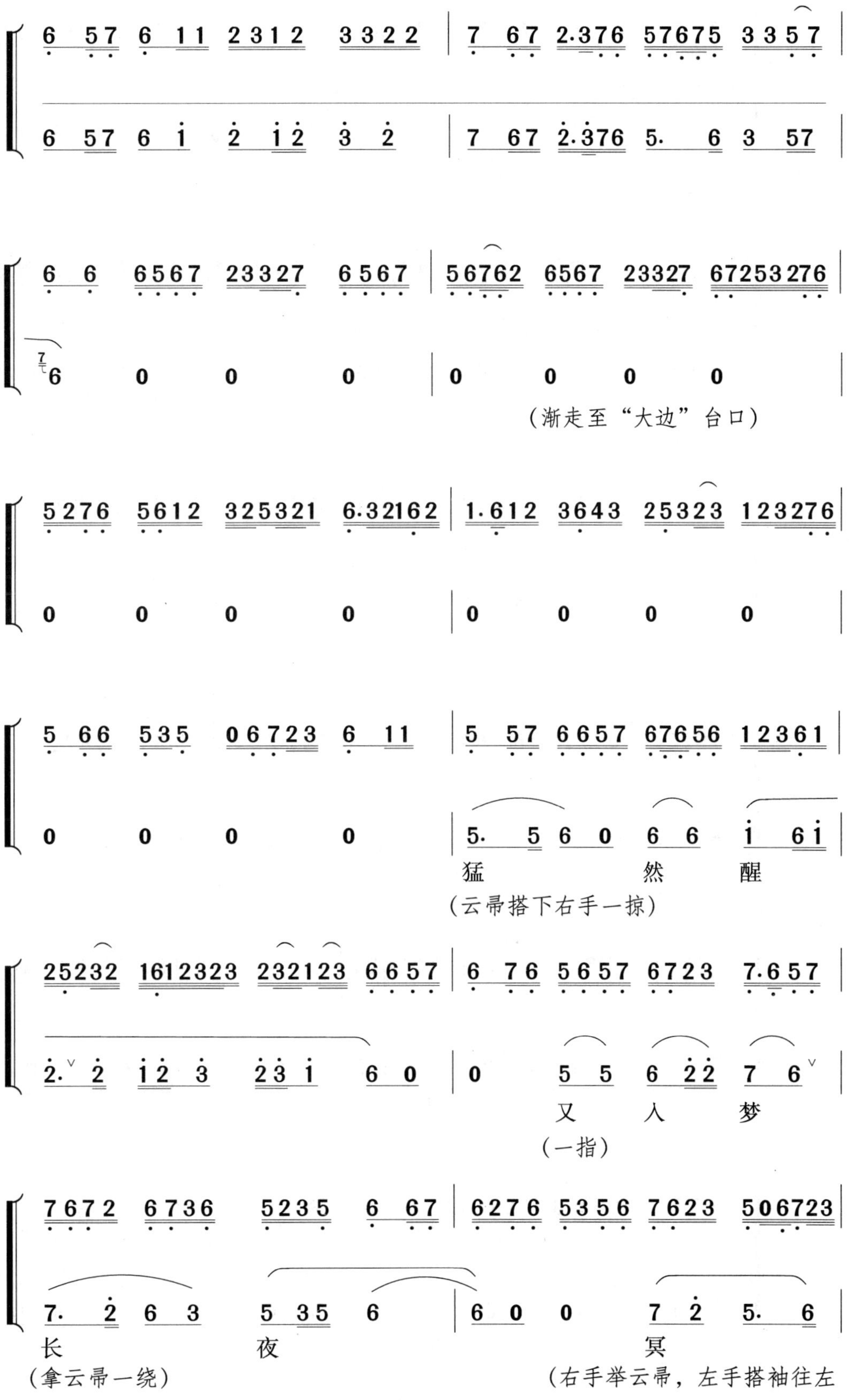
（渐走至“大边”台口）
猛 然 醒
（云帚搭下右手一掠）
又 入 梦
（一指）
长 夜 冥
（拿云帚一绕）
（右手举云帚，左手搭袖往左

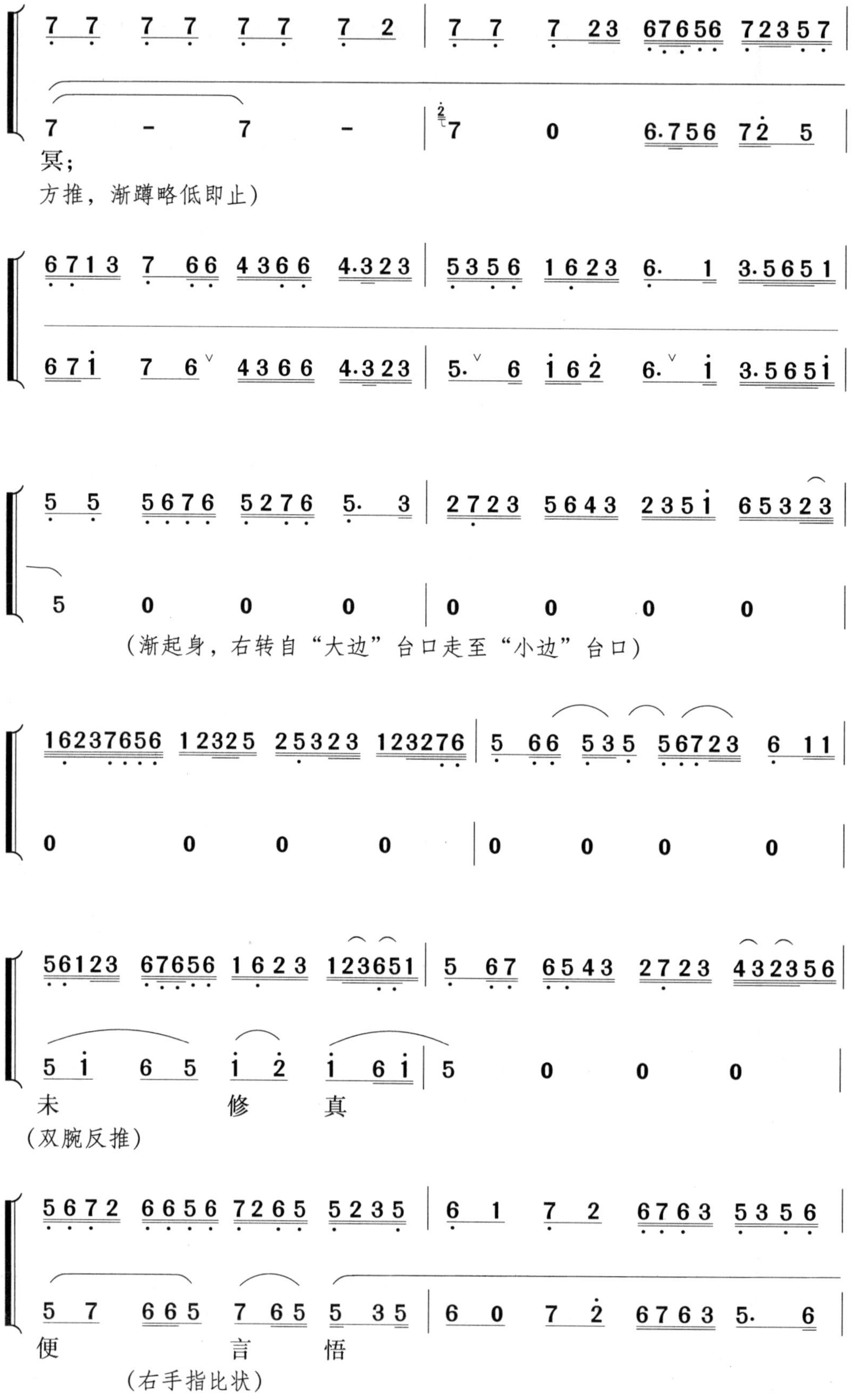
冥；
方推，渐蹲略低即止）
（渐起身，右转自“大边”台口走至“小边”台口）
未 修 真
（双腕反推）
便 言 悟
（右手指比状）

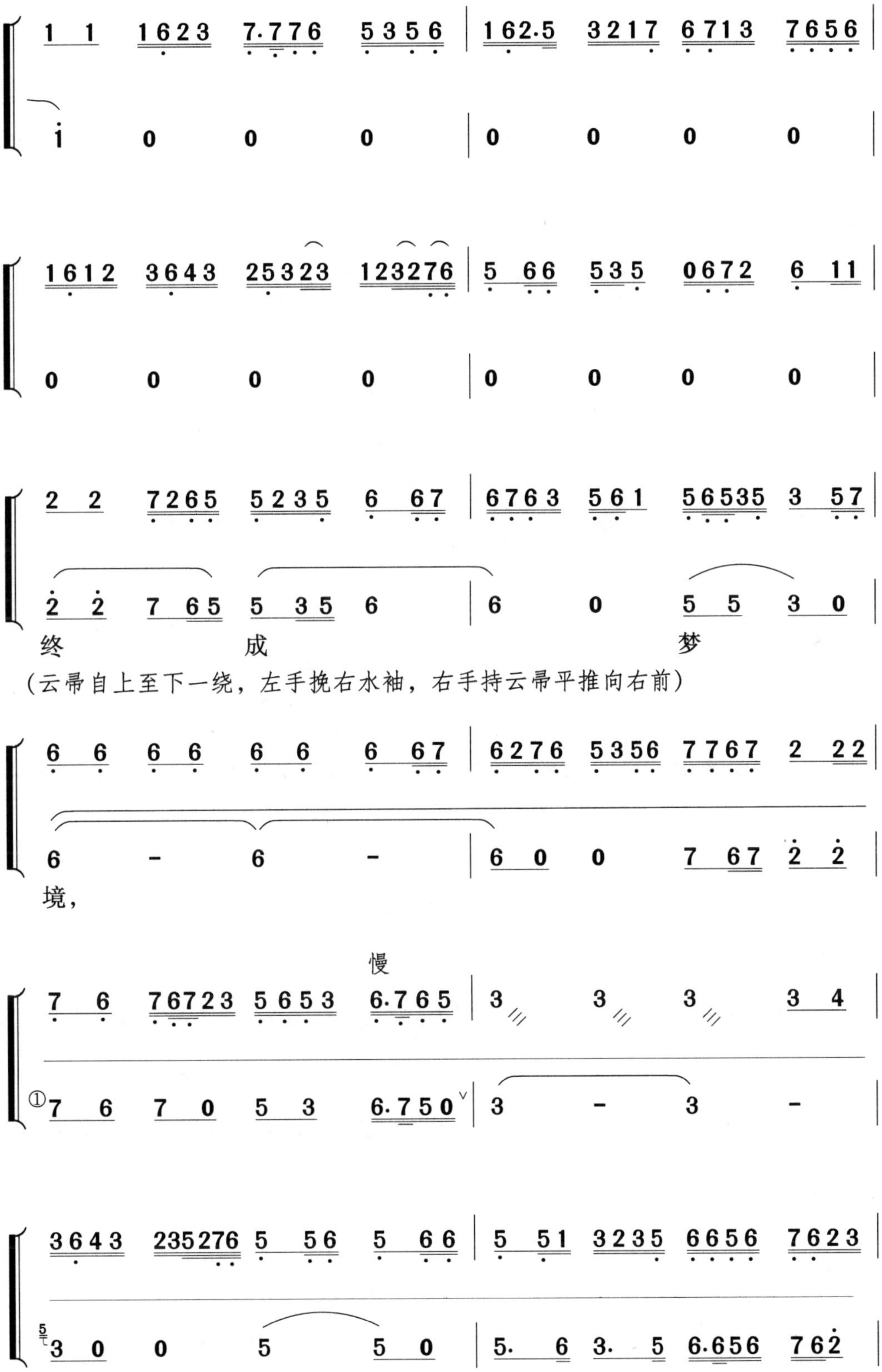

① 这小节曲谱梅葆玖先生唱法是：| 6 2 6276 5.ᵛ 7 6.150 |（下同）。

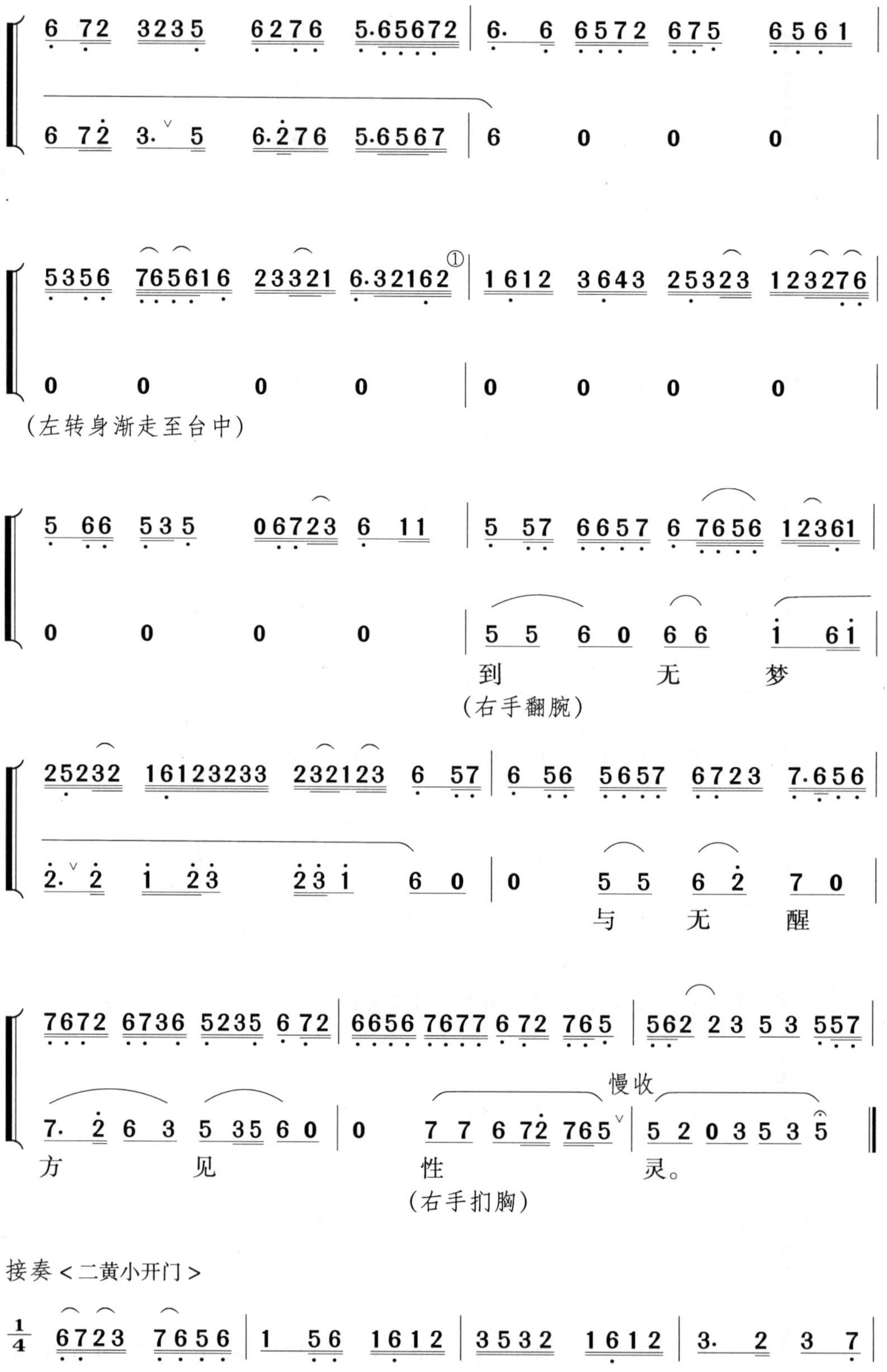

① 这里演奏的是短过门，舞台上根据演出效果需要，也可拉长过门。

天女散花

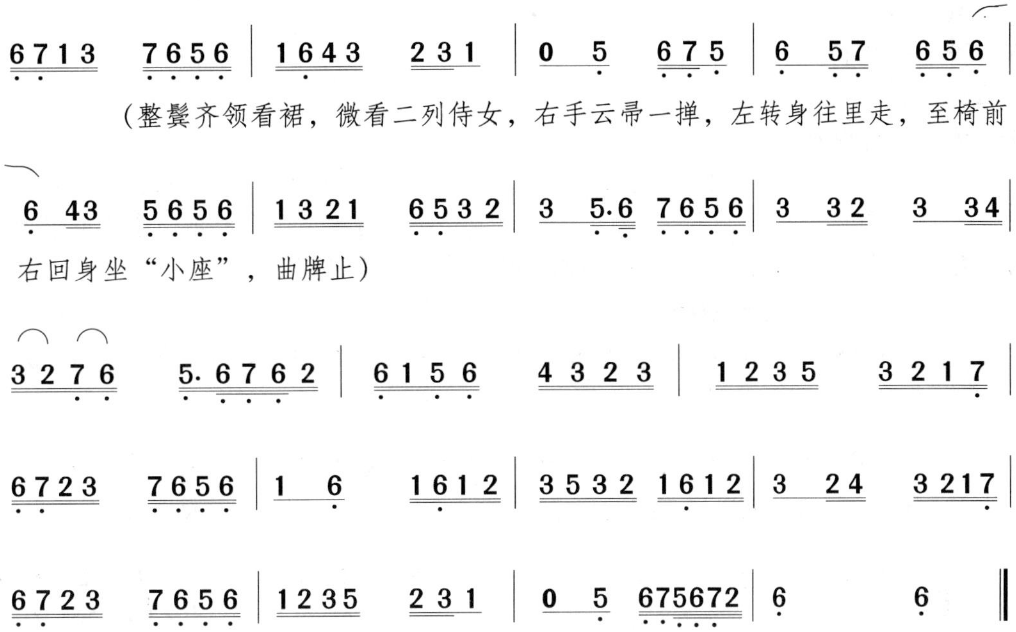

天　女　（念诗）前因后果两茫茫，大地风轮火又扬；【小锣二击】
八万四千烦恼贼，能擒能纵属心王。【大锣住头】（云帚往前一指，随语音落一掸）
吾乃【大锣一击】天女是也。【住头】（云帚一掸）在这众香国中，拈花见性。每逢诸天菩萨、众大弟子等，谈经说法之时，我便将花片散落其身，以验结习，为我佛广宣妙谛，普种善根。正是：(扎)千花辉净业，十念见真如。侍儿们！【大锣一击】

众　有。

天　女　伺候了。

〔【大锣五击】伽蓝上。

伽　蓝　（念）奉了如来旨，移步到天宫。——啊，天女，贫僧稽首了。（归“大边”）

天　女　（归“小边”）不敢。菩萨何事降临？

伽　蓝　如来有旨，命天女速到毗耶离大城维摩居士室中散花。即请前往！

天　女　领法旨。

伽　蓝　告辞。（走到台口）

天　女　恕不远送了。（走上两步）

伽　蓝　正是：【住头】人天感应慈悲切，三界同沾我佛恩。

〔【五锤锣】伽蓝“下场门”下。天女回原中。

天　女　如来有旨，命我散花，待我即刻前去。啊，花奴何在？（仍归座）

众　花奴。（也可不随着念）

〔花奴内白：“来了。”【小锣打上】上至台口。

花　奴　（念）花雨沾轻袖，香云湿鬓钗。

〔【小锣住头】花奴入内施礼，归“小边”。

花　奴　菩萨何事？

天　女　适才如来有旨，命我到毗耶离城中散花，你可将花篮收拾整齐，随我前往。

花　奴　遵命。
天　女　侍儿们!
众　有。
天　女　与我更衣者。

〔奏<西皮小开门>众侍女，扯“斜门”。天女往前走至“小边”台口，转身，举云帚，掸几下，“下场门”下。众侍女一对对随下。曲牌止。花奴至中场。

花　奴　天女命我收拾花篮，不免整顿一番便了。（整理花篮）

〔西皮摇板〕

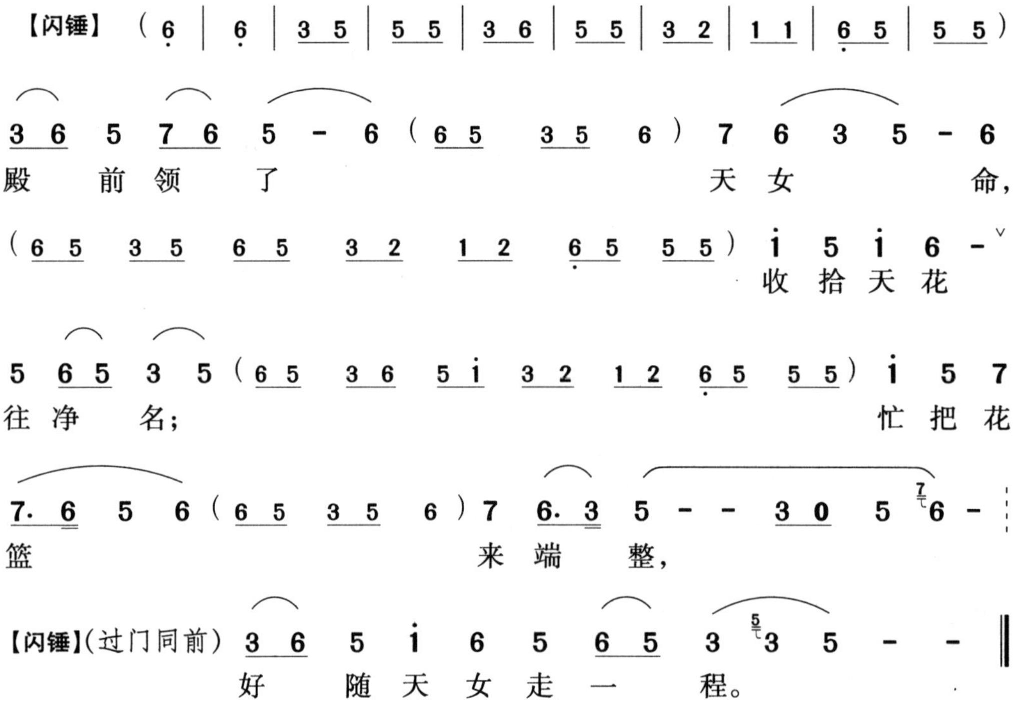

〔【抽头】下。转【快长锤】

第　三　场

〔【快长锤】接【凤点头】伽蓝上，至台中。

〔西皮摇板〕

伽　蓝

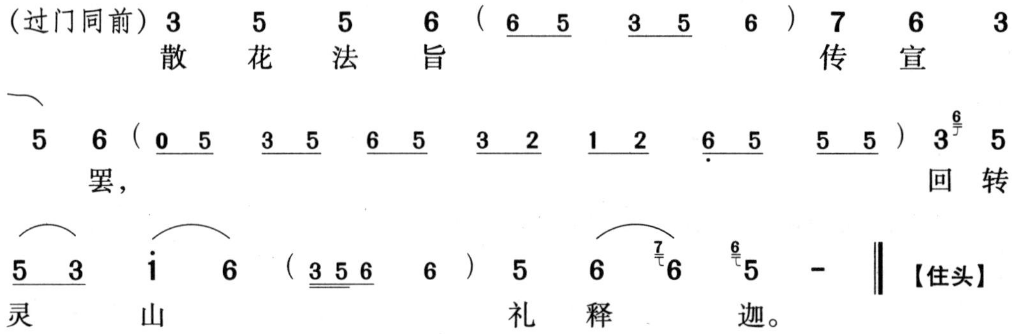

吾乃【一锣】伽蓝是也。【住头】遵奉佛旨，命天女前去散花。传旨已毕，不免回转灵山，启知我佛者。正是：【住头】七重罗网倥偬过，八万由旬顷刻还。

〔【大锣回头】伽蓝下。

第 四 场

（这场天女所佩绸带，是薄印度绸所做，每根长约一丈七、八尺，宽一尺一、二寸，尾端呈燕尾状，一条是粉红与湖色拼缝，一条是鹅黄与藕荷拼缝。将两根带两头缝在一起，用一小钩子挂在背后衣领上。左右分开在背后绕一个花，钉在肩头，垂到胸前，也绕一个花，同后面一样长短，再钉在肩窝，飘在前面，外面罩云肩。）

〔天女内唱：

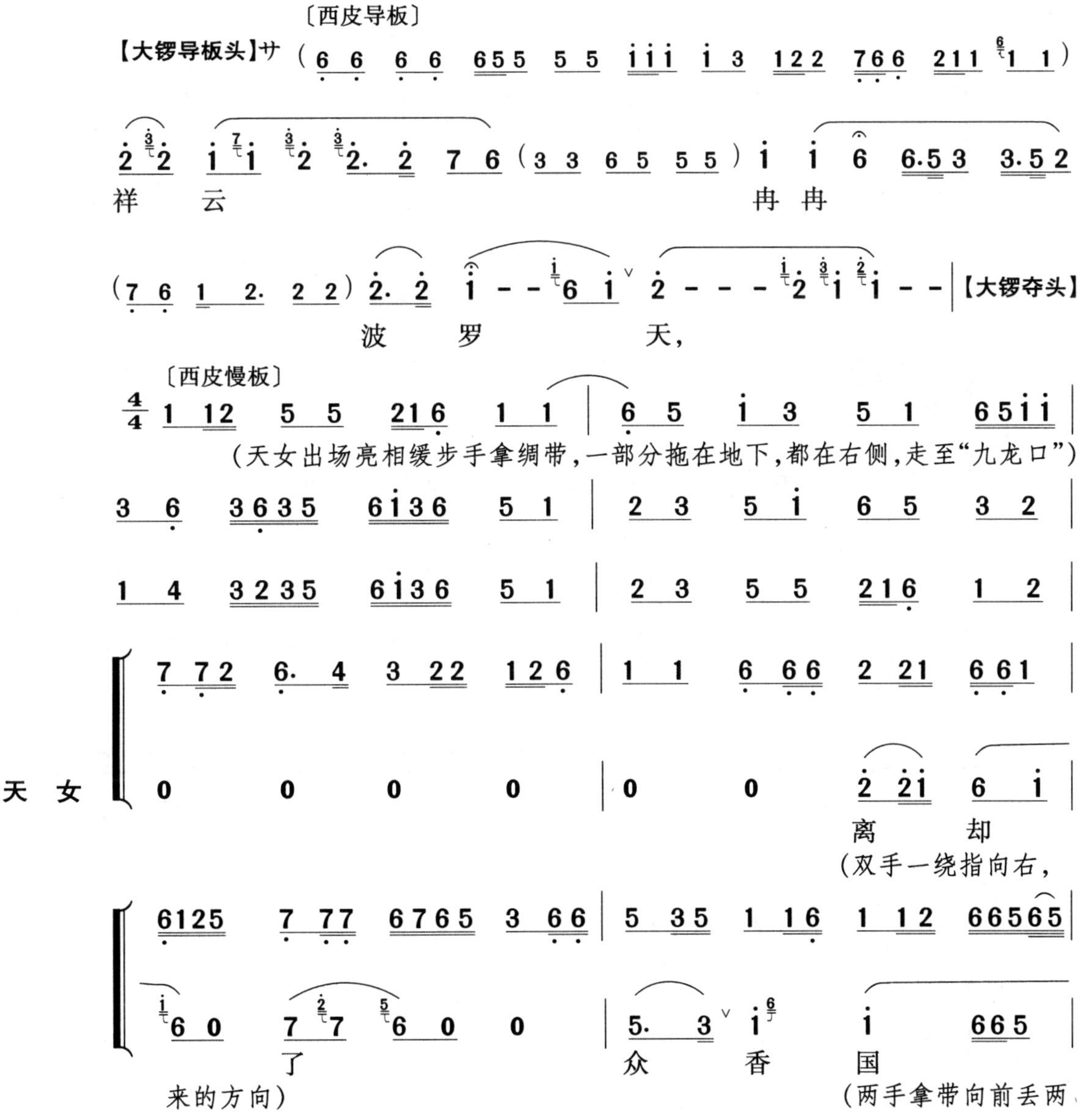

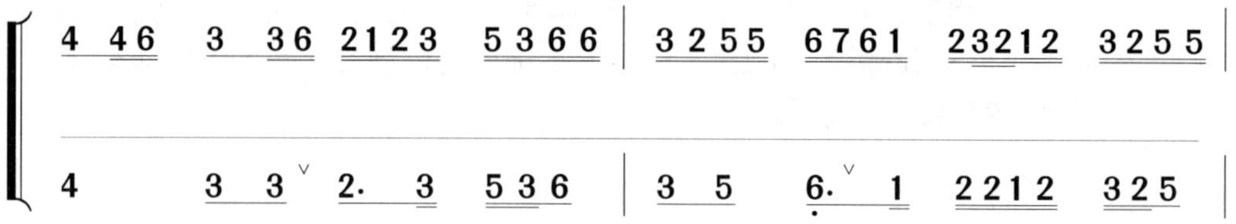

圈，放下手指同指右后）

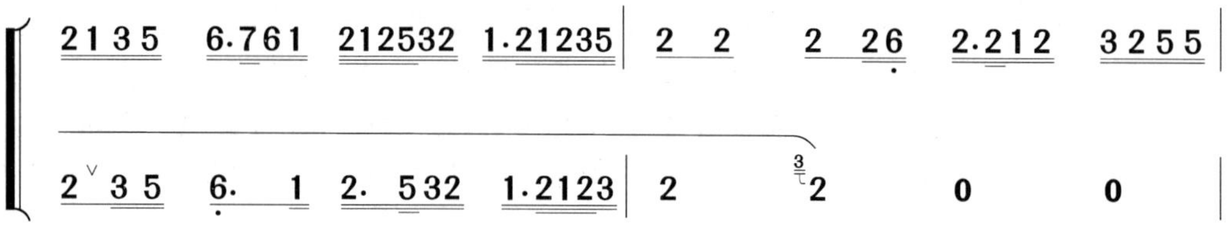

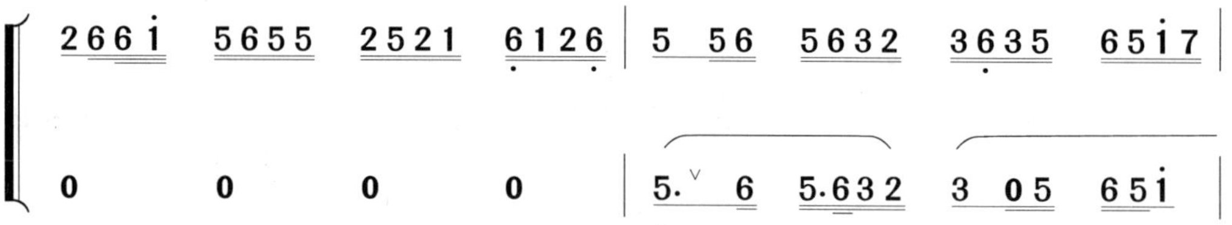

（把绸带甩向前）

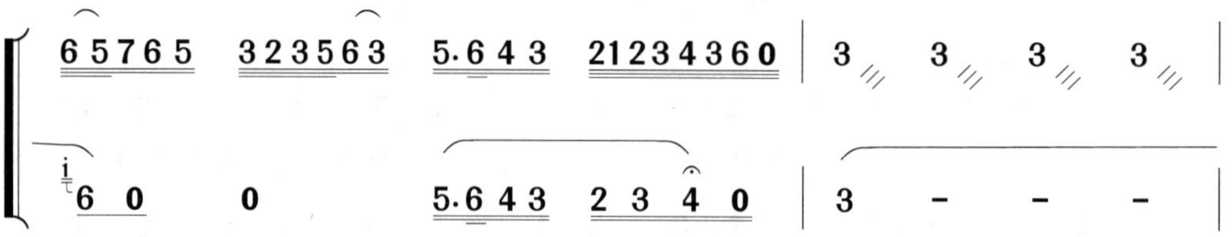

（双手拿带同搭右肘上，向左走圆场。把绸带末端甩在“下

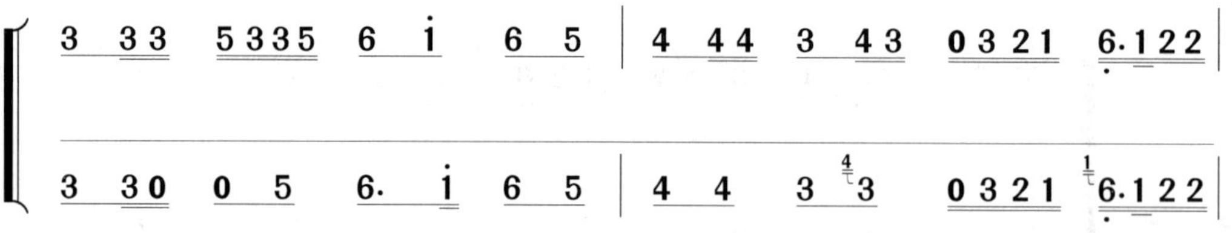

场门”台口，依旧退到“上场门”口，退的时候把两根绸带跟着身子拉回一点，

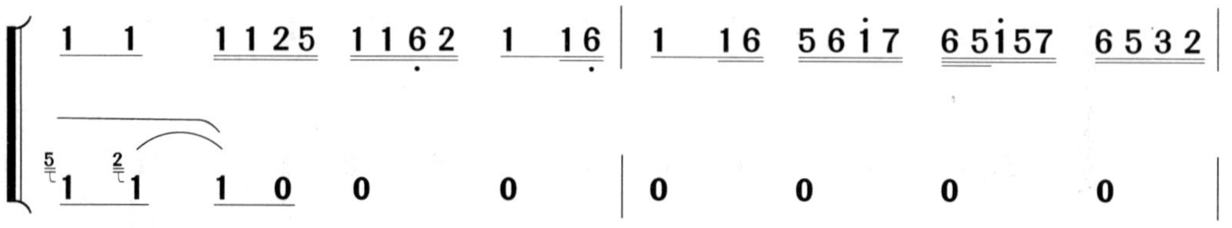

使带子呈一个均匀的弧形，人与带恰好是“斜一字”姿态，同时翻起右手过顶，

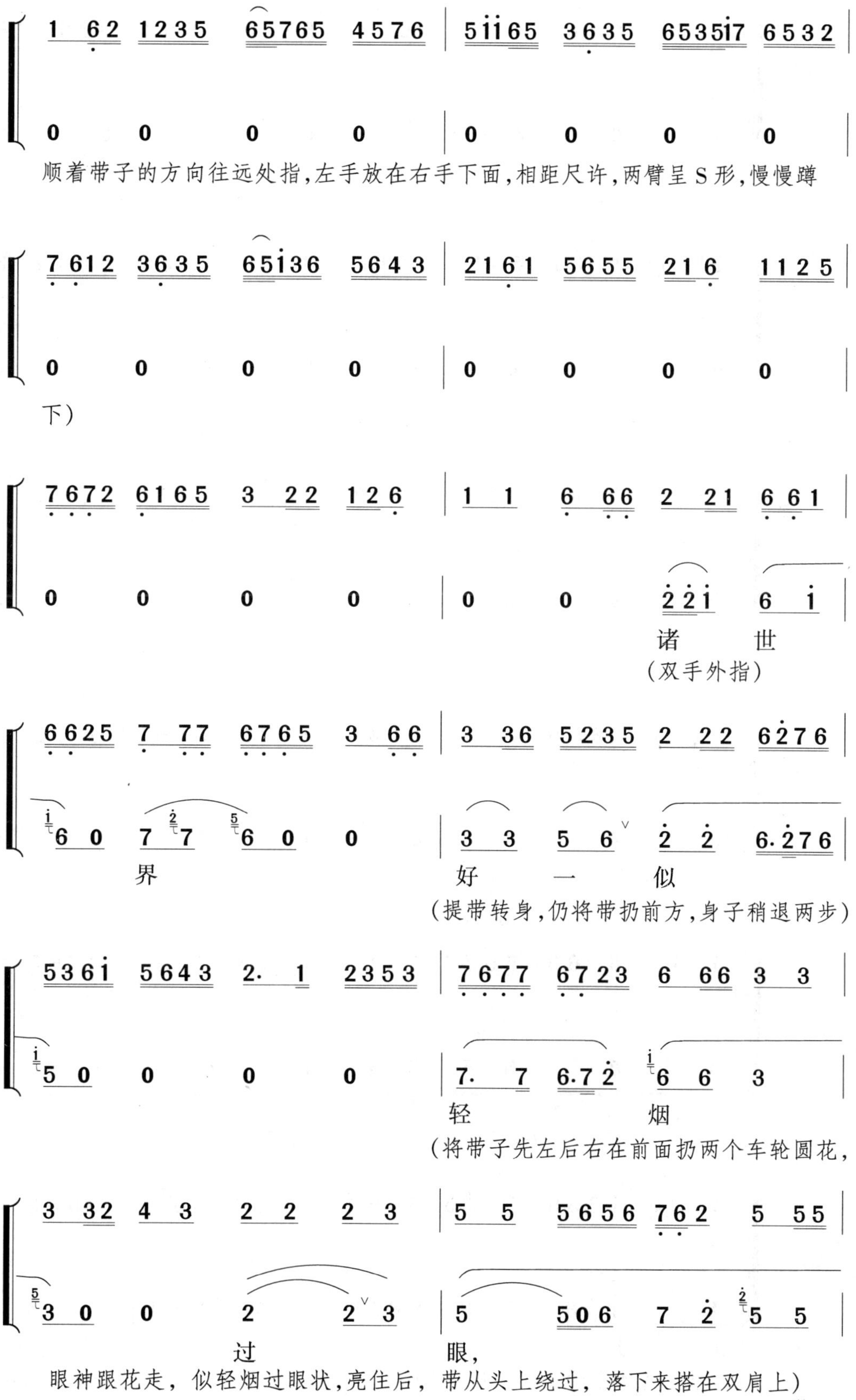
顺着带子的方向往远处指，左手放在右手下面，相距尺许，两臂呈S形，慢慢蹲
下）
诸 世
（双手外指）
界
好 一 似
（提带转身，仍将带扔前方，身子稍退两步）
轻 烟
（将带子先左后右在前面扔两个车轮圆花，
过 眼，
眼神跟花走，似轻烟过眼状，亮住后，带从头上绕过，落下来搭在双肩上）

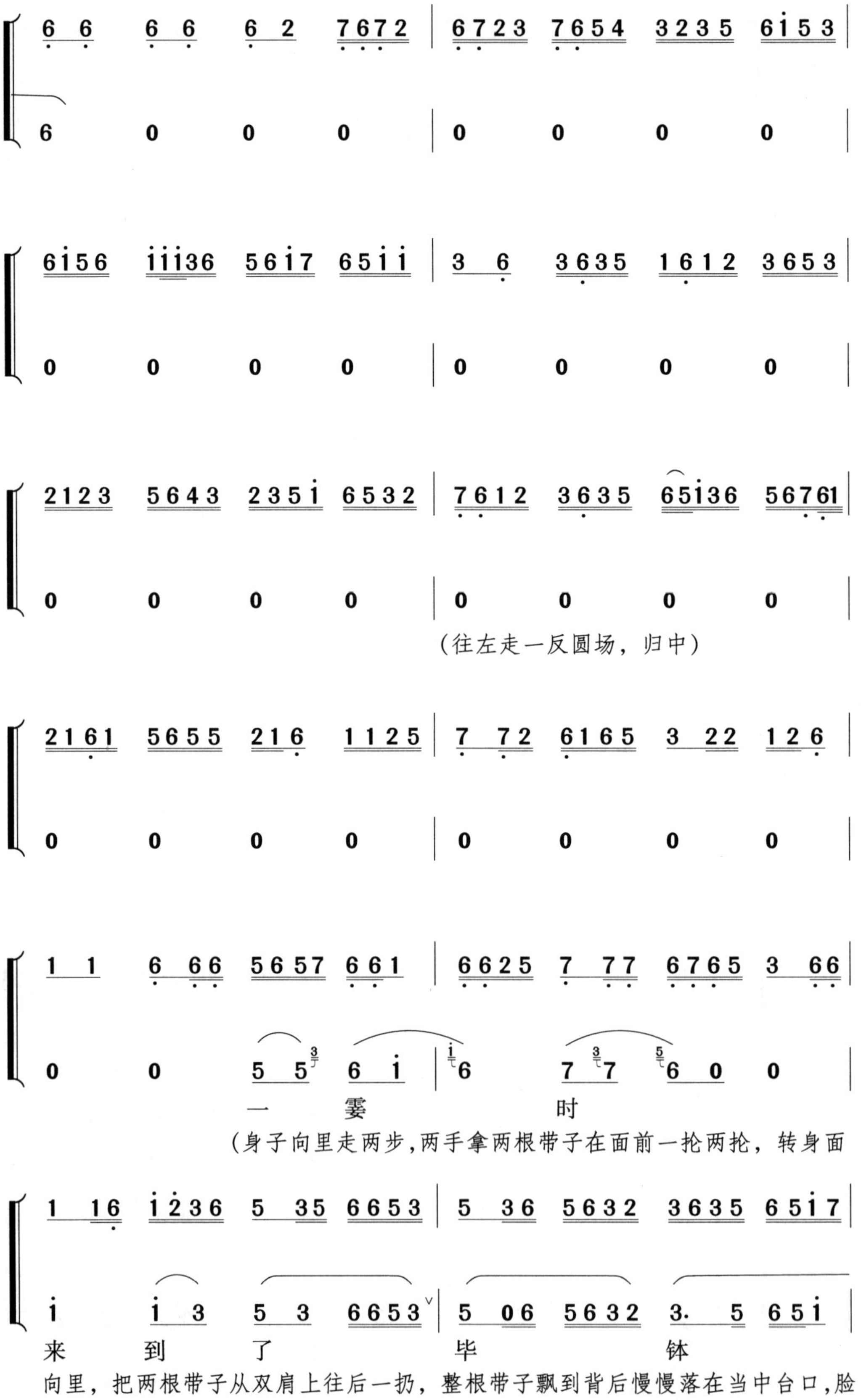
(往左走一反圆场，归中)
一 霎 时
(身子向里走两步,两手拿两根带子在面前一抡两抡，转身面
来 到 了 毕 钵
向里，把两根带子从双肩上往后一扔，整根带子飘到背后慢慢落在当中台口,脸

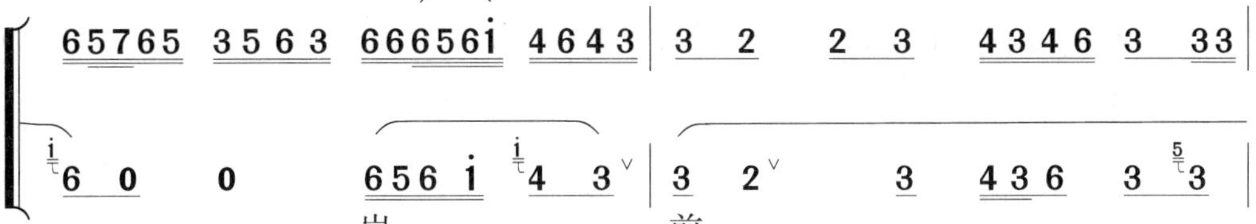

向右、朝外，同时双手往上一翻亮住，表示高岩形式。此时要注意，当两根带

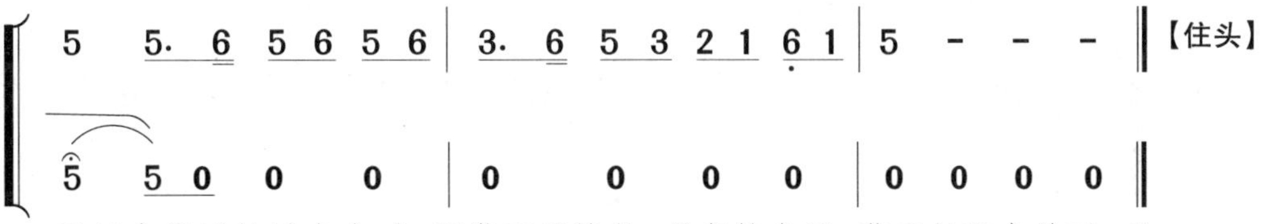

子扔在背后转过身来时，绸带不能拧住，唱完转身后，带子仍飘在前面。）

（念诗）清圆智月广无边，（双手比圆月状）

慧业超明不作仙。**【小锣二击】**（腕两翻两推一前一后，往外）

幻中幻出庄严相，（两手带子甩圈搭臂上，双手掠面）

慈悲微妙自天然。（两手将带子左、右抡起两串“套环”式花，接着，双手平叠在胸前，手心向上慢慢蹲下去。这时，两根带子花正在头上向两边下落，演员在两串“套环”中，等带子缓落左右两肩时，身子正好蹲住，似坐莲台状）

【大锣住头】

天女是也。（站台正中）（0大 仓 才）（将带放下扔至前方）遵奉佛旨，去到净名室中散花。乘风驭气而来，（把带子一顺边从右往左一扔，双手拿带走小圆场）不知经过多少微尘世界。（圆场后外指，仍归台中）看（做看状）（大…… 乙 0 仓）旭日腾辉，（左右带向上绕二圈，看远方）瑶空散彩，（带快落时用手轻微抖动，两条飞起的带子一左一右呈波浪式落下，似斜飞，任它飘落）毕钵山头好风景也！（右手平抬，左手带搭在右肘上，左手往前指。渐渐放下带，略整、抚鬓、护袖，左转身，走圆场至中，将两根带子扔放中台口，身子速往后退，带子直伸胸前）

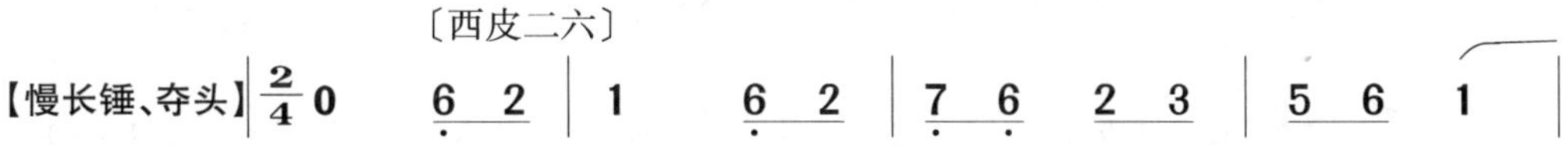

（由此以后十二小节伴奏音乐中，演员双手同时将绸带自上而下朝“小边”抡

两圈、一亮，再自下而上向“大边”抡两圈、一亮。接着，将双带甩至中前方）

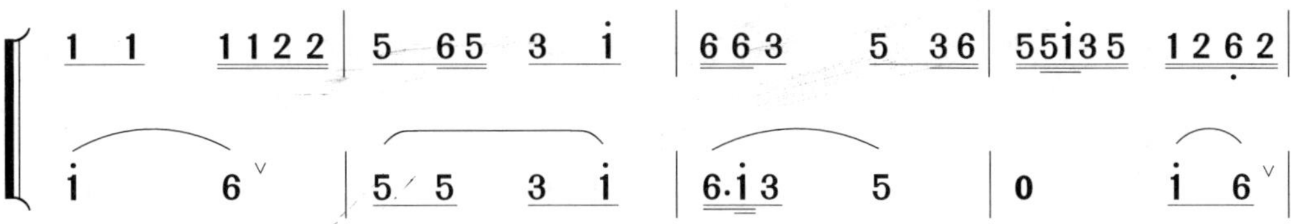

（把带子在身旁两侧先抡起来，从上而下舞出“螺旋”花样，

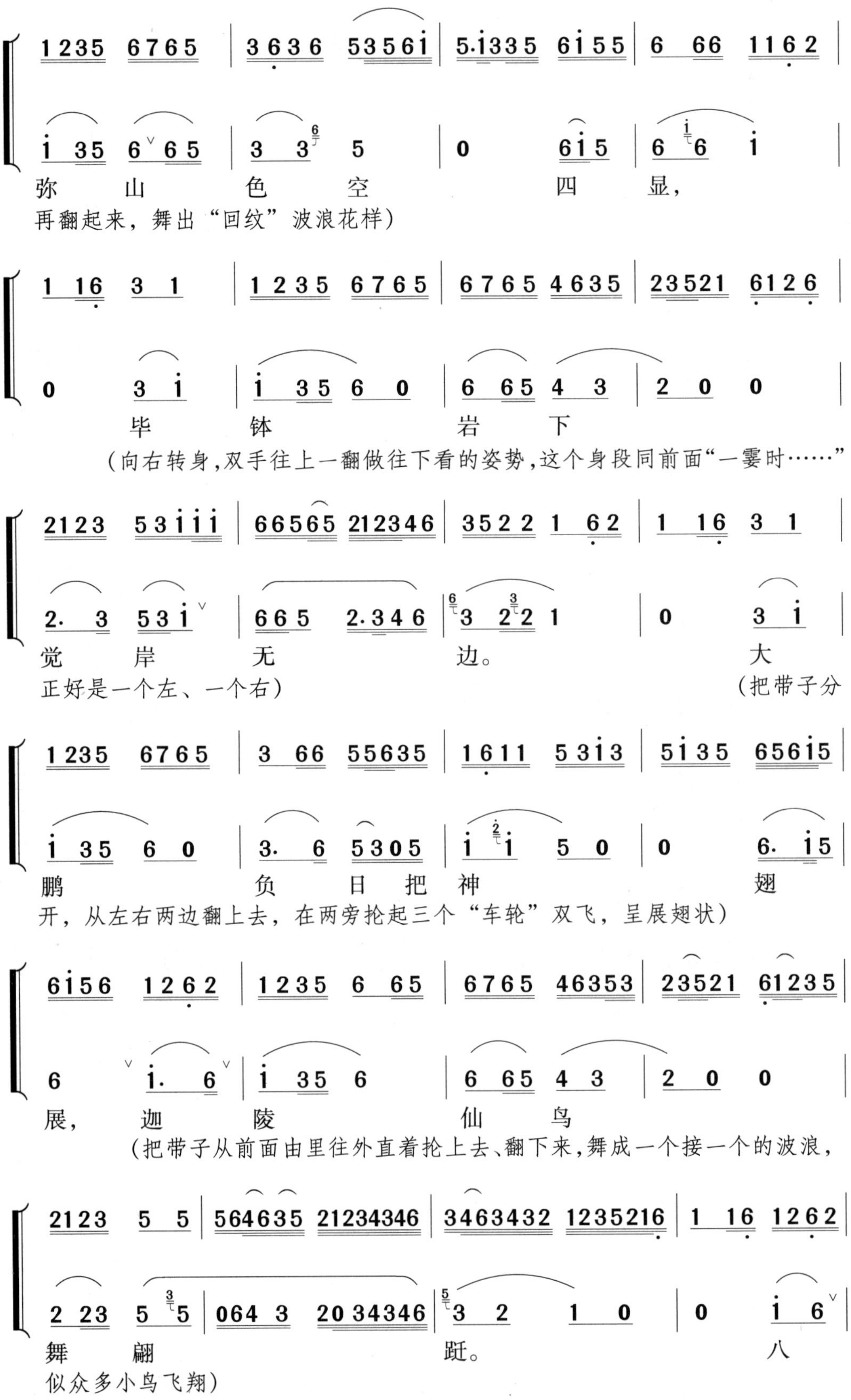
弥 山 色 空 四 显，
再翻起来，舞出“回纹”波浪花样）
毕 钵 岩 下
（向右转身，双手往上一翻做往下看的姿势，这个身段同前面“一霎时……”
觉 岸 无 边。 大
正好是一个左、一个右）
（把带子分
鹏 负 日 把 神 翅
开，从左右两边翻上去，在两旁抡起三个“车轮”双飞，呈展翅状）
展， 迦 陵 仙 鸟
（把带子从前面由里往外直着抡上去、翻下来，舞成一个接一个的波浪，
舞 翩 跹。 八
似众多小鸟飞翔）

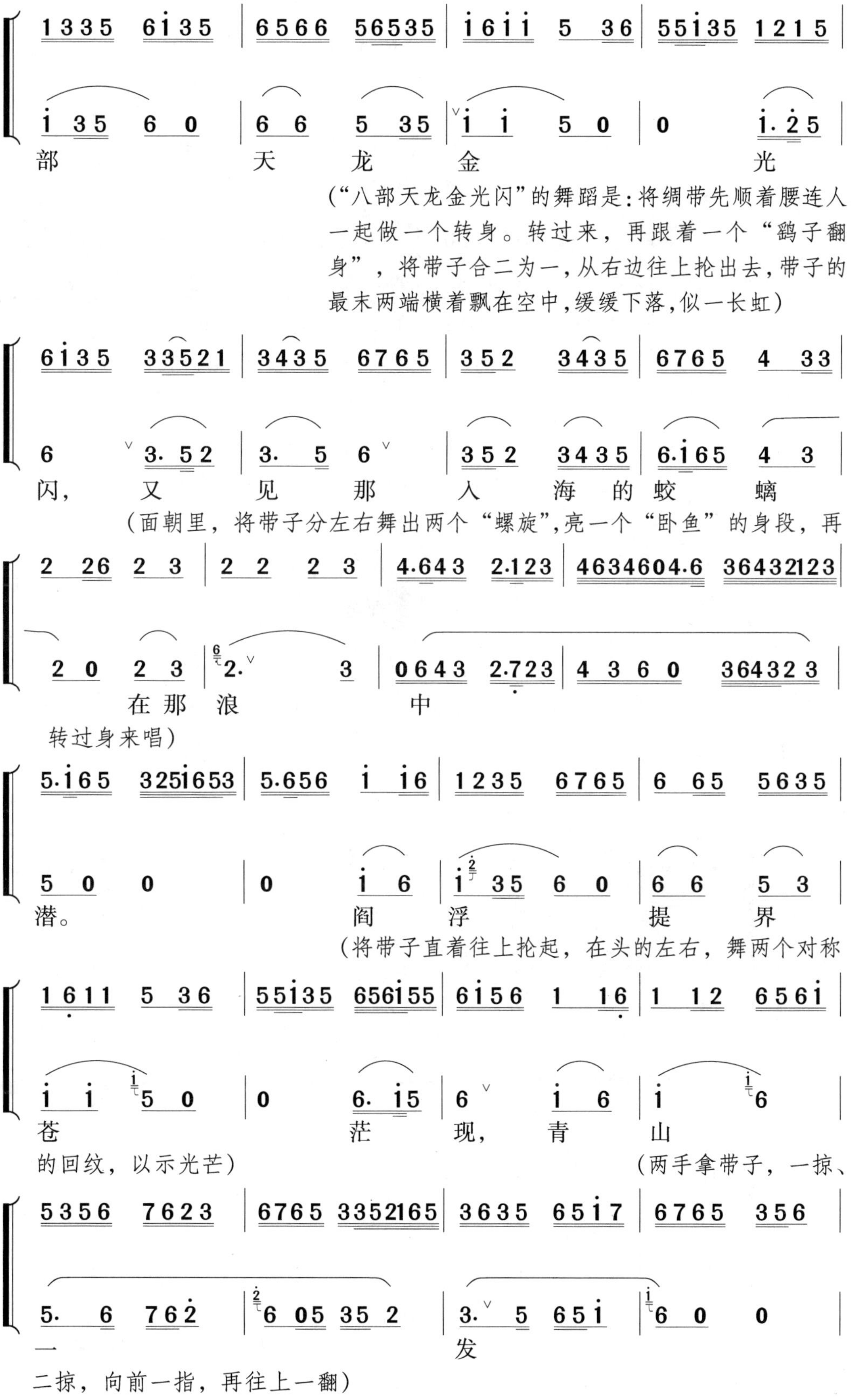
部 天 龙 金 光
（“八部天龙金光闪”的舞蹈是：将绸带先顺着腰连人一起做一个转身。转过来，再跟着一个“鹞子翻身”，将带子合二为一，从右边往上抡出去，带子的最末两端横着飘在空中，缓缓下落，似一长虹）
闪，又 见 那 入 海 的 蛟 螭
（面朝里，将带子分左右舞出两个“螺旋”，亮一个“卧鱼”的身段，再转过身来唱）
在 那 浪 中
潜。 阎 浮 提 界
（将带子直着往上抡起，在头的左右，舞两个对称的回纹，以示光芒）
苍 茫 现，青 山
（两手拿带子，一掠、二掠，向前一指，再往上一翻）
一 发

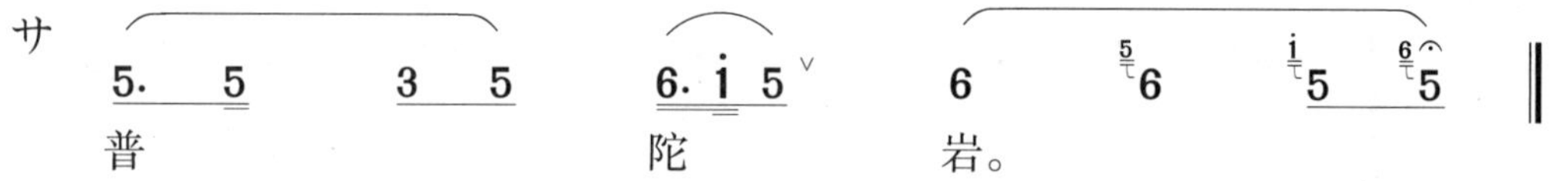

（舞以台中为基础，连唱带做同时向前后左右扩展）

（接奏<哑笛>，天女在<哑笛>中念白）

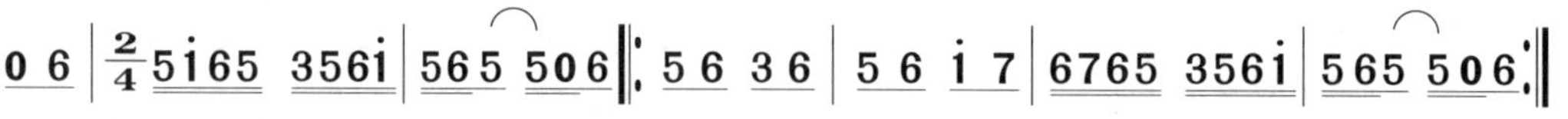

（念）且住！看前面已是南瞻部洲，（先向台左外面远看，回过身来再往“下场门”看）那厢洛迦山中，好庄严呵！（【串锤】转【望家乡】）

（锣鼓声中走快圆场，归到台中。将绸带飘在前面，速退两步，此时，带子恰好垂直）

（抚鬓、整袖）

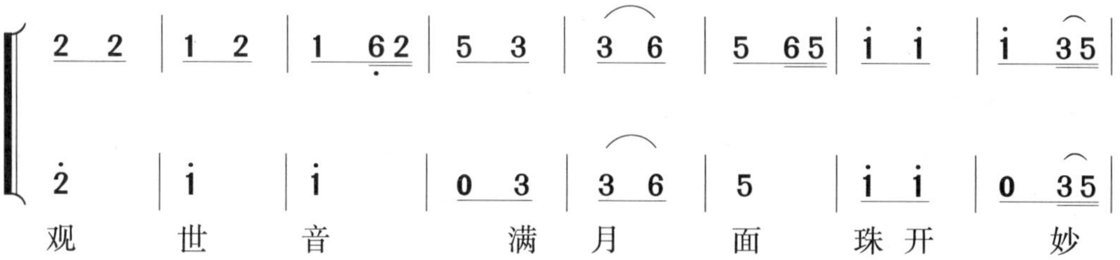

（双手合十做观音打坐态）

（站起，双手再合十，稍偏身之左侧，同时抬起右腿，左脚站住做“金鸡独立”，似站在观音左侧）

（左腿抬起，右腿站住，双手一上一下位于身之右侧，做站在观音右侧抱瓶姿态）

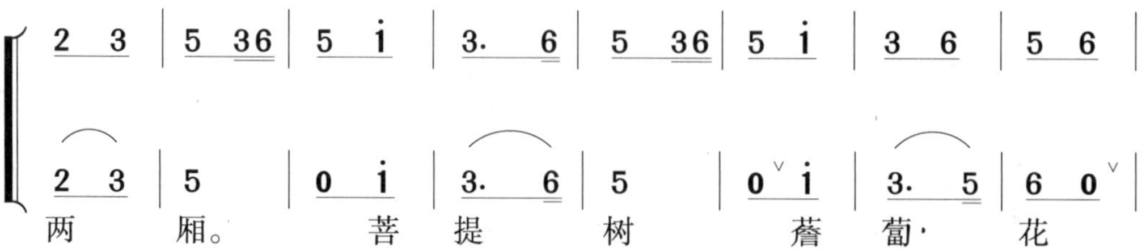

（将绸带从外往里两手抡着，舞出“回纹”花样。然后，变为“波浪”形状落下）

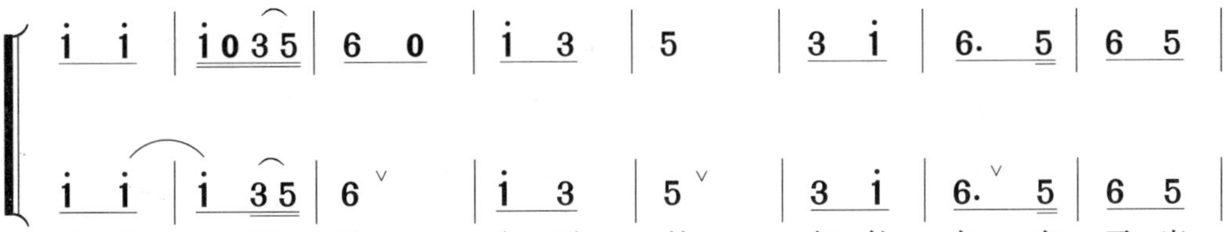

千枝掩映，白鹦鹉与仙鸟在灵岩

（左、右“跨虎”毕，绸带仍扔在前面）

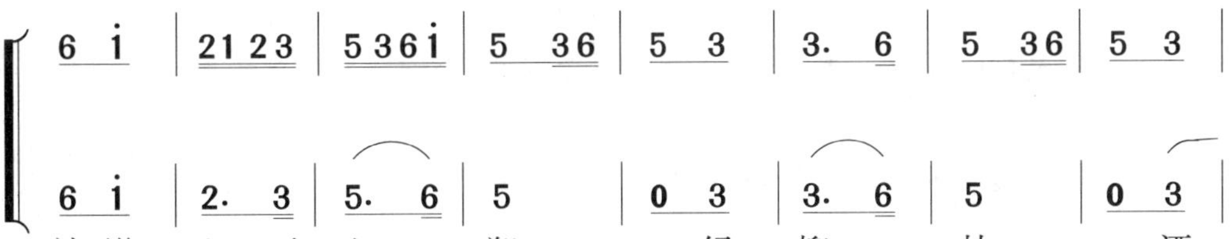

神巘上下飞翔。绿柳枝洒

（往台左转身，两带合并成一条，右手抡带舞出一“车轮”后，右手抚腰，同时翻起左手在头顶上方比划一个“三”字）①

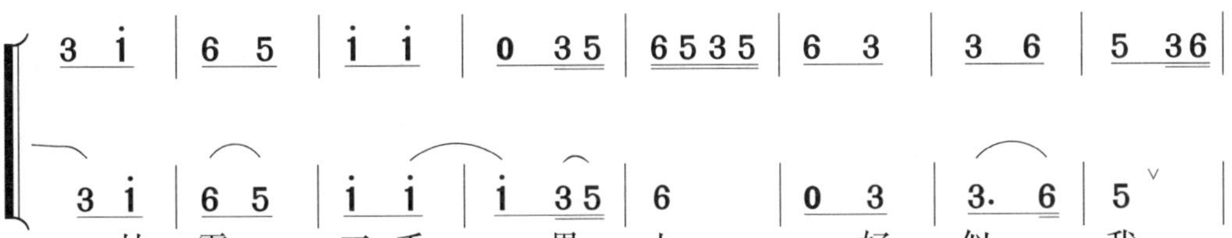

甘露三千界上，好似我

（往台右转身，两带合并成一条，右手自下而上舞出一个“回纹”后，右手抚腰，同时翻起左手在头顶上方用食指往远方一指）②

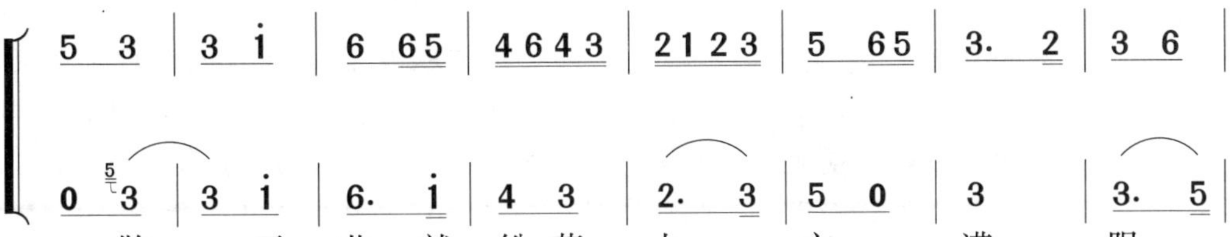

散天花就纷落十方。满眼

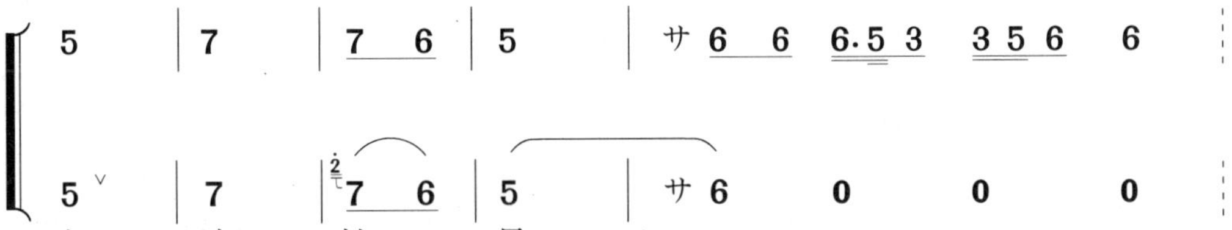

中清妙景

①② 二身段基本上是左、右对称着舞的，唱完即回身归中。

7 7 2̇ 6 5 3 － － － 2 － － － 3. 5 2 3 5 － － －

灵光　　　　　万

（双手从里向外往上翻，绸带飘落地下，转至“下场门”）

6. 7 5 6 7 2̇ 6 3 5 3 － 5 － － 6 －

丈，

〔【纽丝】中双手一前一后，将绸带逐渐收回，左转身归走至台中，退两步，归原地。

〔西皮散板〕

（6 6 6 5 5 i 3 1 2 2 7 6 6 2 1 1 1 1）2̇ i 6 i

催　祥

（向上远指）

2̇ － － － 3̇ 3̇ 2̇ 2̇. i 6 i. i 6 i 2̇ 2̇ i i i

云

（0 6 5 5 2 1 7 2 1 1）5 3 3. i 5 6 － －

驾　瑞　彩

6. 5 3 3. 5 2（0 7 6. 1 2）i 5 3 5 6. i 5

速　赴　佛

6 － － 6. 5 4. 5 6 － － 6 5 5 － － ‖

场。

（慢起【长撕边】，配合以下动作）

〔右手一掠、左手一掠。起圆场，二绸带飘身后，似御风而行状。走至“下场门”，舞一个“鹞子翻身”，接着双手将绸带自左至右一顺边，抡出一串“套环”花，横亘空中，飘在身右前侧缓缓下落，如长虹。最后，等绸带落在地上时，天女慢慢站起，将绸带左右一扯、二扯，使它飞起来搭在肩上，转身，由慢变快。【回头】进场。

第五场

〔花奴内白：“走啊！”

〔【小锣抽头】花奴左手持花篮“上场门”上，至台中。

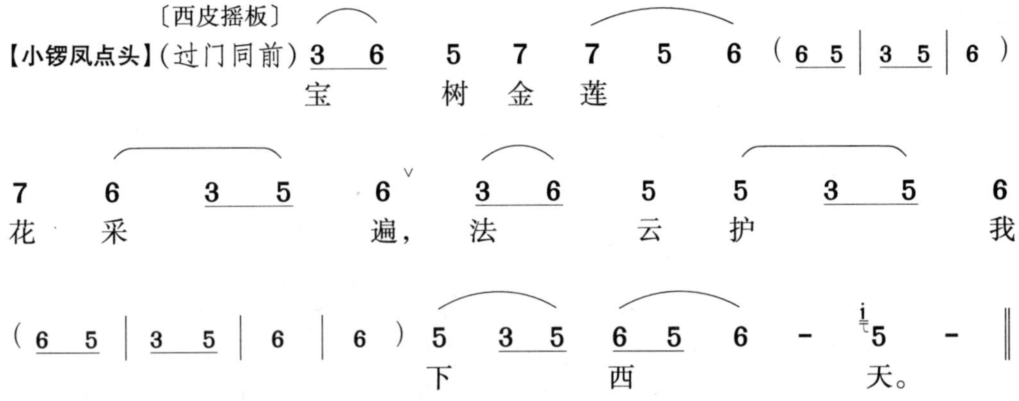

我，花奴是也。【小锣住头】遵奉佛旨，随同天女去到毗耶离大城、维摩居士室中散花。看天女已向前行，我只得急忙跟随者！

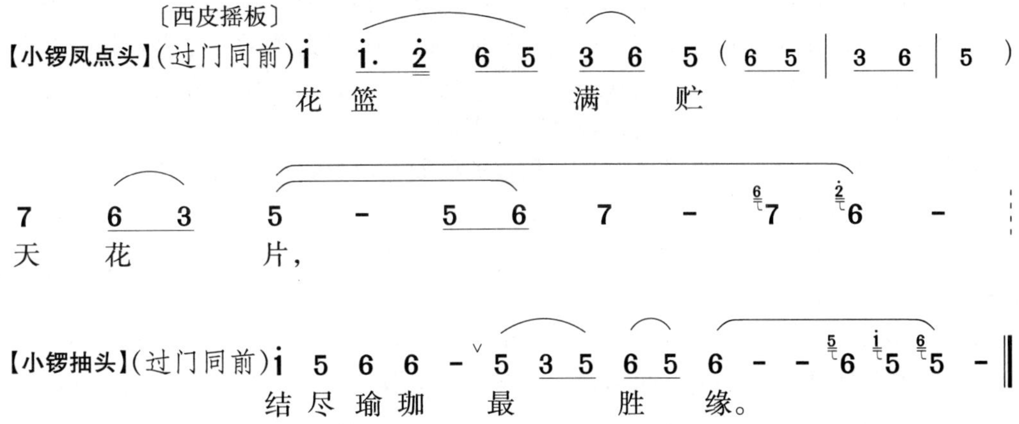

〔【小锣打下】花奴“下场门”下。

第六场

〔二道幕前。幕作幔状，后中置一禅榻，左右分列八个蒲团，此为维摩居士禅室。幕后即“云台”——搭小高台做散花活动。

〔“上场门”上二沙弥（或四沙弥）手执小拂尘，打扫禅房。站台口呈“八字”。

沙弥甲 （念）出家之人笑呵呵，

沙弥乙 （念）清晨起来念弥陀。

沙弥甲 师弟请了。

沙弥乙 请了。

沙弥甲 师弟，你看师父病了这些日子，他还要天天在禅榻上打坐，我们把这屋子给他收拾收拾罢。

沙弥乙 师兄，什么叫打坐呀？

沙弥甲 打坐就是在蒲团上这么坐着（盘腿，学观音坐莲式），一心成佛，万念俱空。

沙弥乙 什么叫作万念俱空呀？

沙弥甲 就是一切念头都不许有。

沙弥乙 哦，什么事都不想，那成吗？

沙弥甲 一有俗念，就不能成佛啦。

沙弥乙 咦，我想和尚要是都成佛，那么多佛，还得了吗！？什么事都不想、都不干，那该有多难过，我可不打坐，我受不了。

沙弥甲 罪过，罪过。像你这个样儿的佛门弟子，师父知道了，准得赶出佛门。

沙弥乙 巧唻！我还正想出这个门儿咧。我心里常想，受苦的人儿有的是：有老来受苦的，也有中年受苦的，再不然，十来岁上就受苦。谁像我们当和尚的，在那娘肚子里头就苦出来啦。就拿我说吧，我从小就多病，我那母亲爱子心切，就请了个算命的先生来，把我的生辰八字，左这么一推，右那么一算，算来算去，那先生简直的活见鬼啦！

沙弥甲 怎么见了鬼啦？

沙弥乙 你听我说呀：先生他说，令郎的八字糟糕得很，非得改名换姓，才养得活。说什么命犯孤魔、三六九岁实在难过。我那爹妈，听了这些话，吓得就起了个念头，你说怎么咋？咳，赶紧送我到空门削发，烧香拜佛，这才做了和尚。当了这么些年，我埋怨谁也来不及喽，简直难过得厉害哟！

沙弥甲 师弟，这有什么难过。想当初我来的时候，也是这个样儿。如今，既出了家，就说不得喽！

沙弥乙 唉！甭提啦，当初我进庙的时候，我那师父也说过。

沙弥甲 师父对你说了什么？

沙弥乙 他说："徒弟，出家人可有许多难处。"我就说："老师父，徒弟愿意来出家，我想这出家，不过是看经念佛，说说道法，有什么难处？"师父说："你哪儿知道，做和尚的：香醪美酒全无份，红粉佳人不许瞧；雪夜孤眠寒峭峭，霜天削发冷萧萧。是要受尽万难千魔，要经过多少苦楚的。"是我再三的恳求，师父这才把我收了徒弟。唉！那时候，我哪儿知道出家会真有这么些个难处呢！

沙弥甲 师弟，你不知道，出家人必须苦修苦炼。像你这样儿整天价在庙里头鬼混，怎么能懂得佛门的奥妙呢！闲话少说，快点儿收拾收拾罢！

沙弥甲乙 看房门开处，长者来也！（分列左右）

「维摩诘持棕色拂尘，净脸（清水脸），带病容。"上场门"上，至台中。

维摩诘 （念〔引子〕）茫茫大千，烦恼

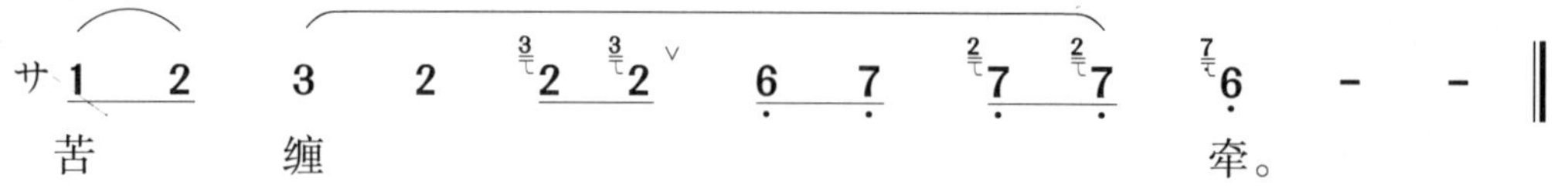

沙弥甲乙 （两旁稽首）参见长者。

维摩诘 罢了。

沙弥甲乙 是。（仍分站两旁）

维摩诘 （归中座、念诗）

佛不可求心可求，即心即佛问心头，**【小锣二击】**
无心无佛无心佛，佛佛心心四大洲。**【小锣住头】**
俺，净名居士维摩诘。在这毗耶离城中居住。虽为白衣，奉持沙门清净律行，供养无量诸佛，深植善本，入大法门。意欲将无量方便，晓益众生，以此方便，现身得病。我想世尊大慈大悲，必然怜悯于我。因此将这室中一切诸物，尽行除去，等候诸菩萨前来问病，也好与他们切磋妙法，同证菩提。——尔等暂且退下。

〔**【小锣五击】**维摩诘做坐禅状。二沙弥下。文殊师利、众菩萨“上场门”上。

文殊师利 （至“大边”台口。念）我佛发宏慈，

众 （念）问疾净名居。

〔文殊师利右转身，众左转身，入内，向维摩施礼。

文殊师利
众 （同）居士在上，我等稽首了。（行“合十”礼）

维摩诘 稽首了。请坐。

文殊师利
众 （同）有座。（归左右蒲团坐）

维摩诘 善哉！文殊师利，不来相而来，不见相而见。

文殊师利 居士，若来已更不来，若去已更不去；来者无所从来，去者无所从去。所可见者，更不可见。且问居士病体怎么样了？世尊殷勤致问。居士此病，因何而起？

维摩诘 从痴爱则我病生，因为一切众生病了，故而我也得病；倘若一切众生不病，我的病么——也就好了。

文殊师利 此话怎讲？

维摩诘 唉！文殊师利菩萨，有所不知，因为众生，故入生死，有生死则有疾病。倘若众生不病，则菩萨亦无有病。譬如长者唯有一子，其子得病，父母亦病；若子病愈，父母亦愈。菩萨之于众生，爱之如子，众生病则菩萨病；众生病愈，菩萨亦愈。菩萨的病，都是因为大悲而起的。

文殊师利 居士所病，为何等相？

维摩诘 我病无形，不能得见。

文殊师利 居士此室，何以空无侍者？

维摩诘 诸佛国土，亦复皆空。

文殊师利 啊，居士，当说何等是入菩萨不二法门？

〔维摩诘不语。

文殊师利 唉！善哉善哉。乃至无有文字语言，是真入不二法门也！

〔众闭目、合掌静坐。舞台灯光渐灭，五色灯光照在幔上。

乐队奏<清牌子>小工调 1=D （笛子、二胡、弹拨乐、云锣演奏）

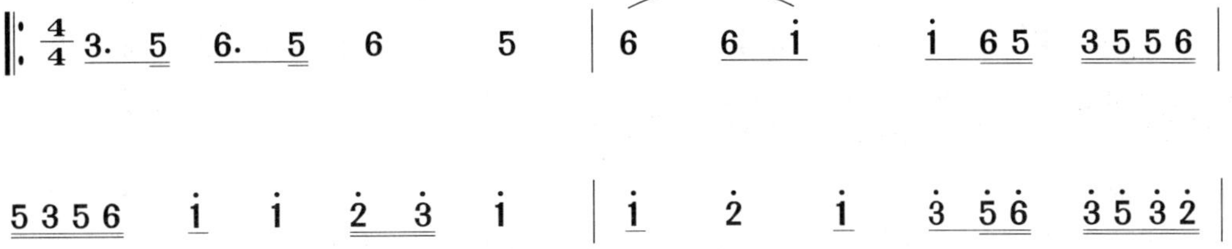

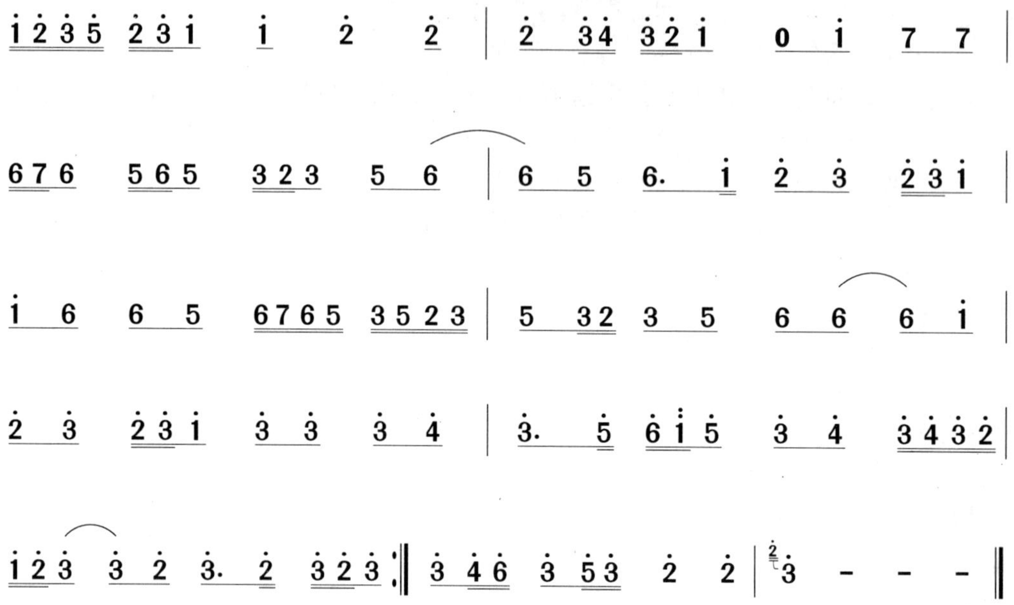

〔天女幕内唱<赏花时>：

<赏花时>小工调 1=D （笛子加群乐伴奏）

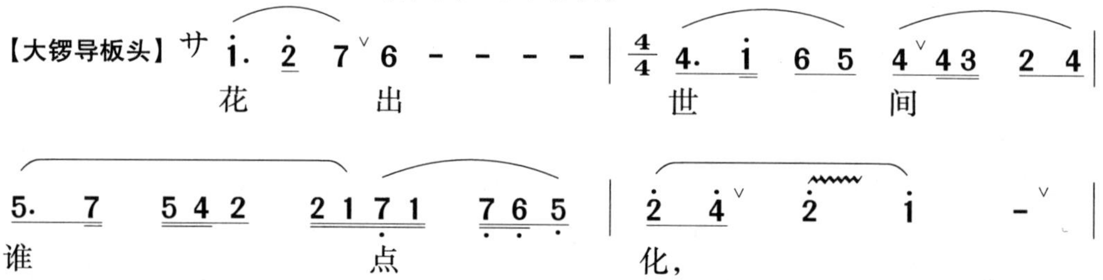

〔幕启，天女站“云台”中，身稍偏右，脸朝外微笑，左手拈花，绸带①从身前飘至左前方。塑像式亮住。乐队击磬三下。

天 女 【帽儿头】

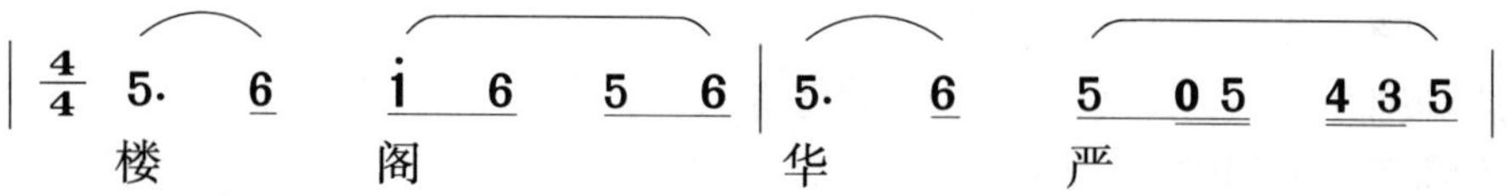

（缓缓拿起绸带，向右转身，边唱边下“云台”向前方走，唱完这句

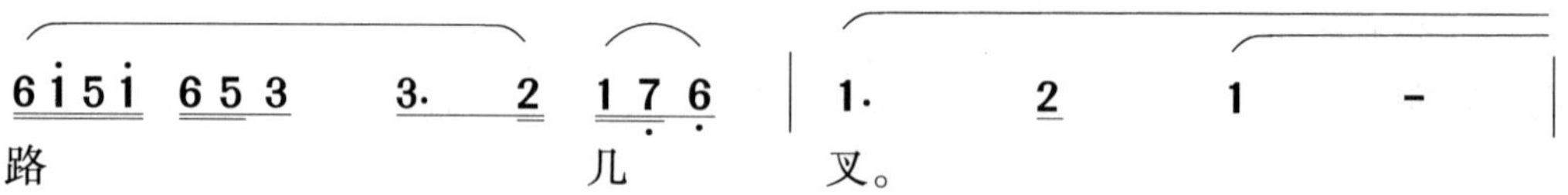

正好走到台中）

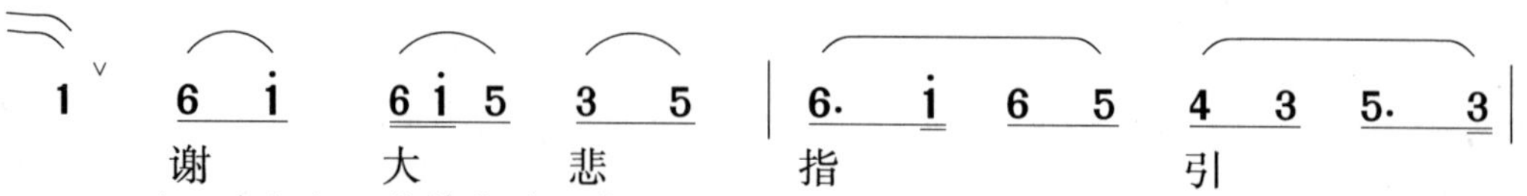

（双手合十，接着往外一指）

① 此场，天女的绸带较短窄，约八、九尺长。六、七寸宽，不拼双色。

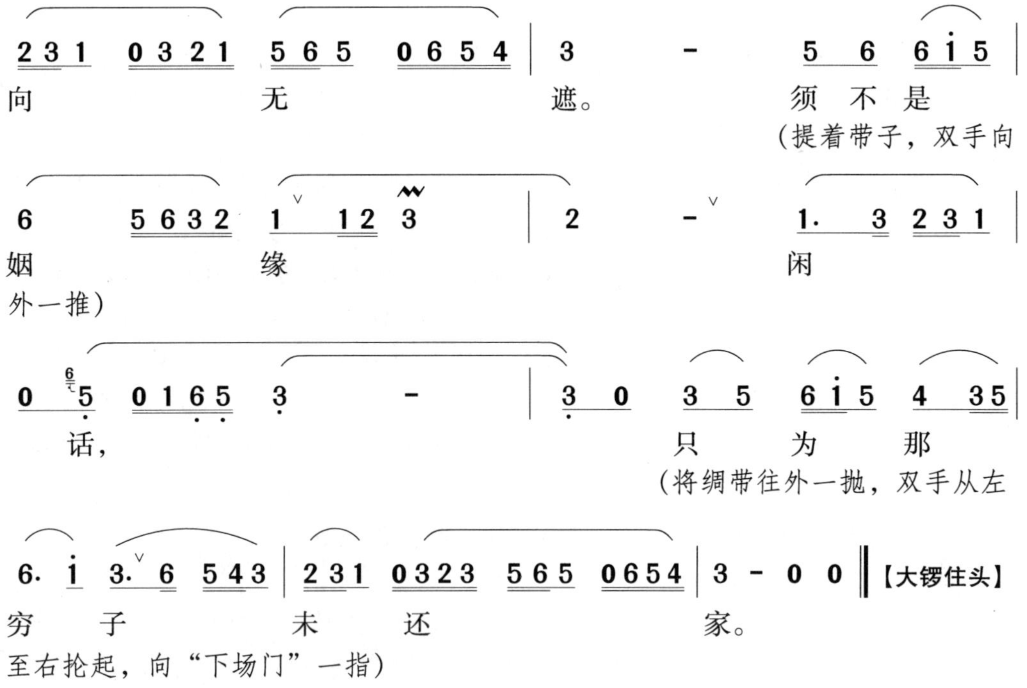

（念诗）众生眼病见狂花，花发花残病转加。【小锣二击】

（右手一掠、左手一掠，二臂作做状）

悟得华鬘非我相，不妨游戏净名家。

（双腕一翻护胸）（带子上绕圈，右带放左肘抬左臂，右手前指）

<风吹荷叶煞>上字调 1 = ♭B （伴奏乐器同上）

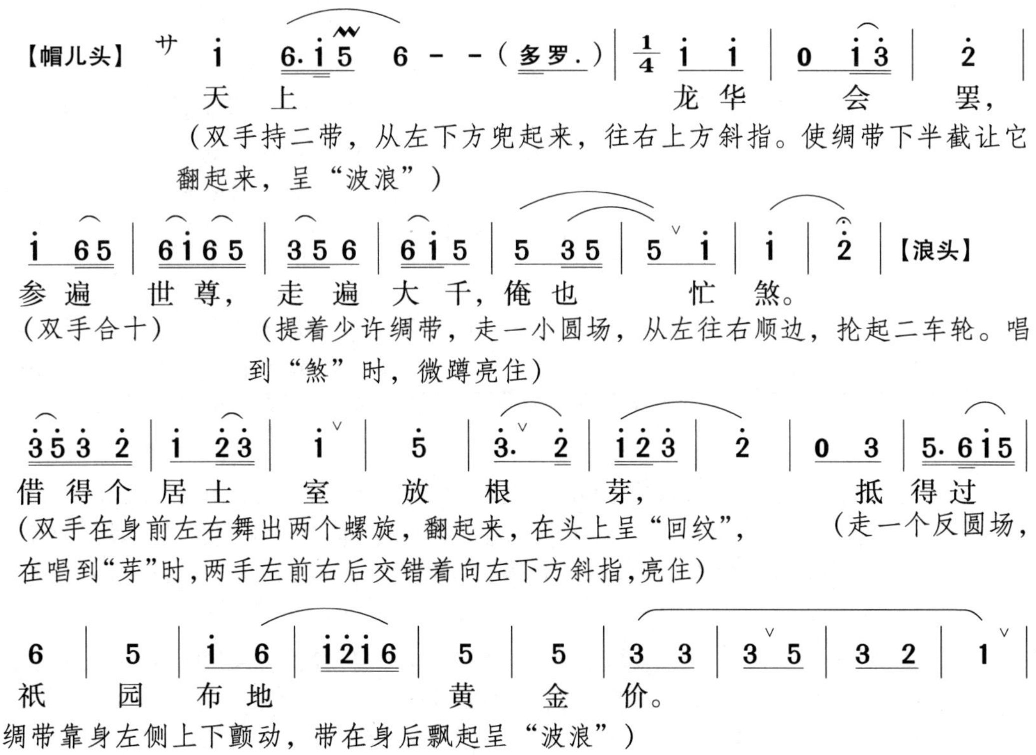

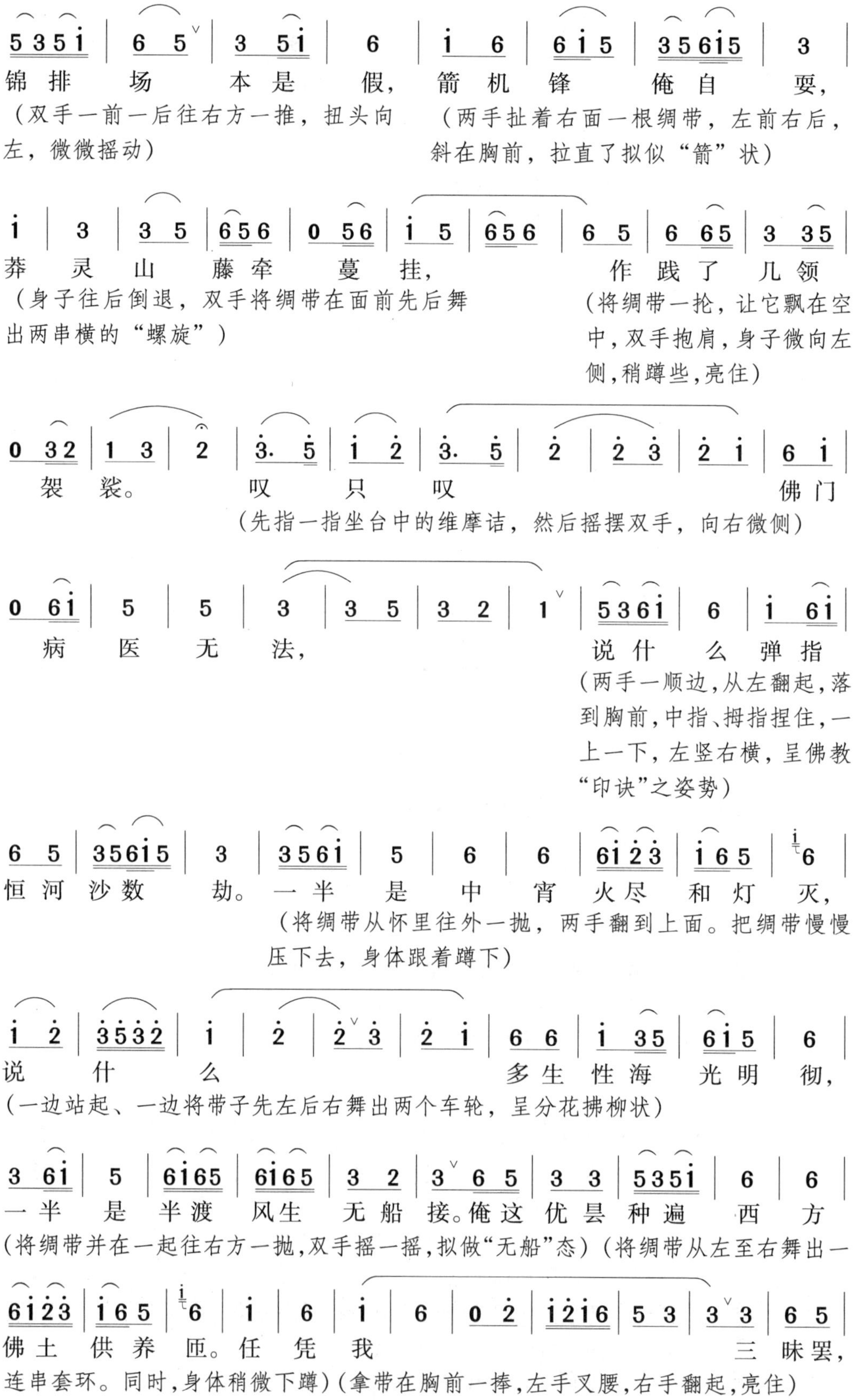
锦 排 场 本 是 假， 箭 机 锋 俺 自 要，
（双手一前一后往右方一推，扭头向左，微微摇动）
（两手扯着右面一根绸带，左前右后，斜在胸前，拉直了拟似“箭”状）
莽 灵 山 藤 牵 蔓 挂， 作 践 了 几 领
（身子往后倒退，双手将绸带在面前先后舞出两串横的“螺旋”）
（将绸带一抡，让它飘在空中，双手抱肩，身子微向左侧，稍蹲些，亮住）
袈 裟。 叹 只 叹 佛门
（先指一指坐台中的维摩诘，然后摇摆双手，向右微侧）
病 医 无 法， 说 什 么 弹 指
（两手一顺边，从左翻起，落到胸前，中指、拇指捏住，一上一下，左竖右横，呈佛教“印诀”之姿势）
恒 河 沙 数 劫。一 半 是 中 宵 火 尽 和 灯 灭，
（将绸带从怀里往外一抛，两手翻到上面。把绸带慢慢压下去，身体跟着蹲下）
说 什 么 多 生 性 海 光 明 彻，
（一边站起、一边将带子先左后右舞出两个车轮，呈分花拂柳状）
一 半 是 半 渡 风 生 无 船 接。俺 这 优 昙 种 遍 西 方
（将绸带并在一起往右方一抛，双手摇一摇，拟做“无船”态）（将绸带从左至右舞出一
佛 土 供 养 匝。任 凭 我 三 昧 罢，
连串套环。同时，身体稍微下蹲）（拿带在胸前一捧，左手叉腰，右手翻起，亮住）

3 35 | 0 1 | 2 | i i | 2 3 i | i 2 3 | i | 5 3 | 6 i 3 | 5 5 | 3 6 i |

游戏　毗　耶。千般　生也、　灭　也、迷也、悟也，管他　恁么

（将绸带抡起，在头上方舞两个“回纹”，再往前一指）（将绸带在上前方从里至外舞两个小“车轮”）（从下边舞出“波浪”）（在左、右两边各舞出一些“波浪”）（提绸带转一个身）

3 3 | 5 65 | 3 3 | 3 5 | 65 i | 5 | 3 2 | 1 | 2 ‖【大锣住头】

挣　扎，著了　语言　文　字　须　差。

（将绸带往上一抛，落在双肩上，亮住）

（念）花奴！（略微向“上场门”）【大锣一击】

花　奴　（持花篮上）有。

天　女　看花来！（嘟～～～八 0 大 0 仓）（身稍向右转，两手向“上场门”一指，先将带自左往后一顺边抡到“上场门”，人跟着走近一点引花奴上）

花　奴　是。

〔下面奏＜锦庭乐＞，天女、花奴表演散花舞。

＜锦庭乐＞正宫调　1＝G

4/4 0 1 2 2 1 1761 | 2 2 1 2 2 | 2 1 2 2 1 176 |

（至中。天女“大边”、花奴“小边”拿篮往里双翻，一亮）（天女

6 3 3 21 3 6 5 6 | i 7 6 6 56 543 | 5 6543 6 － |

走至“大边”内角，亮相。花奴至“小边”外角，矮相一亮）

6 i7 6 5 6 － | 6 56 7 7 6 653 | 2 1 2 3 6 543 |

（天女左转身，双手拿带，上附至“大边”台口冲外，亮矮相。同时，花

2 2 1 6 － | 6 1 2 2 1 176 | 6 3 3 21 3 6 5 6 |

奴左转身往里，亮高相）（天女渐起右转身走至台中双手舞带后上膀，冲

（花奴左转身抱花篮至台中双手一绕举篮，冲外

i 7 6 6 56 543 | 5 65 4 5 6 － | 6 i7 6 5 6 － |

外亮矮相，随节奏亮“卧鱼”）（天女被“漫头”，右转身至中

亮高相，随节奏一亮）（花奴“漫”天女头，至台前中

6 1 2 2 1 176 | 5 3 1 7 6 5 6 | 6 i 2 2 i i76 |

后，双手舞带，反绕上膀亮高相）

左转身，双手抱篮，抬左腿，蹲下，冲外亮矮相）

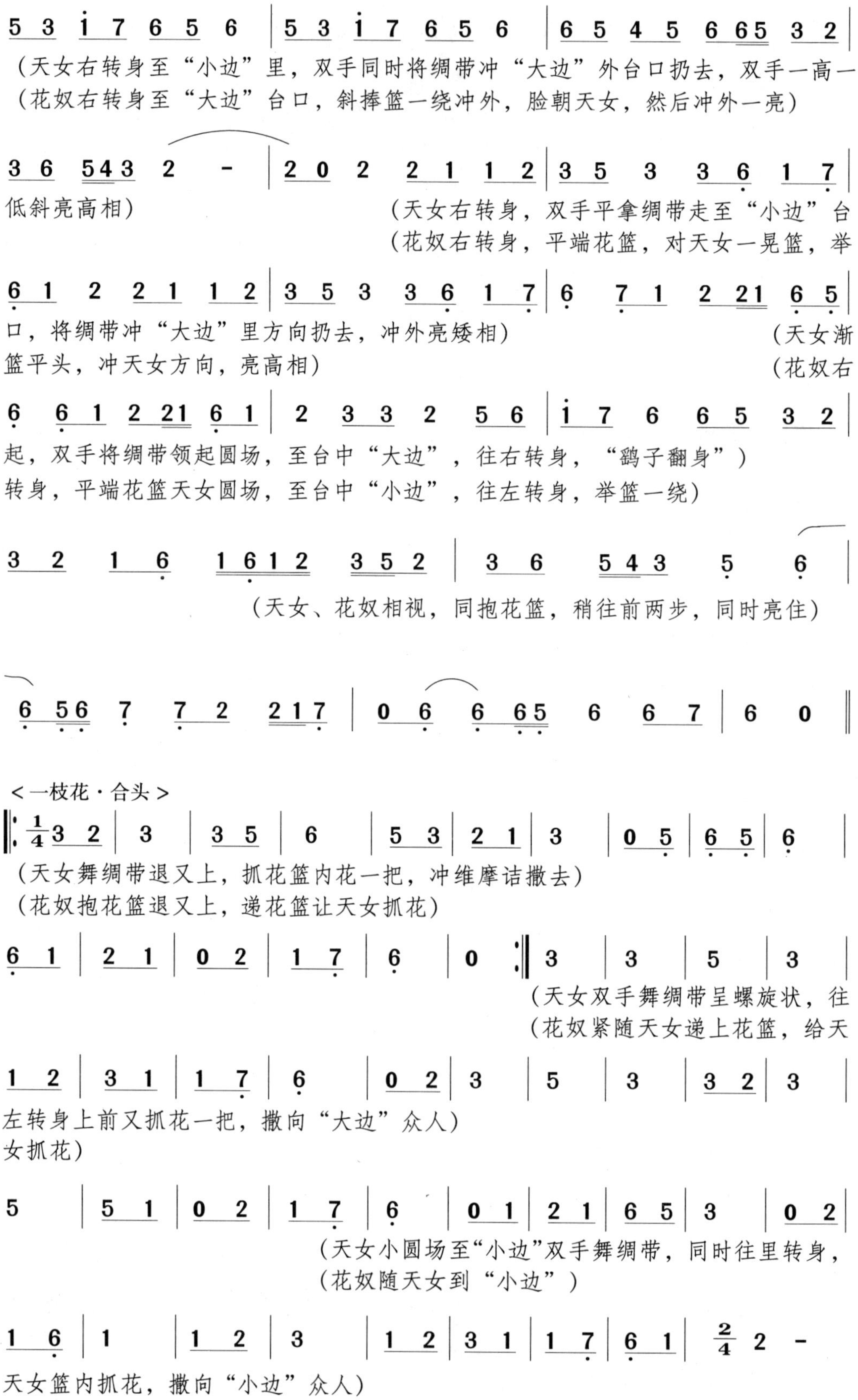
（天女右转身至“小边”里，双手同时将绸带冲“大边”外台口扔去，双手一高一
（花奴右转身至“大边”台口，斜捧篮一绕冲外，脸朝天女，然后冲外一亮）
低斜亮高相）
（天女右转身，双手平拿绸带走至“小边”台
（花奴右转身，平端花篮，对天女一晃篮，举
口，将绸带冲“大边”里方向扔去，冲外亮矮相）
（天女渐
篮平头，冲天女方向，亮高相）
（花奴右
起，双手将绸带领起圆场，至台中“大边”，往右转身，“鹞子翻身”）
转身，平端花篮天女圆场，至台中“小边”，往左转身，举篮一绕）
（天女、花奴相视，同抱花篮，稍往前两步，同时亮住）
<一枝花·合头>
（天女舞绸带退又上，抓花篮内花一把，冲维摩诘撒去）
（花奴抱花篮退又上，递花篮让天女抓花）
（天女双手舞绸带呈螺旋状，往
（花奴紧随天女递上花篮，给天
左转身上前又抓花一把，撒向“大边”众人）
女抓花）
（天女小圆场至“小边”双手舞绸带，同时往里转身，
（花奴随天女到“小边”）
天女篮内抓花，撒向“小边”众人）

2 6 | 1 2 3 | 5 4 3 5 | 2 - | 3. 5 | 3 2 1 | 1 - | 2 3 |

（天女站“大边”、花奴站“小边”，天女两手前后舞绸带、“鹞子翻身”，双手同

2 1 6 | 1 2 | 3 5 | 3 2 | 1 - | 7 1 | 2 1 | 6 - |

时从下至上绕后，亮住。乐止）

5 3 | 3 5 | 6 - ‖ 【大锣住头】

天　女　（念）我佛慈悲大旨，宣布已完，（天女双手合十，接着，往外一推）不免回转西方去者。（天女两手一前一后，往右上方指）

<煞尾>正宫调1＝G

サ 3. 5 3 2 1. 2 3 5 - - - 1. 6 2. 3 1
但 愿 言 下 打 碎 了
（天女、花奴往外翻）

6 1 2 - - 3 6 5 - - - 3 - - -
苦 虚 空，

1 6 1. 5 3 2 5 3 6 - - -
且 莫 管 咱
（两手一反，做推状） （两手各拿绸带一甩、二甩）

4/4 2 2 2 1 6 1 | 6. 1 6 5 3 | 2 3 5 - ‖
有 花 没 处 撒。

（天女、花奴往外翻时，将花篮交给天女。同走一圆场、归中。天女先撒出一把花，接着斜举花篮、倾花）

〔天女“大边”亮高相、花奴“小边”低亮相。奏唢呐<尾声>闭幕（众下）。

※　※　※　※

（如上，若天女、花奴亮相，奏<尾声>闭幕，就不用以下对白；否则，先不奏<尾声>续用以下台词）

文殊师利
众菩萨　请问居士，此花从何而来？

维摩诘　此花乃是天女所散，去问天女便可明白。

文殊师利
众菩萨　如此我等告辞了。

维摩诘　请。正是：天花随处落，五蕴本来空。